Sabine Strick wurde 1967 in Berlin geboren und wuchs dort auf. Ihre Liebe zum Schreiben entdeckte sie bereits als Kind und sie begann im Alter von siebzehn Jahren, an ersten Romanen zu arbeiten. Doch erst 2017 entschloss sie sich, endlich die notwendigen Schritte für Veröffentlichungen in die Wege zu leiten. Und dann ging auf einmal alles recht schnell: Sie wird nun von der Agentur Ashera vertreten und veröffentlicht seit 2018 mehrere Romane in verschiedenen Genres bei verschiedenen Verlagen.

SABINE STRICK

DUNKLE GEHEIMNISSE

DOMINIQUE DEMESY ERMITTELT

Überarbeitete Neuausgabe April 2022

© 2022 dp Verlag, ein Imprint der dp DIGITAL PUBLISHERS GmbH

Made in Stuttgart with ♥
Alle Rechte vorbehalten

Dunkle Geheimnisse

ISBN 978-3-96817-991-9
E-Book-ISBN 978-3-96817-985-8

Copyright © 2020, dp Verlag, ein Imprint der dp DIGITAL PUBLISHERS GmbH
Dies ist eine überarbeitete Neuausgabe des bereits 2020 bei dp Verlag, ein Imprint der dp DIGITAL PUBLISHERS GmbH erschienenen Titels Gefährliche Geheimnisse
(ISBN: 978-3-96087-996-1).

Covergestaltung: ARTC.ore Design
Umschlaggestaltung: ARTC.ore Design
Unter Verwendung von Abbildungen von
shutterstock.com: © Richard Semik, © CHAIWATPHOTOS, © sosn-a, © Simon Dannhauer
Lektorat: Martin Spieß
Satz: dp DIGITAL PUBLISHERS GmbH
Druck und Bindung: Books on Demand GmbH, Norderstedt

EPISODE 1

EINE FRAU MIT VERGANGENHEIT

1

Paris, 1993

Novembernebel hing über der Seine. Tiefhängende Wolken verschluckten die Spitze des Eiffelturms und verliehen den prachtvollen alten Gebäuden ein düsteres Aussehen. Nur die goldene Kuppel des Invalidendoms glänzte trotz des grauen Wetters wie von einem Heiligenschein umgeben.

Dominique Demesy schlenderte durch den nicht abreißenden Strom geschäftiger Menschen, den Kragen seiner dunkelblauen Wolljacke hochgeschlagen und die Hände in den Taschen vergraben. Seine Stimmung war so trübe wie das Wetter. Seit über zwei Monaten lebte er wieder in Paris, fühlte sich in seiner eigenen Heimat aber noch immer wie ein Fremder. Er vermisste die Wärme und die geruhsamere Lebensart Indiens, die Freundlichkeit der Einheimischen und den netten Kreis aus Kollegen und Bekannten. In der Anonymität der französischen Hauptstadt war es schwer, Freundschaften zu schließen, und er fühlte sich einsam.

Seine Ex-Frau Cathérine hatte ihm klargemacht, dass er zwar bei ihr wohnen durfte, bis er eine eigene Wohnung gefunden hätte, dass er jedoch in ihrem Bett nichts zu suchen hatte. Ihre Affäre in Sri Lanka sei ein Ausrutscher gewesen. So teilten sich Mutter und Tochter das große Schlafzimmer, während Dominique sich in Jennifers Zimmer einquartiert hatte.

Insgeheim hatte Dominique gehofft, bei seinen Eltern unterkommen zu können, doch diese hatten vor einigen Monaten ihr Haus an seinen Bruder Pierre und dessen Frau Sonja verkauft, die im Dezember ihr zweites Kind erwarteten. Madeleine und Gilbert Demesy hatten die Pariser Hektik und schlechte Luft satt und waren in die Bretagne gezogen. Und natürlich konnte keine Rede davon sein, dass er zu Sonja und Pierre zog. Hin und wieder traf er sich mit Sonja auf einen Kaffee, aber schon ihre fortgeschrittene Schwangerschaft verbot, dass sie ihre Affäre von vor zwei Jahren wieder aufnahmen.

Jennifer besuchte seit September eine einjährige Vorbereitungsklasse für die Ausbildung an der Polizeiakademie und hatte sich mit Eifer in die Arbeit gestürzt. Dominique dagegen war noch immer ohne Beschäftigung. Privatermittler schienen nicht allzu gesucht zu sein. Kaufhäuser stellten lieber schwarze oder arabischstämmige Detektive an, um den bei Festnahmen möglichen Rassismus-Vorwürfen entgegenzuwirken. Um eine eigene Detektei zu eröffnen, fehlte Dominique das nötige Kapital, und er mochte weder Cathérine noch seine Eltern um Geld bitten. Auch seine guten Englischkenntnisse brachten ihn nicht weiter. Da er einst aus dem Armeedienst ausgeschieden war, war ihm eine Rückkehr nicht mehr möglich, schon gar nicht bei seiner schlechten körperlichen Verfassung. Er begann zu bereuen, Indien verlassen zu haben. Frankreich empfing ihn kühl und ungastlich.

Doch an diesem Morgen hatte er eine vielversprechende Anzeige in der Zeitung gesehen: „Privatdetektiv sucht Assistentin / Assistenten." Er hatte angerufen und vereinbart, seine Bewerbungsunterlagen persönlich vorbeizubringen. Eine freundliche junge Dame hatte ihm die Adresse genannt, zu der er nun unterwegs war. Sie befand sich im Quartier Latin, einem lebhaften Studentenviertel mit zahlreichen Kinos und preiswerten kleinen Restaurants.

Die Detektei lag im vierten Stock des Gebäudes, und der Aufzug war außer Betrieb. Auch das noch. Langsam, um nicht völlig außer Puste oben anzukommen, stieg er die Treppen hinauf. Dennoch rang er ab dem zweiten Stockwerk nach Luft, und ab dem dritten schmerzte seine Lunge, wie immer bei Anstrengung. An der Tür im vierten Stock war ein kleines goldenes Schild befestigt: Michel Dalmont, Privatdetektiv. Der Name kam Dominique bekannt vor, aber er wusste nicht, wo er ihn einordnen sollte. Er hatte früher ein gutes Namensgedächtnis gehabt, aber die vor einem halben Jahr erlittene Amnesie hatte einige Dinge aus seiner Erinnerung entfernt.

Nach seinem Klingeln wurde die Tür von einem schlanken, sportlich gekleideten Mann geöffnet, der etwa im gleichen Alter war wie Dominique. Sein offenes, sympathisches Gesicht mit den klugen braunen Augen, der großen Nase und dem breiten Mund wirkte vertraut. Wo verdammt noch mal ...

„Dominique, du bist es wirklich!", rief der Mann erfreut. „Als meine Assistentin mir deinen Nachnamen sagte, hatte ich eine Vorahnung, aber so selten ist der Name Demesy schließlich nicht, und den Vornamen hat sie nicht notiert." Er schüttelte ihm herzlich die Hand.

„Hilf meinem Gedächtnis auf die Sprünge", bat Dominique.

„Senegal 1977 bis '78. Tagsüber Revolten und Massaker, nachts Poker und Daiquiri im Blauen Kakadu. Das kannst du doch nicht vergessen haben."

Dominique schlug sich mit der Hand vor die Stirn. „Natürlich! Mon Dieu, Michel! Dein Name und dein Gesicht sagten mir was, aber ... das ist so verdammt lange her, und es ist so viel passiert seitdem."

„Wem sagst du das", bestätigte sein Gegenüber, ein ehemaliger Unteroffizier der französischen Armee.

„Komm rein, wir müssen ja nicht zwischen Tür und Angel Wiedersehen feiern."

Dominique folgte dem Detektiv in ein behaglich ein-
gerichtetes Büro, in dem zwei Schreibtische unter unordentlich aufgehäuften Papieren verschwanden und
Akten auf dem Boden verstreut lagen.

Stacy hätte eine Krise gekriegt, wenn eines unserer
Büros so ausgesehen hätte, dachte Dominique amüsiert. Er hatte sich gut mit dem Leiter der Detektivagentur in New Delhi verstanden, aber William Stacy war
nicht gerade ein entspannter Vorgesetzter gewesen.

Dominique zog seine Jacke aus, setzte sich auf den Besucherstuhl vor dem Schreibtisch und musterte seinen
früheren Armeekameraden verstohlen. Michels kurz-
geschnittenes, leicht gewelltes braunes Haar war an
den Schläfen ergraut, seine Haut nicht so gebräunt wie
in Afrikatagen, aber dafür von mehr Fältchen durchzogen. Abgesehen davon hatte er sich nicht sehr verändert.

„Du hast also auch die Uniform an den Nagel gehängt", stellte Dominique fest.

„Ja. Ich hatte es satt. Detektiv zu sein ist zwar auch
nicht so spannend, wie ich mir das vorgestellt hatte,
aber wenigstens bin ich selbstständig."

„Na, ich konnte mich über fehlende Spannung und
mangelnde Abwechslung in meinem alten Job nicht beklagen. Wenn das hier ein ruhiger Job ist – umso besser."

„Wo hast du in der letzten Zeit gearbeitet? Sicher
nicht mehr bei der Gendarmerie?"

„Nein. 1985 habe ich als Privatermittler bei der der Detektivagentur Stacy & Langmaster in New Delhi angefangen. Das ist die indische Zweigstelle des Londoner
Ermittlungsbüros." Dominique zog seine Bewerbungs-
mappe aus seiner schmalen Aktentasche und reichte
sie Michel.

„Von denen habe ich gehört. Haben einen ausgezeichneten Ruf."

„Ja, das Büro in Indien ebenfalls. Die Polizei ist dort sehr schlecht angesehen, und davon profitieren die Privaten. Ich hatte oft recht interessante Fälle, die Auftraggeber waren Botschafter, Regierungsvertreter, Wirtschaftsbosse, Maharadschas und die restliche High Society Indiens."

„Chapeau. Und was hast du da so gemacht?"

„Neben den üblichen Routineaufträgen wie zum Beispiel Beschattungen bei Verdacht auf Ehebruch oder kleinkriminelle Delikte, habe ich gestohlene Kunstobjekte und verschiedenste Wertgegenstände zurückbeschafft, habe herausgefunden, wer meinen prominenten Klienten nach dem Leben trachtet oder sie erpresst, war manchmal im Auftrag des Drogendezernats Undercover, und ich habe im Auftrag der Regierung den Kurier für brisante Dokumente gemacht."

Michel Dalmont hob die Augenbrauen. „Und da willst du einen Job als Assistent? Dafür bist du völlig überqualifiziert, Junge!"

„Ich habe nicht gerade die größte Auswahl", gestand Dominique. „Ich will ehrlich zu dir sein, ich bin etwas gehandicapt: Im Mai bin ich in Istanbul angeschossen worden, als ich eine Meisterdiebin überführen wollte. Meine Lunge hat sich davon noch nicht wieder erholt und ich bin nicht mehr so fit wie früher. Und bei dem Job, den ich bisher gemacht habe, war körperliche Fitness natürlich unabdingbar."

Michel musterte seinen früheren Armeekameraden, der mit seinen dunklen Haaren und den blaugrünen Augen noch immer ein sehr attraktiver Mann war, auch wenn die Jahre an ihm nicht spurlos vorbeigegangen waren. „Siehst aber noch recht sportlich aus. Musstest du den Posten deswegen aufgeben?"

„Nein, gekündigt hatte ich bereits kurz vorher. Das Leben in Indien hat mir nicht mehr gefallen. Aber nach zwanzig Jahren Abwesenheit in Frankreich wieder Fuß zu fassen, ist auch nicht leicht. Ich bin seit September wieder hier, aber einen Job habe ich noch nicht gefunden.“

„Ist in unserer Branche schwierig. Aber wenn man so wie ich händeringend einen guten Mitarbeiter sucht, ist es auch nicht leicht, den Passenden zu finden. Mit deinem Handicap könnte ich leben, denke ich. James-Bond-mäßige Einsätze kann ich dir nämlich sowieso nicht bieten, und das Einzige, was du an körperlicher Fitness benötigen würdest, wäre eine schnellere Gangart, wenn du jemanden zu Fuß beschattest, der etwas Tempo vorlegt. Aber mir kommt es sowieso vor allem auf die geistige Geschwindigkeit an.“ Er tippte sich an die Schläfe.

„Die habe ich“, versicherte Dominique hastig. „Natürlich sollst du mich nicht aus Mitleid anstellen. Aber ich gebe zu, dass du mir damit einen Gefallen tun würdest.“

„Ich werde dich einstellen. Nicht aus Mitleid, sondern weil wir alte Freunde sind und ich davon überzeugt bin, dass du ein guter Detektiv bist. Allerdings ist das Gehalt, das ich dir zahlen kann, nicht gerade enorm.“

Dominique atmete erleichtert auf. „Enorm oder nicht: es wird mehr sein als das, was ich jetzt zur Verfügung habe.“

„Wovon lebst du überhaupt, wenn die Frage nicht zu indiskret ist?“

„Von Sozialhilfe und auf Kosten meiner Ex-Frau, bei der ich derzeit wohne. Und das ist ein Zustand, der mir absolut nicht gefällt.“

„Verständlich. Hör zu, Dominique: du kannst sofort anfangen. Wie du an dem Chaos hier siehst, brauche ich ganz dringend Verstärkung.“

„War das nicht deine Assistentin, die ich am Telefon hatte? Hört sie auf?"

„Audrey kümmert sich zwar gelegentlich um die Büroangelegenheiten, aber sie studiert eigentlich Kunst. Und findet immer weniger Zeit für die Detektei. Sie ist meine Lebensgefährtin."

„Hast du dich von deiner Frau getrennt?"

Michels Gesicht nahm einen Augenblick lang einen bekümmerten Ausdruck an. „Marie-Lynn ist vor fünf Jahren an Krebs gestorben."

„Das tut mir leid", sagte Dominique betroffen und versuchte vergeblich, sich an Michels Frau zu erinnern. „Meine Lebensgefährtin ist auch tot. Sie wurde letztes Jahr im Herbst umgebracht."

„Umgebracht? Mein Beileid, das ist ja furchtbar. Von wem?"

„Von einem Wirtschaftskriminellen, gegen den sie ermittelt hat. Jaclyn war ebenfalls Detektivin bei Stacy & Langmaster."

„Dann hast du ja auch Einiges hinter dir."

„Mehr als du ahnst."

„Kannst du morgen anfangen?"

„Kann ich." Dominique streckte dem anderen die Hand hin.

Michel schlug ein. „Herzlich willkommen. Ich werde mir Mühe geben, dich wie einen Partner und nicht wie einen Assistenten zu behandeln."

„Du bist großartig, Michel."

„Ach was. Ich versuche nur, das Beste für meine Detektei zu tun. Ich muss jetzt außer Haus, aber ich werde Audrey bitten, dich in ein paar Sachen zu unterweisen. Hast du noch ein bisschen Zeit?"

„Ja. Ich kann gleich hierbleiben, wenn du willst."

„Warte kurz." Michel verließ das Büro und öffnete eine Tür, die den Großteil der Wohnung von der

Detektei trennte und ein Schild mit der Aufschrift „Privat" trug.

„Audrey? Kannst du bitte mal kurz kommen?", rief er und kehrte zu Dominique zurück.

„Wohnst du hier auch?", erkundigte sich dieser.

„Ja. Das ist recht praktisch. Manchmal stehe ich nachts auf und blättere in den Unterlagen von Aufträgen, wenn mir gerade ein Geistesblitz gekommen ist. Und ich gehöre zu dem verschwindend geringen Prozentsatz der Pariser, die weniger als fünf Minuten zu ihrer Arbeitsstelle brauchen." Er grinste.

Dann betrat eine zierliche junge Frau in Jeans und Pulli das Büro. Sie hatte halblange schwarze Haare und ein hübsches Gesicht mit großen, dunklen Augen.

„Audrey, wir können die Suche nach dem Assistenten einstellen. Ich habe mich entschieden. Monsieur Demesy ist ein alter Freund aus Armeetagen. Er fängt morgen an."

„Wie schön. Hallo." Sie schüttelte Dominique lächelnd die Hand.

„Ich muss gleich los. Audrey, bringst du noch ein bisschen Ordnung in den Papierkram? Und zeig Dominique dabei gleich ein paar Unterlagen – die laufenden Fälle, die allgemeine Ablage. Ich komme in ungefähr zwei Stunden zurück."

Audrey nickte. „Gegen fünf muss ich zur Uni, aber bis dahin werden wir das schon schaffen. Möchten Sie etwas trinken, Monsieur Demesy?"

„Wenn es keine Umstände macht, einen Kaffee, bitte."

„Macht es nicht. Wie trinken Sie ihn?"

„Schwarz."

„Bin gleich wieder da." Sie verließ den Raum.

Michel schlüpfte in einen sportlichen Blouson. „Bis später, Dominique. Falls ich noch nicht zurück bin, wenn Audrey wegmuss, mach es dir im Wohnzimmer bequem. Gehen wir nachher was zusammen trinken?"

„Klar. Wir haben schließlich fünfzehn Jahre aufzuholen."

Audrey kehrte kurz darauf mit zwei Tassen Kaffee ins Büro zurück, als Dominique gerade ein gerahmtes Ölgemälde betrachtete, das an der Wand hing. Es zeigte eine karge, aber dennoch schöne Landschaft mit schroffen roten Bergen, spärlichem Grün und hier und dort ein paar Lehmhütten.
„Wo ist das?", fragte er interessiert.
„In Marokko."
„War Michel in Marokko?"
„Nur kurz. Ich war etwas länger dort." Sie stellte die Tassen auf dem Schreibtisch ab.
„Ein hübsches Urlaubssouvenir", sagte Dominique.
„Ich war dort nicht im Urlaub, und dieses Bild ist nicht direkt ein Souvenir."
Er sah sie fragend an.
„Ich habe ein halbes Jahr dort studiert. Das Bild gehört einer Freundin. Ich bewahre es für sie auf, könnte man sagen."
„Sie sprechen in Rätseln." Fast bedauernd wandte er sich von dem Bild ab und setzte sich wieder auf den Besucherstuhl.
Audrey zuckte mit den Schultern. „Na ja, ein Geheimnis ist es auch nicht gerade. Die Freundin, der das Bild gehört, hat auch in Marokko gelebt. Sehr viel länger als ich. Wir haben uns dort kennengelernt. Sie ist vor einiger Zeit nach Paris gezogen, aber da, wo sie jetzt untergekommen ist, will sie es nicht aufhängen. Deswegen hat sie es mir geliehen."
„Ach so."
„Sie sehen: kein großes Ding."
„Scheinbar nicht." Dominique hatte das Gefühl, dass sich wesentlich mehr hinter dieser banalen Geschichte verbarg, aber er wollte nicht aufdringlich sein.

Audrey warf einen Blick zur Uhr. „Ich muss mich ranhalten, wenn ich diesen Papierkram noch in Ordnung bringen soll, bevor ich zur Uni muss. Gucken Sie sich so lange schon mal die Akten da rechts auf dem Schreibtisch an. Das sind die aktuellen Vorgänge."

Dominique zog den Stapel Papphefter zu sich heran, holte die Lesebrille, die er seit Kurzem benötigte, aus seiner Jackentasche und vertiefte sich in die Notizen und Berichte der laufenden Aufträge.

2

Michel und Audrey betraten mit Tüten beladen ihre Wohnung. Michel feierte am nächsten Tag seinen vierundvierzigsten Geburtstag und wollte eine Party geben.

„Ich hoffe, wir haben jetzt endlich alles", stöhnte Audrey und setzte die prall gefüllten Tüten in der Diele ab, um sich ihren Mantel auszuziehen.

„Zum Glück haben wir rechtzeitig einen neuen Mitarbeiter gefunden, sonst hätte ich keine Zeit gefunden, das alles zu organisieren." Dominique arbeitete nun seit zehn Tagen in der Detektei.

„Ich werde ihn mal fragen, ob er auch einen Kaffee möchte." Audrey betrat das Büro und stieß einen Schrei aus.

„Was ist?" Alarmiert eilte Michel zu ihr.

Mit zitternder Hand deutete sie auf den Boden zwischen den beiden Schreibtischen. Dort lag Dominique mit auf dem Rücken gefesselten Händen und versuchte gerade mühsam, sich aufzurichten.

Michel war sofort bei ihm. „Mein Gott, was ist passiert?" Er holte sein Taschenmesser hervor und zerschnitt das Paketband, das Dominiques Handgelenke fesselte.

„Ich weiß es nicht genau", murmelte Dominique. „Ich bin gerade erst zu mir gekommen."

Michel untersuchte vorsichtig seinen Kopf. „Zumindest blutest du nicht. Tut dir was weh?"

„Ja, hier oben. Das wird wohl eine Beule." Er tastete nach einer empfindlichen Stelle unter seinen Haaren.

„Vielleicht hat dir jemand einen Schlag auf den Kopf gegeben. Oder du bist im Fallen gegen den Schreibtisch geprallt. Kannst du dich nicht erinnern?"

„Warte mal ... Da kam ein Mann in die Agentur. Ich dachte, er wäre ein Klient und du hättest vielleicht vergessen, ihn mir anzukündigen. Außerdem kommen manche ja auch ohne Termin. Ich meine mich zu erinnern, dass er was von einem Auftrag für uns gesagt hat. Er stand hinter mir hier im Büro und dann war ich auf einmal weg. Er muss mich mit einem gezielten Schlag ausgeknockt haben."

„Einfach so?"

„Er hat mich irgendwas gefragt, wir haben kurz geredet, aber ich weiß es nicht mehr. Ich habe ein Blackout. Aber ich erinnere mich dunkel an einen Schlag in den Nacken unmittelbar zuvor." Dominique massierte sich vorsichtig die seitliche Partie des Nackens.

„War das jemand, den du von früher kanntest und der was gegen dich hat?"

„Ich glaube nicht. Er kam mir nicht bekannt vor und schien mich auch nicht zu kennen."

„Wie sah er aus?"

„Dunkel ..."

„Ein Schwarzer?"

„Nein. Aber dunkle Augen, dunkle Haare, schwarz gekleidet. Ein dichter, kurzgeschnittener Vollbart."

„Ein Franzose?"

„Er hat Französisch gesprochen, aber es könnte auch jemand aus dem Maghreb gewesen sein. Ich glaube, er hatte einen leichten Akzent."

Michel blickte sich um. Die große Schublade, in der die Hängehefter mit den laufenden Fällen aufbewahrt wurden, stand noch halb offen und er sah sofort, dass auch sein Schreibtisch durchgewühlt worden war.

„Michel, komm schnell her!", hörte er Audrey erschreckt rufen, die inzwischen zum privaten Teil der Wohnung gegangen war.

„Warte, Dominique, bin sofort zurück." Er lief zu ihr und sah sofort, was los war. „Auch durchgewühlt, verdammt. Irgendwer hat hier was gesucht." Erleichtert stellte er fest, dass Fernseher, Videorekorder und Stereoanlage noch da waren. „Aber gewöhnliche Einbrecher waren das nicht."

Er folgte Audrey ins Schlafzimmer, das unversehrt wirkte. Sie öffnete ihr Schmuckkästchen und atmete auf. „Ich glaube, es ist nichts gestohlen worden. Vielleicht das Bargeld?"

Michel prüfte den kleinen Bargeldvorrat, den sie in einer Kaffeedose in der Küche aufbewahrten. „Ich weiß zwar nicht mehr auf hundert Francs genau, wie viel da war, aber auf den ersten Blick scheint sich niemand bedient zu haben. Trotzdem, ich werde die Polizei rufen. Immerhin ist Dominique niedergeschlagen und gefesselt worden."

Er kehrte zu seinem Assistenten zurück, der sich inzwischen auf seinen Bürostuhl gesetzt hatte und sich noch etwas benommen die Stirn rieb.

„Ist er in die Wohnung eingebrochen?"

„Ja. Er hat das Wohnzimmer durchwühlt, aber es scheint nichts zu fehlen."

„Das war jemand, der etwas Bestimmtes gesucht hat." Dominique beugte sich über die Registratur und versuchte festzustellen, ob ein Hefter fehlte. „Vielleicht geht es um Beweisstücke in einem der laufenden Fälle?"

„Gut möglich." Michel blätterte die Papiere auf seinem Schreibtisch durch. „Aber die Fotos und Unterlagen, die mir spontan irgendwie brisant erscheinen, sind alle noch da. Trotzdem, ich rufe jetzt die Polizei." Er nahm den Hörer auf, wählte und schilderte den Vorfall. „Sie schicken gleich ein paar Beamte vorbei. Und dann fahre ich dich ins Krankenhaus."

Audrey kam mit einer Kühlkompresse ins Büro und hielt sie Dominique hin. „Willst du die Beule kühlen?"

„Kann nicht schaden." Er hielt die Kompresse an die schmerzende Stelle. „Aber ins Krankenhaus muss ich nicht."

„Wenn du dich nicht mehr erinnern kannst, ist die Verletzung vielleicht doch schwerer als du denkst", widersprach Michel.

„Vielleicht hast du recht. Könnte eine Gehirnerschütterung sein, und daher das Blackout. Aber wenn mir nur fünf Minuten Erinnerung fehlen, bin ich schon ganz dankbar", scherzte Dominique. „Beim letzten Mal haben mir zwanzig Jahre gefehlt."

„Ach, hast du mich deswegen am ersten Tag nicht sofort erkannt?"

„Mag sein. Eigentlich ist meine Erinnerung in den Wochen nach der Schussverletzung nach und nach zurückgekommen, aber ich glaube, mir fehlen immer noch einzelne Gesichter oder Erlebnisse."

„Nachdem du bei der Polizei deine Aussage gemacht hast, fahre ich mit dir in die Notaufnahme", ordnete Michel an. „Mit Kopfverletzungen und Bewusstlosigkeit ist nicht zu spaßen."

„Ja, Chef", brummte Dominique.

„Hoffentlich kannst du morgen trotzdem zu unserer Party kommen", sagte Audrey.

„Ach ja, eure Party. An die habe ich, ehrlich gesagt, gar nicht mehr gedacht ... Kann ich Jennifer mitbringen? Sie wollte eigentlich an diesem Samstag unbedingt mit mir ins Kino und wäre sauer, wenn ich ihr ganz absage."

„Natürlich kannst du sie mitbringen. Ich freue mich darauf, sie kennenzulernen. Tut mir leid, wenn wir eure Pläne durchkreuzen."

„Keine Ursache. Ich bin froh, dass ich ums Kino herumkomme. Sie wollte einen Liebesfilm sehen." Dominique schnitt eine kleine Grimasse.

Michel lachte. „Ihr geht echt miteinander ins Kino? Thomas würde mir was husten, wenn ich das vorschlagen würde."

„Und ich bin neidisch – mein Vater hat nie sowas mit mir unternommen", sagte Audrey wehmütig.

„Nun ja, über zwei Jahre lang haben Jenni und ich in Indien miteinander gelebt und gearbeitet, in der Zeit haben wir uns recht nahegestanden. Aber jetzt ist sie sauer auf mich, weil ich nach Paris zurückwollte, und außerdem ..." Er unterbrach sich. Alles Weitere war zu privat, selbst für einen alten Freund wie Michel.

Das Klingeln an der Tür erlöste ihn. Er gab den Polizisten seine Aussage zu Protokoll, und ließ sich von Michel in die Notaufnahme eines nahegelegenen Krankenhauses fahren. Er musste die Nacht vorsichtshalber zur Beobachtung dortbleiben, die Untersuchungen ergaben jedoch, dass er keine gefährliche Verletzung davongetragen hatte.

3

Am Samstagabend trafen Dominique und Jennifer mit einiger Verspätung bei Michel ein. Die Party war bereits in vollem Gange.

In einer Ecke des geräumigen Wohn- und Esszimmers befand sich die Hausbar, mit Tresen, Barhockern und mit Flaschen gefüllten Regalen. Sie erinnerte Dominique an Giulianas Hausbar in Istanbul.

Giuliana ...

Es verging kaum ein Tag, an dem er nicht an sie dachte, und das nicht nur, weil er ihr die häufig schmerzende Lunge zu verdanken hatte.

Sein Blick blieb an der jungen Frau hängen, die hinter der Bar stand und Cocktails mixte. Zwar hatte sie mit Giuliana keine Ähnlichkeit, aber sie besaß genauso viel Sexappeal. Sie war schlank und hatte Kurven an den richtigen Stellen, die von der engen schwarzen Hose und der tief ausgeschnittenen, weißen Bluse vorteilhaft betont wurden. Ihr langes, dunkelblondes Haar war vorne von hellen Strähnen durchzogen und fiel in wilden Wellen um ihr ausdrucksvolles Gesicht.

„Wer ist die schöne Blonde hinter der Bar?", fragte Dominique Audrey leise, nachdem sie mit Michel auf seinen Geburtstag angestoßen hatten. Jennifer unterhielt sich noch mit dem Gastgeber.

„Das ist Julie, eine Freundin von mir. Die, der das Bild aus Marokko gehört. Sie hat sich bereit erklärt, heute Abend die Barkeeperin zu machen. Komm, ich stelle sie dir vor."

Sie schlenderten durch die kleinen Grüppchen plaudernder Gäste auf die Bar zu.

„Hallo, wie läuft's?", fragte Audrey und schwang sich auf einen der freien Barhocker. Dominique setzte sich neben sie.

„Ich kann mich über mangelnde Arbeit nicht beklagen", sagte die Barkeeperin. „Die Leute stürzen sich nur so auf die Cocktails."

„Ich möchte dir jemanden vorstellen, Julie. Das ist Dominique, Michels neuer Mitarbeiter und früherer Armeefreund. Er hat bis vor drei Monaten in Indien gelebt. Dominique, das ist Julie. Sie hat als Kind auch mal in Indien gelebt, und dann etliche Jahre in Marokko. Sie ist auch erst seit Kurzem wieder in Frankreich. Zumindest das habt also schon mal gemeinsam."

Dominique und Julie lächelten einander an.

„Was möchten Sie trinken?", fragte sie.

„Einen Orangensaft, bitte." Er versuchte Alkohol zu vermeiden, wenn es ging. Da er nach dem Schuss in die Lunge das Rauchen hatte aufgeben müssen, hatte ihm die Verletzung zumindest einen gesünderen Lebenswandel beschert.

Sie schenkte Saft in ein hohes Glas ein und reichte es ihm. „Und du, Audrey?"

„Wenn du mich so fragst, mix mir bitte diesen Drink, den wir in Casablanca getrunken haben, den mit Malibu, Cognac und Orangensaft."

„Du meinst den Gold Coconut. Kann ich nur, wenn du mir ein rohes Ei aus der Küche holst."

Audrey winkte ab. „Lass das mit dem Eiweiß. Er schmeckt auch ohne."

Eine Dame trat an den Tresen und bat um eine White Lady.

Julie hantierte mit Flaschen, Eiswürfelzange, Cocktailshaker und Gläsern. Edelstahl und Glas funkelten und blitzten.

„Was haben Sie in Marokko gemacht?", erkundigte
sich Dominique, als sie die Gläser vor Audrey und der
anderen Dame abgestellt hatte.

„Ich habe in Luxushotels gearbeitet."

„Muss interessant gewesen sein, dort zu leben. Audrey schwärmt ja von Marokko."

Audrey nahm einen großen Schluck von ihrem Cocktail und stellte dann das Glas ab. „Entschuldigt mich.
Ich will mal nachsehen, ob das Büffet nachgefüllt werden muss." Sie verschwand in Richtung Küche.

Neue Gäste kamen mit Getränkewünschen an den
Tresen. Dominique beobachtete Julie, die Manhattan
Dry, Margarita und Cosmopolitan so selbstverständlich zubereitete, als tue sie den ganzen Tag nichts anderes. Die dünnen Armreifen, die ihre schmalen Handgelenke zierten, klimperten dabei.

Verstohlen studierte er ihr ovales Gesicht mit den
ausgeprägten Wangenknochen und den vollen Lippen.
Sie besaß längliche Augen in dunklem Grünbraun. Ihre
Nase war nicht unbedingt zierlich, aber hübsch ge-
formt, und ihre Haut war leicht bräunlich. Er schätzte
sie auf Anfang bis Mitte Dreißig. Auffällige, orientalische Ohrringe baumelten bis zu ihren Schultern, und
ihr Dekolleté wurde von einem weiteren, großen An-
hänger geschmückt.

Fasziniert ließ Dominique seinen Blick von ihrem Gesicht zurück zu ihren schlanken Händen gleiten. Falls
Julie sich von ihm beobachtet fühlte, ließ sie es sich
nicht anmerken. Als sie fertig war und einen Moment
lang keine weiteren Getränkewünsche bekam, setzte
sie sich zu Dominique.

„Sie stammen nicht aus Paris, oder?", erkundigte er
sich.

„Nein. Aus Grenoble. Aber aufgewachsen bin ich auf
Ibiza."

„Traumhaft. Und Sie haben in Indien gelebt? Wo da?"

„In Goa. Aber nur kurz als Kind.“

„Warum haben Sie Ibiza verlassen? Und Marokko?“

„Warum haben Sie Indien verlassen?“, fragte sie zurück.

„Das frage ich mich langsam auch. Es ist nicht leicht, wieder in Frankreich Fuß zu fassen.“

Sie seufzte. „Wem sagen Sie das …“

Dominique stutzte. „Sind Leute aus dem Hotelgewerbe in Paris nicht gesucht?“

„Möglich, aber ich habe keine Ahnung vom Hotelgewerbe. Wie kommen Sie darauf?“

„Sie sagten vorhin, dass Sie in Marokko in Hotels gearbeitet haben. Und da Sie Cocktails mixen wie eine Profi-Barkeeperin, habe ich vermutet, dass Sie das gelernt haben.“

„Ach so, nein. Ich bin als Sängerin in Hotels und Clubs aufgetreten.“

„Als Sängerin?“, wiederholte Dominique überrascht.

„Ja. Ich habe davon in Marokko ganz gut gelebt. Ich war sogar recht bekannt.“ Sie lächelte schüchtern.

„Und in Frankreich? Sitze ich neben einem Star, ohne es zu wissen?“ Forschend betrachtete er sie.

„Nein, hier ist das nicht das Gleiche. Aber wir arbeiten daran, uns Beziehungen aufzubauen.“

„Wir?“

„Ich singe in einer Band“, erklärte sie. „Wir treten drei bis viermal die Woche in Pubs und Nachtclubs auf. Der Leader unserer Band ist dabei, Kontakte zum Fernsehen zu knüpfen.“

„Was singen Sie? Jazz?“

„Ja, das auch. Aber wir sind auf Raï spezialisiert.“ Sie nippte an ihrem Mineralwasser.

„Raï? Was ist das denn?“

Julie hob die Augenbrauen. „Sie wissen nicht, was Raï ist? Sie hören wohl bloß France Inter und Klassik Radio, was? Ach so, Sie leben ja erst seit Kurzem hier. Raï ist Musik mit orientalischen Wurzeln und modernen Einflüssen aus Pop und Rap. Ist in Frankreich gerade groß im Kommen, vor allem, weil sie den Geschmack der Jugendlichen trifft."

„Ah ja, ich glaube, diese Musik habe ich schon gehört. Singen Sie Arabisch?"

„Es ist eine Mischung aus Französisch und Arabisch, wenn man so will, eine Verschmelzung beider Kulturen und Sprachen. Das trifft das Gefühl der Jugendlichen aus dem Maghreb, die in Frankreich aufgewachsen sind und sich zwischen beiden Kulturen hin- und hergerissen fühlen."

„Und Sie?", fragte Dominique. „Fühlen Sie sich auch zwischen beiden Kulturen hin- und hergerissen?"

„Nein. Ich liebe orientalische Musik und Kunstgegenstände, orientalischen Tanz, Schmuck und so was. Aber damit hat es sich. Ich war in Marokko immer bloß zu Gast. Und wenn ich etwas dort hasse, ist es die Stellung der Frau und all die damit verbundenen Ungerechtigkeiten."

„Waren Sie mit einem Marokkaner verheiratet?"

„Sie sind ganz schön neugierig, Monsieur", gab Julie zurück und sah ihm fordernd in die Augen.

„Deswegen bin ich Detektiv geworden", sagte er lächelnd. „Verzeihung, falls ich zu aufdringlich bin. Und bitte nennen Sie mich Dominique. Ich werde Ihnen eine Verschnaufpause von meiner Fragerei gönnen und mir was zu Essen holen."

„Falls Sie danach wiederkommen, werde ich Sie ausfragen", sagte Julie.

Er zwinkerte ihr zu. „Ich werde wiederkommen."

Dominique ging in die Küche und bediente sich am kalten Büffet. Mit seinem Teller in der Hand kehrte er ins Wohnzimmer zurück. Während er aß, gesellte sich Jennifer zu ihm. „Hast du endlich mal wieder eine

Eroberung gemacht? Wer ist denn die Blonde?", fragte sie mit ätzendem, missgünstigen Unterton.

Dominique atmete geräuschvoll aus. „Bist du mal wieder eifersüchtig?"

„Quatsch. Aber ich frage mich, warum du mich mitgeschleift hast. Nur alte Leute hier."

„Sieh dich um. Michels Sohn ist neunzehn, also zwei Jahre jünger als du. Und Audrey ist auch erst siebenundzwanzig. Außerdem hast du dich in Indien auch nicht daran gestört, wenn Leute deutlich älter waren als du."

Seit Jennifer eine Psychotherapie begonnen hatte, war ihr Verhältnis zueinander noch angespannter als in jenen letzten Wochen in New Delhi und Istanbul. Die Therapie förderte verdrängte Aggressionen aus ihrer Kindheit und Jugend zutage, die sich jetzt in ihrem angriffslustigen Verhalten äußerten. Ein völlig normaler Prozess, hatte der Therapeut Dominique versichert, als er ihn vor einigen Wochen zu einem Gespräch in seine Praxis gebeten hatte. Es sei ganz natürlich, dass sie anfangs nicht wisse, wohin mit ihren Emotionen und dass diese zuweilen ungefiltert hervorbrachen. Doch er solle sich keine Sorgen machen, es würde ihr bald besser gehen.

Aber dass sie jetzt erneut zusammenlebten, erschwerte die Sache. Jennifer war Dominique gegenüber frostig oder aggressiv, und es war, als hätte es ihr freundschaftliches Verhältnis in Indien nie gegeben. Um sie zu besänftigen, hatte er an diesem Abend mit ihr ausgehen wollen. Er wusste, dass sie verletzt war, weil er sie der Party wegen auf ein anderes Mal vertröstet hatte. Er wollte ihr etwas Nettes sagen, aber sie hatte sich bereits abgewandt.

Dominique brachte seinen leeren Teller in die Küche und setzte sich wieder an die Bar. Nun war ihm doch nach Alkohol. „Mixen Sie mir einen Ihrer fabelhaften Cocktails“, bat er Julie.

„Was möchten Sie trinken?“

„Suchen Sie was aus. Nur nicht zu süß.“

„Was für ein Sternzeichen sind Sie?“

„Skorpion.“

„Dann werde ich Ihnen einen Drink mixen, der Scorpion heißt.“

Sie mischte weißen Rum mit Cognac, Orangen- und Zitronensaft. „Normalerweise kommt da noch ein Schuss Mandelmilchsirup rein, und das Glas wird mit der Blüte einer Gardenie dekoriert, aber ich habe weder das eine noch das andere“, entschuldigte sie sich und reichte ihm das Glas.

„Raus mit der Sprache – wieso beherrschen Sie all diese Cocktails?“

„In meiner Anfangszeit habe ich manchmal als Barkeeperin gearbeitet, weil ich nur vom Singen allein nicht leben konnte. Und natürlich habe ich in dieser Zeit gelernt, Cocktails zuzubereiten.“ Julie lächelte ihr reserviertes, etwas misstrauisches Lächeln. „Und Sie, wie haben Sie sich in Frankreich eingelebt?“

„Dank Michel fängt es langsam an, besser zu laufen. Noch zwei Monate, dann habe ich endlich drei Gehaltszettel und kann versuchen, eine Wohnung zu finden.“

„Das Problem kenne ich.“ Sie seufzte.

„Wie haben Sie es geschafft, eine Bleibe zu finden?“ Er nippte an seinem Glas.

„Durch Beziehungen“, sagte sie ausweichend, und Dominique hatte den Eindruck, dass sie nur ungern über sich selbst sprach.

„Wieso sind Sie eigentlich nach Marokko gegangen?“

„Wieso nicht? Wenn man auf Ibiza aufgewachsen ist, erscheint einem Nordafrika nicht so abwegig. Weniger als zum Beispiel Indien“, konterte sie.

„Eins zu null für Sie." Er gab sich geschlagen, aber seine Neugier war geweckt. Versuchte Julie, etwas vor ihm zu verbergen?

„Hallo, ihr zwei." Audrey war neben Dominique aufgetaucht.

Julie warf einen Blick auf ihre silberne Armbanduhr. „Ich muss gehen. Wir treten um Mitternacht auf."

„Soll ich dir ein Taxi rufen?", bot Audrey an.

„Nein, ich will noch ein bisschen frische Luft schnappen gehen. Es ist nicht weit von hier."

„Darf ich Sie begleiten?", fragte Dominique und leerte sein Glas.

„Wenn Sie möchten." Sie schlüpfte in einen kurzen silbergrauen Blazer, der hinter der Bar gelegen hatte.

Er ging zu Jennifer, die sich nun tatsächlich mit Michels Sohn Thomas unterhielt, und beugte sich zu ihr hinunter. „Jenni, ich gehe spazieren. Falls ich noch nicht zurück bin, wenn du gehen möchtest, warte nicht auf mich, sondern nimm dir ein Taxi."

Sie hob die Augenbrauen. „Spazieren? Jetzt?"

Er zwinkerte ihr zu. „Lungenrekonvaleszenten brauchen viel frische Luft."

Thomas sah Julie hinter Dominique auftauchen und grinste. „Ja, spazieren gehen kann auch um diese Zeit sehr reizvoll sein."

Sie verabschiedeten sich und gingen durch die noch immer belebten Straßen des Quartier Latin. Trotz der Kälte saßen Nachtschwärmer auf den beheizten Terrassen der Cafés, aus denen Licht und Musik drangen. Dominique atmete tief die kalte klare Luft ein. „Tut gut nach dem Qualm und dem Stimmengewirr."

„Ja. Ich habe Qualm und Stimmengewirr allerdings noch ein paar Stunden lang um mich. Lassen Sie uns einen kleinen Umweg machen, wir haben noch ein bisschen Zeit."

Schweigend schlenderten sie nebeneinander her zur nahegelegenen Seine. Die prachtvollen, alten Gebäude zu beiden Seiten des Ufers wurden von weichem, honigfarbenem Licht angestrahlt. Das dunkle Wasser der Seine glitzerte im Schein der Laternen. Auf dem Pont Neuf blieben sie stehen und betrachteten die massiven Mauern und Türme der Conciergerie, in der vor allem während der Französischen Revolution Menschen unter unwürdigen Bedingungen gefangen gehalten worden waren. Der Eiffelturm, der durch die nächtliche Beleuchtung noch eindrucksvoller aussah, leuchtete vor dem Hintergrund des dunklen Himmels.

„Was für eine schöne Stadt." Julie ließ ihren Blick schweifen. Paris war seit einigen Tagen weihnachtlich geschmückt und sah noch eleganter aus als sonst.

Dominique warf ihr einen Seitenblick zu. „Vermissen Sie Ibiza oder Marokko?"

„Teils, teils."

„Warum sind Sie denn nun nach Marokko gezogen? Sicher nicht, um zu singen, oder?"

„Hat sich so ergeben. Mein Bruder ist dort hingezogen, ich bin ihm gefolgt." Sie hüllte sich wieder in Schweigen.

„Sie wollen nicht darüber reden ..."

Julie schüttelte den Kopf. „Nicht jetzt. Vielleicht ein anderes Mal."

„Heißt das, dass Sie mich wiedersehen wollen?"

Sie lächelte, antwortete aber nicht. Stattdessen fröstelte sie. „Wenn ich mich an eines nicht gewöhnen kann, ist es die Kälte hier. Seit ich fünf bin, habe ich immer in warmen Regionen gelebt." Sie zog ihren Schal höher ins Gesicht.

Er hätte sie gerne wärmend in die Arme genommen, wagte es aber nicht.

Sie kehrten zum Ufer zurück und erreichten kurz darauf den Pub, in dem Julies Band auftrat.

„Ich würde Sie gern mal singen hören", sagte Dominique.

„Dann kommen Sie doch mit. Der Eintritt ist frei, nur die Getränke sind ziemlich teuer – das bezahlt meine Gage." Julie lächelte, nahm ihn am Arm und zog ihn auf den Eingang zu.

Der kleine Pub lag in einem Kellergewölbe, wie so viele Pariser Musikclubs. Das Licht war gedämpft, die Einrichtung rustikal, der Andrang groß, und Dominique hatte Mühe, einen freien Platz zu finden. Julie verschwand in der Garderobe.

Die Band, die aus jungen Nordafrikanern in schwarzen Jeans und weißen Hemden bestand, begann ihre Instrumente zu stimmen. Während sie eine Melodie mit leicht arabischem Einschlag anstimmten, trat Julie auf die kleine Bühne. Da Julie von orientalischer Musik gesprochen hatte, hatte Dominique gehofft, sie in einem Kostüm aus tausendundeiner Nacht auftreten zu sehen, aber er wurde enttäuscht. Sie trug noch immer ihre enge schwarze Stretch-Hose und die geschnürten Lederstiefeletten. Sie hatte lediglich ihren silbergrauen Blazer ausgezogen und die Enden ihrer weißen Bluse unter der Brust verknotet, so dass ihr flacher Bauch entblößt war. Einziges Zugeständnis an die arabische Kultur war ihr klimpernder Schmuck und der glitzernde rote Stein, den sie im Bauchnabel trug.

Beifall ertönte, als sie begann, einen bekannten französischen Schlager zu singen, dem ihre Band orientalische Töne beimischte. Sie besaß eine schöne, klangvolle Altstimme und das Timbre einer Jazzsängerin. Dominique lauschte gebannt. Obwohl die kleine Bühne so dicht beim Publikum lag, dass nur wenige Schritte sie trennten, wirkte Julie weit entfernt, versunken in einer für ihn scheinbar unerreichbaren Welt.

Nach zwei Liedern trat sie zu dem jungen Mann am Synthesizer und flüsterte ihm etwas ins Ohr. Er nickte und stimmte die ersten Takte von Strangers in the Night an.

Dominique hatte das gute, alte Strangers in the Night schon in vielen Hotelbars dieser Welt gehört, in allen möglichen Versionen und musikalischen Genres. Aber noch nie hatte er es so schön gefunden wie jetzt, von Julie mit ihrem leichten Akzent gesungen.

Während sie von einladenden Blicken und aufregendem Lächeln sang, sah sie Dominique oft in die Augen, und es kam ihm vor, als singe sie dieses Lied speziell für ihn. Es passte so gut auf sie beide: zwei Fremde, die sich begegneten, einsam waren in einer großen Stadt und die sich zueinander hingezogen fühlten ...

Als die Band eine Pause einlegte, trat Julie zu Dominique an den Tisch. „Also, mögen Sie Raï?"

„Ja, es gefällt mir. Sie haben eine schöne Stimme. Aber noch besser hat mir Ihr Strangers in the Night gefallen."

„Es gehört nicht zu unserem Standardprogramm. Ich habe es für Sie gesungen. Es erschien mir passend." Sie lächelte ihn an.

„Ich bin geschmeichelt. Es ist das erste Mal, dass jemand für mich singt. Danke. Möchten Sie was trinken?"

„Danke, nein. Schonen Sie Ihr Portemonnaie, ich kann hinter der Bühne kostenlos trinken."

„Oh, das ist doch kein Problem", murmelte Dominique, obgleich es sehr wohl eines war. Die Preise in diesem Laden waren unverschämt. „Treten Sie regelmäßig hier auf?"

„Nein, nur hin und wieder."

„Und wo singen Sie noch?"

„In diversen Clubs in Paris und Umgebung", erwiderte sie vage.

„Wo kann ich Sie wiedersehen?"

In diesem Moment trat ein dunkelhaariger junger Mann neben Julie und zog sie in die Arme. „Salut, Habibti." Er küsste sie.

„Marco, was machst du hier?" Julie wirkte erschrocken. „Du wolltest doch heute nicht kommen."

„Ich habe es mir anders überlegt." Betont besitzergreifend ließ er seinen Arm auf Julies nackter Taille weilen und blickte Dominique misstrauisch an. „Bonsoir."

„Bonsoir." Dominique beäugte seinen unerwarteten Nebenbuhler mit dem gleichen Misstrauen.

Er sah gut aus, dieser Marco. Anfang oder Mitte dreißig, hochgewachsen, schlank und kräftig, mit großen glänzenden, dunklen Augen und einem edel geschnittenen, südländischen Gesicht. Vielleicht Sizilianer, dachte Dominique. Würde auch zum Vornamen passen. Aber er hatte Julie „Habibti" genannt, das bedeutete seines Wissens nach „Liebling" auf Arabisch. Nun, wie auch immer, offensichtlich war sie nicht frei. Das hätte er sich ja denken können.

Julie hatte anscheinend nicht die Absicht, die beiden Männer einander vorzustellen. Sie warf Dominique stattdessen einen warnenden Blick zu. Er verstand. Sie wollte diesen Marco nicht merken lassen, dass sie bereits nähere Bekanntschaft geschlossen hatten.

„Ich freue mich, dass Ihnen unsere Musik gefällt, Monsieur", sagte sie hastig. „Ich muss gleich wieder auftreten. Einen schönen Abend noch."

Dominique war enttäuscht. Sollte das alles gewesen sein?

In diesem Moment wurde Marco von einem Mitglied der Band angesprochen. Sie begrüßten sich freudestrahlend, klopften sich auf die Schultern, und Marco entfernte sich mit dem anderen einige Schritte, bis er außer Hörweite war. Julie jedoch stand noch immer vor Dominiques Tisch.

„Ich würde Sie gerne wiedersehen, aber das geht wohl nicht?", fragte er bedauernd.

„Morgen Nachmittag, wo immer Sie wollen", sagte sie eilig. „Nur nicht im 1. Arrondissement."

Er dachte kurz nach. „Kennen Sie das Café Select in Montparnasse?"

„Ja. Um fünfzehn Uhr?"

„Abgemacht."

„Gute Nacht. Bitte bleiben Sie nicht mehr so lange, das könnte Komplikationen geben", sagte sie und wandte sich ab.

Dominique fühlte sich wie ein Verschwörer in diesem hastig arrangierten und heimlichen Rendezvous. Die Vorstellung, einen sehr eifersüchtigen Sizilianer oder Araber als Rivalen zu haben, verlieh der Sache einen zusätzlichen Reiz. Genau was er brauchte, um wieder etwas Schwung in sein langweilig gewordenes Leben zu bringen.

4

„Mein Leben ist ein einziger Misthaufen", murmelte Julie in ihre heiße Schokolade hinein, als sie sich am nächsten Nachmittag im Café Select auf dem Boulevard Montparnasse gegenübersaßen. „Ich wollte unbedingt mal mit jemandem reden, dem es genauso geht."

„Oh, vielen Dank", erwiderte Dominique und wusste nicht, ob er belustigt oder beleidigt sein sollte.

„Verstehen Sie mich nicht falsch. Ich meine, dass Sie wissen, was es heißt, ein Land zu verlassen, das einen jahrelang gastlich aufgenommen hat, um in eine sogenannte Heimat zurückzukehren, in der man sich nicht mehr zurechtfindet und in der man den Anschluss verpasst hat", erklärte sie und tupfte sich mit einer Papierserviette Schokolade von der Oberlippe.

Dominique betrachtete sie aufmerksam. Julie wirkte übernächtigt, als habe sie nicht viel geschlafen, ihre Stimme war heiser vom Singen in der verrauchten Bar. Sie trug Jeans, einen enganliegenden, schwarzen Rollkragenpullover und als einzigen Schmuck einen silbernen, orientalischen Kettenanhänger. Ihre blondgesträhnten Haare fielen wild um ihr fast ungeschminktes Gesicht, und er war nicht sicher, ob es Absicht war oder ob sie nur das Kämmen vergessen hatte.

„Ja, ich weiß, was das heißt", sagte er und nippte an seinem Darjeeling. „Wie halten Sie sich über Wasser, seit Sie in Paris sind?"

„Wollen wir uns nicht duzen?", fragte Julie beiläufig und zerbröselte den Keks, der mit ihrer heißen Schokolade serviert worden war, nervös zwischen den Fingern.

Er nickte, und sie redete zögernd weiter, antwortete jedoch nicht auf seine Frage, wovon sie gerade lebte.

„Ich habe nie in Frankreich gelebt, nur bis ich fünf Jahre alt war, dann sind wir nach Indien, dann nach Ibiza, und mit neunzehn bin ich nach Marokko gegangen. Frankreich ist wie ein fremdes Land für mich." Sie umklammerte haltsuchend ihre Tasse.

„Wieso hast du immer im Ausland gelebt? Was ist mit deinen Eltern?"

„Ach, meine Eltern." Sie stieß einen tiefen Seufzer aus. „Erzähl du mir lieber erst mal, warum du nach Indien gegangen bist."

„Wegen eines Jobs. Ich wollte weg von der Gendarmerie, wollte aber noch was von der Welt sehen, bevor ich nach Frankreich zurückkehre. Und da habe ich eine Stellenanzeige einer großen Detektivagentur in New Delhi gesehen, die einen Privatdetektiv suchte. Ich habe den Job bekommen und bin acht Jahre geblieben."

„Ach so." Sie klang etwas enttäuscht. „Du hattest also keine spirituellen Gründe oder sowas?"

Dominique lachte auf. „Nein. Wieso fragst du?"

Wieder ging sie nicht auf seine Frage ein, sondern stellte eine Gegenfrage. „Hast du dort Hippies kennengelernt?"

„Die Hippiezeit war schon vorbei, als ich in Indien angekommen bin. Aber ich habe den einen oder anderen Aussteiger kennengelernt, der in Indien nach spiritueller Erleuchtung gesucht hat und stattdessen im Drogensumpf endete."

Julie presste die Lippen zusammen. „Was denkst du von solchen Leuten?"

Dominique hob die Hände. „Es muss jeder selber wissen, wie er sein Leben gestaltet. Ich denke, ich bin da sehr tolerant. Aber mein bester Freund war einer von denen, die Spiritualität gesucht haben und an Drogen zugrunde gegangen sind. Es ist nahezu vor meinen Augen passiert, und ich hab es nicht gemerkt", murmelte er. „Erst als es zu spät war und er tot vor mir am Strand lag." Er nahm einen langen Schluck Tee, als könne er damit die Erinnerung an Richard hinunterspülen.

„Das tut mir leid. Kannst du dich an den Summer of Love erinnern?", fragte sie unvermittelt.

„Du meinst 1967 in San Francisco?"

Sie nickte.

„Ja. Ich war sechzehn und fand das ziemlich cool, wenn sie im Fernsehen darüber was gebracht haben. Worauf willst du mit all dem hinaus, Julie?"

„Meine Eltern waren Hippies der ersten Stunde", bekannte sie zögernd. „Im Herbst '67 hat mein Vater seinen Job geschmissen und wir sind alle vier in einer Art Wohnmobil den Hippie-Trail nach Indien gefahren."

„Echt? Quer durch die Türkei, Afghanistan, Pakistan?"

Sie nickte. „Mein Zwillingsbruder und ich waren knapp sechs und wir hätten eigentlich eingeschult werden sollen, aber meine Eltern haben beschlossen, das um ein Jahr zu verschieben. Egal ... Entschuldige, ich bin total vom Thema abgekommen. Ich wollte nur mal wissen, wie du so zur Hippiebewegung stehst. Vielen in Frankreich waren Hippies ja als dreckige, arbeitsscheue Clochards verhasst."

„Dazu gehöre ich nicht. Ich hab die Hippies immer ein bisschen beneidet. In der Gendarmerie war es natürlich weniger cool ... Aber ja, eigentlich wolltest du mir erzählen, wie du in Frankreich zurechtkommst. Über deine Hippiekindheit möchte ich irgendwann aber schon noch mehr hören. Klingt für mich sehr spannend."

„Spannend, ja ... meine Mutter ist an einer Überdosis gestorben, als ich zwölf war", sagte sie schneidend.

„Das tut mir leid. Und dein Vater?"

„Lebt immer noch als Althippie auf Ibiza. Wir haben wenig Kontakt. Meine Großeltern in Grenoble wollen von mir nicht viel wissen. Mein Bruder Fabien ist meine einzige Familie."

„Und wo lebt der?"

„Im Ausland", sagte sie knapp.

„In welchem?"

„Weiß ich nicht. Bitte frag nicht."

Dominique hob die Augenbrauen, schwieg aber.

„Als ich nach Paris gezogen bin, hat mir Audrey zum Glück ihre Hilfe angeboten. Sie hat es arrangiert, dass ich als Haushilfe bei ihren Eltern arbeiten konnte, gegen ein Taschengeld und kostenlose Unterkunft, in dieser eleganten Villa im 16. Arrondissement. Aber es hat nicht funktioniert. Ich habe es weder mit dem Putzen noch mit dem Kochen, und mit Audreys Eltern auszukommen, ist nicht einfach. Sie waren nie zufrieden und haben mich ständig kontrolliert. Und es war ein solcher Abstieg für mich. Ich hatte in Casablanca eine schöne Wohnung mit einer eigenen Haushalthilfe, die für mich geputzt und gekocht hat. Ich bin in Limousinen zu den Auftritten gefahren worden, hatte Designer-Kleider und teuren Schmuck. Und plötzlich war das alles weg, und ich fand mich in Gummihandschuhen wieder, um den Fußboden anderer Leute zu scheuern." Sie seufzte. „Wahrscheinlich hältst du mich für einen Snob. Aber ich war so froh, dass ich mich praktisch aus dem Nichts zu einem lokalen Star hochgearbeitet hatte, und dann bin ich tiefer gefallen denn je ..."

„Was für ein Elend", sagte Dominique mitfühlend. „Aber warum bist du weg aus Marokko, wenn es dort so super lief?"

Sie blickte ihn gequält an. „Siehst du, deswegen rede ich nicht gerne darüber, weil dann immer zu viele Fragen kommen, die ich nicht beantworten möchte."

„Na schön. Bleiben wir also in Paris. Wie ging es da weiter?"

„Ich habe eine marokkanische Freundin gefunden,
deren Bruder gerade dabei war, eine Band zu gründen.
Und sie suchten eine Sängerin. Wir probten zusammen, hatten die ersten Auftritte, und es lief gut. Es läuft
immer noch gut, reicht aber nicht für einen echten Lebensunterhalt. Durch unseren tunesischen Bassisten
habe ich vor ein paar Monaten seinen Cousin Marco
kennengelernt ...“

„Tunesier ist er also“, warf Dominique ein.

„Ja. In einem Kaff der tunesischen Sahara aufgewachsen wie ein echter Wüstensohn und seit zwei oder drei
Jahren als illegaler Einwanderer in Paris. Eigentlich
heißt er Larbi, aber das ist ihm peinlich, deswegen lässt
er sich Marco nennen und hofft, dadurch wie ein Italiener zu wirken. Er arbeitet in einer Pizzeria.“

„Im 1. Arrondissement“, vermutete Dominique.

„So ist es. Er hat mir angeboten, zu ihm zu ziehen, und
da ich froh war, bei Audreys Eltern rauszukommen,
habe ich es getan. Dadurch bin ich allerdings von einer
Abhängigkeit in die nächste geschlittert. Ich fürchte,
das ist mein Los. Das war schon in Marokko so.“ Sie
stieß einen tiefen Seufzer aus.

„Du liebst ihn nicht“, stellte er erleichtert fest.

„Anfangs war ich in ihn verliebt. Ich war einsam, er
war gutaussehend und charmant, hat sich um mich gekümmert. Hat für mich gekocht, mich mit Blumen und
kleinen Geschenken überhäuft ...“

„Und jetzt?“

„Oh, er tut es immer noch. Eigentlich ist er ein lieber
Kerl. Aber furchtbar besitzergreifend. Wir wohnen in
einer schrecklichen Bruchbude in Saint-Denis, die wir
noch dazu mit zwei von Marcos Cousins teilen – sowie
allen Tunesiern, die gerade in Paris auf Durchreise
sind, habe ich das Gefühl. Wenn das Geld knapp ist,
kellnere ich in seiner Pizzeria. Wir leben auf Pump von
besser gestellten Cousins von Marco. Vielleicht bin ich

undankbar, aber meine Verliebtheit ist dahin. Ich ertrage ihn kaum noch."

„Und er? Liebt er dich?"

„Er will mich heiraten. Vielleicht tatsächlich aus Liebe, aber vor allem, um eine Aufenthaltsgenehmigung zu kriegen."

„Du denkst hoffentlich nicht daran, das wirklich zu tun."

„Nein, natürlich nicht. Aber er setzt mich unter Druck. Und wenn wir uns streiten, droht er, mich rauszuwerfen. Wenn er das täte, säße ich auf der Straße."

„Ich würde dir gerne helfen, aber ich weiß nicht wie", sagte Dominique unangenehm berührt. „Ich bin nämlich so etwa in der gleichen Lage wie du, nur ohne Option auf Heirat."

„Ich erzähle es dir nicht deswegen", stellte Julie hastig klar. „Ich weiß, dass du deine eigenen Probleme hast."

„Gibst es wirklich niemanden, der dich aufnehmen könnte?"

„Natürlich könnte ich vorübergehend bei Audrey und Michel unterkommen, bevor ich unter einer Brücke schlafen muss. Aber es ist nicht viel Platz bei ihnen, das würde nicht lange gutgehen. Zumal sie auch immer wieder Beziehungsprobleme haben."

„Hm." Er starrte aus dem Fenster auf den belebten Boulevard, den die Dezembersonne in ein freundliches Licht tauchte. „Wollen wir spazieren gehen?"

„Okay."

Dominique zahlte, und Julie hüllte sich in einen zotteligen, beigefarbenen Fellmantel im Siebziger-Jahre-Stil, den sie sicherlich auf einem Trödelmarkt erstanden hatte. Sie verließen den Boulevard Montparnasse und gingen durch die kleinen Straßen, in denen sich Crêperien, Cafés und Restaurants aneinanderreihten, zur Rue Edgar Quinet, in der sonntags stets ein Kunstmarkt stattfand. Paare bummelten dort zwischen den

Ständen umher, und es erschien nur natürlich, dass Julie sich bei Dominique einhakte und er schließlich den Arm um sie legte. Im Pariser Gedränge musste Platz gespart werden, dachte er lächelnd. Sie bewunderten moderne Gemälde, handbemalte Vasen und Designer-Modeschmuck.

„Wie wäre es mit Kino?", schlug er vor, als sie das Ende des Kunstmarktes erreicht hatten.

Sie warf einen Blick auf ihre Armbanduhr. „Tut mir leid, aber ich muss mich auf den Weg machen."

„Trittst du heute Abend auf?"

„Nein. Aber Marco erwartet mich in der Pizzeria. Ich arbeite heute da."

„Ich glaube, ich würde heute Abend gerne Pizza essen", sagte er lächelnd. „Wenn ich sie noch dazu von dir serviert bekomme ..."

„Nein, tu das nicht", bat sie. „Er wird misstrauisch werden, und ich muss es dann ausbaden."

„Tut mir leid, das sollte nur ein Scherz sein. Ich würde dich nicht wissentlich in Verlegenheit bringen." Dominique musterte sie einen Augenblick, dann fragte er: „Hast du Angst vor ihm?"

Sie nickte. „Ich fürchte, er könnte gewalttätig werden. Aber vielleicht denke ich das bloß, weil ich in der Vergangenheit schlechte Erfahrungen gemacht habe."

„Ich habe den Eindruck, dein Leben war bisher nicht sehr angenehm."

„Nein. Ich will mich nicht selbstbemitleiden, aber wie ich vorhin schon sagte: mein Leben ist ein ziemlicher Misthaufen – um es mal vornehm auszudrücken."

„Ich würde dein Leben nicht als Misthaufen bezeichnen. Du bist jung, sehr attraktiv und hast obendrein Talent. Du wirst es schaffen, wieder nach oben zu kommen."

„Du kennst nur die Spitze des Eisberges", seufzte sie und lächelte ihn unsicher an. „Wenn du mehr wüsstest, würdest du davonlaufen."

„Glaub ich nicht." Er zog sie an sich.

„Nicht doch", flüsterte Julie, machte aber keine Anstalten, seinen Kuss abzuwehren. Seine Lippen waren wohltuend warm in der kalten Luft.

„Du weißt nicht, worauf du dich einlässt, Dominique", murmelte sie und schmiegte sich an ihn. „Mein Leben ist total verkorkst, und ich selbst bin es wahrscheinlich auch."

„Unsinn, da habe ich sicher Schlimmeres kennengelernt."

„Es ist alles so schwierig", flüsterte sie.

„Mit diesem Marco würde ich schon fertig werden, und wir werden eine Lösung für dein Wohnproblem finden."

„Es geht nicht nur darum. Du weißt einfach nichts von mir."

„Dann erzähl es mir doch."

„Ich kann nicht. Da ist zu viel ..." Sie machte sich von ihm los. „Ich muss gehen."

„Wann sehen wir uns wieder?"

„Ich glaube, es ist besser, wir sehen uns nicht wieder."

„Julie", sagte er enttäuscht.

„Es tut mir leid. Ich mag dich. Und gerade deshalb ..." Sie brach ab, Tränen schimmerten in ihren Augen.

„Frauen", seufzte Dominique. „Ich liebe euch, aber ich werde euch nie verstehen."

„Mich sicher nicht, und das wäre auch nicht deine Schuld."

„Lass uns wenigstens Freunde sein ...", bat er hilflos.

„Du weißt, dass das zwischen Mann und Frau, die sich zueinander hingezogen fühlen, nicht funktioniert ... Es ist für uns einfach nicht der richtige Zeitpunkt. Sei mir nicht böse. Ciao." Sie wandte sich ab und ging davon.

Nachdenklich schlenderte Dominique weiter. Was hatte es mit dieser Frau auf sich? Warum gab sie sich so geheimnisvoll? Und weshalb faszinierte sie ihn so? War es tatsächlich aus für sie, noch bevor es richtig angefangen hatte? Für ihn hatte dieser kurze, intensive Kuss nach mehr geschrien. Es war das erste Mal seit der unfreiwilligen Trennung von Giuliana, dass eine Frau ihn so anzog.

Mit finsterem Gesichtsausdruck steckte er die zu Fäusten geballten Hände in die Jackentaschen und ging auf den nächstgelegenen Metroeingang zu, um nach Hause zu fahren.

5

Dominiques Laune war nicht die beste, als er am Montagmorgen im Büro saß und versuchte, sich in einen neuen Fall einzuarbeiten. Seine Gedanken schweiften immer wieder zu Julie. Er war es nicht gewöhnt, bei Frauen abzublitzen, und ihre Ablehnung machte sie nur umso begehrenswerter. Er war sich sicher, dass sie etwas vor ihm verbergen wollte; dafür hatte er im Laufe seiner Tätigkeit als Privatdetektiv ein gutes Gespür entwickelt. Gern hätte er Audrey über sie ausgefragt, aber er bekam sie den ganzen Tag nicht zu sehen.

Seine Gedanken kreisten seit dem letzten Nachmittag ständig um Julie, und er hatte eine fast schmerzhafte Sehnsucht nach ihr. Oder hatte er es nur satt, sich nach Giuliana zu sehnen? Natürlich hätte er Julie ausfindig machen können, wenn er sich bemüht hätte – das war schließlich sein Beruf. Aber was hatte es für einen Sinn, sie zu bedrängen, wenn er nicht einmal ahnte, wo das Problem lag?

Er versuchte es bei Michel, als dieser am Nachmittag in die Detektei zurückkehrte. „Was weißt du über Julie?"

„Dass du dich besser von ihr fernhältst", erwiderte Michel.

„Wieso?"

„Weil solche Frauen nur Ärger bringen. Geh lieber in eine Bar und sprich dort eine Frau an, wenn du Druck abbauen willst."

„Was hast du gegen Julie?"

„Gegen sie selbst habe ich gar nichts. Sie ist nett, sie ist wunderschön ... Aber sie hat schlechten Umgang." Er trat hinter Dominique, um einen Aktenordner in den Schrank zu räumen.

„Dieser Tunesier, mit dem sie liiert ist?“

„Der ist sicher noch der harmloseste.“

„Was meinst du damit?“

„Hat mit ihrer Vergangenheit zu tun. Wenn es eine Frau gibt, die das Unheil geradezu anzieht, dann ist das Julie Beaulieu“, erklärte Michel mit fester Stimme.

Dominique stockte in seiner Bewegung, und mit der Erinnerung stellten sich plötzlich die feinen Härchen in seinem Nacken auf. Er fuhr zu Michel herum und starrte ihn an. „Jetzt fällt es mir wieder ein.“

„Was?“, fragte dieser verblüfft.

„Julie Beaulieu. Ich hatte ja noch nie ihren Nachnamen gehört. Der Mann am Freitag hat nach Julie Beaulieu gefragt.“

„Oh, oh.“ Michel seufzte.

„Du findest das nicht abwegig?“

„Nein. Aber erschreckend. Erinnerst du dich an Einzelheiten?“

Dominique legte nachdenklich die Stirn in Falten. „Er fragte, ob sie da sei, und ich habe ihm geantwortet, dass es hier keine Julie Beaulieu gibt, dass das ein Irrtum sein müsste“, sagte er langsam. „Und er sagte, ich solle ihn nicht verarschen, er wüsste, dass sie unter dieser Adresse gemeldet sei. Und dann – zack – hatte ich seine Handkante im Genick.“

„Merde, dann hat er wahrscheinlich Büro und Wohnzimmer nach ihrer aktuellen Adresse durchsucht.“

„Und habt ihr die?“ Dies interessierte ihn zugegebenermaßen auch privat.

„In der Agentur sicher nicht. Julie ist bei uns für die Behörden gemeldet, aber es gab keinen Grund, mir ihre Adresse in Saint-Denis irgendwo zu notieren. Vielleicht hat Audrey sie in ihrem Adressbüchlein, aber das trägt sie fast immer bei sich. Hoffe ich jedenfalls für Julie, denn nach deiner Schilderung war das niemand, der ihr Gutes wollte.“

„Einer aus der Kategorie ‚schlechter Umgang‘?“

„Höchstwahrscheinlich. Und Marokkaner war er, hast du gesagt?“

„Ich sagte ‚aus dem Maghreb‘. Aber auch nur möglicherweise, ganz sicher bin ich nicht.“

„Marokkaner würde gut passen. Ach verdammt! Ich werde sie warnen müssen.“

„Kannst du mir nicht was darüber erzählen?“

„Ich habe ihr versprechen müssen –“ Das Telefon klingelte und erlöste Michel aus seiner Zwickmühle.

Dominique seufzte und studierte resigniert die vor ihm liegende Akte. Vielleicht sollte er sich besser darauf konzentrieren, die Rätsel zu lösen, für die er bezahlt wurde.

***

Am Mittwochvormittag klingelte es an der Tür der Agentur. Dominique war allein im Büro. Michel war außer Haus, um jemanden zu beschatten, und Audrey, die noch nicht in der Uni war, hielt sich im privaten Teil der Wohnung auf.

Nach seiner schlechten Erfahrung vom Freitag nahm Dominique vorsichtshalber seine Pistole aus der Schublade und schob sie sich in den Hosenbund, bevor er zur Tür ging. Als er öffnete, sah er sich einem gutaussehenden Mann gegenüber, der ihm vage bekannt vorkam. Er konnte sich nur nicht erinnern, wo er ihn schon mal gesehen hatte. Hoffentlich nicht noch ein Armeekumpel von früher, dessen Namen er vergessen hatte. Doch dafür war er eigentlich zu jung, dachte Dominique: der Mann mochte etwa Mitte Dreißig sein.

„Ich möchte zu Julie“, sagte er knapp.

„Julie Beaulieu?", fragte Dominique misstrauisch und ließ seine Hand unauffällig unter sein Jackett zu seiner Pistole gleiten.

„Ja. Wohnt sie nicht hier?" Die grünbraunen Augen des Mannes musterten ihn prüfend.

„Nein, das hier ist eine Detektivagentur. Aber ich kenne Julie ..."

In diesem Moment hörte er hinter sich einen erschreckten kleinen Aufschrei.

„Fabien!", rief Audrey, die hinter ihm im Flur aufgetaucht war. „Das glaube ich jetzt nicht!"

„Oh, Audrey, du bist auch hier", sagte der Fremde.

Dominique trat einen Schritt zur Seite, um den mysteriösen Besucher eintreten zu lassen. Wenn Audrey ihn kannte, würde er ihn wohl nicht niederschlagen.

Dann erinnerte er sich plötzlich, dass Julie von ihrem Bruder erzählt hatte. „Mein Bruder Fabien ist meine einzige Familie", hatte sie gesagt.

Ehe Dominique noch weiter nachdenken konnte, stürzte Audrey auf Fabien zu. „Wir dachten, du wärst tot!" Einen Augenblick lang sah es so aus, als wolle sie sich ihm in die Arme werfen, doch dann trommelte sie ihm wütend mit den Fäusten auf die Brust. „Du Mistkerl, warum hast du dich anderthalb Jahre lang nicht gemeldet? Wir waren außer uns vor Sorge!"

Er hielt ihre Handgelenke fest und sein Blick durchbohrte sie. „Um euch nicht in Gefahr zu bringen." Er zog sie an sich, und Audrey klammerte sich an ihn.

„Vielleicht solltet ihr das nicht zwischen Tür und Angel besprechen." Dominique schloss die Tür hinter dem Mann, den er für Julies Bruder hielt. Für ihn war es ein Geschenk des Himmels, vielleicht würde er nun mehr über Julie herausfinden.

Der Mann, den Audrey Fabien genannt hatte, sah nach Geschäftsmann aus: Er trug einen tadellosen grauen Anzug, ein sorgfältig gebügeltes weißes Hemd und gute, schwarze Lederschuhe. Sein dunkelblondes Haar war kurzgeschnitten und gepflegt.

„Kommen Sie rein. Wollen Sie einen Kaffee?“, fragte Dominique.

Fabien schüttelte den Kopf. „Danke, ich kann nicht lange bleiben.“

„Bist du wieder auf der Flucht?“, fragte Audrey.

„Nicht direkt. Ich will nur Julie etwas geben, dann bin ich wieder weg.“

„Julie wohnt hier nicht“, sagte Audrey.

„Unser Vater hat mir diese Adresse gegeben.“

„Ich weiß, aber nur als Kontaktadresse. Sie ... sie hat keinen festen Wohnsitz.“

„Was?“, fragte er alarmiert. „Ist sie etwa obdachlos?“

„Nein, das nicht. Erst hat sie bei meinen Eltern gewohnt, und jetzt ist sie mit einem Tunesier zusammengezogen, aber die Wohnung läuft weder auf ihren noch auf seinen Namen. Das ist alles nur provisorisch. Hoffe ich jedenfalls.“

Fabien seufzte. „Mein Schwesterchen. Sobald ich mich nicht um sie kümmere, macht sie wieder Dummheiten.“

„Ohne deine Dummheiten hätte sie immer noch eine sehr elegante Wohnung in Casablanca“, sagte Audrey scharf.

„Das ist nicht sicher. Du weißt, wie hoch der Preis dafür war. Also, wo kann ich sie finden?“

„In Saint-Denis. Ich schreib dir die Adresse auf.“

„Oh nein, nicht Saint-Denis“, murmelte er. „Das ist ja nun wirklich eine der kriminellsten Vorstädte von Paris, oder?“

„Tja, ist nun mal so. Anfangs hat sie als Haushaltshilfe bei meinen Eltern gearbeitet und auch gewohnt, aber das ging nicht lange gut.“

Fabien lachte freudlos auf. „Das kann ich mir vorstellen. Julie und Haushalt ... Und wie geht es dir, Audrey?“

„Ich wohne hier mit meinem Lebensgefährten", sagte
sie hölzern. „Ihm gehört diese Detektei."

„Oh", sagte Fabien lediglich, und es klang, als wäre
ihm die Situation unangenehm.

„Du siehst, ich hab dir nicht lange nachgetrauert."

Er nickte langsam. „Du hattest recht damit."

„Als du gesagt hast, du kannst nicht lange bleiben,
meintest du hier in der Agentur oder in Paris?"

Fabien lachte leise. „Ich meinte Europa."

„Wo zum Kuckuck warst du die ganze Zeit?"

„Mittelamerika."

„Verdammt, warum hast du nicht wenigstens ein einziges Mal angerufen, um zu sagen, dass du noch lebst?
Julie war außer sich vor Angst und Sorge um dich. Und
mir hättest du auch sagen können, dass unsere Affäre
für dich zu Ende war!"

Er sah sie lange an, und seine Augen blickten genauso
melancholisch wie die von Julie. „Das war sie nicht,
Audrey. Es ging nur nicht anders." Er strich ihr zärtlich
über die Wange und küsste sie rasch auf die Stirn.

„Sehe ich dich noch mal, bevor du wieder abreist?",
fragte sie mit Tränen in den Augen.

„Besser nicht."

„Warum nicht?" Ihr hübsches, sanftes Gesicht wirkte
gequält.

Fabien warf einen kurzen Blick auf Dominique, der
sich zwar ins Büro zurückgezogen hatte, aber noch in
Sicht- und Hörweite war, und zog Audrey mit sich.

Dominique hörte, wie die Wohnungstür geöffnet
wurde, und Audrey und Fabien im Türrahmen stehend
miteinander flüsterten. Dann Stille, die nach einem
langen Kuss klang, und schließlich, wieder lauter, einige traurige Abschiedsworte.

Dominique rechnete damit, dass sich Audrey sofort in
die privaten Räume zurückziehen würde, aber sie kam

ins Büro und ließ sich geknickt auf den Besucherstuhl sinken.

„Das war also Julies Bruder?"

Sie nickte.

„Ach, deshalb kam er mir bekannt vor."

„Ja, sie sehen sich ziemlich ähnlich. Zwillinge eben." Ihre Stimme brach, und Tränen begannen über ihre Wangen zu laufen.

„Du warst mit ihm zusammen?"

„Ja. Ich habe in Marokko ein halbes Jahr mit ihm gelebt. Er hat ein Haus in Tanger."

„Und warum ist er untergetaucht, ohne euch zu informieren? Warum musste Julie Marokko verlassen?"

„Eigentlich geht dich das gar nichts an", sagte Audrey und schluchzte.

Sie wirkte so schutzbedürftig und unglücklich, dass sich Dominique neben sie hockte und den Arm um ihre schmalen Schultern legte. Sie schlang dankbar die Arme um seinen Hals und weinte.

„Liebst du ihn?", fragte er leise.

„Denkst du, das würde ich Michels Freund auf die Nase binden? Außerdem ... offensichtlich will er mich ja nicht mehr, also ist das egal." Sie löste ihre Arme von Dominiques Schultern und fingerte ein Taschentuch aus der Tasche ihrer Jeans, mit dem sie sich die Tränen abwischte und dann die Nase putzte.

Dominique richtete sich aus seiner hockenden Stellung auf und griff sich mit leisem Stöhnen in das schmerzende Kreuz. Er musste unbedingt wieder mehr Sport treiben. Mit dreiundvierzig verzieh einem der Körper keine Nachlässigkeit mehr.

„Du magst Julie, was?", fragte Audrey, als sie sich wieder gefasst hatte.

„Ja. Sie gefällt mir", gab er zu.

„Und ihr würdet gut zueinander passen, finde ich."

„Julie scheint das anders zu sehen", sagte er bitter.

„Ach was, sie mag dich auch, aber sie ist voller Komplexe und denkt, sie wäre höchstens gut genug für Männer, die sie schlecht behandeln.“

„Aber warum denn? Sie ist bildhübsch, sympathisch, interessant, eine talentierte Sängerin …“

„Na ja.“ Audrey schien zu überlegen, wie viel sie von den Geheimnissen ihrer Freundin preisgeben durfte, ohne ihr in den Rücken zu fallen. „Ihre Kindheit war chaotisch, und sie konnte nicht durchgehend die Schule besuchen. Und sie hat auch keine Ausbildung.“

„Weil es uns Männern bekanntlich darauf ankommt, dass ihr möglichst einen Doktortitel habt“, erwiderte Dominique trocken.

„Mir brauchst du das nicht zu sagen. Und Julie hat vielleicht keine klassische Ausbildung, aber sie hat ein gutes Herz und ist eine treue Freundin. Die beste, die ich je hatte.“

„Habt ihr euch durch Fabien kennengelernt?“

„Ja.“

„Und woher kennst du ihn?“

„Ich war für einige Wochen in Marokko, wegen meines Studiums. Ich wollte mein Wissen über islamische Kunst erweitern. Wir sind uns zufällig in Tanger begegnet, in einem Café, und bei mir hat der Blitz eingeschlagen.“ Sie verzog das verweinte Gesicht zu einem Lächeln. „Fabien hat mich eingeladen, in seinem Haus zu wohnen, damit ich das Geld für die Unterkunft spare. Dann hatte er geschäftlich in Fes und Casablanca zu tun und hat mich mitgenommen, damit ich mir all die tollen Bauwerke da anschauen kann. Dort habe ich auch Julie kennengelernt und fand sie sofort sympathisch.“

„Was für Geschäfte macht Fabien denn?“, fragte Dominique mit skeptischem Unterton.

Audrey gab ein gequältes Geräusch von sich und schwieg.

„Hör mal, ich habe längst kapiert, dass er Dreck am Stecken hat! Wenn er einfach nur Tennislehrer wäre, würdet ihr nicht alle so ein Geheimnis daraus machen."

„Sagen wir, er ist in Marokko Zeuge eines Mordes geworden, deshalb musste er fliehen, um nicht selbst umgebracht zu werden."

„Warum ist er denn nicht zur Polizei gegangen?"

„Das ist in Marokko nicht unbedingt eine Option."

„Kann sein, das ist in Indien auch so", erinnerte er sich. „Du hast mir gerade gesagt, warum er fliehen musste, aber ich habe eigentlich nach seinem Beruf gefragt."

Audrey zögerte. „Nun, man kann sagen, dass er Leute kannte, die Morde begehen und ungewollte Mitwisser verschwinden lassen."

„Ist er einer von ihnen?"

„Nicht direkt, eher einer von der Gegenseite. Die ist allerdings auch nicht besser. Aber Fabien ist kein schlechter Mensch", beteuerte sie.

„Und Michel weiß Bescheid?" Dominique dachte an Michels Worte über Julies schlechten Umgang.

„Ja. Von Anfang an."

„Wie hast du ihn eigentlich kennengelernt?"

„Ich bin länger als geplant in Marokko geblieben und habe mich auch nicht mehr viel bei meinen Eltern gemeldet, und wenn, dann habe ich ihnen nicht die Wahrheit gesagt." Audrey verzog das Gesicht. „Sie haben sich Sorgen gemacht und Michel beauftragt, nach mir zu sehen. Ich war gerade mit Fabien im Land unterwegs, und es hat ihn einige Mühe gekostet, uns zu finden. Dabei hat er rausgefunden, dass sich Fabien mit nicht ganz legalen Dingen beschäftigt. Ich hatte das auch gerade erfahren, wollte ihn aber trotzdem nicht verlassen. Also habe ich Michel zum Teufel geschickt. Aber er war sehr nett und hat mir keine Moralpredigt gehalten. Er hat mir seine Karte gegeben und angeboten, dass ich ihn anrufen könne, wenn ich in Schwierigkeiten wäre. Als wir kurz darauf aus Marokko fliehen mussten, war ich gerade alleine in Tanger, Fabien war bei Julie in Casablanca. Fabien hat mich angerufen und gesagt, dass ich sofort meine Sachen packen und abreisen müsste, weil ich ebenfalls in Gefahr sei. Ich hatte Angst und habe vorsichtshalber Michel angerufen. Er war bereit, sofort ins nächste Flugzeug zu steigen. Das war zwar nicht nötig, aber er hat mich in Paris am Flughafen abgeholt und war für mich da. Ich war ziemlich daneben, weil ich Fabien vorerst wohl nicht mehr wiedersehen würde und Angst um ihn hatte ... Die ganze Geschichte hat mich total durcheinandergebracht, und Michel hatte so etwas Beruhigendes. Und so sind wir zusammengekommen, nachdem Fabien von der Bildfläche verschwunden war."

„Dann ist es wohl mehr Dankbarkeit als Liebe, was?"

„Es ist, was es ist", erwiderte Audrey ruhig.

Dominique nickte. „Du hast recht, man sollte nicht in Schubladen denken."

„Aber die meisten tun das. Niemand in meiner Welt kann sich vorstellen, dass man einen Kriminellen lieben kann", sagte sie verärgert. „Sogar meine Freundinnen haben mich angeschaut, als hätte ich den Verstand verloren. Julie ist die Einzige, die mich versteht."

„Wenn es dir hilft: Ich war vor einem halben Jahr in eine von Interpol gesuchte Kunstdiebin verliebt, gegen die ich ermittelt habe, und wäre am liebsten mit ihr durchgebrannt. Aber mein Auftrag war leider, ihr eine Falle zu stellen und sie ins Gefängnis zu bringen."

Sie blickte ihn aus großen Augen an. „Und hast du es getan?"

„Ich habe noch hin und her überlegt, während sie mir auf die Schliche gekommen ist. Sie hat auf mich geschossen, und ich lag lange im Krankenhaus. Sie konnte fliehen. Ich weiß nicht, wo sie jetzt ist. Aber ich würde sonst was dafür geben, sie wiederzusehen."

„Das ist ja auch eine spannende Geschichte. Erzählst du mir irgendwann mal mehr darüber?"

„Ja, vielleicht."

Audrey nickte. „Jedenfalls war dieses halbe Jahr mit Fabien in Marokko die spannendste Zeit meines Lebens. Nicht auszudenken, was für eine langweilige Person ich immer noch wäre, wenn ich ihn nicht kennengelernt hätte", sagte sie nachdenklich. „Und dann die große Liebe ... Kann man intensiver leben und gibt es da jemals was zu bereuen?"

Dominique dachte an Giuliana und seufzte. „Du hast recht. Die große Liebe ist es wert, dass man dafür alles riskiert. Es ist besser zu bereuen, was man getan hat, als zu bereuen, was man versäumt hat." So wie er es in schlaflosen Nächten noch immer tat.

Audrey lächelte ihn dankbar an. „Du bist nicht wie all diese Spießer hier, was?"

„Es gibt Gründe, dass ich damals nach Indien ausgewandert bin", bestätigte er. „Andererseits: Paris ist doch die Stadt der Non-Konformisten. So fehl am Platz bist du hier also nicht."

6

Als das Taxi an der angegebenen Adresse in Saint-Denis hielt, bezahlte Fabien Beaulieu den Fahrer und stieg aus. Während er auf das schäbige Mietshaus zuging, dessen Fassade von Satellitenschüsseln und zum Trocknen aufgehängter Wäsche verziert wurde, blickte er sich verstohlen nach allen Seiten um. Der anthrazitfarbene Citroën, der in einiger Entfernung hinter ihm hielt, war ihm bereits auf der Autobahn aufgefallen, die von Paris nach Saint-Denis führte.

Fabien runzelte die Stirn. In seinem Milieu war er vor unliebsamen Überraschungen nie sicher. Statt in das Gebäude zu gehen, zündete er sich eine Zigarette an und tat so, als wolle er sie noch aufrauchen und sich ein wenig die Beine vertreten. Dabei schlenderte er langsam auf den Citroën zu und versuchte mit zusammengekniffenen Augen den Fahrer zu erkennen. Ein junger Mann nordafrikanischen Typs, wie so viele der Bewohner von Saint-Denis. Er trug eine Sonnenbrille und eine tief ins Gesicht gezogene Basecap, und Fabien konnte nicht sagen, ob er ihn schon mal gesehen hatte. Noch dazu spiegelte die Scheibe in der fahlen Dezembersonne.

Vorsichtig ging Fabien noch näher auf den Wagen zu, die Hand bereits auf dem Griff seiner Pistole, die unter seinem Jackett verborgen war.

Der Citroën ließ plötzlich den Motor an, fuhr rückwärts und machte ein hektisches Wendemanöver. Danach raste er die Straße hinunter und verschwand. Mit finster zusammengezogenen Augenbrauen starrte Fabien ihm nach. Dann ging er schnell zu der Haustür und tippte den Code ein, den Audrey ihm aufgeschrieben hatte.

Im Hausflur roch es nach Urin und Knoblauch. In einer Ecke lag ein abgeknabberter Maiskolben neben einer braunen Bananenschale. Fabien rümpfte die Nase und wischte sich unwillkürlich die Hand, mit der er den Türgriff berührt hatte, an der Hose ab. Er warf erneut einen Blick auf Audreys Zettel, stieg in den zweiten Stock und klingelte an der ersten Tür rechts.

Ein junger Nordafrikaner in Unterhemd und Jogginghose öffnete ihm.

„Ich will zu Julie", sagte Fabien statt einer Begrüßung.

„Und Sie sind wer?"

„Ihr Bruder."

„Ach, Julie hat nen Bruder?"

„Wie du siehst. Kann ich jetzt rein?" Fabien trat entschlossen einen Schritt vor.

„Kann ja jeder sagen. Weiß Marco davon?"

Fabiens Hand schnellte vor und packte den schmalen Unterkiefer des jungen Mannes. „Das interessiert mich nicht, und es wäre besser für dich, du gehst endlich zur Seite." Sein Blick war kalt und entschlossen.

„Sie ist im Bad", nuschelte der junge Nordafrikaner eingeschüchtert.

„Schon besser." Fabien schob ihn zur Seite und betrat die Wohnung. Fast stolperte er über die Schuhe, die im Flur auf einem Haufen lagen. Die Tapeten waren alt und fleckig, genau wie der graugrüne Linoleumboden, der hier und da von ein paar billigen, orientalischen Teppichen bedeckt wurde.

„Julie?", rief Fabien quer durch den Flur. „Wo steckst du?"

Kaum drei Sekunden später flog eine Tür auf und Julie stürzte hinaus, geradewegs in seine Arme. „Fabien! Warum hast du nicht einmal angerufen? Wir dachten, du wärst tot!"

„Ich weiß, Audrey hat sich auch schon beschwert." Er schloss die Arme fest um seine Zwillingsschwester und vergrub das Gesicht einen Moment lang in ihren Haaren. „Geht es dir gut, Julie?“

„Jetzt, wo ich weiß, dass du lebst und dass du hier bist, geht es mir etwas besser“, murmelte sie.

„Gewöhn dich aber nicht dran, das kann in ein paar Tagen schon wieder anders sein.“

Er löste sich von ihr und warf einen Blick in das spartanisch eingerichtete Wohnzimmer. Auf der abgewetzten Couch hingen zwei junge Nordafrikaner vor dem großen Fernseher und verfolgten ein Fußballspiel.

Julies Blick streifte den flachen Tisch, auf den sie ihre Füße gelegt hatten. „Ey, Bechir, stell die Oliven in den Kühlschrank zurück, die habe ich für mich gekauft!“, rief sie erbost.

„Mann, hab dich nicht so“, gab einer der Männer zurück, ohne die Augen vom Fernseher abzuwenden. „Glaubst du, ich weiß nicht, dass du gestern mein Baklava gefressen hast?“

Julie schnaubte und wandte sich ab. Fabien ließ den Blick an ihr hinuntergleiten. Sie trug den luxuriösen Morgenrock aus schwerer Seide, den er ihr vor einigen Jahren zum Geburtstag geschenkt hatte und der so gar nicht in diese schäbige Umgebung passte.

„Können wir irgendwo ungestört reden?“, fragte er.

„Im Schlafzimmer.“

Er folgte ihr in ein kleines Zimmer, in dem Chaos herrschte. Über einer Stuhllehne hingen zahllose Kleidungsstücke, am Boden lagen Zeitschriften und CDs verstreut, auf einem kleinen Schreibtisch lagen Papiere, Modeschmuck und Kosmetikartikel durcheinander. In einem Aschenbecher, der auf dem Nachttisch stand, türmten sich Zigarettenstummel.

Fabien ließ seinen Blick angeekelt durch das Zimmer schweifen. „Zurück zu den Wurzeln, was?“

„Was meinst du?“

„Na, dass du wieder in einer Hippiekommune lebst.“

Sie starrte ihn betroffen an. „Quatsch, sehen die beiden Typen nebenan etwa wie Hippies aus?"

„Die sehen vielleicht nicht so aus, aber ansonsten ist es doch wie früher zu Hause: jeder benutzt alles von jedem, es ist schmutzig und unordentlich, und alle hängen schon tagsüber rum, statt zu arbeiten."

„Ich hatte gestern Abend einen Auftritt und bin erst um zwei Uhr ins Bett gekommen", verteidigte sie sich.

„Du hast Auftritte?" Fabien beäugte misstrauisch das ungemachte Bett, bevor er sich auf dessen Kante niederließ.

„Ja, ich trete oft mit meiner Band in Clubs auf."

„Und verdienst du gut damit?"

„Glaubst du, dann würde ich noch hier wohnen?"

„Hätte ja sein können, dass du gerne wieder so leben willst wie als Kind."

„Bestimmt nicht." Sie fegte Marcos Pyjamahose zur Seite und setzte sich neben ihren Bruder. „Willst du Kaffee? Oder was zu essen?"

Fabien malte sich kurz aus, wie die Küche aussehen würde, und schüttelte den Kopf. „Wo ist dein Freund?"

„Der arbeitet. In einem Restaurant. Und ich muss auch bald los zur Arbeit."

„Na, immerhin."

„Sag schon, Fabien, warum bist du hier? Bleibst du in Frankreich?" Ihre Stimme und ihre Augen waren voller Hoffnung.

„Nein. Ich hab einen Auftrag zu erledigen, dann verschwinde ich wieder."

„Wohin? Wo warst du seit ... seit wir aus Marokko weg mussten?"

„Mittelamerika, mal hier mal dort. Mexiko, Costa Rica, Panama ... Mir war lange Zeit noch dieses verdammte marokkanische Kartell auf den Fersen. Ich hab etwas mitgenommen, das denen gehört."

„Und jetzt?"

„Ich dachte eigentlich, ich hätte sie abgeschüttelt. Aber eben ist mir ein anthrazitgrauer Citroën gefolgt."

Julie riss erschreckt die Augen auf. „Dann wissen die jetzt, wo ich wohne?"

„Nicht genau. Wenn sie es überhaupt waren. Das kann auch mit meinem neuen Auftrag zusammenhängen. Vielleicht war es auch Zufall", beruhigte er sie.

„Michel hat mir vorgestern erzählt, dass letzten Freitag ein Mann, der vielleicht Marokkaner war, in der Agentur nach mir gefragt und seinen Mitarbeiter niedergeschlagen hat", sagte sie.

Fabien fluchte. „Dann ist was im Busch. Kann dein Freund dich notfalls beschützen?"

„Er ist ziemlich kräftig, aber er hat keine Waffe."

Fabien zog seine Pistole aus dem Holster und drückte sie Julie in die Hände. „Hier, vorsichtshalber. Ich hab noch eine."

„Oh nein, Fabien, das hat uns schon zu oft in Schwierigkeiten gebracht." Sie starrte unglücklich auf die Waffe.

„Aber wir leben immer noch, oder?" Er griff in die Innentasche seines Jacketts und holte einen zusammengefalteten Zettel hervor. „Ich bin hier, weil ich dir das geben will. Und natürlich, weil ich dich sehen wollte."

Julie faltete das schmale Papier auseinander. Es war ein Scheck einer Bank in Panama, ausgestellt auf ihren Namen. „Dreihunderttausend Francs? Für mich?", fragte sie ungläubig. „Wieso?"

„Ich hab gerade mein Haus in Tanger verkauft. Das ist dein Anteil."

„Wieso mein Anteil? Ich habe nicht einen Sous in das Haus gesteckt."

„Du bist meine Schwester, und ich möchte dir etwas abgeben. Und wie mir scheint, kannst du es ziemlich gut gebrauchen."

„Mein Gott, dreihunderttausend Francs." Sie starrte den Scheck ungläubig an. „Ich hoffe, das war nicht deine Gage für ..."

„Ich sag dir doch, es ist für das Haus", unterbrach er sie. „Freust du dich denn gar nicht?"

„Natürlich. Danke." Sie umarmte ihn, wirkte aber eher nachdenklich als erfreut.

„Außerdem schulde ich dir was. Ohne dich wäre ich tot", sagte er leise und hielt sie fest umschlungen.

„Bitte bleib in Paris", murmelte Julie. „Geh nicht wieder weg."

„Vielleicht komme ich eines Tages wieder. Aber fürs Erste hab ich noch in Mittelamerika zu tun."

„Wenn du schon für die spanische Mafia arbeiten musst, warum dann nicht wieder in Spanien? Dann wärst du nicht ganz so weit weg."

„Ich werde versuchen, einen Versetzungsantrag zu stellen", sagte er mit einem ironischen Lächeln.

„Lass uns den Tag zusammen verbringen", bat sie.

„Du musst zur Arbeit", erinnerte er.

Sie zuckte mit den Schultern. „Dann geh ich eben nicht."

„Du hast es zugesagt, also gehst du", sagte er streng.

Julie verzog den Mund. „Bis wann bist du noch in Paris?"

„Vier oder fünf Tage."

„Und wo wohnst du?"

Fabien zog einen weiteren Zettel aus seiner Jackentasche. „Unter dieser Nummer kannst du mich noch mindestens bis Sonntag erreichen, wenn was ist." Er nahm sie kurz in die Arme, küsste sie und erhob sich. „Wir sehen uns noch, bevor ich zurückfliege", versprach er.

7

Die Dämmerung senkte sich gerade über Saint-Denis, als Julie am Freitag nach Hause kam. In dem grauen dämmrigen Licht wirkten die heruntergekommenen Wohnsilos noch trostloser. Als sie auf ihren Hauseingang zuging, störte sie irgendetwas, aber es war nur ein flüchtiges Gefühl, das sie nicht begründen konnte.

Sie freute sich auf einen ruhigen Abend allein zu Haus. Marco würde nicht vor Mitternacht Feierabend machen, und seine beiden Cousins hatten am Morgen verkündet, dass sie in diesem Abend in Paris einen draufmachen und nicht vor dem frühen Morgen zurückkehren wollten. Sie könnte sich endlich in Ruhe ein heißes Bad gönnen, ohne dass jemand ungeduldig an die Tür hämmerte, und sich im Fernsehen angucken, worauf sie Lust hatte, ohne um die Fernbedienung kämpfen zu müssen.

Als Julie die Wohnung betrat, hörte sie die Geräusche einer Fußballübertragung und runzelte die Stirn. Auf der Couch vor dem Fernseher saß mit dem Rücken zu ihr ein Mann, der ihr nicht bekannt vorkam. Oh nein, dachte sie, jetzt hatte einer ihrer tunesischen Mitbewohner schon wieder einem „Cousin" Unterschlupf gewährt! Nie hatte sie hier ihre Ruhe.

Der Mann drehte sich um, und Julie erstarrte, als sie sein Gesicht erkannte. Ein noch junges Gesicht, Anfang zwanzig, aber mit harten Zügen und stechendem, dunklen Blick. Es war genau, was sie befürchtet hatte, als Michel ihr vor zwei Tagen von dem Vorfall in der Agentur berichtet hatte.

„Kadir", entfuhr es ihr.

Der Marokkaner lächelte sarkastisch. „Du erinnerst dich an mich, das ist gut. Das erspart mir die Einleitung." Er betrachtete sie aus zusammengekniffenen Augen, während Julies Herz vor Angst zu klopfen begann.

„Wie bist du hier reingekommen?", fragte sie, um Zeit zu gewinnen, und lehnte sich scheinbar lässig gegen den Türrahmen. In Wirklichkeit bereitete sie sich lediglich darauf vor, in Deckung zu gehen, falls er eine Schusswaffe ziehen würde. Apropos Schusswaffe ... Sie ließ die Hand in ihre geöffnete Handtasche gleiten, die halb hinter ihren Rücken gerutscht war.

„Einer deiner Mitbewohner hat mich reingelassen, als ich ihm gesagt habe, dass ich zu dir will. Er hat gesagt, ich kann hier auf dich warten."

Kadir Berefkir stand auf und kam langsam, aber drohend auf Julie zu. Ihr fiel auf, wie sehr er seinem Vater ähnelte. Ihre Hand in der Tasche umschloss das kalte Metall, brachte es in die richtige Position zwischen ihren Fingern. Sie riss Fabiens Pistole empor, richtete sie auf den Marokkaner und entsicherte sie. „Bleib, wo du bist!"

In seine Züge malte sich Überraschung. Dann blickte er sie abfällig an. „Ich wollte es eigentlich hinauszögern, Julie. Ich wollte mich erst noch mit dir unterhalten. Aber wenn du so gar nicht mit dir reden lässt ..." Er griff in aller Ruhe in seine Jacke, weil er offensichtlich nicht dachte, dass sie schießen würde.

Julie war klar, dass er mit Unterhaltung höchstens meinte, noch seinen Spaß mit ihr zu haben, bevor er sie tötete. Panik stieg in ihr auf und sie drückte ab. Sie zielte nur auf seinen Arm, schließlich wollte sie ihn nicht umbringen, aber da sie keine geübte Schützin war, streifte die Kugel Kadirs Oberarm lediglich und schlug dann in einen Kaffeebecher, der hinter ihm in einem Regal stand und klirrend zerbrach.

Während der Marokkaner über den Schmerz fluchte und seinen Revolver hervorriss, flüchtete Julie zur Tür.

Sein Schuss traf die Wand. Er setzte ihr hinterher, stolperte aber über die im Flur herumliegenden Schuhe und fiel hin.

Als Julie die Treppen hinunter gerannt war, wusste sie plötzlich, was sie gestört hatte: Vor der Haustür parkte ein anthrazitgrauer Citroën. Sie hatte es registriert, aber nicht gleich an den Wagen gedacht, der Fabien gefolgt war. Im Vorbeilaufen zerschoss sie einen Reifen des Wagens.

Einer ihrer Nachbarn stand vor seinem Fahrrad und wollte es gerade anschließen.

„Hamid, ich muss mir dein Rad borgen, ich bringe es dir morgen wieder", rief sie ihm entgegen, schnappte sich das Rad und schwang sich in den Sattel.

„Hey, was soll denn das, du kannst doch nicht einfach–", begann er und wurde dann von dem aus dem Haus stürmenden Kadir fast umgestoßen. Dieser eilte zunächst zu seinem Wagen, bemerkte den platten Reifen, fluchte und rannte Julie zu Fuß hinterher. Aber da hatte sie bereits so viel Vorsprung, dass auch seine Kugel sie nicht mehr erreichte.

Julie fuhr so schnell sie konnte zur nahegelegenen Schnellbahnstation und stellte das Rad dort ab. Ihr war klar, dass es am nächsten Tag nicht mehr da sein würde, aber das konnte sie nun auch nicht ändern. Sie rannte die Treppen zum Bahnsteig hinauf und sprang in den einfahrenden Zug Richtung Paris. Sie ließ sich auf einen freien Sitz fallen und bemerkte erst jetzt, wie sehr sie zitterte.

***

Dominique wollte eben Feierabend machen, als das Telefon klingelte. Er seufzte, nahm aber pflichtbewusst ab. Hoffentlich war das nichts Dringendes. Cathérine hatte ihn kurz zuvor informiert, dass sie spontan übers Wochenende zu ihrer Schwester nach Orléans fahren musste, und Jennifer ging Freitagabends meistens aus. Er freute sich auf einen ruhigen Abend allein zu Hause.

„Dominique, bist du das?", hörte er eine aufgeregte weibliche Stimme. „Hier ist Julie."

„Oh, Julie – du willst sicher Audrey sprechen?"

„Nein, dich. Du musst mir helfen, ich bin in Schwierigkeiten."

Das war es dann wohl mit dem ruhigen Abend. Aber die Aussicht, etwas für Julie tun zu können und sie wiederzusehen, machte das mehr als wett.

„Was gibt es denn?"

„Ich werde verfolgt, von einem Mann, der mich wahrscheinlich umbringen will. Ich kann nicht nach Hause zurück!", stieß sie hervor. Er verstand sie kaum, so laut war der Straßenlärm im Hintergrund. „Ich habe versucht, Fabien anzurufen, aber er meldet sich nicht und ich weiß nicht, wohin. Kann ich zu dir kommen?"

„Du meinst, in die Agentur?"

„Nein, nicht in die Agentur, ich bin sicher, die Adresse kennt er, er hat Fabien am Mittwoch verfolgt. Wahrscheinlich war es der Typ, der dich niedergeschlagen hat. Kann ich zu dir nach Hause?"

„Ist er dir noch auf den Fersen?", fragte Dominique alarmiert.

„Nein, ich bin ihm entwischt, aber ich weiß nicht wohin. Ich hab kein Geld für ein Hotel."

„Wo bist du jetzt?"

„Chatelet-les-Halles, an der S-Bahn."

„Gut. Dann fahr direkt ins 17. Arrondissement." Er nannte Cathérines Adresse. „Ich komme auch gleich dorthin."

Als Dominique nach Hause kam, saß Julie bereits vor der Wohnungstür auf dem Boden.

„Gott sei Dank bist du da." Sie kam auf die Füße und fiel ihm erleichtert um den Hals.

Er drückte sie kurz an sich. „Was ist denn das für eine Geschichte?"

Während er die Tür aufschloss und im Korridor Jacke und Schal ablegte, sprudelte es aus ihr heraus, was ihr gerade widerfahren war. Sie schlüpfte aus dem zotteligen Fellmantel und folgte Dominique ins Wohnzimmer.

„Ich hoffe, es stört deine Familie nicht, dass ich hier bin", sagte sie etwas verlegen.

„Du hast Glück, meine Ex-Frau ist dieses Wochenende nicht da." Dominique machte eine einladende Geste in Richtung Couch und Julie setzte sich. „Du siehst aus, als könntest du einen Drink zur Beruhigung gebrauchen."

„Ja, das wär nicht schlecht. Hast du einen Cognac?"

„Glaube schon." Er suchte in Cathérines kleiner Hausbar, fand eine Flasche und schenkte zwei Finger breit der goldbraunen Flüssigkeit in einen Cognacschwenker.

„Also, warum ist dieser Typ hinter dir her? Was will er von dir?" Er reichte ihr das Glas und setzte sich neben sie.

„Er will mich umbringen, denke ich."

„Aus welchem Grund?"

Sie druckste herum. „Sein Vater war ein Gegner meines Bruders. Ich denke, er will sich rächen."

„Wofür genau?"

„Bitte, Dominique, du musst mir helfen", sagte sie statt einer Antwort und nahm einen Schluck Cognac.

„Wir werden zur Polizei gehen."

„Nein! Nicht zur Polizei! Das geht nicht. Bitte, hilf du mir."

„Wie stellst du dir das vor?"

„Kannst du ihn nicht irgendwie beseitigen?"

Dominique runzelte die Stirn. „Ich bin nicht James Bond, ich habe keine Lizenz zum Töten, Julie. Davon abgesehen bin ich nicht gerade scharf darauf, Leute umzubringen."

„Dann muss ich unbedingt Fabien erreichen." Sie drehte unruhig das Glas in ihren Händen.

„Hat er etwa eine solche Lizenz?", fragte er sarkastisch.

„Nein, aber ich glaube, ihm ist das nicht so wichtig", erwiderte sie mit nervösem Auflachen.

„Wäre besser, du schenkst mir jetzt endlich reinen Wein ein über deinen Bruder." Dass Audrey bereits geplaudert hatte, behielt er für sich.

Wieder antwortete sie nicht direkt. „Kadir ist der Sohn von Ibrahim, der zu einem marokkanischen Gangsterkartell gehörte."

„Du wirst nicht drum herumkommen, mir zu sagen, was dein Bruder mit denen zu schaffen hatte."

„Er arbeitet für eine spanische Untergrundorganisation", gab sie widerstrebend Auskunft.

„In Marokko?" Dominique hob skeptisch die Augenbrauen.

„Überall da, wo sie Wurzeln schlagen können. So genau weiß ich nicht darüber Bescheid, Fabien hat immer versucht, mich aus all dem rauszuhalten."

Plötzlich öffnete sich die Wohnzimmertür und Jennifer kam herein. Als sie Julie sah, stutzte sie. „Ach, hallo. Ich wollte nicht stören ..."

„Tust du auch nicht", sagte Dominique. „Jenni, Julie wird heute Nacht bei uns bleiben. Sie ..."

„Oh, sehr schön – sollen wir euch das Schlafzimmer überlassen?", fragte Jennifer spitz und war bereits wieder verschwunden. Die beiden hörten sie in der Küche hantieren.

Julie starrte Dominique an. „Ist sie immer so direkt?"

„Ja. Sie macht gerne anzügliche Scherze. Nimm sie nicht so ernst", sagte er rasch. Er ahnte, was kommen würde.

Jennifer kam wieder zur Tür herein, mit einer Wasserflasche, die sie sich im Gehen an die Lippen setzte. „Was sagt Maman dazu, dass du deine Freundinnen jetzt mit nach Hause bringst?"

„Gar nichts. Erstens ist sie übers Wochenende zu Francine nach Orléans gefahren und zweitens wird Julie auf der Couch schlafen. Das heißt – wenn deine Mutter nicht da ist, könnt ihr beide euch ja das Schlafzimmer teilen. Das macht dir doch nichts aus?"

„Nicht das Geringste", versicherte Jennifer. „Weil ich nämlich heute Nacht nicht hier schlafen werde."

„Sondern?"

„Er heißt Marc und ist ein Schulkollege. Im Übrigen muss ich mich beeilen, ich bin mit ihm zum Essen verabredet." Sie verschwand im Schlafzimmer.

Dominique sah Julie an. „Das habe ich nicht gewusst. Wie es aussieht, hast du das Schlafzimmer für dich allein."

„Ich muss nochmal versuchen, Fabien zu erreichen", sagte sie nervös. „Vielleicht ist er jetzt da."

„Bitte." Er reichte ihr das schnurlose Telefon.

Noch immer meldete sich niemand unter der Nummer, die Fabien Julie gegeben hatte.

„Er ist also nicht in einem Hotel?", folgerte Dominique.

„Ich weiß nicht, wo das ist."

„Er wird schon noch kommen."

„Ich rufe Audrey an." Sie tippte die Privatnummer von Michel und Audrey ein. „Audrey? Gott sei Dank, du bist da! Es ist was passiert ... Ich will dir das jetzt nicht am Telefon erklären. Können wir uns morgen Nachmittag sehen? Ich kann im Moment nicht nach Hause. Morgen Abend habe ich einen Auftritt bei euch in der

Nähe, kann ich bei euch warten? Jetzt bin ich bei Dominique, ich werde diese Nacht hierbleiben. Aber Marco werde ich sagen, dass ich bei dir bin. Falls er dich also anruft, um das zu kontrollieren, weißt du Bescheid." Sie legte auf und wählte erneut. „Marco? Ich wollte dir nur sagen, dass ich übers Wochenende bei Audrey bleibe. Michel ist verreist, und da machen wir eine Pyjamaparty. Ja, genau, ich habe auch einen Auftritt im Club Odéon. Wie du willst. Ciao." Sie legte den Hörer auf die Basis zurück.

„Hat er es geschluckt?", fragte Dominique.

„Da bin ich nicht sicher. Er ist ja eher von der misstrauischen Sorte."

Jennifer kam fertig zum Ausgehen wieder ins Wohnzimmer zurück. Sie trug ein tief ausgeschnittenes rotes Kleid, das ihre Brüste und die schlanke Taille betonte. Sie hatte Make-up aufgetragen und die braunen Haare toupiert, die ihr wild um die Schultern fielen.

„Du hast dich aber ins Zeug gelegt für diesen Kerl." Dominique erhob sich.

Jennifer warf einen verächtlichen Blick auf Julie. „Mir laufen sie nicht einfach so zu, ich muss was dafür tun."

„Spar dir solche Bemerkungen. Und jetzt raus mit dir."

„Das hier ist immer noch die Wohnung meiner Mutter", sagte Jennifer scharf. „Du bist nur zu Besuch – geduldet, verstehst du? Wage es nicht, mich rausschmeißen zu wollen!"

„Es ist vielleicht die Wohnung deiner Mutter, aber ich bin immer noch dein Vater, und du solltest aufpassen, wie du mit mir redest", erwiderte er verärgert.

„Vielen Dank für die Erinnerung. Wie du weißt, hatte ich glatt vergessen, dass du mein Vater bist." Sie lachte auf und schien sich an Julies befremdeten Gesichtsausdruck zu weiden. „Viel Spaß, ihr beiden", sagte sie mit anzüglichem Unterton und verschwand aus dem Wohnzimmer. Kurz darauf hörten Dominique und Julie, wie die Wohnungstür zuschlug.

Dominique fuhr sich erschöpft mit den Fingern über die Stirn und ließ sich wieder neben Julie auf die Couch sinken. Er wollte den Vorfall am liebsten schweigend übergehen, aber sie sah ihn fragend an.

„Jennifer macht eine schwere Zeit durch", erklärte er. „Sie macht eine Therapie, und da kommt Einiges hoch. Denk bitte nicht schlecht von ihr."

„Ich denke gar nichts, weil das im Moment echt nicht mein größtes Problem ist." Julie seufzte. „Eigentlich hatte ich mich auf einen ruhigen Abend allein zu Hause gefreut, mit einem langen Bad, bei dem mich keiner stört. Und dann irgendwas im Fernsehen schauen, was mich interessiert, nicht immer nur Fußball oder tunesisches Satelliten-Fernsehen."

Dominique lächelte. „Von mir aus kannst du den Rest des Abends in der Badewanne verbringen, ich werde dich nicht stören. Und im Fernsehen gibt es heute nichts, was ich unbedingt sehen will, such dir also aus, was du möchtest. Oder wir sehen einen von Cathérines Filmen."

Julie nickte dankbar.

„Hast du Hunger?", fragte Dominique.

„Ja."

„Dann komm mit in die Küche, mal sehen, ob wir was Brauchbares finden."

„Ich kann nicht gut kochen", bekannte sie.

„Ich auch nicht. Aber ich bin auch kein anspruchsvoller Esser."

Sie kochten zusammen ein einfaches Gericht und tranken Rotwein dazu.

Dann verschwand Julie im Bad. Als sie nach einer Stunde wieder zum Vorschein kam und sich neben Dominique auf die Couch setzte, trug sie seinen

Frotteebademantel, den er ihr geliehen hatte. Über den Fernseher flimmerte ein alter Spielfilm mit Alain Delon.

Julie versuchte nochmals, Fabien zu erreichen, aber das Telefon klingelte wieder ins Leere. „Merde, warum gibt es da nicht mal einen Anrufbeantworter?"

„Was ist da gelaufen, warum will Kadir dich in seine Gewalt bringen? Will er Fabien mit irgendwas erpressen?", fragte er.

„Fabien hat Ibrahim getötet", flüsterte Julie. „Aber es war Notwehr!", ergänzte sie hastig, als er sie alarmiert anblickte. „Deswegen mussten wir aus Marokko fliehen. Kadir war dabei, und er hat uns natürlich an seine Organisation verraten. Und nun will er den Tod seines Vaters rächen."

„Dann sollte er Manns genug sein, sich direkt an Fabien zu wenden."

„Er weiß, dass es für Fabien viel schlimmer wäre, wenn ich an seiner Stelle sterbe."

Dominique zog sie in die Arme, und sie schmiegte sich schutzsuchend an ihn.

„Außerdem war Ibrahim mein Geliebter", gestand sie. „Er hat mich jahrelang ausgehalten ... tolle Wohnung in Casablanca, teurer Schmuck, schöne Kleider, die Auftritte in Nobelclubs, die ich nur ihm zu verdanken hatte ... Aber er war verheiratet, und Kadir hasst mich dafür, dass er seine Mutter mit mir betrogen hat."

„Noch ein Motiv also. Aber dürfte er nicht sowieso vier Frauen haben?"

„Das ist deine Frage? Du sagst gar nichts dazu, dass ich die Geliebte eines marokkanischen Gangsterbosses war?"

„Wusstest du das von Anfang an?"

„Nein, dann hätte ich mich nicht auf ihn eingelassen. Als ich es herausbekommen habe, wollte ich Schluss machen, aber er wollte mich nicht mehr freigeben." Sie schauderte.

Dominique streichelte ihr beruhigend über den Rücken und küsste sie schließlich.

„Nein, warte", flüsterte sie, als seine Berührungen forscher wurden.

„Worauf?", murmelte er.

„Ich finde dich auch attraktiv, aber ..." Sie entwand sich ihm mit einem Anflug von Panik in den Augen. „Das geht mir zu schnell."

„Pardon." Er ließ sie etwas widerstrebend los.

„Wirst du mir trotzdem helfen?", fragte sie flehend.

„Natürlich! Für was für eine Art Mann hältst du mich? Sex war doch keine Bedingung dafür, dass ich dir helfe. Aber wir sind gerade allein – wer weiß, wann das mal wieder der Fall sein wird."

Julie zog den Bademantel enger um sich und schwieg.

Dominique seufzte geräuschlos und wies mit dem Kinn in Richtung Fernseher. „Ich gucke mir gerade Borsalino an. Willst du den mit ansehen oder lieber was anderes?"

Sie warf einen Blick auf die Uhr. „Es lohnt sich nicht mehr, noch was Neues anzufangen. Ich gucke ein paar Minuten mit, dann gehe ich ins Bett."

„Willst du noch ein Glas Wein? Dann kannst du bestimmt besser schlafen."

„Ja, bitte."

Schweigend verfolgten sie den Film, in dem es ausgerechnet um Gangster ging.

Nachdem Julie ihr Weinglas ausgetrunken hatte, küsste sie Dominique schnell auf die Wange. „Ich werde jetzt schlafen gehen. Gute Nacht." Sie verschwand im Schlafzimmer.

Er blieb in nachdenklicher Stimmung vor dem Fernseher sitzen und ließ den Rest des Films an sich vorbeiflimmern, ohne die Handlung wirklich zu verfolgen.

8

Als Dominique am späten Morgen verschlafen im Pyjama in die Küche kam, fand er dort Jennifer und Julie einträchtig beim Frühstück am Küchentisch vor. Es duftete köstlich nach Croissants und frisch gebrühtem Kaffee.

„Morgen. Du bist schon da?", sagte er zu Jennifer.

„Ja. Ich habe gleich Fahrstunde und wollte mich vorher noch umziehen." Sie biss in ein Stück mit Erdbeermarmelade bestrichenes Baguette, das sie vom Bäcker mitgebracht hatte. „Und bei dir, alles gut?"

Er nickte mechanisch und betrachtete seine Tochter nachdenklich. Gestern geht sie mir fast an die Kehle, und heute verhält sie sich wieder so normal, dachte er. Es würde ihr bald besser gehen, hatte der Therapeut gesagt. Wann würde es so weit sein?

Er schüttelte die düsteren Gedanken ab, goss sich Kaffee in eine Schale und fragte Julie: „Hast du gut geschlafen?"

„Na ja, ging so."

„Keine Alpträume?"

„Nein, das nicht. Ich hab gerade mit Fabien gesprochen."

„Und was sagt er?"

„Er will versuchen, sich morgen darum zu kümmern, heute hat er keine Zeit, dem Typen aufzulauern. Er hat etwas zu erledigen, das länger dauert."

„Was heißt das, wenn Fabien sagt, er wird sich um ihn kümmern?", fragte Dominique argwöhnisch. „Ihn zum Flughafen fahren und in die nächste Maschine nach Marokko setzen?"

Julie lachte in sich hinein und brach ein Stück von ihrem Croissant ab. „Vermutlich nicht. Aber das soll nicht deine Sorge sein."

„Dann muss ich heute also noch deinen Bodyguard spielen, ja?" Er nahm einen Schluck Kaffee.

„Ja, wenn das geht ... Könntest du mit mir nach Saint-Denis fahren? Ich brauche Klamotten, Schmuck und Make-up für meinen Auftritt heute Abend."

„Kann die dir dein Marco nicht heute Nachmittag zu Audrey bringen? Oder du holst sie bei ihm in der Pizzeria ab?" Dominique hatte eigentlich vorgehabt, ins Fitnessstudio zu gehen, in dem er sich gerade angemeldet hatte.

„Ach, das wird zu kompliziert", sagte sie unbehaglich. „Außerdem ist er vielleicht schon weg."

„Na schön. Hoffen wir, dass der Typ nicht wieder als Überraschungsgast in eurem Wohnzimmer sitzt."

„Danke, Dominique. Danach kannst du mich zu Audrey fahren, und dann bist du mich los."

Er gähnte und trank seinen Kaffee aus. „Ich gehe jetzt erst mal ins Bad."

„Ich war erstaunt, dass ich dich heute Morgen alleine im Schlafzimmer angetroffen habe", sagte Jennifer zu Julie, als Dominique die Küche verlassen hatte. „Ihr habt also gar nichts miteinander?"

„Nein. Er will mir nur helfen, das ist alles."

„Dabei hatte ich den Eindruck, dass du ihm gefällst."

„Ja, das ist wohl so."

„Aber er dir nicht?"

„Schon, aber ... es ist falsches Timing. Ich bin nicht frei und habe schon genug Probleme am Hals. Außerdem will ich aus Prinzip nicht zu schnell mit ihm schlafen. Nicht, dass dich das was angeht", fügte sie vorwurfsvoll hinzu.

„Stimmt wohl", gab Jennifer zu und grinste.

„Darf ich dich im Gegenzug auch was fragen, was mich nichts angeht?", fragte Julie schnell.

„Schieß los."

„Gestern hast du Dominique so wütend angefahren, und heute redet ihr miteinander, als wäre nichts gewesen. Ist das normal zwischen euch?"

Jennifer lachte auf, dann betrachtete sie Julie nachdenklich und schüttelte den Kopf. „Nein. Ich bin gerade in einer etwas schwierigen Phase. Und manchmal kriegt er dann meinen Ärger ab, ohne dass er es verdient hat. Früher haben wir uns super verstanden, und ich arbeite daran, dass es wieder so wird."

Sie trank ihre Schale mit dem Milchkaffee leer und stellte sie auf den Tisch zurück. „Ich muss jetzt los, den Pariser Straßenverkehr unsicher machen. Salut." Sie stand auf und verließ die Küche.

„Viel Spaß", rief Julie ihr hinterher.

Kurz darauf setzte sich Dominique frisch geduscht, rasiert und fertig angekleidet zu ihr an den Frühstückstisch.

„Ich brauche deinen Rat", begann sie.

„Worum geht es?" Er schenkte sich Kaffee ein und nahm sich ein Croissant.

„Fabien hat mir am Mittwoch einen Scheck gegeben. Er hat sein Haus in Tanger verkauft und wollte mir was davon abgeben. Es ist ein Haufen Geld."

„Das ist doch toll. Aber wenn du einen Rat brauchst, wie du das Geld am besten anlegen kannst – davon habe ich keine Ahnung. Meide Aktien, würde ich sagen."

„Darum geht es nicht. Ich weiß nicht, ob ich diesen Scheck überhaupt einlösen soll oder nicht."

„Warum nicht?"

„Es ist schmutziges Geld. Du kannst dir vorstellen, womit er es verdient hat. Daran klebt Blut."

„Es ehrt dich, so zu denken. Aber es ist ja nicht mehr direkt das Geld, das Fabien verdient hat. Es stammt aus dem Verkauf eines Hauses, nichts weiter. Zumal du es gut gebrauchen kannst.“

„Meinst du wirklich?“

„Wenn du wohlhabend wärst, könntest du dir solche Skrupel erlauben. Aber in deiner Situation ist es wohl besser, an dich selbst zu denken, meinst du nicht? An dem, was Fabien getan hat, kannst du sowieso nichts mehr ändern.“

„Vielleicht hast du recht. Es wäre es eine Lösung für so einige Probleme. Ich könnte Marco verlassen und versuchen, mir etwas Eigenes aufzubauen“, sagte sie hoffnungsvoll.

„Hast du den Scheck dabei?“

„Ja.“

„Dann lass ihn uns gleich zu deiner Bank bringen. Nicht, dass er dir noch abhandenkommt.“

Nach dem Frühstück fuhren sie zur Bank, die wie die meisten Banken in Paris auch am Samstagvormittag geöffnet hatte, und danach gleich weiter nach Saint-Denis. Vorsichtshalber hatte Dominique seine Pistole dabei.

„Erzähl mir was über deine Hippie-Kindheit“, bat er, als sie über die Autobahn fuhren.

Julie hatte sich ein wenig entspannt. Trotz seines Annäherungsversuchs am vergangenen Abend fühlte sie sich bei Dominique sicher. Zumal er jetzt ziemlich zurückhaltend war und nicht mehr versuchte, sie zu berühren oder mit ihr zu flirten. Fast vermisste sie es, wie sie verwirrt feststellte.

Sie ließ sich tiefer in den Beifahrersitz rutschen. „Ich habe dir ja schon gesagt, dass wir gleich nach dem Summer of Love aufgebrochen und auf dem Hippie-Trail nach Indien gefahren sind. Wir ließen uns alle die

Haare wachsen, meine Mutter und ich trugen weite Gewänder, mein Vater und Fabien lila Schlaghosen und Batik-Shirts. Und natürlich Jesuslatschen." Sie kicherte bei der Erinnerung an diese Geschmacksverirrungen, die ihnen damals so cool vorgekommen waren. „In Goa haben wir in einer Lehmhütte gewohnt, die meine Mutter aber mit vielen bunten Stoffen und Kissen recht gemütlich eingerichtet hat. Ich kann mich nicht mehr an vieles erinnern, nur noch daran, dass Fabien und ich es total aufregend und toll fanden. Nach alten Fotos zu urteilen, trugen wir manchmal, wenn es heiß war, nur ein um die Hüften geschlungenes Tuch und sahen aus wie Mogli." Sie lachte, und Dominique stimmte ein.

„Goa muss damals noch ziemlich ursprünglich gewesen sein", sagte er. „Soviel ich weiß, hat der Tourismus dort erst mit der Hippiebewegung angefangen. Wie lange wart ihr dort?"

„Ein Jahr oder so. Bis Fabien durch das Essen eines Straßenhändlers Hepatitis gekriegt hat und wir nach Frankreich zurückkehren mussten. Aber nur bis er wieder gesund war, danach sind wir sofort nach Ibiza in eine Hippie-Kommune gezogen."

„Wovon habt ihr gelebt?"

„In Goa von den Ersparnissen meiner Eltern. Auf Ibiza hat mein Vater als Erntehelfer auf dem Feld gearbeitet. Damals fehlten auf der Insel noch Arbeitskräfte, und den Einheimischen waren die Hippies willkommen. Es war ein ziemlich einsam gelegenes großes Haus, in dem wir mit einem Haufen anderer Leute gewohnt haben. Meine Mutter hat gemalt und die Gemälde verkauft, außerdem gebatikte Stoffe und Kleidung."

„Ist das Gemälde, das bei Michel in der Agentur hängt, von deiner Mutter?"

„Ja. Außer Modeschmuck ist es das einzige Andenken, das ich von ihr habe", sagte Julie leise.

„War sie auch mal in Marokko?"

„Nein, sie hat es nach einer Postkarte gemalt. Ich hab
es schon immer schön gefunden, da wusste ich noch
gar nicht, dass ich eines Tages dort hinziehen würde.
Ich hab die Leinwand mitgenommen, als ich die Kommune verlassen habe, und auch, als ich aus Marokko
wegmusste. Audrey hat es rahmen lassen und es hängt
in der Agentur, bis ich eine eigene Wohnung habe."

„Und wie war das Alltagsleben auf Ibiza so?"

„Fabien und ich mussten sehen, wie wir in der Schule
auf Spanisch zurechtkommen. Das erste Jahr war
schwierig. Aber Kinder lernen Sprachen zum Glück ja
schnell. Und Englisch haben wir gleichzeitig auch gelernt, weil es damals ziemlich viele reiche Hippies aus
Amerika gab." Ein Schatten flog über ihr Gesicht. „Die
wollten nicht nach Vietnam eingezogen werden, und
es gab auch Vietnam-Deserteure, die auf Ibiza untergetaucht sind. In der Anfangszeit war es harmonisch, die
Reicheren haben ihre Sachen immer mit den Ärmeren
geteilt. Dadurch hatten wir wenig persönlichen Besitz,
da alles von jedem benutzt wurde. Unser Spielzeug
mussten wir auch mit den vier anderen Kindern teilen."

„Wie war euer Haus eingerichtet?"

„Es gab überall Flokati-Teppiche, einen aufgesprüh-
ten Che Guevara an der Wand, rot gestrichene Wände
und so. Im Garten hatten wir eine Marihuana-Plan-
tage."

„Klingt wirklich urig." Dominique grinste.

„Wie man es nimmt. Die Schattenseite war, dass niemand sauber gemacht hat, es gab immer Berge an Ab-
wasch, es war unordentlich, sogar dreckig und alles
klebte, die Katzen haben überall hingemacht. Fabien
hat dadurch einen Reinlichkeitsfimmel entwickelt, er
erträgt weder Schmutz noch Unordnung." Julie lachte
auf.

„Und du?"

„Ich bin keine gute Hausfrau", sagte sie verlegen.

„Wie auch, wenn du es nie gelernt hast."

„Ich bin chaotisch", bekannte sie. „Weil es zu Hause auch immer chaotisch war. Es gab keinen geregelten Tagesablauf für uns Kinder. Die Erwachsenen haben tagsüber nackt am Strand gelegen, und in der Kommune wurde nächtelang durchgefeiert, Gitarre gespielt und gekifft. Wir Kinder wurden zum Schlafen in die hinteren Räume gebracht, und morgens lagen überall Schnapsleichen herum, dazu Kippen und Flaschen. Einmal, als ich in mein Zimmer zurückwollte, lag da mein Vater mit einer anderen Frau. Und bei einem Mal ist es auch nicht geblieben."

„Dann ist das mit der freien Liebe also nicht nur ein Mythos?"

„Ja, das gab es schon. Aber die betrogenen Partner haben natürlich trotzdem darunter gelitten. Vielleicht hat meine Mutter auch deswegen immer mehr Drogen genommen."

Er warf ihr einen mitfühlenden Seitenblick zu.

„Die Erwachsenen haben ständig gefeiert: Sie lebten in ihrer Blase aus Sex, Drugs und Rock'n'Roll und vermeintlich tiefgehenden Diskussionen. Um uns Kinder hat sich niemand so richtig gekümmert, dafür konnten wir alles machen, was wir wollten. Wir haben manchmal die ganze Bude in Beschlag genommen, Wände bemalt, Dinge in Brand gesteckt, alles Mögliche ausprobiert. Und wir haben oft die Schule geschwänzt. Meinen Eltern war es nicht besonders wichtig, ob wir gehen oder nicht. Eigentlich war es eine glückliche Zeit für Fabien und mich."

„Antiautoritäre Erziehung eben", sagte Dominique. „Aber Kinder brauchen Grenzen."

„Ja, ist wohl so. Fabien hat mal gesagt, dass es ihn deswegen in diese Untergrundorganisation gezogen hat, mit ihren strengen Regeln."

„Klingt plausibel. Aber er hätte ja auch zur Armee gehen können."

„Das wäre vielleicht ein etwas zu krasser Unterschied gewesen. Bieg die nächste rechts ab, wir sind gleich da." Sie erklärte ihm den Weg zu ihrem Wohnblock. „Was machen wir, wenn der Kerl hier irgendwo lauert?", fragte sie nervös.

„Meinst du, der würde auf offener Straße auf dich schießen?"

„Das hat er gestern ja schon getan."

Dominique suchte einen Parkplatz möglichst nahe am Hauseingang und gab Julie Deckung, als sie auf die Tür zugingen. Sie tippte den Code ein, und die Tür öffnete sich schnarrend. Im zweiten Stock angekommen, ließ er sie die Wohnungstür aufschließen und zog sie dann hinter sich, während er mit gezogener Waffe voranging. An der Wohnzimmertür stieß er fast mit einem von Julies Mitbewohner zusammen.

„Ey Mann, was soll n das?" Erschrocken nahm er die Hände hoch.

„Ist er das, Julie?", fragte Dominique angespannt.

„Nein, das ist nur Najim. Najim, wer ist gerade hier?"

„Nur Bechir und ich. Was n los?"

„Wer von euch hat gestern den Marokkaner hier auf mich warten lassen?", fragte Julie die beiden jungen Tunesier drohend.

„Das war ich", sagte Bechir, der auf dem Sofa saß. „Der hat gesagt, er ist ein Freund von dir aus Marokko. Na, und nachdem dein Bruder letztens gleich Aufstand gemacht hat, weil ich ihn erst nicht reinlassen wollte, dachte ich, es passt schon."

Julie seufzte. „Wenn der noch mal wiederkommt, schlagt ihm sofort die Tür vor der Nase zu. Und entfernt euch von der Tür, falls er drauf schießt."

„Wer ist der Typ?"

„Jedenfalls kein Freund von meinem Bruder und mir.“

„Warum war n da Blut im Wohnzimmer und Flur?“

„Weil ich auf ihn geschossen habe.“

„Wow!“ Bechir betrachtete Julie mit neuem Respekt. „Und wer ist der da?“ Er wies mit dem Kinn auf Dominique.

„Er ist tatsächlich ein Freund.“

„Auch von Marco?“

„Mann, hör auf, mir Löcher in den Bauch zu fragen! Kannst du hier auf mich warten, Dominique?“

Er nickte, steckte seine Pistole ins Gürtelholster zurück und ließ sich neben Bechir vor dem Fernseher nieder, auf dem gerade ein Fußballspiel übertragen wurde. „Wer spielt da gegen wen?“

Julie ging auf ihr Zimmer, packte eilig einige Sachen in eine große Plastiktasche und kehrte zu den Männern zurück. „Bin fertig, wir können los.“

Dominique löste seinen Blick bedauernd von dem Match und erhob sich.

„Danke, dass du keinen Kommentar über die Wohnung gemacht hast“, sagte sie, als sie auf dem Rückweg nach Paris waren.

Er zuckte mit den Schultern. „Ich kann verstehen, dass du dich da nicht so wohlfühlst, aber für die meisten Inder wäre es eine Luxuswohnung.“

Sie aßen in einem kleinen Restaurant in der Nähe der Detektivagentur zu Mittag, und diesmal erzählte Dominique Julie aus seinem Leben in Indien, dem Senegal, Französisch-Guyana und Neukaledonien. Sie hörte ihm fasziniert zu.

Am frühen Nachmittag klingelten sie bei Michel und Audrey, aber niemand öffnete. Dominique, der einen Schlüssel hatte, schloss die Tür auf. Julie rief nach Audrey, als sie im Flur standen, doch sie antwortete nicht.

„Das ist merkwürdig“, sagte Julie beunruhigt. „Sie hat gesagt, sie wäre den ganzen Nachmittag hier.“

„Es wird ihr was dazwischengekommen sein. Vielleicht musste sie noch einkaufen.“

„Wartest du mit mir?“, bat Julie.

Dominique nickte. „Ich setze mich ins Büro, wollte sowieso noch was abarbeiten.“

Er tippte einen Bericht und vergaß dabei die Zeit. Nach einer Stunde kam Julie beunruhigt zu ihm. „Immer noch keine Spur von Audrey.“

„Hat sie dir vielleicht irgendwo eine Nachricht hinterlassen?“

„Nein, ich hab nichts gefunden.“

„Kann es sein, dass sie mit Fabien durchgebrannt ist?“, meinte Dominique. „Sie war sehr durcheinander nach seinem Besuch am Mittwoch. Sie scheint noch ganz schön an ihm zu hängen.“

„Aber dann hätte mir doch einer von beiden Bescheid gesagt.“

„Nach dem, was du erzählt hast, war es in den letzten anderthalb Jahren auch nicht Fabiens Priorität, dich zu informieren, oder?“

Julie verzog den Mund. „Stimmt. Ob er mich angelogen hat, als er gesagt hat, er hätte heute einen Auftrag zu erledigen? Nein, er würde nicht meine Sicherheit aufs Spiel setzen, um sich mit einer Frau zu treffen. Und Audrey hätte mir bestimmt eine Nachricht hinterlassen.“

„Und riskiert, dass Michel sie findet?“

„Hat dein AB eine Fernabfrage?“

„Ja. Ich probiere es.“ Dominique wählte Cathérines Nummer, gab einen Code ein und lauschte. „Nur eine Nachricht für Cathérine, nichts von Audrey.“

„Ich habe ein komisches Gefühl.“

„Ich kann versuchen, Michel im Auto anzurufen und fragen, ob sie sich bei ihm gemeldet hat.“

„Ja, bitte. Ach nein, lieber nicht, falls sie doch mit Fabien zusammen ist." Julie stöhnte auf und ließ sich in Michels Bürosessel fallen.

9

Audrey verließ die École nationale supérieure des beaux-arts de Paris, wo sie an diesem Samstag im Atelier an einem großen Ölbild für ihre Abschlussarbeit gemalt hatte. Zum Semesterende würde sie endlich fertig sein mit ihrem Kunststudium.

Es regnete, und sie kramte in ihrer ledernen Beuteltasche nach ihrem Schirm. Tief in Gedanken versunken ging sie die Rue Bonaparte hinunter. Die Universität lag fußläufig zu Michels Wohnung.

Seit dem unverhofften Wiedersehen mit Fabien war ihr Gefühlsleben völlig durcheinandergeraten. Es hatte die dünne Decke des Vergessens aufgerissen und ihre Sehnsucht nach Fabien neu angefacht. Wenn sie nur gewusst hätte, wo in Paris er sich aufhielt, wäre sie sofort zu ihm gefahren. Michel war am Morgen zu Nachforschungen nach Lille aufgebrochen und würde erst am Sonntag zurückkehren. Die kurze Begegnung mit Fabien stellte alles infrage, was sie sich in den letzten anderthalb Jahren mit Michel aufgebaut hatte. Aber hatten sie sich überhaupt etwas aufgebaut? Lebten sie nicht eher nur nebeneinander her wie in einer Wohngemeinschaft?

Eine Windböe zerrte an ihrem Schirm, und Audrey musste darum kämpfen, ihn gerade zu halten. Der Regen prasselte nun in dicken Tropfen vom düsteren Himmel. Sie achtete nicht auf den anthrazitgrauen Citroën, der langsam dicht an ihr vorbeifuhr. Unmittelbar vor ihr öffnete sich die hintere Tür des Wagens, und fast wäre sie dagegen gelaufen. Noch bevor sie ausweichen konnte, wurde sie plötzlich an der Taille gepackt und in den Wagen gezerrt. Der Schirm entglitt ihren Händen, während sie um Hilfe schrie und versuchte, sich am Türrahmen festzuhalten. Aber sie verlor am Bordstein das Gleichgewicht, stieß sich den Kopf am Autodach, und noch bevor sie richtig erfasst hatte, was ihr geschah, saß sie bereits im Wagen, umfangen von einem starken Arm, der sie unerbittlich festhielt, während der zweite Arm über sie hinweggriff und die Wagentür zuzog.

Der Wagen fuhr an. Das Ganze hatte nur ein paar Sekunden gedauert, und keiner der Passanten schien etwas mitbekommen zu haben. Verzweifelt trat sie gegen die geschlossene Tür und versuchte gleichzeitig, den Mann von sich zu stoßen, der sie umklammerte. Flüchtig nahm sie wahr, dass er dunkles Haar und bräunliche Haut hatte. Er packte sie mit schmerzhaftem Griff und zischte dem Mann auf dem Beifahrersitz etwas zu. Dieser drehte sich zu ihnen um. Unter seinem bärtigen Gesicht erblickte Audrey zu ihrem Entsetzen eine Pistolenmündung, die auf sie gerichtet war. Vom Fahrer sah sie nur, dass er kurzes, schwarzes Haar hatte und eine Basecap trug.

„Wenn du Ärger machst, Süße, schicken wir Fabien deine Leiche in Einzelteilen als Gruß."

„Wer seid ihr?", flüsterte sie.

„Pardon, dass ich vergessen habe, mich vorzustellen", sagte der junge Mann neben ihr spöttisch. „Mein Name ist Kadir Berefkir."

Vor Schreck stockte ihr der Atem. Sie hatte ihn nie zuvor gesehen, aber Julie hatte ihn mehrmals erwähnt. Er war der Sohn von Julies Ex-Freund Ibrahim, dem marokkanischen Gangsterboss, der mit Fabien verfeindet gewesen war.

„Was wollt ihr von mir? Ich hatte mit all dem nie etwas zu tun", sagte sie mit zitternder Stimme.

„Du warst eine Weile Beaulieus Freundin, das genügt." Kadir griff in seine Jackentasche, holte einen

Kabelbinder heraus und fesselte damit Audreys Handgelenke.

„Ich glaube nicht, dass ich ihm noch genug bedeute, als dass ihr euch dadurch an ihm rächen könntet", behauptete sie und fragte sich mit einem Stich ins Herz, ob das wohl stimmte. Aber Fabiens Blicke am Mittwoch hatten eine andere Sprache gesprochen, sagte sie sich.

„Du warst auch nicht unsere erste Wahl." Er nahm ein schwarzes Tuch und verband ihr damit die Augen.

Julie! Das musste sie am Vorabend am Telefon gemeint haben. Audrey schluckte trocken. „Dann warst du also letzte Woche in der Agentur und hast nach Julie gefragt?"

„Nein, das war ich", sagte der Mann vom Beifahrersitz, dessen Französisch weniger Akzent hatte als das von Kadir.

„Wir hätten Julie gerne bei uns gehabt, um Fabien einen würdigen Empfang in Paris zu bereiten." Kadirs Lachen klang hart, und passte zu dem, was Audrey von seinem scharfkantigen Gesicht erspäht hatte, bevor er ihr die Augen verbunden hatte. „Blöd für dich, dass es nicht geklappt hat."

Sie spürte die Spitze einer Messerklinge an ihrem Kinn und schauderte. „Wie habt ihr mich gefunden?"

„Nachdem Julie mir gestern Abend entwischt ist, war mir klar, dass sie untertauchen würde. Sie ist ausgebufft, das muss man Fabiens Schwesterchen lassen. Also haben wir heute Morgen vor eurem Haus darauf gewartet, dass du herauskommst. Aber dein Freund war bei dir und hat dich dann auch noch bis vor die Tür deiner Uni gefahren, der verdammte Gentleman. Also mussten wir eben warten, bis du wieder herauskommst." Die Messerklinge fuhr fast zärtlich über die zarte Haut von Audreys Wangen, ihre geschwungenen Lippen und ihre hohen Wangenknochen. Sie erstarrte und hielt den Atem an. „So ein hübsches Gesichtchen. Es wäre zu schade", raunte Kadir ihr zu.

Audrey krallte ihre zitternden Finger ineinander, während ihr Herz klopfte, als wolle es ihr aus der Brust springen. Die Klinge verschwand von ihrer Haut, und sie wagte vorsichtig, wieder zu atmen. Die drei Männer begannen, sich auf Arabisch miteinander zu unterhalten. Anhand des rauschenden Hintergrundgeräuschs vermutete Audrey, dass sie nun auf dem Boulevard périphérique waren, der Stadtautobahn, die Paris umschloss. Die Fahrt schien eine Ewigkeit zu dauern, während ihr alle möglichen Gedanken durch den Kopf rasten. Sollte sie anbieten, dass ihre Eltern Lösegeld für sie zahlen würden? Aber offenbar ging es den Männern nicht um Geld. Sondern um Rache. Rache an Fabien und an Julie.

Ob es Fabien nahe gehen würde, wenn man sie umbrächte? Ob er alles tun würde, um das zu verhindern? Nun, er schien in den letzten anderthalb Jahren auch glänzend ohne sie ausgekommen zu sein. Sie nicht in Gefahr bringen zu wollen, war möglicherweise nur eine nobel wirkende Ausrede.

Endlich hielt der Wagen. Audrey wurde herausgezerrt und flankiert von zweien der Männer einen Weg entlanggeführt. Kurz darauf schlug ihr warme Luft entgegen, sie schienen ein Haus betreten zu haben. Sie fand es grässlich, blind ins Ungewisse zu laufen und befürchtete, jeden Moment gegen ein Möbelstück zu stoßen. Auf einmal hielten sie an und man nahm ihr die Augenbinde ab. Sie stand vor einer schmalen, steilen Kellertreppe.

„Los, da runter", befahl Kadir.

Es gab kein Geländer, und ihre Knie wackelten so, dass sie Angst hatte, zu stürzen. Insbesondere, da der Marokkaner, der dicht hinter ihr ging, sie mit der Hand in ihrem Rücken vorwärtstrieb. Endlich am Fuß der

Treppe angekommen, stieß er sie in einen Kellerraum, in dem ein paar Kisten standen und ein massives, stählernes Regal, in dem Konservendosen lagerten.

Er packte eine Matratze, die hochkant an einer Wand lehnte, und warf sie auf den Boden. Dann drängte er Audrey gegen das Regal, ließ sein Messer aufschnappen und hielt es ihr an die Kehle. „Vielleicht können wir das Ganze für dich abkürzen, meine Schöne. Je eher wir Julie haben, desto schneller lassen wir dich wieder gehen. Also, rede! Wo könnte sie sein?"

„Fragt doch mal ihren tunesischen Freund, Marco. Also, genauer gesagt heißt er Larbi mit Vornamen. Larbi Mounir. Bestimmt hat er ihr geholfen, irgendwo unterzutauchen", behauptete Audrey. Sie gönnte dem Tunesier, der so launisch mit Julie umsprang, eine kleine Abreibung.

„Wir werden ihn uns vorknöpfen. Wo er wohnt, wissen wir ja jetzt."

„Er arbeitet in der Pizzeria Il Ducato im 1. Arrondissement. Bring mir meine Handtasche, da ist mein Adressbuch drin, vielleicht fallen mir noch andere Leute ein. Allzu viele gemeinsame Bekannte haben Julie und ich allerdings nicht." Sie biss sich auf die Lippen. Vielleicht hätte sie ein paar angebliche Bekannte erfinden sollen, um die Gangster auf falsche Fährten zu locken. Andererseits würden die sich bestimmt an ihr rächen, wenn sie entdeckten, dass sie gelogen hatte.

„Und was ist mit diesem Kollegen von deinem Freund? Wie heißt der Typ aus der Agentur?"

„Dominique Demesy. Aber er und Julie kennen sich kaum."

„Wir werden ja sehen. Wo finden wir den am Wochenende?"

„Ich kenne seine Adresse nicht", sagte Audrey wahrheitsgemäß.

Der Druck der Klinge an ihrem Hals verstärkte sich, und sie schauderte.

„Wirklich nicht!", beteuerte sie. „Warum sollte ich? Ich war nie bei ihm." Ihr lag auf der Zunge, ihn darauf hinzuweisen, in Dominiques Personalakte in der Detektivagentur zu suchen, aber das konnte sie gerade noch hinunterschlucken. Keineswegs wollte sie Julie, die in Kürze dort eintreffen würde, direkt ins offene Messer laufen lassen. Genauso wenig wollte sie Dominique und seine Familie in diese Sache hineinziehen. Und schließlich konnte sie überhaupt nicht sicher sein, ob ihre Entführer Wort halten und sie gehen lassen würden, wenn sie Julie hatten. „Ihr kennt jetzt seinen Namen, da wird es ja nicht so schwer sein, seine Adresse rauszufinden, oder?", fragte sie, da sie wusste, dass Dominique bei seiner Ex-Frau wohnte, die einen anderen Nachnamen trug. Aber es konnte sicher nicht schaden, diese Gangster ein wenig zu beschäftigen. Hoffentlich reagierten Dominique und Julie schnell, wenn sie sie nicht wie verabredet zu Hause antrafen. Zu dumm, dass Michel ausgerechnet an diesem Wochenende nicht da war.

Kadir ließ das Messer langsam an ihr hinuntergleiten. Dann schnitt er damit den Kabelbinder auf, der ihre Handgelenke fesselte. „Zieh dich aus!", befahl er.

Sie starrte ihn entsetzt an, und er verzog seine Lippen zu einem Grinsen. „Nur die Jacke. Es ist warm hier, oder?"

Sie nickte angespannt, zog ihre Winterjacke aus und warf sie auf die Matratze.

Kadir trat erneut so dicht auf sie zu, dass sie die Mitesser auf seiner schmalen, gebogenen Nase sehen konnte. Er umspannte mit der linken Hand ihre Brust, während die rechte warnend die Messerspitze in ihre Rippen piekte. Audrey hielt sich stocksteif und wandte angewidert das Gesicht ab.

Er lachte verächtlich auf. „Du hast Glück, dass du nicht mein Typ bist. Ich stehe ja eher auf vollbusige Blondinen. Julie wird auf jeden Fall dran glauben müssen, bevor ich sie erledige. Aber falls wir sie bis heute Abend nicht haben und ich mich langweile ... mal sehen“, sagte er.

„Fabien wird dich umbringen“, entfuhr es ihr.

„Dazu wird er keine Gelegenheit mehr haben, weil ich ihm zuvorkommen werde“, sagte Kadir selbstsicher. Er nahm ein Seil, das zusammengerollt im Regal gelegen hatte, fesselte Audrey und stieß sie auf die Matratze.

10

Als Julie am Abend zu Dominique ins Wohnzimmer trat, hatte sich für ihren Auftritt frisiert, geschminkt und umgezogen. Sie sah atemberaubend aus in dem kurzen, engen Kleid mit silbernen Pailletten. Ihre stufig geschnittenen Haare fielen ihr wie immer in unordentlichen Wellen um das sorgfältig geschminkte Gesicht und die schmalen Schultern.

Er verkniff sich jeglichen begeisterten Kommentar und unterdrückte den Impuls, sie zu küssen. Sie hatte ihn zwei Mal abblitzen lassen, er brauchte kein drittes Mal.

„Was verdienst du in der Stunde?", fragte sie unvermittelt.

Dominique starrte sie verblüfft an. „Ich bin keine besonders gute Partie, wenn du das meinst."

Julie lachte. „Nein, das meine ich nicht." Sie griff in ihre Handtasche und holte ein Bündel Geldscheine hervor, die sie in der Bank abgehoben hatte, nachdem Fabiens Scheck ihrem Konto gutgeschrieben worden war. Sie reichte Dominique einige Hundert-Francs-Scheine. „Ich weiß nicht, ob das dafür genügt, dass du schon den ganzen Tag und noch bis heute Nacht meinen Bodyguard spielst."

„Nein, Julie, du musst mich dafür nicht bezahlen", wehrte er ab.

„Ich will es aber. Dann habe ich nicht den Eindruck, dass ich dir etwas schulde."

„Oh, ach so." Etwas unangenehm berührt ließ er es zu, dass sie ihm die Scheine in die Hand drückte, und steckte sie in seine Hosentasche. „Meinetwegen, wenn du dich dann wohler fühlst."

„Ja, das tue ich. Und nachdem das geklärt ist ..." Julie trat noch dichter auf ihn zu „... kann ich dich jetzt küssen, ohne dass du denkst, es wäre eine Gegenleistung." Sie legte die Hände auf seine Schultern und die Lippen zärtlich auf seine.

„Das ist ja eine Win-win-Situation", murmelte Dominique zwischen den Küssen, die zunehmend leidenschaftlicher wurden.

„Warum hast du dann deine Hände auf dem Rücken?"

„Ich will nicht wieder zudringlich werden."

„Ich gehe mal davon aus, dass du mir nicht das Kleid zerreißen wirst?"

„Ich gehe mal davon aus, dass es einen Reißverschluss hat?" Er tastete an ihrem Rücken entlang.

„Warte ..." Sie löste sich behutsam von ihm, nahm seine Hand und führte ihn zur Couch. Eine Sekunde lang hoffte er, dass ihr der Sinn nach einem Quickie stand, woher auch immer so plötzlich ihr Sinneswandel gekommen war, aber als er ihr Gesicht sah, wusste er, dass dem nicht so war.

„Ich hab dir noch nicht erzählt, wie es nach dem Tod meiner Mutter weitergegangen ist", sagte sie etwas widerstrebend, als er sich neben sie setzte.

„Das musst du auch nicht, wenn du nicht möchtest."

„Ich will aber, dass du es weißt. Damit du verstehst."

Er seufzte innerlich. „Okay, ich höre."

Julie drückte nervös seine Finger in ihrer Hand, und ihre Miene wirkte gequält. „Ich weiß nicht, wie ich anfangen soll. Das ist ziemlich schwierig für mich. Nur wenige wissen das."

Dominique wartete.

„Ich war ungefähr dreizehn, da hat ein Typ aus der Kommune ... mich ... missbraucht." Sie mied seinen Blick.

„Das tut mir leid", murmelte er betroffen.

„Nicht nur einmal. Es ist immer wieder passiert. Ich wollte, dass du weißt, warum es mir schwerfällt ...“

„Ich verstehe“, flüsterte Dominique und strich ihr zärtlich eine Haarsträhne aus dem Gesicht zurück. „Hat das denn niemand mitbekommen? Immerhin habt ihr doch so dicht aufeinander gelebt.“

„Anfangs nicht. Und ich habe mich zu sehr geschämt. Irgendwann habe ich versucht, es meinem Vater zu sagen, aber der ... na ja, später ist mir klar geworden, dass er wohl die Augen davor verschlossen hat, weil es ein ziemlich wohlhabender Hippie war, der Vieles in der Kommune bezahlt hat. Einer dieser Amis. Er war auch sehr großzügig mit mir, und ich hab als Teenager noch nicht kapiert, wann man trotzdem nein sagen sollte.“ Auf ihrer Stirn hatte sich eine steile Falte gebildet.

„Hast du ihn irgendwann angezeigt?“

Sie schüttelte den Kopf.

„Aber wolltest du denn nicht, dass er bestraft wird?“

„Das wurde er. Fabien hat ... das erledigt.“ Sie presste die Lippen zusammen.

„Hat ihn erledigt?“, fragte Dominique leise.

Julie deutete ein Nicken an. „Deswegen musste er auch weggehen aus Ibiza. Da waren wir knapp achtzehn, und es hatte schon handgreifliche Streits zwischen Fabien und diesem Mann gegeben. Fabien hat zu dieser Zeit angefangen, Kontakte zur Unterwelt zu knüpfen, er war viele Wochen auf dem spanischen Festland, und als er wiederkam, hatte er eine Pistole. Und als er den Mann dabei überrascht hat, wie er mich bedrängt hat, hat er Rot gesehen. Es gab keine Zeugen, aber es war klar, dass man ihn verdächtigen würde. Also sind wir aus der Kommune geflohen. Fabien ist erst eine Weile nach Spanien gegangen. Dann hat ihn die Organisation nach Tanger geschickt. Er hat mit ein paar Aufträgen so viel Geld verdient, dass er sich dieses Haus in Tanger kaufen konnte. Ich war inzwischen in

Eivissa, der Hauptstadt von Ibiza, bin als Sängerin in Nachtclubs aufgetreten und habe gelernt, Cocktails zu mixen und an der Bar zu arbeiten. Der Tourismus war gerade am Aufblühen, und ich konnte mich einigermaßen über Wasser halten.“

„Das klingt doch gut.“

Sie seufzte. „Klingt vielleicht so, aber in Wahrheit bin ich spärlich bekleidet durch zweit- und drittklassige Bars getingelt, habe zu viel Alkohol getrunken, manchmal LSD genommen und gekifft. In diesem Zustand fand mich Fabien schließlich, nachdem er ganz Ibiza nach mir abgesucht hat. Er hat mich nach Tanger mitgenommen, und durch Beziehungen von ihm habe ich Auftritte in Touristenlokalen bekommen. Ansonsten habe ich von Fabiens Geld gelebt und mich irgendwie durchgeschlagen. Der Durchbruch kam erst mit den richtigen Beziehungen, wie das immer so ist.“

„Hast du einen Produzenten oder so was kennengelernt?“

„Nein, Philippe war Arzt. Ein französischer Allgemeinmediziner, der zum Modearzt der europäischen High Society in Tanger avanciert war. Er kannte einige First-Class-Hoteliers und Besitzer von wirklich noblen Nachtclubs in ganz Marokko, in denen ich dann auftreten durfte. Er hat mir auch Gesangsstunden bezahlt.“

„Und was sprang für ihn dabei heraus?“

„Wir hatten eine Affäre. Ich war sehr verliebt in ihn. Aber er war verheiratet. Unsere Beziehung hat zwei Jahre gehalten, doch als seine Frau es herausbekam und mit Scheidung drohte, hat er mich sitzenlassen. Sie hatte Geld und gehörte einer einflussreichen Familie an. Als sie heirateten, war er nur ein junger und gutaussehender, aber ziemlich mittelloser Arzt. Er verdankte ihr alles, was er geworden ist. Ich fand es trotzdem schäbig, dass er mich hat fallen lassen. Ich dachte, er würde mich lieben. Ich jedenfalls habe ihn geliebt.“

„Und danach kam der marokkanische Gangsterboss?“

„Ja, zwei Jahre danach. Zwei Jahre, in denen es nicht
so gut gelaufen ist. Ich dachte, Ibrahim wäre ein seriö-
ser Geschäftsmann. Seinetwegen bin ich nach Casablanca gezogen. Angefangen hat es mit Rosen und Dia-
manten, geendet mit Schlägen und ... einer Kugel in seiner Brust.“

„Es scheint eine Gewohnheit von Fabien zu sein,
deine Liebhaber umzubringen“, scherzte Dominique.
„Ich sollte mich wohl lieber nicht mit dir einlassen.“ Er
fragte sich, ob Michel darauf angespielt hatte.

Julie verzog das Gesicht, als habe sie in eine Zitrone
gebissen. „Wir müssen los“, beendete sie abrupt das Gespräch.

„Wann trittst du auf?“

„Um halb elf. Aber ich möchte vorher noch was essen
gehen.“

***

Der Abend in dem kleinen Nachtclub in Saint-Germain-des-Prés zog sich in die Länge. Dominique gähnte
verstohlen und blickte zur Uhr. Gleich halb eins. Um
halb eins würde Julie zum zweiten Mal auftreten, und
dann konnten sie gehen.

Nach dem ersten Auftritt hatte er einige Zeit mit ihr
in der Garderobe verbracht und gewissenhaft geprüft,
dass durch den Hinterausgang kein Unbefugter hinein-
gelangen und Julie backstage überraschen konnte.
Aber der mysteriöse Marokkaner hatte sich nicht blicken lassen, anscheinend hatte er Julies Spur verloren.

Stattdessen kreuzte Marco auf und verhielt sich noch
besitzergreifender als beim ersten Mal. Er bestand darauf, dass Julie mit ihm nach Hause kommen sollte,

schien ihr die Geschichte des bewaffneten Marokkaners nicht abzukaufen, beäugte dafür Dominique umso misstrauischer.

Julie hatte den Abend über ziemlich viel Champagner getrunken, den ihr ein Bewunderer ausgegeben hatte, und wirkte fröhlich und beschwipst. Als Marco für einen Moment auf der Toilette verschwand, kam sie zu Dominique, legte die Arme auf seine Schultern und tuschelte ihm ins Ohr: „Nach meinem Auftritt türmen wir, wir müssen Marco irgendwie loswerden."

„Sehr gerne, aber hast du einen Plan?"

„Komm jetzt gleich in die Garderobe. Sobald mein Auftritt vorbei ist, verschwindest du durch die Hintertür und wartest auf der Straße auf mich. Ich komme dann gleich nach."

Dominique warf schnell einige Geldscheine auf den Tisch, nahm seine Jacke und verschwand backstage, bevor Marco wiederkam.

Als sich ihr Auftritt dem Ende zuneigte, trat er durch den Hinterausgang auf die schmale, ruhige Straße. Vorsichtshalber klemmte er seinen Kugelschreiber in der Tür ein, damit er sie notfalls wieder aufbekommen würde, falls Julie nicht kam.

Aber kaum drei Minuten später war sie da, Mantel und Schal locker über das kurze Partykleid geworfen.

Sie nahm ihn an der Hand. „Wir müssen schnell machen!"

Da der Nachtclub nicht weit von Michels Wohnung entfernt lag und es um freie Parkplätze in diesem Viertel schlecht bestellt war, waren sie zu Fuß gekommen. Hand in Hand rannten sie die Straße hinunter.

Julie lachte und drehte sich im Laufen um. „Folgt er uns?"

„Komm hier lang." Dominique zog sie in eine der vielen kleinen Seitenstraßen.

„Warte, ich kann nicht mehr", keuchte Julie. „Erst singen und dann rennen, das ist zu viel." Sie trat in eine blickgeschützte Auffahrt und zog Dominique mit sich. Sie schlang die Arme um seinen Hals. „Es war lustig heute Abend."

„Darf ich dich küssen?", fragte er vorsichtig.

Sie antwortete mit einem Kuss. Ihre warmen Lippen fühlten sich in der Dezemberkälte himmlisch an.

„Wohin jetzt?"

„Lass uns nachsehen, ob Audrey zurück ist", bat Julie.

„Okay. Das Auto steht ja sowieso dort."

Vor der Wohnungstür drehte sie sich zu Dominique um. „Ich hoffe, sie ist zu Hause, aber wenn nicht …" Sie begann ihn erneut zu küssen. „Wenn nicht, dann lass uns einfach hierbleiben heute Nacht, ja?"

„Hoffentlich ist sie die ganze Nacht mit Fabien beschäftigt." Er zog sie fest in die Arme und tastete an ihrer Taille vorbei mit dem Schlüssel nach dem Türschloss.

Julie kicherte an seinem Hals, als sie mit der aufgehenden Tür fast in den Flur fielen.

„Oh, hier liegt ein Zettel", bemerkte sie und bückte sich nach einem zusammengefalteten Blatt. „Hast du den vorhin verloren?"

„Nein."

„Dann war es Audrey. Sie ist nach Hause gekommen", sagte Julie erleichtert. Etwas zartes Goldenes fiel aus dem Blatt heraus und Dominique vor die Füße.

Er hob es auf. Es war ein feingliedriges Armband mit einem eingravierten A.

„Das gehört Audrey", stellte Julie fest.

Dominique nahm ihr das Papier aus der Hand, faltete es auf, überflog die wenigen Zeilen und fluchte. „Das ist nicht von Audrey, das muss jemand durch den Türschlitz geworfen haben." Er reichte Julie den Zettel.

„„Wir haben Audrey. Wir lassen sie frei im Austausch gegen Julie. Treffpunkt morgen um siebzehn Uhr im Wald von Rambouillet.‘“

Es folgte eine genaue Wegbeschreibung.

„„Wenn Julie nicht kommt oder ihr die Polizei einschaltet, stirbt Audrey.‘

Oh mein Gott.“ Sie wirkte mit einem Schlag wieder nüchtern.

„Ich rufe die Polizei.“ Dominique ging zu seinem Schreibtisch, aber Julie hielt ihn zurück.

„Nein! Das steht doch extra da drin!“

„Logisch, das schreiben Entführer immer.“

„Ich will aber auch nicht der Polizei alles erklären müssen.“

„Wenn du dir Sorgen um deinen Bruder machst, dann erwähnen wir ihn eben gar nicht. Bis dieser Kadir ihn verpfiffen hat, ist Fabien längst über alle Berge.“

„Sie werden Audrey umbringen, wenn sie sehen, dass Polizei dabei ist.“

„Nun, du müsstest wahrscheinlich als Lockvogel dorthin gehen, zusammen mit mir. Die Polizei wird im Hintergrund warten.“

„Darauf fallen die nicht rein. Nein, Dominique, keine Polizei!“ Sie schlang sich zitternd die Arme um den Körper.

„Was hast du dir sonst vorgestellt? Du schickst Fabien hin und er knallt sie ab? Sicher zieht Kadir das nicht alleine durch. Wer weiß, wie viele Leute er dort postiert hat.“

„Fabien schafft das schon. Bestimmt kennt er hier auch Leute.“

„Ich werde Michel informieren." Dominique ging zu seinem Schreibtisch. Hoffentlich erreichte er ihn überhaupt, dachte er.

„Und ich Fabien." Julie lief hinter ihm her und setzte sich an Michels Platz.

Dominique atmete auf, als Michel sofort an sein Autotelefon ging. Er erklärte ihm kurz die Sachlage. „Du solltest sofort nach Paris zurückkommen."

Michel fluchte, gleichermaßen entsetzt wie ungehalten. „Ich bin mitten in einer Beschattung, ich brauche noch ein paar Stunden. Wenn ich sofort abbreche, war die Arbeit der letzten Wochen umsonst", erklärte er etwas unwirsch. „Ruf lieber die Polizei, die wäre nützlicher als ich."

„Julie will das auf keinen Fall."

Michel knurrte genervt. „Kann ich mir vorstellen. Aber es geht nicht nur um Julie – Audreys Leben steht auf dem Spiel. Informiere die Polizei, Dominique. Oh, meine Zielperson kommt aus dem Haus, ich muss auflegen." Die Verbindung brach ab, und Dominique knallte verärgert den Hörer auf die Gabel.

Sofort hielt Julie ihm den Hörer von Michels Telefon entgegen. „Mein Bruder will dich sprechen."

Fabien Beaulieu klang etwas verschlafen, aber seine Stimme war dennoch fest und bestimmt. „Keine Polizei, ist das klar?", befahl er.

Dominique zog finster die Augenbrauen zusammen. „Wollen Sie etwa Audreys Leben aufs Spiel setzen?"

„Ihr wird nichts passieren. Sie wollen Julie."

„Und wollen Sie Ihre Schwester an diese Gangster ausliefern?"

„Natürlich nicht. Ich brauche Sie, Dominique, und ... wie heißt nochmal Audreys Freund?"

„Michel."

„Also. Ich brauche Sie und Michel bei diesem Termin morgen Nachmittag in Rambouillet. Sie sind Privatdetektive, Sie besitzen sicher Schusswaffen.“

„Ja, aber wir machen davon nur in Notwehr Gebrauch.“

Fabien lachte auf. „Die wird es sicher geben, verlassen Sie sich drauf.“

„Herrgott, Fabien, seien Sie vernünftig, lassen Sie mich die Polizei einschalten. Wenn Sie Angst um Ihre Freiheit haben, brauchen Sie zu dem Treffen ja nicht zu kommen und wir halten Sie da raus.“

„Wenn die Polizei morgen dort auftaucht, ist Audrey tot. Und wenn es das Letzte ist, was Berefkir vor seiner Verhaftung tun wird. Und Julie ist damit auch erledigt, die sehen Sie dann nie wieder.“

Dominique stutzte „Was soll das heißen?“

„Ich komme morgen am frühen Nachmittag in die Agentur. Und dann brauche ich Sie und Michel bewaffnet an meiner Seite in Rambouillet. Den Rest überlassen Sie mir. Gute Nacht.“ Fabien legte auf.

Dominique schlug wütend mit der flachen Hand auf die Tischplatte. „Na, der hat ja die Ruhe weg!“

„Ist Routine für ihn“, sagte Julie lakonisch.

„Oder Audrey bedeutet ihm nicht mehr das Geringste.“

„Doch, das tut sie. Ich kenne meinen Bruder gut genug, um das zu wissen.“ Sie knetete nervös ihre Hände. „Gut, dass wir denen nicht in die Arme gelaufen sind, als sie den Zettel und das Armband durch den Türschlitz geworfen haben.“

Er nickte. „Das bedeutet wohl, dass Audrey ihnen nicht verraten hat, dass ihr heute Nachmittag hier verabredet gewesen seid. Sonst hätten sie ja einfach nur auf dich warten müssen.“

„Meinst du, die kommen zurück?“, fragte Julie erschreckt. „Vielleicht redet sie ja doch ... Oh Gott, ich hoffe, sie foltern sie nicht ...“

Dominique schüttelte missbilligend den Kopf. „Ich verstehe nicht, dass du dich so gegen die Polizei sträubst.“

„Bitte, Dominique, tu einfach, was Fabien sagt und frag nicht mehr, okay? Er kennt diese Typen und kann besser einschätzen, wie man mit denen umgehen muss.“

„Gut. Ihr habt Glück, dass ich acht Jahre in einem Land gearbeitet habe, in dem die Polizei auch selten die beste Option war, sonst würde ich mich nicht an eure Einschätzung halten. Mit Michel wird es sicher Schwierigkeiten geben, wenn er morgen hier eintrifft.“

Julie seufzte tief auf. Dominique fuhr sich müde mit der Hand über die Augen. „Wir sollten hier übernachten“, beschloss er. „Ich setze mal Michels Einverständnis voraus.“

„Schön, aber jetzt bin ich nicht mehr in Stimmung.“

„Denkst du ich etwa?“ Dominique trommelte missmutig mit einem Kugelschreiber auf der Tischplatte herum und dachte an die zarte, zerbrechlich wirkende Audrey. „Das ist das Problem, dass so viele Unschuldige für das leiden, was Typen wie dein Bruder verzapfen“, sagte er ungehalten.

Julie öffnete den Mund, um etwas zu sagen, schloss ihn aber gleich wieder und starrte betroffen auf ihre langen, dunkelrot lackierten Fingernägel. „Ich geh jetzt ins Bett.“

„Ich schlafe auf der Couch“, sagte Dominique resigniert.

„Nein, ich schlafe auf der Couch. Ich bin kleiner als du, also ist es für mich weniger unbequem. Außerdem ist das alles meine Schuld“, murmelte sie undeutlich.

„Unsinn, du bist da auch nur so reingeraten.“

Wieder sah Julie aus, als wolle sie etwas sagen, und wieder schwieg sie.

11

„Das ist Selbstmord!", sagte Michel am nächsten Nachmittag, als er und Dominique hinter Fabiens geliehenem Wagen herfuhren, in dem auch Julie saß. Sie hatten Paris verlassen und nahmen die Straße in Richtung Rambouillet. „Wir wissen nicht, mit wie vielen Leuten dieser marokkanische Gangster auf uns wartet. Wir könnten in einen Hinterhalt geraten, und dann sind wir alle schneller tot, als wir bis drei zählen können. Ich bin stinkwütend!"

„Auf mich?"

„Nein. Aber ich habe dir ja gesagt, lass die Finger von Julie."

„Sie hat in der Agentur angerufen und mich um Hilfe gebeten – hätte ich sie sterben lassen sollen?", verteidigte sich Dominique. „Außerdem hätte dieser Kadir Audrey dort sowieso weggeschnappt, nachdem Julie ihm entwischt ist. Zur Erinnerung: Er oder sein Handlanger haben mich in der Agentur niedergeschlagen, bevor ich Julie überhaupt gekannt habe."

„Ist ja gut", knurrte Michel. „Wann warst du das letzte Mal auf dem Schießstand?"

„Puh ... Das letzte Mal in New Delhi, ich glaube, im April."

„Genau das meine ich. Kadir hat sicher häufigeres Training."

Als sie den beschriebenen Waldweg erreichten, der gerade noch breit genug war, um von einem Auto befahren zu werden, war es dunkel geworden. Sie hielten auf der verlassenen Lichtung. Im Licht der Scheinwerfer sahen sie dort dreißig Meter weiter bereits den anthrazitfarbenen Citroën stehen. Fabien stoppte seinen

Wagen, Michel hielt dahinter. Sie stiegen aus und trafen sich zwischen den beiden Autos.

„Ich gehe vor. Julie, du hältst dich hinter Dominique, und du, Michel, schirmst sie von hinten ab, falls hier jemand in den Büschen lauert", ordnete Fabien an und entsicherte seine großkalibrige Pistole.

Dominique warf einen kurzen Blick auf Michel, der vor Ärger mit den Zähnen knirschte, weil er Anweisungen von Fabien entgegennehmen musste. Er hatte sichtlich ein Problem mit Audreys kriminellem Ex-Freund, den er dafür verantwortlich machte, dass sie jetzt in dieser Lage waren. Dominique konnte ihn verstehen, und die Aussicht auf eine bevorstehende Schießerei, bei der sie alle getötet werden konnten, zerrte auch an seinen Nerven. Er zog die vor Kälte und Aufregung zitternde Julie hinter seinen Rücken und entsicherte seine Pistole.

Nur Fabien strahlte kalte und routinierte Gelassenheit aus.

„Ihr bleibt hier stehen", sagte er leise zu den anderen, als sie nur noch zwanzig Meter entfernt waren. „Ich gehe alleine weiter."

Dann stand er reglos auf der dunklen Waldlichtung und wartete, bis Kadir und seine beiden Begleiter aus dem Citroën stiegen und auf ihn zugingen.

„Schön, dich wiederzusehen, Kadir", sagte er kühl. „Ist lange her."

„Hast du dich nicht alleine her getraut?", fragte der Marokkaner mit einer Bewegung seines Revolvers zu Dominique und Michel hin.

„Und wer sind deine beiden Jungs? Das ist eine Sache zwischen dir und mir, Kadir."

„Nein, das ist eine Sache zwischen mir und Julie! Wo ist sie?" Er kniff die Augen zusammen und spähte zu den anderen.

„Wo ist Audrey?", konterte Fabien.

Kadir machte eine auffordernde Kopfbewegung zu einem seiner bewaffneten Begleiter. Dieser öffnete die Hintertür des Wagens, zerrte Audrey vom Rücksitz und schubste sie auf Kadir zu. Ihre Handgelenke waren vor dem Körper gefesselt. Er packte sie fest am Arm. Sie sah erschöpft aus und wirkte im fahlen Scheinwerferlicht sehr blass. In ihren großen dunklen Augen stand Angst, aber ihr Gesicht war unverletzt.

„Lass sie gehen“, forderte Fabien den Marokkaner auf.

Kadir hielt die Revolvermündung an Audreys Schläfe. „Erst will ich Julie in meinem Wagen sitzen haben. Wenn sie nicht augenblicklich herkommt, bringe ich die hier um“, drohte er.

Fabien zuckte mit den Schultern. „Dann bring sie um. Sie bedeutet mir nichts.“ Gleichmütig begegnete er Audreys entsetztem Blick. „Aber meine Schwester bekommst du nicht.“

„Julie hat meinen Vater erschossen, und dafür wird sie büßen“, rief Kadir laut.

Dominique erstarrte. Julie hatte den Gangsterboss getötet?

„Dein Vater hat sie immer wieder verprügelt, und als sie geschossen hat, hatte er gerade eine Pistole auf mich gerichtet – er hat nur bekommen, was er verdient hat.“

Kadir nahm den Revolver von Audreys Schläfe und richtete ihn auf Fabien. Reflexartig fiel Audrey ihm mit den gefesselten Händen in den Arm, unmittelbar bevor der Schuss sich löste. Mit einem unterdrückten Schrei taumelte Fabien nach hinten und fiel auf den Waldboden.

12

„Fabien!" Julie verließ ihre Deckung und stürzte entsetzt zu ihrem Zwillingsbruder.

Fabien hob den Kopf und sah, dass Kadir auf Julie zielte. Seine Rechte, die noch die Pistole umklammert hielt, schnellte empor und feuerte drei Mal. Die ersten beiden Schüsse trafen Kadir direkt ins Herz, der dritte tötete einen seiner Handlanger. Dann zielte er auf den zweiten, aber der ergriff die Flucht, und der vierte Schuss ging ins Leere.

Ermattet ließ sich Fabien auf den kalten Boden zurücksinken und stöhnte. Blut quoll aus seinem linken Oberschenkel.

„Michel, schau nach, ob uns der dritte noch irgendwo auflauert", rief Dominique und ging rasch auf Fabien und Julie zu. „Gib mir deinen Schal, Julie."

Er band Fabien das Bein oberhalb der Schusswunde ab, um die Blutung zu stoppen. „Bleib ganz ruhig, wir bringen dich ins Krankenhaus."

„Nein." Er schüttelte den Kopf. „Die rufen bei einer Schussverletzung die Polizei. Und ich muss so schnell wie möglich weg aus Frankreich."

„So kannst du aber nicht ins Flugzeug steigen." Dominique zog ein Taschenmesser aus der Hosentasche und erlöste Audrey rasch von ihren Fesseln.

Sie kniete sich an Fabiens andere Seite und starrte ihn finster an. „Als du ihm gesagt hast, er soll mich töten und dass ich dir nichts bedeute, hast du das ernst gemeint?", fragte sie verletzt.

„Ja", sagte er mit steinerner Miene.

Wütend ohrfeigte sie ihn. Fabien packte ihr Handgelenk. „Was habe ich dir damals beigebracht? Immer bluffen, nie deine Gefühle zeigen."

Etwas besänftigt knuffte sie ihn liebevoll gegen die Schulter. „Das heißt also ...?“

„Ich habe gelogen. Aber sowas von gelogen ...“, murmelte er, und die Andeutung eines Lächelns huschte über seine schmerzverzerrten Züge. „Haben die dir was getan?“

„Nein.“ Audrey schüttelte den Kopf.

„Gott sei Dank.“ Er hob die Hand und streichelte über ihre Wange. „Wenn du nicht gewesen wärst, hätte mich der Schuss in die Brust getroffen.“

Sie beugte sich über ihn und küsste ihn. Fabien schlang die Arme um sie und erwiderte ihren Kuss. In diesem Moment kehrte Michel zurück, und seine Augen verdunkelten sich, als er die beiden sah.

„Der Dritte ist weg“, sagte er. „Ich rufe jetzt die Polizei.“

„Nein!“, schrie Julie.

„Dein Bruder hat gerade zwei Menschen erschossen – sollen wir die Leichen einfach hier liegen lassen und so tun, als wäre nichts gewesen?“

„Es war Notwehr“, warf Audrey ein. „Der Typ war drauf und dran, auf Julie zu schießen.“

„Na, dann hat Fabien von der Polizei ja nichts zu befürchten“, sagte Michel ungerührt.

„Wenn er jetzt noch länger hier rumliegt und Blut verliert, hat er tatsächlich nichts mehr von der Polizei zu befürchten! Dominique, du musst uns helfen!“, flehte Julie mit zitternder Stimme.

„Das wird Dominique schön sein lassen, das ist nämlich Strafvereitelung und kann ihm als Mittäterschaft ausgelegt werden“, sagte Michel. „Wenn du deinen Bruder retten willst, mach es alleine!“

„Ich habe keinen Führerschein, verdammt! Fabien, kannst du so Autofahren?“

„Ich kann es probieren“, ächzte er und versuchte aufzustehen. Mit einem unterdrückten Aufschrei fiel er auf den Boden zurück. Julie und Audrey nahmen von jeder Seite einen Arm, um ihm aufzuhelfen.

„Lass, ich mach das." Dominique schob Audrey zur Seite. „Du hast für heute genug mitgemacht." Er legte sich Fabiens Arm um den Hals, und Julie tat das Gleiche auf der anderen Seite.

„Ich kenne einen Arzt in Chartres, ungefähr eine halbe Autostunde von hier, Richtung Süden", brachte Fabien hervor. „Kannst du mich dahinfahren?"

Dominique fühlte sich von vier Augenpaaren durchbohrt: Fabiens schmerzerfüllt, Julies verzweifelt, Audreys bittend, Michels wütend.

„Ja", sagte er knapp.

„Du machst dich strafbar, wenn du einem Kriminellen zur Flucht verhilfst", sagte Michel.

„Mit unterlassener Hilfeleistung mache ich mich auch strafbar."

„Es würde völlig genügen, wenn du ihn im nächsten Krankenhaus ablieferst."

„Michel, es könnte sein, dass ich morgen früh nicht rechtzeitig ins Büro kommen kann", erwiderte Dominique lediglich.

„Du kannst dich freuen, wenn du morgen überhaupt noch einen Job hast!"

„Mann, Michel, du bist manchmal so ein Spießer", sagte Audrey und blickte ihn verächtlich an.

„Du kommst mit mir nach Hause!", antwortete er.

Ob seines autoritären Tons hätte sich Audrey gerne widersetzt, aber sie fühlte sich grässlich erschöpft und durcheinander nach den ausgestandenen Strapazen und der Angst der letzten dreißig Stunden. Unsicher blickte sie Fabien an.

„Geh", sagte er leise. „Es ist besser, du bleibst in deiner Welt, Audrey. Meine ist nichts für dich."

Sie hätte ihn zum Abschied gerne noch einmal geküsst, wagte aber nicht, Michel noch mehr zu provozieren. So streichelte sie Fabien nur über die Wange, bevor sie sich mit Tränen in den Augen abwandte.

„Wo sind die Autoschlüssel?", fragte Dominique, als sie humpelnd auf Fabiens Wagen zugingen.

„Jackentasche." Er konnte das verletzte Bein kaum belasten.

Michel und Audrey gingen zu Michels Wagen.

„Lass uns eine halbe Stunde Vorsprung, Michel", bat Dominique. „Dann kannst du meinetwegen die Polizei rufen, wenn du nicht willst, dass die Leichen morgen von Spaziergängern gefunden werden."

Michel presste verärgert die Lippen aufeinander und schwieg.

Dominique half Fabien, sich auf dem Rücksitz hinzulegen.

„Danke", sagte dieser leise.

„Ich tue es für Julie", erwiderte Dominique.

Die Fahrt nach Chartres schien sich ewig in die Länge zu ziehen. Während Dominique so schnell wie gerade noch erlaubt über die Landstraße fuhr, machte er sich Sorgen, ob Michel ihn tatsächlich entlassen würde, weil er Fabien half. Und darüber, ob Michel vom Autotelefon aus die Polizei benachrichtigt und womöglich noch das Kennzeichen von Fabiens Wagen durchgegeben hatte. Und er versuchte zu verarbeiten, dass Julie, für die er das alles auf sich nahm, ihren Gangster-Liebhaber umgebracht hatte. Angespannt starrte Dominique immer wieder in den Rückspiegel.

Fabien atmete schwer, und seine Stirn war schweißbedeckt, obwohl es kühl im Auto war. Trotz des Schals um seinen Oberschenkel sickerte das Blut langsam in das Polster des Rücksitzes.

Julie hatte sich zu ihm umgedreht und hielt seine Hand umklammert. „Halte durch, chéri, es sind nur noch fünfzehn Kilometer. Dominique, kannst du nicht schneller fahren?"

„Nein, ich fahre schon so schnell, wie es geht! Wenn uns die Polizei anhält, sind wir geliefert."

„Was ist das für ein Arzt, Fabien?", fragte Julie. „Woher kennst du ihn?"

„Ich kenne ihn nicht persönlich, aber er leistet unserer Organisation ab und zu solche Dienste", sagte Fabien mit schwacher Stimme. „Wir kriegen für jede Region, in die wir reisen, solche Adressen – für den Fall, dass."

„Das nenne ich durchorganisiert", murmelte Dominique nicht ohne Bewunderung.

Dr. Manuel Armando wirkte nicht gerade begeistert darüber, am Sonntagabend noch einen Notfallpatienten mit einer Schussverletzung zu bekommen, aber er schien an Vorfälle dieser Art gewöhnt zu sein. Der Name von Fabiens Organisation war in der Tat ein Türöffner. Sie brachten Fabien in die Praxis, die dem Wohnhaus direkt angeschlossen war, und legten ihn auf die Liege.

„Ziehen Sie ihm bitte vorsichtig die Hose aus." Dr. Armando wusch sich bereits die Hände, zog sich Latexhandschuhe an und legte Desinfektionsspray, Tupfer, eine Spritze und Chirurgenbesteck bereit.

Dominique löste den blutgetränkten Baumwollschal und drückte ihn Julie in die Hand.

„Was soll ich damit? Denkst du, den würde ich jetzt noch tragen?"

„Dann wirf ihn weg. Kannst du ihm bitte die Hose aufmachen?"

„Redet nicht von mir, als ob ich nicht da wäre", murmelte Fabien und öffnete seinen Gürtel.

Mit Hilfe von Dominique und Julie zog er mit schmerzverzerrtem Gesicht seine von Blut und Erde befleckte Hose aus.

„Es tut mir leid, ich kann das nicht", stieß Julie hervor, als sie einen kurzen Blick auf die blutige Wunde warf.

„Ist mir auch lieber, dass nicht du mich operierst", sagte Fabien und lächelte schwach. Dann verlor er das Bewusstsein.

„Warten Sie im Wohnzimmer", sagte Dr. Armando zu Julie, die sehr blass geworden war und darum kämpfte, die Kontrolle über ihren Magen zu behalten. „Können Sie mir zur Hand gehen?", fragte er Dominique und zog ein örtliches Betäubungsmittel in eine Spritze.

Mir bleibt aber auch nichts erspart, dachte Dominique grimmig. „Wenn es sein muss", sagte er.

„Dann gehen Sie sich die Hände waschen. Desinfektionsseife steht über dem Waschbecken."

Nach der Operation brachten sie Fabien, der inzwischen wieder bei Bewusstsein war, in eines der Gästezimmer neben der Praxis.

„Er wird durchkommen", sagte Dr. Armando zu Julie, die im Wohnzimmer der Familie gewartet hatte. „Kann aber sein, dass er sich nochmal von einem Spezialisten operieren lassen muss, um wieder richtig laufen zu können. Ein Muskel ist durchtrennt worden, und das kann ich ambulant nicht zufriedenstellend wiederherstellen."

„Hauptsache, er überlebt", sagte sie erleichtert. „Vielen Dank, Doktor. Wann wird er wieder reisefähig sein?"

Der Arzt zuckte mit den Schultern. „Kommt drauf an. Im Bus oder als Beifahrer im Auto ab morgen oder übermorgen. Fliegen würde ich frühestens in einer Woche empfehlen."

„Kann er einige Tage hierbleiben?"

„Sicher. Ich setze es auf die Rechnung." Dr. Armando lächelte.

„Können Sie uns beiden ein Hotel in der Nähe empfehlen?", fragte Dominique.

„Sie können auch hier übernachten, wenn Sie wollen, wir haben zwei Gästezimmer. Allerdings müssen Sie sich das teilen, ist das ein Problem?"

„Nein", sagte Julie.

„Wenn Sie mögen, können Sie mit uns essen. Meine Frau hat Suppe gemacht, ich bin sicher, es ist auch noch ein Teller für Sie übrig."

***

Nach dem Abendessen stiegen Julie und Dominique die Treppe zu ihrem Zimmer hinauf.

„Elegantes Haus für einen Landarzt", fand sie.

Dominique lächelte schief. „Die spanische Mafia scheint für den Bereitschaftsdienst gut zu zahlen."

Sie betraten das kleine, gemütlich eingerichtete Gästezimmer.

Sein Blick streifte das breite Bett. „Willst du es wirklich?", fragte er.

Julie nickte und trat auf ihn zu. „Und du? Willst du mich überhaupt noch, nachdem du weißt, dass ich Ibrahim getötet habe?" Ihr Blick war besorgt.

„Ich gebe zu, im ersten Moment war ich schockiert. Vor allem, weil du mich angelogen hast."

„Woher sollte ich wissen, ob du mich nicht vielleicht anzeigst?"

„Da solltest du mich inzwischen aber besser kennen."

„Letzte Nacht wollte ich es dir sagen, aber ich war zu feige. Ich wollte nicht, dass du schlecht von mir denkst." Sie blickte betreten zu Boden.

110

„Ich hätte auch schon mal fast jemanden umgebracht", gestand Dominique.

„Ehrlich? Wen denn?"

„Den Mann, der meine Lebensgefährtin ermordet hat. Nur das Auftauchen der Polizei hat mich daran gehindert. Und das wäre keine Notwehr gewesen."

„Deine Lebensgefährtin wurde ermordet? Wann?"

„Letztes Jahr im Oktober, als ich noch in Indien gelebt habe. Ein Wirtschaftskrimineller, gegen den sie ermittelt hat, wollte sie am Reden hindern und hat sie erschossen."

„Wie schrecklich. Da hast du ja auch Einiges hinter dir." Sie schwiegen einen Moment. „Wie bist du damit fertig geworden?"

„Ich habe beschlossen, diese Dämonen der Vergangenheit zu ignorieren, indem ich künftig nur noch nach vorn blicke. Wenn wir gegen sie ankämpfen, verleihen wir ihnen ein zu großes Gewicht, und damit Macht über uns", sinnierte Dominique.

„Klingt weise. Das würde ich auch gern können. Aber wenn ich versuche, in die Zukunft zu blicken, macht mir das nur noch mehr Angst", gestand sie. „Vielleicht klammere ich mich an die Vergangenheit, weil es eine Gewissheit ist, egal wie schlecht sie war. Aber die Zukunft ... ich sehe da nichts ...“

„Manchmal muss man eine Tür schließen, damit sich eine andere öffnet. Ein abgedroschener Spruch, aber er stimmt."

Julie hob hilflos die Hände. „Und was ist dazwischen?"

„Da bin ich", sagte Dominique zuversichtlich und zog sie in die Arme.

„Ich hab Angst, dich zu enttäuschen", flüsterte sie.

„Ich riskier es."

„Jedenfalls sind wir jetzt keine Fremden in der Nacht mehr. Ich habe noch nie jemandem so früh so viel aus meinem Leben anvertraut.“

Dominique strich ihr zärtlich eine Haarsträhne aus dem Gesicht. „Lass uns aufhören zu reden.“

„Bist du müde und willst schlafen?“, neckte sie ihn und begann sein Hemd aufzuknöpfen.

„Egal wie müde ich bin, ich will noch lange nicht schlafen“, versicherte er und legte die Hand auf ihre Hüfte.

Julie zog ihm das Hemd aus und strich behutsam über die rosafarbenen Narben auf seiner Brust. „Wovon ist das?“

„Ich bin angeschossen worden. Von einer Frau, mit der ich gerade ein paar Nächte verbracht hatte.“

Sie kicherte. „War es so schlecht?“

„Willst du mich herausfordern?“

„Ich riskier es“, wiederholte sie lächelnd seine Worte und zog sich den Pullover über den Kopf.

13

Drei Abende später holten Dominique und Julie Fabien aus Chartres ab. Er humpelte stark und wirkte geschwächt, schien aber guter Dinge zu sein.

„Wisst ihr, ob die Polizei nach mir sucht?", fragte er, als sie losfuhren.

„Keine Ahnung. Aber der Presse waren die beiden Toten im Wald von Rambouillet nur einige kurze Berichte wert. Sie halten es für eine Abrechnung im Milieu", sagte Dominique. „Und das war es ja auch."

„Hast du noch deinen Job?", erkundigte sich Fabien bei Dominique.

„Ja, Michel hat mich zum Glück nicht gefeuert. Unser Verhältnis ist zwar seit Sonntag ein wenig angespannt, aber er wird sich auch wieder beruhigen."

„Tut mir leid, dass du meinetwegen Ärger hattest. Wie geht es Audrey?"

„Ich glaube, sie hat es einigermaßen unbeschadet überstanden. Körperlich sowieso, die Typen haben ihr zum Glück nichts getan. Und seelisch … ich bin kein Psychologe, aber sie wirkt nicht ausgesprochen traumatisiert." Er warf Fabien einen Seitenblick zu. „Hätten wir sie mitbringen sollen? Wolltest du sie sehen?"

Die harten Züge von Fabiens gutgeschnittenem Gesicht wurden weicher. „Das hätte ich nur zu gern. Aber das würde uns beiden den Abschied nur noch schwerer machen. Ich fliege morgen Abend zurück nach Panama. Mit jemandem wie Michel ist sie besser aufgehoben. An meiner Seite hätte sie vermutlich kein langes Leben."

„Aber vielleicht ein glücklicheres", sagte Julie leise vom Rücksitz. „Sie hat mir gestern Abend erzählt, dass ihre Beziehung zu Michel auf der Kippe steht. Sie überlegen, sich auf Probe zu trennen.“

„Mein Auftauchen hier hat wohl Einiges durcheinandergebracht“, murmelte Fabien. „Wird Zeit, dass ich wieder verschwinde.“ Er drehte sich zu Julie um. „Als du dich Montag früh von mir verabschiedet hast, hast du erwähnt, dass du dich am liebsten von diesem Marco trennen würdest. Bleibst du dabei?“

„Ja, unbedingt. Aber ...“

„Kein Aber. Dann fahren wir jetzt deine Sachen holen.“

„Und wo soll ich hin?“, fragte sie verblüfft.

„Für die nächsten Monate kannst du in dem möblierten Zimmer wohnen, in dem ich in den letzten Tagen war. Es liegt im 11. Arrondissement, nicht weit von der Place de la Bastille, und ist ganz okay. Ich habe schon mit der Vermieterin gesprochen. Wenn ich die Miete für ein halbes Jahr im Voraus bezahle, sieht sie darüber hinweg, dass du kein festes Gehalt hast. Ich regle das morgen vor meiner Abreise.“

„Aber das kann ich doch von dem Geld bezahlen, das du–“, hob sie an, aber er unterbrach sie.

„Ich möchte, dass du das als Polster behältst, für regnerische Tage.“

Julie drückte erleichtert seine Schulter. „Ich danke dir.“

Er lächelte. „Dafür sind große Brüder da.“

„Auf die halbe Stunde, die du älter bist als ich, brauchst du dir nichts einzubilden“, erwiderte sie lachend. „Und sag mal, du sollst doch eigentlich noch nicht fliegen, hat Dr. Armando gesagt.“

„Kann ich nicht ändern. Wird schon gutgehen. Ist er jetzt zu Hause, dieser Marco?“

„Nein, er arbeitet.“

„Umso besser. Oder willst du, dass ich mit ihm rede, damit er dich auch wirklich in Ruhe lässt?“

Julie dachte einen Moment nach. „Nein, lieber nicht. Es ist schon genug Blut geflossen."

Sie fuhren nach Saint-Denis und halfen Julie, in der tunesischen WG ihre Sachen zu packen. Als die beiden anwesenden Mitbewohner merkten, dass Julie drauf und dran war, Marco zu verlassen, wollten sie ihren Cousin anrufen, um ihn zu warnen. Fabiens gezogene Pistole brachte sie jedoch schnell von diesem Vorhaben ab, und die drei konnten die Wohnung unbehelligt verlassen. Sie fuhren zu Julies neuer Bleibe. Zwar war das Zimmer in der kleinen Pension auch nicht wirklich luxuriös, besaß nur ein winziges Bad und keine Küche, aber zumindest war es modern und sauber. Noch dazu lag es recht zentral in einem beliebten Ausgehviertel, in dem sich auch einige der Nachtclubs befanden, in denen Julie auftrat. Und vor allem war sie nun unabhängig von Marco.

„Ich lasse euch jetzt allein", sagte Dominique, nachdem er Julies Koffer im Zimmer abgestellt hatte. „Ihr habt euch sicher noch eine Menge zu sagen."

Julie umarmte und küsste ihn. „Danke für deine Hilfe. Sehen wir uns bald wieder?"

„Auf jeden Fall." Er zog sie kurz an sich, bevor er sich von ihrem Bruder mit Handschlag verabschiedete.

„Pass auf meine Schwester auf, ja?", bat Fabien und klopfte Dominique auf die Schulter. „Ich glaube, du bist ein anständiger Kerl. So einen braucht sie. Davon hat sie in ihrem Leben nicht viele getroffen."

14

Eine laue Vorfrühlingsluft wehte über die Dächer von Paris, obwohl es erst Ende Februar war.

Fabien war seit Langem abgereist und hatte Julie nur kurz aus Panama angerufen, um ihr mitzuteilen, dass er wohlbehalten angekommen war. Über die Tötungsdelikte im Wald von Rambouillet war Gras gewachsen. Audrey und Michel hatten beschlossen, zusammen zu bleiben, und Michel hatte Dominique verziehen, dass er Fabien geholfen hatte. Seit jener Nacht in Chartres trafen sich Julie und Dominique immer, wenn ihre unterschiedlichen Arbeitszeiten es erlaubten, gingen zusammen essen oder liebten sich in ihrem Zimmer in der Pension. Der einzige Störfaktor, der verhinderte, dass wirklich Frieden einkehrte, war Julies Ex-Freund Marco, der ihr immer wieder auflauerte und sie verfolgte. Er wartete vor der Pension oder in den Clubs, in denen sie auftrat, und begleitete sie trotz ihrer wütenden Proteste bei all ihren Besorgungen quer durch die Stadt. Mal flehte er sie an, zu ihm zurückzukehren und versprach ihr einen Traumurlaub in Tunesien, mal drohte er, sie umzubringen, wenn sie nicht zu ihm zurückkommen würde. Manchmal wollte er ihr Blumensträuße überreichen, die sie stets ablehnte, und dann wieder packte er sie grob am Arm.

Da Julie mit seinem Cousin zusammen auftrat, hatte sie bisher stets versucht, eine Eskalation zu vermeiden, und hoffte, dass Marco es eines Tages satthaben würde, ihr hinterherzurennen. Doch nun begann sie die Nerven zu verlieren. Sie wirkte gestresst, als Dominique sich an diesem Abend nach Feierabend mit ihr zum Essen traf.

„Was ist los?", fragte er, obwohl er es sich denken konnte.

„Marco hat mich schon wieder durch die halbe Stadt verfolgt", erwiderte sie genervt. „Ich bereue jetzt, dass ich Fabiens Angebot ausgeschlagen habe, mit ihm zu reden."

„Das kann ich genauso gut. Ich werde mit dem Kerl reden, und zwar deutlich. Meine Geduld ist nämlich langsam am Ende."

„Das habe ich schon so oft versucht. Er ist besessen, richtiggehend krankhaft. Er will nicht verstehen, dass es aus ist."

„Ich werde eine Sprache mit ihm sprechen, die er verstehen wird." Dominique hob die geballte Faust.

„Vielleicht wirst du es schaffen, die Oberhand zu behalten, wenn du dich mit ihm prügelst. Aber der Kerl ist hinterhältig, Dominique, er wird dir auflauern, wenn du gar nicht an ihn denkst, und dir ein Messer in den Rücken rammen. Oder er kommt mit einer ganzen Bande Tunesier an, die dich zusammenschlagen."

„Dann hätten wir einen guten Grund, zur Polizei zu gehen und ihn festnehmen zu lassen. Er wird mich schon nicht gleich umbringen. Außerdem gehe ich nicht ohne Pistole aus dem Haus. Übrigens könntest du ihn auch jetzt schon wegen Belästigung bei der Polizei anzeigen. Wenn die ihn aufs Revier zitieren, wird ihn das vielleicht abkühlen. Zumal er keine Aufenthaltsgenehmigung hat."

„Soll ich der Polizei sagen, dass mich ein Mann mit Blumen und Einladungen verfolgt? Die würden mich auslachen. Und wenn sie mich überprüfen, werden sie herausfinden, dass ich in Nachtclubs arbeite und womöglich auch, dass mein Bruder ein Krimineller ist. Dann nehmen sie mich sowieso nicht ernst. Außerdem wäre ich meinen Job los, wenn ich Anzeige gegen Marco erstatte. Ahmed wird immer zu seinem Cousin halten und mich feuern, wenn ich Ärger mache." Nervös blätterte sie in der Speisekarte.

„Julie, du solltest versuchen, dich beruflich auf eigene Beine zu stellen. Ich bin überzeugt davon, dass du das Zeug dazu hast. So kann Marco nicht mehr über Ahmed ausspionieren, wo du gerade arbeitest. Dann ziehst du noch mal um, und schon hat er deine Spur verloren." Er schob Salz- und Pfefferstreuer auf dem karierten Tischtuch herum wie Schachfiguren.

„Das klingt so einfach", seufzte sie. „Du hast anscheinend keine Ahnung, wie hart der Konkurrenzkampf im Showbusiness ist. Aber du weißt, dass ich ohne festes Einkommen wenig Chancen auf eine Wohnung habe, auch wenn ich jetzt so viel Geld auf dem Konto habe. Bisher wollte sich kein Immobilienmakler darauf einlassen."

„Ist mir schon klar, dass das alles nicht einfach ist. Aber du versuchst es ja nicht mal. Du hast lediglich zwei Makler kontaktiert, oder?" Dominique hob den Salzstreuer an und setzte ihn geräuschvoll auf den Tisch zurück. Julies schicksalsergebene Passivität ging ihm manchmal auf die Nerven. Immer wieder verglich er sie unwillkürlich mit Giuliana, ihrer Vitalität, ihrem Kampfgeist, ihrer Abenteuerlust. „Du lässt dich treiben wie ein Blatt im Wind, anscheinend schon dein ganzes Leben lang, und wunderst dich, wenn du nirgendwo ankommst!" Ihm war bewusst, dass er ziemlich hart zu ihr war. Er hoffte, eine wütende Reaktion zu provozieren, einen Streit, der dann leidenschaftlich auf dem Kopfkissen beigelegt werden konnte. So wie es mit Giuliana gewesen wäre.

Doch Julie sah ihn lediglich verletzt an und senkte dann den Blick. „Vielleicht hast du recht", murmelte sie. „Ich sollte mich bei Castings anmelden und mich in den Bars umhören, ob eine Solo-Sängerin gesucht wird. Schließlich habe ich gute Referenzen von First-Class-

Hotels in Marokko. Und jetzt kann ich es mir auch leisten, wieder regelmäßig Tanz- und Gesangstunden zu nehmen."

Julie raffte sich auf und klapperte in den nächsten Tagen und Wochen die halbwegs seriösen Pariser Bars und Nachtclubs ab. Wenn sie abends unterwegs war, begleitete Dominique sie, wann immer er Zeit hatte, denn sie hatten festgestellt, dass sich Marco dann nicht blicken ließ.

Es gelang ihr, einige Solo-Auftritte zu ergattern, mitunter in den Clubs, in denen sie früher gemeinsam mit der Band aufgetreten war und deren Besitzer sie kannten. Einer beschäftigte sie einen Monat als Barkeeperin. Tagsüber nahm sie Tanz- und Gesangstunden und ging hin und wieder zu Castings und Talentwettbewerben.

Insgeheim hoffte Julie, Dominique würde vorschlagen, dass sie zusammenziehen könnten, da sie ja beide eine Wohnung suchten. Er schien jedoch ganz selbstverständlich davon auszugehen, dass sie jeder für sich eine Unterkunft suchten. Ihr war klar, dass es noch zu früh war, diesen Weg zu gehen, und sie war nicht einmal sicher, ob sie selbst es wirklich wollte. Sie wollte nicht schon wieder von einem Mann abhängig sein. Aber Dominique hätte wenigstens fragen können, dachte sie.

15

Dominique hängte die gerahmte Lithografie eines Bildes von Gauguin an die Wand und sah sich zufrieden in seiner neuen Wohnung um. Er hatte sie einer Bekannten von Cathérine zu verdanken, deren Sohn für drei Jahre nach New York gehen und solange seine Eigentumswohnung an der Porte d'Orléans möbliert vermieten wollte. Es war Dominique sehr recht, dass er kein Geld für eine komplette Einrichtung ausgeben musste. Seine Möbel hatte er in Indien zurückgelassen. Erleichtert darüber, endlich wieder ein eigenes Reich zu haben, hatte er Cathérine und Jennifer verlassen und war in den äußersten Süden der Stadt gezogen, in eine gutbürgerliche, lebhafte Gegend nahe Montparnasse mit seinen unzähligen Kinos, kleinen Restaurants und Boutiquen.

Dominique ging zu dem kleinen Schreibtisch, auf dem einige Papiere lagen. Beim Ausräumen seiner Kartons war ihm am Vorabend ein Ausschnitt einer türkischen Tageszeitung in die Hände gefallen, der darüber berichtete, wie eine türkischstämmige, italienische Meisterdiebin einen französischen Privatdetektiv angeschossen hatte. Der Artikel war auf Türkisch, und Dominique verstand kaum ein Wort dieser Sprache. Er hatte den Zeitungsausschnitt nur aufgehoben, weil es das einzige Foto war, das er von Giuliana besaß, nachdem Interpol die Akte der Kunstdiebin wieder an sich genommen hatte. Es gelang ihm einfach nicht, sie zu vergessen. In der letzten Nacht hatte er erneut von ihr geträumt. Ein bittersüßer Traum, in dem sie sich zärtlich und leidenschaftlich geliebt hatten, bevor sie auf ihn geschossen hatte.

Dominique starrte einen Moment lang auf das Schwarz-Weiß-Bild der attraktiven Brünetten. Dann nahm er den Zeitungsausschnitt mit spitzen Fingern und ließ ihn in den Papierkorb fallen. Er hatte eine fabelhafte, begehrenswerte und liebevolle Frau in seinem Leben. Was war los mit ihm, dass er sich sogar in Julies Armen nach einer Frau sehnte, die von Interpol gesucht wurde und die ihn hatte umbringen wollen? Er verfluchte sich, dass er die Vergangenheit nicht abschütteln konnte. Und da hatte er Julie vor einiger Zeit noch gepredigt, dass sie nach vorne blicken sollte.

Er hatte sie an diesem Abend in ein Restaurant einladen wollen, um zu feiern, dass sie nun beide eine Wohnung hatten, aber sie hatte ihn gebeten, stattdessen zu ihr zu kommen. Sie hatte inzwischen über eine Bar-Bekanntschaft eine kleine Zwei-Zimmer-Wohnung gefunden, deren Eigentümerin bereit war, über die fehlenden Gehaltszettel hinweg zu sehen, wenn sie die Miete für ein Jahr im Voraus bezahlte. Die Wohnung lag im 19. Arrondissement und hatte einen schönen Blick auf den Canal St. Martin. Es war ein sehr populäres Viertel im Norden von Paris, und mit den vielen algerischen Imbissbuden und marokkanischen Einzelhändlern in der Nachbarschaft würde sich Julie dort nicht fremd fühlen.

Dominique warf einen Blick auf die Uhr. Da Julies Wohnung leider am entgegengesetzten Ende von Paris lag, wurde es Zeit, sich auf den Weg zu machen. Sie hatte ziemlich angespannt geklungen, als sie ihn gebeten hatte, zu ihr zu kommen, und er fragte sich, was nun schon wieder passiert sein mochte.

Zur Begrüßung wollte er sie in die Arme ziehen, aber sie entwand sich ihm nach einem hastigen Kuss.

„Wolltest du uns was kochen?", fragte er, als er ihr ins Wohnzimmer folgte und sich umsah.

Julie besaß noch nicht viele Möbel, doch sie hatte der Wohnung mit Improvisationsgeschick eine anheimelnde Note gegeben. Auf einem Trödelmarkt hatte sie eine Art Anrichte aus Eichenholz mit gläserner Vitrine erstanden sowie einen holzgeschnitzten Esstisch mit vier Korbstühlen. Der glänzende Parkettfußboden und der Blick auf den Canal St. Martin verliehen dem kleinen Wohnzimmer einen schlichten Charme.

„Nein. Du weißt doch, dass ich nicht kochen kann. Aber ich habe eine Flasche Bordeaux besorgt, und wir können was knabbern. Essen gehen können wir vielleicht danach."

„Wonach?", fragte er argwöhnisch.

„Ich muss mit dir reden. Das wollte ich nicht im Restaurant tun."

„Oh." Erfahrungsgemäß bedeutete es nichts Gutes, wenn eine Frau das sagte. „Größerer Ärger mit Marco?"

„Nein, den habe ich zum Glück schon seit Wochen nicht mehr gesehen. Seit meinem Umzug scheint er meine Spur tatsächlich verloren zu haben."

Dominique nahm den Korkenzieher, der neben dem Wein auf dem Tisch lag, entkorkte die Flasche und zog sich einen der Korbstühle heran.

Julie schenkte den Wein in zwei langstielige Gläser und setzte sich ihm gegenüber. „Ich habe Philippe wiedergetroffen. Diesen Arzt, mit dem ich in Tanger zusammen war. Er lebt wieder in Paris", begann sie. Sie machte eine Pause und drehte nervös ihr Glas in den Händen. „Ich habe mit ihm geschlafen."

Dominique runzelte die Stirn, aber er schwieg.

„Warum sagst du nichts?", fragte Julie beunruhigt.

„Was soll ich sagen? Herzlichen Glückwunsch? Oder ‚Danke für deine Ehrlichkeit!'? Ich hätte es eigentlich lieber nicht gewusst."

„Wenn es ein einmaliger Ausrutscher gewesen wäre, der nichts mit unserer Beziehung zu tun hat, hätte ich den Mund gehalten. Aber … so ist es nicht."

Sein Stirnrunzeln vertiefte sich. „Sondern?"

„Eigentlich wollte ich Philippe nur verführen und ihn dann fallen lassen, um mich zu rächen. Aber für solche Spielchen bin ich wohl nicht der Typ. Ich bin voll in meine eigene Falle gegangen. Ich habe gemerkt, dass ich ihn noch liebe. Und er liebt mich auch." Hastig trank sie einen Schluck Wein.

„Ist er noch verheiratet?"

„Ja, aber er denkt jetzt ernsthaft daran, sich scheiden zu lassen und mit mir neu anzufangen. Er weiß jetzt, dass er damals einen Fehler gemacht hat."

„Sei nicht so naiv, das zu glauben. Männer erzählen Frauen, was sie hören wollen, um sie ins Bett zu kriegen. Oder wir tun es aus Feigheit, um euch nicht zu verletzen." Mit finsterem Gesichtsausdruck schnippte er den Weinkorken vom Tisch.

„Egal, ob er sich nun scheiden lässt oder nicht, mir ist klar geworden, dass ich nicht das Gleiche für dich empfinde wie für ihn. Und ich mag keine Heuchelei. Wir sollten uns trennen." Ihre Stimme war so sanft, als wolle sie die Härte ihrer Worte mildern.

Gerade hatte sich Dominique noch schuldbewusst gefühlt, weil er von Giuliana geträumt hatte, nun war er verletzt, weil Julie von einem anderen nicht nur träumte. Er nahm einen langen Schluck Wein, dann schob er das Glas zurück und erhob sich.

„Warte, lass uns doch über alles reden", bat sie.

„Was gibt es da zu reden? Du hast mir gerade gesagt, dass du dich von mir trennen willst, also gehe ich wieder."

„Ich will nicht, dass es so endet."

„Erwartest du als Abschiedsgeschenk rote Rosen?"

„Bitte sei nicht zynisch. Es tut mir leid, wenn ich dir weh tue. Aber ich kann nicht so tun, als wäre alles in Ordnung. Das mit uns beiden führt zu nichts."

Er ließ sich wieder auf den Stuhl sinken. „Und dabei haben wir so viel gemeinsam."

„Können wir nicht Freunde bleiben?", bat sie.

„Sicher. Auch wenn das meistens nicht funktioniert."

„Wenn ich dich vor Philippe kennengelernt hätte, hätte es bestimmt gut geklappt mit uns, aber so ... ich stecke einfach in meiner Vergangenheit fest."

Komisch, genau das Gleiche hatte er anderthalb Stunden zuvor auch gedacht.

„Und du hast es verdient, dass dich eine Frau von Herzen liebt und mit dir in die Zukunft blickt." Sie legte kurz ihre Hand auf seine.

„Die Letzte, die das getan hat, wollte mich erschießen", sagte er sarkastisch.

„Das ist auch so eine Sache ... Ich merke doch, dass du mit Giuliana noch nicht abgeschlossen hast. Ich habe den Eindruck, du bist nie so richtig bei mir."

„Das stimmt", gab Dominique leise zu. Er erhob sich wieder, beugte sich zu ihr und küsste sie auf die Stirn. „Ich wünsche dir Glück. Lass dir von diesem Philippe nicht noch mal das Herz brechen, sonst kriegt er es mit mir zu tun."

Julies Augen füllten sich mit Tränen. „Es tut mir leid, Dominique. Du bist ein feiner Kerl. Damit komme ich nicht zurecht, das bin ich einfach nicht gewöhnt."

„Okay, Kleines." Er nahm seine Jacke. „Ruf mich an, wenn du einen Freund zum Reden brauchst."

Dann ging er durch die Straßen und atmete tief durch. Es war April, die Abendluft wurde lauer und duftete nach Blüten. Der Canal St. Martin glitzerte orangefarben im Laternenlicht und erinnerte ihn an den Bosporus. Bald war es ein Jahr her, dass er Giuliana kennengelernt hatte.

Er war traurig und gleichzeitig seltsam erleichtert. Julie hatte Recht. Auch er hatte ihr und sich selbst etwas vorgemacht. Er hatte sie gern und fand sie begehrenswert, aber er war weit davon entfernt, die gleiche leidenschaftliche Verliebtheit für sie zu empfinden wie für Giuliana. Was wohl aus ihr geworden war? Als er sein Auto erreicht hatte, saß er noch eine Weile regungslos hinter dem Steuer und dachte an Giulianas Lachen, das Funkeln in ihren Augen, ihren warmen, kurvigen Körper. Die Sehnsucht nach ihr quälte ihn auf einmal mehr denn je. Seine Narben begannen zu jucken.

Dominique raffte sich auf und fuhr den langen Weg quer durch Paris nach Hause.

EPISODE 2

SCHNEE AUS DEN ANDEN

1

Seit dem Frühjahr war die Auftragslage in Michels Detektei ziemlich flau. Michel überließ Dominique hin und wieder die laufenden Routinefälle und arbeitete für eine Sicherheitsfirma, die auf Personenschutz spezialisiert war. Der Inhaber war ein guter Bekannter, der bei erhöhtem Arbeitsaufkommen gerne auf Michels Dienste zurückgriff.

An einem Abend im Mai, als Dominique im Büro saß und gelangweilt Verwaltungsarbeiten erledigte, kam Michel mühsam herein gehumpelt.

Dominique blickte ihn über den Rand seiner Lesebrille hinweg an. „Was ist mit dir passiert?"

„Fuß verstaucht", stöhnte Michel. „Komme gerade vom Arzt. Ich darf den Fuß mindestens zwei Tage lang nicht bewegen."

„Mist. Hast du nicht gerade heute Morgen diesen neuen Personenschutz-Job angefangen?"

„Ja. Kannst du einspringen?"

„Kein Problem. Bin froh, wenn ich mal wieder aus dem Büro herauskomme. Was sind das für Leute, die du da beschützen sollst?"

„Eine Kolumbianerin, sie heißt Maria Quesado."

„Ist sie ein Filmstar oder sowas?"

„Nein. Sie ist die Lebensgefährtin eines reichen kolumbianischen Geschäftsmannes aus Bogotá namens Pedro Ibanez. Sie sind für zwei Wochen in Paris, er hat hier Geschäfte zu erledigen. Mit ihm wirst du nicht viel zu tun haben, er hat seinen eigenen Bodyguard dabei. Sie eigentlich auch, aber der arme Kerl musste gleich bei ihrer Ankunft vor drei Tagen mit einer akuten Blinddarmentzündung ins Krankenhaus."

„Reiche Kolumbianer? Klingt nach Drogenmafia“, sagte Dominique misstrauisch.

„Und du klingst nach Voreingenommenheit. Der Mann ist Kunst- und Antiquitätenhändler.“

„Das stand bei Al Capone auch auf der Visitenkarte. Wenn sie sogar in Paris Personenschutz brauchen, wird das schon einen Grund haben.“

„Wir können es uns im Moment nicht leisten, wählerisch zu sein“, brummte Michel. „Und ich sage es nochmal: du klingst nach Voreingenommenheit.“

„Mich interessiert eben, woher das Geld kommt, das mir der Auftraggeber bezahlt. Ich halte nicht gerne mein Leben für jemanden hin, der in internationalen Drogenhandel verwickelt ist.“

„Du sollst ja bloß seine Lebensgefährtin begleiten. Die hat ihr eigenes Programm und macht auf Tourismus. Zeig ihr Paris.“

„Klingt nach einem entspannten Job. Warum siehst du so fertig aus?“

Michel stöhnte. „Die hat mich die ganzen Champs-Elysées und dann die Avenue de Montaigne und den Faubourg St. Honoré heruntergeschleift. So viele feine Boutiquen habe ich noch nie von innen gesehen. Und jedes Mal herumstehen und warten, dass sie ihre Auswahl trifft, es anprobiert und vor dem Spiegel herumtänzelt, während die Verkäuferinnen begeistert in die Hände klatschen ...“

Dominique grinste. „Und da bist du über die teure Teppichkante bei Dior gestolpert und hast dir den Fuß verstaucht?“

„So ähnlich. Ich habe zum Schluss vor lauter Tüten im Arm nicht die Stufen bei Escada gesehen und hab eine verpasst.“

„Was für eine Tortur. Ist sie wenigstens hübsch?“

„Ja, das schon. Wenn ich mit ihr in die Umkleideka-
bine gedurft hätte, wäre alles sehr viel angenehmer gewesen."

„Pass auf, Südamerikaner verstehen mit so was sicher
keinen Spaß!"

Michel machte eine wegwerfende Handbewegung.
„Wahrscheinlich will ihr Freund eher die hiesigen Aufreißer von ihr fernhalten als alles andere."

„Spricht sie Englisch oder nur Spanisch?"

„Sie scheint gut Englisch zu sprechen, aber wie du
weißt, ist das nicht meine starke Seite. Zum Glück ist
ihr Französisch auch ganz passabel."

„Ist sie anstrengend?"

„Geht so. Sie ist schon ein bisschen eine Diva, aber ich
habe schon Schlimmeres erlebt. Sie ist ziemlich reserviert. Und sie hat Klasse. Eine Neureiche ist das jedenfalls nicht."

„Wo sind sie untergekommen?

„Im Hotel Lutetia, im 6. Arrondissement. Dort holst du
sie Morgen um halb zehn ab."

„Nicht schlecht. Luxushotel und feine Boutiquen – da
sind Anzug und Krawatte angesagt, was?" Dominique
schnitt eine Grimasse.

„Ich fürchte ja." Michel griff sich bei diesem Stichwort an den Hals und löste seine Krawatte. „Ich gehe
mich umziehen. Komm doch bitte gleich noch mal
rüber ins Wohnzimmer, dann gibt es noch ein kleines
Briefing für diesen Job."

2

Am nächsten Morgen schritt Dominique über den schwarz-weiß gekachelten Fußboden des vornehmen Hotel Lutetia, vorbei am Empfang aus glänzend poliertem Mahagoniholz und an gläsernen Vitrinen voller Luxusartikel. Er fuhr in die dritte Etage und pochte mit dem verabredeten Klopfzeichen an die Tür des Zimmers 311.

„Bonjour, ich bin Ihr neuer Body–", begann er, als die Tür von einer jungen Frau geöffnet wurde, aber das Wort blieb ihm im Halse stecken.

Sie, eine elegant gekleidete und äußerst attraktive Dunkelhaarige in den Dreißigern, starrte ihn ebenfalls fassungslos an.

Dominique fing sich zuerst. „Man trifft sich immer zweimal im Leben, heißt es. Überrascht, dass ich noch lebe?"

Einen Moment lang sah sie so aus, als wolle sie ihm die Tür vor der Nase zuschlagen. Doch dann trat sie langsam einen Schritt zurück. „Komm rein. Was für ein eigenartiger Zufall."

Er folgte ihr in die geschmackvoll möblierte, aber noch sehr unaufgeräumte Juniorsuite, die größer war als manche Pariser Wohnung.

„Und was für eine Ironie des Schicksals, dass ich die Frau beschützen soll, die versucht hat, mich umzubringen", ergänzte Dominique. „Wer beschützt mich vor dir?"

Sie drehte sich um und warf ihm aus ihren haselnussbraunen Augen einen flammenden Blick zu. „Was für eine Ironie, dass ich mich von dem Mann beschützen lassen soll, der mich ins Gefängnis bringen wollte!"

„Na, du hast dich ja gut aus der Affäre gezogen. Ein reicher Freund, ein kolumbianischer Pass zusätzlich zu deinen drei anderen, eine Luxusvilla in Bogotá ... Ein neues Leben also. Interpol hat deine Spur sicher verloren."

Maria Quesado, die mit richtigem Namen Giuliana Capriani hieß, schürzte die Lippen. „Da du wieder in meinem Leben aufgetaucht bist, wird Interpol sicher bald erneut hinter mir her sein."

„Nein. Ich arbeite nicht mehr mit Interpol zusammen. Ich habe auch keine Anzeige wegen versuchten Mordes und schwerer Körperverletzung erstattet. Du glaubst mir zwar nicht, aber ich wollte dich nie hinter Gittern sehen. Es war nur eine Verkettung unglücklicher Umstände."

Sie hob die Augenbrauen. „So nennst du unsere Affäre? Eine Verkettung unglücklicher Umstände?"

„Unsere Affäre hätte eine leidenschaftliche Romanze sein können, wenn du dir nicht in den Kopf gesetzt hättest, unbedingt in dieses Militärmuseum einbrechen zu wollen. Ich habe versucht, dich daran zu hindern, falls du dich erinnerst."

„Nachdem du mich zwei Wochen lang zum Narren gehalten hast, du Meisterdieb!"

„Ich habe nur meinen Job gemacht, Giuliana."

„Und mich zu verführen gehörte dazu?"

„Du weißt genau, dass es nicht so war. Meine Identität war erfunden, aber meine Gefühle für dich waren echt", sagte er gepresst. „Es war ein totales Dilemma."

„Und jetzt?", fragte sie misstrauisch. „Du musst mich doch hassen, nachdem ich dich fast umgebracht habe."

„Nein, ich hasse dich nicht." Er streckte die Hand aus, um ihre Wange zu berühren.

Sie wich zurück. „Du bist ein Fremder für mich", sagte sie abweisend.

„Ein Fremder? Nach diesen Nächten und allem, was wir erlebt haben?"

„Mag ja sein, dass deine Gefühle echt waren. Aber ich hatte mir ein Bild von dir gemacht, das nichts mit der Wirklichkeit zu tun hatte. Ich kenne Dominique Demesy nicht, ich weiß so gut wie nichts von seinem Leben, seinem Charakter, seinen Gedanken."

„Ich verstehe. Dann gib mir eine Chance, das nachzuholen."

„Lass uns aus dem Hotel verschwinden", sagte sie statt einer Antwort. „Fahren wir irgendwohin. Hast du schon gefrühstückt?"

„Du weißt, ich esse morgens nicht viel – der Mann, den du in Istanbul gekannt hast, unterscheidet sich gar nicht so von dem, der jetzt vor dir steht."

Sie lachte freudlos auf und nahm einen Blazer aus dem Schrank.

„Willst du nicht im Hotel frühstücken?", fragte er.

„Nein, lieber nicht. Falls Pedro zurückkommt, möchte ich nicht mehr hier sein."

Dominique hob die Augenbrauen. „Ist dicke Luft?"

„Ich tue das auch, um dich zu schützen, Antoine ... Dominique. Er würde sofort merken, dass wir was miteinander hatten, und er könnte heftig reagieren."

„Ist heute wieder Shoppen angesagt?" Dominique warf einen Blick auf die Tüten namhafter Marken, die sich auf dem blaugemusterten Teppichboden häuften.

„Nein, danach ist mir nicht mehr." Sie griff nach einer neu aussehenden Prada-Handtasche.

Dominiques Blick fiel auf das zerwühlte Bett, und unwillkürlich überfiel ihn die Vorstellung, dass Giuliana sich dort mit einem anderen Mann geliebt hatte. Bei diesem Gedanken durchflutete ihn eine Welle von Eifersucht.

„Wohin möchtest du, Giuliana?"

„Irgendwohin, wo nicht so viele Leute sind."

„Das gibt es in Paris im Mai nicht. Höchstens meine Wohnung.“

Sie warf ihm einen kurzen Blick zu. „Sicher nicht.“

Er las Beunruhigung in ihren Augen. „Was ist los? Hast du vor etwas Angst? Warum brauchst du jetzt überhaupt einen Bodyguard?“

„Pedro ist reich, und Kidnapper haben angedroht, mich zu entführen.“

„Nicht sehr clever, das vorher anzukündigen.“

„Das haben sie auch nicht. Informanten haben es ihm zugetragen.“

„Kunsthandel scheint in Kolumbien ein gefährliches Milieu zu sein“, bemerkte er ironisch.

„In Kolumbien ist alles gefährlich. Du machst dir keine Vorstellung von den Zuständen in diesem Land.“

„Meinst du wirklich, dass dir in Paris Gefahr droht? Wenn sie dich entführen, dann doch eher in Südamerika, oder?“

„Ja, aber man kann nie wissen. Und ich habe nicht die Absicht, mich ständig in irgendwelchen Villen und Hotels mit Sicherheitssystemen zu verstecken. Ich fühle mich in Bogotá schon abgeschnitten genug von der Welt.“

„Der Preis des Reichtums?“

„Man muss für alles irgendeinen Preis bezahlen“, erwiderte sie sarkastisch.

„Mein Wagen steht gleich da drüben“, sagte Dominique, als sie kurz darauf das Hotel verließen.

„Ich will laufen. Ich brauche Bewegung.“ Giuliana fühlte sich angespannt und hoffte, dass ein wenig körperliche Anstrengung sie davon befreien würde.

Es war ein sonniger, bereits warmer Morgen. Die Pariser Trottoirs waren längst zum Leben erwacht. Obst-, Gemüse- und Blumenhändler hatten ihre Waren vor die Läden gestellt, in den Cafés saßen die Leute beim

Frühstück, Männer in Anzügen und Frauen in Kostümen eilten geschäftig durch die Straßen, Touristen mit Rucksäcken blockierten die schmalen Bürgersteige.

Dominique und Giuliana schoben sich durch das Gedränge von Menschen und Autos zwischen Saint-Germain-des-Prés und Quartier Latin.

„Der Jardin du Luxembourg ist nicht weit von hier, oder?", fragte Giuliana.

„Etwa eine Viertelstunde zu Fuß."

„Lass uns dort spazieren gehen."

Einige Boutiquen mit prächtigen Dekorationsstoffen weckten Giulianas Interesse, und sie nahmen nicht den kürzesten Weg zum Jardin. Auf Umwegen landeten sie auf dem lauten, verkehrsreichen Boulevard St. Michel, auf dem sich Buchhandlungen und preiswerte Modeshops aneinanderreihten.

Giuliana strebte zügig auf die Place Edmond-Rostand zu, die vor dem Eingang zum Jardin du Luxembourg lag. Dominique blieb auf einmal erschöpft stehen.

„Was ist? Wir sind gleich da." Sie blickte ihn an.

Sein Gesicht war gerötet, und winzige Schweißtropfen perlten auf seiner Stirn und Oberlippe. Er rang nach Luft wie nach einem Hundert-Meter-Sprint. „Es ist furchtbar schwül, findest du nicht?"

Sie hob die Augenbrauen. „Du bist aber gar nicht in Form!"

„Seit meine Lunge vor einem Jahr von einer mysteriösen Schützin durchlöchert wurde, ist meine Form nicht mehr, was sie mal war!"

Giuliana biss sich auf die Lippen. „Tut mir leid." Ihr wurde bewusst, wie platt das klingen musste. „Setzen wir uns in das Café dort und ruhen ein wenig aus", sagte sie zerknirscht und legte ihm kurz die Hand auf den Oberarm.

Bisher hatten sie es sorgsam vermieden, sich zu berühren, und der leichte Kontakt ihrer Finger traf Dominique wie ein elektrischer Schlag. Er zuckte unwillkürlich zusammen.

Sie setzten sich auf die Terrasse des Café Rostand, von wo aus man die Aussicht auf den riesigen Springbrunnen des Platzes und das frische Grün des Jardin hinter den schmiedeeisernen Gitterstäben mit den vergoldeten Spitzen genießen konnte.

„Paris ist eine so schöne Stadt", bemerkte Giuliana bewundernd. „Beinahe noch schöner als Istanbul oder Rom."

Dominique tupfte sich das Gesicht mit einem Taschentuch ab. „Und im Gegensatz zu Istanbul und Rom hast du hier noch kein Hausverbot."

„Sehr komisch", sagte sie säuerlich. „Hab ich dir damals erzählt, dass ich ein Semester Kunstgeschichte in Paris studiert habe?"

„Hast du. Paris muss Ali Babas Schatzhöhle für dich sein", neckte er sie. „Wie viele Coups hast du hier schon durchgeführt? Bist du hier, um etwas auszukundschaften?"

„Ich will nicht darüber reden."

„Warum nicht? Wir haben in Istanbul doch auch Erfahrungen über unsere Coups ausgetauscht."

„Da wusste ich auch nicht, dass deine Erfahrungen aus Hollywoodfilmen stammen", zischte sie.

Dominique lachte. „Warum so gereizt? Ich bewundere Meisterdiebe, ehrlich. Wenn ich es nicht geschafft hätte, mich in ihr Denken und ihre Fähigkeiten einzufühlen, wäre ich bestimmt kein so guter Detektiv geworden. Und wenn ich in dem Leben aufgewachsen wäre, das mir ursprünglich zugedacht war, wäre ich vielleicht auch ein Dieb geworden – ob ein Meister oder simpler Tagedieb sei dahingestellt."

Giuliana nahm einen Schluck von ihrem Café Crème, der gerade zusammen mit köstlich duftenden Croissants serviert worden war, und ihre Haltung entspannte sich etwas. „Erzähl mir aus deinem Leben, Dominique. Was hast du damit gemeint, das Leben, das dir ursprünglich zugedacht war?"

„Nun, eigentlich bin ich Ire ..." Auch Dominique lehnte sich entspannt zurück, bedauerte flüchtig, dass er sich keine Zigarette zum Kaffee genehmigen konnte und erzählte Giuliana von seiner Kindheit. Er wunderte sich darüber, wie leicht es ihm über die Lippen kam. Noch vor einem Jahr hatte er lieber ein Geheimnis aus seiner Herkunft gemacht.

„Du siehst, unsere Herkunft könnte unterschiedlicher nicht sein", schloss er. „Der irische Waisenjunge und die Urenkelin eines türkischen Sultans."

„Wer hätte gedacht, dass ich als Diebin und versuchte Mörderin enden würde und du als ehrlicher Steuerzahler, der Kriminelle jagt?", fragte sie nachdenklich. „Wie ging es weiter mit dir?"

Dominique schilderte ihr in groben Zügen seine Jugend in Paris, die gescheiterte Ehe mit Cathérine, die Jahre bei der Gendarmerie zwischen Exotik und Monotonie unter Palmen, und schließlich den Strudel der Ereignisse, in den ihn sein abenteuerliches Leben in Indien gestürzt hatte.

„Dein Leben ist nicht weniger aufregend als das von Antoine Robin, so wie ich es mir vorgestellt hatte", sagte Giuliana fasziniert.

„Ich bin sicher, Robins Leben wirkt im Vergleich zu meinem wie ein Beamtendasein", erwiderte Dominique mit einem Augenzwinkern.

„Schade, dass du auf der anderen Seite des Gesetzes stehst."

„Ist es je eindeutig, wer wo steht? Ich hätte Jaclyns Mörder auch umbringen können, ich hatte den Finger schon am Abzug. Dann säße ich jetzt im Gefängnis. Wir können uns immer wieder neu entscheiden. Das gilt auch für dich. Du kannst morgen jemandem das Leben retten und zur Heldin werden. Niemand, auch du nicht, ist einfach nur schlecht."

„Wie nobel, dass das gerade der Mann sagt, dessen Leben ich fast zerstört hätte", erwiderte sie etwas unbehaglich.

„Weiß dein Pedro eigentlich von deinem Vorleben?"

„Er weiß, dass ich Italien und die Türkei verlassen musste und dass ich in Südamerika einen neuen Pass brauchte. Er hat nicht viel gefragt."

„Wie habt ihr euch kennengelernt?"

„Wir haben den gleichen Beruf. Wir handeln mit Antiquitäten."

„Und er handelt außerdem mit gefälschten Pässen ..."

„Nein, tut er nicht. Aber er kennt jemanden in Bogotá, der das tut."

„Du bist also nach Bogotá getürmt, nachdem du auf mich geschossen hast."

„Nein, nach Rio de Janeiro. Dort habe ich Pedro kennengelernt. Es ist ja bekannt, was für ein gefährliches Pflaster Kolumbien ist, da hätte ich mich nicht allein hin getraut. Warum auch. Rio ist allerdings auch nicht ohne."

„Wie lange bist du schon mit Pedro zusammen?"

„Seit zehn Monaten."

Dominique legte den Kopf schief, als er sie ansah. „Dann hast du dich ja schnell getröstet."

„Ich war allein in einer fremden Stadt, auf einem fremden Kontinent ... Ich dachte, dass ich den Mann erschossen hatte, in den ich mich gerade verliebt hatte und der mich verraten hat ... Es ging mir beschissen, ich brauchte eine starke Schulter. Und dann war er plötzlich da."

„Hast du mich wirklich für tot gehalten?"

„Na ja, zwei Schüsse in die Brust ... es ist ein kleines Wunder, dass du noch lebst. Und ich bin unheimlich froh darüber", fügte sie leise hinzu. „Du ahnst nicht, wie sehr ich es bereut habe, nachdem die erste Wut verraucht war."

„Meinetwegen oder weil du glaubtest, die Polizei sucht wegen Mordes nach dir?"

„Natürlich deinetwegen. Bitte sag mir die Wahrheit: wärst du wirklich gerne mit mir geflohen?"

„Nichts lieber als das."Dominique sah Giuliana in die Augen und lächelte.

Sie machte eine Geste, als wolle sie seine Hand berühren, zog ihre Hand aber vorher wieder zurück. „Und wann hattest du gedacht, mir deine echte Identität preiszugeben?"

„Keine Ahnung. Vielleicht niemals. Zu dieser Zeit hab ich mein Leben so gehasst, dass es eine Wohltat war, in eine andere Haut zu schlüpfen."

„Dann ging es dir gar nicht um mich", meinte sie enttäuscht. „Du wolltest nur aus deinem Leben ausbrechen. Vielleicht warst du überhaupt nur als Antoine Robin in mich verliebt, hast du daran schon mal gedacht?"

„Ich habe sehr viel über dich und über uns nachgedacht, als ich im Krankenhaus lag, und auch in den Wochen danach. Ich habe einmal geträumt, dass du zu mir zurückgekommen bist, und ich war glücklich in diesem Traum. Ich habe der Polizei meine Aussage verweigert, um dich zu schützen, und ich habe sogar überlegt, ob ich nach dir suchen soll, wenn es mir besser ging. Ich fand es unerträglich, dass du mich so verabscheut hast, dass du mich töten wolltest. Nein, Giuliana, es war nicht Antoine Robin, der sich in dich verliebt hat, das war ich." Er griff nach ihrer Hand.

Sie ließ ihn ein paar Sekunden gewähren, klammerte kurz ihre Finger um seine, dann entzog sie ihm ihre Hand und leerte hastig ihren Espresso, den sie nach dem Café Crème bestellt hatte. „Gehen wir? Ich werde immer unruhig, wenn ich zu lange an einem Ort bleibe."

„Ich erinnere mich." Dominique lächelte und winkte dem Ober.

„Ich zahle", sagte sie hastig und kramte in ihrer Handtasche.

„Was ist eigentlich aus der Statue des Botschafters geworden?", fragte Dominique, als sie kurz darauf die breite Hauptallee des Jardin du Luxembourg hinunterschlenderten.

Ein süßer Duft nach frischen Crêpes und gebrannten Mandeln hing in der Luft, und fröhliches Kindergeschrei drang von dem kleinen Spielplatz zu ihnen herüber.

„Ich weiß gar nicht, wovon du redest."

„Ach, komm. Wir wissen beide, dass du es warst."

„Das geht dich nichts an."

„Na hör mal, ohne diese verdammte Statue hätten wir uns nie kennengelernt."

Sie blieb stehen. „Wie soll ich sicher sein, dass du nicht alles, was ich dir erzähle, an Interpol weitergeben wirst? Wie soll ich dir jemals wirklich vertrauen können?"

„Und wie soll ich sicher sein, dass du mir nicht beim nächsten Streit wieder eine Kugel in die Brust jagst?", gab Dominique zurück.

„Ich tue so was nicht gewohnheitsmäßig, und ich sage dir doch, ich habe es sehr bereut! Aber du bist immer noch Detektiv, und wie soll ich wissen, für wen du gerade arbeitest?"

Dominique setzte seinen Weg schweigend fort und ließ sie stehen. Wenn sie jetzt weglief, dann war es das, und vielleicht war es besser so. Er stieg die kurze, breite Treppe hinauf, die zum Herzen des Jardin führte, einem großen runden Wasserbecken, gesäumt von breiten

Wegen, die in verschiedene Richtungen weiter in den Park hineinführten.

Dominique setzte sich auf einen der zierlichen, schmiedeeisernen Stühle, die überall am Rande des Wasserbeckens standen. Er kniff die Augen gegen die blendende Helligkeit, die vom Kies reflektiert wurde, zusammen und starrte unverwandt über das Panorama aus Statuen, Palmen und leuchtenden Blumenrabatten. Zu seiner Rechten erhob sich das imposante Gebäude des Palais du Luxembourg und bildete gleichzeitig einen Schutzwall gegen den Lärm der dahinterliegenden Straße.

Ein Schatten fiel über ihn, und Giuliana setzte sich auf den Stuhl neben ihm.

„Die Statue und den Schmuck der Botschaftergattin hatte ich bereits verkauft, bevor du in Istanbul aufgetaucht bist", sagte sie leise, ohne ihn anzusehen.

„Du hast die Statue nicht für dich selbst gestohlen, als Erinnerungsstück an deine Vorfahren?"

„Nein. Es war ein Auftrag von einem Mann, der angeblich seine Ahnen ebenfalls bis in den Sultanspalast zurückführen kann."

„Sirhane Bedoğan hat sehr an ihr gehangen, genau wie an dem Schmuck, den ihr Mann ihr geschenkt hat. Es sind auch Erbstücke dabei gewesen."

Giuliana zuckte mit den Schultern. „Das Zeug war doch versichert. Von dem Geld kann sie sich was Neues kaufen."

„Sie hat dich für eine Freundin gehalten. Sie war sehr verletzt, dass du ihr Freundschaft vorgespielt hast, um an ihre Wertsachen zu kommen. Du hast sie verraten, Giuliana."

„Ich habe meinen Job gemacht", sagte sie kühl.

„Kommt dir das nicht alles sehr bekannt vor?" Er warf ihr einen kurzen Seitenblick zu. „Fällt es dir deshalb so schwer, Verrat zu verzeihen und anderen Menschen zu vertrauen, weil du selbst andere schon oft verraten hast und man dir nicht vertrauen kann?"

„Vielen Dank für die psychologische Analyse und die moralischen Vorhaltungen", fauchte sie.

„Moralische Vorhaltungen sind nicht meine Absicht. Ich möchte bloß, dass du mein Handeln von damals verstehst und mir verzeihst. Und mir von jetzt an vertraust."

„Warum ist dir das so wichtig?", fragte sie gereizt. „In ein paar Tagen sehen wir uns sowieso nie wieder, da ist es doch völlig egal."

Dominique antwortete nicht. Sie starrten über das Wasserbecken, an dessen Rand ein kleiner Junge hockte und mit einem kleinen, ferngesteuerten Holzboot spielte. Nicht weit davon saß ein junges Paar. Sie hielt ein Baby auf dem Schoß, und er hatte liebevoll den Arm um ihre Schultern gelegt. Giuliana betrachtete das beinahe klischeehafte Bild idyllischen Familienglücks und erhob sich abrupt.

Dominique blieb sitzen und blinzelte gegen die Sonne. „Wovor bist du eigentlich auf der Flucht?"

„Vor nichts, aber ich bin zu trägem Herumsitzen einfach nicht geschaffen!"

„Vor einem Jahr hast du dir noch Zeit genommen, um die kleinen Freuden des Lebens zu genießen. Was ist los mit dir? Du bist doch nicht mal mehr unter Erwerbsdruck: du hast einen reichen und anscheinend großzügigen Lebensgefährten."

Sie hatte sich bereits einige Meter entfernt. „Nun komm schon!", rief sie ungeduldig.

„Dreh allein ein paar Runden, ich bleibe noch hier sitzen."

„Du arbeitest für mich!", erinnerte sie scharf. „Und du wirst dafür bezahlt, keinen Schritt von meiner Seite zu weichen, verdammt!"

Dominique erhob sich widerwillig und schlenderte zu ihr hinüber. Als er prüfend in ihr aufgewühltes Gesicht blickte, setzte sie hastig eine große, schwarze Sonnenbrille auf.

„Du willst, dass wir das jetzt so durchziehen, als wäre ich ein x-beliebiger Bodyguard, bis dein eigener aus dem Krankenhaus entlassen wird, und danach drückst du mir einen Scheck in die Hand und fliegst nach Bogotá zurück?“

„Das wäre das Beste“, sagte sie mit erstickter Stimme.

„Dürfen wir uns über neutrale Themen unterhalten oder redest du prinzipiell nicht mit Untergebenen?“

„Sei nicht albern. Habe ich dir nicht gerade bewiesen, dass ich dir vertraue? Ich habe dir gestanden, die Statue gestohlen zu haben. Bist du noch nicht zufrieden? Was willst du noch?“

„Dass du ehrlich zu mir bist.“ Er riss ihr die Sonnenbrille herunter und sah in ihre tränenschimmernden Augen. „Wenn du mich zu sehr hasst, um mir je verzeihen zu können, oder wenn ich dir völlig egal bin, dann sag es mir einfach. Hast du mich wirklich geliebt, Giuliana? Oder nur die Aussicht auf das Geld, das du dir von unserer Zusammenarbeit versprochen hast?“

„Was ändert das jetzt schon noch“, sagte sie müde und nahm ihm ihre Sonnenbrille aus der Hand. „Ich bin nicht mehr frei.“

Ein Schreck durchfuhr Dominique. „Hast du Pedro etwa geheiratet?“

„Nein, noch nicht. Aber es ist nicht auszuschließen, dass ich es tun werde“, trumpfte sie auf und versteckte sich erneut hinter den dunklen Gläsern ihrer Sonnenbrille.

„Liebst du ihn? So wie du mich – Verzeihung, korrigiere – wie du Antoine Robin geliebt hast?“

„Ich kannte Antoine nur kurz, vielleicht war es nur
ein Strohfeuer. Mit Pedro bin ich seit zehn Monaten zusammen", wich sie aus.

„Liebe gleicht durch Intensität aus, was ihr an Länge
fehlt. Ich dachte, du hättest damals in Istanbul auch so
empfunden."

„Lass mich in Ruhe", murmelte Giuliana.

„Wenn du mir sagst, dass du ihn liebst und mich nicht
mehr, lasse ich dich sofort in Ruhe."

„Lass uns Mittag essen gehen. Es ist schon fast ein
Uhr", lenkte sie ab.

Langsam durchquerten sie den weitläufigen Park in
Richtung Saint-Germain-des-Prés. Von den Tennisplät-
zen erklang das Geräusch geschlagener Bälle, auf den
Bouleplätzen klickten die metallenen Kugeln. Alle
Bänke und Stühle waren voll von Menschen, die in den
blauen Himmel blinzelten, plauderten oder ein Buch la-
sen.

3

Sie gingen in ein Restaurant in Saint-Germain-des-Prés. Dominique fand, dass er Giuliana für heute genug provoziert hatte und versuchte sich an unverfängliche Themen zu halten.

„Wie lebt es sich so in Kolumbien?", wollte er wissen. „Ist sicher ein ziemlicher Kontrast zu Rom oder Istanbul."

„Kann man wohl sagen." Giuliana nahm mit Genuss einen großen Schluck von ihrem Bordeaux. „Eigentlich ist Kolumbien ein schönes Land. Es gibt Küstenlagunen, tropische Regenwälder, aktive Vulkane, grandiose Gebirgsketten und noch viel mehr. Und diese berühmten Spitzberge, die in nur ein paar Kilometer Entfernung zum Meer zu über 5500 m Höhe aufsteigen. Kolumbien ist auch voll von Nationalparks mit absolut malerischen Landschaften. Leider wimmelt es dort von Guerillagruppen, und daher ist es ziemlich unsicheres Gelände."

„Ach ja, die berüchtigten Guerillas ..."

Sie hob die Schultern. „Nichts als Notwehr eines bitterarmen Volkes, das vom übermächtigen Regime völlig ausgeblutet und für nichts und wieder nichts gefoltert und getötet wird – so habe ich es jedenfalls gehört."

„In Europa hört und liest man nur negative Schlagzeilen über Kolumbien", sagte Dominique. „Dann stimmt das also?"

„Kommt drauf an. Man muss vorsichtig sein und die Gefahrenzonen kennen. In manchen Regionen herrscht Bürgerkrieg, und es gibt in Bogotá – wie in allen größeren Städten – Viertel, die man besser meiden sollte. Und in Medellín geht es zu wie im Wilden Westen. Im Durchschnitt wird dort angeblich alle drei

Stunden ein Mensch umgebracht. Obwohl, seit dem Tod von Pablo Escobar vor einem halben Jahr bessern sich die Verhältnisse langsam. Das Medellín-Kartell verliert an Einfluss. Na ja, jedenfalls hat es schon Gründe, dass Pedro und ich Bodyguards haben. Aber es gibt auch Gegenden, in denen man sich relativ gefahrlos bewegen kann. Und es gibt viele sehr freundliche und hilfsbereite Menschen. Aber Dinge, die uns selbstverständlich erscheinen, zum Beispiel mit einem Walkman auf die Straße zu gehen, kannst du da einfach nicht machen. Den knöpft dir sofort ein Straßenräuber ab. Man sollte auch keine teuren Klamotten tragen und erst recht keinen Schmuck."

„Was machst du dann mit all den eleganten Kleidern, die du gestern gekauft hast?"

„Trage ich bei Auslandsreisen oder wenn wir zu Hause Besuch bekommen." Giuliana nahm eine Gabel ihres grünen Salats, den sie bestellt hatte. „Schmeckt herrlich! Du kannst dir nicht vorstellen, wie ich Salatteller vermisse. Sowas ist in kolumbianischen Restaurants nahezu unbekannt, genau wie leckere Nachspeisen. Das heißt, es gibt da eine Eisdiele in Bogotá, die ist gar nicht so übel. Aber an italienisches Eis reicht es nicht heran. Und Wein zum Essen kennen die nicht. Ist auch extrem teuer. Wir trinken manchmal eine Flasche zu Hause, aber als ich das mal bei einem Abendessen serviert habe, haben die mich angeguckt, als ob ich ihnen vergorenen Hirsesaft vorgesetzt hätte."

Dominique lächelte, als er sich an den türkischen Energy-Drink bei ihrer ersten Begegnung erinnerte. „Und was isst man dort so?"

„Tja, in einigen Orten gibt es als Spezialität geröstete Ameisen und gegrillte Meerschweinchen, was sagst du dazu?"

„Geröstete Ameiseneier isst man in Thailand auch", erinnerte er sich. „Auch Löwen- und Schlangenfleisch ist da zu haben. Und was sonst noch?"

„Hängt von der Region ab. Viel deftige Eintöpfe in Bogotá, alle möglichen Arten von Reisgerichten, gefüllte Maisfladen und Teigtaschen …"

„Ich nehme an, du hast wieder eine Köchin?"

„Natürlich. Aber ich finde nicht, dass sie besonders gut kocht. Kein Vergleich zu Sinem." Sie verzog wehmütig den Mund und seufzte. „Bier trinken sie viel, aber ich mag kein Bier. Und natürlich Kaffee. Schließlich sitzen wir an der Quelle. Schwarzer Kaffee wird zu jeder Tageszeit und an allen Orten angeboten. Aber Espresso oder Cappuccino gibt es gar nicht."

„Und das sind deine Lieblingssorten, wette ich."

„Selbstverständlich, ich bin Italienerin. Es gibt auch so gut wie keinen Tee, das gilt als Getränk für Kranke. Ich vermisse schwarzen Tee und türkischen Mokka. Und noch so einiges mehr. Bevor ich hier wegfliege, werde ich einen Supermarkt plündern." Sie bemerkte seinen Blick. „Das habe ich nicht wörtlich gemeint, ich werde selbstverständlich an der Kasse bezahlen. Ich bin keine Ladendiebin!"

„Eine Meisterdiebin wird sicher nicht nach Paris kommen, um etwas aus dem Supermarkt mitgehen zu lassen. Wo es doch so viele Museen gibt." Dominique konnte es nicht lassen.

Giuliana schien sich an seine Scherze zu gewöhnen. Sie lächelte. „Du wüsstest zu gern, ob ich vorhabe, hier etwas auszukundschaften, nicht?"

„Ja. Aus rein privatem Interesse."

„Du wirst dich daran gewöhnen müssen, dass ich über gewisse Dinge schweige." Sie tupfte sich die Lippen mit der Serviette ab.

„Was machst du, wenn du nicht durch deine neue Heimat reist?"

„Ich leite eines von Pedros Antiquitätengeschäften. In Bogotá."

„Und wie darf ich mir Bogotá vorstellen?"

„Chaotischer Verkehr, zum Ersticken schlechte Luft. Es gibt keine Metro, und daher gibt es sehr viele Busse und private PKW, und die haben alle noch nie einen Katalysator gesehen. Da kommen dicke schwarze Rauchschwaden aus den Auspuffrohren."

„Erinnert mich an indische Großstädte."

„Der Rio Bogotá ist eine stinkende Kloake, in den die Fabriken ihre Industrieabwässer leiten, und die ganze Umgebung ist von hochgiftigen Pflanzenschutzmitteln verseucht. In der Region werden nämlich riesige Mengen von Schnittblumen gezüchtet und exportiert. Woran ich mich am wenigsten gewöhnen kann, ist die Kälte."

„Kälte?"

„Bogotá liegt in zweitausendsechshundert Meter Höhe, das ist gewöhnungsbedürftig für den Kreislauf, und die Durchschnittstemperatur liegt das ganze Jahr über bei 14 Grad! Es gibt keine Jahreszeiten wegen der Äquatornähe. Stell dir vor: kein Frühlingserwachen mehr, keine heißen Sommertage ... Dafür regnet es oft und viel, und dann sind die Straßen völlig überflutet und werden wegen der Schlaglöcher zu Stolperfallen."

„Klingt nicht gerade nach meiner Traumstadt."

„Meine ist es auch nicht. Ich bin dabei, Pedro zu bearbeiten, dass wir in eine Stadt an der Küste ziehen. Das Küstengebiet zwischen Cartagena und Santa Marta ist sehr schön, wir haben dort im Januar Urlaub gemacht. Es ist das beliebteste Feriengebiet der kolumbianischen Oberschicht. Erinnert mich an Trinidad. Liegt ja auch nicht weit weg. Aber Pedros Geschäfte erfordern nun mal seine Anwesenheit in der Hauptstadt. Immerhin gibt es in Bogotá auch Stadtviertel mit schöner Ar-

chitektur und einige gute historische und kunstge-
schichtliche Museen, das entschädigt mich etwas."

„Nachtigall, ich hör dir trapsen ...", murmelte Dominique.

Giuliana winkte ab. „Vergiss es. Selbst wenn ich einen
Coup wagen würde – irgendwelche Straßenräuber hät-
ten mir die Beute schon abgenommen, bevor ich zu
Hause angekommen wäre."

„Willst du dich wirklich noch länger in Kolumbien
begraben, jetzt wo du weißt, dass ich lebe und dass Interpol nichts gegen dich in der Hand hat?"

Sie blickte ihn nachdenklich an. „Das sind völlig neue
Perspektiven. Ich muss darüber nachdenken. Wenn ich
nach Istanbul zurück könnte ..." Ihr Gesicht nahm einen verträumten Ausdruck an.

„Du vermisst Istanbul sehr, oder?"

„Ja. Tee trinken in den Gärten der osmanischen Pa-
läste, der Mimosenduft im Frühling in den Gassen, die
Moscheen und Häuser vom Bosporus aus gesehen,
mein hübsches Haus in Arnavutköy, das leckere Essen
... Ich vermisse sogar den Hund."

„Dann nutz es aus, dass du schon mal in Europa bist.
Der Weg ist kürzer."

„Er würde mich nicht gehen lassen", murmelte sie
kaum hörbar und mit sorgenvollem Gesichtsausdruck.

Dominique runzelte die Stirn. „Was?"

„Ach, nichts", seufzte sie.

„Du meinst, Pedro würde eine Trennung nicht akzeptieren?"

„Er ist sehr besitzergreifend. Der Stolz, die Ehre ... Von
einer Frau verlassen zu werden kommt für einen Südamerikaner nicht in Frage."

„Dann musst du eben türmen."

„Ach, Dominique, du verstehst die Situation nicht."
Sie presste die Lippen aufeinander.

„Nun sag nicht, dass du ihm das nicht antun kannst!
Bei mir hattest du da keine Skrupel!"

„Das war etwas anderes. Es geht auch nicht darum,
dass ich es ihm nicht antun kann."

„Sondern?"

„Bitte, misch dich da nicht ein."

„Als ich dich kennengelernt habe, warst du frei, stark
und unabhängig. Jetzt erinnerst du mich an einen Pa-
radiesvogel, den man in einen goldenen Käfig gesperrt
hat und der darin zu verkümmern scheint", sagte Dominique eindringlich. „Du hast dein altes Leben aufgegeben, ohne in deinem neuen Leben glücklich zu wirken, und auch wenn mich das vielleicht nichts mehr
angeht, finde ich es jammerschade."

Ihre Augen füllten sich mit Tränen, und sie senkte
hastig den Blick.

„Genau das meine ich! Du bist ständig den Tränen
nah, du hast vor irgendetwas Angst oder machst dir
Sorgen. Das passt nicht zu dir!"

„Das ist nur der Rauch." Giuliana wedelte mit der
Hand den Zigarettenrauch vom Nachbartisch beiseite.
„Ich finde es schön, dass du nicht mehr rauchst", bemerkte sie und versuchte, ihre Stimme unbekümmert
klingen zu lassen.

„Radikaler als du hat mir noch niemand das Rauchen
abgewöhnt", sagte er lächelnd.

Nach dem Essen schlenderten sie weiter durch die
teils belebten, teils versteckten und ruhigen kleinen
Straßen des 6. Arrondissements. Es gab dort zahlreiche
Galerien und Antiquitätenläden, und Giuliana begutachtete sie mit fachlichem Interesse.

„Kann man mit Antiquitäten reich werden, Giuliana?", erkundigte sich Dominique und betrachtete prüfend eine zierliche Kommode aus der Zeit von Louis
XV.

„Nun, vielleicht einigermaßen wohlhabend, wenn man so exklusive Geschäfte besitzt wie zum Beispiel die am Louvre. Aber reich ... Ich glaube nicht.“

„Es sei denn, man heißt Pedro Ibanez.“ Er warf ihr einen prüfenden Seitenblick zu.

„Er besitzt auch noch einige andere Firmen“, erklärte sie. „Antiquitäten sind mehr ein Hobby für ihn. Aber die Firmen werfen einiges ab.“

Geldwäsche, dachte Dominique, doch er sprach es nicht aus.

„Was machst du heute Abend?“, fragte er stattdessen.

„Willst du mit mir ausgehen?“ Etwas Hoffnungsvolles lag in ihrem spöttischen Ton.

„Nein, ich wollte bloß wissen, wann ich Feierabend habe.“

„Ach so. Wir gehen heute Abend auf eine Party. Aber Pedro sagte schon, dass du nicht mitzukommen brauchst. Es genügt, wenn Alberto mitgeht, Pedros Bodyguard.“

***

Am späten Nachmittag begleitete Dominique Giuliana ins Hotel zurück. Er hätte sie gerne zum Abschied wenigstens auf die Wange geküsst, aber das ziemte sich wohl nicht für einen Leibwächter. Sie blickte sich bereits wieder unruhig um.

„Ich wünsche dir einen schönen Abend“, sagte er hölzern und nickte ihr knapp zu, bevor er sich umdrehte und rasch die Hotelhalle verließ.

Dominique fuhr nach Hause, tauschte den Anzug gegen bequeme Freizeitkleidung und kehrte zum Hotel Lutetia zurück. Er kreiste, bis ein Parkplatz frei wurde, von dem aus er den Eingang des Hotels im Auge behalten konnte.

150

Dann wartete er. Es dauerte ziemlich lange.

Gegen einundzwanzig Uhr sah er sie endlich herauskommen: Giuliana trug ein rubinrotes Satinkleid und gekonntes Abend-Make-up, ihre mokkabraunen Haare hatte sie in große Hollywood-Locken gelegt. Sie sah umwerfend aus. Sie hing am Arm eines gutaussehenden Lateinamerikaners im Smoking, der von den Schuhspitzen über die glitzernden schwarzen Augen bis zu den pomadisierten Haaren wie gelackt wirkte. Einer von den schmierigen Typen, die Dominique zuwider waren. Aber wahrscheinlich wäre ihm jeder Mann zuwider gewesen, der mit Giuliana zusammen war.

Das Paar stieg auf den Rücksitz eines heranfahrenden Taxis. Der kräftig gebaute Leibwächter, der den beiden wie ein Schatten gefolgt war, nahm neben dem Fahrer Platz. Dominique folgte dem Taxi. Die Fahrt führte die Seine entlang in Richtung Westen. Die Dämmerung senkte sich über Paris und tauchte die Stadt in jenes Zwielicht, das die Franzosen „zwischen Hund und Wolf" nannten. Der orangefarbene Schein der vielen Laternen warf goldene Reflexe auf die Seine. Nach und nach hüllten sich die alten, ehrwürdigen Gebäude in ihre honiggelbe Beleuchtung. Gerade als sie in Sichtweite des Eiffelturms vorbeifuhren, flammten die Tausenden von Glühbirnen auf, die ihn bei Nacht beleuchteten.

Normalerweise konnte sich Dominique nicht satt sehen an der Schönheit seiner Heimatstadt. Doch an diesem Abend hatte er dafür keinen Blick. Ohnehin war es schwierig genug, das Taxi im dichten Verkehr nicht zu verlieren.

Schließlich hielt es im 16. Arrondissement in einer Straße mit vornehmen Villen. Der Leibwächter stieg aus, öffnete erst Pedro und dann Giuliana die Wagentür. Die drei stolzierten auf den Eingang einer Villa hinter einer hohen Mauer mit schmiedeeisernen Spitzen zu. Sie wurden eingelassen und verschwanden aus Dominiques Sichtfeld. Er notierte die Adresse und nahm sich vor, am nächsten Tag zu recherchieren, wer hier wohnte. Es musste jemand aus der Pariser High Society sein, um sich eine Villa im teuersten Arrondissement von Paris leisten zu können.

Natürlich gehörte es nicht zu seinem Job, was er gerade tat. Aber die Besessenheit, die Giuliana in Istanbul in ihm ausgelöst hatte, begann wieder durch seine Adern zu pulsieren wie ein Rückfall in eine nicht auskurierte Krankheit.

4

Giuliana schlenderte mit einem Glas Champagner in der Hand gelangweilt zwischen den Grüppchen zusammenstehender Partygäste hindurch, ohne wirklich jemanden zu sehen. Sie war im Geist voll und ganz bei Dominique. Dieses unerwartete Wiedersehen hatte schmerzhafte Wunden aufgerissen, sie aber auch aus der Lethargie der letzten Monate wachgerüttelt. Es stellte alles in ihrem jetzigen Leben in Frage.

Sie sehnte sich nach Dominiques Gesellschaft und ertappte sich bei der Vorstellung, wie sie sich in leidenschaftlicher Umarmung mit ihm im Bett herumwälzte. Zügig leerte sie ihr Glas. Sie würde heute Abend viel Champagner brauchen.

Ihre Aufmerksamkeit wurde erregt, als das übliche Spiel begann, das sie seit Monaten auf Partys in New York, Miami und Rio beobachtete: Pedro verteilte als Mitbringsel großzügig Schnee aus den Anden, und wenig später hockten die Partygäste über einem Tisch oder Taschenspiegel und zogen sich gierig weiße Linien in die Nasen.

Giuliana hatte sich nie an diesem fragwürdigen Gesellschaftsspiel beteiligt, auch wenn Pedro es ihr schon oft nahegelegt hatte. Sie lehnte Drogen grundsätzlich ab und wollte sich weder von einer Substanz noch von ihm abhängig machen.

Verstohlen beobachtete sie Pedro von Weitem. Er besaß die Eleganz eines argentinischen Tangotänzers. In seinem Gesicht mischten sich auf gefällige Weise die kühnen Züge spanischer Vorfahren mit den stolzen und melancholischen der Indios. Zum ersten Mal bemerkte Giuliana darin eine gewisse Kälte und Grausamkeit und fragte sich, warum ihr das nicht früher aufgefallen war. Vielleicht lag es an dem Kontrast zu Dominique, der so viel Herzenswärme ausstrahlte.

Pedro war ein einfallsloser Liebhaber, der wenig Rücksicht auf die Bedürfnisse seiner Partnerin nahm. Sie hatte sich daran gewöhnt, aber nachdem das Wiedersehen mit Dominique in ihr die Erinnerung an ihre drei sinnlichen Nächte voller Zärtlichkeit und Leidenschaft wachgerufen hatte, wusste sie, dass sie Pedro nicht mehr ertragen würde. Zumindest nicht, solange Dominique in der Nähe war.

Giuliana war kurz vorm Durchdrehen. Sie ahnte, dass sie vor einer der folgenschwersten Entscheidungen ihres Lebens stand. Oder bildete sie sich das nur ein? Sicher las sie Begehren in Dominiques Augen, aber das hieß nicht unbedingt, dass er noch immer an mehr als einem Abenteuer interessiert war. Er hatte nichts davon verlauten lassen, wie seine Gefühle für sie in der Gegenwart aussahen. Dass er ihr verziehen hatte, bedeutete nicht automatisch, dass er sie noch liebte. Und sie? Konnte sie nach allem, was geschehen war, das Gleiche für Dominique empfinden wie für Antoine Robin, den Mann, für den sie ihn gehalten hatte?

„Maria, kommst du mal?", rief Pedro zu ihr hinüber.

Giuliana nippte an ihrem Champagner, den ein beflissener Angestellter sofort nachgeschenkt hatte, und fühlte sich nicht angesprochen. Was Dominique wohl an diesem Abend tat? Sicher hatte er eine Freundin. Männer wie er blieben nie lange allein.

„Maria!", drang endlich Pedros ungeduldige Stimme in ihr Bewusstsein.

Wenn sie allein waren, nannte er sie Giuliana, aber vor anderen Leuten war es besser, ihr Name stimmte mit ihrer neuen Identität überein. Obwohl sie in Kolumbien natürlich niemandem weismachen konnte, dass sie gebürtige Südamerikanerin war. Sie hatte inzwischen recht gut Spanisch gelernt, doch sie sprach es noch lange nicht perfekt.

Sie sah die Wut in Pedros dunklen Augen. Wenn sie nicht augenblicklich sprang, sobald er pfiff, reagierte er gereizt. Da Giuliana nicht der Typ war, der sich herumkommandieren ließ, ging sie betont langsam zu ihm herüber.

„Das ist der allerbeste Schnee, den wir je hatten", sagte er strahlend zu ihr. „Komm, setz dich zu uns und probier mal."

„Ich möchte nicht, danke."

„Du weißt nicht, was dir entgeht, querida." Sie sah das Zähneknirschen hinter seinem Lächeln. Sie stellte mit ihrer Ablehnung die Qualität seines Stoffes in Frage, und das war schlecht fürs Geschäft. Und Pedro war hier, um Geschäfte zu machen. Aber Giuliana dachte nicht daran, sich dafür ihre Gesundheit zu ruinieren.

Auf ihrer Stirn bildete sich eine steile kleine Trotzfalte. Es war auf jeder Party das Gleiche, und es widerte sie an.

„Mag sein. Viel Spaß", sagte sie lediglich und ließ ihn stehen.

Irgendetwas brauchte sie jetzt. Vielleicht sollte sie sich betrinken. Sie ging zur Hausbar und verlangte Whisky.

„Scotch, Irish oder Bourbon, Madame?"

„Irish. On the rocks", sagte sie spontan und lächelte. Genau wie Dominique ihn am liebsten trank. Mein kleiner Ire, dachte sie gerührt nach einigen Schlucken, die sich schnell mit dem Champagner in ihrem Blut mischten. Der Whisky lief brennend ihre Kehle hinunter und verbreitete angenehme Wärme in ihr. Vielleicht ein bisschen zu viel Wärme. Wenn sie Dominiques Adresse gehabt hätte, wäre sie auf der Stelle zu ihm gefahren. Nach dem Whisky trank sie ein Glas Rotwein, dann eine Margarita, danach wieder Champagner. Sie erinnerte sich später nur noch vage daran, dass sie den Abend beendete, indem sie auf weiß-grauem Marmorboden vor einer Kloschüssel kniete und dann von Alberto und Pedro halb getragen ins Hotel zurückgeschleift wurde.

„Wie kann man sich nur so betrinken?", schimpfte Pedro, als er ihr im Zimmer grob das Abendkleid herunterriss, weil sie nicht mehr in der Lage war, sich allein auszuziehen. „Du widerst mich an! Ich mag dich nicht mal mehr anfassen. Dabei hatte ich genau darauf den ganzen Abend Lust."

Giuliana triumphierte innerlich. Wenigstens das blieb ihr erspart. Dafür nahm sie gern die Übelkeit in Kauf.

***

Das Erwachen am nächsten Morgen war schwer. Es kam ihr vor, als mache Pedro absichtlich viel Lärm, als er aufstand. Mit einem Ruck öffnete er die schweren blau-gelben Vorhänge.

Giuliana blinzelte. Es war erst sieben Uhr, er hatte nicht viel geschlafen. Aber wer Kokain nahm, kam bekanntlich mit wenig Schlaf aus.

„Zu wann hast du diesen Señor Dalmont bestellt?", fragte er.

Giuliana hatte es nicht für nötig gehalten, ihn darüber in Kenntnis zu setzen, dass sich der von ihm begutachtete Leibwächter den Fuß verstaucht hatte und von einem anderen ersetzt worden war. Je weniger er von Dominique wusste, desto besser.

„Erst um elf", murmelte sie. „Du weißt doch, dass ich nach solchen Partys ausschlafen will."

„Wenn du dich nicht hättest voll laufen lassen wie eine Hafenhure, wärst du jetzt auch auf den Beinen“, erwiderte Pedro ungerührt.

Giuliana zog sich stöhnend die Bettdecke über den Kopf.

Als Dominique zur vereinbarten Zeit kam, um Giuliana abzuholen, lag sie noch immer im Bett und dämmerte vor sich hin. Pedro war seit Langem weggegangen.

„Was ist los mit dir? Bist du krank?“, fragte er besorgt.

„Nein, bloß verkatert“, gestand sie mit kratziger Stimme. Sogar im gedämpften Licht der zugezogenen Vorhänge sah sie erbärmlich aus.

„War wohl ein rauschendes Fest. Hast du dich gut amüsiert?“

„Überhaupt nicht. Es war öde. Gott, ich habe solche Kopfschmerzen! Bitte schau mal in meine Handtasche, da muss ein Röhrchen mit Aspirin sein.“

Dominique blickte in das Prada-Täschchen, das auf einem Stuhl stand.

„Du willst Aspirin? Meinst du das hier?“ Ein winziges durchsichtiges Tütchen mit einem weißen Pulver darin flog in hohem Boden durch die Luft und landete auf Giulianas Bettdecke. „Sieht aus wie Aspirin. Oder das hier? Und das?“ Ein paar identische Tütchen folgten, knallten gegen ihren Arm, klatschten in ihr Gesicht. „Wird bei euch in den Anden Aspirin in Tüten ohne Aufschrift verkauft?“

Giuliana stöhnte. „Das ist nicht meins. Pedro muss mir das Zeug letzte Nacht in die Handtasche getan haben.“

„Pedro, der Antiquitätenhändler, ja?“, fragte Dominique scharf. „Jetzt hör endlich auf, mich für dumm zu verkaufen. Denkst du, ich kann nicht zwei und zwei zusammenzählen? Er ist Kolumbianer, er ist reich, er macht Geschäfte in Europa. Und du trägst Koks in deiner Handtasche herum wie andere Leute Pfefferminzbonbons!"

„Glaub mir, ich hab das Zeug noch nie angerührt", protestierte sie schwach.

Mit einer wütenden Geste raffte Dominique die Tütchen wieder zusammen. „Ich werde das jetzt im Klo herunterspülen."

„Wenn du das tust, wird Pedro mich umbringen", murmelte sie. „Aber möglicherweise ist dir das egal ..."

„Ein reizender Lebensgefährte." Dominique ließ das Kokain liegen und ging ins Bad, um ein Glas Wasser zu holen. „Wäre nicht gut, wenn das Zimmermädchen das Koks findet."

„Ich werde es Pedro in eine Anzugtasche stopfen." Giuliana ließ sich in die Kissen zurücksinken. „Glaubst du mir, dass ich noch nie Koks genommen habe? Ich habe mich letzte Nacht betrunken, weil ich diese Partys nicht mehr ertrage."

Dominique setzte sich mit dem Glas Wasser und dem Röhrchen Aspirin auf die Bettkante. „Vielleicht solltest du vorher was essen. Oder ist dir übel?" Er betrachtete ihr übernächtigtes Gesicht mit den geschwollenen Lidern und den verschmierten Make-up-Resten. Der Zorn verschwand aus seinen Zügen, und er strich ihr liebevoll eine verirrte Locke von der Wange.

Seine Fürsorge, die einen so wohltuenden Kontrast zu Pedros verächtlicher Haltung bot, trieb Giuliana die Tränen in die Augen. „Bitte bestell mir Frühstück aufs Zimmer", sagte sie. „Ich werde inzwischen duschen."

„Soll ich in einer Stunde wiederkommen?"

„Nein, bleib hier. Ich fühle mich besser, wenn du da bist."

„Was würde Pedro davon halten, falls er zurückkommt und mich hier sitzen sieht, während du halbnackt durchs Zimmer hüpfst?"

Sie lachte ein wenig. „Im Gegensatz zu mir würde er dein Herz nicht verfehlen.“

„Du hast mein Herz auch nicht verfehlt – wenn auch mit anderen Waffen.“

Giuliana sah das Funkeln in seinen Augen und wünschte, sie würde nicht so grässlich verschlafen und verkatert aussehen.

„Gib mir eine halbe Stunde“, sagte sie. „Danach holen wir was vom Bäcker und frühstücken bei dir, was hältst du davon?“

„Gut.“ Er drückte kurz ihre nackte Schulter. „Ich warte in der Lobby auf dich.“

5

Eine knappe Stunde später betraten sie Dominiques Wohnung im 14. Arrondissement an der Porte d'Orléans. Sie war viel bescheidener als das, was Giuliana gewöhnt war, doch an diesem Vormittag empfand sie die Schlichtheit als Wohltat. Luxus konnte auf Dauer erdrückend sein.

Giuliana hatte Croissants, Pain au Chocolat und Baguette gekauft, und Dominique setzte Teewasser auf. Es erinnerte sie beide an ihre gemeinsamen Frühstücke in Istanbul.

„Heute ist der achtundzwanzigste Mai", sagte Giuliana plötzlich, als ihr Blick auf den Wandkalender fiel.

„Stimmt."

„Heute vor einem Jahr wollten wir ins Militärmuseum einbrechen."

„Ja." Er blickte vom Teekessel auf und sah sie an.

„Heute vor einem Jahr ..." Sie verstummte.

Sie frühstückten schweigend, beide in Gedanken bei jenem verhängnisvollen letzten Tag in Istanbul.

„Du hast vom Medellín-Kartell gehört, aber kennst du auch das Cali-Kartell?", fragte Giuliana unvermittelt.

„Ich habe vor Kurzem einen Artikel im Paris Match über die kolumbianischen Drogen-Kartelle gelesen. Es hieß, dass das Cali-Kartell seit dem Tod von Pablo Escobar an Einfluss gewinnt." Dominique blickte sie argwöhnisch an. „Wieso fragst du?"

Giuliana zerbröselte ihr Croissant zwischen den Fingern. „Pedro hat einen zweiten Wohnsitz in Cali. Cali ist übrigens eine ganz hübsche Stadt: angenehmeres Klima als in Bogotá, bessere Luft, nette Altstadt. Gilt als Hauptstadt der Salsa-Musik, wusstest du das? Und sie ist immerhin ..."

„Giuliana!", unterbrach er sie. „Willst du damit andeuten, Pedro gehört dem Cali-Kartell an?"

Giuliana starrte blicklos an Dominique vorbei. „Ich sollte nicht darüber reden, das könnte unser beider Leben gefährden."

„Wie tief steckt Pedro drin?"

„Er ist einer der Vertrauten des Orijuela-Clans."

„Nie gehört, aber ich möchte wetten, es sind keine respektablen Leute."

„In der Bevölkerung bilden sich paramilitärische Gruppen, die Familienangehörige und Freunde der Clan-Chefs bedrohen und töten. So war es jedenfalls letztes Jahr beim Medellín-Kartell, und deshalb hat Pedro Vorsichtsmaßnahmen ergriffen und lässt uns auf Schritt und Tritt von Bodyguards begleiten. Pedro gehört nicht zu den Bossen des Kartells, aber er ist dabei, seine Aktivitäten auszudehnen und mehr Verantwortung zu übernehmen. Daher auch diese Reise nach Europa."

„Was weißt du von seinen Geschäften?"

„So gut wie gar nichts", sagte sie. „Pedro redet nie mit mir darüber."

Er seufzte auf. „Worauf hast du dich nur eingelassen."

„Anfangs habe ich es nicht gewusst."

„Bei deiner Intelligenz wundert es mich, dass du nicht sofort daran gedacht hast."

„Vielleicht wollte ich es nicht wahrhaben. Er war anfangs so charmant ... Und als ich dahintergekommen bin, dachte ich, ich hätte es nicht besser verdient. Eine internationale Diebin und vermeintliche Mörderin ... ist ja nicht viel besser als ein Drogenbaron, oder?"

„Du hast was Besseres verdient", sagte Dominique überzeugt. Er stand auf und schenkte ihr Tee nach.

Das Wetter war umgeschlagen, und Frühsommerregen klatschte gegen die Scheiben. Im Radio sang Elvis Presley You are always on my mind.

„Ich liebe Pedro nicht", sagte Giuliana leise. „Gestern Abend ist mir klar geworden, dass mir die kurze Zeit mit dir mehr bedeutet hat als die zehn Monate mit ihm. Und viel mehr als all sein Geld."

Dominique stellte sich dicht hinter sie, legte die Hände gegen ihre Schläfen und massierte sie sanft. „Noch Kopfweh?"

„Es ist besser geworden", murmelte sie und schloss die Augen.

Er ließ seine Finger über ihre Kehle wandern, über ihren Brustansatz. Giuliana streichelte seine Unterarme und schmiegte den Hinterkopf gegen seinen Bauch.

Schließlich erhob sie sich und schlang die Arme um seinen Hals. Dominique presste sie an sich. „Lass uns da weitermachen, wo wir vor einem Jahr aufgehört haben."

„Dann steht jetzt ein Museumseinbruch auf dem Programm", scherzte sie. „Welches nehmen wir?"

Er lachte. „Es gibt an der Pigalle ein Erotik-Museum, wie wäre es damit?"

***

„Glaubst du, es ist Schicksal, dass wir uns noch einmal getroffen haben?", fragte Giuliana nachdenklich, als sie später nackt beieinander lagen. „Oder nur Zufall?"

Dominique dachte kurz nach. „Egal, was es ist: es ist an uns, was wir daraus machen."

„Und was machen wir daraus?", fragte sie hilflos.

„Du musst dich entscheiden. Zwischen Pedro und mir, zwischen Kolumbien und Frankreich."

„Angenommen, ich entscheide mich für dich, wie stellst du dir das vor? Dass ich Pedro noch hier in Paris verlasse und ihn bitte, mir meine Sachen mit der Post zu schicken?"

„Willst du mit ihm zurückfliegen und ein weiteres Jahr darüber nachdenken?"

„Du hast leicht reden, du hast ja nichts zu verlieren."

„Tja, mit dem Reichtum dieses Señors kann ich allerdings nicht mithalten. Ich bin nur ein armer Privatdetektiv und kann dir nicht den Luxus bieten, den du gewohnt bist."

„Ich spreche nicht von Geld. Ich habe vorher auch auf eigenen Füßen gestanden. Und ich werde immer noch in der Lage sein, mir selbst den Lebensstandard zu ermöglichen, den ich haben will. Aber wenn es mit uns schiefgeht, Dominique, dann stehe ich schon wieder in einem fremden Land allein da und muss sehen, wie ich zurechtkomme. Ich will endlich ankommen, ich will eine feste Beziehung, Kinder, ich habe dieses Nomadenleben satt ..."

Giuliana sprach aus, was Dominique selbst empfand. Aber es war noch zu früh, sich auf dieses Terrain zu wagen. Alles schien sie zu trennen. Sie war eine in Kolumbien wohnhafte Kunstdiebin, mit drei gefälschten Pässen in ihrem Besitz und einem eifersüchtigen kolumbianischen Lebensgefährten im Schlepptau, der dem Cali-Kartell angehörte. Das war keine Kleinigkeit. Und doch ... Empfand man Liebe nicht umso stärker, je höher die Widerstände waren?

„Willst du etwa mit einem Drogenhändler eine Familie gründen?"

„Wohl kaum. Aber du verstehst jetzt sicher meine Angst, ihn zu verlassen. Es geht nicht nur um seine Ehre, ich weiß auch zu viel. Egal wo ich hingehe, er würde mich finden."

„Wenn du bei ihm bleibst, wirst du entweder hinter den Gittern eines kolumbianischen Gefängnisses enden oder vom Kugelhagel einer Miliz durchlöchert."

„Apropos durchlöchert: hat es sehr weh getan?“,
lenkte sie ab und strich ihm vorsichtig über die Narben,
die kleine Schneisen in den Flaum seiner Brusthaare
gegraben hatten.

Er machte eine wegwischende Handbewegung. „Ach
was.“

„Sag es mir ehrlich.“

„Also gut. Es hat tierisch wehgetan, es ging mir wochenlang beschissen und ich bin fast abhängig vom
Morphium geworden. Fühlst du dich jetzt besser?“

„Ich weiß nicht, ob du mich verstehen kannst“, begann Giuliana gequält. „Ich war so verliebt in dich und
ich dachte, wir hätten wirklich eine Chance. Ich hab
mir sogar eingebildet, wir beide wären füreinander bestimmt. Und als ich herausgefunden habe, dass du
mich zum Narren gehalten hast ... da ist es einfach mit
mir durchgegangen.“

„Du hast aber nicht im Affekt auf mich geschossen“,
sagte er ruhig. „Du hast es den ganzen Nachmittag geplant, nicht wahr?“

„Nein! Die Pistole hatte ich nur zu meiner Sicherheit
dabei. Ich habe geplant, meine Haut zu retten, abzuhauen, ja. Aber ich wollte dich vorher noch mal sehen,
ich habe bis zuletzt gehofft ...“ Ihre Stimme brach und
sie kämpfte mit den Tränen. „Du hattest schließlich
morgens gesagt, dass du auf den Coup verzichten wolltest. Aber als du dann tatsächlich mit mir ins Museum
fahren wolltest, da wusste ich, dass du mich ausliefern
würdest. Da habe ich rotgesehen.“

„Ich habe bis zuletzt mit mir gekämpft. Ich habe am
Nachmittag sogar meiner Tochter gesagt, dass ich mit
dir durchbrennen würde. Wenn nicht noch mein Chef
angerufen und mich an meine Pflichten erinnert hätte
... Aber auch noch beim Essen war ich hin- und hergerissen, dir die Wahrheit zu sagen. Du schienst aber so

wild entschlossen, den Coup durchzuführen. Ich wusste nicht, wie ich mich rauswinden sollte."

„Gott, wenn ich gewusst hätte, was alles passieren würde ..." Sie legte kurz die Hand vor die Augen. „Hätte ich mich bloß von dir an diesem Morgen überreden lassen, den Coup abzublasen und stattdessen irgendwohin zu fliegen, wie viel einfacher wäre jetzt alles."

„Glaubst du, wir wären jetzt überhaupt noch zusammen?"

„Keine Ahnung. Aber es wäre schön mit dir gewesen, auf Trinidad oder wo auch immer es uns hin verschlagen hätte." Sie kuschelte sich an ihn.

„Warst du mal wieder auf Trinidad?"

„Nein. Ich habe Pedro nie von meinem Haus dort erzählt. Von dem in Istanbul leider schon."

„Auf Trinidad würde er dich sicher nicht vermuten."

„Aber es ist verdammt nah dran an Kolumbien. Jedenfalls verglichen mit Istanbul. Und wovon sollte ich auf Trinidad leben?"

„Ich habe den Eindruck, du willst ihn gar nicht verlassen. Angst vor Vergeltung ist nur ein Vorwand. Du hattest schließlich nie Angst, bei einem deiner Einbrüche von Polizei oder Wächtern erschossen zu werden."

Giuliana seufzte. „Mag sein. Es kommt alles sehr plötzlich. Ich hab mich eingerichtet in Kolumbien; die Vorstellung, das alles nie wiederzusehen, fällt mir schwer. Und jetzt sag mir mal ehrlich, Monsieur Detective: bist du sicher, dass du dein Leben mit einer Meisterdiebin teilen könntest? Mal abgesehen von eventuellen persönlichen Skrupeln, wenn es herauskäme, wärst du bei jeder Detektivagentur unten durch. Würdest du dieses Risiko auf dich nehmen?"

„Hast du schon mal ans Aufhören gedacht? Ich meine endgültig, nicht nur zwei oder drei Jahre."

„Nein. Wäre das Bedingung, wenn wir ein Paar würden?"

Dominique dachte nach und schwieg.

Giuliana richtete sich auf. „Siehst du. Es kann nicht klappen mit uns. Du würdest in mir immer die Kriminelle sehen und ich in dir immer den Cop. Und irgendwann würden wir uns dafür hassen. Pedro dagegen wäre es vermutlich vollkommen egal, wenn ich in Paris ein Gemälde oder Juwelen stehlen würde, und seinen Ruf könnte es auch nicht ruinieren."

„Wohl kaum. Es dürfte schwer sein, noch tiefer zu sinken als ein Mann, der Millionen von jungen Leuten auf dieser Welt durch seine Drogen ins Verderben stürzt, und dessen Leute auf seinen Befehl hin ein ganzes Dorf mit Maschinengewehren niedermähen würden", erwiderte Dominique sarkastisch. „Dagegen stehst du mit deinen High-Society-Diebstählen und deinem Mordversuch aus Leidenschaft wie eine Heilige da. Vielleicht ist es das, was dir gefällt?"

Verärgert schwang sie die Beine aus dem Bett und wollte aufstehen, aber Dominique hielt sie zurück. „Geh nicht. Lass uns einfach die Zeit genießen, solange du hier bist. Wenn wir dann feststellen, dass zwischen uns nichts ist als körperliche Anziehungskraft, haben wir wenigstens nichts zu bereuen."

Giuliana seufzte und ließ sich willig in seine Arme zurückziehen. „Stellen wir die Frage doch mal anders herum: hast du nie daran gedacht, es mal mit krummen Geschäften zu versuchen?"

„Ich bin schon mal mit der Metro schwarzgefahren, zählt das?"

Sie lachten.

***

Als Dominique Giuliana an diesem Abend ins Hotel zurückbrachte, zog er sie beim Abschied in der Hotelhalle kurz in die Arme und küsste ihre Wangen. Plötzlich fühlte er sich von zwei schwarzen Augen durchbohrt. Sie gehörten Pedro Ibanez, der hinter Giuliana aufgetaucht war. Seine vollen Lippen wurden zu einem schmalen Strich.

„Quién es?", zischte er.

Giuliana zuckte zusammen und fuhr herum. „Das ist mein neuer Bodyguard, Pedro. Señor Dalmont hat sich den Fuß verstaucht."

„Wieso küsst dich dieser Mann?"

„Es ist in Frankreich Sitte, sich beim Abschied auf die Wangen zu küssen, da ist nichts dabei", erklärte Giuliana.

„Señor", wandte sich Pedro in holprigem Englisch an Dominique, „in meinem Land ist es nicht üblich, dass ein Bodyguard eine Señora zum Abschied küsst, also lassen Sie es künftig, por favor."

Dominique zuckte betont gleichgültig mit den Schultern. „No problema!" Er trat einen Schritt zurück und stieß dabei mit dem Hünen Alberto zusammen, der sich hinter ihm wie eine Mauer aufgebaut hatte. Aus seinem gelblich-braunen, von Akne-Narben verunstalteten Gesicht stierten Dominique braune Augen entgegen. Sein stumpfer Blick verriet, dass er nicht gezögert hätte, ihn auf Befehl seines Herren auf der Stelle in der belebten Hotelhalle umzulegen. Dominique hielt seine Hand in Gürtelnähe, um notfalls schnellstens seine Pistole ziehen zu können.

Um die Situation zu retten, ignorierte Giuliana ihn nun völlig und hängte sich stattdessen bei Pedro ein. Mit aller Hingabe, zu der sie in Dominiques Gegenwart fähig war, küsste sie den Kolumbianer auf den Mund und führte ihn auf die Aufzüge zu, während sie auf Spanisch zu reden begann. Alberto blieb nichts anderes übrig, als ihnen zu folgen. Dominique starrte ihnen nach

und fühlte sich nicht wohl dabei, Giuliana mit diesen
beiden Gangstern zurückzulassen.

6

Pedro Ibanez war ein misstrauischer Mann mit einem guten Gespür dafür, wenn man ihn übers Ohr hauen wollte oder ihn belog. Und dieser neue Leibwächter, der sich Giuliana gegenüber Vertraulichkeiten herausnahm, hatte sofort sein Misstrauen geweckt. Er betrachtete Giuliana als seinen Besitz und würde keinen Nebenbuhler dulden. Daher verschob er am nächsten Morgen einen Termin mit einem Pariser Großdealer auf den Nachmittag, organisierte ein Auto mit Fahrer und postierte sich darin zusammen mit Alberto in der Nähe des Hotel Lutetia. Er sah Dominique hineingehen und kurz darauf mit Giuliana wieder herauskommen. Sie stiegen in Dominiques silbergrauen Peugeot und fuhren in den Süden der Stadt. Pedro und seine Männer folgten ihnen.

Am Parc Montsouris im 14. Arrondissement parkten sie und stiegen aus. Auch Pedro und Alberto verließen in einigem Abstand ihren Wagen, während der Fahrer weiterfuhr, um einen Parkplatz zu suchen.

Es war ein schöner Frühlingsmorgen, und Giuliana hatte sich gewünscht, in einem der Pariser Parks spazieren zu gehen. Der Parc Montsouris war für Dominique der romantischste Park, und noch dazu lag er nicht weit von seiner Wohnung entfernt. So konnten sie nach dem Spaziergang zu ihm fahren und fortsetzen, was sie am letzten Nachmittag hatten abbrechen müssen.

An den Wochenenden überfielen Horden von Parisern den im englischen Stil angelegten Park, spazierten mit Hunden und Kinderwagen rund um den See oder legten sich, den Verboten zum Trotz, auf die gepflegten Rasenflächen. Doch an diesem Morgen unter der Woche waren nur wenige Leute unterwegs. Die verschlungenen Wege, die vielen Bäume und Skulpturen und die verschiedenen Höhen, auf denen der Park angelegt war, boten Pedro und Alberto gute Deckung. Sie konnten den nötigen Abstand zu Giuliana und Dominique einhalten, ohne sie aus den Augen zu verlieren.

Dominiques Sinne waren zu sehr von Giuliana in Anspruch genommen, um die beiden Kolumbianer zu bemerken. Er fand sie an diesem Morgen besonders anziehend. Ihre langen dunkelbraunen Haare glänzten seidig im Sonnenlicht, ihre Augen funkelten vor Schalk und Lebensfreude, und ihr ganzes Gesicht strahlte. Dominique sah unter der stumpfen Fassade von Traurigkeit und verborgener Verzweiflung endlich wieder die alte Giuliana hervorblitzen.

Leider entging auch Pedro dieses Strahlen nicht. Zum Teufel, ihn hatte sie noch nie so angesehen wie diesen dahergelaufenen Franzosen! Aber sie berührten einander nicht, und er konnte nicht dazwischen gehen, ohne sich lächerlich zu machen. Nur einmal, als sie über die Steinplatten vor dem kleinen Wasserfall balancierte, nahm Dominique Giulianas Hand, um ihr behilflich zu sein. Dann verschwanden die beiden kurz aus seinem Blickfeld, und Pedro knirschte mit den Zähnen. Einige Sekunden später tauchten sie wieder auf, mit etwas Abstand nebeneinander hergehend.

Sie spazierten dicht am See entlang zu einer geschützten, abgelegenen Stelle, an der hinter einem Erdhügel Entenküken und winzige Wasserschildkröten im flachen Wasser paddelten.

Giuliana stand leicht gebückt am Teich und freute sich wie ein Kind über die jungen Tiere.

„Schau dir das an, ist das nicht allerliebst?", rief sie entzückt.

Dominique trat zu ihr und nahm sie in den Arm. „Ich liebe dich", flüsterte er ihr ins Ohr und küsste sie zärtlich.

Das war es, worauf Pedro gewartet hatte. Gefolgt von Alberto stürmte er aus seinem Versteck hinter einem riesigen Reiterdenkmal, und sie rissen Dominique und Giuliana brutal auseinander.

Ehe Dominique wusste, wie ihm geschah, steckte er von Alberto einen Magenschwinger ein, der ihn sich vor Schmerz krümmen ließ, bevor ein unmittelbar darauf folgender Kinnhaken ihn wieder in die Höhe riss und ihn Sterne sehen ließ. Reflexartig ließ Dominique seinen Fuß hochschnellen und stieß ihn dem Riesen zwischen die Beine. Er zögerte, seine Pistole zu ziehen. Das wäre eine offene Kampferklärung, bei der er den Kürzeren ziehen würde, denn zweifellos waren beide Kolumbianer bewaffnet und hätten keine Skrupel, ihn zu töten.

Als Pedro sah, dass sein Leibwächter sich vor Schmerz krümmte, zog er seinen Revolver.

„Nein, Pedro!", schrie Giuliana und stellte sich vor Dominique. „Bevor du ihn erschießt, musst du erst mich umbringen!"

„Bist du wahnsinnig, Giuliana?", murmelte Dominique hinter ihr.

Pedro packte sie am Arm und schleuderte sie zur Seite. Diese Sekunde nutzte Dominique, um ihm den Revolver aus der Hand zu treten und seine Pistole zu ziehen.

Giuliana war auf den Weg gefallen, und Pedros Revolver landete direkt vor ihr.

„Gib mir die Knarre, Maria!", befahl Pedro.

Giuliana rappelte sich auf die Knie, nahm den Revolver, holte aus und warf ihn in den See.

„Du Miststück!" Wütend schlug Pedro nach ihr.

„Vorsicht, Freundchen", warnte Dominique und entsicherte seine Pistole.

Alberto hatte sich inzwischen von seinem Schmerz erholt, und Pedro rief ihm einen Befehl auf Spanisch zu. Der Bodyguard ging zu ihm. Pedro packte mit der linken Hand Giulianas Arm und zog sie zu sich heran, während er mit der rechten Hand blitzschnell unter Albertos Jackett fasste und einen schweren Colt hervorzog. Er hielt ihn Giuliana an die Schläfe.

„Wirf die Waffe weg, hijo de puta", sagte er zu Dominique. „Sonst ist sie tot."

„Tu es nicht, er blufft!", rief Giuliana.

Pedro schüttelte sie ein wenig. „Ich bewundere deinen Mut, meine Süße, aber du riskierst dein Leben für den Falschen."

Dominique ließ die Pistole fallen und trat sie ein Stück hinter sich.

Auf Befehl von Pedro stürzte sich Alberto wie ein abgerichteter Pitbull auf Dominique. Diesmal war dieser darauf vorbereitet.

„Hört auf, hört sofort auf!", schrie Giuliana.

Inzwischen hatte die Auseinandersetzung die Aufmerksamkeit der Passanten auf sich gezogen. Zwar waren die Pariser für ihre Gleichgültigkeit anderen gegenüber berüchtigt, aber eine bewaffnete Schlägerei im Parc Montsouris war nicht an der Tagesordnung.

Pedro bemerkte zwei ältere Damen, die in respektvollem Abstand neugierig zu ihnen hinübersahen, und ein junges Paar, das sie beobachtete. Zwei junge Männer näherten sich zögernd. Zwar wagte niemand, sich einzumischen, doch für einen Mord war es Pedro entschieden zu viel Publikum. Man war schließlich nicht in Kolumbien. Als er auf der Straße eine Polizeisirene hörte, wurde er nervös.

„Lass ihn, Alberto!"

Der Kolumbianer versetzte Dominique einen letzten Stoß, der ihn die seichte Böschung hinunter taumeln ließ. Giuliana riss sich los und wollte zu ihm, aber Pedro packte ihren Arm und ohrfeigte sie heftig.

„Das ist für dich, du kleine Schlampe!", zischte er. „Du kommst jetzt mit mir, ohne Aufsehen zu erregen. Und wenn ihr euch noch einmal wiederseht, bringe ich euch um, alle beide!"

Pedro und Alberto packten Giuliana und führten sie ab. Es gelang ihr, den Kopf zu wenden, und Dominique fing ihren besorgten Blick auf.

Stöhnend richtete er sich auf und betastete sein schmerzendes Jochbein.

Einer der jungen Männer trat neben ihn. „Brauchen Sie Hilfe, Monsieur?"

„Jetzt nicht mehr", knurrte Dominique. „Aber trotzdem danke." Er nahm seine Pistole an sich, die im Gras gelandet war, und griff nach seinem Handy, einer neuen Errungenschaft der Detektivagentur.

„Michel? Geht es deinem Fuß gut genug, um sofort jemanden zu beschatten? Fein. Dann fahr zum Hotel Lutetia und warte, bis unsere kolumbianischen Freunde dort auftauchen. Hefte dich an ihre Fersen und lass sie nicht mehr aus den Augen. Aber vorher gib mir die Nummer von diesem François Duval beim Drogendezernat. Ich muss ihn noch heute sprechen. Ich komme so bald wie möglich zu dir. Aber Ibanez darf mich nicht sehen. Er reagiert allergisch auf mich."

7

Alberto hatte sich bei der Schlägerei mit Dominique Nasenbluten zugezogen, und das Blut war auf sein weißes Hemd getropft. Giulianas helle Hose hatte bei ihrem Fall auf den Weg dunkle Flecke bekommen. Sie fuhren ins Hotel zurück, um sich umzuziehen.

„Du kommst mit mir", sagte Pedro barsch zu Giuliana. Ansonsten wechselte er kein Wort mit ihr, sondern hüllte sich in wütendes Schweigen.

Die Fahrt ging in den Nordosten der Stadt, nach Belleville. Wörtlich „schöne Stadt" übersetzt, spottete dieses Viertel seinem Namen Hohn. Zwar erinnerten die typischen Haussmann-Fassaden noch daran, dass man in Paris war, aber sie waren alle durch Luftverschmutzung geschwärzt und schlecht instandgehalten. Der Putz bröckelte an vielen Stellen, und von den Fensterläden blätterte die Farbe ab. Überall auf den schmalen Balkonen mit den schmiedeeisernen Balustraden hing Wäsche zum Trocknen. Es war ein trostloses Bild.

In den Straßen jedoch herrschten der Trubel und die Farbigkeit eines nordafrikanischen Basars. Boutiquen mit afrikanischer Kleidung, orientalische Lebensmittelläden, die ihre Waren bis auf den Bürgersteig ausbreiteten, Afro-Friseurgeschäfte und billige Kleinkrämerläden, die vom marokkanischen Teeservice bis zu Elektrogeräten aus zweiter Hand einfach alles verkauften, reihten sich nebeneinander. Dunkelhäutige Frauen in langen bunten Kleidern trugen überquellende Einkaufstaschen vom Markt nach Hause, Straßenjungen in gestohlenen Adidas-Schuhen und Nike-Jogginganzügen spielten Fußball, Männer in Kaftanen reparierten Mofas. In diesen Straßen sammelte sich die bunte Vielfalt Afrikas und der Karibik.

Giuliana blickte sich staunend um. Als sie in Paris studiert hatte, war sie nie bis nach Belleville oder zur Goutte d'or gekommen. Sie folgte Pedro und Alberto in einen Hausflur, in dem es nach Urin und fremdartigen Gewürzen roch. Sie stiegen eine knarrende Treppe hinauf, und Pedro klingelte an einer Wohnungstür ohne Namensschild.

„Was machen wir hier, Pedro?", fragte Giuliana.

„Halt die Klappe. Du solltest eigentlich nicht hier sein, aber da du nun mal gerade keinen Bodyguard hast, der auf dich aufpassen kann ..."

Ein Mann mit kurzen, gelockten Haaren und brauner Haut öffnete ihnen. Die Männer begrüßten sich mit Handschlag, Giuliana erntete nur einen misstrauischen Blick.

„Meine Frau", erklärte Pedro beiläufig.

Die Wohnung war klein und vollgestopft mit altmodischen Möbeln ohne besonderen Wert, wie Giuliana automatisch registrierte. Ihr Gastgeber, der sich Mohammed nannte, lud sie ein, auf Kissen um einen niedrigen Tisch herum Platz zu nehmen, und ließ von einer ältlichen Frau im Kaftan Tee servieren. Ein junger Marokkaner namens Sidi fungierte als Dolmetscher. Da sich sowohl Orientalen als auch Südamerikaner stets Zeit bei wichtigen Verhandlungen ließen, wurde zunächst einmal in großen Tonschüsseln Couscous aufgetragen, gemeinsam Mittag gegessen und dabei über banale Themen geredet. Giulianas Gedanken schweiften ab.

***

Michel war gerade noch rechtzeitig vor dem Hotel Lutetia eingetroffen, um das Trio herauskommen und in den schwarzen Ford mit dem einheimischen Fahrer steigen zu sehen. Er hatte keine Ahnung, was geschehen war, doch er hatte genug Vertrauen zu Dominique, um seine Aufforderung nicht in Frage zu stellen.

Nun hatte er vor dem Haus in Belleville Stellung bezogen und Dominique über Handy seine Position durchgegeben. Dieser traf kurz darauf ein, parkte seinen Wagen und setzte sich zu Michel ins Auto. Er hatte sich nicht die Zeit genommen, nach Hause zu fahren und sah noch immer recht ramponiert aus.

Michel musterte betroffen sein rötlich gefärbtes und geschwollenes Jochbein, das auch die Sonnenbrille nicht verbergen konnte, die erdigen Hände, den Riss in seinem Hemd und die Flecken auf seiner Hose. „Wie siehst du denn aus?"

Dominique nahm seine Sonnenbrille ab. „Kleine Auseinandersetzung mit dem Kampfhund von Señor Ibanez."

„Nun erzähl endlich, was passiert ist."

„Gleich. Wo sind sie?"

„In dem Haus da vorne. Sind in einer Wohnung verschwunden, erste Treppe links."

„Wohnt da jemand, den wir kennen?"

„Keine Ahnung. Es wimmelt in dieser Gegend nur so von kleinen und größeren Dealern."

„Ich werde François Duval nachher danach fragen." Dominique notierte sich die Adresse. „Ich habe um vierzehn Uhr einen Termin bei ihm."

„Ibanez hat also tatsächlich was mit der kolumbianischen Drogenmafia zu tun?"

„Ja. Cali-Kartell."

„Ach du Scheiße. Woher weißt du das?"

„Hat mir Maria Quesado erzählt."

„Wie kommt die dazu, dir solche Geständnisse zu machen?"

Dominique kaute auf seiner Unterlippe. „Die offizielle Version ist, dass sie sich von Ibanez trennen will und den Paris-Aufenthalt benutzen will, um zu türmen. Klar?“

„Und die inoffizielle?“

Dominique holte tief Luft. „Maria Quesado ist in Wirklichkeit Giuliana Capriani.“

„Die Kunstdiebin aus Istanbul, mit der du eine Affäre hattest und die versucht hat, dich umzubringen?“, fragte Michel ungläubig.

„Genau die.“

„Na so was ... Du hast doch nicht etwa wieder was mit ihr angefangen?“

Dominique klappte die Sonnenblende herunter, begutachtete prüfend seine Augenpartie in dem kleinen Spiegel und fuhr sich glättend über das zerzauste Haar.

Sein Schweigen war Michel Antwort genug. „Bist du denn total bescheuert? Diesmal wird vermutlich nicht sie dich abknallen, sondern er! Wie kannst du nur mit der Frau eines kolumbianischen Drogenbosses schlafen!“, regte er sich auf und schlug sich mit der flachen Hand vor die Stirn.

„Ich habe sie zuerst gekannt. Sie hätte ihn nie kennengelernt, wenn das mit uns damals nicht schief gegangen wäre“, erwiderte Dominique trotzig.

„Diese Logik wird der Mann nicht verstehen! Und er ist also bereits dahintergekommen, ja?“

„Er hat keine handfesten Beweise.“

„Diese Leute beseitigen Nebenbuhler auch auf bloßen Verdacht hin.“

„Weiß ich. Deshalb muss ich versuchen, ihn einbuchten zu lassen. Dann ist auch Giuliana wieder frei.“ Energisch klappte er die Sonnenblende wieder hoch.

„Für dich?“

„Warum nicht?“

„Du bist verrückt.“

„Mag sein. Aber es macht mir Spaß." Sein angespanntes Gesicht machte allerdings nicht den Eindruck, als ob er sich amüsierte.

Michel konnte nur den Kopf schütteln.

***

Giuliana saß in einem Sessel der Wohnung und starrte ins Leere. Nach dem Mittagessen waren Pedro, Mohammed und der Dolmetscher im Nebenzimmer verschwunden und verhandelten. Ihrer Länge nach zu schließen, schien es eine zähe Verhandlung zu sein. Alberto saß unbeweglich auf der Couch wie eine riesenhafte Inka-Statue und wirkte geistesabwesend, doch Giuliana wusste, dass er sie scharf im Auge behielt. Er war von ihrem Beschützer zu ihrem Bewacher geworden.

Giuliana dachte an ihr Haus in Bogotá, wo alles neu und kostspielig war. Pastellfarbener Luxus im Miami-Stil. Sie selbst hatte der früher von Pedro ausgesuchten Einrichtung liebevoll den letzten Schliff verliehen und die Küche mit den modernsten Geräten ausgestattet. Im Inneren des Hauses fühlte sie sich geborgen. Störend war nur der Dauerbetrieb der Bodyguards und bewaffneten Männer, die mit der allergrößten Selbstverständlichkeit in diesem Haus ein- und ausgingen, in den Wohnzimmersesseln einschliefen, die Maschinenpistolen hochkant neben sich aufgebaut, in Giulianas Blumentöpfe urinierten und auf der Terrasse Halma spielten, wenn sie sich an den wenigen warmen Tagen dort sonnen wollte. Es waren Pedros Schlägertrupps, die vom Bewachen des Hauses bis zum Mord auf Bestellung einfach alles für ihn übernahmen.

Von außen wurde die Villa nachts mit Flutlicht beleuchtet, um durch eine lückenlose Kameraüberwachung sofort jeden Eindringling erkennen zu können. Wenn Giuliana nicht schlafen konnte und aus dem Fenster sah, erblickte sie schemenhaft die Umrisse von patrouillierenden Wächtern und von aufs Töten abgerichteten Hunden. Die Umgebung des Hauses sah bei Nacht aus wie eine Gefängnisanlage. Und sie war auf dem besten Weg, zu einer Gefangenen in diesem Luxus-Gefängnis zu werden.

Giuliana schauderte trotz der Wärme im Zimmer. Was war schon all der Luxus gegen ein Leben in eingeschränkter Freiheit und ständiger Gefahr? Sie war gewiss nicht ängstlich, aber sie konnte nicht verhindern, dass die Furcht leise in ihr hochkroch und sich festsetzte. Bei ihren Raubzügen hatte sie die Gefahren selbst einschätzen und abwägen können, die Risiken als Frau eines Drogenbarons waren hingegen unkalkulierbar und unkontrollierbar.

Nicht gerade ein Leben, das sie ihren Kindern bieten wollte. Sie hatte diesen Gedanken in den letzten Monaten auch weit von sich geschoben. Der Wunsch danach, eine Familie zu gründen, war jedoch erneut in ihr aufgestiegen, als sie Dominique wiedergesehen hatte. Ob das bedeutete, dass er der Richtige war? Es musste eine Fügung des Schicksals gewesen sein, dass sie sich noch einmal begegnet waren. Schließlich konnte sie auch nicht ewig warten. In zwei Tagen würde sie sechsunddreißig werden, die biologische Uhr tickte. Giulianas Eltern hatten sich scheiden lassen, und sie hatte sich immer geschworen, es einmal besser zu machen, wenn sie Kinder haben würde. Für Kinder, dachte sie, wäre sie sogar bereit, ihre Karriere als Meisterdiebin zu beenden.

Sie ertappte sich bei dem Gedanken, dass Dominique sicher einen guten Vater abgeben würde. Ach, richtig, er hatte ja bereits eine erwachsene Tochter. Die sie zuerst für eine heimliche Freundin von Antoine Robin gehalten hatte, bis er ihr weisgemacht hatte, dass es sich um die Tochter seines vermeintlichen Auftraggebers handelte. Der Auftraggeber, der in Wirklichkeit Interpol gewesen war ... Und da waren sie wieder, die schmerzhaften Erinnerungen an seinen Verrat und den alptraumhaften letzten Abend in Istanbul.

Giuliana seufzte auf und nahm einen Schluck Pfefferminztee, der in einem goldverzierten kleinen Glas vor ihr stand.

„Wie lange wird das hier noch dauern?", fragte sie ungeduldig.

Alberto wandte ihr sein ausdrucksloses, breites Indio-Gesicht zu. „Was weiß ich denn."

Giuliana begann nervös, mit den Fingerspitzen auf die Sessellehne zu trommeln. Sie hasste es, ihren Gedanken ohne Ablenkung ausgeliefert zu sein.

8

Am frühen Abend kehrten sie nach einigen anderen Erledigungen ins Hotel zurück. Nun war der gefürchtete Moment gekommen, in dem Giuliana mit Pedro allein war.

Wie würde er reagieren? War es für ihn mit der Ohrfeige vom Morgen abgegolten? Er hatte schließlich keine Beweise, dass sie mit Dominique geschlafen hatte, und sie würde es auf jeden Fall leugnen, wenn er ihr das unterstellte. Dumm, dass sie sich schützend vor Dominique gestellt hatte, als Pedro ihn mit dem Revolver bedroht hatte, aber sie konnte immer noch versuchen, das als bloße Provokation abzutun.

„Wo wollen wir zu Abend essen, Pedro?", fragte Giuliana so unbefangen wie möglich und legte ihren Blazer ab.

Er warf sein Jackett über eine Sessellehne. Er hatte sich inzwischen einen neuen Revolver organisiert, der unübersehbar in seinem Hosenbund steckte. „Du kannst im Flugzeug essen", antwortete er.

„Wie bitte?"

„Ich habe vorhin einen Flug für dich buchen lassen. Du wirst noch heute Abend nach Hause fliegen." Pedro warf seinen Revolver auf den Sessel hinter sich und begann sich das Hemd aufzuknöpfen. „Um deinen Liebhaber werde ich mich kümmern, wenn du weg bist."

„Ich bitte dich, da war doch gar nichts. Er hat mich nur mal in den Arm genommen. Die Franzosen flirten eben gerne, aber da steckt nichts dahinter."

„Lüg mich nicht an, das macht es noch schlimmer. Ich habe es dir schon gestern Abend angesehen. Und ich habe es gerochen." Er tippte sich an den Nasenflügel. „Nando wird dich vom Flughafen abholen und dir

Gesellschaft leisten, bis ich wieder da bin." Er schlüpfte aus seiner Hose und legte sie über die Sessellehne.

Nando war Pedros jüngerer Bruder und seine rechte Hand. Ein primitiver, skrupelloser Mann, den Giuliana nicht ausstehen konnte. Was auf Gegenseitigkeit beruhte. Sie fürchtete sich davor, was er mit ihr machen würde.

„Ich möchte noch ein paar geschäftliche Dinge in Paris erledigen, Pedro", verlegte sie sich aufs Bitten. „Ich verspreche dir, ich werde diesen Bodyguard nicht mehr treffen. Bis Juan aus dem Krankenhaus entlassen wird, werde ich auch ohne Schutz klarkommen. Paris ist schließlich nicht Bogotá."

Ohne Vorwarnung traf sie eine Ohrfeige. „Ist dir nicht klar, was für ein Geschenk es ist, dass du überhaupt noch am Leben bist?", schrie Pedro, und der seit dem Morgen aufgestaute Zorn brach hinter seinen polierten Zügen hervor. „Du kannst von Glück sagen, dass ich dich liebe, du kleine Hure, sonst wärst du bereits genauso tot wie dein Liebhaber es bald sein wird!"

Komisch, vor einem Jahr hatte sie selbst Dominique umbringen wollen, doch jetzt war ihr die Vorstellung, er könne sterben, unerträglich. In diesem Moment wurde Giuliana klar, wie sehr sie ihn liebte, auch wenn er nicht ganz derselbe Mann war, in den sie sich vor einem Jahr verliebt hatte.

Sie hielt sich die schmerzende Wange und starrte auf Pedros unbehaarte schweiß-glänzende Brust, auf der ein dickes Kreuz aus massivem Gold baumelte.

„Du wirst heute Abend in dieses Flugzeug steigen", wiederholte er. „Aber vorher, vorher, meine Süße, werden wir beide uns gehörig voneinander verabschieden!" Er riss ihr die Seidenbluse auf, so dass die Knöpfe über den Teppich kullerten.

„So nicht!", sagte Giuliana wütend und wollte aus seiner Reichweite treten.

Er zog den Ledergürtel aus seiner Hose und schlug damit nach ihr. Giuliana schrie auf und rannte auf die Zimmertür zu.

Pedro war mit einem Satz bei ihr, zerrte sie zum Bett, schleuderte sie brutal in die Kissen und warf sich auf sie. „Gestern hattest du angeblich Migräne, vorgestern warst du betrunken, und vor drei Tagen warst du zu müde! So kannst du mich nicht länger behandeln, verdammt!" Ungeduldig nestelte er an ihrem Hosenbund.

Giuliana packte seine Haare und riss seinen Kopf nach hinten. Pedro holte aus, um sie erneut zu schlagen. Sie riss so gut es ging ein Knie hoch und traf seine Weichteile, dann stieß sie ihn von sich und rollte vom Bett. Als er sich mit schmerzverzerrtem Gesicht zu ihr umdrehte, hielt sie schon seinen Revolver in den Händen und zielte auf ihn. „Bleib brav in diesem Bett, querido, dann passiert dir nichts."

„Was soll das, zum Teufel?"

„Ich werde nicht nach Bogotá zurückfliegen, sondern in Paris bleiben, solange es mir passt. Ich verlasse dich, Pedro."

Er machte Anstalten, aus dem Bett zu steigen. „Lass den Scheiß, Baby. Du würdest ja doch nicht abdrücken."

„Was weißt du schon von mir, Pedro? Weißt du, warum ich einen neuen Pass brauchte, als wir uns kennengelernt haben? Weil ich wegen Mordes gesucht wurde."

Da sie nicht die Absicht hatte, tatsächlich auf ihn zu schießen, beeilte sie sich, zur Zimmertür zu kommen.

„Alberto!", brüllte Pedro.

Als Alberto mit nacktem Oberkörper seine Tür öffnete, war Giuliana bereits den Korridor hinuntergelaufen und rannte die Treppe hinunter. In der Hotelhalle stieß sie fast mit Dominique zusammen.

Er starrte sie an. Unter ihrer offenstehenden Bluse lugte ein Spitzen-BH hervor, ihr Gesicht trug einen Ausdruck wilder Entschlossenheit, und mit der rechten Hand umklammerte sie den Revolver. Giuliana mit einer Waffe in der Hand zu sehen, weckte bei Dominique unangenehme Erinnerungen. „Was ist passiert?"

„Pedro wollte mich noch heute Abend ins Flugzeug nach Bogotá setzen", berichtete sie atemlos.

„Lebt er noch?", fragte er besorgt.

„Ja, ich habe nicht geschossen. Er wird gleich hier sein, sieh dich vor! Was tust du überhaupt hier?"

„Wir haben einen Durchsuchungsbeschluss für eure Suite." Er deutete mit dem Kopf hinter sich, wo Michel und zwei Kriminalbeamte der Drogenfahndung aufgetaucht waren, gefolgt von zwei uniformierten Polizisten. „Ich habe der Polizei gesagt, du hättest mich gebeten, dir bei der Flucht vor ihm zu helfen", flüsterte er ihr ins Ohr und nahm ihr vorsichtig den Revolver aus der Hand.

„Pedro ist fest entschlossen, dich umzubringen", flüsterte sie zurück.

Wie aufs Stichwort stürmte der Kolumbianer die Treppe hinunter und sah Giuliana dicht bei Dominique stehen.

„Du Bastard!", brüllte er und fuchtelte mit Albertos Colt herum. Die Kriminalbeamten empfingen ihn am Fuß der Treppe mit gezogenen Waffen.

Dominique legte den Arm um Giuliana. „Gibt es etwas, was du aus dem Zimmer brauchst? Einen deiner vier Pässe? Oder was zum Anziehen?"

Ein Lächeln zuckte über ihr angespanntes Gesicht. „Das kann warten. Oder werden sie mich auch verhaften?"

„Nicht, wenn du bereit bist, gegen Pedro auszusagen. Das bist du doch, oder?" Sein Blick bohrte sich in ihren.

Er rechnete mit Widerstand, aber sie nickte und verzog angewidert den Mund. „Ja. Bring mich von hier weg."

In diesem Moment trat einer der Polizisten zu ihnen, während seine Kollegen zusammen mit Michel und dem Drogenspürhund die beiden empörten Kolumbianer die Treppe hinaufgeleiteten.

„Bitte kommen Sie mit nach oben, Madame. Ist das die Waffe von Señor Ibanez?"

„Ja." Dominique reichte sie ihm. „Er hat Señorita Quesado vor einigen Minuten bedroht, und es ist ihr gelungen, ihn zu entwaffnen", erklärte er hastig.

In der Juniorsuite spürten die Fahnder und der Hund recht schnell einige wenige Tütchen mit Kokain auf, doch zu Dominiques Enttäuschung fanden sie keine größeren Mengen von Drogen, auch nicht in Albertos Zimmer.

„Ist das alles?", fragte er Giuliana leise, als der Hund sich desinteressiert vom letzten der großen Koffer abwandte. „Damit werden sie ihn nicht lange festhalten können."

Sie zuckte mit den Schultern. „Mehr als ein paar Kostproben hat er nie dabei, so blöd ist er nicht. Und Paris war die letzte Station."

Der Drogenfahnder steckte die Tütchen mit dem weißen Puder ein. „Besser als nichts."

„Gut, dass du sie nicht im Klo runtergespült hast", flüsterte sie Dominique spöttisch ins Ohr.

„Haben Sie einen Waffenschein, Señor?"

„In meinem Land ist mein Name genug Genehmigung für eine Waffe", knurrte Pedro.

„Wir werden Sie und Ihren Bodyguard jetzt aufs Kommissariat mitnehmen. Sie beide kommen nach, sobald sich Mademoiselle umgezogen hat", sagte einer der Kriminalbeamten zu Giuliana und Dominique. „Und Sie, Messieurs, sind vorläufig festgenommen." Handschellen schlossen sich um Pedros und Albertos Handgelenke, während einer der Polizisten ihnen ihre Rechte verlas.

„Das wirst du mir büßen, Maria“, zischte Pedro. „Und du auch, du Schnüffler! Ihr seid beide so gut wie tot!“

„Morddrohungen werden Ihre Situation nicht verbessern, Señor Ibanez“, warnte der Drogenfahnder. „Abführen!“

Sobald sie allein in dem durchwühlten Hotelzimmer zurückgeblieben waren, warf sich Giuliana in Dominiques Arme. „Was für ein schrecklicher Tag! Ich hatte Angst, ich würde dich nie wiedersehen.“

„Dann bist du also nicht sauer, dass ich Pedro angezeigt habe?“

„Nein. Ich habe heute Nachmittag viel Zeit zum Nachdenken gehabt, und mir ist so Einiges klar geworden. Unter anderem, dass ich Pedro nie wiedersehen will. Ich hasse das Leben mit ihm.“

„Gut. Was noch?“

„Dass ich mich nicht mehr von dir trennen will, egal, wie wir das anstellen. Dass ich immer dich geliebt habe, Dominique – Antoine Robin war nur eine Fata Morgana.“

„Ausgezeichnet“, murmelte er und strich über ihre zerzausten Haare. „Noch was?“

„Nein.“ Ihre eben noch sanfte Stimme wurde wieder entschlossener, und sie löste sich von ihm. „Hilf mir packen. Wir müssen sofort weg aus Paris.“ Sie wollte sich abwenden, doch Dominique hielt sie an den Schultern fest.

„Das geht nicht. Wir müssen auf dem Kommissariat unsere Aussagen machen.“

„Es wird eine Menge Ärger geben, wenn sie herausfinden, wer ich wirklich bin.“

„Von mir werden sie es nicht erfahren.“

„Vielleicht wird Pedro es ihnen sagen, um sich zu rächen.“

„Interpol hat nichts mehr gegen dich in der Hand."

„Aber Pedro könnte uns umbringen lassen, auch vom Gefängnis aus. Ein Anruf genügt."

„Ein Grund mehr für dich, mit der Polizei zu kooperieren", sagte er unerbittlich.

Giuliana seufzte. „Na, schön. Fahren wir zur Polizei. Du sollst nicht glauben, dass ich mich in einen Hasenfuß verwandelt habe. Aber da gibt es drei Sachen, die ich vorher schnell machen muss ..."

„Was?" Dominique warf einen unruhigen Blick zur Uhr.

„Erstens: ich muss meinen Schmuck und das Bargeld aus dem Hotelsafe holen, bevor Pedro dazu eine Möglichkeit findet. Zweitens: ich muss mir unterwegs ein Sandwich kaufen – ich sterbe vor Hunger. Und drittens brauche ich dringend eine Dusche." Angeekelt rieb sie sich über die Stellen, an denen Pedro sie berührt hatte.

Dominiques Blick glitt von ihrer aufgerissenen Bluse zu ihrer von der Ohrfeige geröteten Wange, und unwillkürlich wünschte er dem Kolumbianer einen langen, qualvollen Aufenthalt in einer verrotteten Gefängniszelle mit brutalen Wärtern. Er atmete tief durch und zwang sich zur Ruhe.

„Geh in Ruhe duschen. Ich werde inzwischen anfangen, deine Sachen zu packen. Nachher werde ich der Polizei klarmachen, dass wir schnellstmöglich die Stadt verlassen müssen, um Pedros Rache zu entgehen. Ich werde ein paar Tage Urlaub nehmen. Was hältst du von Istanbul? Ich habe eine Freundin, die dort ein Haus hat, vielleicht können wir da wohnen ..."

Giuliana fiel ihm um den Hals. „Das wäre das schönste Geburtstagsgeschenk, das du mir machen könntest!"

9

Drei Tage später saßen Giuliana und Dominique nebeneinander auf der Terrasse von Giulianas Haus im Istanbuler Vorort Arnavutköy, tranken Wein und genossen die Aussicht auf den abendlichen Bosporus.

„Du kannst dir nicht vorstellen, wie glücklich ich bin, wieder hier zu sein", sagte Giuliana mit leuchtenden Augen. „Ich bin heilfroh, dass alles in Ordnung ist mit dem Haus und dem Geschäft. Sinem und der Verkäufer haben sich tadellos um alles gekümmert."

„Theoretisch könntest du ab sofort dein altes Leben wieder aufnehmen", meinte Dominique und warf ihr einen prüfenden Blick zu.

Sie bemerkte die Spur von Traurigkeit in seinen Augen und drückte seine Hand. „Nicht ohne dich, sevgili, das habe ich dir doch gesagt."

Das Telefon klingelte. Giuliana ging ins Wohnzimmer und meldete sich. Gleich darauf kam sie mit dem schnurlosen Telefon auf die Terrasse. „Für dich. Es ist Michel."

Dominique telefonierte einige Minuten, dann sagte er: „Pedro ist gestern nach Bogotá zurückgeflogen. Sie konnten ihn nicht länger festhalten, dafür war die Menge an Kokain zu gering. Aber sie werden der kolumbianischen Polizei einen Tipp geben."

Sie machte eine wegwerfende Handbewegung. „Das verläuft sich meistens im Sand."

„Nun, wenigstens ist er nicht mehr in Europa. Hoffentlich wird er in Kolumbien genug von seinen dreckigen Geschäften in Anspruch genommen, um uns beide zu vergessen."

Giuliana nippte schweigend an ihrem Wein und starrte über den Bosporus.

„Wie sehen deine Pläne für die nächste Zeit aus, Giuliana?"

„Du meinst wahrscheinlich, ob ich einen neuen Coup plane, um meine Finanzen aufzubessern?"

„Auch das, ja." Dominique verzog den Mund.

„Ich habe noch nichts geplant. Wenn ich mich auf meine Antiquitäten konzentriere und meinen Lebensstil etwas herunterschraube, werde ich auch so über die Runden kommen. Wenn Antiquitäten nur nicht so langweilig wären!" Sie lachte.

„Wenn es dir um ein bisschen Action geht, was hältst du davon, Detektivin zu werden?"

„Ausgerechnet ich?"

„Ja. Ich kenne niemanden, der sich mit Alarmsystemen und mit den Schachzügen von Meisterdieben besser auskennt als du. Du könntest dieses Wissen nutzen, um andere zu überführen. Das kann auch spannend sein."

„Kollegen verraten?" Sie runzelte missbilligend die Stirn.

„Ach, komm, ihr trickst euch doch bei jeder Gelegenheit gegenseitig aus, oder nicht?"

„Das ist etwas anderes."

„Es gibt auch genug Firmen, die auf Dienste von Leuten wie dir zurückgreifen, um ihre vorhandenen Sicherheits- und Alarmsysteme durch einen simulierten Einbruch überprüfen zu lassen. Und du hast genug Verstand und Courage, um auch andere Fälle zu lösen. Du würdest den Nervenkitzel sicher nicht vermissen."

„Klingt gar nicht übel", gab sie zu. „Aber wer würde mich schon einstellen?"

„Ich. Ich könnte mich selbständig machen und dich zur Partnerin nehmen."

„So viel Vertrauen hast du zu mir?"

„Ja."

„Aber wenn herauskommt, dass es eine dicke Interpol-Akte über mich gibt ... Vielleicht sollte ich mal wieder den Namen wechseln“, überlegte sie.

„Gute Idee. Was hältst du von Giuliana Demesy?“

Sie verschluckte sich vor Überraschung fast an ihrem Wein. „Du meinst das sicher nicht so, wie man es verstehen könnte, oder?“

„Keine Ahnung, wie du es verstehst. Ich weiß, dass es in deinem Milieu üblich ist, einen Pass zu fälschen. In meinen Kreisen geht man dafür aufs Standesamt“, sagte er mit einem lässigen Schulterzucken.

In ihren Augen blitzte es auf. „Und in den Kreisen meiner Kindheit geht der Mann bei einer solchen Frage vor seiner Angebeteten auf die Knie oder lädt sie in ein schickes Restaurant ein und öffnet ein Ringetui.“

Dominique zögerte aus Angst vor der eigenen Courage. „Wir sollten aber nichts überstürzen ...“

In Giulianas Gesicht mischten sich Enttäuschung und Erleichterung. „Du hast recht. Was meinst du, wie schlecht das für meinen Ruf wäre, einen Schnüffler zu heiraten.“

„Und ich könnte meine Lizenz verlieren, wenn ich mit einer Meisterdiebin verheiratet bin, die sich erwischen lässt.“

„Sollten wir mal Kinder haben, gebe ich das Stehlen auf, das verspreche ich dir. Und verbindet das nicht mehr als irgendein blödes, amtliches Papier?“

Dominique trank einen Schluck Wein und betrachtete den Bosporus, den die untergehende Sonne in goldenes Licht hüllte.

„Sag doch was“, drängte sie ein wenig beunruhigt.

Er räusperte sich, stellte sein Glas ab und sah sie lange an.

Giuliana lachte nervös. „Dein mysteriöser blauer Blick ist sehr sexy, aber könntest du mir verraten, was du gerade denkst?“

Dominique griff nach ihrer Hand, stand auf und zog sie hoch. „Du willst Kinder? Dann komm mit nach oben. Wir sind nicht mehr die Jüngsten, also sollten wir keine Zeit mit Sonnenuntergängen vertrödeln.“

10

In Bogotá lief Pedro Ibanez wie ein Tiger im Käfig zwischen den pastellfarbenen Möbeln seiner Luxusvilla herum, während er seinem Bruder Nando von den Geschehnissen in Paris berichtete.

„Als mich die Bullen ins Hotel zurückbegleitet haben, damit ich meine Sachen packen konnte, bevor sie mich ins Flugzeug gesetzt haben, war dort keine Spur mehr von Giuliana“, schloss Pedro und schnipste verächtlich die Asche seiner Zigarre auf den liebevoll von Giuliana ausgesuchten Seidenteppich, als könne er sie damit jetzt noch ärgern. „Auch die vielen teuren Klunker, die ich ihr geschenkt habe, hat sie natürlich mitgenommmen, die kleine Hure, und sogar unser gesamtes Bargeld. Fünfzigtausend Dollar!“

„Was wirst du jetzt tun?“ Nando saß breitbeinig in einem Sessel und schlürfte geräuschvoll einen Kaffee. Der Indio-Einschlag kam bei ihm stärker durch als bei seinem Bruder, er hatte eine breitere Nase und vollere Lippen, die jedoch einen nicht minder grausamen Zug aufwiesen. Auf seinen hohen Wangenknochen saßen Akne-Narben, und seine kalten schwarzen Augen waren starr wie die einer Schlange.

„Als ich gestern Abend angekommen bin, war ich sofort bei Ramirez, du weißt schon, diese Detektivagentur. Die haben heute früh einen Ermittler mit der ersten Maschine nach Paris geschickt. Der soll Giuliana und ihren Liebhaber finden.“

„Und dann fliegst du zurück und legst sie um?“

„Geht nicht, ich habe Einreiseverbot in Frankreich“, knurrte Pedro.

„Warum lässt du es nicht Juan tun, wenn er aus dem Krankenhaus kommt. Wenn er schon mal dort ist ...“

„Er kann den Typen erledigen, ja. Aber Giuliana will ich lebend." Er blickte sich im Wohnzimmer um. Nichts hatte sich hier verändert, und trotzdem wirkte alles leer ohne Giulianas feminine Gegenwart. Er vermisste das Rascheln ihrer Röcke, den Duft ihres Parfüms, das Knistern ihres Haars. Und die Öde des Schlafzimmers war noch viel schlimmer. „Ich will sie zurück."

„Spinnst du? Nach allem, was sie dir angetan hat?"

„Sie wird es bereuen, das kann ich dir versichern. Sie wird dieses Haus nicht mehr verlassen, wenn sie erst wieder hier ist. Aber für so was ist Juan nicht schlau genug, das muss ich selbst übernehmen."

„Und wenn sie Frankreich nun vorläufig nicht mehr verlässt?"

„Dann muss ich mir einen gefälschten Pass besorgen. Aber sie wird früher oder später in Istanbul auftauchen, nehme ich an. Ich werde Geduld haben."

Nando betrachtete seinen Bruder ungläubig. Pedro hatte schon lange nicht mehr richtig geschlafen und sah schlecht aus. Seine müden Augen flackerten unruhig durch den Raum.

„Ach was, leg sie einfach um. Diese kleine Schlampe bringt nur Scherereien! Ich übernehme das", bot Nando an. Und vorher würde er sich von der hochmütigen Giuliana nehmen, wonach ihn schon lange verlangte.

„Das ist meine Sache", wies Pedro ihn zurecht. „Ich bin mit Giuliana noch nicht fertig. Aber wenn ich es bin, wird sie bereuen, dass sie mich je kennengelernt hat, darauf kannst du Gift nehmen!" Er warf das gerahmte Foto von Guiliana um, das auf dem Tischchen stand, und drückte seine Zigarre auf ihrem Gesicht aus.

EPISODE 3

TROUBLE AUF TRINIDAD

1

„Wir müssen nach Trinidad", sagte Giuliana entschlossen, als sie am vierten Tag in Istanbul von einer Besprechung mit ihrem Verkäufer Mustafa zurückkehrte.

„Warum?" Dominique, der in einem Liegestuhl auf der Terrasse träge vor sich hingedöst hatte, reckte sich ihr entgegen, um sie zu küssen.

„Ich werde das Haus dort verkaufen." Giuliana, die in einem grauen Hosenanzug und mit zusammengebundenen Haaren ungewohnt seriös aussah, zog sich einen Stuhl an Dominiques Seite.

„Gehen die Geschäfte so schlecht?"

„Schlecht nicht gerade. Sie decken immerhin die laufenden Kosten für den Laden, für dieses Haus hier und die Gehälter von Mustafa und Sinem. Aber wir werden mehr Geld brauchen, wenn wir uns in Paris eine Wohnung kaufen und eine Detektei gründen wollen."

„Kannst du dir vorstellen, es eine Weile in meiner jetzigen Wohnung auszuhalten? Ich bin nämlich völlig pleite. Ich kann mir, ehrlich gesagt, nicht mal einen Flug nach Trinidad leisten."

„Mach dir darum keine Sorgen. Heute Nachmittag habe ich einen Termin mit einem Juwelier, der mir den Schmuck abkaufen will, den Pedro mir geschenkt hat. Was bin ich froh, dass ich fast alles mit nach Paris genommen habe! Der ist ein paar hunderttausend Dollar wert, schätze ich."

„Das brauchst du nicht zu tun, Giuliana."

„Ich will es aber. Ich will keine Erinnerung an Pedro haben, und ohnehin ist dieser Schmuck protzig und geschmacklos. Und ich möchte, dass wir so leben können, wie du es verdienst und wie ich es gewöhnt bin."

„Ich will mich aber nicht wie ein Gigolo von dir aushalten lassen.“

„Unsinn. Du hättest mich auch auf Schmerzensgeld verklagen können, da hättest du eine hübsche Summe bekommen. Und ich säße wegen schwerer Körperverletzung hinter Gittern. Also, da gefällt mir die Vorstellung von ein paar Wochen mit dir auf Trinidad viel besser. Was meinst du?“

„Allerdings.“ Dominique zog sie zu sich heran und küsste sie. „Die Vorstellung von dir hinter Gittern ertrage ich nicht.“

„Es ist schon zu viel, wenn all dieser Stoff zwischen uns ist ...“ Giuliana machte sich dran, sein Hemd aufzuknöpfen.

Der Dobermann Max, der um Giulianas Beine gestrichen war, fletschte die Zähne und trottete missmutig von dannen. Ging das schon wieder los!

***

Nach dem Abendessen in einem Fischrestaurant außerhalb von Istanbul fuhren Dominique und Giuliana ein Stück die Küste entlang und parkten an einer entlegenen Stelle, an der der Bosporus ins Schwarze Meer überging. Dort gingen sie Hand in Hand spazieren.

„Da hinten war es, oder?“, fragte er leise.

„Dass ich auf dich geschossen habe? Ja, kann sein.“

Sie starrten zu den Klippen hinüber.

„Hast du nicht Angst, die Dinge könnten sich wiederholen?“, scherzte sie.

„Du hast mir gerade für ziemlich viel Geld ein Ticket nach Trinidad gekauft, das beruhigt mich“, gab er zurück. „Und außerdem“, er legte behutsam die Hand auf ihren Bauch, „vielleicht trägst du ja schon unser Baby.

Du wirst doch wohl nicht den Vater deines Kindes umbringen.“

„Das ist in der Tat deine beste Lebensversicherung“, erwiderte sie trocken.

Sie lachten.

Dominique wurde wieder ernst. „Aber es beunruhigt mich ein bisschen, dass du eine Pistole in deiner Handtasche trägst.“

„Ich habe nicht die leiseste Absicht, sie gegen dich zu gebrauchen“, versicherte sie. „Aber wir haben vorhin Schmuck im Wert von fast einer halben Million Dollar mit uns herumgetragen, und dann den Scheck dafür, da ist eine Pistole ja wohl das Mindeste, oder? Ach, sevgili, wir sind reich, ist das nicht fantastisch?“, fragte sie strahlend und küsste ihn.

„Dieses Geld stinkt zum Himmel, Giuliana.“

„Ach, Geld ist Geld, und diesmal habe ich wenigstens nichts gestohlen.“

„Muss ich dir sagen, wie viele Leute durch den puderweißen Gegenwert für dieses Geld ins Elend gestürzt wurden? Und wie viele Leute Pedro in seiner Heimat mit Maschinengewehren hat niedermähen lassen, weil sie seinen Plänen im Weg waren, weißt du besser als ich.“

„Schön, meinetwegen, du hast recht. Aber vorher musste ich die Steine, die mit diesem Geld gekauft worden sind, an meinem Körper tragen. Auf meinem Bankkonto fühlen sie sich weniger erdrückend an.“

Er hob nur skeptisch eine Braue.

„Hör auf, den Moralisten zu spielen!“, knurrte sie. „Willst du, dass ich das Geld einem Waisenhaus in Kalkutta spende, dich nach Paris zurückschicke und dann alleine nach Trinidad fliege?“

„Erstens streite ich nicht mit dir, solange du eine Pistole trägst“, erwiderte er ironisch. „Zweitens will ich mich überhaupt nicht mit dir streiten – höchstens um der leidenschaftlichen Versöhnung in der Horizontalen willen. Drittens will ich gar nicht den Moralisten spielen. Ich habe zwar meine Prinzipien, aber ich finde die Aussicht auf ein paar Wochen Karibik mit dir reizvoll genug, um mal ein Auge zuzudrücken." Er hatte Michel telefonisch um seinen Jahresurlaub gebeten, und dieser hatte zugestimmt, weil die Auftragslage noch immer schlecht war.

Giuliana seufzte auf und legte die Arme um seinen Hals. „Ich bewundere Männer mit Prinzipien und Moral – lass dich nicht von mir verderben! Um auf die Pistole zurückzukommen: Ich trage sie auch, weil mir nicht wohl dabei ist, dass Pedro auf freiem Fuß ist."

Dominique runzelte die Stirn. „Ich wollte es dir eigentlich nicht erzählen, um dich nicht zu beunruhigen, aber vorhin, als wir aus dem Reisebüro gekommen sind, hatte ich den Eindruck, dass uns jemand fotografiert hat."

„Fotografiert?" Sie winkte ab. „Pedro würde uns nicht fotografieren. Der würde uns einfach abknallen. Vielleicht war es ein Tourist, der einfach in die Menge geknipst hat."

„Möglich. Oder ein Paparazzo, der dich mit einem Filmstar verwechselt hat."

„Oder Interpol aktualisiert seine Steckbriefe", sagte sie sarkastisch.

„Apropos: unter welchem Namen reisen wir denn nach Trinidad, Signorina Capriani?"

„Ich habe nicht mehr die große Auswahl. Die Pässe von Francesca Ferrano und Dorothy Jones-Smith liegen in Pedros Safe. Aber sie sind sowieso bald abgelaufen. Mit Maria Quesado will ich nichts mehr zu tun haben, ich will die Frau vergessen, die ich im letzten Jahr gewesen bin. Ich werde nur noch Giuliana Capriani sein ... solange ich keinen Coup ausführe." Sie lächelte ihn an.

Dominique nickte. „Wie bist du überhaupt zu einem Haus auf Trinidad gekommen?"

„Ich hab dir ja erzählt, dass ich früher mit meinem Vater zusammengearbeitet habe. Wir haben mal einen Gemäldediebstahl in einer Villa in Monaco ausgeführt. Unsere Auftraggeberin war eine britische Lady. Leider stellte sich heraus, dass sie nicht besonders flüssig war. Auf dem Kunstmarkt wären wir die Bilder nicht losgeworden, sie waren zu bekannt. So schlossen wir mit ihr den Deal ab, dass sie uns ihr Ferienhaus in Port of Spain überschrieb, das mit der gesamten Einrichtung etwa den gleichen Wert hatte wie die Gemälde. Mein Vater und ich hätten zwar lieber Bares gehabt, aber es war auch keine schlechte Investition. Wir haben das Haus die meiste Zeit an Touristen vermietet, und das war all die Jahre eine hübsche Einnahmequelle. Es war nur etwas lästig, sich von Italien und später von Istanbul aus darum zu kümmern, und ich muss natürlich auch Personal vor Ort bezahlen, das so Einiges erledigt."

„Es gibt aber sicher lästigeres, als hin und wieder Urlaub in der Karibik machen zu müssen, um sich um eigene Immobilien zu kümmern", fand Dominique.

„Stimmt. Aber als ich das letzte Mal da war, vor fast zwei Jahren, habe ich gesehen, dass vieles baufällig und renovierungsbedürftig wird. Wenn immer wieder andere Touristen darin wohnen, geht das eben nicht spurlos am Inventar vorbei. Und die schweren Regenfälle in der Regenzeit sind Gift für das Holz und die Farben. Zum Glück gibt es wenigstens keine Hurrikane auf Trinidad."

„Im Moment sind aber keine Mieter im Haus, oder?"

„Nein, schon seit ein paar Wochen nicht mehr. Als ob ich es geahnt hätte ..."

„Es ist letztendlich gekommen wie in meinem Traum im Krankenhaus", sagte Dominique nachdenklich. „Du bist zu mir zurückgekehrt – wenn wir uns auch nur durch Zufall wiedergetroffen haben – und wir fliegen zusammen in die Karibik. Glaubst du an Schicksal, Giuliana?"

„Ja", sagte sie fest. „Und an Vorbestimmung. Nur, dass es sich manchmal anders präsentiert, als es zunächst den Anschein hat. Ich dachte, der Meisterdieb Antoine Robin wäre für mich bestimmt, es erschien mir so passend und logisch. Aber vielleicht bist du es, um mich auf den rechten Weg zurückzuführen. Vielleicht kann ich dann sogar meiner Familie in Italien wieder unter die Augen treten." In ihrem Blick lag so viel Traurigkeit und Einsamkeit, dass er sie schnell in die Arme zog.

„Lass uns ins Laila fahren und deinen Geburtstag nachfeiern, wie wäre das?"

Sie hatten in dieser Nobel-Disko in Örtaköy eigentlich vor zwei Tagen Giulianas Geburtstag feiern wollen, doch sie waren beide von den Strapazen in Paris und der Anreise so erschöpft gewesen, dass sie einen ruhigen Abend zu Hause vorgezogen hatten.

„Ins Laila? Wo wir waren, als du noch Antoine Robin warst? Wo wir waren, bevor wir uns zum ersten Mal geliebt haben?" In ihren hellbraunen Augen blitzte wieder der Schalk auf, den Dominique so liebte. „Geht klar! Feiern wir meinen Geburtstag nach, feiern wir die halbe Million von Pedro, feiern wir Abschied von Istanbul ... und morgen Abend geht es nach Trinidad!"

2

Dominique hatte zwei Jahre als Gendarm in Französisch-Guayana im Norden Südamerikas verbracht und während dieser Zeit kurze Urlaubsabstecher nach Guadeloupe und Martinique gemacht. Doch das lag viele Jahre zurück, und er hatte seitdem immer Sehnsucht nach der Karibik verspürt.

Trinidad, die südlichste der Antillen-Inseln, lag nur fünfzehn Kilometer von Venezuela entfernt. Der Flug von Istanbul aus war lang und etwas umständlich gewesen: Sie mussten zunächst nach London fliegen, dort übernachten und am nächsten Morgen mit West Indies Airways nach Trinidad weiterfliegen. Der Flug dauerte vierzehn Stunden, aber mit der Zeitverschiebung war es in der Karibik erst Nachmittag.

„Lohnt es sich nicht, einen Mietwagen zu nehmen?", schlug Dominique vor, als Giuliana am Flughafen auf die Taxis zusteuern wollte.

„In Port of Spain herrscht totales Verkehrschaos, das tue ich mir freiwillig nicht an."

„Hast du doch in Istanbul auch."

„Da kenne ich mich aber besser aus. Außerdem komme ich mit Linksverkehr nicht klar", gestand sie.

„Ich schon – bin ja jahrelang in Indien links gefahren. Und schlimmer als dort oder in Istanbul kann es mit dem Verkehrschaos hier nicht sein."

„Ja, wenn du fahren willst, umso besser. Und ein Mietwagen wäre in der Tat praktischer."

Der Piarco International Airport lag dreißig Kilometer außerhalb. Je näher sie dem Ballungsgebiet der Hauptstadt kamen, desto zähflüssiger wurde der Verkehr.

Da Giuliana sonst immer mit Taxis gefahren war, verfuhren sie sich, als sie sich dem Zentrum näherten, und gelangten in eine ruhige Wohngegend mit prachtvollen Herrschaftshäusern und imposanten Kirchen.

„Nein, hier sind wir falsch“, sagte Giuliana.

„Wirklich? So ein Haus könnte ich mir gut bei dir vorstellen.“

„Danke, aber mein Haus ist winzig und im Gingerbread-Stil, nicht im britischen Kolonialstil.“

„Gingerbread? Das heißt doch Lebkuchen. Was soll das denn sein?“

„Na, eben Lebkuchen-Stil ... Wie die Verzierungen auf diesen Weihnachts-Lebkuchenhäuschen.“

„Du meinst, ein Hexenhäuschen?“ Er lachte. „Ja, das passt auch zu dir!“

„Nutz es ruhig aus, dass meine Pistole noch im Koffer liegt, du frecher Kerl! Kennst du nicht diesen karibischen Stil von Holzhäuschen, die solche verspielten Schnitzereien haben und ziemlich bunt sind?“

„Ja, ich weiß, was du meinst. Aber sag mir lieber, wo ich jetzt lang muss.“

„Warte, da vorne kommt der Queen’s Park Savannah, da musst du links abbiegen, immer am Park entlang, und von da an mehr oder weniger geradeaus. Jetzt weiß ich wieder, wo wir sind. Das hier ist St. Clair. War ein riesiger Umweg, entschuldige.“

„Macht nichts, so habe ich gleich eine kleine Stadtbesichtigung bekommen.“

„Schön, dass du so ruhig bleibst. Mein Vater ist bei so was immer explodiert.“

„Der war ja auch Süditaliener. Dafür ist er sicher bei Alarmanlagen ruhiger geblieben als ich“, sagte Dominique lächelnd.

„Ich bin erschrocken, wie heruntergekommen Port of Spain aussieht“, bemerkte Giuliana, als sie erneut durch das belebte Zentrum fuhren. „Wahrscheinlich liegt es daran, dass gerade die Trockenzeit zu Ende geht. Beim letzten Mal war ich in der Regenzeit hier, da grünt und blüht es hier an allen Ecken, das sieht gleich viel freundlicher aus."

„Trotz der fehlenden Kühe und Esel auf den Straßen erinnert mich das ein bisschen an Indien", stellte Dominique fest und betrachtete das Gewimmel aus Turbanen, Saris und Hindu-Priestern, unter das sich Rastafaris mit langen Bärten und Dreadlocks, Afrikaner in bunten Kaftanen und attraktive, karibische Frauen in knappen Kleidern mischten.

„Vierzig Prozent der Leute hier stammen auch aus Indien, und noch mal vierzig Prozent aus Afrika."

„Zum Karneval muss hier ganz schön was los sein."

„Mehr, als du dir vorstellen kannst! Ist für ein Mädchen schwer, tugendhaft zu bleiben, wenn Sex quasi zum öffentlichen Tanzsport wird." Sie kicherte. „Aber ich hatte damals meinen Vater dabei, und du kannst dir kein besseres Verhütungsmittel für ein italienisches Mädchen vorstellen! Fahr die nächste links, da ist es."

Giulianas kleines blau-rot-weißes Holzhäuschen mit Veranda, Balustraden und sorgfältig geschnitzten Verzierungen besaß tatsächlich den Charme eines exotischen Lebkuchenhäuschens. Es lag in einer schmalen, etwas ruhigeren Straße zwischen ähnlichen Häusern, die einige Meter Abstand zueinander hatten. Neben der Veranda wuchs eine hohe Bougainvillea, deren leuchtende Blüten zu vertrocknen begannen. Eine Staubschicht überzog das Holz des Hauses, das schon lange keinen frischen Anstrich gesehen hatte.

Giuliana stellte ihre Reisetasche auf den Schaukelstuhl der Veranda, steckte den Schlüssel ins Schloss und gab einen erschreckten kleinen Laut von sich.

„Da hat jemand am Schloss herumgefummelt, es ist kaputt!" Sie stieß die unverschlossene Tür auf und betrat zögernd das Haus.

Dominique folgte ihr mit den beiden Koffern. Im Inneren herrschte Chaos. Im Wohnzimmer waren Stühle umgeworfen worden, Schubladen und Schranktüren standen offen, Scherben einer Vase lagen auf dem Boden.

Giuliana schnaubte wütend. „Sie haben den Fernseher geklaut!" Sie wies auf ein leeres TV-Bord.

Dominique stellte die Koffer ab, stemmte die Hände in die Seiten und lachte. „Bei der Meisterdiebin ist eingebrochen worden – Ironie des Schicksals! Na, was ist das für ein Gefühl?"

„Ich habe jedenfalls nie so ein Chaos angerichtet", knurrte sie.

Sie hörten ein Geräusch aus der Diele. Dominique wirbelte herum, griff sich dabei reflexartig an die Hüfte und merkte erschrocken, dass seine Pistole noch in seinem Koffer lag. Er sah sich einem älteren, schmächtigen und dunkelhäutigen Mann gegenüber, der ihm entschlossen ein langes Küchenmesser entgegenstreckte.

„Rolley!", rief Giuliana, und der Einheimische ließ das Messer sinken. „Was ist hier los?"

„Ach, Miss Giuliana, Gott sei Dank. Ich dachte, die Einbrecher wären zurückgekommen."

„Wann ist das passiert?"

„Gerade erst letzte Nacht. Ich habe noch keinen gefunden, der das Schloss auswechseln konnte."

„Ich hätte Sie benachrichtigen sollen, dass ich komme, aber ich habe es vergessen. Das ist übrigens mein Freund Dominique. Rolley ist mein Nachbar und so was wie der Verwalter", erklärte sie Dominique. „Er hält den Kontakt zum Touristenbüro, händigt den Schlüssel an meine Mieter aus und kontrolliert bei ihrer Abreise, ob alles in Ordnung ist, und seine Frau macht dann sauber. Rolley, kommen Sie doch nachher mit Luana auf einen Aperitif herüber, wenn Sie Zeit haben, es gibt Einiges zu besprechen."

„Kommen Sie beide lieber zum Abendessen zu uns, Miss Giuliana. Sie sind ja gerade erst angekommen, richten Sie sich erst mal ein.“

„Oh, prima, vielen Dank.“

„Glaubst du, dass Pedro was damit zu tun hat?“, fragte Dominique, als der Nachbar gegangen war, und stellte zwei umgeworfene Korbstühle wieder auf. „Kann er irgendwie an deine Adresse hier herangekommen sein?“

„Nein, wenn ich nicht gerade im Schlaf geredet habe … Und selbst wenn, warum sollte er hier einbrechen und einen Fernseher stehlen? Allenfalls würde er eine Bombe legen.“

Sie blickten sich alarmiert an, dann schüttelte Giuliana den Kopf.

„Nein, das ist absurd. Wenn er uns umbringt, würde er uns vorher wissen lassen wollen, dass er es ist. Oh Mann, jetzt müssen wir auch noch los und einen Schlosser suchen. Das kann über Nacht so nicht bleiben. Einkaufen müssen wir auch noch schnell.“ Sie ging in die Küche, schloss den Kühlschrank an und kehrte mit Handfeger und Schaufel ins Wohnzimmer zurück. Ein paar Strähnen hatten sich aus ihren hochgesteckten Haaren gelöst, und Schatten der Erschöpfung lagen unter ihren müden Augen.

„Überflüssig, dich zu fragen, ob du den Einbruch der Polizei meldest, oder?“, fragte Dominique und half ihr, die Scherben aufzusammeln.

„Die Frage stellt sich wirklich nicht. Deine Freunde bei Interpol würden sich totlachen, falls in ihrem Computer die Nachricht eingeht, dass bei mir eingebrochen worden ist.“

„Das wäre doch keine Meldung für Interpol.“

„Nur ein Witz. Ich hatte sowieso keine Wertgegenstände hier außer dem Fernseher, und der war auch nicht mehr der neueste.“

„Sollen die Koffer ins Schlafzimmer?“

„Ja. Ist die Tür gleich gegenüber.“

Auch das Schlafzimmer war in fröhlichen, karibischen Farben gehalten; es gab Terracotta-Fliesen, bunte Vorhänge und lackiertes Holz.

Dominique schlüpfte aus seinen Sportschuhen und warf sich mit einem Aufstöhnen auf das breite Bett. „Gibt es einen Strand in der Nähe?“

„Nein, leider nicht.“

„Aber ich habe das Meer gesehen.“

„Der Hafen ist nicht weit, aber da gibt es nicht mal eine Strandpromenade, und die Hafenanlagen versperren den Blick aufs Meer. Das Arbeiterviertel Laventille ist dort, und das ist eine ziemlich hässliche Gegend. Man muss schon ein gutes Stück gen Norden fahren, um zwischen steilen Felsen ein paar versteckte Buchten zu finden. Trinidad hat nicht gerade viele schöne Strände. Deswegen ist Tobago bei den Touristen beliebter.“ Sie kramte in einem der blaulackierten Schränke und warf Dominique einen Stapel frischer Bettwäsche zu. „Hier, das ist auch noch eine Beschäftigung für heute Abend.“

„Werden wir das alles ohne Haushälterin schaffen?“, spottete er. „Sag mal, kannst du überhaupt kochen?“

„Ich koche auf meine Art: Ich gebe einer der einheimischen Frauen Geld, damit sie auf den Märkten Fleisch oder Fisch und Gemüse aussucht und dann in meiner Küche etwas Leckeres daraus macht. Glaub mir, das ist das Beste für alle Beteiligten.“

***

Die tropische Schwüle des Tages war einem lauen Lüftchen gewichen, das einen Geruch von Öl, Abgasen und Fisch mit sich brachte. Die wenigen Wolkenkratzer von Port of Spain blinkten in den dunklen Himmel, und das Hupen und Brausen des Verkehrs hatte nachgelassen.

„Es wird bald Regen geben", sagte Luana und tat Dominique eine weitere Kelle Pelau auf, ein Reisgericht aus karamellisiertem Hühnerfleisch, Bohnen, Gemüse, Gewürzen und Kokosnussmilch. „Wenn man diesen ganzen Dreck vom Hafen riecht, regnet es bald."

Sie saßen auf der Terrasse hinter dem Haus von Giulianas Nachbarn beim Abendessen.

„Haben Sie jemanden für das Schloss gefunden, Miss Giuliana?", fragte Rolley.

Sie lachte freudlos auf und nippte an dem leichten Rosé, den sie mitgebracht hatte. „In einem Land, in dem das Limen zur Religion erhoben worden ist, findet man natürlich niemanden, der spontan was repariert."

„Limen? Was ist das denn?", fragte Dominique.

„Süßes Nichtstun. Ist hier ein anhaltendes Modewort. Aber unterstell den Leuten bloß nicht, sie seien faul. Limen ist eine Lebenskunst."

„Habt nicht ihr Italiener das dolce far niente erfunden?"

„Das ist nur ein Klischee. Hier ist es Realität."

„Nach dem Essen können wir Isis wegen des Schlosses fragen. Er ist Mechaniker, vielleicht kann er was machen", sagte Rolley.

„Isis? Sie meinen den Nachbarn zur anderen Seite, der in der Steelband spielt?"

„Genau. Er hat andauernd nach Ihnen gefragt, er würde Ihnen sicher nur zu gerne einen Gefallen tun." Rolley zwinkerte ihr zu.

„Wer ist das?", fragte Dominique misstrauisch.

„Hast du doch gehört: ein Nachbar, der Mechaniker ist und nebenbei in einer Steelband spielt. Kein Grund, eifersüchtig zu sein, sevgili. Also, Rolley, meinen Sie, das waren ganz gewöhnliche Einbrecher?"

„Ja, das kommt leider oft vor in letzter Zeit. Da muss
eine Bande am Werk sein. Port of Spain wird immer un-
sicherer", erklärte der ältere Mann in seiner ruhigen
Art. Er sprach gut Englisch, wie fast alle Einheimischen:
Trinidad gehörte zum britischen Commonwealth, und
Englisch war Landessprache.

Luana, eine mütterlich wirkende Dame, deren Kör-
perfülle von einem geblümten Wickelkleid umweht
wurde, nickte zustimmend. „Gehen Sie spätabends
nicht mehr allein auf die Straße, Miss Giuliana. Und
nach Laventille sollten Sie auch tagsüber nicht gehen,
höchstens in Begleitung von Einheimischen."

„Ist die Kriminalität so gestiegen?", fragte Giuliana beunruhigt. „Vor ein paar Jahren war das doch noch nicht
so."

„Die Arbeitslosigkeit wird immer größer, besonders
bei jungen Männern, und zum Betteln sind sie zu stolz.
Und es kommen immer mehr harte Drogen aus Venezuela. Bei den Wasserfällen von Chaguaramas sind
schon mehrmals sogar tagsüber Touristen überfallen
worden, Pärchen oder Frauen. Fahren Sie da lieber
nicht hin."

„Aber ich wollte meinem Freund die Wasserfälle zeigen."

„Dann schließen Sie sich einer Gruppe an oder nehmen Sie einheimische Bekannte mit, das ist sicherer."

„Wir haben beide Schusswaffen, also machen Sie sich
keine Sorgen."

„Haben Sie eigentlich meinen Brief bekommen?", erkundigte sich Rolley. „Es gab da Probleme mit den Behörden. Und ein Touristenpaar hat sich über Verschie-
denes beklagt. Das Touristenbüro hat mich angesprochen, und ich habe Ihnen geschrieben, aber das ist
schon ein paar Monate her."

„Ich habe den Brief erst vor einer Woche erhalten,
weil ich die letzten zwölf Monate nicht in Istanbul

gelebt und meine Post nicht nachgeschickt bekommen
habe."

„Waren Sie zu Hause in Italien?"

Rolley und Luana hatten noch Giulianas Vater, den
neapolitanischen Gentleman-Gauner gekannt, doch sie
wussten so gut wie nichts über Giulianas Leben.

„Ja", sagte sie nur. „Ich werde mich um alles kümmern. Ich bin hier, um das Haus zu verkaufen."

„Schade. Aber Sie haben recht." Rolley nickte zustimmend. „Die Lage ist nicht so günstig. Sie und Ihr Vater
haben damals kein gutes Geschäft gemacht, oder?"

Giuliana nickte und zog es vor, nicht auf die näheren
Umstände dieses Geschäfts einzugehen.

Bis in die Nacht hinein saßen Dominique und Giuliana mit Isis und dessen Bruder Timothy bei Planter's
Punch auf der Terrasse, nachdem Isis es geschafft
hatte, ein anderes Schloss aufzutreiben und gegen das
defekte auszuwechseln. Giuliana wusste, dass sie keine
Schwierigkeiten haben würde, es mit einer Haarnadel
aufzubekommen, falls sie ihren Schlüssel verlor, doch
für diese Nacht musste es reichen.

Erschöpft sanken sie und Dominique dann zwischen
ihre frisch aufgezogenen, nach Lavendel und Melisse
duftenden Laken und fielen in tiefen Jetlag- und Rum-
Cocktail-Schlaf.

„Was machen wir heute?", murmelte Dominique, als
sie zehn Stunden später erwachten.

Jalousien und dicke Vorhänge verbannten die flir-
rende Mittagssonne aus dem Schlafzimmer.

„Ich habe unheimlich viel zu tun", gähnte Giuliana.

„Womit fangen wir an?", fragte er alles andere als en-
thusiastisch.

„Wir limen ..." Sie drehte sich um und schlief wieder
ein.

3

Dominique hatte sich erholsames dolce far niente oder Limen erhofft. Aber kaum hatte Giuliana Jetlag und Reisestrapazen überwunden, fand sie zu ihrem gewohnten Tempo zurück.

Sie kontrollierte alle Abrechnungen, die mit der Vermietung des Hauses im letzten Jahr zu tun hatten, bestellte einen Gutachter, der das Haus schätzen sollte, kontaktierte einen Notar und einen Immobilienmakler und verhandelte mit Handwerkern, die einige Reparaturen ausführen sollten.

Doch auf der Insel ging alles geruhsam zu. Die schwüle Hitze erlaubte keine Großstadt-Hektik, und die Einheimischen ließen sich nicht drängen, schon gar nicht von einer ungeduldigen, weißen Frau. So blieb Giuliana nichts anders übrig, als die Dinge ihren langsamen Gang gehen zu lassen. Sie fand sich damit ab. Ihre Rückflugtickets konnten umgebucht werden, und solange sie das Haus hatten, kam auch keine immer größer werdende Hotelrechnung auf sie zu.

„Dann bleiben wir eben einen Monat oder zwei, wenn es sein muss", sagte sie schließlich schulterzuckend.

„Ich habe nichts dagegen." Dominique lächelte. „Wenn wir nur endlich mal an den Strand fahren können ..."

„Morgen. Da ist Sonntag, da läuft sowieso noch weniger als sonst."

Sie saßen beim Mittagessen auf der Restaurant-Terrasse einer Einkaufsstraße, nicht weit vom Financial Complex mit seinen Banken und den beiden zweiundneunzig Meter hohen Twin Towers, deren spiegelnde Fensterscheiben gleißend das Sonnenlicht reflektierten. Am Morgen hatte es einen heftigen Regenschauer gegeben, der die staubigen Straßen überspült hatte, doch nun war die Tropensonne wieder hinter den Wolken hervorgebrochen und trocknete die Pfützen.

Giuliana wies in die Ferne. „Übrigens ist das da hinten die Statue des Nationalhelden Arthur Cipriani – der heißt fast so wie ich, ist das nicht komisch?" Sie stutzte plötzlich, als sie eine hochgewachsene Dame mit kastanienbraunem Pagenkopf erkannte, die vor der Boutique neben dem Restaurant die Auslagen betrachtete. „He, das ist ja Ricarda – Ricarda, hallo! Buon giorno!"

Die Angesprochene, eine elegant gekleidete Südländerin in mittleren Jahren, drehte sich verblüfft um und erkannte Giuliana. Sie stöckelte auf hohen Absätzen auf sie zu, die beiden Frauen umarmten sich und küssten sich die Wangen.

„Das ist Ricarda, eine Landsfrau von mir, die auf Tobago lebt", stellte Giuliana vor. „Das tust du doch noch, oder?"

„Ja, ist alles beim Alten. Ich bin heute nur zum Shoppen in Port of Spain, hier gibt es etwas mehr Auswahl als in Scarborough."

„Hast du Zeit, dich auf einen Drink zu uns zu setzen?"

„Gerne sogar. Meine schmerzenden Füße werden es mir danken."

Sie lachten.

„Jetzt kram mal deine Französisch-Kenntnisse vor", sagte Giuliana. „Mein Freund spricht nämlich kein Italienisch. Englisch geht aber auch."

„Mein Französisch ist okay. Viele meiner Kunden sind Franzosen."

„Sie arbeiten auf Tobago?", fragte Dominique interessiert. „Was machen Sie denn?"

„Ich bin Hochzeitsplanerin."

„Hochzeitsplanerin?", wiederholte er überrascht.

„Es ist Mode geworden, auf Tobago zu heiraten", erklärte Ricarda. „Sie wissen schon, so eine romantische

Hochzeit in einer abgelegenen Bucht bei Sonnenuntergang …"

Giuliana und Dominiques Blicke trafen sich, und schnell sahen sie wieder weg, wie ertappt vom jeweils anderen.

„… und ich organisiere das ganze Drumherum: mache die Termine mit dem Standesbeamten, buche die Musiker oder einen DJ für die Party, kümmere mich um das Catering, die Hochzeitstorte und so weiter, schmücke den Strand, an dem die Trauung und die Hochzeitsfeier stattfinden werden …"

Giuliana und Dominique blickten sich erneut an, diesmal länger.

„Wie ist es, habt ihr Interesse?"

Giuliana lächelte verlegen. „Wir kennen uns noch nicht sehr lange, weißt du."

„Das will nichts heißen. Es gibt Paare, die kennen sich ein paar Wochen, wenn sie heiraten, und sind zehn Jahre später immer noch glücklich, und andere leben jahrelang zusammen, und kaum sind sie verheiratet, lassen sie sich wieder scheiden, weil plötzlich nichts mehr passt."

„Spontan ist das sicher sowieso nicht möglich oder?", fragte Dominique.

„Doch, das ist beinahe schon so spontan machbar wie in Las Vegas. Es reicht, vorher drei Tage auf Trinidad oder Tobago gewesen zu sein und die notwendigen Dokumente dabei zu haben. Und wenn man sie nicht dabeihat, kann man die Heirat hinterher immer noch in seinem Heimatland legalisieren lassen, indem man die Papiere dort zusammen mit der Heiratsurkunde aus Tobago einreicht."

„Gibt es das eigentlich auch auf Trinidad?", wollte Giuliana wissen.

„Nicht, dass ich wüsste. Alle wollen immer nach Tobago. Du weißt ja, wie es heißt: ‚Trinidad is nice, Tobago is paradise!' Also, überlegt es euch, mein Angebot steht." Sie zwinkerte ihnen zu.

„Wir sind noch mindestens zwei oder drei Wochen hier. Sollte uns danach sein, unsere Verliebtheit durch so was Spießiges wie Ehe zu ruinieren, werden wir uns bei dir melden", versprach Giuliana ironisch.

„Gut. Gerade habe ich ein Brautkleid gesehen, in dem du einfach hinreißend aussehen würdest, meine Süße!"

***

Am nächsten Morgen verließen sie zum ersten Mal seit ihrer Ankunft das laute und verschmutzte Port of Spain und nahmen die North Coast Road, die durch das üppige Grün des Regenwaldes gen Norden führte. Die Küste fiel steil und felsig zum tiefblauen, leicht gekräuselten Meer ab.

Giuliana studierte die Wegweiser. „Fahr rechts ab."

„Ins Landesinnere? Wir wollen doch baden."

„Willst du etwa von der zwanzig Meter hohen Klippe ins Wasser springen? Wir fahren zu einer Bucht, immer mit der Ruhe. Und vorher will ich dir etwas zeigen. Folge den Wegweisern, auf denen Blue Basin steht."

Dominique gehorchte. Sie parkten ihren weißen Mazda auf einem kleinen verlassenen Parkplatz, und Giuliana nahm ihre Strandtasche. Nach fünf Minuten Fußweg auf einem schmalen Waldweg erreichten sie eine menschenleere Lichtung, auf der ein brausendes Geräusch das vielstimmige Vogelgezwitscher übertönte. Eingebettet in den Regenwald sprudelte ein Wasserfall einen steilen, glänzenden Felsen hinunter und mündete in einen klaren Bach, der sich im Wald verlief.

Dominique stöhnte wohlig auf. „Ist das ein tolles Plätzchen!"

„Ja, nicht wahr?" Giuliana zog ihre Sandalen aus und kletterte über die flachen runden Felsen unter den plätschernden Wasserfall. Sie stellte sich in voller Bekleidung darunter wie unter eine Dusche und schrie auf, als die kühlen Wassermassen auf ihren Körper prasselten.

„Ist das nicht hier, wo oft Touristen überfallen werden?", rief Dominique ihr zu.

„Ja."

„Wäre kein Wunder, wenn du dich so in Positur stellst. Die würden darüber glatt das Geld vergessen." Vorsichtshalber holte er seine Pistole aus der Strandtasche und stellte sich schützend vor Giuliana, wie der Held eines Wildwestfilms, der seine Auserwählte vor dem Angriff von Banditen verteidigt. Sie lachten.

Einige Touristen betraten die Lichtung und betrachteten die Szene verwundert. Dominique ließ die Pistole sinken und trat auf Giuliana zu. „Komm da raus, Miss Wet-T-Shirt, da sind Leute, und so ein Typ hat dich gerade abgelichtet, um sein Familienalbum aufzubessern."

In der Tat klebte ihr dünnes T-Shirt wie eine zweite Haut an ihr, und auch ihr BH vermochte es nicht, ihre Formen zu verbergen.

Folgsam verließ Giuliana den Wasserfall, strich sich das Wasser aus dem Haar und umarmte Dominique. „Oh, sevgili, ich weiß nicht, wann ich das letzte Mal so viel Spaß hatte. Mit Pedro sicher nicht. Das Leben ist schön mit dir!" Sie küsste ihn.

Zufrieden drückte der Ermittler der Detektivagentur Ramirez noch einmal auf den Auslöser und verschwand dann aus der Touristengruppe, die als Tarnung ihren Dienst getan hatte. Sobald er die Fotos entwickelt und nach Bogotá geschickt hatte, konnte er für heute Feierabend machen. Er lächelte. Der Kunde würde zufrieden sein.

Nachdem sich Giuliana abgetrocknet und ein trockenes Strandkleid angezogen hatte, fuhren sie weiter an der Küstenstraße entlang, an der sich luxuriöse Wohngegenden und moderne Einkaufszentren unter die bescheidenen Dörfer mischten. Dort gab es auch die schönsten Badebuchten Trinidads. Paradiesische weiße Sandstrände, die sich zwischen schützende Felsen schmiegten und von Kokosnusspalmen gesäumt wurden, zur einen Seite das kristallklare, karibische Meer, zur anderen bergiger Regenwald in verschwenderischer Fülle. Dominique fotografierte beinahe ununterbrochen.

Doch auch das Paradies hatte seine Tücken: an der ganzen Küste gab es gefährliche Unterströmungen, und schon so mancher Tourist war ertrunken. Nicht an allen Stränden hatten Rettungsschwimmer Dienst. Fast überall dagegen gab es Armeen von Sandflöhen, Kakerlaken und Moskitos.

„Halt hier mal an", sagte Giuliana, als sie am Maracas Bay vorbeikamen.

Dominique warf einen Blick auf den Strand, an dem sich dicht an dicht weiße, braune und rotverbrannte Körper drängten.

„Ist ja überlaufen wie die Côte d'Azur im August."

„Hier ist es am Wochenende immer sehr voll, weil es so typische Touristenannehmlichkeiten wie Duschen und Umkleideräume, Imbissbuden und Rettungsschwimmer gibt. Ich will hier nicht baden, aber ich habe Hunger. Die verkaufen eine Spezialität, die du dir nicht entgehen lassen solltest."

„Schmeckt nicht schlecht", sagte Dominique, als sie zehn Minuten später wieder im Auto saßen und auf

dem Parkplatz die Spezialität von Maracas verzehrten
– frittiertes Haifischfilet in gebackenem Teig.

Sie fuhren weiter nach Las Cuevas, eine ziemlich
leere Bucht mit Fischerbooten, und ließen sich dort nieder. Da immer einer bei den Sachen bleiben musste,
konnten sie nur abwechselnd ins Wasser gehen. Vorsichtshalber schwammen sie nicht hinaus, da es auch
hier starke Strömungen, aber keine Rettungsschwimmer gab. Sogar Dominique merkte schon beim hüfttie-
fen Stehen im Wasser, wie die Strömung ihn ins Meer
hinausziehen wollte. Trotzdem ging er noch weiter hinein, musste den Versuch aber abbrechen, sobald das
Wasser ihm den Boden unter den Füßen wegzureißen
drohte.

„Jetzt bin ich endlich mal wieder am Meer und kann
nicht mal richtig darin schwimmen", sagte er frustriert, als er sich ans Ufer zurückkämpfte und nach seinem Handtuch griff.

„Wir fahren noch einmal wochentags nach Maracas,
dann ist es nicht so voll", tröstete Giuliana.

„Und wie sieht es mit den Stränden in den anderen
Teilen der Insel aus?"

„Im Osten, an der Atlantikküste, ist es das gleiche
Problem. Teilweise reißt der Ozean sogar den Strand
weg, und die Straßen reichen fast bis zum Meer. Süd-
lich von Port of Spain ist alles ziemlich verdreckt durch
Industrieanlagen. Man muss etwa drei Stunden mit
dem Auto an den südwestlichsten Zipfel fahren, um zu
schönen Stränden auf der Halbinsel zu kommen. Die
sind oft nicht sehr voll, weil die meisten nur mit dem
Auto zu erreichen sind."

„Wieso kennst du dich eigentlich so gut aus, wenn du
sonst keinen Mietwagen nimmst und die öffentlichen
Verkehrsmittel so unzureichend sind?"

„Die ersten beiden Male war ich mit meinem Vater
hier, da hatten wir einen Mietwagen. Wie gesagt, er ist

immer ausgeflippt, wenn wir uns verfahren haben. Und danach habe ich einen Kanadier kennengelernt, der hier lebt, und mit dem ich öfter durch die Gegend gefahren bin. Beziehungsweise er mit mir, in seinem Auto."

„Aha. Ein Urlaubsabenteuer?" Dominique versuchte die Chance zu nutzen, mehr über Giuliana amouröse Vergangenheit herauszufinden.

„So was in der Art. War ideal, weil es mit der Entfernung kein Problem ist, jemandem vorzugaukeln, man hätte seriöse Geschäfte. Außerdem brauchte ich ein Schutzschild gegen die einheimischen Aufreißer, die sind manchmal ziemlich lästig – zumal sie nicht nur deinen Körper wollen, sondern auch deine Kohle. Also, für einen schwarzen Gigolo mit Rasta-Zöpfen war ich einfach noch nicht reif, auch wenn sie ja ganz charmant sein können."

„Und den Kanadier kannst du jetzt auch abservieren!"

Giuliana lachte auf und wies auf eines der kleinen Fischerboote, auf dessen Reling völlig regungslos etliche Seemöwen nebeneinander saßen und sich von den Wellen hin und her schaukeln ließen. „Schau mal – hier limen sogar die Vögel!"

4

Pedro Ibanez verließ seine gepanzerte Limousine mit den getönten Scheiben und marschierte dicht gefolgt von Alberto auf das Gebäude zu, in dem sich die Detektivagentur Ramirez befand.

Der Himmel über Bogotá war bleigrau, und der Regen ließ die großen Löcher in den schlecht asphaltierten Straßen zu gefährlichen Stolperfallen werden.

Der Chef der Agentur, Rafael Ramirez, empfing Pedro persönlich. Er war ein kleiner, etwas beleibter Mann mit dicker Hornbrille, der schon lange nur noch am Schreibtisch arbeitete, weil er bei einem Auftrag eine Schusswunde am Bein erlitten hatte, die nie richtig verheilt war. Als müsse sein Verstand diesen Umstand ausgleichen, leitete er seine Agentur mit solcher Hingabe, als wäre er bei jedem Auftrag selbst vor Ort, und seine Ermittler ergänzten seine klugen Schachzüge durch sorgfältige Observationen.

„Sie sagten am Telefon, Sie hätten gute Neuigkeiten." Pedro setzte sich und nahm ohne Dank den Kaffee entgegen, den eine Sekretärin ihm servierte.

„Ich denke schon. Schön, dass Sie persönlich kommen konnten."

„Also, wo ist sie?"

„Ihre Señora scheint sehr reiselustig zu sein. Wie ich Ihnen schon am Telefon gesagt habe, war sie ein paar Tage in Istanbul, und ich kann Ihnen bestätigen, dass sie dort ein Haus und ein Geschäft besitzt."

„Und weiter?", fragte Pedro ungeduldig.

„Sie und ihr Begleiter haben Istanbul inzwischen wieder verlassen und sind nach Trinidad geflogen. Ist das nicht eine gute Neuigkeit?"

„Trinidad auf Kuba oder die Insel Trinidad?"

„Die Insel vor der venezolanischen Küste."

Pedros Gesicht erhellte sich. „In der Tat, eine gute Neuigkeit. Wann sind sie dort angekommen?"

„Vor fünf Tagen, Señor."

„Und warum erfahre ich das erst jetzt, verdammt?"

„Nun ja, Señorita Capriani und ihr Begleiter haben die letzten Plätze auf dem Flug von London nach Port of Spain ergattert, der am Mittwochnachmittag dort gelandet ist. Mein Ermittler, Señor Mantorras, musste einen anderen Flug nehmen. Aber es ist schwierig, von Europa einen Direktflug nach Trinidad zu bekommen, er musste über New York nach Caracas, mit einer Zwischenübernachtung, und da hat er erstens Zeit verloren und zweitens die Spur von Señorita Capriani. Aber seit Samstag hat er sie wieder", versicherte der Detektiv eilig, als er Pedros finstere Miene sah. „Ich habe vorgestern versucht, Sie zu erreichen, aber man sagte mir, Sie seien auf Geschäftsreise in Cali. Mein Ermittler hat mir per Express die Beweisfotos geschickt, um die Sie gebeten hatten, ich habe sie gerade bekommen." Er schob ihm einen Umschlag zu.

„In welchem Hotel sind sie abgestiegen?"

„Sie wohnen privat. In einem kleinen Haus in Port of Spain, das der Señorita Capriani gehört."

„Diese Frau ist voller Überraschungen", murmelte Pedro. „Hat Ihr Mann herausgefunden, wie lange sie bleiben wollen?"

„Wohl mindestens noch zwei Wochen."

„Ausgezeichnet." Pedro nickte zufrieden, doch sein Gesicht verdüsterte sich gleich wieder, als er die Fotos von Giuliana und Dominique betrachtete, die Arm in Arm oder Hand in Hand durch die Straßen von Istanbul und Port of Spain spazierten.

„Hat sie den Köter dabei?", fragte Pedro alarmiert, als er ein Foto erblickte, auf dem Giuliana ihren Dobermann am Ufer des Bosporus Gassi führte.

„Nein. Aber sie tut keinen Schritt ohne Señor Demesy.“

„Das sehe ich.“ Pedro starrte auf ein Foto, auf dem sich Giuliana und Dominique auf der Veranda des Gingerbread-Häuschens küssten. Auf einem anderen Foto stand Giuliana klatschnass mit durchsichtig gewordenem T-Shirt unter einem Wasserfall und reckte sich dem sprudelnden Wasser entgegen, während Dominique sie lachend mit gezogener Pistole gegen imaginäre Banditen verteidigte.

„Mantorras hätte Paparazzo werden sollen“, knurrte Pedro schlecht gelaunt und warf die Fotos auf den Tisch zurück. „Sagen Sie ihm, ich komme in zwei oder drei Tagen. Sein Auftrag ist dann beendet. Und der Honeymoon der beiden hier auch.“

5

Wenn sich am frühen Abend die Dämmerung über Port of Spain senkte, erklang aus vielen Hinterhöfen die Trommelmusik der Steelbands. Diese Hinterhöfe, die Panyards genannt wurden, waren soziale Orte, an denen sich die Einheimischen nach der Arbeit trafen, um zu trinken, zu zocken oder eben auf den zu Musikinstrumenten umgebauten Ölfässern zu spielen. Einige dieser Bands hatten sogar über die Grenzen Trinidads hinaus Ruhm erlangt.

Auch Giulianas Nachbar Isis und sein Cousin Andy, der im Tourismus arbeitete und ebenfalls in der Nachbarschaft lebte, gehörten einer Steelband an.

Sie saßen auf Giulianas Terrasse, tranken Ginger Beer – eine mit Ingwer hergestellte Limonade – und kamen auf alte Zeiten zu sprechen.

„Wie kommst du ohne deinen Vater klar, Giuliana?", fragte Isis, und sein unbekümmertes, dunkles Gesicht verdüsterte sich ein wenig. Er konnte sich noch gut an seine erste Begegnung mit ihm erinnern, obwohl er damals erst sechzehn gewesen war. In einem Anfall von Großmut hatte Signore Capriani ihm eine Rolex geschenkt, die er gerade auf einem Kreuzfahrtschiff gestohlen hatte. Seitdem hatte Isis den Neapolitaner verehrt, und Giuliana nicht minder.

Auch Andy gegenüber hatte er sich zwei Jahre später sehr großzügig gezeigt, als seine Frau das dritte Kind bekommen hatte und sie nicht wussten, wovon sie leben sollten, weil Andy gerade seinen Job verloren hatte. Geld hätte Andy nicht angenommen, dazu war er zu stolz, und so hatte Signore Capriani ihm vorgemacht, ein hübsches, aber wertloses Möbelstück, das Andy von seiner Großmutter geerbt hatte, wäre eine alte, spanische Antiquität und es ihm abgekauft. Diese mit goldenen Ornamenten bemalte Kommode aus Ebenholz stand noch heute in Giulianas Häuschen, und Andy hatte längst durchschaut, was es damit auf sich hatte.

„Wie ich ohne meinen Vater klarkomme? Nun ja, ich vermisse ihn, aber das Leben geht weiter. Muss es ja." Sie seufzte, und alle schwiegen einen Moment.

„Morgen Abend proben wir mit der Band", sagte Isis. „Habt ihr Lust, mitzukommen und euch das mal anzuhören?" Er trommelte lachend mit seinen kräftigen, schlanken Fingern auf den Gartentisch aus Plastik und wackelte mit dem Kopf, bis die Perlen in seinen Rasta-Zöpfen melodisch aneinanderschlugen.

„Klar, wir kommen gerne."

***

„Wo ist dieser Panyard?", fragte Dominique, als sie sich am nächsten Abend zum Ausgehen fertig machten. Sie waren vorher im Queen's Park Savannah spazieren gegangen, hatten den Einheimischen bei ihren Feierabend-Vergnügungen zugesehen und bei einem Imbissverkäufer eine gehaltvolle Maissuppe gegessen.

„In Laventille." Giuliana schloss den Reißverschluss ihres korallenrot-weiß gemusterten Sommerkleids und schlüpfte in lederne Riemchensandaletten.

„Ist das nicht das Viertel, in das wir als Weiße nicht mal mehr tagsüber hingehen sollen?"

„Schon, aber wir sind ja in Begleitung von Trinis. Außerdem nehmen wir unsere stählernen Freunde mit."

Er nickte und verstaute seine Pistole in einer Gürteltasche, wie er es auch in Indien getan hatte, wenn sich das Tragen eines tarnenden Jacketts durch zu warmes Wetter verboten hatte.

Isis und Andy kamen herüber, um sie abzuholen. Da sie beide keine Autos besaßen, wollten sie gemeinsam mit dem Mazda fahren.

„Wow, darf ich die Kiste fahren?", bat Isis.

„Hast du einen Führerschein?"

„Ja, klar, Mann! Und im Job fahr ich oft die Autos meiner Kunden!"

Dominique warf ihm den Schlüssel zu.

Nach Laventille war es nicht weit. Sie parkten den Wagen am Independence Square und gingen den Rest zu Fuß durch die engen verwahrlosten Straßen, in denen an jeder Ecke junge Männer in Grüppchen zusammenstanden.

Dominique und besonders Giuliana wurden neugierig und abschätzend gemustert, doch da sie in Begleitung von Einheimischen waren, ließ man sie in Ruhe. Isis und Andy waren große und kräftige Kerle, außerdem kannte man sie in der Gegend.

Aus vielen Hinterhöfen erklangen Musik, Gelächter und Stimmengewirr. Das Viertel begann um diese Uhrzeit zu vibrieren.

„Was ist das?" Giuliana blieb stehen und lugte in einen Hinterhof, in dem sich riesenhafte und dennoch zerbrechlich wirkende Gestalten wie in Trance bewegten. Grelle Glühbirnen versuchten, gegen die Schwärze der Nacht anzukämpfen, und erhellten die Szenerie gespenstisch.

„Das sind Moko Jumbies, tanzende Geister", erklärte Andy.

„Du willst mich für dumm verkaufen!" Sie starrte weiter in den Hof. „Das sind Stelzenläufer! Kinder auf Stelzen."

„Genau. Wir nennen sie wirklich die Moko Jumbies. Das ist eine Art Vereinssport für die Jugendlichen. Stelzenlaufen ist eine alte, afrikanische Tradition, es verkörpert die umherlaufenden Seelen der Vorfahren. Das

Training beginnt in der Dämmerung, der Stunde der fliegenden Geister. Die Kids lernen, sich auf Stelzen so zu bewegen, dass es wie Tanz aussieht. Beim Karneval treten sie dann auf."

„Die Stelzen sind über zwei Meter hoch", bemerkte Dominique. „Wenn sie das Gleichgewicht verlieren, können sie sich alle Knochen brechen!"

„Das kommt nicht oft vor. Außerdem ist dieser Verein eine gute Sache. Der Lehrer hier im Viertel macht das ehrenamtlich, er ist fast wie ein Sozialarbeiter. Wenn die Jugendlichen Mitglied bei den Moko Jumbies oder auch in einer Steelband sind, hält es sie davon ab, herumzulungern und kriminell zu werden."

„Diese Stahlfasstrommeln sind das einzige, bedeutende Musikinstrument, das in diesem Jahrhundert erfunden wurde", erklärte Isis stolz, als sie den schäbigen, verwahrlosten Hinterhof betraten.

„Sind das wirklich alte Ölfässer?", fragte Dominique skeptisch.

„Ja. Sie werden natürlich speziell bearbeitet, einfach so geht das nicht, und sie müssen ständig gestimmt werden, damit man alle Töne erreicht. Tenorfässer zum Beispiel haben einen Klangumfang von drei Oktaven, damit kannst du sogar klassische Musik spielen."

Kurz darauf saßen Giuliana und Dominique an einem kleinen Holztisch und lauschten den Calypso-Klängen, die Andy, Isis und ihre Freunde den halbierten oder auch geviertelten Ölfässern entlockten. Eine beleibte, braunhäutige Sängerin im weißen Kleid und mit einem riesigen weißen Turban sang dazu.

Giuliana griff nach Dominiques Hand und schloss die Augen. „Und jetzt stell dir vor, wir säßen an einem Strand, über uns Sternenhimmel, und im Hintergrund rauscht das Meer …"

Er warf einen Blick gen Himmel: Es waren keine Sterne zu sehen, Regenwolken und der übliche Abgasdunst verhüllten die Sicht. Die nackten Glühbirnen, die den Hof erhellten, setzten dagegen die abgeblätterten Häuserfassaden und den Unrat auf den Veranden in Szene.

„Hier braucht man viel Calypso und viel Rum, um die Phantasie anzuregen."

„Würdest du an meiner Stelle das Haus eigentlich behalten wollen?"

Er dachte kurz nach. „Bevor wir hergekommen sind, habe ich mir das so klischeehaft vorgestellt: ein Ferienhaus an einem weißen Sandstrand auf einer exotischen, noch ursprünglichen Insel ... Aber wie es aussieht, hast du die richtige Entscheidung getroffen. Ich bin zwar weder Wirtschaftsexperte noch verstehe ich was von Immobilien, aber ich glaube, dass sich das Ganze in der Zukunft noch weniger rentieren wird. Die Touristen werden immer enttäuscht sein, dass die Strände so schwer zu erreichen sind, und die steigende Kriminalität wird sie irgendwann noch mehr abschrecken. Und zur Eigennutzung – was mich betrifft, will ich lieber andauernd neue Orte sehen, nicht immer wieder denselben."

„Geht mir genauso. Kaufen wir von dem Geld lieber eine Wohnung in Paris und fahren in Urlaub in schicke Hotels mit weißen Sandstränden, wo die Klischees vor der Tür liegen und wir uns den Rest des Jahres um nichts kümmern müssen."

Nach der Probe ließ Isis vor den Augen seiner staunenden Freunde Giuliana mit einer galanten Geste in den Mazda einsteigen und nahm stolz hinter dem Steuer Platz, während sich Dominique und Andy auf den Rücksitz quetschten.

„Wohin, Ma'am?", fragte er und rückte eine imaginäre Chauffeurmütze auf seinem Kopf zurecht.

„Shine Street", sagte Giuliana amüsiert.

„Wie ist es, Jungs, wollt ihr noch auf einen Drink mit reinkommen?", fragte sie, als sie vor ihrer Haustür hielten. „Ich mixe euch einen Planter's Punch, aber vom Feinsten."

Die beiden Trinidader ließen sich nicht lange bitten. Der billige Alkohol, mit dem sie sich begnügen mussten, kam bei Giuliana nicht ins Glas.

Als sie auf das Haus zugingen, kam Rolley, der auf seiner Veranda gesessen hatte, auf sie zugeeilt, machte wilde Zeichen und legte gleichzeitig den Zeigefinger vor die Lippen.

Die vier blieben irritiert stehen.

„Was ist los?", fragte Giuliana verwundert.

„Es sind Einbrecher in Ihrem Haus!"

„Was, schon wieder?"

„Ja, vor etwa einer Stunde habe ich drei Männer gesehen, die die Tür aufgebrochen haben. Ich glaube, sie sind noch drin. Ich habe nicht die Polizei gerufen, weil ich weiß, dass Sie eine Abneigung gegen die Polizei haben, Miss Giuliana."

Giuliana und Dominique wechselten einen beunruhigten Blick. „Aber warum sollten Einbrecher seit einer Stunde da drin sein, Rolley?"

„Ich weiß es nicht. Sind das vielleicht Freunde, die Sie überraschen wollen? Trinis sind es jedenfalls nicht. Die drei sahen aus wie Indios."

„Oh mein Gott", stieß Giuliana hervor. „Wir müssen sofort hier weg."

In diesem Moment öffnete sich die Tür ihres Hauses. Die drei ungebetenen Gäste hatten ihre Stimmen vor der Tür gehört und wussten, dass Giuliana und Dominique gewarnt waren. Da ihnen der Überraschungseffekt verdorben war, wollten sie wenigstens zuschlagen, bevor ihnen die beiden entwischen konnten.

Ein Schuss krachte. Dominique hatte rechtzeitig Alberto hinter Pedro auftauchen und die Hand heben sehen, und sich auf den Boden geworfen. Die Kugel ging ins Leere. Während er sich hochrappelte, riss er seine

Pistole aus der Gürteltasche, entsicherte sie und schoss zurück. Doch er zielte in der Eile schlecht, und die Kugel schlug in den Holzpfosten der Veranda ein.

„Ruf die Polizei!", schrie Giuliana Luana zu, die erschreckt aus ihrer Haustür lugte.

„Ich habe hier zwei nette Pässe auf die Namen Francesca Ferrano und Dorothy Jones-Smith", Pedro brach sich fast die Zunge bei dem englischen Namen, „dürfte die Polizei sicher interessieren, warum die beide dein Foto tragen!" Er tippte auf die Brusttasche seines Hemds.

„Starte den Wagen, Isis!", rief Dominique. „Alle wieder rein ins Auto, ich gebe euch Feuerschutz."

Die Trinidader, an Straßenkämpfe gewöhnt, reagierten schnell. Auch Giuliana hatte ihre Pistole bereits in der Hand und feuerte. Doch die Kolumbianer waren wendig und nicht so leicht zu erwischen. Immerhin hielt es sie davon ab, auf die Reifen des Wagens zu schießen.

„Sag meiner Frau, dass ich später komme!", schrie Andy Rolley zu, als Isis den Mazda die Straße hinunterschlittern ließ. „Shit, Giuliana, wer sind diese Typen?"

„Kolumbianische Drogendealer."

„Was habt ihr mit denen zu tun?"

„Ist eine lange Geschichte. Wenn wir es schaffen, sie abzuhängen, erzähle ich sie euch. Wenn nicht, sind Dominique und ich tot, bevor ich ausreden kann."

„Warum hat er deine Pässe dabei, wenn er uns umbringen will?", fragte Dominique. „Vielleicht will er dich nur erpressen, mit ihm zurückzukehren."

„Schon möglich. Aber das wäre wahrscheinlich schrecklicher als tot zu sein. Und dich würde er sicher nicht mit nach Bogotá nehmen. Oder höchstens, um dich zu foltern, an einem Abend, an dem ihn das Fernsehprogramm langweilt."

Dominique, der neben Giuliana auf dem Rücksitz saß, drehte sich um. „Scheiße, die haben auch einen Wagen! Gib Gas, Isis!"

„Mach ich doch, Mann. Die hängen wir ab, keine Sorge!" Dem jungen Mann machte die ungewohnte Verfolgungsjagd sichtlichen Spaß. „Hey, hey, ich bin Magnum in seinem roten Ferrari!"

„Hatte der wirklich einen Ferrari?", zweifelte Andy.

„Leute, ihr habt den Ernst der Lage nicht begriffen", sagte Giuliana nervös. „Die haben echte Kugeln in ihren Revolvern!"

„Okay, reg dich nicht auf, Baby." Der Mazda schlitterte um eine Kurve.

Dominique wünschte, er hätte sich ans Steuer gesetzt. Zwar hatten die Trinidader den Heimvorteil, aber in einer solch heiklen Situation zum passiven Beifahrer verurteilt zu sein, zerrte an seinen Nerven. Für einige Augenblicke verschwand der silbergraue Chrysler der Kolumbianer aus ihrem Blickfeld, tauchte jedoch immer wieder auf.

Giuliana drehte sich um und fand zu ihrem üblichen sarkastischen Humor zurück. „Was denn, die sind nur zu dritt", stellte sie fest, nachdem sie in den anderen Wagen hineingespäht hatte. „Nando hat keinen Bodyguard dabei – sind Sparmaßnahmen im Hause Ibanez angesagt?"

Isis bog auf einen Highway ab.

„Wo fahren wir eigentlich hin?", fragte sie.

„Spielen wir ein bisschen Versteck im Landesinneren", schlug Andy vor. „Vielleicht können wir sie in den Bergen abhängen."

„Wenn wir es so einrichten können, dass sie einen Steilhang hinunterkrachen, wäre es mir am liebsten", sagte Giuliana.

Andy rutschte unbehaglich auf seinem Sitz herum. „He, wir wollen keinen Ärger bekommen ..."

„Tut mir leid, dass wir euch da mitreinziehen. Diese Typen schrecken leider vor nichts zurück. Am besten, wir fahren nach Port of Spain zurück und ihr steigt irgendwo aus. Dominique und ich kommen schon klar.“

„Kommt nicht in Frage. Dein Vater hat uns mal geholfen, und jetzt helfen wir dir, das ist doch Ehrensache. Wir sind keine Feiglinge. Aber sag uns, was los ist“, verlangte Andy.

„Na schön.“ Giuliana erzählte ihnen eine leicht frisierte Version der Umstände, unter denen sie Pedro kennengelernt hatte, in der weder Dominique noch Interpol vorkamen. „Dominique ist ein alter Freund, den ich zufällig in Paris wiedergetroffen habe, und er hat mir geholfen, vor Pedro zu fliehen“, schloss sie. „Deswegen hat der uns ewige Rache geschworen.“

„Wahnsinns-Story“, sagte Isis fasziniert und schüttelte den Kopf, dass seine Rasta-Zöpfe nur so tanzten. „Ein echter Drogenbaron ...“

„Dann überleg dir mal, was Magnum jetzt tun würde“, sagte Dominique spöttisch.

„Oh, das ist eher ein Fall für Miami Vice.“

„Ja, du Tubbs, ich Crockett“, seufzte Dominique.

Andy schnippte mit den Fingern. „Nariva Swamp!“

„Die Serie kenne ich nicht.“

„Quatsch, das ist ein großes Naturschutzgebiet mit vielen Sümpfen an der Ostküste, ziemlich unerschlossen, man kommt nur über eine schmale Wasserstraße hinein. Ich kenne mich da aus, hin und wieder mache ich dort Touristenführungen. Da finden sie uns bestimmt nicht so schnell.“

„Wenn aber doch, sitzen wir in der Falle“, gab Dominique zu bedenken. „Und die brauchen sich noch nicht mal Gedanken zu machen, wie sie unsere Leichen loswerden.“

„Dann schlagt was Besseres vor. Warum willst du nicht zur Polizei, Giuliana, was hast du ausgefressen?

Was ist mit den falschen Pässen, die dieser Pedro von
dir hat?"

„Verstehst du etwa Spanisch?"

„Man schnappt im Tourismus so Einiges auf."

„Pedro kann mich reinreißen", wich sie aus. „Ich weiß
von seinen Drogengeschichten und habe von seinem
Geld gelebt. Das macht mich zur Komplizin."

„Wie kann sich eine anständige junge Frau nur in sowas verwickeln lassen?", tadelte Andy kopfschüttelnd.
„Gut, dass dein Vater das nicht erleben muss."

Giuliana knirschte verärgert mit den Zähnen und
hüllte sich in Schweigen.

Isis fuhr den Mazda mit Höchstgeschwindigkeit und
dem Leichtsinn des unerfahrenen Autofahrers über
den Highway, und es gelang den Kolumbianern nicht,
sie einzuholen. Sie verließen die Autobahn bei Sangre
Grande und bogen in eine Landstraße ein.

„Mann, so schnell war ich noch nie auf der anderen
Seite der Insel", staunte Andy.

„Sind wir schon da?"

„Nicht ganz. Jetzt kommt der lustigere Teil."

Es begann zu regnen. Nieselregen oder leichter Land-
regen waren auf Trinidad nahezu unbekannt, wenn es
regnete, goss es aus vollen Kübeln. Isis fluchte und
schaltete die Scheibenwischer ein, die kaum mit den
Wassermassen fertig wurden.

Die Straße wurde nicht nur bergig und kurvig, sondern auch matschig. Mehrmals drohte der Mazda in
der aufgeweichten Erde stecken zu bleiben. Giuliana
krallte jedes Mal nervös ihre Finger in Dominiques
Arm.

Doch die Kolumbianer kämpften mit den gleichen
Problemen und kamen dem Mazda nie nahe genug, um
schießen zu können. Immer verschluckten ein Berg
oder der Regen die Sicht.

Kurz bevor sie die Ausfahrt nach Nariva Swamp erreichten, hatte der Platzregen einen großen Teil der Straße aufgeweicht. Isis bemerkte die riesige Pfütze im letzten Moment und riss das Lenkrad herum, aber Alberto reagierte nicht schnell genug und der Chrysler steckte fest. Giuliana, die immer wieder aus dem Heckfenster blickte, atmete auf, als sie sah, wie sich der Chrysler mit röhrendem Motor bei jeder Räderumdrehung tiefer in den Schlamm eingrub.

„Jetzt sind wir sie los", triumphierte sie.

Andy machte ein skeptisches Gesicht. „Es gibt hier keine Abzweigung mehr ... sie werden wissen, dass wir im Naturschutzgebiet sind. Aber wenigstens haben wir einen Vorsprung, bis sie ihre Karre aus dem Schlamm gekriegt haben."

„Und dann? Wir können ja nicht ewig in diesem Naturschutzgebiet bleiben."

„Tja, Giuliana, wie soll es weitergehen? Wie du diesen Kerl loswerden willst, musst du selbst wissen. Park den Wagen, Isis, hier müssen wir aussteigen."

Als sie die Autotüren zuschlugen, standen sie in der Finsternis. Der Urwald hob sich schemenhaft gegen den Himmel ab, und das Kreischen von Vögeln und Affen wirkte unheimlich in der Stille. Der Regen hatte aufgehört, und zögerlich wagte sich der Mond hinter den Wolken hervor. Sie erkannten, dass sie auf einem leeren Parkplatz standen.

„Wenn die unser Auto hier finden, wissen sie Bescheid", gab Dominique zu bedenken. „Können wir nicht an einer versteckteren Stelle parken?"

„Nein." Andy grinste. „Wenn wir es in den Sümpfen abstellen, finden wir selbst es auch nicht mehr wieder, weil es nämlich eingesunken ist, bis wir wiederkommen."

„Um auf deine Frage zurückzukommen, wie ich die Kerle loswerden will", sagte Giuliana, während sie sich in Bewegung setzten. „Am besten wäre es, sie folgen uns in die Sümpfe und gehen darin unter. Gibt es hier Krokodile?“

„Nein, nur Manatis, das sind Seekühe. Aber die sind harmlos. Aber Anakondas gibt es.“

„Ich habe Angst vor Schlangen“, sagte Giuliana unbehaglich und schauderte.

Isis grinste. „Besonders gerne fressen sie hübsche Europäerinnen.“

Giuliana blieb verängstigt stehen.

„Keine Sorge, Anakondas können Menschen zwar gefährlich werden, aber eigentlich sind sie scheu und flüchten“, beschwichtigte Andy.

„Wie soll denn ich mit diesen Schuhen im Dschungel herumspazieren?“ Sie wies auf ihre Riemchensandaletten, an denen bereits feuchte Erdklumpen klebten.

„Wir werden Stiefel für dich besorgen.“

„Nun sag bloß, es gibt hier ein Schuhgeschäft.“

Andy lachte. „Du wirst schon sehen. Schaffst du es noch fünfzig Meter zu Fuß oder sollen wir dich tragen?“

„Wenn du wüsstest, was ich schon alles geschafft habe“, knurrte sie. „Da sind Spaziergänge im Mangrovensumpf auf Sandaletten die leichteste Übung!“

Kurz darauf erreichten sie eine kleine Blockhütte. Sie war verschlossen, doch Andy wusste von den Führungen, die er hier schon gemacht hatte, dass der Reserveschlüssel unter einer losen Holzplanke versteckt lag.

Rasch stieg Giuliana in ein Paar dunkelgraue Gummistiefel, die an Touristinnen ausgeliehen wurden, die mit ungeeignetem Schuhwerk zu den Touren erschienen.

Sie nahmen zwei starke Taschenlampen mit, und fanden sogar etwas Proviant: ein paar Packungen Kekse und drei große Flaschen Wasser.

Man konnte das Naturschutzgebiet nur über die schmale Wasserstraße erreichen, an der die Hütte erbaut war. Dort lagen auch Kanus und kleine Boote vertäut.

„Nehmen wir lieber ein Kanu, das Motorboot macht zu viel Lärm“, entschied Andy und half Giuliana beim Einsteigen.

„Ich rudere“, sagte Dominique, der sich auch endlich wieder nützlich machen wollte.

Andy grinste ihn an. „Schon okay, keine Sorge. Das hier ist mein Revier, du bist Tourist. Entspann dich.“

Sie glitten mit leisem Plätschern durch das Wasser. Hoch über ihnen zwitscherte es, neben ihnen am Ufer hörten sie Pfeiffrösche und Grillen.

„Wie groß ist dieses Naturschutzgebiet?“, fragte Dominique.

„Etwa fünfzehn Quadratkilometer.“

Eine knappe halbe Stunde später erreichten sie eine Blockhütte und legten am Ufer an.

„Hier können wir den Rest der Nacht verbringen.“ Andy reichte Dominique eine Taschenlampe. „Geht ihr beide rein. Isis und ich werden auf der Veranda Wache schieben.“ Er ließ sich in einen der verwitterten Korbsessel fallen.

„Ich werde euch ablösen kommen.“

Andy winkte ab. „Bilde dir nicht ein, das da drinnen sei ein Guesthouse. Die Hütte steht leer. Ihr werdet auf dem Boden schlafen müssen. Außerdem ist es muffig. Mir sind die Stühle draußen lieber.“

„Dann nimm wenigstens eine Pistole. Giuliana, gib ihm deine.“

Sie öffnete ihre Tasche und reichte Andy die Waffe.

Als Dominique und Giuliana die Hütte betraten, huschte vom Lichtstrahl der Taschenlampe erschreckt etwas Schuppiges, Grüngraues an ihnen vorbei.

Giuliana schrie auf.

„Das war nur ein Leguan", beruhigte Dominique sie. „Geh raus, na los! Verschwinde!"

Der Leguan gehorchte.

„Bitte schau nach, ob Schlangen oder Spinnen in der Hütte sind", bat sie unbehaglich.

„Ich dachte, du magst Tiere."

„Nicht, wenn sie keine Beine haben. Oder zu viele davon, die womöglich noch behaart sind."

Dominique sah sich in der nahezu leeren Hütte um und leuchtete in jede Nische und Ecke.

„Alles okay." Er betrachtete Giuliana im Licht der Lampe und grinste. „Du siehst sehr sexy aus in Gummistiefeln zum Kleid."

Sie blickte an sich hinunter. „Ich bin wohl etwas overdressed ..."

„Hoffentlich geht das bei der Wäsche raus." Er wies auf ihren Rock, der einige Schlammflecken abbekommen hatte.

Giuliana winkte müde ab. „Was ist schon ein Kleid. Seien wir froh, wenn wir hier lebend rauskommen." Das Oberteil wurde nur von zwei schmalen Trägern gehalten, und sie strich sich fröstelnd über die nackten Schultern. Der Regenguss hatte die Luft erfrischt.

„Ist dir kalt?"

„Ein bisschen."

Dominique begann sein Hemd aufzuknöpfen. „Ich habe keine Jacke, also, du siehst, ich gebe dir mein letztes Hemd", scherzte er.

„Lass den Quatsch. So kalt ist mir nun auch wieder nicht, dass ich dein verschwitztes Hemd haben will."

Er zuckte mit den Schultern.

„Wenn du unbedingt deine Ritterlichkeit unter Beweis stellen willst, kannst du mir helfen, diese ekligen Stiefel auszuziehen."

„Dann setz dich."

Da es in der ganzen Hütte keine Sitzgelegenheit gab, ließ sich Giuliana auf dem erdigen Boden nieder und streckte ihm erst den rechten, dann den linken Fuß entgegen. Nachdem er sie von den Stiefeln befreit hatte, kauerte er sich neben sie und zog sie in die Arme.

„Morgen gehen wir zur Polizei", sagte sie mit abwesendem Gesicht. „Auch auf die Gefahr hin, dass sie auch mich festnehmen, falls Pedro mich belastet."

„Oh, nein, chérie", murmelte Dominique. „Vor einem Jahr wollte ich mit dir in die Karibik durchbrennen, um dich vor dem Gefängnis zu bewahren, und jetzt sind wir in der Karibik, und ..."

Sie unterbrach ihn. „Vielleicht entkommt man seinem Schicksal nicht. Irgendwann muss man für alles bezahlen", sagte sie nüchtern. „Ich kann nicht zulassen, dass sie dich umbringen. Oder Andy oder Isis. Ich habe mir die Sache mit Pedro selbst eingebrockt, aber ihr könnt nichts dafür."

„Du wärst ihm nie begegnet, wenn ich vor einem Jahr den Mut gehabt hätte ..."

„Jetzt sag nicht, du fühlst dich schuldig! Du hast nur deinen Job gemacht."

„Freut mich, dass wir da endlich einer Meinung sind. Ich fühle mich auch nicht schuldig, aber ich ertrage die Vorstellung von dir in einer Gefängniszelle nicht."

„Vielleicht wird es dazu gar nicht kommen."

„Wir werden dir den besten Anwalt von Paris besorgen."

„Dazu müssten wir erst mal heil in einer Polizeistation ankommen. Du glaubst doch nicht, dass für Pedro die Sache jetzt erledigt ist? Die durchkämmen wahrscheinlich schon das ganze Gebiet nach uns, und wenn er dazu einen Hubschrauber chartern oder eine kleine Armee anheuern muss. Vielleicht sind wir tot, bevor wir auch nur diesen Sumpf verlassen können. Oder schlimmer: du bist tot, und ich muss mit Pedro zurück nach Bogotá." Giuliana schlang die Arme um Dominiques Hals. „Falls morgen alles aus ist, Liebling, will ich, dass du weißt, dass die Zeit mit dir die schönste meines Lebens war. Ich wünschte, es könnte ewig so weitergehen."

„Nichts währt ewig. Aber jetzt aufhören zu müssen, wäre wirklich zu früh", erwiderte er und zog sie eng an sich.

Sie küsste ihn leidenschaftlich. „Wenn du einen letzten Wunsch frei hättest, was wäre das?"

„Eine Zigarette."

„Du Schuft!"

„Eine Zigarette danach, natürlich." Er schmunzelte und öffnete den Reißverschluss ihres Kleides.

6

„Wann fallen hier die ersten Touristenhorden ein?", fragte Dominique am nächsten Morgen, als sie auf der Veranda der Holzhütte saßen und ein karges Frühstück aus Keksen und Wasser zu sich nahmen.

Ein großer Frangipani-Baum, der neben der Hütte wuchs, erfüllte die schwüle Luft mit dem Duft seiner gelben Blüten. Daneben standen Sträucher von Paradiesvogelblume, Engelstrompete und Chaconia und protzten mit ihren farbenprächtigen Blüten und Blättern, doch das entschädigte Giuliana, Dominique und ihre Begleiter kaum für die nahezu schlaflos verbrachte Nacht, den Hunger und die Angst vor dem, was ihnen noch bevorstand.

Andy ließ sich ein wenig Wasser über die kurzgeschorenen Haare laufen und verteilte den Rest im Gesicht. „Keine Ahnung. Es kommen nicht jeden Tag Touristen ins Nariva Swamp. Man braucht eine spezielle Genehmigung dafür."

„Ihr wollt also wieder nach Port of Spain?", vergewisserte sich Isis. „Gehen wir jetzt zum Auto zurück?"

„Nein, das ist zu riskant", sagte Giuliana hastig. „Vielleicht haben sie das Auto entdeckt und lauern uns dort schon auf. Welche anderen Möglichkeiten haben wir?"

Andy dachte nach.

„Nur noch die Flucht nach vorn." Dominique zeigte mit ausgestrecktem Arm auf den Kanal. In einem kleinen Boot kamen dort die drei Kolumbianer in raschem Tempo herangepaddelt und entdeckten sie im gleichen Moment.

„Vergesst das Boot, wir gehen zu Fuß", rief Andy.

„Etwa durch den Sumpf?" Giuliana schlüpfte in Windeseile in die Gummistiefel.

„Ich kenne die Wege, auf denen keine Gefahr besteht."

Sie folgten Andy auf einen schmalen Pfad in den Regenwald, während die Kolumbianer mit ihrem Boot anlegten, herauskletterten und ihnen hinterherrannten.

Der Dschungel war nicht allzu dicht in diesem von Sümpfen durchsetzten Naturschutzgebiet, und so krachte hin und wieder ein Schuss in ihre Richtung. Dann lichtete sich der Wald vor ihnen. Giuliana drehte sich um und riskierte einen Blick nach hinten. Pedros helle Leinenhose war bis zu den Hüften mit Schlamm bespritzt und sein übliches, selbstsicheres Gehabe war sichtbarer Nervosität gewichen.

Alberto fegte einige tiefhängende Zweige mit einem kräftigen Schlag beiseite und übersah dabei die hellbraune Schlange, die von einem Ast herabbaumelte. Empfindlich getroffen schoss sie auf ihn zu und stieß ihre Giftzähne direkt in seine Halsschlagader.

Von Albertos Schrei alarmiert, blieben Giuliana, Dominique und die beiden Trinidader stehen und beobachteten in erschreckter Faszination Albertos Todeskampf. Auch die Schlange starrte aus kalten Augen auf ihr Werk.

„Das ist eine Lanzenotter, eine der giftigsten Schlangen auf Trinidad", stellte Andy fest. „War immer mein Alptraum, dass einer meiner Touristen mal auf so ein Ding trifft."

„Ich glaube, ich bin von meiner Schlangenphobie geheilt", murmelte Giuliana. „Wenn das Biest jetzt auch noch die anderen beiden beißt, werde ich sie sogar mögen."

Doch die Schlange verzog sich ins Dickicht, und die Brüder verloren nicht viel Zeit damit, um ihren sterbenden Leibwächter zu trauern. Noch während sie sich bekreuzigten, spurteten sie bereits wieder los.

„Wie lange müssen wir denn noch rennen?", keuchte
Dominique, dessen angegriffene Lunge durch die Kom-
bination von schwüler Wärme und Anstrengung
schmerzte.

Giuliana griff besorgt nach seinem Arm. „Halte
durch, Schatz. Und wenn du nicht mehr kannst, knalle
ich die beiden ab und versenke sie im Sumpf."

Andy drehte sich zu ihnen um. „Achtet schön auf den
Pfad – rechts und links gibt es hier wieder Sümpfe."

„Geh vor mir", sagte Giuliana zu Dominique und
drehte sich zu ihm um, um ihn vorbeizulassen. „Mich
will er anscheinend lebendig, also wird er nicht auf
dich schießen, wenn ich dazwischen bin."

„Kommt nicht in Frage." Er wollte sie wieder vor sich
auf den schmalen Pfad schieben.

Giuliana sah, wie Pedro den Arm hob und auf Dominique zielte, der ihm gerade den Rücken zuwandte.
Blitzschnell riss sie ihre Pistole hoch und schoss. Pedro
brüllte auf, und sein Schuss traf einen Baum.

Dominique starrte erst den Kolumbianer an, der sich
mit schmerzverzerrtem Gesicht die Schulter hielt,
dann Giuliana. „Beendest du deine Affären eigentlich
immer so?"

„Er wollte gerade auf dich schießen!"
Nando war bei dem Schusswechsel zur Seite gesprun-
gen und schrie nun auch auf, als seine Füße den Halt
verloren. Er versank bis zu den Hüften im Morast und
zappelte wie wild in dem zähen Schlamm herum.

„Die Runde geht an uns", sagte Giuliana zufrieden und
ließ die Pistole sinken. „Jetzt kannst du verschnaufen,
sevgili, die beiden haben erst mal mit sich selbst zu
tun."

„Danke." Dominique drückte ihren Arm.
Im Weglaufen drehten sie sich noch einmal kurz um
und sahen, wie Pedro mit dem unverletzten linken Arm
versuchte, seinem Bruder aus dem Morast zu helfen,

während sich rechts ein Blutfleck auf seinem Hemd ausbreitete.

„Nando ist so ein Drecksack. Im Sumpf zu ertrinken wäre ein passender Abgang für ihn gewesen", sagte Giuliana verächtlich.

„Ich habe Durst", klagte Isis nach einer Weile. „Verdammt, warum haben wir die Wasserflaschen in der Hütte gelassen."

„Gibt es hier keinen Baum der Reisenden?" Dominique legte den Kopf in den Nacken und sah sich nach dem Baum um, der so hieß, weil sich in dessen fächerförmig angeordneten, großen Blättern bis zu zwei Liter Wasser ansammelte und von durstigen Reisenden getrunken werden konnte.

„Guter Junge", sagte Andy anerkennend. „Sehe ich hier nicht, aber da ist ein Afrikanischer Tulpenbaum. Passt mal auf." Er drückte eine der ungeöffneten riesigen Knospen des Baumes zusammen, und ein kleiner Schwall Wasser ergoss sich in Isis' darunter gehaltene, hohle Hände.

Nacheinander erfrischten sie sich rasch am Wasserreservoir des Baumes und eilten weiter.

Nach zehn Minuten lichtete sich der Mangrovenwald, und das Meer tauchte vor ihnen auf. Sie liefen an dem schlecht befestigten Küstenweg entlang, und nach weiteren fünf Minuten sahen sie an einem Kai Motorboote dümpeln.

„Bootstouren für Touristen", erklärte Andy. „Ich kenne den Typen, der hier arbeitet, recht gut. Ich rede mal mit ihm. Wie viel Geld habt ihr dabei?"

„Ungefähr zweihundert Dollar", sagte Dominique.

„Vielleicht reicht das als Kaution."

Kaum kamen Dominique und Andy mit dem Zündschlüssel für eines der Boote aus dem kleinen Bootshaus, als Pedro und Nando am Rand des Mangrovenwaldes auftauchten. Sie hatten sich in zwei jämmer-

liche Gestalten verwandelt: der eine hielt sich die blut-
überströmte Schulter, die Kleidung des anderen war
von der Taille abwärts unkenntlich vor Schlamm.
Doch verwundete Raubtiere waren bekanntlich die ge-
fährlichsten, und in ihren dunklen Augen loderten
Hass und Mordlust, als sie sich so schnell sie konnten
auf die vier zubewegten und dabei auf sie schossen.

Die vier sprangen in ihr Boot. Andy startete und
preschte Richtung Norden an der Küste entlang. Die
Kolumbianer hielten sich nicht mit Kaution oder Ge-
nehmigungen auf, sondern erzwangen sich einen
Zündschlüssel mit vorgehaltener Waffe. Und schon
waren sie ihnen wieder auf den Fersen.

„Haben wir genug Sprit, um bis nach Port of Spain zu
kommen?", fragte Giuliana nervös.

Andy warf einen Blick auf die Tankanzeige. „Wahrscheinlich nicht. Aber die sicher auch nicht."

Sie näherten sich dem Norden der Insel, wo der rei-
ßende Atlantik ins karibische Meer überging und die
ersten Badeorte lagen.

„Pass auf, da ragen viele kleine Felsen aus dem Wasser", warnte Dominique.

„Junge, ich bin hier aufgewachsen. Ich kenne diese
Felsen wie du die Steine in deinem Vorgarten!"

Aber Nando kannte sie nicht. Er bemerkte sie bei seinem viel zu hohen Tempo nicht rechtzeitig, das Motorboot der Brüder schnitt einen der kleinen Felsen und
wurde aus der Bahn geworfen. Nando verlor die Kontrolle über das Boot. Es prallte mit Höchstgeschwindigkeit gegen eine Klippe und explodierte.

Die vier in ihrem Boot spürten den Ausläufer der
Druckwelle wie eine starke, heiße Windböe und duck-
ten sich vor den durch die Luft fliegenden Bootsteilen.
Andy verlangsamte die Fahrt und starrte zusammen
mit den anderen auf den Feuerball.

Dominique griff nach Giulianas Hand. Er war erleichtert und fühlte sich deswegen schuldbewusst.

Sie erriet seine Gedanken. „Sie waren keine guten Menschen, ein besseres Ende haben sie nicht verdient." Aber auch sie war unter ihrer Sonnenbräune blass geworden und stellte sich vor, wie die Leiche des Mannes, mit dem sie zehn Monate ihr Leben geteilt hatte, jetzt verbrannte. Und mit ihm ihre beiden falschen Pässe, was für ein Glück.

Ein Boot der Küstenwache näherte sich und machte ihnen Zeichen, anzuhalten.

„Wir wissen von nichts, kapiert?", schärfte Dominique den beiden Trinidadern ein.

Es gelang ihnen, den Männern von der Küstenwache weiszumachen, sie wären erst auf das Boot hinter ihnen aufmerksam geworden, als es explodiert war. Zum Glück gab es anscheinend keine Augenzeugen für die Verfolgungsjagd.

Sie fuhren mit dem Boot einige Kilometer weiter und legten in einer Bucht nahe eines Badeortes an, um zu frühstücken und zu beratschlagen, ob sie in Anbetracht der veränderten Umstände lieber mit dem Boot nach Nariva Swamp zurückfahren und das Auto holen sollten. Doch keiner von ihnen hatte Lust auf einen erneuten Marsch durch den Regenwald. Andy und Isis zogen los, um an einer der Imbissbuden etwas zu essen und zu trinken zu besorgen, während sich Dominique und Giuliana erschöpft und aufgewühlt in den Sand fallen ließen.

Sie entledigte sich schnaufend ihrer Gummistiefel. „Gott, hatten wir ein Glück! Jetzt möchte ich irgendwas völlig Verrücktes tun!"

„Ja, ich auch. Gibt es hier ein Museum, in das wir einbrechen könnten?", fragte Dominique ironisch.

„Dafür bin ich zu kaputt." Sie legte sich stöhnend neben ihn.

„Dann weiß ich was, das weniger anstrengend ist. Aber noch verrückter."

„Tatsächlich? Was?"

Er stützte sich auf einen Ellenbogen, um sie ansehen zu können. „Wir fahren nach Tobago und heiraten. Willst du?"

Sie verzog den Mund. „Du hast recht: diese selbstmörderische Episode verdient einen krönenden Abschluss."

„Ich meine es ernst. Ich habe immer gedacht, falls ich irgendwann noch mal heirate, dann nur an einem exotischen Ort. Standesämter sind was Grauenhaftes."

„Du wirst von Ricardas Freiluftstandesamt am Strand begeistert sein. Ist an Romantik und Exotik nicht zu überbieten." Sie hob die Hand und streichelte über seine Haare.

„Heißt das, du willst mich heiraten, Giuliana?"

„Oh ja." Sie seufzte. „Die Frage ist eher, ob du mich wirklich heiraten willst, nachdem du gesehen hast, was in meinem Leben so los ist ..."

„Gerade deshalb." Dominique lächelte. „Ich habe endlich eine Frau gefunden, die mir ebenbürtig ist."

Sie schlang die Arme um seinen Hals und strahlte ihn an. „Dann auf nach Tobago!"

7

Die Spätnachmittagssonne hüllte die kleine Bucht von Tobago in goldenes Licht. Zu der Idylle aus hohen Palmen, die sich zum hellen Sandstrand neigten, und weißer Gischt, die sich an scharfen Klippen brach, gesellte sich noch die ganze Farbigkeit eines karibischen Hochzeitsfestes. Ricarda hatte Arrangements aus Palmenzweigen mit Schleifen und Blüten geschmückt und Girlanden aus zarten Stoffbahnen mit Schlingpflanzen verknüpft.

Dominique trug einen eleganten, geliehenen Smoking, stand am Strand neben einem kleinen runden Tisch mit roter Decke, an dem die Dokumente unterschrieben werden sollten, und kam sich vor wie in einem Traum. Noch vor vier Tagen hätte ihn Pedros Kugel getötet, wenn Giuliana nicht so gute Reflexe gehabt hätte. Noch vor einem Monat hatte er geglaubt, dass er sie nie wiedersehen würde. Und jetzt blickte er über diese Kulisse und wartete auf das Wichtigste, das noch fehlte.

Sie.

Giuliana schritt an Andys Arm langsam auf ihn zu. Ihr tief ausgeschnittenes, cremefarbenes Hochzeitskleid war verspielt und leicht. Der weite, wadenlange Rock schwang bei jedem ihrer Schritte, und ein kurzer zarter Schleier wehte hinter ihr her. Sie trug die Haare offen und in große Locken gelegt, wie Dominique es liebte.

Sein Herz klopfte schneller, wie an jenem ersten Abend in Istanbul, als sie in ihrem blutroten Kleid vor ihm gestanden und er bereits gefühlt hatte, dass etwas mit ihm passiert war. Vor einem Jahr waren sie noch in einer fatalen Situation gewesen. Doch heute konnte er ihr in dem Wissen entgegenblicken, dass sein damaliger Auftrag ihn zu dem wahrscheinlich Verrücktesten, aber auch Schönsten geführt hatte, das er jemals getan hatte.

Andy legte Giulianas Hand in Dominiques und stellte sich neben ihn. Er war sein Trauzeuge. Luana, in einem festlichen großgeblümten Chiffonkleid, war Giulianas Trauzeugin.

„Kneif mich", sagte Dominique zu Giuliana. „Ich habe Angst, dass ich aufwache und wieder im Krankenhaus von Istanbul liege."

Sie lächelte. „Soll ich dir irgendwohin schießen, damit du merkst, dass du nicht träumst?"

„Nur wenn du vor dem Jawort einen Rückzieher machen willst."

„Will ich nicht. Ich bin sehr stolz darauf, gleich Madame Antoine Robin zu werden." Sie zwinkerten sich zu und lachten.

Die Standesbeamtin, eine füllige Einheimische in feierlichem, schwarzem Kostüm, blickte ein wenig irritiert in ihre Unterlagen. „Sind Sie nicht Dominique Demesy?"

„Doch, doch. War nur ein Scherz."

Begleitet vom leisen Plätschern der Wellen, die die Felsen und den Strand umspülten, hielt die Standesbeamtin eine kurze Rede ohne klischeehafte Floskeln.

„Sie werden immer wieder erleben, dass Sie zweifeln werden, dass Sie sich fragen, ob Sie das wirklich wollen. Verzagen Sie nicht. Liebe bedeutet nicht, dass immer alles stimmt. Liebe bedeutet, sich auch in den dunklen Stunden füreinander zu entscheiden."

Dominique lächelte Giuliana an. „Wir haben bereits so viel miteinander durchgestanden, dass uns nichts passieren kann, da bin ich sicher."

Sie erwiderte sein Lächeln.

Sie hatten sich gegen klassische Ehegelöbnisse entschieden und sagten einander lediglich, wie dankbar
und glücklich sie waren, dass sie sich gefunden hatten.

„Ich hätte nicht für möglich gehalten, dass sich mein
Leben noch mal so zum Guten wendet“, sagte Dominique und rieb sich mit einer Hand die Narben auf seiner
Brust. Giuliana warf ihm einen etwas gequält wirkenden Blick zu, und so drückte er ihre Hand fester. „Es ist
alles richtig, so, wie es gekommen ist.“

Sie nickte. „Ich werde dich immer lieben, sevgili, mit
all deinen Stärken und Schwächen.“

Danach tauschten sie die Ringe: breite Weißgold-
ringe, in deren Mitte ein schmaler Streifen aus Gelb-
gold verlief. Ein langer Kuss unter dem begeisterten
Beifall der Gäste, einige Unterschriften, und dann war
Giuliana Dominiques Ehefrau.

„Sie haben sechs Wochen Zeit, um die Ehe in Frankreich legalisieren zu lassen“, erklärte die Standesbeamtin angesichts der fehlenden Dokumente.

„Also, Junge, falls du morgen beim Aufwachen Panik
kriegst, kannst du es dir noch überlegen“, scherzte
Andy.

„Ach was, sieh dir doch an, wie verliebt sie sind“, sagte
Luana. „Natürlich lassen sie sie legalisieren.“

Dominique nickte und bedachte seine frisch Ange-
traute mit einem innigen Blick. „Wenn alles, was ich
bisher mit ihr durchgemacht habe, mich nicht abschrecken konnte, dann werde ich auch angesichts einer
Heiratsurkunde keine Panik bekommen.“

Sie lachte, küsste ihn noch einmal und zog schließlich ihre weißen Sandaletten aus, deren hohe Absätze
immer wieder im Sand einsanken. „Und jetzt wird gefeiert!“, rief sie.

Auf dieses Stichwort hin begannen Isis und die aus-
gewählten Mitglieder der Steelband einen Calypso zu
trommeln, und die Sängerin mit dem großen Turban

sang dazu. Eine Gruppe von professionellen Tänzern, einige in bunten Kostümen, andere in Smoking und mit Zylindern, wirbelte über den Strand. Auch das Hochzeitspaar und die Gäste fingen an zu tanzen. Irgendwann schnitten Giuliana und Dominique die mit Hibiskus-Blüten garnierte Hochzeitstorte an und schenkten einen fruchtig-leichten Rumcocktail aus.

Nachdem die Sonne als roter Ball im Meer versunken war, begann das Limbo-Ritual. In der Karibik wurde die Braut nicht über die Schwelle getragen, sondern musste sich unter einer glühenden Latte durchzwängen.

Eine grazile Tänzerin, die nichts als einen goldenen Netzbikini auf der samtigen dunkelbraunen Haut und reichlich Goldschmuck an Hand- und Fußgelenken trug, machte es vor. Angefeuert von Limbo-Rhythmen und Gesang wand sie sich biegsam wie eine Schlange immer wieder aufs Neue unter der glühenden Eisenstange durch, die jedes Mal tiefer gehängt wurde.

Für Giuliana hängte man die Stange großzügigerweise bedeutend höher, aber sie machte es der Tänzerin nach, und zum Schluss hing die Latte fast so tief wie bei der Einheimischen. Alle applaudierten verblüfft, und nur Dominique wusste, dass Giuliana diese Biegsamkeit jahrelang trainiert hatte, um sich unter Laserstrahlen hindurchwinden oder durch winzige Fensteröffnungen zwängen zu können.

Dann assoziierte Dominique ihre Geschmeidigkeit und ihre im Limbo-Rhythmus zuckenden Hüften mit etwas sehr viel Angenehmerem als Einbrüchen. Er trat zu ihr, packte sie an der Taille und schwang sie einmal im Kreis herum. „Kommen Sie, Madame Demesy, ich brenne darauf, unsere drei Tage Flitterwochen im Hotel Tobago Paradise zu beginnen."

„Was du noch nicht weißt, sevgili", flüsterte sie ihm ins Ohr, „wir rauben vorher noch den Hotelsafe aus."

„Habe ich schon vor ein paar Tagen getan", erwiderte
er lässig und ließ sie zu Boden gleiten. „Was glaubst du,
wo dein Verlobungsring herkommt?"

EPISODE 4

RIVALINNEN

1

An einem trüben Sonntagmorgen Anfang Juli kehrten Dominique und Giuliana nach Paris zurück – braungebrannt, erholt und um nochmals zweihundertdreißigtausend Dollar reicher, da es Giuliana buchstäblich in letzter Minute gelungen war, ihr Haus an ein Ehepaar aus Kentucky zu verkaufen.

Nach dem luftig möblierten, sonnendurchfluteten Haus auf Trinidad wirkte Dominiques Wohnung eng und düster, und die Unordnung darin zeugte von ihrem hastigen Aufbruch mehr als einen Monat zuvor.

Das Frühstück im Flugzeug war dürftig gewesen, daher hatten sie unterwegs Croissants und Baguette gekauft, um zu Hause noch einmal in Ruhe zu frühstücken.

Als Dominique sich gerade im Bad die Hände wusch, klingelte es an der Tür.

„Ich geh schon!", rief Giuliana und sah sich einer jungen Frau mit langen, blonden Haaren gegenüber, die sie verblüfft anstarrte. „Ich wollte zu Dominique", sagte sie. „Wohnt er nicht mehr hier?"

„Doch."

„Sind Sie seine neue Freundin?", fragte die Blonde verunsichert.

„Seine Frau", erwiderte Giuliana kühl, aber mit Stolz.

Die andere zuckte zurück. „Seit wann?"

„Ich wüsste nicht, was Sie das angeht. Wer sind Sie überhaupt?"

„Eine Freundin. Genauer gesagt, seine Ex-Freundin."

„Tut mir leid, er ist jetzt vergeben." Giuliana wollte ihr die Tür vor der Nase zuschlagen, doch im gleichen Moment tauchte Dominique hinter ihr auf und hinderte sie daran.

„Julie! Woher wusstest du, dass wir heute zurückkommen?"

„Ich wusste gar nicht, dass du weg warst. Und ich
wusste auch nicht, dass du die ganze Zeit verheiratet
warst", rief Julie aufgebracht.

„Das bin ich auch erst seit zwei Wochen. Bitte, komm
rein."

„Ich will nicht stören", sagte Julie zögernd nach einem
kurzen Blick in Giulianas unwilliges Gesicht.

„Wir wollten gerade frühstücken, aber es reicht auch
für drei."

„Ich werde sowieso keinen Bissen runterbekommen."

„Was gibt es?" Dominique musterte Julie. Sie wirkte
übernächtigt und aufgewühlt. „Krach mit Philippe?"

„Nicht direkt, aber ich brauchte jemanden zum Reden, und du hattest gesagt ..." Sie blickte Giuliana an.
„Ach, vergiss es."

Diese hatte sich inzwischen gefangen und besann
sich auf ihre südländische Gastfreundlichkeit. „Ist
schon okay. Ich möchte schließlich auch die Freunde
meines Mannes kennenlernen."

„Da ist nichts mehr zwischen uns", versicherte Julie
und folgte ihr in die Küche. „Ich liebe einen anderen,
also machen Sie sich keine Sorgen."

„Das braucht sie auch nicht." Dominique legte im Vor-
beigehen kurz den Arm um Giuliana und küsste sie.

„Muss ja wie ein Blitz eingeschlagen haben, wenn ihr
so schnell geheiratet habt", stellte Julie fest.

„Das ist Giuliana", sagte Dominique und schenkte ihr
Kaffee ein. „Wie du weißt, hat schon damals in Istanbul
der Blitz eingeschlagen, bevor uns etwas widrige Umstände getrennt haben."

„Sie sind Giuliana?" Julie starrte sie mit großen Augen
an.

Dominique nickte. „Durch einen großen Zufall haben
wir uns vor sechs Wochen wiedergetroffen. Und vor-

sichtshalber schnell geheiratet, damit uns jetzt nichts mehr trennen kann." Er lachte.

„Das ist ja ein Ding. Dann war es wohl Schicksal. Paare, die sich kriegen sollen, begegnen sich eben so lange, bis es der richtige Moment ist", sagte sie hoffnungsvoll. „So wie Philippe und ich."

„Und ist es jetzt der richtige Moment für euch?"

„Ich weiß nicht. Er hat es immerhin seiner Frau gesagt. Leider hat sie ihn daraufhin weder rausgeschmissen noch die Scheidung eingereicht. Und er hat nie Zeit, sich mit mir auf die Suche nach einer Wohnung für uns beide zu machen. Ich habe es satt, nur seine heimliche Geliebte zu sein. Das war ich damals in Marokko lange genug, und es hat schlecht geendet."

„Das tut es meistens", kommentierte Giuliana. „Die wenigsten haben den Mut, sich von ihrer Frau zu trennen, und wenn, dann heiraten sie ihre Geliebte trotzdem nicht." Ihr Blick hatte sich verdunkelt, sie sprach aus eigener Erfahrung. „Wenn Sie Dominique wegen dieses Kerls haben sausen lassen, war das ein schwerer Fehler, aber ich bin sicher die Letzte, die sich darüber beklagt. Wollen Sie wirklich nichts essen? Das hier ist Mango-Marmelade aus Trinidad, die ist sehr lecker."

„Habt ihr dort Flitterwochen gemacht? Ist ja toll. Unglaublich, dass Audrey und Michel mir nichts von eurer Hochzeit erzählt haben. Oder wissen die auch nichts davon?" Julie nahm nun doch ein Stück Baguette und einen Schluck Kaffee.

„Niemand hier weiß etwas davon", sagte Dominique. „Du bist die Erste."

„Oh Gott, ich habe euch noch nicht mal gratuliert!" Sie beugte sich zur Seite, umarmte Dominique unter Giulianas wachsamen Augen und küsste dann auch ihr höflich die Wangen. „Ich wünsche euch alles Gute, werdet glücklich miteinander. Aber warum habt ihr uns nichts gesagt?"

„Wir haben nicht in Paris geheiratet, sondern hatten eine romantische Strandhochzeit auf Tobago“, erzählte er. „Haben wir ganz spontan beschlossen, und ich habe auch nicht vor, es hier an die große Glocke zu hängen.“

„Warum nicht? Schämst du dich meiner etwa?“, fragte Giuliana empört.

„Natürlich schäme ich mich nicht für dich! Was für ein Unsinn! Aber ich habe keine Lust auf die Kommentare über die schnelle Hochzeit und all den Rest – du weißt genau, was ich meine.“ Auch seine Familie wusste ja Bescheid über das Abenteuer in Istanbul, das so verhängnisvoll für ihn geendet hatte.

„Ich habe immer noch Angst, dass sich Philippe für mich schämt“, bekannte Julie. „In seinen Kreisen ist eine Nachtclubsängerin total anrüchig.“

„Ach was, das redest du dir nur ein. Sie war in Marokko ein Star“, erklärte er Giuliana. „Und in Paris wirst du es auch schaffen, bekannt zu werden, Julie, das ist nur eine Frage der Zeit. Du arbeitest doch hart daran. Oder würdest du damit aufhören, wenn Philippe dich heiratet?“

„Nein. Ich will nie wieder wegen eines Mannes irgendetwas aufgeben müssen.“

„Bravo“, sagte Giuliana. „Ich finde es übrigens toll, singen zu können und damit die Leute zu unterhalten, und ich mag Nachtclubs. Singen Sie Jazz?“

„Unter anderem. Und Raï.“

„Schade, in Paris habe ich keine Beziehungen. In Istanbul hätte ich vielleicht etwas für Sie tun können.“

„In zwei Wochen habe ich einen Fernsehauftritt in der Samstagabend-Show von Patrick Sebastien.“

„Das ist ja fabelhaft. Mit deiner Band?“

„Ja. Rachid hat da einen Kontakt aufgetan.“

„Nervt dich Marco eigentlich noch?“

„Hin und wieder überkommt es ihn. Letztens hat er noch mal gedroht, mich umzubringen, wenn ich nicht zu ihm zurückkehre. Das Mal darauf ist er wieder mit einem Blumenstrauß hinter mir hergerannt und hat mir einen gemeinsamen Urlaub in Tunesien angeboten.“

„Da hast du noch Glück. Giulianas Ex-Freund hat uns auf Trinidad mit zwei bewaffneten Männern durch den Urwald gejagt. Und die haben wirklich auf uns geschossen, das waren keine leeren Drohungen und auch keine Platzpatronen.“

„Oh Gott, was ist denn das für einer?“

„Kolumbianische Drogenmafia.“

Giuliana warf ihm einen beschwörenden Blick zu. Je weniger Leute in Paris von dieser Episode ihres Lebens erfuhren, desto besser.

Julie lächelte sie an. „Dominique scheint auf Gangsterbräute abonniert zu sein.“

„Wieso, ist dieser Marco auch bei der Mafia?“

„Nein, das ist nur ein relativ harmloser, tunesischer Spinner. Aber mein Zwillingsbruder ist bei einer spanischen Untergrundorganisation, und ich vergöttere ihn, trotz allem.“

So wie Giuliana ihren Vater vergöttert hatte. Die beiden Frauen hatten trotz ihrer verschiedenen Charaktere einiges gemeinsam, und Dominique durchzuckte die Idee, sie könnten Freundinnen werden. Aber dafür waren wohl beide zu sehr Einzelgängerinnen. Und vor allem Dominique zu sehr verbunden.

Nachdem Julie eine Stunde später gegangen war, machte Giuliana ein saures Gesicht, als sie den Küchentisch abräumte. „Muss ich mich darauf einstellen, dass immer mal eine deiner Ex-Freundinnen vor der Tür steht, um sich bei dir auszuheulen?“

„Natürlich nicht. Außerdem ist Julie doch nett, oder nicht? Ihr könntet euch anfreunden.“

„Du naives Schäfchen", sagte Giuliana mit einem Seufzer. „Jede Wette, dass sie sich dir an den Hals wirft, sobald ich euch den Rücken zugedreht habe."

„Ach was. Sie hat mich schließlich wegen dieses Philippes sitzen lassen."

„Ach, sie hat also dich sitzen lassen. Und du hast dich dann ganz schnell mit mir getröstet, ja?" Giuliana wischte vehement den Tisch sauber.

„Unsinn. Ich hatte mich deinetwegen mit Julie getröstet. Ich hätte dich nicht geheiratet, wenn ich noch Gefühle für Julie gehabt hätte. Außerdem war ich nie so richtig verliebt in sie."

Giuliana atmete tief durch und legte sich eine Hand auf den Magen. „Mir ist schlecht."

„Chérie, du wirst dir das doch wohl nicht so zu Herzen nehmen!"

„Nein. Mir war schon im Flugzeug komisch. Vielleicht ist es der Kaffee. Oder die Mango-Marmelade." Sie wurde blass, ließ den Lappen auf den Tisch fallen und stürzte ins Bad.

2

Paris lag unter einer Dunstglocke aus Hitze und Abgasen. Wie jedes Jahr hatten die Pariser nach dem fünfzehnten Juli ihre Stadt fluchtartig verlassen, um in die Ferien zu fahren und Platz zu machen für die Heerscharen von Touristen. Auch Michel und Audrey gönnten sich Anfang August zwei Wochen am Meer, während Dominique in der Agentur Routinefälle betreute.

An diesem Nachmittag saß er bei heruntergelassenen Jalousien und laufendem Ventilator im Büro, als es an der Tür klingelte. Julie lächelte ihm entgegen, trug ein sommerliches, lavendelblaues Kleid, das viel von ihrer gebräunten Haut zeigte, und hatte ihre Haare zu einem Pferdeschwanz gebunden.

„Audrey ist nicht da", erinnerte Dominique sie.

„Weiß ich. Ich wollte dich sehen."

„Dann komm rein."

„Störe ich dich auch nicht?

„Ach was, ich bin froh über jede Unterbrechung von diesem öden, administrativen Kram. Außerdem wollte ich sowieso gleich Feierabend machen. Möchtest du einen Eistee?"

„Gerne." Sie setzte sich auf den Besucherstuhl des Büros, während Dominique die Karaffe mit Eistee aus dem Kühlschrank holte.

„Du siehst erholt aus", stellte er fest, als er Julie ein Glas Eistee einschenkte und sich ihr gegenübersetzte.

„Ich war mit Philippe für ein langes Wochenende in der Bretagne. Es war wunderbar." Ihre Augen blitzten in ihrem strahlenden Gesicht.

„Hatte er Ausgang?", fragte Dominique ironisch.

„Seine Frau ist für drei Wochen in ihrer Ferienwohnung in La Rochelle, da ist alles etwas unkomplizierter."

„Herzlichen Glückwunsch übrigens zu deinem Fernsehauftritt. Du warst großartig."

„Hast du es gesehen?", fragte sie erfreut.

„Ja, wir haben es beide gesehen. Giuliana hat euer
Song auch gefallen. Du hast toll ausgesehen."

„Kunststück, wenn man von Profis gestylt wird",
sagte sie bescheiden.

„Der Song wird bestimmt ein Hit. Und dann bist du
auch in Frankreich berühmt, Julie Beaulieu, und die
Leute werden sich um dich reißen!"

„Wir werden tatsächlich eine Platte aufnehmen. Und
mindestens vier oder fünf große Pariser Nachtclubs haben uns schon für Gastauftritte verpflichtet. Wahrscheinlich werden wir noch mal in einer anderen Musikshow auftreten. Und ich habe einige Angebote für
Jazz-Solos bekommen."

„Das ist doch super! Bist du nicht ganz aus dem Häuschen vor Freude?" Er musterte ihre Miene, die sich verfinstert hatte. „Nein, anscheinend nicht. Was ist los?"

Sie seufzte. „Philippe will, dass ich aufhöre."

„Wie bitte? Jetzt, wo du kurz vor dem Ziel bist?"

„Ich verstehe es auch nicht. In Tanger hat er mich unterstützt und hat seine Beziehungen spielen lassen, damit ich Engagements in Nobelclubs und Luxushotels
bekomme. Sogar Gesangsunterricht hat er mir bezahlt.
Aber jetzt haben sich die Dinge geändert, sagt er. Seine
Lebensgefährtin soll für ihn da sein, wenn er abends
nach Hause kommt, und sich nicht in verrauchten
Clubs herumtreiben."

„Ihr würdet euch nicht viel sehen, wenn er tagsüber
arbeitet und du nachts", gab Dominique zu bedenken.
„Du weißt ja, wie es bei uns beiden war. Und immerhin
beweist es, dass es ihm ernst damit ist, mit dir zusam

men zu leben und dass er bereit ist, für deinen Unterhalt zu sorgen, wenn du nicht arbeitest."

„Schon, aber was ist, wenn er mich irgendwann wieder fallen lässt? Dann weiß ich wieder nicht, wie ich mich über Wasser halten soll. Außerdem brauche ich das Singen, es ist mir wichtig. Und das Rampenlicht auch. Du kannst dir nicht vorstellen, wie toll das für ein Hippiemädchen aus einer Kommune auf Ibiza ist, in Paris Applaus zu kriegen."

„Wahrscheinlich hat er einfach ein Problem mit erfolgreichen Frauen. Er hat Angst, du könntest ihn übertrumpfen und dann womöglich noch mehr verdienen als er."

„Oder er stellt diese Bedingung, weil er einen guten Grund sucht, nicht mit mir zu leben", sagte sie traurig. „Wenn ich nicht akzeptiere, ist es meine Schuld, und er ist nicht derjenige, der einen Rückzieher macht."

„Kann schon sein. Männer sind leider manchmal Feiglinge in solchen Dingen."

„Würdest du es so machen?"

Dominique dachte nach. „Nein, es erscheint mir unfair. Und riskant für euch beide. Wenn du auf seine Bedingung eingehst, muss er in den sauren Apfel beißen. Oder neue Ausflüchte finden. Und wenn du deine Karriere aufgibst und ihr euch eines Tages trennen solltet, dann stehst du in der Tat ziemlich blöd da. Aber wenn man immer versucht, alle Eventualitäten einzukalkulieren, wagt man überhaupt nichts mehr. Und kann auch nicht gewinnen. Glaubst du, ich hätte Giuliana geheiratet, wenn ich auf alle Bedenken gehört hätte?"

Julie lächelte. „Audrey und ich haben übrigens volles Verständnis für deine Entscheidung. Wir lieben Fabien ja auch trotz allem. Aber die meisten Leute würden wahrscheinlich sagen, dass du verrückt geworden bist, eine Kunstdiebin zu heiraten, die noch dazu mal versucht hat, dich umzubringen."

„Michel zum Beispiel, ich weiß. Meiner Familie habe ich es immer noch nicht erzählt. Mein Verstand hat mir das natürlich auch gesagt. Aber bevor ich Giuliana letztes Jahr getroffen habe, da war ich schon so gut wie tot, und sie hat etwas in mir wieder zum Leben erweckt. Und mein Bauchgefühl hat mir gesagt, dass ich das Richtige tue.“

„Hoffentlich hört Philippe auch auf sein Bauchgefühl“, seufzte Julie. „Vorausgesetzt, er hat dieses gute Gefühl, was mich betrifft.“

„Falls du hergekommen bist, um einen Rat von mir zu kriegen: Lass dich nicht von ihm erpressen, deine Karriere zu beenden“, sagte Dominique. „Wenn du damit nachgibst, wirst du immer den Kürzeren ziehen. Wenn er dich liebt, dann muss er auch dein Leben und deine Wünsche respektieren.“

„Und wenn ich ihn aber dadurch verliere?“, murmelte sie.

„Dann liebt er dich nicht wirklich. Und je früher du das herausfindest, desto besser. Er hat dich schon einmal fallen lassen, also sei vorsichtig. Gib ihm noch eine Chance, aber pass auf dich auf, Julie.“

Sie atmete tief durch. „Du hast recht. Das Risiko muss ich eingehen. Es ist ein guter Test.“

Sie tranken schweigend ihren Eistee. Draußen brauste der Pariser Nachmittagsverkehr vorüber; Anfang August etwas spärlicher als sonst. Eine Fliege surrte zwischen Fenster und Jalousie gefangen hektisch herum.

„Und wie geht es dir?“, wollte Julie schließlich wissen.

„Bin im Umzugsstress. Wir haben eine größere Wohnung gefunden und wollen am nächsten Wochenende offiziell einziehen.

„Wo denn?“

„Auf der Île Saint-Louis.“

„Wow! Da zahlt ihr sicher eine astronomisch hohe Miete, was?"

„Nein. Wir haben die Wohnung gekauft."

Sie starrte ihn ungläubig an.

„Giuliana hat sie gekauft", räumte er ein. „Ich muss gleich hin, um noch ein paar Maße zu nehmen. Willst du mitkommen?"

„Klar, sehr gerne. Wann hat man schon mal Gelegenheit, eine Wohnung auf der Île Saint-Louis zu besichtigen?"

Der Nachteil dieser idyllischen, kleinen Insel auf der Seine im Herzen von Paris war, dass sie von April bis Oktober von Touristenströmen bevölkert wurde. Vor der legendären Eisdiele Berthillon bildeten sich lange Schlangen, und Dutzende von Menschen saßen Eis essend an der Uferpromenade und genossen den Blick auf die Île de la Cité, auf der sich die Spitzbögen von Notre-Dame in den Himmel erhoben.

Giulianas und Dominiques Wohnung ging zur anderen, ruhigeren Seite hinaus. Der Blick über die Seine zu den Neubauten des 12. Arrondissements war weniger spektakulär, aber für eine hektische Großstadt wie Paris dennoch entspannend.

Die Wohnung lag im zweiten Stock eines der ehrwürdigen alten Häuser, die etwas steif und abweisend wirkten. Die Pariser Luftverschmutzung hatte sie seit Langem mit schwärzlicher Patina überzogen, und hier und dort bröckelten die Renaissance-Dekors.

Doch die Wohnung selbst war in gutem Zustand. Die Räume besaßen einen glänzenden Parkettboden und waren hell und groß. Die Wände waren in der letzten Woche nach Giulianas Anweisungen neu verputzt und gestrichen worden. Für die Küche hatte sie bei einem Antiquitätenhändler eine große, alte Anrichte gekauft, sie Weiß und Olivgrün beizen lassen und vier weiße

Stühle mit Weiß und Laubgrün gestreiftem Stoff beziehen lassen. Aus dem restlichen Stoff hatte sie ein Tischtuch nähen lassen. Noch einige passende rustikale Accessoires, und fertig war der Gartenhausstil.

„Hat Charme", fand Julie. „Und das Schlafzimmer?"

„Da ist noch nicht viel zu sehen, die Möbel sollen erst übermorgen kommen. Hoffe ich jedenfalls, sonst können wir nicht einziehen. Aber heute Morgen sind die Wohnzimmermöbel geliefert worden, ich sehe sie auch zum ersten Mal."

Dominique eilte gespannt ins Wohnzimmer und ließ seinen Blick zufrieden über die Schränke aus dunkel gebeiztem Holz mit Zierbeschlägen, die Rattan-Couch mit den dicken cremefarbenen Sitzpolstern und die Korbsessel schweifen. „Sieht das nicht toll aus?"

Giuliana hatte das Wohnzimmer im toskanischen Landhausstil eingerichtet, mit gelb gewischten Wänden, die von einer Bordüre aus stilisierten Olivenzweigen geziert wurden. Pflanzenkübel, schmiedeeiserne Wandleuchter und geschmackvolle Gemälde sollten das Bild später noch abrunden.

„Es ist wunderschön. Erinnert mich ein bisschen an meine Wohnung in Casablanca", sagte Julie wehmütig.

„Tja, mit dem nötigen Kleingeld kann man es sich überall schön machen."

„Wie kommst du damit klar, dass Giuliana mehr Geld hat als du?"

„Ein bisschen komisch ist das schon. Zumal ich weiß, dass diese Wohnung indirekt mit Geld aus Diebstahl und Drogenhandel bezahlt wurde. Ich verstehe jetzt besser die Skrupel, die du hattest, als Fabien dir den Scheck für sein Haus gegeben hat. Andererseits: ich hatte noch nie eine so elegante Wohnung!" Er lächelte entwaffnend und trat an einen der Fensterflügel, vor denen sich ein schmaler Balkon über die ganze Breite des Wohnzimmers erstreckte. Darunter zog ein Bateau-

Mouche seine Bahnen auf der Seine. In der Ferne spiegelten sich die Fensterscheiben weißer Hochhausbauten in der Sonne.

„Und Giuliana ist so glücklich darüber. Sie ist den ganzen Tag unterwegs, um Möbel und andere Einrichtungsgegenstände zu besorgen.“

Julie trat neben ihn und legte ihm die Hand auf die Schulter. „Ich freue mich für dich. Du wirkst auch glücklich, und du hast es verdient.“

Von der Tür her erklang ein Räuspern. Sie fuhren herum. Giuliana stand dort mit zwei großen Papptüten der Galeries Lafayettes, und ihre Augen funkelten sie wütend an.

Julie nahm hastig ihre Hand von Dominiques Schulter.

„Hallo, Liebling.“ Er ging Giuliana entgegen und küsste sie. „Ich habe Julie schnell die Wohnung gezeigt. Ich musste unbedingt damit angeben!“ Er strahlte sie an, um ihr den Wind aus den Segeln zu nehmen. „Das Wohnzimmer ist einfach super, genau mein Geschmack.“

„Schön, dass es dir gefällt“, sagte Giuliana etwas säuerlich, beschloss dann aber, kein Theater zu machen. Sie drückte ihm die Tüten in die Hand. „Ich habe gerade Vorhänge und Gardinen gekauft. Nächste Woche lasse ich jemanden kommen, der das alles nähen und aufhängen wird. Puh, ist das eine Hitze, was?“ Sie trug eine Sonnenbrille in den aufgesteckten Haaren und ein seidenes Tunikakleid in der lässigen Eleganz eines italienischen Designers.

Julie warf einen Blick zur Uhr. „Ich lasse euch besser allein.“ Sie fühlte sich nicht sehr wohl in der Gegenwart dieser so selbstsicher und hochmütig wirkenden Frau.

„Ja, ist wohl besser“, erwiderte Giuliana kühl.

Dominique brachte Julie zur Tür und küsste ihr zum Abschied herzlich die Wangen. „Ich drücke dir die

Daumen für alles. Falls du eine Platte herausbringst, vergiss nicht, mir ein Exemplar zu schicken." Er zwinkerte ihr zu.

„Klingt, als würden wir uns jetzt eine Weile nicht sehen", sagte sie beklommen.

„Nun ja, ich will nicht ständig Öl ins Feuer gießen ... Giuliana ist als Italienerin mit türkischen Vorfahren ziemlich eifersüchtig. So was kann schnell zum Drama werden ... Das sollten wir uns ersparen, Julie."

„Dann leb wohl", sagte sie traurig. „Aber auch du solltest dich nicht erpressen lassen."

„Wir werden uns wiedersehen", versprach er. „Aber vielleicht lieber nicht mehr als Tête-à-tête." Er schloss die Tür hinter ihr.

„Ich will jetzt nichts hören", sagte er, sobald er das Wohnzimmer betrat. „Dafür gibt es keinen Grund."

Giuliana wühlte inzwischen mit verzücktem Gesicht in ihren Einkaufstüten und war längst nicht mehr in Stimmung für eine Szene. „Wäre ich eine Minute später gekommen, hätte sie an deinem Hals gehangen", sagte sie nur und hielt einen leichten, weißen Vorhangstoff, auf dem sich grüne Blätter rankten, in die Höhe. „Schau mal, sevgili, werden die vor dem Küchenfenster nicht der absolute Wahnsinn sein?"

Dominique verstand zwar nicht, wie man angesichts von Gardinen in Entzücken geraten konnte, aber wenn ihn das vor einer Eifersuchtsszene bewahrte, sollte es ihm recht sein.

3

Pünktlich zur Heimkehr der meisten Pariser wich die Hitze Ende August häufigen Gewittern und Regenschauern, die die Luft abkühlten. Auch Jennifer war aus dem Urlaub zurück, den sie in einem Ferienclub in Griechenland verbracht hatte, und besuchte Dominique an einem Spätnachmittag Anfang September in der neuen Wohnung.

Er umarmte sie fest. „Schön, dass es geklappt hat. Bald bist du ja nicht mehr in Paris." Jennifer würde Mitte September ihre Ausbildung auf der Polizeiakademie Saint-Cyr-au-Mont-d'Or beginnen. „Ist dir klar, dass wir uns seit Ende April nicht mehr gesehen haben?"

Sie verzog den Mund. „Tja, und es sind einige Dinge passiert seitdem ..."

Noch mehr als du ahnst, dachte er. Er würde versuchen, ihr die Neuigkeiten schonend beizubringen. Giuliana war einkaufen gegangen und noch nicht zurückgekehrt.

„Wie war's in Griechenland?"

„Witzig. Habe aber nicht viele interessante Typen getroffen. Und wie war's auf Trinidad? Du Schuft, so einfach abzuhauen! Und dann noch mit dieser ... also, das hat mich total umgehauen!"

Dominique hatte sie aus Istanbul angerufen, nachdem er und Giuliana den Flug nach Trinidad gebucht hatten, damit sie sich keine Sorgen über seinen Verbleib machte oder die Neuigkeiten von Michel erfuhr, falls sie in der Agentur anrief. Nach seiner Rückkehr hatte er wenig Zeit gehabt, und Jennifer hatte sich widerspenstig gegeben und kein Interesse daran gezeigt, Giuliana kennenzulernen.

„Komm erst mal rein, bevor du mich zur Schnecke machst.“

Jennifer betrat die Wohnung, die inzwischen fast vollständig möbliert war, und folgte Dominique durch die Räume. Das Bad hatte zwei Wochen Verwüstung durch einen algerischen Fliesenleger erfahren, doch nun war es ein Traum aus elfenbeinfarbenem Marmor und goldgesprenkelten Kacheln, wohingegen die Küche einen einfachen, natürlichen Charme besaß, der durch getrocknete Blumensträuße, frische Kräuter in Töpfen und altmodische Kupferpfannen unterstrichen wurde. Das Schlafzimmer war sehr anheimelnd in Blassblau, Creme und Capuccinobraun gehalten; gediegen, aber mit einer orientalischen Note.

An einer geschlossenen Tür führte Dominique Jennifer vorbei ins Wohnzimmer, das mit dem warmen, gelben Anstrich und seinem toskanischen Stil trotz des grauen Wetters italienische Leichtigkeit und Heiterkeit ausstrahlte.

„Schön hast du es hier“, gab Jennifer widerstrebend zu.

„Giuliana hat einen guten Geschmack“, sagte Dominique stolz.

„Und das nötige Kleingeld dafür. Wie kommst du damit klar, dich von ihr aushalten zu lassen?“

„Wie kommst du darauf? Ich arbeite für unseren Lebensunterhalt, und Giuliana bleibt zu Hause.“

„Das glaubst du. Ich habe Informationen, dass seit einigen Wochen die Anzahl der Kunstdiebstähle in Paris und Umgebung erheblich gestiegen ist.“

Er warf ihr einen raschen, beunruhigten Blick zu.

Ein zufriedenes Grinsen zog sich über ihr Gesicht. „Reingefallen. Ich hab dich bloß aufgezogen.“

Aber natürlich wussten sie beide, dass sich Dominique von seinem Gehalt nie und nimmer eine solche Eigentumswohnung auf der Île-Saint-Louis hätte leisten können, genauso wenig wie die exquisite und sorgfältig zusammengestellte Einrichtung.

Sein Ego, leicht angeknackst durch die Tatsache, dass sie so wohlhabend war und auf seinem Konto Ebbe herrschte, hatte sich einigermaßen erholt, als er mit Michel ein paar gefährliche Fälle bearbeitet hatte, während Giuliana zu Hause blieb, die Einrichtung mit liebevoll ausgesuchten Accessoires ausstattete, den Balkon bepflanzte und Dominique abends mit einem Drink und dem Abendessen erwartete. Nachdem sie fast ihr ganzes Leben lang eine Köchin und Haushälterin gehabt hatte, waren ihre hausfraulichen Fähigkeiten zwar nicht besonders gut entwickelt, aber sie lernte schnell und überraschte Dominique hin und wieder mit recht gut gelungenen italienischen und türkischen Spezialitäten.

Jennifer setzte sich auf die Couch, und Dominique servierte Drinks aus der im Schrank eingebauten kleinen Hausbar. Sie betrachtete ihn dabei so aufmerksam wie sie es schon seit über einem Jahr nicht mehr getan hatte. Deutlich mehr Silberfäden als früher durchzogen sein Haar, er hatte ein wenig zugenommen, und die kleinen Fältchen in seiner Haut hatten sich vermehrt und vertieft. Er war älter geworden, zweifellos. Aber er hatte auch noch nie so entspannt, ausgeglichen und zufrieden gewirkt.

„Geschmack hat sie, und sie hat euch ein schönes Heim eingerichtet“, räumte Jennifer ein. „Aber für mich bleibt sie trotzdem eine egoistische Profitjägerin.“

„Ich weiß, du kannst sie nicht leiden.“ Dominique setzte sich neben sie. „Aber du willst sie ja nicht mal kennenlernen. Gib ihr eine Chance, sie ist ...“

„Ich kann sie nicht leiden, weil sie dich mir weggenommen hat!“, fiel Jennifer ihm heftig ins Wort.

Dominique sah sie nur an, mit einer Mischung aus Mitleid und heiterer Nachsicht.

Jennifer stöhnte auf und legte eine Hand vors Gesicht. „Entschuldige … Ein Jahr Therapie und noch immer rutscht mir so ein Satz heraus. Ich sollte das Honorar von meinem Therapeuten zurückverlangen."

„Dein Therapeut wird in der nächsten Zeit noch eine harte Nuss zu knacken bekommen", sagte Dominique mit einem winzigen, versonnenen Lächeln in den Mundwinkeln, das sie zum ersten Mal an ihm bemerkte.

„Wieso? Stirbst du?", fragte sie halb sarkastisch, halb beunruhigt.

„Im Gegenteil. Wir bekommen ein Baby."

Jennifer schnappte nach Luft.

„Wir? Trägst du es etwa aus?", fragte sie ironisch mit einem Blick auf den leichten Bauchansatz, der sich unter seinem schwarzen Poloshirt abzeichnete.

Dominique lachte. „Ich passe mich eben an. Du bekommst voraussichtlich einen kleinen Bruder, wie findest du das?"

„Und das in meinem Alter. Und in deinem erst … War das geplant oder ein Unfall?"

„War beabsichtigt, auch wenn es etwas schneller ging als wir dachten. Muss auf Trinidad passiert sein, zwischen Hetzjagden durch den Regenwald und Schießereien mit kolumbianischen Drogenbaronen."

„Tja, wenn ein Embryo so einen Moment für seine Entstehung wählt, wird das Kind auch mit Eltern wie euch fertig werden", scherzte Jennifer.

„Wir sind jedenfalls sehr glücklich. Die verschlossene Tür, an der wir vorbeigegangen sind, dahinter ist das Kinderzimmer. Willst du es sehen?"

Sie verzog den Mund. „Nein, danke. Dann ist es also ernst mit euch beiden."

„Ja. Wir haben auf Tobago geheiratet, bei Sonnenuntergang am Strand."

„Ach, das ist also dieser komische neue Ring." Sie wies auf den breiten silber-goldenen Ring an seinem Finger. „Ich habe mich schon gewundert."Sie seufzte auf und wirkte verloren.

Dominique rutschte dichter neben sie und legte den Arm um sie. „Jenni, ich sag dir das jetzt noch mal so, als ob du fünf Jahre alt wärst ... denn als du in diesem Alter warst, habe ich leider so manches versäumt. Ich werde immer dein Vater sein, und was wir beide haben, kann dir niemand wegnehmen. Weder Giuliana noch ein kleiner Bruder werden dich je aus meinem Herzen verdrängen können."

„Ich weiß, ich bin albern", gab sie zu und schlang die Arme und seinen Hals. „Ich freue mich für euch."

Er drückte sie an sich. „Ist lange her."

„Was?"

„Dass ich dich in den Armen gehalten habe. Ich habe es vermisst."

Sie küsste ihn herzhaft.

„Ich störe wohl?", erklang eine eisige Stimme von der Tür her.

Dominique und Jennifer fuhren wie ertappt auseinander.

Giuliana stemmte die Fäuste in die Hüften und funkelte Dominique zornig an. „Hast du sie nicht mehr alle? Ich bin gerade mal ein paar Stunden nicht da, schon lädst du dir ein Mädchen in unser Wohnzimmer ein?"

„Wäre Ihnen das Schlafzimmer lieber gewesen?", fragte Jennifer.

„Du hältst gefälligst die Klappe", fuhr Giuliana sie an, hielt dann aber inne. „Moment mal, dich kenne ich doch. Du bist ... oh je." Sie hielt sich peinlich berührt die Hand vor den Mund.

„Schön, dass ihr euch endlich persönlich kennenlernt“, sagte Dominique gelassen und erhob sich. „Giuliana, das ist meine Tochter Jennifer.“

„Gott, ist mir das unangenehm“, sagte Giuliana zerknirscht. „Dabei bin ich schon einmal darauf hereingefallen, damals in Istanbul, erinnerst du dich, sevgili?“

„Und da durfte ich als Antoine Robin nicht mal eine Tochter haben, das hat die Sache schwierig gemacht.“

„Aber du hast dich gut aus der Affäre gezogen.“ Giuliana trat mit strahlendem Lächeln auf Jennifer zu und streckte ihr die Arme entgegen. „Ich bin froh, dass wir uns endlich kennenlernen, Jennifer. Dominique hat mir schon so viel von dir erzählt.“

Jennifer hatte sich erhoben und ließ sich widerstrebend von Giuliana umarmen. Ihre seidigen dunkelbraunen Haare dufteten nach einem zarten Parfüm, und sie war wirklich wunderschön, wie Jennifer neidisch bemerkte. Eine Mischung aus orientalischer Prinzessin und erotisch-wildem Rockstar. Und sie verströmte eine warme Herzlichkeit, mit der Jennifer nicht gerechnet hatte und die nicht ins Bild der intriganten, berechnenden Kriminellen passte, das sie sich von ihr gemacht hatte.

„Du siehst fantastisch aus, noch besser als auf den Fotos.“ Giuliana strahlte sie an, als wäre sie ihre lange vermisste kleine Schwester.

„Dominique hat Ihnen Fotos von mir gezeigt?“

„Ja, eins steht sogar auf seinem Nachttisch. Und so viel, wie er über dich redet – wenn du nicht seine Tochter wärst, würde ich vor Eifersucht vergehen!“ Giuliana lachte verschmitzt und wandte sich ab, um ihren Blazer auszuziehen. „Du bleibst doch zum Abendessen, Jennifer?“, fragte sie.

„Ja, warum nicht.“ Es verlangte sie zwar nicht unbedingt danach, diese Frau besser kennenzulernen, aber um Dominique einen Gefallen zu tun, musste es ja irgendwann sein, warum also nicht gleich. Außerdem hatte sie Hunger.

Es gab ein aufgewärmtes, türkisches Gemüseragout vom Vortag, das noch immer sehr lecker war, dazu gefüllte Blätterteigtaschen, eine jüdische Spezialität, die Giuliana gerade im Marais gekauft hatte, dem nahegelegenen jüdischen Viertel.

„Was haben Sie jetzt beruflich vor?", wollte Jennifer wissen, als sie bei Tisch saßen.

„Sag ihr kein Wort, sie ist bei der Polizei", warnte Dominique halb im Scherz und halb im Ernst.

„Gar nichts. Ich habe Dominique versprochen, dass ich aufhöre, wenn wir ein Baby bekommen."

„Aber irgendwas werden Sie früher oder später tun müssen, wenn Sie Ihren Lebensstandard halten wollen. Dominiques Gehalt wird dazu nicht ausreichen." Jennifer ließ ihren Blick über Giulianas Erscheinung schweifen. Die bunte, raffiniert geschnittene Seidenbluse, die schicken Jeans und die Ledersandaletten stammten mit Sicherheit von einem Designer und nicht aus einer billigen Ladenkette. Von ihrem Goldschmuck mal ganz zu schweigen. Ob sie den wohl gestohlen hat?, schoss es Jennifer durch den Kopf.

„Ich werde versuchen, hier in Paris ins Antiquitätengeschäft mit einzusteigen. Ich bin schon dabei, Kontakte zu knüpfen. Paris bietet zahlreiche Möglichkeiten, wenn man Kunstgeschichte studiert hat."

„Wir haben auch das vage Projekt, uns selbständig zu machen", sagte Dominique. „Aber es ist noch nicht richtig ausgereift."

„Dafür werdet ihr so einiges Startkapital brauchen."

Giuliana strich sich eine Haarsträhne hinters Ohr. „Notfalls kann ich das Haus in Istanbul verkaufen. Ich werde nur noch gelegentlich hinfahren, da kann ich auch im Hotel wohnen."

„Sie sind wirklich bereit, für meinen Vater alles aufzugeben?"

„Ja. Er bedeutet alles für mich", erwiderte Giuliana.

Jennifer schwieg beeindruckt.

„Übrigens: willst du mich nicht duzen? Ich gehöre jetzt ja sozusagen zur Familie."

Jennifer schnitt eine Grimasse. „Ich hab schon immer von einer Stiefmutter geträumt, die mir geklaute Juwelen zum Geburtstag schenken kann."

„Und ich habe schon immer von einer Stieftochter geträumt, die ein Cop ist und mir nur zu gerne Handschellen anlegen würde", konterte Giuliana.

„Na, dann haben sich ja alle Träume für uns erfüllt."

„Hast du eigentlich einen Freund, Jennifer?"

„Meistens. Sein Name ändert sich aber alle paar Monate."

Dominique seufzte.

Giuliana zuckte mit den Schultern. „Ist doch okay. Tob dich aus, du bist nur einmal jung."

„Oh, bitte, keine weisen Sprüche! Du bist nicht meine Mutter, okay?"

„Sei nicht so widerspenstig", wies Dominique seine Tochter zurecht.

Giuliana lachte nur. „Lass sie. Sie erinnert mich an mich selbst in ihrem Alter."

„Was für ein schmeichelhaftes Kompliment." Jennifer verzog den Mund.

„Du bist manchmal auch jetzt noch widerspenstig." Dominique nahm Giulianas Hand.

„Und genau dafür liebst du mich", sagte sie selbstsicher und küsste ihn.

„Ja, das tue ich."

Jennifer wandte den Blick ab, um nicht ansehen zu müssen, wie verliebt die beiden sich anstrahlten. Es schmerzte ihr in der Brust wie feine Nadelstiche. Sie hatte an diesem Abend mehr gehört als sie verdauen konnte. Romantische Strandhochzeit auf Tobago, Giulianas Ex, der Dominique fast getötet hätte, und jetzt auch noch ein Baby unterwegs … Das allein würde einige Sitzungen bei ihrem Psychotherapeuten brauchen.

***

„Sie hat ihn verhext", sagte Jennifer wütend zu ihrem Psychotherapeuten. „Er hat den Verstand verloren! Alle sagen das!"

Laurent Saint-Clair, ein hochgewachsener, zur Korpulenz neigender Mann in den Vierzigern, lehnte sich in seinem bequemen Bürostuhl zurück, faltete die Hände über dem Bauch und starrte nachdenklich in die Luft. „Sagten Sie nicht, dass sie Geld hat? Und er braucht Geld, um sich selbständig zu machen. Vielleicht hat er mehr Verstand, als Sie alle denken."

„So war er aber nie", widersprach Jennifer. „Er hat sich nie was aus Geld gemacht, er war immer idealistisch und integer. Ich wundere mich, wie er damit klarkommt, dass die schöne Wohnung und die elegante Frau an seiner Seite sich aus Einnahmen aus Diebstahl und Drogenhandel finanzieren. Hat er denn gar keine Gewissensbisse deswegen?"

„Haben Sie ihn gefragt?"

„Nein, er wirkt nicht wie jemand, der Gewissensbisse hat. Sondern so glücklich und zufrieden wie schon lange nicht mehr."

„Und das sollte er Ihrer Meinung nach nicht sein?"

„Das habe ich nicht gesagt!"

„Aber ein bisschen Schuldgefühle sollte er schon haben, weil seine Frau eine etwas dunkle Vergangenheit hat und weil er endlich glücklich ist, auch ohne seine Tochter?"

„Natürlich, jetzt sind Sie wieder an dem Punkt angelangt, auf dem Sie am liebsten rumreiten", klagte Jennifer und holte ein Päckchen Zigaretten aus ihrer Handtasche.

Laurent lächelte amüsiert und zündete sich ebenfalls
eine Zigarette an. Kurz darauf war der kleine, behaglich
eingerichtete Raum erfüllt von Geruch und Nebelschwaden ihrer Zigaretten.

„Stellen Sie sich mal Folgendes vor, Jennifer", begann
Laurent und richtete seine gütigen dunkelbraunen Augen auf die junge Frau, die eine trotzige Haltung in ihrem Sessel eingenommen hatte. „Sie sind unsterblich
verliebt ... das waren Sie schon mal und können es sich
vorstellen, nicht?"

„Das wissen Sie genau", knurrte sie und blies wütend
Rauch in die Luft.

„Wie hieß er doch gleich? Rajiv, richtig? Gut, also stellen wir uns vor, Rajiv wäre nicht verheiratet gewesen,
seine Kultur hätte sich nicht so grundlegend von der
Ihren unterschieden, und er hätte mit Ihnen zusammenleben, Sie vielleicht heiraten, ein Kind mit Ihnen
haben wollen – alles, wovon Sie immer geträumt haben
und was Sie glücklich machen würde. Einziger Schatten in dieser Idylle wäre, dass Rajiv mal mit der Tochter
eines Mafiabosses oder Drogenbarons oder was auch
immer verheiratet war und bei der Scheidung eine
stattliche Abfindung vom Clan kassiert hat."

„Nicht sehr realistisch, er wäre eher erschossen worden."

„Mag sein, aber nehmen wir es einfach mal an. Und
nehmen wir weiterhin an, in seiner Jugend hätte er
auch ein paar krumme Dinger gedreht, aber er hat
Ihnen geschworen, dass es vorbei ist. Wie würden Sie
sich bei all dem fühlen? Sie haben schon so einige Enttäuschungen hinter sich und wissen, es ist sehr schwer,
jemanden zu finden, der so gut zu Ihnen passt wie

Rajiv, jemanden, der Sie so zum Lachen und zum Träumen bringt, bei dem Sie sich wie elektrisiert fühlen, wenn er sie anfasst oder nur ansieht, und gleichzeitig völlig geborgen. Eben einfach glücklich. Na?"

„Ja, ja, ich habe verstanden", sagte Jennifer müde.

„Dann sagen Sie es mir. Wie würden Sie sich dabei fühlen?"

„Wenn alles andere super ist, wäre es mir im Grunde scheißegal, woher das Geld kommt, von dem meine tolle Eigentumswohnung auf der Île Saint-Louis gekauft wurde", gab sie widerstrebend zu. „Vorausgesetzt, er ist von nun an sauber", schränkte sie ein und warf einen Blick auf ihre Armbanduhr. Sie drückte ihre Zigarette aus und zückte ihr Scheckbuch. „Da Sie mich sowieso gleich rausschmeißen werden, gehe ich freiwillig, bevor wir uns wieder an dem Thema festbeißen, was gewesen wäre, wenn Rajiv frei gewesen wäre." Sie füllte den Scheck aus, erhob sich und warf ihn Laurent auf den Schreibtisch.

Er hielt einen Moment die Hand fest, die sie ihm zum Abschied reichte. „Ihr Vater ist nicht mehr frei, aber dadurch hat er Sie befreit, Jennifer. Und da Sie Tendenz haben, ihn zu imitieren, denke ich, dieser Schritt war eine gute Sache für Sie beide."

„Weil ich Ihrer Meinung nach unbedingt heiraten und Kinder haben sollte?"

„Na, es muss ja nicht gleich zum Äußersten kommen", schmunzelte Laurent.

4

Julie stieg an der Avenue Jean-Jaurès aus der Metro und bog in die schmale, verlassene Straße ein, die zu ihrem Wohnhaus am Quai de la Loire führte.

Normalerweise brachte sie jemand aus ihrer Band nach Hause, doch an diesem Abend Ende September hatte sie einen Soloauftritt aus ihrem Jazzrepertoire gehabt – ein Angebot, das ihrem Fernsehauftritt gefolgt war. Wie so oft in Paris war kurz nach Mitternacht kein Taxi zu bekommen gewesen, und sie hatte gerade noch die letzte Metro erwischt.

Hier im 19. Arrondissement in der Nähe des Canal St. Martin war es bedeutend stiller und dunkler als in der hell beleuchteten Innenstadt. Die Absätze ihrer hochhackigen Abendsandaletten hallten von den verlassenen Gebäuden wieder, die eine Schule und zwei Firmen beherbergten. Um diese Zeit hielt sich dort kein Mensch mehr auf.

Sie warf einen Blick auf ihr Handy. Bevor sie am Abend losgegangen war, hatte sie Philippe auf seine Mailbox gesprochen, dass sie in dieser Nacht bereits gegen ein Uhr zu Hause sein würde, und ihm angeboten, den Rest der Nacht bei ihr zu verbringen. Er hatte nicht geantwortet. Julie ließ das Handy in ihre große, lederne Schultertasche zurückgleiten und begann nach ihren Schlüsseln zu suchen.

Da legte sich von hinten ein Arm um sie und eine Hand auf ihrem Mund hinderte sie am schreien. Aus den Augenwinkeln nahm sie eine dunkle Gestalt wahr, deren anderer Arm ausholte. Sie versuchte, zu fliehen, doch spürte eine Sekunde später einen heißen Schmerz in der Rippengegend.

Da die Hand auf ihrem Mund verrutscht war, schrie sie laut um Hilfe. Gleichzeitig duckte sie sich und entging so einem zweiten Messerstich. Er bohrte sich durch das Schulterpolster ihres Mantels und ritzte ihren Oberarm.

Von der Avenue Jean-Jaurès eilten zwei junge Männer auf sie zu. Ihr Angreifer, von dem sie nur sah, dass er schwarz gekleidet und maskiert war, ließ von ihr ab und rannte in Richtung Kanal davon.

„Ist Ihnen was passiert?", rief einer der Männer, ein junger Nordafrikaner, besorgt, während der andere ihre Tasche aufhob, die zu Boden gefallen war.

„Ich weiß nicht genau", sagte Julie mit zitternder Stimme und tastete unter ihren Mantel. Ihr Kleid fühlte sich an der Stelle, wo das Messer sie verletzt hatte, feucht und warm an. Der Nordafrikaner zog sie näher an eine Laterne heran. „Scheiße, Sie bluten wie verrückt! Tut das weh?"

„Ein bisschen." Noch verhinderte der Schock den größten Schmerz.

„Wir rufen einen Krankenwagen. Haben Sie ein Handy?"

„Ja." Sie durchsuchte mit blutigen und zitternden Fingern ihre Handtasche.

„Dieser Anfänger hat noch nicht mal die Tasche mitgenommen", sagte der junge Mann verächtlich und wählte die Notrufnummer.

Julies Knie gaben unter ihr nach, und sie ließ sich an dem Laternenpfahl zu Boden gleiten. „Ich will nach Hause. Mein Freund ist Arzt, vielleicht kann der ..."

„Sie haben einen Messerstich abgekriegt, Madame, Sie müssen ins Krankenhaus!"

„Na, gut. Aber ich werde ihn anrufen. Geben Sie mir das Telefon." Doch ihre Finger zitterten zu sehr, um Philippes Nummer zu wählen, und sie war zu durcheinander, um die eingespeicherten Tasten in der richtigen Reihenfolge zu bedienen. Und bevor sie es geschafft hatte, kam bereits der Krankenwagen.

***

Am nächsten Morgen saßen Dominique, Michel und Audrey gemeinsam bei einer Tasse Kaffee in der Küche, als das Telefon klingelte. Audrey ging ins Wohnzimmer und kam kurz darauf erschüttert wieder zurück.

„Julie ist heute Nacht niedergestochen worden. Sie liegt im Hôpital Lariboisière."

„Oh mein Gott!" Dominique wurde blass. „Ist sie …"

„Es geht ihr einigermaßen, sie hat wohl noch Glück gehabt", sagte Audrey. „Philippe Meurisse war am Telefon. Nachdem die Stichwunde genäht worden ist, hat sie ihn angerufen. Er ist jetzt bei ihr. Ich fahre auch hin. Kommt jemand mit?"

„Natürlich." Dominique sprang auf.

„Ich komme auch mit", entschied Michel.

Das größte Pariser Krankenhaus lag in der Nähe des Gare du Nord. Sie wühlten sich durch den morgendlich dichten Verkehr und trafen eine halbe Stunde später dort ein. Philippe hatte Audrey die Station und die Zimmernummer genannt, und da sie in dem lebhaften Krankenhausbetrieb niemand aufhielt, gingen sie zu dritt hinein.

Erleichtert sahen sie, dass Julie aufrecht in ihrem Bett saß und zwar recht blass in dem mintgrünen Krankenhausnachthemd aussah, aber nicht an Schläuche oder irgendwelche Geräte angeschlossen war.

„Kommen da noch mehr?", fragte Philippe verblüfft, der an ihrer Seite saß und ihre Hand hielt. „Gut, dass ich nicht der behandelnde Arzt bin, ich würde Sie nicht alle hereinlassen."

„Guten Morgen, Philippe." Audrey, die ihn als Einzige
kannte, reichte ihm die Hand und küsste dann Julie die
Wangen. „Hey, Süße, was ist passiert?"

„Weiß nicht." Sie sah Dominique an und streckte die
Hand nach ihm aus. „Wie lieb, dass du gekommen bist
... Dass ihr alle gekommen seid, meine ich natürlich."

„Ich hab dir ja gesagt, dass wir uns bald wiedersehen
würden, aber ich hätte nicht zu träumen gewagt, dass
du dabei ein so aufreizendes Nachthemd tragen würdest", scherzte Dominique.

Er entlockte ihr damit ein Lächeln, aber ihre Augen
waren groß und voller Angst. „Dominique, ich brauche
deine Hilfe!"

Er setzte sich auf die Bettkante. „Was kann ich tun?"

„Die Polizei hat mich gerade vernommen. Sie denken,
dass da nur jemand meine Handtasche stehlen wollte.
Dabei hab ich ihnen gesagt, dass derjenige sofort zuge-
stochen hat, ohne nach meiner Tasche zu greifen. Und
noch dazu hat er sie dann liegenlassen, als er geflüchtet
ist. Ich hab ihnen auch von Marco erzählt, und sie werden sein Alibi überprüfen. Aber eigentlich glaube ich
nicht, dass er es war."

„Nun mal langsam und der Reihe nach." Dominique
war sich Philippes misstrauischem Blick bewusst, als er
Julie liebevoll eine wirre Haarsträhne aus der Stirn
strich.

Sie atmete tief durch, zwang sich zur Ruhe und erzählte, was geschehen war.

„Sie hatte großes Glück, dass keine inneren Organe
verletzt worden sind", ergänzte Philippe. „Die Wunde
konnte schnell genäht werden, und morgen wird sie
wieder entlassen."

Dominique blickte ihn an. Obwohl er Philippe noch
nie gesehen hatte, mochte er den Mann nicht, der ihm
Julie ausgespannt hatte. Er war überzeugt davon, dass
er sie erneut unglücklich machen würde. Doch sie war

erwachsen, und ihre Beziehungen gingen ihn nichts an. Außerdem war das im Moment ihr geringstes Problem.

„Warum glaubst du nicht, dass es Marco gewesen sein könnte?", fragte Audrey. „Er hat schließlich mehrmals damit gedroht, dass er dich umbringen will."

„Der Typ war nicht so groß und kräftig wie er."

„Dann hast du den Angreifer also gesehen?"

„Nur ganz flüchtig, aus den Augenwinkeln. Aber er kam mir nicht größer vor als ich selbst. Vielleicht war es auch eine Frau, schwer zu sagen. Es ging alles so schnell. Ich weiß nur, dass die Person dunkel gekleidet war und eine Maske über dem Gesicht hatte."

„Was für eine Maske?", forschte Michel.

„Ach, was weiß ich. Vielleicht eine Strickmütze, in die Löcher für die Augen geschnitten waren. Jedenfalls keine Halloween-Maske, wenn du das meinst."

„Ich glaube auch nicht, dass es Marco war", meinte Dominique. „Wenn er dich hätte umbringen wollen, dann sofort nachdem du dich von ihm getrennt hast, und nicht erst ein Dreivierteljahr später."

„Der Typ ist doch krank, man weiß nie, was in so einem vorgeht", sagte Michel.

„Er kann es nicht gewesen sein: Jede Pore an ihm riecht nach diesem widerlichen Parfum, mit dem er sich immer übergießt, das hätte ich gerochen", sagte Julie ironisch. „Ich rieche ihn auf zwanzig Meter Entfernung und gegen den Wind."

„Es könnte ein verrückter Fan gewesen sein oder eine Konkurrentin", vermutete Philippe. „Das sind die Schattenseiten des Erfolgs."

„Wenn es nur niemand aus der marokkanischen Gangsterbande war", sagte Audrey nervös. „Jemand, der den Tod von Ibrahim und Kadir rächen will."

„Wenn es ein Profi gewesen wäre, hätte er sie bestimmt nicht verpasst", meinte Dominique. „Außerdem hätte er sicher geschossen."

Philippe seufzte kopfschüttelnd. „Du hast offenbar viele Feinde, chérie“, sagte er zu Julie. „Was es mit der marokkanischen Gangsterbande auf sich hat, würde ich auch gerne eines Tages hören. Jedenfalls sehe ich jetzt noch einen Grund mehr, warum du diese Auftritte sein lassen solltest. Ich will nicht, dass du deine Sicherheit und dein Leben aufs Spiel setzt, wenn du nachts durch Paris läufst.“

„Du kannst mir ja ein Auto schenken“, erwiderte sie patzig.

„Das tue ich, wenn du dich endlich aufraffst und den Führerschein machst.“

„Am Ende hast du vielleicht das Ganze inszeniert, um mich von meinen Auftritten abzubringen!“

„Sei nicht kindisch.“ Philippe wirkte verletzt.

„Schluss damit, ihr seid beide übernächtigt und steht unter Schock“, versuchte Audrey zu vermitteln.

„Vielleicht sehen wir alle Gespenster“, lenkte Michel ein. „Wahrscheinlich war es ein ganz gewöhnlicher Raubüberfall.“

„Glaube ich nicht. Welcher Dieb riskiert schon zwanzig Jahre Gefängnis wegen Mord, wenn er die Handtasche auch so kriegen kann“, beharrte Dominique. „Er oder sie hat ja gar nicht erst versucht, dir die Tasche zu entreißen, oder?“

„Nein, hab ich doch gesagt. Noch dazu hat er die Tasche dann liegen lassen, als er geflüchtet ist. Die eine Sekunde, um die Tasche aufzuheben, hätte er noch gehabt, wenn er darauf aus gewesen wäre.“

Philippe warf einen Blick zu Uhr. „Ich muss gehen, die Patienten warten schon. Ich sehe heute Abend noch mal nach dir, Liebes.“ Er küsste sie.

„Wir müssen auch“, sagte Michel zu Dominique. „Ist ja nicht so, als ob wir nichts zu tun hätten.“

„Es ist lieb, dass ihr überhaupt gekommen seid“, sagte Julie dankbar.

„Ist doch klar." Dominique küsste sie auf die Wange.

„Ich kann noch ein bisschen bleiben", bot Audrey an. „Aber ich glaube, du brauchst Schlaf."

Julie sah in der Tat sehr müde aus; sie hatte Schatten unter den geröteten Augen, und ihr Teint hatte einen Gelbstich. Sie klammerte sich an Audreys Hand und schüttelte den Kopf. „Kann nicht einer von euch hierbleiben? In den Filmen kommt der Mörder immer zurück, um zu Ende zu bringen, was er beim ersten Versuch nicht geschafft hat."

„Ach was, er kann ja gar nicht wissen, dass du hier bist", beruhigte sie Dominique. Aber über ihren Kopf hinweg tauschte er einen ernsten Blick mit Michel.

5

Julie lag auf ihrem Bett und versuchte, sich auf einen Roman zu konzentrieren. Wenn sie still lag, schmerzte die Stichwunde nicht mehr, doch der Arzt hatte ihr noch ein paar Tage Ruhe verordnet. Es würde sie jedoch nicht daran hindern, heute Abend aufzutreten. Sie konnten es sich nicht leisten, gerade diesen Auftritt platzen zu lassen. Ahmed hatte versprochen, sie abzuholen und wieder nach Hause zu fahren, und sie würde sich nicht so viel auf der Bühne bewegen wie sonst. Und nächste Woche sollten die Aufnahmen zu ihrem Album beginnen, da musste sie unbedingt wieder in Topform sein. Sie trank bereits literweise Salbeitee mit Honig, um ihre Stimmbänder bei Laune zu halten.

Es klingelte an der Tür. Julie legte ihr Buch zur Seite und richtete sich vorsichtig auf. Bei dieser Bewegung schmerzten ihre Rippengegend und ihr Oberarm. Die Fäden würden erst in einer Woche gezogen werden. Langsam erhob sie sich, zupfte ihren grauen Jogginganzug zurecht und ging zur Tür. Ob das Philippe war? Er durfte nicht erfahren, dass sie an diesem Abend bereits wieder aufzutreten gedachte; es würde ihn wütend machen. Aber eigentlich war es zu früh für Philippe, um diese Zeit war er stets noch in seiner Praxis. Sie linste durch den Spion und sah eine Frau, erkannte sie im Zwielicht des Treppenhauses aber nicht. Vorsichtshalber legte sie die Kette vor, bevor sie die Tür öffnete. Sie hatte den Schreck über den Angriff aus dem Hinterhalt noch nicht verwunden.

In den Spalt zwischen Tür und Rahmen schob sich Giulianas lächelndes Gesicht. „Hallo. Dominique hat mir erzählt, was passiert ist, und ich wollte mal nach dir sehen. Dachte, du langweilst dich vielleicht."

Im ersten Moment war Julie erfreut, doch plötzlich
fiel ihr die Geschichte mit den Schüssen auf Dominique
ein, und Angst kam in ihr auf. Der Mörder würde wiederkommen, um zu vollenden, was er beim ersten Mal
nicht geschafft hatte … Sie zögerte.

„Was ist?", fragte Giuliana verblüfft. „Willst du mich
nicht reinlassen? Ach so." Sie lachte. „Du weißt, dass ich
mal auf Dominique geschossen habe, und jetzt denkst
du, ich habe dich aus Eifersucht erstechen wollen? Ich
war es nicht, keine Sorge, aber ich kann es dir nicht
verübeln, dass du das annimmst." Sie steckte ihr durch
den Türspalt einen kleinen Blumenstrauß zu und
wollte sich zum Gehen wenden.

„Warte!", rief Julie, die sich plötzlich albern vorkam.
Sie schloss die Tür, nahm die Kette ab und öffnete die
Tür rasch wieder. „Komm rein. Ich weiß nicht, wie verrückt du bist, aber sicher nicht genug, um mich umbringen zu wollen, nur weil ich mal mit Dominique zusammen war, als du gar nicht in seinem Leben warst."

„Stimmt. Und überleg mal: Dominique ist ein attraktiver Mann, wenn ich alle potentiellen Rivalinnen aus
dem Weg räumen wollte, müsste ich ja die gesamte
weibliche Bevölkerung von Paris abmurksen."

Julie lächelte. „Nur die Hälfte – die andere steht sicher
auf Philippe."

Giuliana hob die Plastiktüte hoch, die sie in der Hand
trug. „Ich habe selbstgebackenen Kuchen mitgebracht,
ich dachte, wir könnten zusammen Tee trinken?"

„Kann ich das als Wiedergutmachung verstehen für
den Rausschmiss letztes Mal?"

„Wenn du willst. Nimmst du es mir übel? Was würdest du tun, wenn du in deine neue gemeinsame Wohnung mit Philippe kommst und findest ihn dort mit seiner Ex-Freundin, ungefähr drei Zentimeter Luft zwischen ihren Körpern?"

„Ich hätte sie auch rausgeschmissen. Möchtest du grünen Tee?"

„Gerne." Giuliana hängte ihren dünnen Lederblazer in der Garderobe auf und folgte Julie in die schlichte Küche.

Julie stellte den hübschen Strauß aus blassrosa Rosen und pinkfarbenen Gerbera in eine Vase, setzte Teewasser auf und holte Teller aus dem Schrank. „Hat dich Dominique gebeten, mich zu besuchen?"

„Nein. Aber er weiß, dass ich hier bin." Giuliana packte den Kuchen aus und legte ihn auf einen Teller. „Ist ein Aprikosen-Mandel-Kuchen."

„Klingt lecker."

„Hat meine türkische Haushälterin in Istanbul oft gemacht."

„Meine Haushälterin in Casablanca hat mir manchmal einen Aprikosen-Dattel-Kuchen gemacht."

„Wir zwei waren schon ganz schön verwöhnt, was?", stellte Giuliana fest.

„Ich habe dafür hart gearbeitet", verteidigte sich Julie.

„Wenn du denkst, dass es einfach war, Safes aufzubrechen ..."

Sie lachten und setzten sich in Julies kleines, gemütliches Wohnzimmer an den alten Eichentisch. Als Giuliana noch einmal kurz aufstand, um ihre Handtasche aus dem Flur zu holen, nutzte Julie die Gelegenheit, um vorsichtshalber die Teller mit dem Kuchen zu vertauschen. Doch Giuliana bemerkte es, als sie zurückkam und legte nachdenklich Zeigefinger und Daumen ans Kinn.

„Gift ... Gute Idee."

Julie räusperte sich verlegen. „War nicht so gemeint. Dachte bloß, du solltest das größere Stück bekommen. Du musst schließlich für zwei essen."

Giuliana ließ sich nicht beirren. „Gift wäre gut gewesen. Oder ein Mord in deiner Wohnung. Es ist immer riskanter, jemanden auf offener Straße zu ermorden, wo es Zeugen geben könnte. Das zeigt, dass die Person, die dich umbringen wollte, keinen Zugang zu deiner Privatsphäre hatte."

„Das hatte keiner von den Verdächtigen, das bringt uns nicht weiter." Julie schenkte Tee ein.

Giuliana begann mit Appetit ihren Kuchen zu essen. „Was ist mit diesem durchgeknallten Typen, der schon mal gedroht hat, dich umzubringen?"

„Der hat ein Alibi, wie die Polizei mir sagte. Er hat in seiner Pizzeria Dienst gehabt, und mindestens ein Dutzend Personen können das bestätigen."

„Okay, haken wir den ab. Dann ist da noch diese dubiose Gangsterbande aus Marokko – hältst du es für möglich, dass die wieder hinter dir her sind?"

„Unwahrscheinlich. Wie Dominique gesagt hat: das sind Profikiller, die hätten mich bestimmt nicht verfehlt. Außerdem war es eine persönliche Vendetta, und beide Betroffenen sind jetzt tot."

„Bleibt also die Theorie von einem verrückten Fan oder einer Konkurrentin, die dich ausschalten will."

„Davon hätte ich doch irgendwas mitkriegen müssen."

„Nicht zwangsläufig."

Julie seufzte. „Aussichtslos, das herauszukriegen, oder? Ich habe Angst, der oder diejenige versucht es bald noch mal."

„Es gibt sicher einen Weg, was herauszufinden. Ich werde darüber nachdenken, mir fällt bestimmt was ein", versprach Giuliana. „Du müsstest mir natürlich ein bisschen mehr über dich erzählen, dein Umfeld, die Leute, mit denen du zu tun hast ... Hey, vielleicht kann ich dich ein paar Tage begleiten, und du erzählst, ich wäre deine neue Managerin oder so was."

„Sag mal, bist du deswegen hier?" Julie betrachtete nachdenklich Giulianas Gesicht, das vor Eifer glühte wie das eines Kindes auf Schatzsuche. Nun wirkte sie gar nicht mehr distanziert oder gar hochnäsig. „Um Detektiv zu spielen?“

„Klar.“ Giuliana lachte vergnügt. „Jemand muss dir helfen – die Polizei ist überlastet und tut es als einmaligen Raubversuch ab, und Dominique und Michel haben im Moment auch keine Zeit.“

„So viel Hilfsbereitschaft hätte ich dir gar nicht zugetraut.“

„Ehrlich gesagt langweile ich mich langsam zu Hause zwischen Kochen und Haushalt. Ich könnte mal wieder etwas Abwechslung gebrauchen.“

„Verlangt Dominique denn von dir, dass du für ihn das Hausmütterchen spielst?“

„Nein, natürlich nicht. Aber da ich schwanger bin, ist jetzt nicht der beste Zeitpunkt dafür, was Neues anzufangen. Weißt du, ich habe immer davon geträumt, eine Familie zu gründen, und ich genieße es irgendwie auch, zu Hause herumzuwirtschaften, einen Mann zu umsorgen und ein Kinderzimmer einzurichten. Ich bin sechsunddreißig, es hat lange genug gedauert. Vermisst du das nicht?“

„Nein.“ Julie runzelte die Stirn. „Meine eigene Kindheit war chaotisch, und ich habe kein richtiges Vorbild für die Mutterrolle. Ich glaube nicht, dass ich das packen würde. Ich komme ja kaum mit meinem eigenen Leben klar.“

„Ach was, das haben wir alle instinktiv in uns. Meine Mutter hat mich die meiste Zeit an das Kindermädchen abgeschoben. Dann hat sie versucht, mich von meinem Vater zu trennen, und schließlich hat sie nicht mit der Wimper gezuckt, als mein Onkel mich aus Italien verbannt hat. Ich habe sie seit fünf Jahren nicht gesehen oder gesprochen. Ist auch kein tolles Vorbild. Aber ich werde es besser machen“, sagte Giuliana überzeugt.

„Bestimmt. Und Dominique wird sicher ein guter Vater. Dein Kuchen schmeckt übrigens klasse.“

„Finde ich auch. Seit diese ständige Übelkeit vorbei ist, könnte ich rund um die Uhr essen. Ich habe schon vier Kilo zugenommen, verdammt.“ Giuliana erhob sich und betrachtete die Titel der Bücher und CDs, die in einem cremefarben gebeizten Regal standen. „Oh, du hast die neueste CD von Natascha Atlas, die finde ich toll.“

„Wir können sie auflegen, wenn du willst“, sagte Julie.

„Ja, gern.“

Kurz darauf erklang eine warme Frauenstimme zu melodischer, arabischer Popmusik. Giuliana begann sich vergnügt in den Hüften zu wiegen, bis ihr weichfallender Rock zu schwingen begann. Julie sang leise auf Arabisch mit und tanzte so gut es ihre Verletzung zuließ.

„Du kannst das ja richtig professionell“, staunte Giuliana.

„Natürlich, das gehört zu meinen Auftritten. Vor allem damals in Marokko. Aber leicht war das nicht. Ich brauchte viele Nachhilfestunden, bis ich es draufhatte.“

„Wann trittst du das nächste Mal auf?“

„Heute Abend.“

„Ich werde mitkommen und die Leute in deinem Umfeld beobachten. Kannst du mir Zugang zum Backstage verschaffen?“

„Natürlich. Aber versprichst du dir wirklich was davon? Weder die Jungs in meiner Band noch die Angestellten des Nachtclubs hätten Interesse daran, mich tot zu sehen, die verdienen alle an mir.“

„Ich verspreche mir zumindest einen unterhaltsamen Abend davon. Ich habe sowieso Lust, euch auftreten zu sehen. Dominique arbeitet wieder mal spät, und mir fällt alleine die Decke auf den Kopf.“

„Schön, dann komm mit. Ich freue mich."

***

„Ich habe kein gutes Gefühl dabei, dass du dich da einmischen willst", sagte Dominique, als sie am Abend telefonierten, während er im Wagen saß und darauf wartete, dass seine Zielperson das Haus verließ. „Ich freue mich zwar, dass du Julie helfen willst, aber hast du daran gedacht, dass es gefährlich für dich werden könnte?"

„Unsinn, ich gehe doch nur mit ihr in den Nachtclub und sehe mir ihren Auftritt an, was soll da passieren? Du kannst ja nachkommen, wenn du fertig bist."

„Nein, ich bin hundemüde. Ich finde es nur nicht richtig, dass du in verrauchten, lauten Clubs rumhängst, jetzt, wo du ein Baby kriegst."

Giuliana verdrehte die Augen und wedelte mit den frisch lackierten Fingernägeln, den Hörer zwischen Schulter und Kopf eingeklemmt. „Bitte werde nicht zum spießigen Familienvater, ja? Ich bin alt genug, um für mich selbst zu entscheiden. Und da ich keinen Alkohol trinke, werde ich mit dem Wagen fahren. Also, was soll passieren?"

„Schon gut. Aber lass dich nicht von irgendeinem Playboy anmachen, verstanden?" Sie hörte ihn durchs Telefon lächeln.

6

An insgesamt drei Abenden beobachtete Giuliana Julies Auftritte aus der Nähe. Sie hatte ihre Fans, gewiss, vom jungen Studenten, der ihr Blumen in die Garderobe bringen ließ, bis zum ältlichen Geschäftsmann, der ihr seine Visitenkarte zusteckte. Doch niemand wirkte aufdringlich oder gar fanatisch. Giuliana erkannte bereits am ersten Abend, dass es ihr nicht weiterhelfen würde, herauszufinden, wer der Angreifer oder die Angreiferin gewesen war, aber es gefiel ihr auszugehen. Dominique arbeitete oft bis in den späten Abend, und wenn er mal einen Abend zu Hause war, war er zu müde zum Weggehen. Sie wusste, sie würde sich umstellen müssen, wenn erst das Baby da war, also genoss sie ihre letzten Freiheiten. Und das nächtliche Paris war so elegant und gleichzeitig anheimelnd, so lebendig und weltoffen, dass es sie in seinen Bann schlug. Erleichtert stellte sie fest, dass sie hier weder Rom noch Istanbul vermisste.

Für einige Tage legte Giuliana Koch- und Babybücher zur Seite und spielte die Amateur-Detektivin. Sie gab sich als Journalistin eines Musikmagazins aus und suchte einige Nachwuchs-Sängerinnen auf, die Julie ihr als Konkurrentinnen nannte. Sie hatte Glück, dass diese zu wild auf Publicity waren, um bei der Redaktion nachzufragen.

„Klar beneide ich sie", sagte eine stark geschminkte und toupierte algerische Raï-Sängerin. „Aber andererseits ist es auch ermutigend, dass eine von uns es geschafft hat."

„Eine von uns ... Sie wissen schon, dass Julie zwar in Marokko gelebt hat, aber Französin ist", sagte Giuliana.

„Klar. Aber sie singt für eine arabische Band. Und sie singt toll. Sie hat es einfach verdient."

„Kommen Sie mir nicht mit Julie Beaulieu! Ey, ich hasse sie dafür, dass sie mir den ersten Platz bei diesem Casting letztes Frühjahr weggeschnappt hat", sagte eine kaugummikauende Blonde mit Piercings von den Ohrmuscheln bis zum Bauchnabel.
„Meinen Sie wirklich hassen?", fragte Giuliana ruhig.
„Ja!"
„So sehr, dass Sie sie dafür umbringen könnten?"
„Ach, Quatsch, natürlich nicht."
„Na, da bin ich aber beruhigt. Aber Sie können sie nicht leiden?"
„Keine Ahnung, ich kenne sie ja gar nicht. Eigentlich sieht sie ganz nett aus."

„Julie kenne ich gut", sagte eine rothaarige Jazzsängerin. „Stimmt schon, sie kriegt jetzt bessere Engagements als ich, aber sie hat es verdient. Ich glaube, es war ein harter Weg für sie. Sie hat es nicht leicht gehabt im Leben. Ich wünsche ihr alles Gute. Wenn Sie das schreiben könnten?"
Giuliana gab es auf.

An einem Tag begleitete sie Julie ins Studio, wo die Aufnahmen zur ersten CD ihrer Band liefen. Während Julie sang, suchte Giuliana das Gespräch mit den herumlaufenden Angestellten. Sie hatte sich als Julies Managerin ausgegeben und wirkte in ihrem grauen Hosenanzug, mit unter den Arm geklemmtem Organizer und den zum strengen Dutt gezwirbelten Haaren sehr glaubhaft.
„Ich habe den Eindruck, du suchst einen Job", sagte Julie in einer Pause lachend zu ihr.

Giuliana lachte ebenfalls. „Falls ich im Kunst- oder Antiquitätenhandel nichts finde, können wir ja noch mal drüber reden. Aber Detektivin sollte ich nicht werden … ich habe nicht das Geringste herausgefunden.“

„Das habe ich mir gleich gedacht. Wenigstens wird die Produktionsfirma nicht versuchen, uns übers Ohr zu hauen, bei der Managerin!“

„Wollen wir den Aperitif bei mir nehmen?“, schlug Giuliana vor, als sie am frühen Abend das Studio verließen.

Ahmed, Rachid und die anderen waren bereits gegangen. Seit Julie nicht mehr mit Marco zusammen war, war ihre Beziehung zu seinem Cousin und dessen Kollegen nur noch rein beruflich.

„Gerne.“

Kurz darauf saßen sie in Giulianas toskanischem Wohnzimmer und tranken Orangensaft – Guiliana pur, Julie mit einem Schuss Malibu.

„Kennst du das Gefühl, irgendwie immer anders zu sein als andere?“, fragte Julie. „Nie das Richtige zu sagen oder zu tun? Den Eindruck zu haben, dass einen andere kompliziert finden und nicht verstehen?“

„Anders zu sein, ja, allerdings. Aber ich habe schon lange aufgehört, mir daraus etwas zu machen. Es ist mir egal, ob mich andere eigenartig oder kompliziert finden, und ich lasse mich davon nicht verunsichern, was andere für richtig halten.“

„Leicht gesagt, wenn man Urenkelin eines Sultans und in so vornehmen Kreisen aufgewachsen ist wie du.“

„Ach was, meine Ur-Großmutter war eine auf dem Markt gekaufte Sklavin und mein Großvater wurde als illegitimer Bastard angesehen. Klar, in Rom haben wir schon recht vornehm getan. Das hat mir wahrscheinlich die nötige Arroganz verliehen, um der anderen Seite ins Gesicht sehen zu können. Und diese ist, dass mein Vater ein Ganove aus Neapel war – und alles, was südlicher ist als Rom, ist für Italiener drittklassig –, und dass ich selber auch nichts Besseres bin als eine gewöhnliche Diebin, die sich in ihrem eigenen Land nicht mehr sehen lassen darf."

„Wer will das schon noch kontrollieren, die Grenzen sind offen."

„Ich weiß. Natürlich könnte ich als Touristin nach Italien fahren, aber meine Familie hat mich sozusagen verstoßen, die wollen nichts mehr mit mir zu tun haben, und da will ich mich nicht aufdrängen. Was ich dir damit sagen wollte, Julie: Die anderen sind nicht besser als du, weil sie in besseren Kreisen aufgewachsen sind oder eine bessere Ausbildung haben. Oder drei Kinder großziehen und es gleichzeitig schaffen, für den Triathlon zu trainieren. Wenn sie dich nicht akzeptieren, wie du bist, dann pfeif auf sie und geh deiner eigenen Wege. Du brauchst sie nicht."

„Hin und wieder braucht man andere schon, um sich nicht einsam zu fühlen. Du nicht?"

„Ich habe nie richtige Freunde gehabt", gestand Giuliana. „Wie denn auch, mit dem was ich gemacht habe? Ich habe gelernt, mich mit oberflächlichen Bekanntschaften zu begnügen. Ich will jetzt nicht wie eine Zeitschriftenpsychologin klingen, aber meistens wirst du umso mehr akzeptiert, je weniger du verzweifelt versuchst, dich anzupassen. Dann laufen dir die Leute zu, statt dass du ihnen nachlaufen musst."

„Gilt das auch für Männer?"

„Ganz besonders für Männer. Die mögen immer alles, was anders ist. Ich wette, wenn wir beide ein stinknormales Leben geführt hätten, hätten sich unsere Männer nie in uns verliebt. Höchstens optisch, und das hätte dann nicht lange gehalten."

Das Telefon klingelte. Giuliana meldete sich und machte ein überraschtes Gesicht. Dann begann sie zu strahlen und auf Türkisch zu sprechen. Julie staunte. Giuliana sprach inzwischen fließend Französisch, aber doch eher langsam und überlegt. Die türkische Sprache sprudelte nur so aus ihr heraus, und ihr Gesicht leuchtete. Neben ihrer Lebhaftigkeit fühlte sich Julie wie eine Statue. Aber Giuliana hatte recht: Sie musste endlich aufhören, immer wie andere sein zu wollen und lieber stolz auf das, was sie erreicht hatte, statt ihre Komplexe zu kultivieren wegen der Dinge, die sie nicht erreicht hatte.

„Das war eine Cousine aus Istanbul", erklärte Giuliana, als sie aufgelegt hatte. „Sie hat mich zur Hochzeit ihres Sohnes nächsten Monat eingeladen. Dabei hatten wir schon zwei Jahre lang keinen Kontakt mehr. Ich dachte, die hätten mich abgeschrieben."

„Warum denn?"

„Ich war immer die Exotin, nie eine von ihnen. Italienerin, zu emanzipiert, anrüchiger Lebenswandel und so weiter. Dabei wollte ich so gerne von ihnen akzeptiert werden", bekannte Giuliana.

Julie lachte auf. „Ach so? Ich dachte, das ist dir egal?"

„Mit der Familie ist das was anderes. Außerdem siehst du ja: jetzt, wo ich denen auch die kalte Schulter gezeigt habe, kommen sie an! Als ich mich in Istanbul noch um Kontakt bemüht habe, haben sie mich nie zu solchen Festen eingeladen."

„Wahrscheinlich hatten sie Angst, du stiehlst den Gästen den Goldschmuck." Julie grinste.

„Oder den Frauen die Männer! Als alleinstehende Frau stehst du da quasi immer im Verdacht, Nymphomanin zu sein."

„Wenn dir das mit der Familiengründung so wichtig war, warum hast du dann so lange gewartet? An Interessenten kann es dir doch nicht gemangelt haben."

„Ach, weißt du ... die, die sich ernsthaft für mich interessiert haben, habe ich nicht gewollt. Und die, die ich gewollt habe, habe ich nicht gekriegt. Jedenfalls nicht sehr lange. Und wenn man meiner Profession nachgeht, ist die Auswahl nicht sehr groß. Schon gar nicht in Istanbul; die meisten Türken sind immer noch furchtbare Machos und betrachten Frauen als ihren Besitz. Das würde ich nicht aushalten."

„Genau wie die Marokkaner." Julie hob ihr Glas. „Trinken wir auf unsere lockeren Franzosen!"

7

Julies klangvolle Altstimme erfüllte die Bar des vornehmen Hotel Crillon an der Place de la Concorde. Das schwarze mit silbernen Pailletten bestickte Abendkleid hatte ihr ein junger Pariser Designer geliehen, der sich davon Publicity für seine neue Kollektion erhoffte.

Giuliana lehnte sich entspannt in dem bequemen Clubsessel zurück und beobachtete sie fasziniert. Sie liebte orientalischen Pop, aber als Jazzsängerin gefiel ihr Julie eigentlich noch mehr. Ihre Stimme kam dabei besser zur Geltung.

Ein hochgewachsener schlanker Mann mit dichtem, graumeliertem Haar betrat die gut besuchte Bar und blickte sich kurz um. Dann steuerte er auf den freien Platz an Giulianas Tisch zu. „Ist hier noch frei?", flüsterte er.

Sie nickte und musterte ihn prüfend, während sie an ihrem alkoholfreien Fruchtcocktail nippte. Markantes Gesicht, gutgeschnittener Anzug, ruhige und dennoch sehr vitale Ausstrahlung. Typisch, jetzt, wo sie nicht mehr frei war, kamen die interessanten Männer von selbst auf sie zu. Aber nun brauchte sie sie auch nicht mehr.

Der attraktive Gentleman lächelte sie kurz an, dann wandte er sich Julie zu und betrachtete sie mit hingerissener Miene. Für den Rest ihres Auftritts wandte er nicht mehr die Augen von ihr, und als sie geendet hatte, applaudierte er vehementer als es seine seriös-distinguierte Erscheinung hätte vermuten lassen.

Noch einer, der ihr gleich seine Visitenkarte zustecken wird, dachte Giuliana amüsiert.

Doch dieser hier hatte das offenbar nicht nötig. Nachdem Julie sich nach allen Seiten für den Applaus bedankt hatte und die kleine Bühne verließ, kam sie schnurstracks an ihren Tisch und küsste den Mann. „Bonsoir, chéri. Wie ich sehe, bist du gleich am richtigen Tisch gelandet. Giuliana, das ist Philippe. Philippe, das ist Giuliana, Dominiques Frau."

Automatisch fragte Giuliana sich, wie viel er wusste und ob wohl abschätzende Blicke oder gar Kommentare kommen würden.

„Ah, Sie sind Julies Schutzengel", sagte er nur und lächelte.

„Schön, dass du es noch geschafft hast." Julie strahlte ihn an.

„Ja, aber ich kann leider nicht sehr lange bleiben."

„Schade, ich wollte dich noch auf einen Schlummertrunk zu mir einladen. Hast du meine SMS schon wieder nicht gekriegt?"

„Doch. Übrigens weiß ich jetzt auch, warum ich sie in der Nacht, als du angegriffen worden bist, nicht bekommen habe. Darfst du dich einen Moment zu uns setzen oder ist das unerwünscht?"

„Warum nicht? Wenn du Champagner bestellst, werden die schon nichts dagegen haben."

„Gerne. Ich kann auch einen Schluck zur Aufheiterung vertragen", seufzte er. „Möchten Sie auch Champagner, Giuliana?"

„Nein, ich habe mir geschworen, während der Schwangerschaft keinen Tropfen Alkohol anzurühren."

„Sehr lobenswert. Was anderes vielleicht?"

„Noch so ein Caribic Heaven wäre nicht schlecht."

„Was wolltest du mir erzählen wegen der SMS, Philippe?", erkundigte sich Julie, als sie bestellt hatten.

„Du sagtest mir ja, dass du mir an dem Abend, bevor du angegriffen worden bist, eine SMS geschickt hast, die ich aber nicht bekommen habe."

„Ja. Und?"

„Meiner Frau ist an diesem Abend mein Handy in die Finger gefallen. Ich war wohl gerade im Bad. Jedenfalls hat sie die SMS gelesen und gelöscht. Das war offenbar der Auslöser für diesen Streit, auch wenn sie es jetzt erst zugegeben hat.“

„Welchen Streit? Davon hast du mir gar nichts erzählt.“

„Du lagst im Krankenhaus, ich wollte dich nicht damit belasten. Und überhaupt will ich dich nicht mit meinen Eheproblemen behelligen.“

Sie zuckte mit den Schultern. „Ich hätte ja eine Lösung, wie du dir diese Probleme vom Hals schaffen könntest …“

„Ja, und genau darüber habe ich an jenem Abend zum ersten Mal mit Carole gesprochen. Ich habe ihr gesagt, dass ich sie verlassen werde, weil ich mit dir leben möchte.“

Wie aufs Stichwort brachte der Kellner Champagner. Philippe prostete Julie zu. „Wenn das kein Grund für Champagner ist?“

Sie strahlte auf. „Warum sagst du mir das erst jetzt? Eine Aufmunterung dieser Art hätte ich gebrauchen können, als ich krank war!“

„Ich hatte dieses Theater mit Carole und wollte das erst beilegen.“

„Und? Hast du?“

Er seufzte. „Nein, heute Abend hatten wir wieder Krach. Da hat sie mir die Sache mit der SMS an den Kopf geworfen.“

„Warum regt sie sich eigentlich über eine harmlose, kleine SMS so auf?“, warf Giuliana ein, die das Gespräch interessiert verfolgte. „Sie wusste doch schon von euch.“

„Sie war etwas schlüpfrig“, kicherte Julie mit roten Wangen, die nicht von den zwei Schluck Champagner stammten, sondern von der Freude über Philippes Zusage.

Giuliana grinste. „Hätte ich dir gar nicht zugetraut."

„Es ist dir also wirklich ernst diesmal, Philippe?"

„Hast du daran gezweifelt?" Sein Lächeln war so samtig wie seine Stimme, und Giuliana fand ihn plötzlich zu glatt. Hoffentlich würde er nicht erneut nur mit Julie spielen. Klar, jetzt wo sie langsam bekannt wurde und sich jede Menge Männer für sie zu interessieren begannen, musste er befürchten, sie zu verlieren, und sich langsam ein bisschen vorwagen. Hauptsache, er würde nicht wieder kalte Füße bekommen.

„Ja", erwiderte Julie. „Schließlich hast du vor Kurzem noch die Bedingung daran geknüpft, dass ich aufhöre zu singen."

„Du kannst ja immer noch zu Hause unter der Dusche singen." Er schmunzelte. „Nein, Schatz, eigentlich bin ich sehr stolz auf deinen Erfolg. Ich sehe ein, dass es ein Jammer wäre, hier aufzuhören. Versprich mir nur, dass du immer noch Zeit für mich finden wirst."

„Natürlich werde ich das", sagte sie lächelnd und mit leuchtenden Augen. „Komm heute Nacht mit mir mit, dann beweise ich es dir ..."

„Sehr verlockend, aber ich meinte eigentlich zu normalen Tageszeiten." Er küsste ihre Hand. „Tut mir leid, Liebes, aber ich muss früh aufstehen, außerdem will ich zu Hause nicht noch Öl ins Feuer gießen. Bis die Scheidung eingereicht ist, sollten wir weiter vorsichtig sein. Carole wird verdammt gute Anwälte engagieren, die mich bis aufs Hemd ausziehen können. Wenn die mit mir fertig sind, wirst du wahrscheinlich keinen wohlhabenden Lebensgefährten haben."

Sie zuckte mit den Schultern. „Dann ist es ja gut, dass meine Gagen langsam steigen."

Giulianas Gedanken schweiften ab, sie hörte dem Gespräch nicht länger zu. Während sie an ihrem Cocktail aus tropischen Fruchtsäften nippte, starrte sie mit gerunzelter Stirn und hellwachen Augen vor sich hin. Philippes Worte hallten in ihren Ohren wider, und nun ergab alles einen Sinn.

Als sich Philippe kurz darauf verabschiedete, blickte Giuliana ihm nach. „Wie kommt es nur, dass wir alle zu dämlich waren, das Naheliegende zu sehen? Wenn einer ein handfestes Motiv hat, dich umzubringen, dann ja wohl Philippes Frau!"

Julie machte ein zweifelndes Gesicht. „Sie kann mich sicher nicht ausstehen. Aber mich deswegen umbringen? Sie hatte von jeher eine Art Vernunftehe mit Philippe, sie ist nicht unsterblich in ihn verliebt."

„Wenn du glaubst, dass man unsterblich verliebt sein muss, um eine Rivalin umzubringen ... Siehst du denn nie Krimis im Fernsehen? Wenn es eine Vernunftehe war, dann wird sie wohl auch vernünftige Gründe haben, ihn behalten zu wollen. Außerdem ... die meisten Männer, die fremdgehen, erzählen ihren Geliebten, dass es eine Vernunftehe war und rein gar nichts mehr zwischen ihnen ist, keine Liebe und schon gar kein Sex."

„Er will mit mir zusammenziehen! Also ist es egal, ob er mir in Bezug auf seine Ehe was vorgemacht hat oder nicht."

„Schon gut. Aber denk mal drüber nach. Du weißt mehr über die beiden als ich, vielleicht fallen dir ja Gründe ein, die diese Dame dazu bringen würden, einen Mord zu begehen."

„Gut, mache ich. Meine Pause ist zu Ende", sagte Julie nach einem Blick auf ihre zierliche, silberne Armbanduhr und erhob sich. „Wir reden nachher im Auto weiter, ja?"

Giuliana hatte angeboten, Julie nach Hause zu bringen. Sie hatte sich kurz nach dem Kauf der Wohnung auch einen schwarzen Alfa Romeo zugelegt, weil es zu beschwerlich war, die vielen Einkäufe mit den öffentlichen Transportmitteln zu befördern. Und sie mochte auch nicht immer auf Taxis und ihre oft rüden Fahrer angewiesen sein. Wenn das Baby erst da war, würde sie sowieso ein Auto benötigen. Sie hatte in Erwägung gezogen, ihren Sportwagen aus Istanbul nach Paris überführen zu lassen, die Idee jedoch wieder verworfen, weil es nur ein Zweisitzer war.

„Als du Philippe nach der Attacke angerufen hast, wie spät war es da?", fragte Giuliana, als sie später vor dem festlich beleuchteten Hotel Crillon standen und darauf warteten, dass der Parkdienst-Mitarbeiter den Alfa Romeo vorfuhr.

„Morgens gegen sechs, vom Krankenhaus aus. Eigentlich wollte ich ihn sofort anrufen, aber meine Hände haben so gezittert und ich war so durcheinander, dass ich es nicht geschafft habe, und dann kam auch schon die Ambulanz."

„Gut. Dann hatte Madame Meurisse reichlich Zeit, wieder ins Ehebett zu schlüpfen. Wenn du ihn gleich angerufen hättest, hätte er gemerkt, dass sie nicht da ist."

„Nicht unbedingt. Sie haben getrennte Schlafzimmer, hat er mal gesagt, und ein großes Haus."

„Na, bitte! Er kann es also nicht gemerkt haben, wenn sie weg war."

„Aber wenn ich ihn sofort angerufen hätte, wäre er vielleicht mit ihr zusammengestoßen, als sie nach Hause gekommen ist – falls du mit deiner Theorie recht hast."

„Wenn er gleich losgestürmt wäre, wäre sie wahrscheinlich noch gar nicht wieder da gewesen. Oder wohnen die beiden so nah an deiner Wohnung?"

„Nein, die wohnen natürlich im noblen 16. Arrondissement."

„Hab ich mir gedacht. Und haben mit Sicherheit zwei Autos, so dass er seines nicht vermisst hätte."

„Aber vielleicht hätte er bemerkt, dass ihr Wagen nicht in der Auffahrt steht."

„Ein Beweis wäre das auch nicht gewesen. Sie könnte schließlich überall gewesen sein. Vielleicht bei einem Liebhaber?"

Julie kicherte. „Wäre auch keine schlechte Entdeckung."

„Stand in deiner SMS an Philippe auch die Uhrzeit, wann du nach Hause kommst?"

„Ja."

„Na bitte, dann wusste sie ja, wann sie dir auflauern muss."

„Und was machen wir jetzt?"

„Während du gesungen hast, habe ich mir was überlegt. Da kommt mein Wagen. Komm, ich erzähl es dir unterwegs."

***

Dominique erwachte, als Giuliana um halb zwei nach Hause kam. „Na, du Rumtreiberin", murmelte er und knipste das Licht an.

Sie setzte sich auf die Bettkante und küsste ihn. „Toll, dass du wach bist. Ich glaube, ich weiß jetzt, wer versucht hat, Julie umzubringen." Sie erzählte ihm von dem Gespräch mit Philippe und ihrem Verdacht.

Dominique gähnte und rieb sich die Augen. „Du könntest recht haben. Was denkt Julie darüber?"

„Erst war sie skeptisch, aber jetzt glaubt sie auch, dass da was dran sein könnte."

„Aber wie wollt ihr das beweisen?"

„Wir haben einen Plan. Aber dazu brauchen wir Philippe, und es ist nicht sicher, ob er mitspielen wird. Julie muss mit ihm reden. Und dich brauchen wir auch." Sie erzählte von dem Plan, den sie mit Julie auf dem Heimweg entworfen hatte.

Dominique nickte. „Ich mache mit. Ich finde auch, wir sollten es tun. Wir können nicht riskieren, dass sie es noch mal versucht und diesmal mehr Glück hat. Und du kannst nicht ewig Bodyguard für Julie spielen. Ich will nicht, dass du in Gefahr gerätst. Und ich möchte, dass du bei mir bist, wenn ich ins Bett gehe."

Er zog sie an sich und öffnete den Reißverschluss ihres eleganten Kleides, unter dem sich langsam ein kleines Schwangerschaftsbäuchlein abzuzeichnen begann.

Giuliana warf das noch von Pedro gekaufte Seidenkleid achtlos in Richtung Wäschekorb, schlüpfte zu Dominique unter die Decke und schmiegte sich in seine Arme.

8

„Willst du damit andeuten, du hältst Carole für eine Mörderin?" Philippe fuhr sich mit gespreizten Fingern durch das kurzgeschnittene Haar und begann in Julies Wohnzimmer auf- und abzugehen.

„Sie hat ein Motiv, Philippe. Wenn ich tot wäre, würdest du dich nicht von ihr scheiden lassen, oder?"

„Vielleicht doch", sagte er unwirsch, obwohl er wusste, dass sie recht hatte.

„Nein, würdest du nicht, dazu bist du viel zu bequem."

„Also bitte, Julie, was ist denn in dich gefahren? Die Freundschaft mit dieser Giuliana scheint dir nicht zu bekommen. Diese Idee ist von ihr, oder?"

„Sie hat eben den klaren Blick einer Außenstehenden."

„Dass ich nicht lache! Nichts als eine Diebin ist sie, und noch dazu hat sie versucht, deinen Ex-Freund umzubringen."

„Und daher können wir davon ausgehen, dass sie über Mordmotive eine Menge mehr weiß als wir", trumpfte Julie auf. „Und so bescheuert, wie sich Carole damals in Tanger aufgeführt hat, traue ich es ihr ohne Weiteres zu."

„Sie ist immer noch meine Frau, Julie, und ich verbiete dir, so von ihr zu reden!", fuhr er sie an.

Julie erschrak, fing sich aber. „Du hast mir nichts zu verbieten, Philippe, mein Leben stand auf dem Spiel, hast du das schon vergessen? Oder ist es dir egal? Vielleicht wäre es ja auch für dich bequemer, wenn ich aus deinem Leben einfach wieder verschwinde!"

„Du bist ja völlig durch den Wind, das hat doch keinen Sinn!"

Sie holte tief Luft. „Du meinst, unsere Beziehung hat keinen Sinn?"

„Das hast du gesagt. Ich meinte eigentlich nur dieses Gespräch. Aber wenn du schon so fragst ... Ich weiß nicht, ob wir das Richtige tun."

„Jetzt sind wir also wieder so weit", sagte sie wütend, während sie merkte, dass ihr Tränen in die Augen stiegen. „Du versuchst, dich wieder aus der Affäre zu ziehen. Darauf habe ich all die Monate gewartet."

„Das ist mir zu dumm", sagte Philippe und griff nach seiner Jacke. „Wenn du so wenig Vertrauen zu mir hast ..."

„Ja, renn nur wieder weg!"

„Es ist halb drei und ich habe ab drei die nächsten Patienten. Ich bin nicht so eilig in meiner Mittagspause hergekommen, um mir Verleumdungen über meine Frau anzuhören."

„Lass mich sie wenigstens zur Rede stellen! Hast du mehr Angst davor, sie könnte sich darüber aufregen, als davor, dass noch mal jemand versuchen könnte, mich umzubringen? Das lässt ja tief blicken, Philippe."

„Unsinn. Aber du suchst an der falschen Stelle! So was würde Carole niemals tun."

„Du hast Angst vor einem Skandal, falls sich herausstellt, dass ich recht habe, nicht? Ein Skandal, der deinem Ruf schaden könnte. So wie damals." Sie lachte verächtlich auf. „Eifersüchtige Arztfrau geht mit Messer auf Geliebte los, könnten die Zeitungen titeln. Das ist noch besser als damals: Tangers High-Society-Arzt beim Seitensprung mit Nachtclubsängerin erwischt!"

Philippe knallte wortlos die Tür hinter sich zu. Julie starrte einen Moment auf die geschlossene Wohnungstür. Die alte Julie hätte sich jetzt schluchzend auf ihr Bett geworfen. Die neue atmete tief durch, schluckte die Tränen herunter und rief ihre Freundin Giuliana an.

„Ihr habt wohl recht gehabt, du und Dominique. Philippe ist gerade wutentbrannt aus meiner Wohnung gestürmt, weil es ihm anscheinend lieber ist, ich lasse mich umbringen, als seiner kostbaren Ehefrau zu nahe zu treten. Plötzlich scheint er generell daran zu zweifeln, ob unsere Beziehung überhaupt Sinn hat.“

„Das tut mir leid“, sagte Giuliana mitfühlend. „Aber du kennst meine Meinung schon.“

„Ja. Ich sollte ein paar von den Visitenkarten aufheben, die man mir zusteckt.“

Giuliana lachte. „Darauf würde ich mich nun auch nicht unbedingt einlassen. Aber du solltest Philippe auf keinen Fall anrufen und klein beigeben.“

„Dann hat sich unser Plan wohl erst mal in Luft aufgelöst.“

„Warte es ab. Lass ihn schmoren. Der kommt schon wieder. Und wenn nicht, sei froh, dass du ihn los bist.“

***

Als der letzte Patient gegangen war, blieb Philippe regungslos hinter seinem Schreibtisch aus massivem Mahagoni sitzen und legte müde die Hände vors Gesicht. Den ganzen Nachmittag hatte er sich kaum konzentrieren können, weil er pausenlos an Julie gedacht hatte. Er versuchte zu ergründen, warum er sich so aufgeregt hatte.

Lehnte er sich so heftig gegen Julies Vermutung auf, weil er insgeheim befürchtete, sie könne recht haben? Nein, Carole mochte kühl und schwierig sein, aber sicher nicht kaltblütig genug, um zu versuchen, seine Geliebte mit Gewalt loszuwerden.

Oder war es Julies Unterstellung, er würde es bequem finden, wenn sie aus seinem Leben wieder verschwände? Ja, das hatte seinen wunden Punkt getroffen. Ja, er war feige, und ja, er hatte Angst davor, sein Leben für Julie umzukrempeln und auf so einige Annehmlichkeiten und Vorteile zu verzichten, insbesondere auf das beruhigende Vermögen und den Einfluss seiner Schwiegereltern. War Julie es wert?

Er schämte sich für diesen Gedanken. Sie war eine fabelhafte Frau, und er liebte sie. Aber das war es ja gerade. Sie war jung, schön und talentiert – was, wenn sie ihn eines Tages verlassen würde? An Gelegenheit, interessante Männer kennenzulernen, mangelte es ihr gewiss nicht. Und dann hätte er alles umsonst geopfert. Doch stellte man solche Überlegungen an, wenn man jemanden wirklich und vorbehaltlos liebte? War man da nicht bereit, alle Risiken auf sich zu nehmen, so wie Dominique und Giuliana?

Wollte er den Rest seines Lebens damit verbringen zu bereuen, dass er zu feige gewesen war, sich voll und ganz auf die Liebe zu Julie einzulassen? Das hatte er schon einmal hinter sich. Jetzt bot ihm das Schicksal eine zweite Chance – wollte er die etwa auch vertun? Warum wollte er sich eigentlich nicht gleich lebendig begraben lassen? Wenn er sich sein künftiges Leben ohne Julie vorstellte, erschien es ihm öde und beklemmend.

Und es ging auch um Julie. Er hatte sie schon einmal sehr enttäuscht, das konnte er ihr nicht noch einmal antun. Er erinnerte sich, auf was für eine erbärmliche Weise er sich in Tanger aus der Affäre gezogen hatte, als Carole ihm ein Ultimatum gestellt hatte. Er konnte es Julie nicht verübeln, dass sie ihm nicht mehr richtig vertraute.

Und nun ging es sogar um ihr Leben. Auch wenn er überzeugt davon war, dass seine Frau nichts mit dem Angriff zu tun hatte, schuldete er es Julie, sie diese Möglichkeit überprüfen zu lassen. Zum Teufel mit dem, was Carole davon hielt.

Er griff zum Telefon. „Julie? Ich habe wohl ein bisschen überreagiert vorhin, oder auch ein bisschen mehr
als ein bisschen ... Natürlich werde ich dir helfen. Was
muss ich tun?"

9

Dominique parkte den Wagen in einer stillen Seitenstraße des Villenviertels im 16. Arrondissement und warf einen Blick zu Uhr. „Wir haben noch Zeit. Ist alles okay bei dir?"

Julie nickte und nestelte nervös an dem dünnen Seidenschal, den sie locker um den Hals geschlungen hatte. „Wenn es nur schon vorbei wäre. Lieber würde ich stattdessen eine Wurzelbehandlung beim Zahnarzt machen lassen."

„Kann ich mir vorstellen. Hast du sie schon mal persönlich getroffen?"

„Nein. Wir haben uns nur mal von Weitem gesehen, das war noch in Tanger."

Dominique nahm ein erbsengroßes Abhörgerät und befestigte es an Julies Pullover. „Leg den Schal darüber, damit sie es nicht sieht." Er drückte ihr kurz die Schulter. „Ich gehe dann. Warte noch zehn Minuten im Wagen, bevor du kommst. Und wenn du irgendein Problem hast, brauchst du nur in deinen Sender zu sprechen. Aber bitte klopf nicht dran oder so was, das tut höllisch weh im Ohr."

„Okay."

Dominique ging zur Villa der Meurisses und schlich durch den Vorgarten. Philippe hatte das Gartentor wie verabredet offen stehen lassen.

Um Punkt siebzehn Uhr öffnete Philippe ihm leise die Tür. Es war Samstag, das Hausmädchen war gegangen und Carole entspannte sich oben im Schlafzimmer vor dem Empfang, zu dem sie an diesem Abend eingeladen waren. Die Tochter war bei einer Freundin, wo sie auch übernachten würde. Lautlos folgte Dominique Philippe zu einem Abstellraum in der kleinen Diele, die zwischen Wohn- und Esszimmer lag, und schlüpfte hinein.

Philippe ging ins Schlafzimmer hinauf, wo Carole im Hausanzug vor der Frisierkommode saß und ihre Schmuckschatulle nach einem zu ihrem Cocktailkleid passenden Collier durchsuchte.

„Ich muss noch mal weg", sagte er.

„Was denn, jetzt noch? Wohin?"

„Spielt doch keine Rolle. Ich bin rechtzeitig zurück. Falls es an der Tür klingelt, sei so gut und mach auf, ich erwarte eine Kuriersendung." Er verschwand.

Carole Meurisse starrte unverwandt auf ihr Spiegelbild. Bestimmt musste er noch nach seinem Flittchen sehen, damit sie ihn für den langweiligen Abend in der dänischen Botschaft in Stimmung brachte. Sie wusste, dass er diese gesellschaftlichen Verpflichtungen hasste. Das hatte angefangen, als sie damals aus Tanger fortgegangen waren und er dazu gezwungen gewesen war, sich von seiner Nachtclubsängerin zu trennen. Seitdem war er nicht mehr derselbe. Und jetzt war er erneut mit dieser Frau zusammen, und es schien ernsthafter denn je zwischen den beiden. Aber wenn dieses kleine Luder dachte, sie könnte ihr so einfach den Ehemann ausspannen, hatte sie sich verrechnet. Philippe gehörte ihr. Sie brauchte ihn, allein schon für ihre Auftritte in der Gesellschaft: Geschiedene Frauen hatten es in diesem Milieu nicht leicht. Und sie hatte keine Lust, zum Gespött zu werden, weil ihr Mann sie wegen einer fünfzehn Jahre jüngeren Barsängerin verlassen hatte. Das Getuschel hinter vorgehaltener Hand, das von Mitleid bis zu hämischen Bemerkungen reichte, würde sie nicht ertragen.

Und sie liebte Philippe auf ihre Art, ihre kühle, distanzierte Art. Es fiel ihr schwer, Gefühle zu zeigen. Insbesondere, da sie wusste, dass er ihre Gefühle nicht erwiderte. Mit dem Alleinsein würde sie nicht zurechtkommen. Und sich auf einen neuen Mann einzulassen, den sie wieder nach ihren Wünschen formen musste, dazu fehlten ihr die Lust und die Energie.

Es klingelte an der Tür. Das musste der Kurierdienst sein. Lustlos erhob sie sich und ging die breite gewundene Treppe nach unten, um zu öffnen. Vor ihr stand jedoch kein Kurierfahrer, sondern eine junge Frau mit langen blonden Haaren, die sie sofort erkannte.

„Guten Tag", sagte Julie höflich. „Tut mir leid, wenn ich so unangemeldet hereinplatze ..."

„Wie können Sie es wagen, hierherzukommen", zischte Carole. „Philippe ist nicht da!"

„Ich wollte Sie sprechen, Madame."

„Was wollen Sie? Mich um Verzeihung bitten, weil Sie mit meinem Mann herumhuren?"

Julie zwang sich, ruhig zu bleiben. Wenn ihr Carole die Tür vor der Nase zuschlug, war der Plan gescheitert.

„Bitte, Madame Meurisse. Nur ein paar Minuten."

Carole überlegte kurz. Eigentlich war es ein Wink des Schicksals. „Meinetwegen, kommen Sie rein."

Julie betrat beinahe ehrfürchtig das elegante Haus, das mit vielen Antiquitäten ausgestattet war. Julies Geschmack war es nicht, aber Giuliana hätte hier sicher ihre Freude. Wie Philippe wohl damit klarkommen würde, in einer Zwei-Zimmer-Wohnung zu leben, die mit Möbeln von Ikea und vom Trödler eingerichtet war?

„Setzen Sie sich." Carole wies auf die Couch. „Was wollen Sie?"

Die beiden Frauen musterten sich einen Moment lang feindselig. Carole musste insgeheim zugeben, dass diese Julie mehr Klasse besaß, als sie erwartet hatte.

Julie fand, dass Carole noch kälter wirkte, als sie es sich nach Philippes Beschreibungen vorgestellt hatte. Ihre eisblauen Augen wirkten starr, das helle, sommersprossige Gesicht maskenhaft und ihre Figur war überschlank. Alles an ihr wirkte hart, freudlos und irgendwie ausgedörrt.

„Starren Sie mich nicht so dumm an! Ich höre!“, fauchte Carole.

Julie ließ sich auf das Sofa sinken. „Ich weiß, dass Sie vor zehn Tagen versucht haben, mich umzubringen“, sagte sie ruhig.

„Das ist ja lächerlich. Wie kommen Sie denn darauf?“

„Ich habe Sie erkannt. Ihr Handschuh ist verrutscht, als Sie mir den Mund zugehalten haben, und ich habe dieses Muttermal an Ihrem Handgelenk gesehen.“ Sie wies auf Caroles linke Hand.

Die Information über das Muttermal am Handgelenk stammte von Philippe, und natürlich bluffte Julie. Sie hatte kein Muttermal gesehen, dazu war alles viel zu schnell gegangen und es war zu dunkel gewesen.

Carole starrte sie an. „Wir sind uns vorher nie begegnet, wie wollen Sie das wissen?“

„Erst vor ein paar Tagen hat mir Philippe Fotos gezeigt, da habe ich es gesehen. Deswegen habe ich der Polizei keinen Tipp gegeben, als sie mich vernommen haben.“

Carole betrachtete sie lauernd. „Werden Sie das jetzt nachholen?“

„Weiß ich nicht. Ich wollte mich erst mal mit Ihnen darüber unterhalten.“

„Wie viel wollen Sie, Schätzchen?“

Julie hatte nicht die Absicht gehabt, Carole zu erpressen, aber wenn sie darauf einging, kam es immerhin einem Geständnis gleich.

„Hundertfünfzigtausend Francs und die Sache bleibt unter uns.“

Carole dachte kurz nach. „Gut, aber nur, wenn Sie außerdem aus der Stadt verschwinden und Philippe nie wiedersehen.“

Philippe, der das Haus gar nicht verlassen hatte, sondern sich ebenfalls in die Abstellkammer gezwängt hatte, tauschte einen Blick mit Dominique. Sie hatten die Tür der Kammer einen winzigen Spalt offengelassen; es genügte, um auch ohne Dominiques Empfänger mitzuhören, worüber die beiden Frauen sprachen, auch wenn sie sie nicht sehen konnten.

„Nein", sagte Julie fest. „Meine Liebe zu ihm ist unverkäuflich. Und ich pfeife auf Ihr Geld. Ich bin keine Erpresserin. Aber die Polizei würde es sicher sehr interessieren, dass Sie mir Geld für mein Schweigen angeboten haben."

„Das habe ich nicht. Sondern nur dafür, dass Sie meinen Mann in Ruhe lassen", erklärte Carole kühl, obwohl sie innerlich kochte. „Möchten Sie einen Drink?"

„Warum nicht."

Carole stand auf und ging hinter Julie vorbei in Richtung Hausbar, blieb jedoch hinter der Couch stehen.

„Es war sehr leichtsinnig von Ihnen, hierher zu kommen, wenn Sie wirklich glauben, ich hätte versucht, Sie niederzustechen."

Dominique und Philippe starrten sich an. Julie hatte nicht erwähnt, dass sie mit einem Messer angegriffen worden war, und Philippe hatte Carole von dem ganzen Vorfall nichts erzählt. Im gleichen Moment hörte Dominique über den Sender in seinem Ohr, dass Julie einen gurgelnden Laut und einen erstickten Hilferuf von sich gab. Er stürzte aus seinem Versteck ins Wohnzimmer.

Carole hatte Julies Seidenschal von hinten gepackt und zog ihn mit aller Kraft um ihren Hals zusammen. Julie schaffte es nicht, sich zu befreien und schnappte verzweifelt nach Luft. Carole war kräftiger als ihre feingliedrige Statur es vermuten ließ.

Für Dominique hingegen war es ein leichtes, Carole mit einem gezielten Tritt in die Kniekehle und einem

anschließenden Polizeigriff zu überwältigen. Während
er die strampelnde Carole zu Boden zwang, rannte Philippe zu Julie, die sich den Schal vom Hals riss und heftig nach Luft rang. Er setzte sich neben sie und tastete
behutsam über ihre Kehle.

„Geht es wieder? Mein Gott, es tut mir so leid!“ Er war
blass vor Schreck und Sorge.

„Eine Mund-zu-Mund-Beatmung wäre jetzt nicht
schlecht“, brachte Julie ironisch hervor, doch er spürte,
wie sie zitterte. Er zog sie in die Arme und streichelte
sie beruhigend, während er über ihre Schulter fassungslos seine Frau anstarrte, die aufgehört hatte, sich
gegen Dominiques Griff zu wehren. Er hatte sie vom Boden hochgezogen und auf einen Sessel bugsiert.

„Wie konntest du nur, Carole?“, fragte Philippe erschüttert.

Carole erwiderte seinen Blick hasserfüllt. „Ich sage
nichts ohne meinen Anwalt.“

„Wir sollten jetzt die Polizei rufen“, meinte Dominique.

Philippe dachte nach. „Ich glaube, niemand hier ist an
einem Skandal interessiert. Ich lege auch keinen Wert
darauf, meine künftige Ex-Frau hinter Gittern zu sehen.
Ich muss mich bei dir für ihr Verhalten entschuldigen,
Julie. Wenn du unbedingt Anzeige erstatten willst, werden wir das tun, aber ...“

„Was heißt hier ‚wenn‘?“, rief Dominique empört.
„Und was meinen Sie mit ‚ihr Verhalten‘? Ihre werte
Gemahlin hat ihr nicht die Vorfahrt genommen, sondern zwei Mal versucht, Julie umzubringen! Wollen Sie
das etwa unter den Tisch fallen lassen?“

„Natürlich nicht. Aber ich habe einen Alternativvor-
schlag: wir verzichten auf die Anzeige, wenn du mit all
meinen Scheidungsbedingungen einverstanden bist,
Carole.“

„Und die wären?“, fragte sie mit schmalen Lippen.

„Das werde ich mir noch genau überlegen. Das Haus hier will ich nicht, es ist so anheimelnd wie ein Museum. Aber ich will fünfzig Prozent von seinem Verkaufswert. Und ich will die Ferienwohnung in La Rochelle, den Mercedes und achtzig Prozent unserer gemeinsamen Sparkonten. Eine genaue Aufstellung wirst du durch meinen Anwalt erhalten. Selbstverständlich wirst du auf Unterhalt verzichten, ich werde nur für Aurélie zahlen.“

„Du bist ein Schwein, Philippe!“

„Du hast die Wahl. Wenn ich mich scheiden lasse, während du wegen versuchten Mordes im Gefängnis sitzt, wirst du gar nichts bekommen. Außerdem wird es einen Skandal geben, der auch Aurélie sehr treffen würde. Und deine Eltern wären bestimmt begeistert, nicht wahr?“

„Ich werde dafür sorgen, dass sie erfahren, welchen Anteil du an dem Ganzen hattest! Du bist sehr tief gesunken. Ihr verdient euch wirklich beide, du und deine Nachtclubsängerin.“

Philippe hatte den Arm fest um Julie gelegt. „Du kannst ihr nicht das Wasser reichen, Carole. Was machst du denn schon, außer vom Geld deiner Familie zu leben – und von meinem? Julie hat alles aus eigener Kraft geschafft. Und mit all deinem Geld kannst du dir nicht ihre Herzlichkeit kaufen, ihre Großzügigkeit, ihren Charme – und alles, was ich sonst noch an ihr liebe. Julie, bist du damit einverstanden, auf eine Anzeige zu verzichten oder möchtest du sie lieber hinter Gittern sehen?“

Spontan wollte Julie ihre mordlüsterne Rivalin lieber hinter Gittern sehen, doch sie ahnte, dass ein guter Anwalt Carole überzeugend als Opfer darstellen, vielleicht sogar freibekommen konnte. Mit Philippes Arrangement waren sie besser bedient. Carole würde es sicher nicht wagen, ihr noch einmal zu nahe zu kommen.

Julie nickte. „Ich möchte dich aber noch kurz unter vier Augen sprechen, Philippe."

„Gehen wir in mein Schlafzimmer. Dominique, nehmen Sie sich solange einen Drink, wenn Sie möchten, während Sie auf das Goldstück da aufpassen, bis ich meine Bank und meinen Anwalt angerufen habe." Er nahm Julie an der Hand und führte sie die Treppe hinauf in sein Schlafzimmer. „Was willst du mir sagen, Liebes?"

„Bevor du deinen Anwalt anrufst und all das, gibt es da noch etwas, das du über mich wissen solltest", begann sie. „Es ist wohl auch für mich an der Zeit, reinen Tisch zu machen."

Er blickte sie abwartend an.

„Es gibt Dinge, die ich dir nie erzählt habe", überwand sich Julie. „Aber wenn es dir wirklich ernst mit mir ist, dann solltest du sie wissen: Ich bin in einer Hippie-Kommune aufgewachsen, meine Mutter ist an einer Überdosis gestorben und mein Zwillingsbruder arbeitet für eine spanische Untergrundorganisation." Dass sie jahrelang missbraucht worden war und Fabien den Mann schließlich getötet hatte, verschwieg sie, sie wollte ihn nicht überfordern. „Wenn du deswegen jetzt nicht mehr mit mir zusammen sein kannst, verstehe ich das."

„Ich weiß das alles längst, Julie", sagte Philippe sanft. „Als Carole in Tanger Wind von unserer Affäre bekommen hat, hat sie einen Detektiv darauf angesetzt, in deiner Vergangenheit herumzuschnüffeln und hat mir den Bericht mit Schadenfreude unter die Nase gehalten. Ich gebe zu, dass ich damals ein wenig schockiert war und dass es meinem Entschluss nachgeholfen hat, mich von dir zu trennen. Heute weiß ich, dass es mir völlig egal ist, wie deine Familie gelebt hat und was dein Bruder getan hat oder noch tut. Du hattest damit nie etwas zu tun." Er macht eine Pause. „Gibt es sonst noch was?"

Julie biss sich auf die Lippen. „Nach dir hatte ich eine längere Affäre mit einem marokkanischen Gangsterboss – was ich allerdings anfangs nicht wusste. Als ich es herausbekommen habe und mich von ihm trennen wollte, ist er gewalttätig geworden. Und als er meinen Bruder umbringen wollte, habe ich ihn getötet. Es war Notwehr, aber ich musste trotzdem weg aus Marokko."

Philippe schluckte, schwieg einen Moment und schien das Gehörte zu verarbeiten. „So aufregend wie dein Leben war ...", begann er dann nachdenklich. „Wirst du es mit einem Langweiler wie mir überhaupt aushalten?"

Sie grinste erleichtert. „Ich werde mich bemühen."

Er griff unters Bett und zog einen Koffer hervor. „Ich hoffe, du bist mit einem Hausgast für die nächste Zeit einverstanden. Du wirst verstehen, dass ich nicht unter demselben Dach mit einer Person schlafen kann, die versucht hat, dich umzubringen. Deswegen packe ich jetzt meinen Koffer und ziehe zu dir. Aber vorher muss ich noch meine Konten sperren lassen, damit Carole nicht mit dem Geld abhaut, und versuchen, am Samstagabend einen Scheidungsanwalt zu finden. Einen Immobilienmakler brauchen wir auch, aber das kann bis Montag warten. Hast du heute Abend einen Auftritt?"

„Ja. Ich hoffe, ich packe das. Mir tut die Kehle schon beim Reden weh." Julie räusperte sich. Ihre Stimme war heiser, und auf ihrem Hals zeichneten sich rote Striemen ab.

„Dann schreibt dich dein Hausarzt jetzt krank und wird dich persönlich gesundpflegen." Er zog sie in die Arme. „Ich werde Dominique bitten, dich nach Hause zu fahren, dann brauchst du hier nicht zu warten. Ich komme nach."

„Nein, ich lasse dich nicht allein mit dieser Frau. Am Ende bringt sie dich noch um, nur damit ich dich nicht kriege!"

„Ich schließe jetzt gar nichts mehr aus", murmelte Philippe.

<h1 style="text-align: center;">10</h1>

„Ich bin sehr stolz auf dich", verkündete Dominique, als er kurz darauf nach Hause kam. „Keiner von uns ist auf die Idee gekommen, dass es Madame Meurisse gewesen sein könnte, nur du."

„Hat sie gestanden?", fragte Giuliana gespannt und legte das Große Handbuch der werdenden Mutter zur Seite.

„Nicht direkt, aber sie hat noch mal versucht, Julie umzubringen. Und das hat Philippe überzeugt. Er will noch heute die Scheidung einreichen und zu Julie ziehen."

„Wunderbar. Da hab ich wohl ein gutes Werk getan, was?"

„Ja. Ich würde sagen, du hast eine Rivalin verloren und eine Freundin gewonnen", sagte Dominique und küsste Giuliana.

„Jetzt kommt es mir selbst blöd vor, dass ich auf sie eifersüchtig war", gestand sie.

Es klingelte an der Wohnungstür. Er ließ sie seufzend los. „Hat man hier denn nie seine Ruhe? Hoffentlich ist das nicht Julie, weil Philippe gerade beschlossen hat, ohne sie nach Australien auszuwandern."

Dominique ging die Tür öffnen. Vor ihm stand Sonja und lächelte ihn an.

„Mit dir habe ich nicht gerechnet", sagte er verblüfft. „Ist Pierre auch da?" Er spähte über ihre Schulter in den Hausflur.

„Nein. Ich war gerade in der Gegend. Du hattest ja diese kommentarlose Karte mit deiner Adressänderung geschickt, und da dachte ich, ich schaue mal vorbei. Ich habe so lange nichts von dir gehört, und ehrlich gesagt war ich neugierig, wie es dich auf die Île Saint-Louis verschlagen hat."

„Du hast in letzter Zeit nicht mit Jennifer gesprochen, oder?", fragte Dominique vorsichtig.

„Nein. Erst war sie im Urlaub, dann waren wir im Urlaub, und seitdem habe ich nichts von ihr gehört."

„Sie ist jetzt auf der Polizeiakademie."

„Ja, das habe ich vermutet. Und du hast dich genauso rar gemacht seit ein paar Monaten. Sag mal, kann ich nicht reinkommen?"

„Natürlich, entschuldige." Dominique gab die Tür frei. Sonja trat ein und sah Giuliana im Flur auftauchen.

„Oh, du hast Damenbesuch", stellte Sonja verlegen fest.

„Nicht direkt. Also ... sie ist der Grund, warum ich hier wohne."

Giuliana lächelte breit, als sie neben Dominique trat. „Willst du uns nicht bekannt machen, Schatz?"

„Das ist meine Schwägerin Sonja, die Frau von meinem Bruder Pierre – ich habe dir ja von den beiden erzählt."

„Ja." Giulianas Züge entspannten sich. „Schön, Sie kennenzulernen."

„Und das ist meine Frau Giuliana."

„Deine Frau?" Sonja klappte die Kinnlade herunter. „Giuliana ... Doch nicht etwa die Giuliana, der du das hier verdankst?" Sie tippte auf seine Brust, an die Stelle, wo sich die beiden Einschussnarben befanden.

Giuliana runzelte die Stirn.

„Doch, genau die."

„Und ihr habt wirklich geheiratet?"

„Ja."

„Na, wenigstens verstehe ich jetzt, warum du dich von uns allen zurückgezogen hast – wie soll man so was auch erklären! Du hast noch nicht mal deinen Eltern gesagt, dass du geheiratet hast, oder?"

„Ich wollte es persönlich tun, nicht am Telefon. Aber da sie ja aus der Bretagne nicht mehr wegzukriegen sind und ich noch keine Zeit hatte, hinzufahren ... Aber wir werden bald mal übers Wochenende zu ihnen fahren. Ich wollte ihnen nämlich auch erzählen, dass sie wieder Großeltern werden."

„Oh, Glückwunsch", murmelte Sonja kaum hörbar. „Daher die schnelle Hochzeit? Oder nur deswegen?"

„Nein, aus Liebe", erklärte Giuliana kühl. „Was geht Sie das eigentlich an? Dominique kann schließlich heiraten, wen er will!"

„Ich war diejenige, die einen Teil der Krankenhausrechnung bezahlt hat, die zu begleichen war, weil Sie auf ihn geschossen haben!", sagte Sonja schneidend. „Und ich habe ihn im Krankenhaus in Istanbul besucht und mit angesehen, wie er gelitten hat nach dem, was Sie ihm angetan haben!"

„Sonja, bitte." Dominique legte ihr unangenehm berührt die Hand auf die schmale Schulter. „Du kennst doch die Geschichte und weißt, dass ich daran auch nicht ganz unschuldig war. Und Giuliana hat es tausendfach wiedergutgemacht. Ich war noch nie so glücklich." Zu spät merkte er, dass das ein Tritt ins Fettnäpfchen war.

Der Blick, den Sonja ihm zuwarf, brannte vor Schmerz und Enttäuschung. Nur mühsam konnte sie sich eine anzügliche Bemerkung verkneifen, eine Anspielung auf ihre leidenschaftlichen Nächte in der russischen Taiga. Sie schwieg nicht mit Rücksicht auf das junge Eheglück, sondern nur, weil sie fürchtete, Giuliana könnte es ihr heimzahlen und Pierre von ihrer Affäre mit Dominique erzählen, sobald sie ihn kennenlernen würde. Und das würde sich nicht ewig vermeiden lassen.

„Möchtest du einen Drink?“, versuchte Dominique abzulenken.

„Nein, danke, ich muss nach Hause.“

„Wie du willst. Grüß Pierre von mir.“

„Ich hatte eigentlich nicht die Absicht, ihm von meinem Besuch zu erzählen. Das könnte er merkwürdig finden.“

Giuliana hob die Augenbrauen, sagte jedoch nichts.

„Wir werden euch demnächst beide einladen“, versprach Dominique hastig. „Allerdings fliegen wir nächsten Monat ein paar Tage nach Istanbul, und zu meinen Eltern wollten wir ja auch noch ...“

„Macht überhaupt nichts.“ Sonja hatte kein besonderes Interesse daran, Dominique mit einer anderen zu sehen, und außerdem war sie sicher, dass Pierre seiner attraktiven neuen Schwägerin sofort schöne Augen machen würde. Sie hatte gehofft, dass mit dem zweiten Kind alles anders werden würde, dass ihre Gefühle zu Dominique nachlassen würden und dass Pierre endlich aufhören würde, fremdzugehen. Sie fürchtete jetzt, dass sie sich getäuscht hatte.

„Sie liebt dich“, sagte Giuliana ruhig, als Dominique die Tür hinter Sonja geschlossen hatte und ins Wohnzimmer zurückgekehrt war.

„Unsinn, wie kommst du denn darauf?“ Er ließ sich neben sie auf die Couch fallen.

„Mach mir nichts vor. Nicht nur, dass sie in dich verliebt ist, ihr hattet auch eine Affäre miteinander, stimmt’s?“

„Das ist lange her“, murmelte er.

„Bevor sie deinen Bruder geheiratet hat?“

„Nein, so lange nun auch wieder nicht. Wie hast du das erraten?“

„Das stand ihr ins Gesicht geschrieben. Dir übrigens auch." Sie lehnte sich an ihn. Dominique vergrub sein verräterisches Gesicht seufzend in ihre Halsbeuge.

„Und du? Warst du auch in sie verliebt?"

Er löste sich von ihr, um sie ansehen zu können und las die Angst in ihren Augen.

„Ja", sagte er ehrlich. „Ich werde für sie da sein, wenn sie mich braucht. Genau wie sie für mich da war, als ich sie gebraucht habe. Aber unsere Geschichte ist vorbei und hat in der Wirklichkeit nie Bestand gehabt. Also brauchst du auch keine Angst zu haben, dass ich dich mit ihr betrüge oder dich ihretwegen verlasse."

„Es zerrt an meinen Nerven, dass hier andauernd schöne Frauen auftauchen, mit denen du mal was hattest – besonders jetzt, wo ich in Kürze wie ein Walfisch aussehen werde", klagte sie.

Dominique lachte. „Ich werde dich auch lieben, wenn du wie ein Walfisch aussehen wirst."

„Ach, sevgili, womit habe ich das verdient?"

„Hast du ja gar nicht", neckte er sie. „Aber ich liebe dich trotzdem."

EPISODE 5

KUNSTDIEB WIDER WILLEN

1

„Soll ich dieses Kleid zur Hochzeit anziehen?", fragte Giuliana und drehte sich in einem eleganten pflaumenblauen Abendkleid vor Dominique, der mit einer Zeitschrift auf der Couch lag.

Er blickte auf. „Ja, tu das."

„Sehe ich darin nicht zu dick aus?"

„Chérie, du bist schwanger, es ist völlig normal, dass du …" Er unterbrach sich, als ihn ihr gekränkter Blick traf.

„Ausgerechnet jetzt, wo ich meine Familie wiedertreffe, sehe ich aus wie ein Nilpferd", jammerte sie.

„Ich dachte, Mutterschaft wird in Italien und der Türkei glorifiziert? Du solltest deinen Bauch mit Stolz zeigen, weil dich alle Frauen beneiden werden. Und deine Brüste waren noch nie toller." Er dachte, dass sie das aufmuntern würde, doch sie warf wütend die Stola, die sie in den Händen hielt, auf einen Sessel und ließ sich frustriert neben ihn sinken. „Mag ja sein, aber keiner hat mir gesagt, dass auch der Hintern doppelt so groß wird. Und ich bin noch nicht einmal im sechsten Monat!"

Dominique nahm die Füße vom Sofa, um ihr Platz zu machen, und legte die Zeitschrift weg. „Was ist los, Giuliana? Ich dachte, du bist selbstbewusst genug, um dich wegen ein paar Kilo nicht verrückt zu machen. Bist du nervös, weil du deine türkischen Verwandten wiedersehen wirst?"

„Ja, das auch", gab sie zu. „Ach, ich glaube, ich fokussiere mich so auf diese Dinge, weil ich hier nicht ausgefüllt bin. Ich fühle mich so nutzlos! Ich habe mein altes Leben aufgegeben und in meiner neuen Welt noch nicht Fuß gefasst."

„Du hattest dein altes Leben bereits aufgegeben, als du
dich nach Südamerika abgesetzt hast“, erinnerte er sie.

„Und bin von einer Abhängigkeit in die nächste geraten“, entfuhr es ihr.

Dominiques Gesicht verdüsterte sich. „Wie schmei-
chelhaft, dass du mich mit Pedro vergleichst.“

„Unsinn, so habe ich das nicht gemeint.“

„Wie kommst du darauf, dass du von mir abhängig
bist?“

„Nicht finanziell, aber emotional. Ich will nicht mehr
ohne dich leben. Und das Baby ... natürlich bin ich
glücklich darüber, aber mir sind in dieser Situation
auch die Hände gebunden.“

„Langweilst du dich schon mit mir?“, fragte Dominique beklommen.

„Natürlich nicht, sevgili. Aber du arbeitest ja die
ganze Zeit – was auch gut ist, einer muss schließlich
Geld verdienen –, doch ich bin eben nicht der Typ, der
auf Dauer damit zufrieden ist, ständig nur zu Hause
herumzuwirtschaften.“

„Es gibt in Paris so vieles zu tun und zu sehen.“

„Ich weiß, aber seit ich schwanger bin, war mir erst
andauernd schlecht, und jetzt bin ich ständig erschöpft
und es ist mir zu anstrengend, durch Paris zu rennen.“

„Vielleicht würde es helfen, wenn du Freunde hättest.
Willst du dich nicht wieder öfter mit Julie treffen? Ihr
habt euch zum Schluss doch gut verstanden.“

„Ja, ich mag sie. Aber sie hat im Moment keine Zeit,
weil sie mit Philippe die neue Wohnung einrichtet und
gleichzeitig ihre Karriere managt.“

„Na, und was ist mit Sonja? Als sie und mein Bruder
zum Essen hier waren, hatte ich den Eindruck, ihr würdet euch verstehen. Und sie hat Kinder, da habt ihr bald
was gemeinsam.“

„Das wäre aber auch das Einzige. Und die Tatsache,
dass wir beide dich lieben“, sagte Giuliana finster.

„Nein, Sonja kann mich nicht leiden. Sie ist eifersüchtig darauf, dass ich mit dir zusammen bin, und eifersüchtig darauf, dass ihr Gatte mir so penetrant ins Dekolleté geguckt hat.“

Dominique seufzte.

„Außerdem brauche ich auch keine Frauenfreundschaften. Ich war schon immer eine Einzelgängerin und vermisse das nicht. Aber früher war ich eben aktiver und hatte dadurch jede Menge Kontakte. Zurzeit begrenzen sich meine Kontakte auf die Frauen in der Schwangerschaftsgymnastik.“ Sie verzog den Mund.

„Halt noch ein paar Monate durch“, tröstete er. „Jetzt kommt erst mal die Hochzeit in Istanbul, die wird dir guttun. Und danach wird dir schon was einfallen, wie du dich beschäftigen kannst.“

Sie nickte, doch der sorgenvolle Ausdruck verschwand nicht von ihrem Gesicht. „Ich muss unbedingt möglichst bald beruflich hier Fuß fassen, aber wer stellt schon eine Schwangere ein? Das Geld von Pedros Schmuck ist aufgebraucht, genau wie der Großteil meiner Ersparnisse. Wahrscheinlich werde ich das Haus in Arnavutköy verkaufen müssen, und auch den Laden, aber das möchte ich nicht, solange sich hier nichts ergeben hat.“

„Aber du hängst an dem Haus und dem Geschäft ...“

„Noch mehr hänge ich an dir.“ Sie küsste ihn rasch und lächelte traurig.

„Tut mir leid, dass ich nicht genug verdiene.“

„Nein, das will ich nicht hören!“ Sie legte ihm die Finger auf die Lippen. „Es war von vornherein klar, dass du nicht meinen früheren Lebensstil finanzieren sollst.“

„Manchmal wünschte ich, ich wäre tatsächlich Antoine Robin, der weiß, dass er nur einmal loszuziehen braucht und danach eine Million Francs mehr auf seinem Konto hat", sinnierte Dominique. „Dann hätten wir diese Probleme nicht."

„Dann hätten wir aber andere." Sie legte die Hand auf ihr Bäuchlein. „Ich habe dir versprochen, dass ich aufhöre, sobald wir ein Baby haben, also führe mich nicht in Versuchung, indem du damit anfängst!"

„Du glaubst doch nicht, dass ich im Ernst daran gedacht habe, zum Dieb zu werden, oder?"

„Nein. Aber glaub mir, wenn es mit dem Kind nicht geklappt hätte, hätte ich versucht, dich umzudrehen."

Sie lachten. Dann kräuselte sich Giulianas Stirn wieder.

„Ich bin froh, dass Sinem einen neuen Job gefunden hat. Und Max ist auch in guten Händen. Hoffentlich ist alles in Ordnung mit dem Haus ... Wenn wir nächste Woche in Istanbul sind, werde ich zumindest den Verkauf meines Autos in die Wege leiten. Und vielleicht sollte ich das Haus eine Weile möbliert vermieten, dann hätte ich eine regelmäßige Einnahmequelle. Aber ich weiß, dass so was Arbeit macht, und wenn das Kind erst da ist, kann ich nicht so einfach hinfliegen, falls etwas ist. Und das Geschäft wirft kaum noch etwas ab. Manchmal frage ich mich, ob Mustafa nicht in seine eigene Tasche wirtschaftet. Ich werde mir mal die Buchhaltung ansehen, wenn ich dort bin. Ich bin froh, dass ich wenigstens nicht mehr das Haus auf Trinidad habe, um das ich mich kümmern muss."

„Besitz belastet", kommentierte Dominique mit einem kleinen Lächeln.

Das Telefon klingelte. „Ist für dich", sagte er und reichte den Hörer weiter. „Ich habe nicht verstanden, wer dran ist."

Giuliana meldete sich und vernahm die Stimme ihrer Cousine Dilek, die sie für die darauffolgende Woche zur Hochzeit ihres Sohnes Fatih eingeladen hatte. Sie sprach schnell und aufgeregt.

„Giuliana, ich brauche deine Hilfe! Es ist mir sehr unangenehm, wir haben uns so lange nicht gesehen, aber
ich weiß nicht, was ich tun soll ...“

„Was ist denn los?“, fragte Giuliana beunruhigt.

„Du hast einen Privatdetektiv geheiratet, hast du gesagt, nicht?“

„Ja.“

„Es ist mir wirklich peinlich, dass ich dich um einen
Gefallen bitten muss ...“

„Nun sag schon, was passiert ist.“

„Fatih ist verschwunden.“

„Was genau meinst du mit ‚verschwunden‘?“

„Er ist seit vier Tagen nicht mehr nach Hause gekommen, und vorhin habe ich von einem Cousin aus Berlin
einen Anruf bekommen – Cahit, erinnerst du dich an
ihn?“

„Nein, aber egal. Erzähl weiter.“

„Fatih ist bei ihm in Berlin aufgetaucht, und er
scheint in Schwierigkeiten zu stecken. Ich mache mir
Sorgen. Wir können nicht riskieren, die Polizei einzu-
schalten, denn nach dem wenigen, was Cahit herausbekommen hat, hat der Junge Mist gebaut. Und wenn er
nicht in spätestens acht Tagen wieder hier ist, platzt die
Hochzeit, und wir verlieren das Gesicht. Mein Mann ist
völlig außer sich. Und natürlich hat auch Sibel, seine
Braut, gemerkt, dass er weg ist und ist verzweifelt. Ihren Eltern haben wir erzählt, dass er ein paar Tage nach
Izmir fahren musste, zu seiner kranken Großtante ...
Die dürfen nicht erfahren, dass er in diesem Schlamassel steckt.“

„Kann es sein, dass er einfach nicht heiraten
möchte?“, fragte Giuliana vorsichtig.

„Doch, das will er. Er liebt Sibel, und er weiß, wie
wichtig ihr die Hochzeit ist. Er würde es ihr nicht antun, sie sitzenzulassen. Es sei denn, er ist dazu gezwungen.“ Ihre Stimme klang tränenerstickt.

„Ich werde versuchen, dir zu helfen", versprach Giuliana. „Sag mir alles, was du weißt."

Als Giuliana einige Minuten später den Hörer auflegte, funkelten ihre Augen, und der kummervolle Ausdruck war verschwunden.

„Wir fliegen nach Berlin!", verkündete sie.

„Wie bitte?"

„Berlin. Die Hauptstadt von Deutschland."

„Ich weiß, wo Berlin ist! Aber was zum Teufel sollen wir da?"

„Meinen jungen Cousin finden und ihn aus dem Schlamassel holen, in den er anscheinend geraten ist. Und das bis Mitte nächster Woche."

„Und was ist mit der Hochzeit? Fliegen wir nun nicht mehr nach Istanbul?"

„Doch. Aber vorher fällt uns die ehrenvolle Aufgabe zu, den Bräutigam ausfindig zu machen und nach Istanbul zu bringen, sonst ist die Hochzeit geplatzt, und dann müssen wir tatsächlich nicht mehr hin. Das heißt, ich schon, ich muss ja noch die Sache mit meinem Haus, meinem Auto und dem Geschäft regeln, bevor ich zu schwanger zum Fliegen bin."

„Muss das denn sein? Ich meine, dass wir deinen Cousin suchen?"

„Das ist Ehrensache! Ich kann meiner Familie so eine wichtige Bitte nicht abschlagen! Ich könnte es auch allein machen, aber ..."

„Kommt nicht in Frage. Aber das heißt, uns bleibt nur eine Woche ...?"

„Genau. Ich kümmere mich gleich morgen früh um die Flugtickets. Die wollen Dilek und ihr Mann uns bezahlen, aber ein Honorar können wir natürlich nicht verlangen. Und dann müssen wir spätestens übermorgen los."

„Ich habe einen Job, Giuliana! Ich habe schon beim letzten Mal alles von heute auf morgen fallen lassen, um mit dir nach Istanbul und nach Trinidad zu fliegen. Ich weiß nicht, wie lange Michel das noch mitmacht! Außerdem muss ich unbezahlten Urlaub nehmen, mein Jahresurlaub ist für Trinidad draufgegangen."

„Vielleicht ist Michel froh, dann braucht er dir kein Gehalt zu zahlen. Du sagst doch immer, dass die Detektei nicht so gut läuft." Sie sprang auf. „Ich fange schon mal an zu packen – holst du mir die Koffer runter? Wie kalt ist es jetzt in Berlin?"

„Wahrscheinlich ein bisschen kühler als in Paris, auf jeden Fall kühler als in Istanbul, pack etwas Warmes ein." Auch wenn sich Dominique für den Umweg über Berlin und die damit vermutlich verbundenen Schwierigkeiten wenig begeistern konnte, freute er sich, dass die Aussicht auf dieses Abenteuer Giulianas Lebensgeister wiederzuerwecken schien.

„Nimmst du nun das Kleid mit, in dem du deinen Po so dick findest?", machte er die Probe aufs Exempel.

„Was?" Sie sah ihn zerstreut an.

Er wies mit dem Kinn auf das pflaumenblaue Kleid, das sich an ihren kurvigen Körper schmiegte.

„Ach so, das. Ja, ich werde es anziehen." Sie zuckte mit den Schultern. „Wen kümmert es? Wahrscheinlich ist mein Hintern immer noch dünner als der meiner Cousinen."

Dominique lächelte in sich hinein und erhob sich, um die Koffer vom Hängeboden zu holen.

2

Staunend blickte sich Giuliana auf der Karl-Marx-Straße in Berlin-Neukölln um. „Hier sieht es ja aus wie in der Türkei."

Dicht an dicht reihten sich Obst- und Gemüseläden, Döner-Imbissbuden, orientalische Cafés und Läden mit türkischen Produkten aneinander. Frauen mit Kopftüchern und in langen Mänteln schleppten große Taschen mit Lebensmitteln vom Wochenmarkt nach Hause.

„Hier muss es sein." Sie blickte erst auf den Zettel in ihrer Hand und dann an der verwitterten Fassade einer Mietskaserne aus der Gründerzeit empor.

Sie fand das Namensschild an dem großen Klingelkasten neben der Haustür und klingelte.

„Ja?", ertönte eine misstrauische Männerstimme durch die Sprechanlage.

„Hier ist Giuliana – Dileks Cousine."

„Hinterhof, vierter Stock", sagte die Stimme auf Türkisch.

Sie betraten einen Hausflur, der vor hundert Jahren prachtvoll gewesen sein musste. Doch nun bröckelte überall der Putz von den schmuddeligen Wänden, das kunstvoll gedrechselte Treppengeländer war brüchig und rissig geworden und etliche Kacheln des Fußbodens waren zerbrochen. Es roch durchdringend nach Bohnerwachs.

„Er hat Hinterhof gesagt", sagte Giuliana, als Dominique die Treppe hinaufsteigen wollte. „Da lang."

Im Hinterhof, in dem zwei Jungen Fußball spielten, türmte sich Sperrmüll neben den regulären Mülltonnen. Es gab keinen Aufzug, und als sie im vierten

Stockwerk ankamen, waren Giuliana und Dominique beide außer Atem.

Cahit und seine Frau Namin empfingen sie sehr herzlich, obwohl sie Giuliana höchstens einmal zuvor gesehen hatten, und servierten ihnen Tee und Gebäck, als sie im Wohnzimmer Platz nahmen.

„Mein Mann versteht leider weder Türkisch noch Deutsch", erklärte Giuliana. „Sprecht ihr Englisch oder Französisch?"

„Französisch überhaupt nicht, und Englisch nicht besonders gut, leider", Cahit schüttelte den Kopf.

„Tamam, dann lass uns türkisch reden. Ich werde dir das Wichtigste übersetzen, sevgili."

„Dein Mann ist aber nicht etwa bei der Polizei, oder?", fragte Cahit misstrauisch.

„Nein, er ist Privatdetektiv. Also, wo ist Fatih und was hat er ausgefressen?"

Cahit seufzte. „Er wollte es mir nicht sagen. Aber er ist auf jeden Fall in Schwierigkeiten. Auf der Flucht vor Gangstern. Er wollte nicht hierbleiben, um Namin und mich nicht in Gefahr zu bringen. Und weil er meint, dass seine Verfolger die Fährte hierher schon aufgenommen haben."

„Und weißt du, wo er jetzt ist?"

„Er wollte bei einem Freund von mir untertauchen. Ich hoffe, er ist noch dort." Cahit schrieb eine Adresse auf einen Zettel.

„Ist das hier in der Nähe?"

„Ein paar Stationen mit der U-Bahn."

„Kannst du deinen Freund anrufen und fragen, ob Fatih jetzt gerade bei ihm ist?"

„Ja, das mache ich." Cahit griff zum Telefon.

„Aber er soll Fatih nichts sagen, damit er nicht vor uns wegrennt!"

„Tamam. In Ordnung, Giuliana."

Eine Stunde später saßen Giuliana und Dominique Fatih gegenüber, einem zierlichen, jungen Mann mit schmalem Gesicht, in dem die dunklen Augen unruhig und verängstigt hin und her huschten. Cathits Freund Erkan hatte sie im Wohnzimmer alleingelassen.

„Raus mit der Sprache“, forderte Giuliana. „Was ist los mit dir? Warum riskierst du, deine Hochzeit zu verpassen, indem du dich in Berlin verkriechst? Deine Mutter ist sehr beunruhigt.“

„Kann ich dir vertrauen, Giuliana?“ Fatih rutschte unbehaglich in seinem Sessel hin und her.

„Ich gehöre zur Familie, oder? Was genau meinst du?“

„Mir ist da was passiert. Ich glaube, es war illegal. Die Polizei darf keinen Wind davon bekommen, weder hier noch in Istanbul. Vor allem nicht in Istanbul.“

„Ich werde dich bestimmt nicht an die Polizei verraten.“

„Giuliana, ich habe Gerüchte über dich gehört ...“

Sie runzelte die Stirn. „Was für Gerüchte?“

„Dass du ... eine Kunstdiebin bist, eine Meisterdiebin.“

„Hier geht es aber nicht um mich, sondern um dich“, wies sie ihn unwillig zurück.

„Aber wenn das wahr ist, wirst du mich bestimmt verstehen.“

„Vielleicht, wenn du endlich mal Klartext redest.“

„In Istanbul wollte ich mir noch ein bisschen Geld dazuverdienen. Für die neue Wohnung mit Sibel, die Hochzeitsreise und so.“

Giuliana nickte.

„Ich habe da einen Typen kennengelernt, der mir versprochen hat, ich kriege eine Menge Kohle, wenn ich ein Paket in einem Koffer nach Berlin bringe.“

„Etwa Drogen?“

„Nein. Ein gestohlenes Gemälde.“

„Wo gestohlen?“

„Keine Ahnung. Ich habe es ja nicht gestohlen, ich sollte es nur nach Berlin bringen und jemandem übergeben. Das Problem ist nur, es wurde mir abgenommen, bevor ich es zu der Adresse bringen konnte, die man mir genannt hat. Und nun setzen mich die Typen aus Istanbul unter Druck, und auch die Kontaktleute hier in Berlin. Wenn ich es nicht schaffe, es wiederzubeschaffen, bringen sie mich um.“

„Na wunderbar.“ Giuliana seufzte und übersetzte Dominique kurz den Inhalt der Unterhaltung.

„Wäre es nicht am einfachsten, wir nehmen den Jungen schnellstmöglich mit uns nach Istanbul und sorgen dafür, dass die Gangster keine Gelegenheit haben, ihm zu schaden?“, schlug er vor.

„Aber sie würden ihn doch in Istanbul wiederfinden. Er kann sich ja nicht den Rest seines Lebens verstecken. Nein, die einzige Lösung ist, das Bild wiederzubeschaffen.“

„So groß wie Berlin ist, suchen wir noch nach dem Bild, wenn Fatihs Verlobte alt und grau geworden ist. Außerdem haben wir ja nicht mal eine Garantie, dass es überhaupt noch hier ist.“

„Fatih, hast du eine Ahnung, was mit dem Bild passiert ist?“

„Ja. Ich bin ja nicht so blöd, wie die denken. Ich konnte den Typen verfolgen, der mir die Transportrolle mit dem Bild abgenommen hat, und habe ihn beschattet. Das Gemälde hängt seit gestern in einer Kunstgalerie. Ich hab mich da umgesehen, konnte es aber natürlich nicht mitnehmen.“

„Von welchem Maler ist das Bild?“

„Keine Ahnung.“

„Aber du weißt, wie es aussieht?“

„Ansehen konnte ich es mir nicht, die Transportrolle war fest zugeklebt. Aber der Typ, von dem ich es habe, hat gesagt, es wäre ein Ölgemälde vom Bosporus und dem Goldenen Horn. Und in der Galerie hängt bloß eines davon.“

„Na, prima“, sagte Giuliana zufrieden. „Dann können wir es uns ja zurückholen. Und der Besitzer der Galerie wird sich hüten, die Polizei zu rufen, wenn er es selbst hat stehlen lassen.“

„Wirst du mir helfen, Giuliana?“ Fathis dunkler Blick war fast flehend.

„Natürlich. Bring uns hin!“

„Spinnst du?“, fragte Dominique entsetzt, als sie ihm das Gespräch übersetzte. „Du willst in eine Galerie einbrechen, um ein Gemälde zu stehlen?“

„Fällt dir etwas Besseres ein? Etwa den Galeristen mit Waffengewalt zur Herausgabe zwingen?“

„Vielleicht kann man es zurückkaufen?“

„Das Ding wird ein hübsches Sümmchen wert sein. Für ein Bild im Wert von 3000 Francs machen die sicher nicht so einen Aufriss. Und bestimmt ist es auch nicht zum Verkauf an die Allgemeinheit gedacht, da steckt mehr dahinter. Woher hätten die sonst wissen sollen, dass Fatih ein Bild in einer Transportrolle mit sich herumträgt?“

Dominique seufzte. „Na schön. Schauen wir uns die Sache mal an.“

***

„Wo sind wir denn hier?“, fragte Giuliana, als sie kurz darauf aus dem Taxi stiegen und sich umsahen.

„Im früheren Ost-Berlin“, sagte Fatih. „Ich weiß nicht genau, welcher Bezirk das ist. Ich glaube, Prenzlauer Berg.“

„Die haben hier ja noch Einiges zu tun.“ Dominique musterte die Baukräne und die Baugerüste vor den Fassaden. Einige Häuserfassaden waren bereits renoviert und boten neben den baufälligen, abgeblätterten Gebäuden einen frischen, farbenfrohen Anblick.

„Und hier soll eine Galerie sein?" Giuliana ließ ihren Blick zweifelnd über die Schaufenster einiger Läden schweifen.

„Das ist die alternative Kunstszene hier. Die Galerie hat kein Schaufenster zu Straße, weil sie im dritten Stock liegt", erklärte Fatih.

„Schon wieder so weit oben", stöhnte sie und legte unwillkürlich die Hand auf ihren Bauch, der bei körperlicher Anstrengung langsam lästig zu werden begann.

„Es gibt einen Aufzug."

„Wickel die Galeristin mit deinem Charme ein, sevgili", ordnete Giuliana im Aufzug an. „Dann kann ich mich in der Zwischenzeit in Ruhe umsehen."

„Und wenn es ein Galerist ist, tauschen wir die Rollen?"

„Nein, im Auskundschaften hab ich schließlich mehr Erfahrung als du. Wenn es ein Mann ist, lass dir anderen Gesprächsstoff einfallen. Aber frag nicht nach dem Bosporus-Bild, das wäre zu auffällig."

„Schon klar."

Die Aufzugtüren öffneten sich und sie betraten eine Art Loft, das hell gestrichen war, aber ansonsten recht rohgezimmert wirkte. An mehreren Stellwänden, die den großen Raum teilten, hingen Gemälde. Dicht am Eingang befand sich ein Tresen, an dem man Getränke kaufen konnte. Eine attraktive Frau in einer knielangen Jacke, die wie ein bunt bestickter Kimono-Morgenmantel aussah, begrüßte sie freundlich.

Während Dominique den kunstinteressierten Touristen gab und sich mit der Galeristin unterhielt, schlenderten Fatih und Giuliana betont langsam und ziellos durch den großen Raum.

Während Giuliana so tat, als interessiere sie sich für die ausgestellten Werke, scannte ihr Blick Wände und Decken.

„Das ist es", sagte Fatih schließlich leise.

Giuliana ließ ihren Blick über das ungefähr hundert mal siebzig Zentimeter große Ölgemälde gleiten, das sie an die Aussicht von ihrer Terrasse auf den Bosporus bei Sonnenuntergang erinnerte. Sie prüfte die Signatur des Malers.

„Kenne ich nicht", murmelte sie. „Aus einem Istanbuler Museum stammt das jedenfalls nicht. Wurde wahrscheinlich einem privaten Sammler gestohlen."

Sie vergewisserte sich, dass sie nicht im Blickwinkel der Galeristin war und streckte die Hand aus, um den Rahmen des Gemäldes abzutasten. Kein Alarmsignal ertönte.

„Und?", fragte Dominique, als sie zehn Minuten später mit dem Aufzug nach unten glitten.

„Schwere Brandschutztüren mit einem speziellen Sicherheitsschloss. Kriegt man nicht so einfach auf."

„Ja, das habe ich mir auch gedacht."

„Aber dafür habe ich weder Alarmsystem noch Videoüberwachung gesehen. Ist wahrscheinlich nicht nötig: die meisten Bilder machen keinen besonders wertvollen Eindruck. Sind eher von jungen, aufstrebenden Künstlern."

„Und wie willst du dann reinkommen, wenn du die Tür nicht aufkriegst?"

„Bleiben nur die Fenster."

„Im dritten Stock?"

Sie traten auf die Straße und legten die Köpfe in die Nacken, um nach oben zu blicken.

„Wir haben Glück, dass hier noch das Baugerüst steht."

„Giuliana, das sind locker fünfzehn Meter. Du willst doch in deinem Zustand nicht auf diesem wackeligen Gerüst herumklettern?"

„Ich bin schwanger, nicht behindert! Aber ich kann es tatsächlich nicht tun, weil auf dieser Seite des Hauses da oben nur ganz schmale Fenster sind und ich mit meinem Bauch nicht durchpassen würde. Außerdem muss man von dort aus auf den Boden springen, und das sind schätzungsweise drei Meter bei diesen extrem hohen Decken. Ich möchte keine Fehlgeburt deswegen riskieren."

„Ein Glück ist Fatih schlank und sportlich genug für sowas. Dann kann er auch gleich selbst ausbaden, was er sich eingebrockt hat."

Sie nickte und erklärte dem jungen Mann auf Türkisch die Situation.

„Okay, das schaffe ich", erwiderte dieser etwas nervös.

„Du traust es dir zu?"

„Klar. Wann machen wir es? Heute Nacht?"

„Nein. Ehrlich gesagt bin ich hundemüde. Dominique und ich sind sehr früh aufgestanden, um den ersten Flug von Paris nach Berlin zu nehmen. Außerdem muss ich das alles nochmal gründlich überdenken und einiges Material im Baumarkt besorgen. Wir machen es in der Nacht darauf."

3

Als Giuliana und Dominique am nächsten Morgen nach dem Frühstück ihr Hotel verlassen wollten und den Schlüssel an der Rezeption abgaben, händigte der Empfangschef Giuliana einen Umschlag aus. „Das ist vorhin für Sie abgegeben worden."

Sie öffnete ihn und überflog das kurze, auf Türkisch abgefasste Schreiben. „Verdammt! Da steht, dass sie Fatih haben. Sie schreiben:

,Beschaffen Sie uns das Bild bis morgen wieder, sonst töten wir ihn.'"

Dominique warf dem Empfangschef einen Blick zu. Es war gut möglich, dass er Französisch verstand, und es war sicher besser, für ein solches Gespräch keine Zeugen zu haben. „Lass uns aufs Zimmer zurückgehen."

Sie kehrten hastig auf ihr Zimmer zurück und schlossen die Tür hinter sich.

„Dann musst du es machen!", sagte Giuliana entschlossen.

„Ich?", fragte er entsetzt. Er hatte gehofft, bei der ganzen Aktion im Hintergrund bleiben zu können. „Du weißt, ich bin nicht Antoine Robin, ich bin noch nie irgendwo eingebrochen."

„Das wird nicht besonders schwer, es ist ja kein Museum. Du brauchst nur auf dem Gerüst in den dritten Stock zu klettern, das Fenster aufzuhebeln und das Bild aus dem Rahmen zu schneiden. Das ist alles."

„Das ist alles? Kann ja sein, dass es nicht besonders anspruchsvoll ist, aber wenn sie mich erwischen, verliere ich meine Lizenz!"

„Das ist es, was dich besorgt? Dass du deine Lizenz verlierst? Im Knast wird dich danach sowieso keiner fragen." Giuliana grinste ihn schief an.

Aber Dominique war nicht nach Scherzen zumute. In wütender Verzweiflung schlug er gegen die Wand. „Verdammte Scheiße! Warum hast du nur so eine Sippschaft, die uns so etwas einbrockt?"

Giuliana blieb ruhig. „Na ja, offensichtlich kommt Fatih nach mir."

„Woher wissen die Typen überhaupt deinen Namen?", fragte er. „Noch dazu deinen Mädchennamen. Den weiß hier im Hotel doch keiner."

„Die müssen uns gestern verfolgt haben. Es ist anzunehmen, dass es Türken aus Istanbul sind, und die wissen, wer ich bin."

„Bist du so berühmt in der Unterwelt von Istanbul?", knurrte Dominique in einer Mischung aus Respekt und Unbehagen.

„Ich hatte dort zwar nur wenige Kontakte, aber gerade, wenn es um Kunstraub geht, bin ich in gewissen Kreisen bekannt, ja. Dann wissen die auch, dass es für mich normalerweise ein Klacks wäre, dort einzubrechen."

„Vielleicht haben sie auch einfach Fatih nach deinem Namen gefragt. Und er hat ausgeplaudert, wer du bist."

„Das wäre natürlich auch möglich. Ich hoffe, sie haben ihn nicht zu schlecht behandelt, den armen Kerl."

„Lass uns zur Polizei gehen."

„Kommt nicht in Frage. Das steht auch noch auf dem Zettel: Keine Polizei."

„Das schreiben Entführer doch immer."

„Und wie erkläre ich meiner Cousine, dass die Hochzeit nicht stattfinden kann, weil ihr Sohn in Deutschland im Knast sitzt und ich ihn dort hineingebracht habe?"

„Das hat er sich selbst eingebrockt! Er wusste, dass er ein gestohlenes Gemälde transportieren soll und dass das kaum legal sein dürfte. Warum soll ich jetzt die Kastanien für ihn aus dem Feuer holen?“

„Du hast Schiss“, stellte sie fest.

„Habe ich nicht!“

„Hast du doch. Wo ist mein Held Antoine Robin, der mit mir ins Militärmuseum einbrechen wollte?“

Dominique setzte sich auf das noch ungemachte Bett und schwieg.

Giuliana ließ sich neben ihn sinken. „Dann mache ich es eben alleine! Ich werde mich schon irgendwie da durchzwängen, wenn ich den Bauch einziehe, und um runter zu kommen, kann ich mich abseilen. Ich werde eine Strickleiter kaufen.“

„Kommt überhaupt nicht in Frage! Gut, Giuliana. Ich tue es für dich. Hauptsache, du kommst mich mit dem Baby ab und zu im Knast besuchen“, sagte er sarkastisch.

„Ach was, mit einem guten Anwalt und bei deinem bisher untadeligen Lebenswandel würdest du sicher mit einer Bewährungsstrafe davonkommen. Als Detektiv könntest du danach wahrscheinlich nicht mehr arbeiten, das stimmt, aber dann machen wir eben zusammen ein Antiquitätengeschäft auf.“

Er zog sie in die Arme. „Na schön. Hoffen wir das Beste. Dann lass uns jetzt die nötige Ausrüstung beschaffen.“

Eine Stunde später waren sie im Baumarkt. Dominique blieb zwei Schritte hinter Giuliana und beobachtete seine schwangere Frau, wie sie Einbruchsutensilien so selbstverständlich in den Korb legte, als wären es Accessoires für eine Babyparty. Glasschneider, Cutter, Handschuhe, Taschenlampe, ein Seil.

Er dachte daran, wie sie vor anderthalb Jahren zusammen im Istanbuler Militärmuseum gewesen waren, um es auszukundschaften. Er war dabei gewesen, sich in Giuliana zu verlieben, und seine neue Identität als Meisterdieb Antoine Robin hatte ihm ausgesprochen gut gefallen. Allerdings hatte er damals Interpol im Rücken gehabt und gewusst, dass er noch immer auf der richtigen Seite des Gesetzes stand. Hier war das anders. Er war drauf und dran, tatsächlich einen Einbruch zu begehen, sich auf die andere Seite des Gesetzes zu begeben. Aber es ging um Giulianas Familie, zu der sie endlich eine Beziehung aufzubauen begann, und das bedeutete ihr sehr viel. Und überhaupt: er hatte keine Skrupel gehabt, eine Meisterdiebin zu heiraten und ein Kind mit ihr zu zeugen. Wenn er sie nicht verurteilte, warum dann sich selbst? Es würde schon schiefgehen, beruhigte er sich und blinzelte Giuliana zu, als sie ihm über die Schulter hinweg ein verschwörerisches Lächeln zuwarf.

4

Am Nachmittag mieteten Dominique und Giuliana einen Wagen und fuhren probeweise die Strecke zur Galerie ab, um diese in der Nacht leichter zu finden.

Sie legten sich am späten Nachmittag ins Bett und schliefen bis zum Weckerklingeln um ein Uhr nachts. Nachdem sie sich angezogen hatten, erklärte Giuliana Dominique noch einmal im Detail, wie er vorzugehen hatte.

Er bemerkte, dass ihre Augen dabei vor Begeisterung funkelten. „Du genießt das, oder?"

„Na klar. Endlich mal wieder ein bisschen Action, und noch dazu etwas Sinnvolles tun: für die Familie, nicht einfach nur eine Beute. Noch schöner aber wäre es natürlich, wenn ich es selbst machen könnte." Sie seufzte resigniert.

Als sie die Galerie um zwei Uhr nachts erreichten, war kein Mensch auf der spärlich beleuchteten Straße zu sehen. Dominique versuchte, seine Hemmungen zu überwinden, alle negativen Gedanken abzuschütteln und sich auf die vor ihm liegende Aufgabe zu konzentrieren.

Während er das Baugerüst bis zum dritten Stockwerk emporkletterte, erinnerte er sich wieder daran, wie gut er sich gefühlt hatte, als er in die Haut des Meisterdiebs Antoine Robin geschlüpft war. Vielleicht sollte er sich in den nächsten Minuten einfach einbilden, er wäre Antoine.

Dominique erreichte das schmale, hochgelegene Fenster der Galerie und nahm seinen Rucksack vom Rücken. Mit dem Glasschneider schnitt er ein Loch in die Scheibe, und nach einigen Schwierigkeiten mit dem Mechanismus gelang es ihm, das Fenster zu öffnen. Er konnte sich gerade so hindurch winden. An der Strickleiter, die er am Baugerüst befestigt hatte, kletterte er innen abwärts. Sie war nicht lang genug, das letzte Stück musste er springen.

Im Schein seiner Taschenlampe fand Dominique das Gemälde vom Bosporus und betrachtete es einige Sekunden lang. Es erschien ihm beinahe schicksalhaft, dass das zu stehlende Bild den Bosporus darstellte, schließlich hatte er sich am Bosporus in Giuliana verliebt, und das hatte sein Leben völlig verändert. Vorsichtig, um das Gemälde nicht zu beschädigen, schnitt er es aus dem Rahmen heraus. Einen Moment lang fühlte er sich nun wirklich wie Antoine Robin.

Das Adrenalin rauschte in seinem Blut, als er die Leinwand zusammenrollte, in eine Transportrolle schob und in seinen Rucksack gleiten ließ. Als er zum Fenster zurückkehrte, sah er in einer Ecke eine Leiter stehen, die wahrscheinlich von der Galeristin dazu benutzt wurde, besser an die hohen Wände heranzukommen, wenn sie Bilder aufhängte.

Das lief ja besser als erwartet. Nun brauchte er sich nicht mühsam mit der wackeligen und zu kurzen Strickleiter an der Wand hoch zu hangeln, sondern konnte bequem über die Leiter zum Fenster hochsteigen.

Im Nu war er wieder auf dem Gerüst, löste Seil und Strickleiter, stopfte beides in seinen Rucksack und machte sich an den Abstieg. Er fühlte sich berauscht und stolz und konnte es kaum erwarten, Giuliana in die Arme zu schließen und sich von ihr loben zu lassen.

Doch als er unten ankam und zu seiner Frau schaute, sah er im Licht der Straßenlaterne an ihrer Schläfe den Lauf einer Pistole glänzen. Das eben noch in seinen Adern rauschende Blut schien augenblicklich zu gefrieren.

„Gib mir das Bild!", forderte ihn in schlechtem Englisch der Mann auf, der die Pistole hielt. Ein zweiter, jüngerer Mann stand neben ihm.

Dominique rührte sich nicht. „Was ist mit dem Jungen? Wo ist er?"

„Gib das Bild her!"

Er tauschte einen Blick mit Giuliana und entdeckte eine Spur von Furcht in ihren Augen und ihren angespannten Zügen, die im fahlen Laternenlicht blass wirkten.

Zögernd löste Dominique seinen Rucksack und überlegte, ob er Gelegenheit hatte, an seine Pistole zu kommen, die dort in einer Seitentasche steckte. Aber mit dem Waffenlauf des anderen an Giulianas Schläfe war das zu riskant.

„Keine schnellen Bewegungen!"

„Dann nimm es dir selbst." Dominique hielt ihm den Rucksack hin, aus dem die Transportrolle ragte. Der Mann reichte sie seinem Komplizen und sagte etwas auf Türkisch zu ihm.

Währenddessen musterte Dominique seinen Gegenspieler aus zusammengekniffenen Augen. Er war dunkelhaarig, mittelgroß und gedrungen. Der stechende Blick seiner braunen Augen verriet Skrupellosigkeit. Der zweite Mann war klein und schlank und hatte sich inzwischen vergewissert, dass es sich bei der Leinwand um das gewünschte Kunstwerk handelte. Er nickte dem anderen zu.

Dieser nahm den Pistolenlauf von Giulianas Schläfe und ließ ihn sinken. „Tamam. Ihr könnt gehen."

„Moment mal!" Dominique nahm seinen Rucksack wieder an sich.

„Wir wollen meinen Cousin sehen, und zwar sofort", sagte Giuliana wütend.

„Ich schicke ihn zu euch."

„Nein, ich will ihn jetzt sehen!", sagte Giuliana.

Dominique riss seine Pistole aus der Seitentasche seines Rucksacks und richtete sie auf den türkischen Ganoven.

Dieser maß Dominique mit einem abschätzenden Blick. Einen spannungsgeladenen Moment lang befürchtete er, der Türke würde dennoch auf ihn schießen, weil er erkannte, dass Dominiques Finger nicht so locker am Abzug saß wie sein eigener.

Giuliana war hinter dem breiten Rücken des Mannes verschwunden, aber plötzlich erklang ihre Stimme scharf wie ein Peitschenhieb. „Waffe fallen lassen und Hände hoch!"

Dominique hielt die Luft an. Offensichtlich hatten die Gangster es nicht für nötig gehalten, Giuliana auf Waffen zu durchsuchen.

Mit einem resignierten Grunzen ließ der Mann seine Pistole los, und sie knallte aufs Pflaster.

„Übertreib es nicht, Mädchen", sagte er über seine Schulter hinweg zu Giuliana, deren Pistolenmündung sich zwischen seine Schulterblätter bohrte.

Dominique bückte sich hastig nach der Waffe des Ganoven. „Bringt uns jetzt zu Fatih, lasst ihn frei und dann seid ihr uns los." Blitzschnell riss er dem jungen Mann die Transportrolle aus der Hand. „Das hier behalte ich solange als Pfand, damit ihr uns unterwegs nicht abhängt."

„Wenn ihr uns linkt, wird das ein Nachspiel haben", drohte der Türke. „So schnell könnt ihr gar nicht gucken, wie ihr tot seid."

„Und wenn ihr meinem Cousin auch nur ein Haar gekrümmt habt, wird das ebenfalls ein Nachspiel haben. Offensichtlich wisst ihr nicht, wer ich bin und was für Beziehungen ich in Istanbul habe", bluffte Giuliana. „Nimm die Hände hoch, dreh dich um und sieh mich an. Mit wem habe ich das zweifelhafte Vergnügen?" Sie trat einen langen Schritt zurück und nahm den Waffenlauf von seinem Rücken.

„Mehmet." Zögernd leistete er ihrer Aufforderung Folge.

„Und weiter?"

„Mehmet Taşkin."

„Also gut, Mehmet Taşkin. Du bewegst deinen Hintern jetzt zum Auto, und dann fahrt ihr zu Fatih. Wir folgen euch. Und wenn ihr versucht uns abzuhängen, seht ihr dieses Gemälde nie wieder. Verstanden?"

Er warf ihr einen genervten Blick zu. „Wenn du mich übers Ohr haust, finde ich dich und mache euch alle kalt."

„Ich pflege zu meinem Wort zu stehen. Und jetzt los. Wenn wir hier noch länger herumstehen, hetzt uns ein besorgter Anwohner die Polizei auf den Hals."

Dominique blickte sich unruhig um und dachte daran, dass bei auftauchender Polizei Giuliana und er die schlechteren Karten hatten: Sie waren es, die Schusswaffen auf die Türken richteten, die in die Galerie eingebrochen waren und die die Diebesbeute in den Händen hielten.

Die Türken schienen dennoch keine Begegnung mit der Polizei riskieren zu wollen und setzten sich endlich in Bewegung. „Unser Wagen steht hier", sagte Mehmet widerwillig nach wenigen Metern. „Wir steigen jetzt ein und warten, bis ihr uns Zeichen gebt."

„Gut. Unser Wagen steht da hinten."

Dominique stieß einen erleichterten Seufzer aus, als er sich hinters Steuer setzte. „Gerade nochmal gutgegangen. Zumindest bis jetzt."

Giuliana strahlte ihn an. „Zusammen sind wir wirklich unschlagbar, sevgili."

Er ließ den Wagen an und lachte auf. „Jetzt weiß ich endlich, was ich seit Trinidad vermisst habe. Eine gute Portion Adrenalin."

Sie hielt in der rechten Hand die Transportrolle und drückte mit der linken Dominiques Hand, die auf dem Schalthebel lag.

Sie folgten den Entführern zu einem verlassenen großen Backsteingebäude auf einem brachliegenden Gelände. Es sah aus wie eine ehemalige Lager- oder Fabrikhalle. Sie hielten mit dem Wagen auf einem Werkhof und stiegen aus. Der jüngere Mann ging in das Gebäude und kehrte kurz darauf wieder mit Fatih zurück.

Mehmet packte ihn fest am Kragen und stieß ihn auf Giuliana und Dominique zu, die ebenfalls ausgestiegen waren. „Jetzt das Bild. Und meine Pistole."

Dominique trat vor und reichte ihm beides. Die Pistole hatte Giuliana während der Fahrt vorsichtshalber entladen.

Mehmet gab Fatih einen Stoß, der ihn geradewegs in Dominiques Arme taumeln ließ. Dann stiegen er und sein Begleiter wieder in ihren Wagen und fuhren davon.

„Alles in Ordnung bei dir, Fatih?" Dominique musterte den jungen Türken. Er sah müde und etwas verängstigt aus, und er hatte einen Bluterguss im Gesicht.

„Ich musste ihnen sagen, wer du bist, Giuliana, tut mir leid", stieß er hervor. „Die hätten mich sonst umgebracht!"

„Ist schon okay." Giuliana umarmte erleichtert erst Fatih, dann Dominique. „Ich danke dir, sevgili. Du hast das fabelhaft gemacht. Ich bin sehr stolz auf dich!"

„Und ich weiß jetzt endlich, wie es ist, auf der anderen Seite zu stehen", sagte Dominique. „Ehrlich gesagt, es ist ziemlich prickelnd!"

Sie lachte. „Ich habe dir ja gesagt, ich würde eines Tages einen Dieb aus dir machen. Und siehst du, du hast zwar das Gesetz gebrochen, dafür aber ein Menschenleben gerettet – und eine Hochzeit!"

„Ich werde euch immer dankbar sein!“, versicherte Fatih und umarmte Giuliana noch einmal, und dann auch Dominique.

„Schon gut, aber künftig lässt du besser die Finger von solchen Sachen“, erwiderte dieser.

„Ich hoffe, die lassen mich in Ruhe“, murmelte Fatih nervös. „Nicht, dass sie später behaupten, ich würde ihnen noch was schulden.“

„Darum kümmere ich mich“, beruhigte ihn Giuliana. „Komm, wir fahren jetzt in unser Hotel. Und dann musst du mir alles sagen, was du weißt.“

5

„Es ist so schön, wieder hier zu sein!" Strahlend schlenderte Giuliana durch das Wohnzimmer ihres Hauses in Arnavutköy und strich mit den Fingern liebevoll über die Lehne der weißen Ledercouch. Die edlen Orientteppiche auf dem Parkett sorgten in dem eher kühl möblierten Raum für Gemütlichkeit. Sie öffnete die Glastür zur Terrasse und ließ die kühle Novemberluft hineinströmen. Draußen war es bereits dunkel, und auf dem Bosporus, der direkt unter der Terrasse lag, spiegelten sich Straßenlaternen und bunte Lämpchen der umliegenden Häuser.

Dominique schwang sich auf einen Barhocker vor der Hausbar. „Jetzt sitze ich wieder hier, wie vor anderthalb Jahren. Wenn mir damals jemand gesagt hätte, dass ich diese verführerische Meisterdiebin heiraten und tatsächlich mit ihr einen Coup durchführen würde, hätte ich ihn für verrückt erklärt."

Giuliana lachte. „Siehst du, sevgili, du bist zwar nicht ins Marmottan-Museum von Paris oder ins Militärmuseum von Istanbul eingebrochen, aber wenigstens hast du jetzt den Einbruch in eine Berliner Kunstgalerie in deinem Lebenslauf."

„Ja, Michel wäre davon hellauf begeistert!"

„Sag mal ehrlich: angenommen, du hättest nichts zu verlieren, nicht deinen Job, deine Lizenz, deine Freiheit und die Garantie, nicht erwischt zu werden – fändest du es nicht aufregend?" Ihre Augen glitzerten.

„Na ja, ungefähr so aufregend wie Ehebruch: Man weiß, dass man es nicht tun sollte, aber es ist eine prickelnde Abwechslung."

„Vom Ehebruch lässt du mal schön die Finger!", warnte Giuliana.

Dominique grinste und streckte die Arme nach ihr aus. „Komm her. Ich habe die Frau geheiratet, in die ich mich vor anderthalb Jahren hier auf diesem Barhocker verliebt habe und die ich immer noch sehr attraktiv und aufregend finde. Ich habe nicht das geringste Bedürfnis fremdzugehen."

Sie näherte sich lächelnd. „Ich auch nicht. Besonders als Meisterdieb finde ich dich unwiderstehlich."

Dominique lachte. „Du willst mich nur dazu kriegen, das öfter zu machen."

„Na klar." Sie schmiegte sich in seine Arme und gähnte dann. „Lass uns jetzt essen gehen und dann ins Bett. Morgen haben wir viel zu tun."

„Hochzeitsgeschenk kaufen? Auto verkaufen?", vermutete Dominique.

„Das auch. Und am Abend werden wir ein Rendezvous der besonderen Art haben."

***

In den hell erleuchteten Straßen und Gassen Beyoğlus, dem neuen Zentrum des Istanbuler Nachtlebens, tummelte sich trotz der späten Stunde eine bunte Menschenmenge. Giuliana und Dominique aßen dort in einer gemütlichen, schummrigen Kellerkneipe zu Abend. Dann spazierten sie zum Rand des beliebten Stadtviertels, ließen Menschengedränge, Musik, Stimmengewirr und köstliche Essensdüfte hinter sich und betraten ein unscheinbares Café.

Zielstrebig bahnte sich Giuliana einen Weg bis zum Hinterzimmer, vor dem ein muskelbepackter Türsteher den Eintritt versperrte.

„Ist Mustafa Yüksel da drin?"

„Wer will das wissen?", fragte der Türsteher finster.

„Sag ihm, Giuliana Capriani will ihn sprechen“, verlangte sie kühl. „Er weiß, wer ich bin, und ich weiß, dass er da drin Karten spielt.“

Er warf ihr einen skeptischen Blick zu, öffnete aber die Tür zum Hinterzimmer und verschwand darin.

Eine Minute später erschien ein mittelgroßer, dunkelhaariger Mann mit Schnurrbart im Türrahmen. Er taxierte Giuliana von den Spitzen ihrer schwarzen Stiefel bis zu ihren leicht zusammengekniffenen Augen.

„Sieh an, das ist also die berühmte Giuliana Capriani“, sagte er mit einer Mischung aus Geringschätzigkeit und Respekt. „Was kann ich für Sie tun?“

„Kann ich Ihnen einen Drink ausgeben?“

Er sah sie skeptisch an. „Was verschafft mir die Ehre?“

„Nur ein bisschen Geplauder unter Kollegen.“

„Na gut. Bin gespannt.“ Er winkte Giuliana zu einem kleinen Tisch in einer Ecke des Lokals. Dominique folgte ihnen.

„Ich nehme nur einen Tee – brauche einen klaren Kopf für das Spiel“, sagte Mustafa.

„Gut. Drei Tee bitte“, rief sie dem Ober zu, bevor sie sich wieder Mustafa Yüksel zuwandte. „Also. Sie haben Fatih Özdemir vor Kurzem ein Geschäft angeboten, das ein bisschen schiefgelaufen ist, und ich musste das bereinigen. Ich will nicht, dass sowas noch mal passiert.“

„Ach, die Beschützerin des kleinen Fatih. Da muss der Junge noch einiges lernen, bevor er so clever wird wie seine Tante, was?“, sagte Mustafa gönnerhaft.

„Ich bin seine Cousine, nicht seine Tante“, korrigierte Giuliana. „Und Sie werden ihn künftig in Ruhe lassen, klar? Wir haben das Bild Ihrem Kontaktmann in Berlin übergeben, und damit ist die Sache beendet.“

„Keine Sorge, mit so einem Amateur würde ich sowieso nicht noch einmal arbeiten wollen.“

„Was wissen Sie über das Gemälde, das ich zurückgestohlen habe?“

„Sie? Das habe ich aber anders gehört. War es nicht eher der da?" Mustafa wies mit dem Kinn auf Dominique, der ein finsteres Gesicht machte, weil er kein Wort von der Unterhaltung verstand. Und auch, weil er hoffte, diesem türkischen Gangster damit mehr Respekt einzuflößen.

„Ja, mein Mann hat es gestohlen, denn wie Sie sehen bin ich in der Babypause. Also, woher stammt das Bild?"

In Mustafas Blick flackerte es misstrauisch auf. „Warum wollen Sie das wissen?"

„Rein berufliche Neugier. Es stammt nicht aus einem Istanbuler Museum und der Maler kommt mir nicht bekannt vor – warum wurde so ein Theater um dieses Bild gemacht?"

Mustafa zuckte mit den Schultern. „Persönliches Interesse eines privaten Sammlers. Ein reicher, türkischer Kunstliebhaber, der in Berlin lebt. Das Bild stammt aus einem kleinen Museum in Izmit, und der Maler hat im 19. Jahrhundert gelebt."

„Und woher wusste die Galerie davon, dass Fatih dieses Bild mit sich herumtragen würde? Oder wer auch immer es an die Galerie verscherbelt hat? Diese Galerie ist ebenfalls in türkischer Hand, habe ich gehört."

„Das wüsste ich auch gerne. Da muss es irgendwo ein Leck gegeben haben." Er zog die buschigen Augenbrauen zusammen und kratzte sich nachdenklich am Kinn. „Als ich hörte, dass Fatih mit Ihnen verwandt ist, dachte ich erst, Sie stecken dahinter."

„Pfft", machte Giuliana verächtlich. „Ich hätte das Bild direkt aus dem Museum gestohlen, und nicht dem Paketboten!"

Mustafa taxierte sie mit einer Mischung aus Skepsis und Bewunderung. „Wenn Sie mal einen Partner für einen Coup suchen ... Darüber ließe sich reden."

„Schlechtes Timing“, sagte sie bedauernd. „Ich habe meinem Mann versprochen, dass ich aufhöre, wenn wir ein Kind haben. Aber ich hätte da einen fertig ausgetüftelten Coup für den Diebstahl eines Dolchs aus dem Istanbuler Militärmuseum. Wenn Sie Interesse haben, verkaufe ich Ihnen den Plan.“

„Das Militärmuseum?“ Mustafa pfiff anerkennend. „Nicht schlecht. Ich werde darüber nachdenken.“

„Aber nicht zu lange. Ich bin nur noch ungefähr eine Woche in der Stadt.“

6

Fatihs Hochzeit fiel auf Dominiques vierundvierzigsten Geburtstag. Da er gerne mit Giuliana im Nachtclub Laila gefeiert hätte, fuhren sie am Vorabend dorthin und stießen um Mitternacht auf seinen Geburtstag an.

Dominique summte leise einen Popsong mit und starrte zwischen einigen Kübelpalmen durch die große Fensterfront auf den geheimnisvoll glitzernden Bosporus.

„Du siehst so verträumt aus heute Abend, sevgili", bemerkte Giuliana.

Er lächelte. „Ich muss immer daran denken, wie wir zum ersten Mal hier waren. Ich habe den Abend so genossen und mir gewünscht, ich wäre tatsächlich Antoine Robin. Heute habe ich das Gefühl, ich bin diesem Wunsch erheblich nähergekommen."

„Ich wusste doch, ich muss dich zu deinem Glück zwingen." Sie lachte und holte eine elegant verpackte kleine Schachtel aus ihrer Handtasche. „Hier ist noch ein Geschenk für dich. Der Rest liegt ja schon zu Hause."

Giuliana war mit Dominique am Vortag zu einem Herrenausstatter gegangen, um ihn für die Hochzeit passend einzukleiden. Sein grauer Anzug war ihr nicht elegant genug und außerdem in die Jahre gekommen.

Dominique wickelte die Schachtel aus dem glitzernden Papier und öffnete das Schmucketui, das den goldenen Aufdruck eines Istanbuler Juweliers trug. Auf dunkelblauem Samt lag eine weißgoldene Krawattennadel in Form eines Dolches.

Er lachte herzhaft. „Wie lieb von dir."

„Als Ersatz für den Dolch, den wir ursprünglich zusammen stehlen wollten. Ich finde, du hast dir das verdient nach deinem ersten Coup."

„Sie ist wunderschön, vielen Dank. Eine tolle Erinnerung ans Militärmuseum und diese ganze verrückte Zeit." Dominique küsste seine Frau gerührt. „Aber ich möchte darauf hinweisen, dass mein erster Coup zugleich mein letzter war!"

„Weißt du, eigentlich war der Einbruch in der Galerie schon dein zweiter Coup. Denn dein erster und bester war, mein Herz zu stehlen."

„Und das war sogar völlig legal." Dominique blinzelte ihr zu und zog sie in die Arme.

Kurz darauf fuhren sie nach Hause und liebten sich genauso ausgiebig wie in ihrer ersten Nacht.

Sie schliefen lange, bis es Zeit wurde, sich für die Hochzeit fertig zu machen, die am Nachmittag begann.

„Von einer Party zur nächsten, das lässt sich aushalten", sagte Giuliana zufrieden und ließ sich von Dominique den Reißverschluss ihres Kleids schließen.

Er küsste sie in den Nacken. „Nutzen wir es aus, solange es noch geht. Bald werden wir uns umstellen müssen."

***

Als Giuliana und Dominique Hand in Hand den Festsaal des Hotels in Beyoğlu betraten, in dem die Feier stattfand, richteten sich viele Augenpaare auf sie. Sie waren ein auffallend attraktives Paar. Dominique trug seinen neuen dunkelblauen Anzug, der perfekt saß, dazu ein weißes Hemd und eine hellblaue Seidenkrawatte mit seiner neuen Krawattennadel in Dolchform. Giulianas pflaumenblaues Abendkleid saß nicht ganz so perfekt, wie es gesessen hätte, wäre sie nicht

schwanger gewesen, aber es betonte recht vorteilhaft
ihr makelloses Dekolleté und ihre vollen Brüste.

Endlich verheiratet und schwanger – noch dazu mit
einem Jungen – war sie nun für ihre türkischen Verwandten eine der ihren, und ihre anrüchige Vergangenheit rückte in den Hintergrund.

Ihre Cousine Dilek zeigte sich erkenntlich, indem sie
Giuliana und Dominique mit wärmsten Worten allen
anwesenden Verwandten und Bekannten vorstellte.

Giuliana strahlte vor Freude, und Dominique dachte
lächelnd, dass es das Risiko wert gewesen war, den Einbruch zu begehen.

Er hob sein Glas, als sie am Tisch Platz genommen
hatten. „Auf deine nette türkische Verwandtschaft,
chérie.“

„Sie akzeptieren mich jetzt endlich als eine der ihren“,
sagte Giuliana glücklich. „Und das verdanke ich dir,
sevgili.“

Dominique stieß mit Giuliana an und zwinkerte ihr
zu. „Trinken wir auf zwei talentierte Meisterdiebe!“

EPISODE 6

UNTER MORDVERDACHT

1

An einem schmutzig-grauen Abend Anfang März trafen sich Dominique und Jennifer nach der Arbeit in einem Irish Pub im 5. Arrondissement, um einen Drink zu nehmen. Sie hatten sich seit Weihnachten nicht mehr gesehen und umarmten sich herzlich zur Begrüßung.

„Du bist schon seit drei Wochen wieder in Paris und wir schaffen es erst jetzt, uns zu sehen!", beschwerte sich Dominique und zog seine dunkelbraune Lederjacke aus.

Jennifer hob mit einem entschuldigenden Lächeln die Schultern. „Ich habe mit dem Praktikum und dem Lernen für die Schule nun mal sehr viel zu tun."

Sie setzten sich an einen kleinen Tisch nahe der Bar. Es war erst sechs Uhr, ein Abend in der Woche, und der Pub war noch nicht gut besucht. Dominique bestellte einen Whisky, Jennifer einen Irish Coffee „mit wenig Sahne und viel Kaffee."

„Wie üblich, Madame le Commissaire." Der Ober grinste und deutete eine kleine Verbeugung an.

Dominique hob die Augenbrauen. „Du scheinst hier bekannt zu sein."

„Ich komme oft nach der Arbeit mit Kollegen her. Das Kommissariat liegt ja nur ein paar Straßen weiter."

„Bist du eigentlich noch mit diesem Marc zusammen?"

„Nein, schon lange nicht mehr. Er ist ja nicht auf der gleichen Polizeischule wie ich. Außerdem war das eh nur eine Affäre."

„Ich würde mir für dich wünschen, dass du mal einen richtigen Partner hättest", sagte Dominique bekümmert.

„Ach, Männer, ich habe den Zirkus so satt. Ich konzentriere mich jetzt auf meine Karriere."

„Auch gut. Wie läuft es?"

„Bestens. Die Ausbildung ist hart, das habe ich dir ja schon erzählt, aber ich pack das. Und das Praktikum bei der Mordkommission ist spannend. Wenn auch anstrengend und manchmal gruselig", gab sie zu. „Aber es würde mir gefallen, später mal als Kommissarin Morde aufzuklären."

Dominique machte ein zweifelndes Gesicht. „Das sind harte und abgebrühte Leute, deren Privatleben immer zu kurz kommt. Willst du wirklich ständig mit Leichen und Mördern zu tun haben?"

„Wir werden sehen. Ich kann ja auch zur Sitte gehen oder zur Drogenfahndung. Erst mal muss ich die Prüfungen schaffen, um überhaupt Kommissarin werden zu können, wer weiß, ob das klappt. Ansonsten muss ich eben Streife fahren, aber vielleicht ist das auch nicht so schlecht."

„Du schaffst das, da bin ich sicher."

„Danke. Wie geht es Giuliana? Wann kommt das Baby?"

„In ein paar Tagen wird es so weit sein. Ich kann deswegen nicht lange bleiben, ich lasse sie nicht gern allein. Aber es geht ihr gut. Sie ist allerdings froh, wenn es vorbei ist und sie wieder ihre Füße sehen kann."

Der Ober brachte die Getränke. Als er die Gläser auf den Tisch stellte, krachte ein Schuss. Er zuckte zusammen, und etwas vom Irish Coffee schwappte über. Sie starrten sich alle drei alarmiert an.

„Läuft hier irgendwo ein Fernseher?", fragte Dominique.

„Nein. Das scheint von oben gekommen zu sein." Der Kellner wies auf die Treppe neben der Bar, vor der eine Kette mit einem Schild mit der Aufschrift „Privat" den

Aufgang versperrte. „Oh Gott, der Chef ist da oben!", rief er erschrocken.

„Sie bleiben hier und passen auf, dass keine Gäste nach oben laufen. Wir sehen nach." Jennifer sprang auf und lief, gefolgt von Dominique, die Treppe hinauf. Er zog seine Pistole. Es gab in der ersten Etage außer einer Toilette drei Räume, und alle Türen standen offen. Ein großer Raum war mit alten Möbeln und einem Billardtisch bestückt, außerdem gab es ein Büro mit einem Schreibtisch, hinter dem aber gerade niemand saß.

„Halte dich hinter mir", flüsterte Dominique Jennifer zu.

Sie betraten den dritten Raum, einen Lagerraum für Getränke und Zubehör. Auf dem Boden zwischen einem Regal und einem Stapel Getränkekisten lag der leblose Körper einer jungen Frau in schwarzen Hosen und weißer Bluse, in deren Brust ein hässliches, rotes Loch klaffte. Neben ihr kniete ein dunkelblonder Mann mit schwarzem Rollkragenpullover und hielt sie an den Schultern.

„Sie ist tot", sagte er bestürzt.

„Hände hoch! Polizei!" In Ermanglung einer Waffe, die sie als Polizeischülerin noch nicht tragen durfte, zückte Jennifer ihren Dienstausweis.

„Stehen Sie auf!" Dominique hielt seine Pistole auf den jungen Mann gerichtet, der sich langsam zu seiner vollen Größe entfaltete.

„Ich bin unbewaffnet", sagte er.

Jennifer kniete nun ihrerseits neben der jungen Frau, deren blonde Haare über den dunklen Holzboden flossen, und legte ihr prüfend zwei Finger an die Halsschlagader. Der Blick ihrer blauen Augen war gebrochen, das hübsche Gesicht mit den hohen Wangenknochen erstarrt.

„Sie ist tot", bestätigte Jennifer knapp, richtete sich auf und musterte nun den Mann, der Anfang Dreißig sein mochte und ein gutgeschnittenes Gesicht mit einem blonden Dreitagebart hatte. „Ich habe Sie hier schon gesehen", stellte sie fest. „Arbeiten Sie hier?"

„Ja. Ich bin der Geschäftsführer."

„Wie heißen Sie?"

„Statt Smalltalk zu machen, Sie besser sollten schnell Mörder jagen", erwiderte er sarkastisch. „Der kann noch nicht sein weit." Sein Französisch war nicht besonders gut, und er besaß einen starken Akzent.

„Uns ist niemand entgegengekommen", schaltete sich Dominique ein. „Gibt es noch einen Ausgang?"

„Nein. Aber das Fenster hier steht offen."

„Kannst du mal rausgucken, Papa? Ich muss telefonieren." Jennifer griff nach ihrem Handy und rief ihren Vorgesetzten bei der Mordkommission an, während Dominique den Kopf aus der kleinen Fensteröffnung steckte, durch die seine Schultern nicht passten.

„Serge? Gut, dass ich dich noch erreiche. Ich bin im Irish Pub hier um die Ecke. Und zu meinen Füßen liegt eine offensichtlich erschossene Frau. Wäre gut, wenn ihr mal schnell vorbeikommen könntet. Ja, bis gleich." Sie ließ das Handy wieder in die Jackentasche gleiten.

„Und?", fragte sie Dominique.

„Nichts zu sehen. Mal abgesehen davon, dass sich nur ein sehr zierlicher Mensch durch dieses Fenster zwängen könnte."

Jennifer wandte sich wieder dem Geschäftsführer zu, der betroffen auf die Tote hinunter starrte und sich hilflos durch die kurzgeschnittenen Haare fuhr. „Wir haben jetzt fünf Minuten Zeit für Smalltalk, bis meine Kollegen hier sind. Also, wie ist Ihr Name?"

„Kilian O'Shea."

„Sind Sie Ire? O'Shea klingt danach."

Er nickte.

Jennifer fuhr auf Englisch fort. „Und wissen Sie, wer sie ist?"

„Estelle, eine der Kellnerinnen."

„Okay. Ich werde nicht weiter fragen, sonst müssen Sie alles wiederholen, wenn der Kommissar kommt. Überlegen Sie sich gut, was Sie sagen. Sie sind nämlich im Moment der Hauptverdächtige."

„Herrgott, ich habe sie nicht umgebracht!", sagte er mit einer wütenden Geste. „Ich habe in meinem Büro gesessen, als ich den Schuss gehört habe und bin herüber gerannt. Und habe sie so gefunden. Und dann kamen Sie."

Für einen Iren hatte sein Englisch erstaunlich wenig Dialekt, und seine Stimme war angenehm und klangvoll, fand Jennifer.

„Sicher. Wissen Sie, ich würde auch lieber unten sitzen und mit meinem Vater plaudern, den ich seit Wochen nicht mehr gesehen habe. Außerdem habe ich da einen Irish Coffee stehen, der langsam kalt wird ..."

„Der geht aufs Haus", sagte Kilian O'Shea mürrisch.

„Nicht nötig." Sie wischte sich eine Haarsträhne aus der Stirn. „Da ich einen harten Tag hatte und jetzt unbedingt was Warmes, Hochprozentiges und Koffeinhaltiges brauche, werde ich Sie in der Obhut meines Vaters lassen und mir den Kaffee holen gehen."

„Bring mir meinen Whisky mit", bat Dominique. „Wir warten hier auf deine Kollegen."

Kaum fünf Minuten später traf Kommissar Serge Morrot ein, ein mittelgroßer, drahtiger Mann um die Vierzig, begleitet von mehreren Kriminalbeamten.

„Wo ist die Tatwaffe?", fragte er, nachdem er sich umgesehen hatte, während ein Arzt die Tote untersuchte und die Spurensicherung ihre Arbeit begann. Sie machten Fotos und markierten die Frauengestalt auf dem Boden mit weißer Kreide.

„Was weiß ich, ich habe sie nicht umgebracht", erwiderte Kilian gereizt.

„Er glaubt, dass der Täter durch das Fenster entkommen ist und die Waffe mitgenommen hat", sagte Jennifer und stellte das leere Irish-Coffee-Glas in einem Regal ab.

Serge ging zum Fenster. „Kommst du da durch?"

„Mal sehen." Jennifer schwang sich mit den Armen auf die Brüstung und beugte den Oberkörper hinaus. „Ja, ich würde durchkommen. Aber man müsste mit den Füßen zuerst raus, um sich auf den Sims da unten stellen zu können. Das wäre ein halsbrecherisches Unterfangen."

Serge zog sein Jackett aus und probierte es ebenfalls. „Ich könnte mich auch durchquetschen, wenngleich gerade so."

„Ich passe nicht durch", erklärte Dominique.

„Und wie kommt man da runter?" Serge beugte sich weiter hinaus und studierte die Hauswand. „Hier ist ein schmaler Sims, dort ein Regenrohr. Wir sind im ersten Stock – es ist riskant und unbequem, aber nicht unmöglich. Zumal man nicht zwangsläufig in den Raum gelangen müsste, man könnte auch von draußen schießen." Er zog sich zurück und trat wieder in den Raum, wo Kilian traurig auf die Tote hinunterblickte.

„Wie gut haben Sie sie gekannt? Wer ist sie?"

„Estelle Duchamps. Sie hat hier als Kellnerin gearbeitet. Nebenbei hat sie Architektur im letzten Semester studiert."

„Haben Sie sie auch privat gekannt?"

Kilian zögerte einen Moment, seufzte. „Ja. Wir waren fast zwei Jahre lang zusammen. Das letzte Jahr sie hat bei mir gelebt. Wir haben uns vor einigen Wochen getrennt."

„Aha", sagte Serge interessiert. „Monsieur O'Shea, wir werden jetzt ins Präsidium hinübergehen, und Sie werden Ihre Aussage zu Protokoll geben und mir mehr über Mademoiselle Duchamps erzählen." Er schlüpfte wieder in sein Jackett.

„Brauchen Sie mich noch?" Dominique leerte sein Whiskyglas. „Ich würde gerne nach Hause fahren."

„Ihre Aussage deckt sich vermutlich mit der von Jennifer, oder? Wenn ich noch was brauche, wird sie Sie anrufen."

Während Serge Kilian O'Shea kurz darauf auf dem Kommissariat vernahm, ließ er Jennifer das Vernehmungsprotokoll schreiben.

„Wann haben Sie sich von Mademoiselle Duchamps getrennt?"

„Seit etwa sechs Wochen hat sie eine eigene Wohnung."

„Wollten Sie sich von ihr trennen oder umgekehrt?"

Kilian hob die Schultern. „Ich weiß nicht. Es hat nicht mehr funktioniert, und wir sind übereingekommen, uns zu trennen. Einvernehmlich", betonte er.

„Hatte sie einen neuen Freund?"

„Nicht, dass ich wüsste."

„Haben Sie jemand anderen?"

„Nein."

„Wissen Sie, ob Mademoiselle Duchamps Feinde hatte? Hatte sie Streit mit jemandem?"

„Keine Ahnung, ich wüsste nicht, wieso."

„Hatte sie mit dem Drogen- oder Prostitutionsmilieu Kontakt?"

„Natürlich nicht!"

Serge seufzte. „Also habe ich als einzigen Verdächtigen ihren Ex-Freund, der an ihrer Seite angetroffen wurde, als sie tot auf dem Boden lag."

„Haben Sie niemanden bemerkt, als Sie in Ihrem Büro gesessen haben?", fragte Jennifer.

„Nein, die Tür war zu. Ich habe erst den Schuss gehört."

„Was hatte Mademoiselle Duchamps dort oben zu tun?“

„Vermutlich wollte sie etwas aus dem Lager holen. Oder zur Toilette gehen, und dann hat sie vielleicht ein Geräusch im Lager gehört, ist nachsehen gegangen und ...“

Serge kratzte sich seinen Schnurrbart. „Sie wollen mir hoffentlich nicht weismachen, dass ein Dieb es auf sich nimmt, in den ersten Stock eines Pubs zu klettern, sich durch ein kleines Fenster zu zwängen, um ein paar Pfund Kaffee zu klauen und dann eine Angestellte umbringt, die ihn dabei erwischt?“

„Wer weiß – bei den aktuellen Kaffeepreisen ...“, warf Jennifer scherzend ein. „Haben Sie einen Safe im Büro, Monsieur O’Shea? Oder eine Geldkassette oder so was?“

Kilian nickte. „Ja, darin bewahre ich die Einnahmen auf, bevor ich sie zur Bank bringe.“

„Sind Sie eigentlich auch der Eigentümer des Pubs?“

„Nein, ich bin als Geschäftsführer angestellt.“

„Nicht auszuschließen, dass es ein Überfall auf Ihren Bargeldvorrat werden sollte“, räumte Serge ein. „Estelle kam dem Täter in die Quere, und nachdem er – oder sie – geschossen hatte, hat er die Flucht ergriffen, weil er – oder sie – sich denken konnte, dass der Schuss unten zu hören war und Aufmerksamkeit erregt hat. So weit, so gut. Unser Täter war aber nicht sehr geistesgegenwärtig, denn die junge Dame hatte noch ihr Portemonnaie in der Gürteltasche. Außerdem trug sie eine Goldkette um den Hals. Wenigstens nach einem von beiden hätte der Täter doch greifen können, bevor alles vergeblich war.“

Kilian zuckte mit den Schultern. „Vielleicht er hat Panik gekriegt. Vielleicht er wollte sie gar nicht töten.“

„Die Spurensicherung muss doch feststellen können, ob jemand über das Regenrohr geflohen ist“, sagte Jennifer.

Serge nickte. „Während wir hier reden, sind die dabei, genau das zu untersuchen. Wir müssen jetzt die Angehörigen von Mademoiselle Duchamps benachrichtigen. Hat sie Familie in Paris?“

„Nein. Ihre Mutter lebte in der Normandie, in Honfleur, aber sie ist vor Kurzem gestorben. Und ihre Halbschwester lebt dort, aber zu der hat sie kaum Kontakt, glaube ich.“

„Wie heißt die?“

„Fabienne ...“ Er legte die Stirn in grüblerische Falten. „Tut mir leid, an den Nachnamen kann ich mich nicht erinnern. Ich weiß nicht mehr, ob sie auch Duchamps hieß oder nicht.“

Serge winkte ab. „Macht nichts, das finden wir auch so heraus.“

„Kann ich jetzt gehen?“

„Ja, aber bitte verlassen Sie in der nächsten Zeit nicht die Stadt. Wir werden uns sicher wiedersehen.“

Kilian warf sich seine schwarze Lederjacke über. Er deutete ein Lächeln in Jennifers Richtung an und wandte sich zum Gehen.

Sie starrte ihm nach. „Was hältst du von ihm? Glaubst du, dass er unschuldig ist?“

Serge machte ein zweifelndes Gesicht. „Eher nicht. Undurchsichtiger Typ. Warten wir mal den Bericht der Rechtsmedizin und der Ballistik ab. Inzwischen besorgst du uns einen Durchsuchungsbeschluss für seine Wohnung und seinen Laden. Raymond!“ Er winkte dem Sergent, der auf der anderen Seite des Büros saß. „Du und Eric, ihr folgt diesem Kilian O'Shea und behaltet ihn im Auge – könnte ja sein, dass er heute Nacht versucht, die Tatwaffe zu entsorgen.“

2

Am nächsten Nachmittag standen Jennifer und Serge mit zwei weiteren Beamten vor der Tür von Kilian O'Sheas Wohnung im 20. Arrondissement, einem populären Wohnviertel mit hohem Ausländeranteil.

Kilian lächelte Jennifer freundlich an, als er die Tür öffnete, doch sein Lächeln erstarb, als sie ihm den Durchsuchungsbeschluss zeigte. Er stand mit verkniffenem Gesicht da, während die Polizisten seine persönlichen Dinge durchwühlten und die kleine, schlicht eingerichtete Zweizimmerwohnung auf den Kopf stellten.

Sergent Raymond Bernier fand eine 36er Pistole der Marke Ermelite in einer Schublade und betrachtete sie prüfend von allen Seiten.

„Ist das Ihre, Monsieur O'Shea?", fragte Serge ernst.

„Ja. Ich habe einen Waffenschein. Ich war mal Privatdetektiv, und die Pistole stammt aus dieser Zeit. Ich habe sie seitdem nicht benutzt. Und auch damals habe ich sie nur zur Sicherheit mit mir herumgetragen."

„Sie waren mal Privatdetektiv?", fragte Jennifer interessiert.

„Ja. In Irland."

„Monsieur, wir werden die Waffe für eine ballistische Untersuchung durch das Labor mitnehmen", sagte Serge. „Und Sie müssen wir auch mitnehmen, Monsieur O'Shea, denn es steht bereits fest, dass Mademoiselle Duchamps mit einer Pistole dieses Kalibers erschossen worden ist. Sie sind vorläufig festgenommen."

Kilian erstarrte.

Serge zog ein Paar Handschellen aus seiner Tasche. „Na, Jennifer, kennst du schon die Rechte auswendig?"

Sie nickte.

„Dann sag sie ihm auf."

Jennifer stellte sich vor Kilian, sah ihn an und verlas ihm seine Rechte. Ehe sie zum Ende kam, erstarb ihre Stimme unter seinem Blick, in dem sich Wut, Ungläubigkeit und Melancholie mischten.

Serge fuhr fort: „... kann alles, was Sie von jetzt an sagen, vor Gericht gegen Sie verwendet werden", und ließ die Handschellen um Kilians Handgelenke schnappen.

***

„Habt ihr in der Polizeiakademie schon die Verhörtechnik „Guter Cop – böser Cop" durchgenommen, Jennifer?", fragte Serge am nächsten Morgen.

„Nein. Aber ich kenne das aus dem Fernsehen."

„Na fein. Also, du verhältst dich erst mal neutral, während ich ihn fertigmache. Dann werde ich rausgehen, sodass du versuchen kannst, sein Vertrauen zu erwecken. Wenn er nicht schon bei mir ein Geständnis abgelegt hat, tut er das dann vielleicht bei dir. Kriegst du das hin?"

„Natürlich!" Jennifer war stolz, zum ersten Mal einen Teil eines Verhörs durchführen zu dürfen, aber gleichzeitig fühlte sie sich unbehaglich, Kilian, der ihr sympathisch war und irgendetwas in ihr berührte, manipulieren und hereinlegen zu müssen.

Als er in den Verhörraum geführt wurde, versetzte es ihr einen Stich, ihn in Handschellen zu sehen. Er wirkte übernächtigt, hielt sich jedoch aufrecht und hatte den Kopf erhoben. Ein Beamter nahm ihm die Handschellen ab. Er setzte sich neben seinen Verteidiger an den Tisch.

„Die ballistischen Untersuchungen haben ergeben, dass Estelle Duchamps mit einer Kugel aus Ihrer Waffe getötet wurde. Wollen Sie die Tat immer noch leugnen?", begann Serge barsch. „Oder wollen Sie uns allen lieber Zeit ersparen und ein Geständnis ablegen?"

„Ich kann nicht gestehen, was ich nicht getan habe", erwiderte Kilian ruhig. „Sie haben gesehen, dass ich unbewaffnet war, gleich nachdem Estelle getötet worden ist", sagte er zu Jennifer.

„Bis mein Vater und ich in die obere Etage gekommen sind, hätten Sie die Pistole schnell irgendwo verstecken können."

„Um sie nach der Vernehmung auf dem Kommissariat zu holen und ausgerechnet in meine Wohnung zu bringen?"

„Sie haben sich ja denken können, dass wir Sie beobachten", sagte Serge. „Wir hätten gesehen, wenn Sie die Waffe irgendwo entsorgt hätten. Gesehen haben wir, dass Sie nach der Vernehmung tatsächlich in den Pub zurückgekehrt sind."

„Ich hatte noch Büroarbeiten zu erledigen. Hören Sie, ich hatte nicht den geringsten Grund dafür, Estelle umzubringen."

„Wirklich nicht? Der Barkeeper des Pubs, Martin Blanchard, hat ausgesagt, dass Sie und Ihre Ex-Freundin sich in den letzten Wochen häufig laut gestritten haben."

Kilian ließ sich nicht aus der Ruhe bringen. „Kennen Sie ein Paar, bei dem eine Trennung ohne Meinungsverschiedenheiten verläuft?"

„Er sagt, dass Sie sie öfter mal heftig angefasst haben."

„Das stimmt nicht. Ich bin nie handgreiflich geworden."

„Warum sollte er das dann behaupten?"

„Es würde ihm gut passen, mich hinter Gittern zu sehen", sagte Kilian verächtlich. „Er ist nämlich auf meinen Job scharf."

„Scharf genug, um deshalb jemanden umzubringen und es Ihnen in die Schuhe zu schieben?", warf Jennifer ein.

„Ich weiß nicht, ob er so weit gehen würde. Aber immerhin hätte er Gelegenheit dazu gehabt."

Serge blickte Jennifer an. „War Blanchard zu der Zeit, als ihr den Schuss gehört habt, hinter der Bar?"

„Weiß ich nicht, ich habe mit dem Rücken zur Bar gesessen. Ich kann meinen Vater fragen, vielleicht ist dem das aufgefallen."

„Bleibt immer noch die Frage, wie Monsieur Blanchard an Ihre Pistole gekommen sein sollte, Monsieur", sagte Serge kühl. „Hat er Ihren Wohnungsschlüssel? Oder ist bei Ihnen vor Kurzem eingebrochen worden?"

„Weder noch. Aber Estelle hatte noch meinen Schlüssel. Vielleicht hat er es geschafft, ihn zu entwenden und einen Nachschlüssel machen zu lassen."

„Und wann hätte er die Waffe wieder unbemerkt in Ihre Wohnung bringen sollen? Er hatte die ganze Nacht Dienst in der Bar, nicht? Und von ein Uhr morgens bis zum Zeitpunkt der Durchsuchung waren Sie nach eigener Aussage zu Hause."

Kilian schwieg.

Serge knallte die Handfläche auf den Tisch, und Jennifer zuckte zusammen.

„Verdammt, O'Shea, Sie sind in einer üblen Lage! Sie sind bei der Toten angetroffen worden, Sie sind im Besitz der Tatwaffe, es gibt keine anderen Verdächtigen, Sie hatten Streits mit Mademoiselle Duchamps. Glauben Sie wirklich, Ihr Anwalt wird auf unschuldig plädieren können? Ihre Freundin hat Sie verlassen und hatte einen anderen, habe ich recht? Sie hat Sie gedemütigt und da sind Sie durchgedreht, war es so?"

„Sagen Sie dazu nichts", warf der Verteidiger ein. „Letzteres ist nur eine Vermutung, Monsieur le Commissaire. Und haben Sie schon genau geprüft, ob es keine weiteren Verdächtigen gibt?"

Serge ignorierte ihn. „Sie haben sie erschossen und haben die Waffe schnell irgendwo versteckt. Haben dann so getan, als ob Sie aus Ihrem Büro kämen, weil Sie einen Schuss gehört haben. Nach der Vernehmung haben Sie die Pistole geholt und zunächst zu Hause versteckt. Sie konnten ja nicht wissen, dass wir bereits am nächsten Tag mit einem Durchsuchungsbeschluss vor der Tür stehen würden."

Kilian hielt sich an die Anweisung seines Anwalts und schwieg.

Dieser blätterte in der Akte. „Was ist eigentlich mit dem Regenrohr? Hier steht noch nicht, ob daran nun Spuren gefunden wurden oder nicht."

Der Kommissar zuckte mit den Schultern. „Da es an jenem Nachmittag geregnet hat, konnte die Spurensuche leider nicht eindeutig feststellen, ob jemand am Regenrohr hoch- und runtergeklettert ist oder nicht. Beschädigt war es jedenfalls nicht."

„Sie geben aber zu, dass der Regen eventuelle Spuren verwischt haben könnte?"

„Ja", sagte Serge widerstrebend. „Aber ich bitte Sie, wer kann schon an einem Regenrohr hochklettern? Ich lade Sie gern ein, es zu versuchen, Maître. Da müsste der Täter schon Artist im Zirkus sein. Und nicht mehr als fünfzig Kilo wiegen, sonst wäre das Rohr mit Sicherheit kaputtgegangen oder zumindest irgendwo verbogen."

Der Anwalt schwieg und notierte etwas in seiner Akte.

Serge machte eine ungehaltene Handbewegung. „Wissen Sie was, O'Shea? Es ist Freitag, ich muss mich noch um einen anderen Fall kümmern, und dann habe ich Wochenende. Der Ermittlungsrichter hat einen Haftbefehl gegen Sie ausgestellt, und Sie können bis

Montag in Ihrer Zelle darüber nachdenken, ob Sie nicht doch lieber ein Geständnis ablegen. Montag werden Sie ins Untersuchungsgefängnis überführt." Er verließ den Raum.

Kilian legte einen Moment lang verzweifelt die Hände vors Gesicht.

„Es wird sich bestimmt alles aufklären", sagte Jennifer sanft.

Er ließ die Hände sinken, und ihre Blicke trafen sich.

„Warum machen Sie so einen Job?", fragte er kopfschüttelnd, mit einer Spur echter Besorgnis in der Stimme.

Sie zog ihren Stuhl näher an den Tisch und zuckte die Schultern. „Fand ich besser als viele andere. Ich war vorher auch Privatdetektivin – na ja, genau genommen Assistentin in einer Detektei."

Er sah sie abwartend an, und wieder fühlte sie sich verlegen unter dem forschenden Blick seiner blaugrünen Augen, in dem verhaltenes Interesse lag.

„Sie sind der gute Cop, was?", fragte er unvermittelt.

Jennifer fühlte sich ertappt und gleichzeitig erleichtert, weil er sich nicht manipulieren ließ. Da sie sein Französisch grauenhaft fand und er sich ziemlich damit zu quälen schien, sprach sie auf Englisch weiter, obwohl sie wusste, dass Serge und der andere Kollege, die das Gespräch hinter den getönten Scheiben mithörten, es nicht gut verstanden.

„Hören Sie, wir sind auch nicht daran interessiert, Unschuldige in U-Haft überwintern zu lassen. Ich möchte Ihnen glauben, aber es klingt eben alles recht unglaubwürdig."

„Das verstehe ich", gab er zu und atmete geräuschvoll aus.

„Bitte denken Sie in den nächsten beiden Tagen intensiv nach, ob Sie sich an irgendwelche Details erinnern, die wichtig sein könnten. Leute, die Estelle gekannt hat.

Oder etwas, das Ihnen an diesem späten Nachmittag im Pub aufgefallen ist. Als ehemaliger Detektiv wissen Sie ja, worauf es ankommt."

„Estelle und ich haben zwar das letzte Jahr zusammen gelebt, aber wir hatten nicht so ganz den gleichen Bekanntenkreis. Sie traf sich oft mit Leuten, die ich überhaupt nicht kannte."

Jennifer legte den Kopf schief. „Meinen Sie, sie könnte in schlechte Kreise geraten sein?"

„Nein, ich meinte eigentlich Leute von der Uni. Sie haben bestimmt ihre Wohnung durchsuchen lassen, oder?"

„Ja, gestern Nachmittag. Ich habe ihr Adressbuch und muss am Wochenende Kontakt zu einigen ihrer Bekannten aufnehmen. Vielleicht wissen die mehr."

„Ihre beste Freundin hieß Florence mit Vornamen."

„Danke für den Tipp, Mr. O'Shea."

„Nennen Sie mich Kilian", sagte er.

„Ich heiße Jennifer. Ich werde in den nächsten beiden Tagen nicht auf dem Kommissariat sein, aber wenn Ihnen etwas Wichtiges einfällt, können Sie meinen Kollegen Bescheid sagen, und die rufen mich an." Sie erhob sich.

„In Ordnung, Jennifer. Schönes Wochenende."

„Tut mir leid, dass ich Ihnen nicht dasselbe wünschen kann", erwiderte sie.

Kilian schnitt eine Grimasse und hob zwei Finger zum Gruß.

3

„Schön, dass du Zeit hast", sagte Jennifer am nächsten Tag und küsste ihren Vater.

„Unser Treffen am Mittwoch ist ja etwas kurz ausgefallen", erwiderte Dominique und setzte sich zu ihr an den Tisch des kleinen Bistros im Quartier Latin.

„Trotzdem, ich hätte nicht gedacht, dass ich dich an einem Samstagnachmittag von Giuliana loseisen kann."

„Sie war heute ein wenig gereizt", gestand er. „Seit dem siebten Monat ist sie hin und wieder etwas schwierig."

Jennifer grinste. „Die kleinen Freuden des Ehelebens?"

„Das sind nur die Schwangerschaftshormone. Wenn das Baby da ist, normalisiert sich das bestimmt wieder."

„Dann wird sie Baby-Blues haben."

„Warten wir's ab. Was gibt es Neues, dass du mich so dringend sehen wolltest?", fragte Dominique.

„Ich habe sensationelle Sachen über Kilian O'Shea herausgefunden!"

„Vorbestraft wegen Körperverletzung und illegalen Waffenbesitzes?"

„Nein, er ist völlig sauber. Und stell dir vor, er wurde in Killarney geboren, genau wie du! Ist das nicht ein komischer Zufall?"

„Ja, allerdings." Dominique runzelte die Stirn.

„Und er war Privatdetektiv in Irland!"

„Und wie hat es ihn nach Paris verschlagen?"

„Das stand nicht im Polizeicomputer. Sein Vater hatte eine Detektei in Killarney, und da war er wohl angestellt. Anscheinend hat ihm dieses Metier aber nicht zugesagt. Er ist nach Dublin gezogen und hat einen

375

Nachtclub eröffnet. Nebenbei hat er Schauspielunterricht genommen und sich dann ganz der Schauspielerei gewidmet. Dafür ist er auch nach London gegangen. Nebenbei hat er im Waldorf-Astoria als Rezeptionist gearbeitet. Vor etwas über zwei Jahren Umzug nach Paris und Job als Geschäftsführer im Irish Pub."

„Klingt ja wie einer, der genau weiß, was er will", meinte Dominique sarkastisch.

„Das allein ist noch kein Verbrechen", sagte Jennifer ungehalten.

„Und was beschäftigt dich daran nun so?"

„Ich kann es nicht begründen, aber ich habe das Gefühl, dass er unschuldig ist. Nur wird mich als Praktikantin niemand ernst nehmen, wenn ich das sage."

„Man würde auch einen gestandenen Kommissar nicht ernst nehmen, der das ‚Gefühl' hat, ein Verdächtiger sei unschuldig. Warum denkst du, dass er unschuldig ist?"

„So blöd kann doch niemand sein, einen Mord so zu planen, dass alles auf einen selbst hindeutet."

„Und wenn er es im Affekt getan hat?", gab er zu bedenken.

„Warum lag dann die Tatwaffe nicht neben der Toten, sondern zu Hause in seiner Wohnung?"

„Vielleicht hat er sie, nachdem sich der Schuss gelöst hat, schnell in seinem Büro versteckt."

„Ach, und dann bringt er sie selenruhig wieder zu Hause unter, statt sie loszuwerden? Zumal er weiß, dass die Polizei ihn bereits verdächtigt?"

„Du hast recht, irgendwie passt das alles nicht zusammen", stimmte er zu.

„Und das Motiv erscheint mir auch sehr dürftig."

„Wenn verletzte Gefühle im Spiel sind, ist alles möglich. Giuliana hat schließlich auch auf mich geschossen."

„Ja, unmittelbar nachdem sie erfahren hat, dass sie sich in einen Mann verliebt hat, der hinter ihrem Rücken daran gearbeitet hat, ihr eine Falle zu stellen und sie in den Knast zu bringen, während er gleichzeitig seelenruhig mit ihr das Bett geteilt hat", sagte Jennifer. „Aber Estelle und Kilian haben sich schon vor Wochen getrennt, nachdem sie beide erkannt haben, dass ihre Beziehung nicht mehr funktioniert."

„Trotzdem, du weißt nicht, was passiert ist, was sie getan oder ihm an den Kopf geworfen hat."

„Er wirkt auf mich nicht wie jemand, der leicht die Beherrschung verliert."

„Er gefällt dir, oder?", vermutete Dominique.

„Wie kommst du denn darauf? Mir geht es nur gegen den Strich, dass ein wahrscheinlich Unschuldiger in Haft sitzt."

Dominique lächelte sie über den Rand seiner Kaffeetasse hinweg wissend an.

„Ja, okay, er gefällt mir", gab Jennifer zu. „Er hat mir schon vorher gefallen, als ich ihn nur vom Sehen aus dem Pub kannte. Er hat irgendwas …"

„Sei vorsichtig, Jenni. Du sagst, er war Schauspieler – dann fällt es ihm sicher nicht schwer, euch den Unschuldigen vorzuspielen."

Sie seufzte. „Ich weiß. Und ich weiß, dass ich mich an den Gedanken gewöhnen muss, dass vielleicht Unschuldige in Haft bleiben und Schuldige frei herumlaufen, weil ich mich als Kommissarin irre. Das ist eine unheimliche Verantwortung. Aber du hast dich bei deinen Ermittlungen doch auch oft von Gefühlen leiten lassen und warst damit meistens erfolgreich."

„Nicht von Gefühlen, sondern von Instinkt und Intuition. Das ist etwas anderes."

„Und bei Giuliana?"

„Die Situation war völlig anders: ich wusste, dass sie eine Diebin ist, aber sie wusste nicht, dass ich Detektiv bin. Hier ist es genau umgekehrt: Kilian O'Shea weiß, dass du Polizistin bist, aber du weißt nicht, ob er ein Mörder ist oder nicht."

„Stimmt, kann man nicht vergleichen", murmelte sie. „Ich habe den Eindruck, Serge will diesen Fall so schnell wie möglich abschließen, und es passt ihm gut, dass alles auf Kilian hinweist. Ich muss irgendwas finden, um ihn davon zu überzeugen, dass es Zweifel gibt. Was würdest du an meiner Stelle tun?"

„Mehr im Umfeld des Opfers ermitteln, um herauszufinden, ob noch jemand ein Motiv haben könnte."

„Wir waren gestern bereits in ihrer Wohnung, haben aber nichts Auffälliges gefunden."

„Hat sie denn keine Familie?"

„Ihre Mutter hat in Honfleur gelebt, ist aber vor Kurzem verstorben. Ihr Vater ist schon länger tot. Die nächste Angehörige ist vermutlich die Halbschwester, die auch in Honfleur lebt. Die Kollegen prüfen gerade, ob es noch weitere Angehörige gibt."

„Wenn jemand nach Honfleur oder wohin auch immer fährt, um die Angehörigen aufzusuchen, sieh zu, dass du dabei bist", riet er. „Einer netten und hübschen jungen Frau vertrauen die Leute oft freiwillig mehr an als einem brummigen Polizisten."

„Oh, danke für den Tipp." Jennifer lächelte.

„Hast du die Möglichkeit, dich noch mal mit Kilian zu unterhalten, außerhalb eines offiziellen Verhörs?"

Jennifer legte die Stirn in Falten. „Glaube nicht, dass das offiziell möglich ist. Aber vielleicht, wenn ich meinen Charme spielen lasse ... Danke, Dominique!" Sie beugte sich über den kleinen Tisch und küsste ihn rasch. „Dein Kaffee geht auf mich."

Dominique lachte. „Ist mir eine Ehre, Berater der Mordkommission zu sein!"

4

„Jennifer, du weißt, dass das nicht erlaubt ist", sagte Sergent Bernier, der an diesem Sonntag Dienst im Kommissariat hatte.

„Ach, bitte, Raymond! Ich habe herausgefunden, dass O'Shea aus dem gleichen Ort in Irland stammt wie mein Vater, der aber seit über vierzig Jahren nicht mehr dort war. Ich möchte mehr darüber erfahren. Das wird ein völlig privates Gespräch. Ich weiß, dass er morgen ins Untersuchungsgefängnis verlegt wird, da habe ich keine Gelegenheit mehr."

„Du kannst ihn dort zu den Besuchszeiten sehen, in der Regel ist das sonntags."

„Aber nur wenn der Ermittlungsrichter zustimmt, oder?"

„Das würden wir schon hinkriegen, du arbeitest ja bei uns."

„Heute ist auch Sonntag, warum darf er nicht schon jetzt Besuch haben? Was ist denn schon dabei ..."

„Okay, aber nur zehn Minuten", gab Raymond nach. „Aber erzähl Serge nicht, dass ich dich zu dem Tatverdächtigen gelassen habe!"

„Natürlich nicht."

Missmutig griff Raymond nach dem Schlüsselbund für die Arrestzellen und ging voraus.

„Das ist ja eine Überraschung", sagte Kilian, als Jennifer in der Zelle erschien.

„Ich hab euch im Auge." Raymond wies auf das geöffnete kleine Fenster in der Zellentür.

„Ja, ja." Sie bedeutete ihm, die Tür zu schließen. „Ich hoffe, ich störe Sie nicht", sagte sie ironisch zu Kilian.

„Nicht im Geringsten. Ich komme um vor Langeweile."

„Darf ich mich setzen?" Sie wies auf die Pritsche, auf der er saß. Es war die einzige Sitzgelegenheit in der Zelle.

„Tut mir leid, dass ich Ihnen keinen Stuhl anbieten kann." Er rückte zur Seite, um ihr Platz zu machen.

„Macht nichts." Irgendwie gefiel es ihr, so dicht neben ihm zu sitzen, auch wenn seine Erscheinung aus verständlichen Gründen etwas weniger gepflegt war als sonst. Seine dunkelblonden Haare waren verstrubbelt, das Hemd zerknittert, und unter seinen Augen lagen Schatten.

„Darf ich eigentlich mit Ihnen reden ohne meinen Anwalt?", fragte er misstrauisch.

„Ich habe es mir regelrecht erkämpfen müssen, Sie besuchen zu dürfen, also wäre es nett, wenn Sie auch ohne Anwalt mit mir reden würden."

„Ist das irgendein Trick?"

„Nein, das ist eher ein privater Besuch. Und es geht dabei nicht nur um Sie. Ich musste am Freitag Recherchen über Sie anstellen. Und dabei habe ich gesehen, dass Sie in Killarney geboren wurden."

„Warum sagen Sie das so feierlich? Das ist nur eine gewöhnliche Kleinstadt in Südwestirland."

„Ich weiß. Aber mein Vater wurde auch dort geboren. Ist das nicht ein eigenartiger Zufall?"

Er blickte sie überrascht an. „In der Tat. Ist Ihr Vater Ire?"

„Eigentlich schon. Aber er wurde als kleines Kind von Franzosen adoptiert und bekam die französische Nationalität. Er ist nie wieder nach Irland zurückgekehrt. Kennen Sie jemanden mit dem Namen O'Reely?"

Kilian dachte nach. „Ich kenne einen O'Reilly – mit ei und Doppel L."

„Nein, das ist es nicht. Meine Großmutter hieß Maureen O'Reely – mit Doppel E und einem L. Sie ist sowieso gestorben, bevor Sie geboren wurden. Aber vielleicht hat sie noch Verwandte dort …"

„So klein ist Killarney nun auch wieder nicht, dass ich da alle kennen würde. Aber wenn ich aus der Haft entlassen werde, könnte ich meine Beziehungen spielen lassen, um mehr über Ihre Großmutter herauszufinden – oder was immer Sie wissen wollen. Ich war mal Privatdetektiv."

„Ich weiß, das haben Sie erwähnt. Und außerdem Nachtclub-Betreiber, Schauspieler, Hotelangestellter …"

Er lachte kurz auf. „Sie kennen sich besser in meinem Leben aus als ich."

„Sie haben anscheinend nichts zu verbergen. Den Beruf alle zwei Jahre zu wechseln ist ja kein Verbrechen. Sie haben ein interessantes Leben. Ich meine, Sie haben schon so viel gemacht …"

„Ja, und ich habe noch viel vor", murmelte er.

„Kennen Sie keinen guten Anwalt?", fragte Jennifer besorgt. „Auf diesen Pflichtverteidiger würde ich mich nicht verlassen."

„Nein, ich brauchte vorher noch nie einen. Muss ich mir wirklich Sorgen machen?"

„Sie waren am Tatort, Sie hatten mehr oder weniger ein Motiv, die Tatwaffe gehört Ihnen … Es hat für einen Haftbefehl gereicht, und es sieht nicht gut aus, Kilian, das können Sie sich ja denken."

„Verdammt! Ich bin unschuldig!" Er schlug mit der Hand auf die Pritsche.

„Ich glaube Ihnen." Jennifer legte die Hand auf seinen Unterarm. „Ich werde alles versuchen, es zu beweisen."

Er sah sie skeptisch an. „Warum?"

„Mein Instinkt. Und Ihre Intelligenz. Wenn Sie Estelle hätten umbringen wollen, hätten Sie es geschickter angestellt, da bin ich sicher."

„Warum wollen Sie mir helfen?"

„Es ist mein Job, den wahren Mörder zu finden – und nicht, es mir leicht zu machen."

„Also keine persönlichen Motive?" Seine Stimme war mit einem Mal warm und weich.

„Ich mische nie Privates und Berufliches", erwiderte Jennifer kühl und konnte nicht verhindern, dass ihr die Röte in die Wangen stieg. Peter, Rajiv, Marc – hatte sie es jemals geschafft, Berufliches nicht mit Privatem zu mischen?

„Kluges Mädchen", sagte er ironisch, und unter seinem Blick fühlte sie sich als Lügnerin entlarvt. Außerdem begann ihr Herz schneller zu schlagen.

Während sie sich in die Augen sahen, öffnete Kilian leicht seine Lippen, und Jennifer wusste, dass sie sich unter normalen Umständen nun geküsst hätten. Nur waren dies leider alles andere als normale Umstände.

Ihr Handy klingelte, und sie griff in ihre Jackentasche. Dominiques Nummer stand im Display. „Ja?"

„Jenni, ich bin Vater! Vor einer Stunde ist unser Fabrice geboren worden", sagte er mit bewegter Stimme. „Gestern Abend ging es los mit den Wehen, als ich gerade nach Hause kam."

„Oh ... Herzlichen Glückwunsch", sagte sie gepresst, und es klang sehr kühl.

„Freust du dich nicht? Du hast einen kleinen Halbbruder! Ihm und Giuliana geht es gut."

„Ja, natürlich freue ich mich für euch. Liebe Grüße an Giuliana. À bientôt." Sie drückte die Verbindung weg.

"Stimmt was nicht?", wollte Kilian wissen. „Sie sehen plötzlich so blass aus."

„Ich habe gerade einen kleinen Halbbruder bekommen", sagte sie mit schiefem Lächeln.

„Gratuliere. Alles wohlauf? Sie wirken bestürzt."

„Ja, alles bestens", versicherte sie, brach aber plötzlich in Tränen aus und schlug die Hände vors Gesicht.

„Hey, sollen das Freudentränen sein?", fragte er verblüfft.

Jennifer kramte blind in ihrer Handtasche nach einem Taschentuch und wünschte, er würde sie in die Arme nehmen. Doch er blieb unbeweglich neben ihr sitzen und blickte betreten zu Boden. Was sollte er auch von einer Azubi-Polizistin halten, die seine Unschuld beweisen wollte und zu heulen begann, weil sie einen Bruder bekommen hat, dachte Jennifer und putzte sich die Nase.

„Das ist eine lange Geschichte", schniefte sie und fasste sich wieder.

Kilian verzog den Mund. „Falls ich verurteilt werde, hätte ich viel Zeit, sie mir anzuhören."

Jennifer räusperte sich und wischte sich die Tränen von den Wangen. „Ihr Schlamassel ist eindeutig größer als meiner. Ich werde mich jetzt zusammenreißen, da hinausgehen und versuchen, den wahren Täter zu finden."

„Sie können ruhig noch ein bisschen bleiben, ich habe heute Abend nichts vor."

„Lieber nicht. Sonst werfe ich mich vor Verzweiflung noch in Ihre Arme", sagte sie scherzhaft.

„Das letzte Mal, als das eine Frau getan hat, hat es ein ziemliches Drama ausgelöst." Er machte eine theatralische Handbewegung.

„Wieso?" Sie wusste, dass es nicht besonders professionell war, das zu fragen, aber sie musste sich ablenken. Die Vorstellung, wie glücklich Dominique und Giuliana über die Geburt ihres Sohnes waren, machte sie traurig. Ja, sie freute sich für die beiden, und nein, sie war nicht mehr eifersüchtig. Sie war sogar ein bisschen stolz darauf, jetzt einen kleinen Bruder zu haben. Aber so sehr sie sich auch sagte, dass die Arbeit ihr reichte, musste sie doch zugeben, dass ihr eine glückliche Beziehung,

wie Dominique und Giuliana sie hatten, mehr als
fehlte.

Kilian erhob sich und begann in der Zelle auf und ab
zu gehen. „Das war vor zwei Jahren. Ich hatte mich gerade in Paris niedergelassen und brauchte dringend
Nachhilfestunden in Französisch. Ich habe eine Stu-
dentin engagiert, das heißt, sie war gerade fertig mit ihrem Französisch-Studium. Sie hieß Fabienne und war
Estelles Halbschwester. Über sie habe ich Estelle kennengelernt. Fabienne war an mir interessiert und
machte mir ziemlich offensive Avancen. Ich hatte einen One-Night-Stand mit ihr, aber mehr wollte ich
nicht, weil ich mich inzwischen in Estelle verliebt
hatte. Sie war ziemlich sauer und gekränkt. Als ich
kurz darauf tatsächlich mit Estelle zusammengekommen bin, war Fabienne sehr eifersüchtig. Es gab viele
Szenen zwischen den Schwestern. Fabienne hat behauptet, Estelle habe ihr den Freund – also mich – ausgespannt, was natürlich nicht stimmte. Die Schwestern
hatten von jeher ein sehr schlechtes Verhältnis zueinander, mit sehr viel Rivalität. Fabienne hat uns ein
paar Wochen lang das Leben schwer gemacht. Dann
hat sie Gott sei Dank beschlossen, in die Normandie zurückzukehren, wo sie beide aufgewachsen sind, und
wir haben nichts mehr von ihr gehört."

Jennifer blickte ihn nachdenklich an. „Hasst sie ihre
Schwester und Sie genug, um Estelle umzubringen und
Ihnen den Mord in die Schuhe zu schieben?"

Kilian starrte sie überrascht an. „Wer weiß. Ein bisschen verrückt war sie schon. Aber warum jetzt, zwei
Jahre später?"

„Vielleicht gibt es noch ein zusätzliches Motiv. Das
müssen wir unbedingt überprüfen. Hatten sie die gleiche Mutter oder den gleichen Vater?"

Kilian runzelte die Stirn und setzte sich wieder neben Jennifer auf die Pritsche. „Daran kann ich mich nicht erinnern.“

„Wenn der Kommissar Sie morgen noch einmal verhört, erzählen Sie ihm unbedingt von Fabienne, so wie Sie es mir erzählt haben. Aber erwähnen Sie nicht meinen Besuch bei Ihnen. Ich musste dem Sergent da draußen schwören, dass keiner davon erfährt.“

„Das bleibt unser Geheimnis“, versprach Kilian.

„Ich muss jetzt gehen.“ Jennifer streckte Kilian die Hand hin. „Ich kann leider nicht verhindern, dass Sie morgen ins Untersuchungsgefängnis überführt werden, aber ich werde mein Möglichstes tun, um Sie da herauszuholen.“

Er ergriff ihre Hand und behielt sie kurz seiner. „Vielen Dank.“

Seine Hand fühlte sich fest und warm an, und Jennifer mochte sie gar nicht mehr loslassen. In diesem Moment drehte sich der Schlüssel im Schloss der Zellentür, und Raymond steckte seinen Kopf in den kleinen Raum.

„Ende der Besuchszeit!“

5

„Siehst du!", triumphierte Jennifer am nächsten Vormittag, als sie mit Serge aus dem Verhörraum kam. „Es gibt noch eine Verdächtige. Wir müssen diese Halbschwester unbedingt finden."

„Ja, müssen wir wohl, aber vergiss nicht, Jennifer, dass das Opfer mit O'Sheas Waffe getötet wurde, die sich in seiner Wohnung befand."

„Dafür gibt es bestimmt eine Erklärung. Estelle hatte noch einen Wohnungsschlüssel von ihm, an den ihr Mörder vielleicht herangekommen ist."

„Das behauptet O'Shea. Kannst du beweisen, dass sie noch einen Schlüssel hatte?"

Jennifer zuckte mit den Schultern.

„Mach dir keine allzu großen Hoffnungen. Wir kümmern uns um die Halbschwester, schon weil sie die einzige nahe Verwandte von Estelle Duchamps zu sein scheint, aber ich bin ziemlich sicher, dass O'Shea es getan hat."

„Du bist ganz schön voreingenommen."

Serge warf ihr einen verärgerten Blick zu. „Bringt man euch auf der Polizeiakademie nicht bei, die Meinung eines höhergestellten Dienstgrades ohne Widerspruch zu respektieren?"

„Nein, sie bringen uns bei, unseren eigenen Verstand zu gebrauchen."

„Ach ja? Und es ist dein Verstand, der dir sagt, dass O'Shea unschuldig ist?", spottete er. „Sag mal, hast du dich in den Typen verknallt?"

„Blödsinn", wehrte sie ab. „Also, wann fahren wir in die Normandie?"

Er warf einen Blick auf die Uhr. „Heute nicht mehr. Und wieso ,wir'?"

„Weil ich natürlich mitkommen möchte. Es bringt ja nichts, wenn ich dir nicht dabei zusehen kann, wie du weiter ermittelst. Schließlich will ich so viel wie möglich von dir lernen", sagte Jennifer mit gespielter Bewunderung und blinzelte ihm zu.

Aber Serge schien gegen ihren Charme immun. „Lass das Schleimen, das passt nicht zu dir. Na schön, du kannst mitkommen. Dann müssen wir es als Tagestour schaffen, denn im Fall einer Übernachtung ist ein weiteres Zimmer nicht im Etat. Es sei denn, du willst dir mit Raymond ein Zimmer teilen."

„Auf keinen Fall. Muss Raymond denn mitkommen?"

„Ja. Solche Ausflüge machen wir laut Dienstvorschrift immer zu zweit, und du zählst noch nicht als Polizistin."

„Und wie geht es heute weiter?"

„Du wirst dich gleich hinter den Computer klemmen und alles über diese Fabienne herausfinden. Du hast ja die Checkliste für solche Recherchen. Und schau auch, wo Mademoiselle Duchamps gewohnt hat, bevor sie nach Paris gezogen ist."

„Okay, Chef, wird alles prompt erledigt." Jennifer salutierte scherzhaft.

„So ist es besser", brummte Serge.

***

Am Abend rief Jennifer ihren Vater an. „Sorry, dass ich gestern so kurzangebunden war", entschuldigte sie sich. „Ich war gerade illegalerweise in der Zelle unseres Hauptverdächtigen und hatte nur eine kurze Zeit, um mit ihm zu reden. Natürlich freue ich mich riesig für euch!"

„Schon gut, chérie, ich weiß, dass es schwer für dich ist."

387

„Und wie geht es dir?"

„Ich bin total aufgeregt und kann es noch gar nicht fassen. Jenni, ich habe einen Sohn!"

Sie verdrehte die Augen. „Warst du eigentlich auch so aus dem Häuschen, als ich geboren wurde?"

„Natürlich."

„Schwindler!"

„Ich war damals zu jung, ich habe das nicht so bewusst erlebt", verteidigte er sich. „Dafür freue ich mich jetzt umso mehr, dass es dich gibt."

„Ist dir klar, dass ich dich bald zum Großvater machen könnte? Dann könnte euer kleiner Fabrice mit seinem fast gleichaltrigen Neffen spielen, wäre das nicht süß?"

„Bist du etwa schwanger?", fragte er alarmiert.

„Nein, keine Chance. Habe ich auch nicht vor, beruhige dich. Ich habe nur so dran gedacht, weil ... Ich glaube, ich habe mich ein bisschen verliebt."

„In wen?" Jetzt klang er noch alarmierter.

„Kilian O'Shea."

„O nein! Jenni, ist dir nicht klar, dass er möglicherweise ein Mörder ist?"

„Ich habe mich gestern recht privat mit ihm in seiner Zelle unterhalten, und er ist ein total netter Kerl, der kann keine Frau umbringen."

„Erinnerst du dich an den Mann von dieser Samantha, als wir auf den Seychellen waren? War auch ein netter Kerl. Und trotzdem hat er seine Frau umgebracht."

„Ach, dieser Cliff hatte was Verschlagenes", wischte sie seinen Einwand weg.

„Ehrlich gesagt beruhigt mich der Gedanke, dass dieser Kilian O'Shea in U-Haft sitzt und dir nicht gefährlich werden kann."

„Da wird er aber nicht mehr lange drinsitzen, das schwöre ich dir! Morgen fahre ich mit Serge in die

Normandie, und ich wette darauf, wir kommen nicht ohne Verdächtige zurück." Sie erzählte ihm, was sie herausgefunden hatte.

„Ich drücke dir die Daumen, dass er unschuldig ist", sagte Dominique.

„Schade, dass du nicht mitkommen kannst. Es wäre toll, wenn wir diesen Fall gemeinsam lösen könnten. Wie in guten alten Zeiten." Sie lächelte wehmütig.

„Als Ermittler in Mordfällen hab ich nicht viel Erfahrung – für deinen Kilian ist es wohl besser, dein Chef ermittelt."

„Wie war das damals für dich, als du dich in Giuliana verliebt hast, obwohl du wusstest, dass sie eine Kriminelle ist?"

„Furchtbar. Nicht weil sie eine Diebin war, das hätte mich dann nicht mal mehr gestört, aber weil ich sie ins Gefängnis bringen sollte. Da hast du einen besseren Part – du kannst Kilian aus der Haft herausholen."

„Ja, hoffentlich."

„Was ist an diesem Kerl so Besonderes?"

„Weiß ich nicht. Ich glaube, es ist seine Art ... Er wirkt auf den ersten Blick etwas unnahbar, doch er ist es nicht, er ist durchaus aufgeschlossen. Und er ist ruhig, aber dennoch lebhaft ... Er ist irgendwie unergründlich. Und er hat schon so viele Dinge gemacht, obwohl er erst zweiunddreißig ist, das imponiert mir. Er hat fünf verschiedene Berufe ausgeübt und zwischendurch noch studiert."

„Und nichts zu Ende gebracht. Das ist nicht unergründlich, so etwas nennt man unbeständig", kommentierte Dominique trocken.

„Er ist eben sehr vielseitig. Sicher würde ich mich mit ihm nicht langweilen."

„Ach, Jenni, nun warte erst mal ab, ob er wirklich unschuldig ist. Und wenn ja, ob er sich für dich interessiert."

„Ich habe den Eindruck, das tut er bereits. Dieses Lächeln und wie er mich ansieht ... Dabei sind Verhörräume und Gefängniszellen nicht gerade geeignete Orte zum Flirten."

„Er war mal Schauspieler, und ich wette, er spielt dir nur was vor, damit du ihn aus dem Knast holst."

„Du bist gemein!"

„Liebes, ich will nur nicht, dass du wieder auf die Nase fällst und dir weh getan wird."

„Ich weiß." Sie seufzte. „Vielleicht ist dieses Kribbeln in meinem Bauch auch gar keine Verliebtheit, sondern kommt nur von all dieser Ungewissheit."

„Was gefällt dir noch an ihm?"

„Sein ironischer Humor, sein entschlossenes Auftreten, sein Temperament, das immer wieder hervorbricht, obwohl er so kontrolliert wirken will. Sein Hang zur Theatralik, nein, vielmehr sein Sinn für Dramatik. Außerdem hat er manchmal sowas sanftes, liebevolles ... Na, und attraktiv finde ich ihn natürlich auch."

Dominique musste lächeln. „Ich wünsche dir sehr, dass du nicht enttäuscht wirst, Jenni."

6

„Wir fangen mit dem Notar an", bestimmte Serge, als sie in den späten Morgenstunden die kleine Stadt Honfleur erreichten, eine malerische Künstlerkolonie mit vielen Galerien, Antiquitätenhändlern, Gassen, die zum Bummeln einluden, und einem pittoresken, alten Hafenbecken. Im Sommer waren die Bars und Restaurants an diesem Vieux Bassin meistens bis auf den letzten Platz besetzt, aber jetzt, Mitte März, ging es geruhsamer zu.

Jennifer hatte am Vortag recherchiert, welcher Notar sich um den Nachlass von Estelles kürzlich verstorbener Mutter kümmerte.

Der freundliche und betagte Mann war sehr bestürzt über die Nachricht von Estelles Tod.

„Ich habe beinahe schon befürchtet, dass ihr etwas passiert ist, weil sie sich nicht auf meinen Brief hin gemeldet hat", sagte er, als seine Besucher ihm in seinem Büro gegenübersaßen.

„Was war das für ein Brief und von wann genau?", wollte Serge wissen.

„Die Einladung zur Testamentsvollstreckung, die in einer Woche stattfinden soll. Ich habe den Brief vor etwa zehn Tagen abgeschickt."

„Ging der gesamte Besitz an Estelle Duchamps?"

„Ja, sie war Alleinerbin von einer halben Million Francs und einer Eigentumswohnung. Estelles Vater ist ja bereits vor zwei Jahren verstorben."

„Und wer erbt nun im Fall von Estelles Tod?"

„Mademoiselle Severeaux, die ältere Tochter von Madame Duchamps."

„Fabienne Severeaux?", fragte Jennifer und der Notar nickte. „Siehst du?", sagte sie bedeutungsvoll zu Serge.

„Können Sie sich erklären, warum Fabienne nicht unmittelbar im Testament berücksichtigt wurde?", erkundigte sich Serge.

„Nun ja, das Geld stammt von Estelles Vater, Hervé
Duchamps. Er ist nicht der Vater von Fabienne, daher
wurde sie nicht berücksichtigt."

„Gibt es sonst keine nahen Verwandten?", warf Raymond ein.

„Nein, nur sehr entfernte, die nicht unmittelbar erb-
berechtigt sind."

„Wann wird das Erbe an Mademoiselle Severeaux
ausgezahlt werden?"

„Das kann noch etwas dauern, bis der Totenschein
von Mademoiselle Duchamps vorliegt und alles geklärt
ist."

Jennifer, die befürchtet hatte, Fabienne könne bereits
mit der Erbschaft über alle Berge sein, atmete auf.

„Gut, dann werden wir Mademoiselle Severeaux mal
besuchen", erklärte Serge. „Vielen Dank, Maître, Sie haben uns sehr geholfen."

Es war nicht weit zum Wohnhaus, in dem Fabienne
Severeaux lebte, also gingen sie zu Fuß durch die kleinen Gassen von Honfleur.

Es öffnete ihnen eine kleine, zierliche Dunkelhaarige
mit großen, braunen Augen.

„Dürfen wir einen Moment hereinkommen?", fragte
Serge, nachdem er sich ausgewiesen hatte.

Fabienne runzelte die Stirn. „Muss das sein? Können
Sie mir nicht hier sagen, worum es geht?"

„Wir haben schlechte Nachrichten, und die überbrin-
gen wir nicht gerne zwischen Tür und Angel."

„Na schön." Zögernd ließ sie die drei eintreten. „Was
ist denn passiert?"

„Wir müssen Ihnen eine traurige Mitteilung machen.
Ihre Halbschwester Estelle wurde ermordet."

„Ermordet? Estelle?" Sie schlug sich eine Hand vor den Mund. „Oh mein Gott! Wann?"

„Letzte Woche Mittwoch."

Fabienne ließ sich erschüttert in einen Sessel sinken. „Und wissen Sie schon, von wem?"

„Nein, wir ermitteln noch. Können Sie uns sagen, ob Estelle Feinde hatte?"

„Weiß ich nicht. Feinde? Nein, kann ich mir nicht vorstellen. Aber nehmen Sie mal ihren Ex-Freund Kilian O'Shea unter die Lupe, seit der Trennung hat er sie mehrmals bedroht. Das hat sie mir zumindest vor Kurzem am Telefon erzählt."

„Danke, wir werden das überprüfen." Serge nickte. „Und wo waren Sie letzte Woche Mittwoch gegen achtzehn Uhr?"

„Ich?" Sie dachte kurz nach. „Auf dem Weg vom Supermarkt nach Hause, glaube ich."

„Hier in Honfleur?"

„Ja, natürlich."

„Gibt es jemanden, der das bezeugen kann?"

„Verdächtigen Sie mich etwa?", fragte Fabienne. Jennifer betrachtete sie genau und fragte sich, ob ihre Empörung echt oder nur gespielt war.

„Reine Routine, Mademoiselle. Also?"

„Ich glaube kaum, dass sich die Kassiererin daran erinnern kann, mich an einem bestimmten Tag gesehen zu haben."

„Haben Sie noch den Kassenbon?"

„Muss ich nachsehen." Sie erhob sich und ging zu einem kleinen Schreibtisch. Dann hielt sie Serge triumphierend einen Zettel hin. „Neunter März um siebzehn Uhr fünfundfünfzig. Achtundsechzig Francs."

„Sie haben bar bezahlt, nicht mit Kreditkarte", stellte er fest.

„Das ist doch nicht verboten, oder?"

„Sicher. Aber es ist ein weniger guter Beweis. Wo liegt dieser Supermarkt?“

„Es ist der Franprix in der Rue Saint-Léonard.“

„Sind Sie erwerbstätig, Mademoiselle?“

„Nein. Ich habe vor Kurzem mein Studium beendet, aber noch keine Stelle gefunden.“

„Wann waren Sie das letzte Mal bei Ihrer Schwester in Paris?“

„Vor zwei Jahren, als ich zwei Semester dort studiert habe.“

„Mademoiselle Severeaux, mein Kollege, Sergent Bernier, wird Ihnen einige Zeit Gesellschaft leisten, während meine Kollegin und ich Ihr Alibi überprüfen gehen.“

„Was für einen Grund sollte ich denn haben, meine Halbschwester umzubringen?“, rief Fabienne. „Okay, wir haben uns nicht immer gut verstanden, die üblichen Geschwisterrivalitäten, aber deswegen bringt man doch niemanden um!“

„Nein, wahrscheinlich nicht. Für eine Eigentumswohnung und eine halbe Million Francs allerdings schon eher“, bemerkte Serge mit sarkastischem Unterton.

„Wie bitte?“

„Und dann versucht man es so aussehen zu lassen, als habe der Ex-Freund die Tat begangen“, ergänzte Jennifer.

„Ich leih mir das hier mal aus.“ Serge nahm ein gerahmtes Bild, das Fabienne mit einem älteren Herrn zeigte, der wahrscheinlich ihr Vater war, und folgte Jennifer zur Tür.

Auf der Straße fragten sie sich nach dem Franprix in der Rue Saint-Léonard durch und zeigten Fabiennes Foto.

„Ja, die kenne ich“, bestätigte eine Angestellte. „Sie kauft regelmäßig hier ein. Aber letzten Mittwoch? Ich habe sie gestern gesehen, aber letzte Woche gar nicht, glaube ich. Allerdings haben wir vierzehn Stunden am Tag geöffnet, davon habe ich nur sechs Stunden Dienst, also ... mit Sicherheit kann ich es nicht sagen."

„Es gibt doch Videoüberwachung hier – wir würden die Bänder gern mal sehen."

„Da müssen Sie den Filialleiter fragen. Aber soviel ich weiß, werden die Bänder nach vierundzwanzig Stunden wieder gelöscht, wenn nichts Besonderes passiert ist."

„Mist!", knurrte Serge, nachdem der Filialleiter diese Auskunft bestätigt hatte. „Das wäre ein eindeutiger Beweis dafür, dass sie gelogen hat, wenn sie nicht zur angegebenen Zeit auf dem Video zu sehen gewesen wäre."

„Und der Kassenzettel?"

„Sie kann irgendwen gebeten haben, dort einzukaufen und ihr den Kassenbon aufzuheben. Zumal sie bar und nicht mit ihrer Kreditkarte oder einem Scheck bezahlt hat. Das ist kein Alibi."

„Warum hat sie dann nicht gleich gesagt, dass sie zu Hause war und dass das keiner bestätigen kann?"

Serge zuckte mit den Schultern. „Sie wird nicht damit gerechnet haben, dass wir sie ernsthaft verdächtigen. Oder dachte, sie kommt mit dem Kassenzettel durch, was weiß ich. Die Leute gehen da nicht immer sehr durchdacht vor. Oder sie hat tatsächlich dort eingekauft und ist eben nicht die Täterin."

„Fragen wir mal die Nachbarn", schlug Jennifer vor. „Sie wird ja einige Tage weg gewesen sein, wenn sie in Kilians Wohnung eingedrungen ist, ohne dass er es gemerkt hat."

„Nicht notwendigerweise. Wenn sie seine Arbeitszeiten kennt, kann sie sehr gut am Mittwochmittag hier losgefahren sein, ist direkt zu O'Sheas Wohnung, hat die Pistole geholt – vorausgesetzt natürlich, sie hatte bereits den Wohnungsschlüssel –, hat Estelle im Pub erschossen, die Waffe zurückgebracht, ist nach Honfleur zurück … Sie hätte locker um zweiundzwanzig Uhr wieder hier sein können."

„Stimmt. In Paris sollten wir auch mit den Nachbarn sprechen – mit denen von Kilian und auch von Estelle."

„Hab ich schon getan. Ich war gestern Nachmittag noch mal in Estelles Wohnung. Eine Nachbarin hat mir erzählt, dass sie ein oder zwei Mal eine andere junge Frau aus der Wohnung hat kommen sehen. Eine kleine, zierliche Dunkelhaarige."

„Da haben wir's! Warum hast du mir das nicht erzählt?"

„Weil ein Kriminalkommissar seiner Praktikantin nicht über jeden seiner Schritte Rechenschaft ablegen muss. Außerdem macht das Fabienne nicht automatisch zur Mörderin, selbst wenn sie bei ihrer Schwester zu Besuch war."

„Aber sie hat gelogen. Immerhin sagte sie, sie hätte Estelle das letzte Mal vor zwei Jahren gesehen."

„Wir müssen eine Gegenüberstellung machen. Es wimmelt in Frankreich schließlich von zierlichen, dunkelhaarigen Frauen. Theoretisch könntest du das auch gewesen sein."

„Ich bin nicht klein, und auch nicht dunkelhaarig. Meine Haare sind hellbraun. Und zierlich? Na, ich weiß nicht …"

„Jennifer, Leute, die nicht geschult sind und in dem Moment auch nicht wissen, dass es mal wichtig wird, beobachten in der Regel nicht so genau."

„Aber langsam verdichtet sich das Bild, dass Fabienne Estelle ebenso gut umgebracht haben könnte wie Kilian, oder?"

„Ja", gab Serge zu. „Sie hat zumindest ein viel größeres Motiv."

Jennifer war erleichtert. Sie war nachts mehrmals aus dem Schlaf hochgeschreckt und hatte sich ausgemalt, dass Kilian doch der Täter sein könnte.

„Mademoiselle Severeaux, packen Sie ein paar Sachen zusammen", ordnete Serge an, als sie in die Wohnung zurückkehrten. „Wir müssen Sie bitten, uns aufs Präsidium in Paris zu begleiten. Sie sind vorläufig festgenommen."

Fabienne wurde blass. „Dürfen Sie das so einfach?"

„Ja, das dürfen wir. Sie sind dringend tatverdächtig, Ihre Halbschwester Estelle Duchamps ermordet zu haben."

„Und was ist mit der Tatwaffe?", fragte Fabienne empört. „Sie können ja meine Wohnung durchsuchen!"

„Danke für das Angebot, aber das ist nicht nötig. Die Tatwaffe haben wir bereits."

7

„Ich bin mir nicht ganz sicher, welche es war", sagte die ältere Dame am nächsten Nachmittag bei der Gegenüberstellung. „Ich glaube, es war die Nummer zwei."

Jennifer trommelte nervös mit den Fingerspitzen auf den Tisch, an dem sie saß. Fabienne hatte ein Schild mit der Nummer drei in der Hand.

„Oder die drei. Auf jeden Fall eine von beiden."

„Gut, danke." Serge begleitete die ältere Dame hinaus. „Schick mir den nächsten rein, Raymond."

Als nächster Zeuge kam Kilians Nachbar, ein junger Mann mit wachem Blick.

„Erkennen Sie eine der anwesenden Frauen als die, die Sie am letzten Mittwochabend aus der Wohnung Ihres Nachbarn haben kommen sehen?"

Er betrachtete die fünf Frauen. „Die drei", sagte er dann fest.

„Sind Sie sicher?"

„Ja, absolut. Wie ich Ihnen gestern schon sagte, ich habe mich etwas gewundert, eine Unbekannte aus der Wohnung meines Nachbarn kommen zu sehen, aber da sie den Schlüssel hatte, habe ich mir nichts dabei gedacht. Hätte ja seine neue Freundin sein können. Nur dass sie Handschuhe trug, als sie die Tür abgeschlossen hat, fand ich komisch. Ich ziehe die Dinger immer erst draußen an, außerdem war es ja auch gar nicht mehr so kalt, aber gut …"

„Sagen Sie uns bitte nochmal, wie spät es genau war?"

„Ich habe um achtzehn Uhr Feierabend gemacht und brauche eine gute Dreiviertelstunde nach Hause. Es muss Viertel oder zehn vor Sieben gewesen sein."

„Das passt", sagte Jennifer zufrieden.

„Danke, Monsieur. Bitte geben Sie Ihre Aussage noch bei meinem Kollegen zu Protokoll.“

Kurz darauf gingen Jennifer und Serge zum Verhörraum, in den man Fabienne inzwischen gebracht hatte.

„Falls wir jetzt wieder guter Cop, böser Cop spielen, wäre ich diesmal gerne die böse“, sagte sie.

„Nein, spielen wir diesmal nicht. Mit dem guten Cop kommst du bei der nicht weiter. Und das Verhör führe ich – verstanden?“

Jennifer verzog den Mund. Wahrscheinlich konnte Serges Ego es nicht verkraften, dass ihn eine Polizeischülerin mit der Nase drauf gestoßen hatte, wer den Mord tatsächlich begangen hatte, während er beinahe einen Unschuldigen hinter Gitter gebracht hätte.

Im Verhörraum knallte Serge die Unterlagen auf den Tisch, zog sich geräuschvoll einen Stuhl heran und setzte sich Fabienne und ihrem Anwalt gegenüber.

„Also, Mademoiselle Severeaux, nachdem Sie nun eine Nacht Zeit zum Nachdenken hatten, bleiben Sie bei Ihrer Version von gestern Abend? Dass Sie mit dem Mord an Estelle Duchamps nichts zu tun haben?“

„Ja“, erwiderte Fabienne und verschränkte die Arme vor der Brust.

„Dann lügen Sie. Sie sind von einer Nachbarin identifiziert worden, dass Sie wenige Tage vor dem Mord in der Wohnung Ihrer Halbschwester ein- und ausgegangen sind.“

„Ich habe meine Schwester vor ein paar Tagen besucht“, gab Fabienne widerstrebend zu. „Deswegen muss ich sie ja nicht umgebracht haben.“

„Nein, aber Sie haben gelogen, und das macht einen schlechten Eindruck. Gestern sagten Sie, Sie wären das letzte Mal vor zwei Jahren in Paris mit Estelle zusammengetroffen.“

„Haben Sie vielleicht zufällig in Estelles Sachen die Schlüssel zu Kilian O'Sheas Wohnung gefunden?", warf Jennifer ein.

„Nein."

„Nein heißt, Sie haben sie nicht zufällig gefunden, sondern danach gesucht?"

„Nein, woher soll ich wissen, ob sie noch einen Schlüssel zu seiner Wohnung hat? Und was hätte ich da gesollt?"

„Seine Waffe zurücklegen, mit der Sie Estelle erschossen haben, um Monsieur O'Shea den Mord in die Schuhe zu schieben", sagte Serge.

„Blödsinn."

Jennifer beugte sich ein wenig über den Tisch. „Und wie erklären Sie sich, dass Sie eine knappe Stunde nach dem Mord von Monsieur O'Sheas Nachbarn gesehen wurden, wie Sie aus der Wohnung kamen? Er hat Sie gerade eindeutig identifiziert."

„Und hier, falls Sie noch ein letztes Bild von Ihrer Schwester sehen wollen!" Serge klatschte ein Foto der tot am Boden liegenden Estelle mit der blutüberströmten, weißen Bluse vor Fabienne auf den Tisch.

Sie presste die Lippen zusammen.

„Es sieht nicht gut für Sie aus, Mademoiselle", sagte Serge. „Wir können Sie auch so festnageln, aber ein Geständnis würde Ihre Situation bei der Verurteilung verbessern. Im Übrigen haben die Kollegen bei der Durchsuchung Ihrer Wohnung alte Fotos gefunden ... Sie waren offenbar mal Kunstturnerin. Die Kletterpartie an der Regenrinne dürfte für Sie also kein Problem gewesen sein."

Fabienne atmete geräuschvoll ein.

„Ich möchte einen Augenblick allein mit meiner Mandantin sprechen", schaltete sich der Anwalt ein.

„Bitte." Serge raffte seine Unterlagen zusammen und erhob sich. Jennifer folgte ihm ins Büro zurück, in dem die beiden Zeugen noch ihre Aussagen zu Protokoll gaben.

„Was, wenn sie nicht gesteht?", wollte Jennifer wissen. „Was wird mit Kilian?"

„Schätze, selbst ohne ihr Geständnis ist er jetzt hinreichend entlastet. Jedenfalls können wir ihn nicht länger festhalten."

Sie atmete erleichtert auf.

Als sie zehn Minuten später wieder den Verhörraum betraten, hatte Fabienne verweinte Augen und putzte sich gerade die Nase.

„Meine Mandantin ist zu einem Geständnis bereit", verkündete der Anwalt.

Serge lächelte zufrieden. „Wir sind gespannt."

„Als unsere Mutter vor drei Wochen gestorben ist, wusste ich, dass Estelle all ihr Geld und die Wohnung erben würde, weil der Mann meiner Mutter mich nicht leiden konnte und nicht wollte, dass ich etwas abbekomme", begann Fabienne mit tränenerstickter Stimme. „Immer war sie der Liebling, und ich nicht, das war so unfair! Ich bin zu ihr nach Paris gefahren und habe ein paar Tage bei ihr gewohnt. Ich dachte, wir sollten uns einander wieder annähern, jetzt, wo unsere Mutter tot war. Als der Brief vom Notar kam, habe ich ihn aufgemacht und Estelle nicht gezeigt. Ich hatte erst gar nicht vor, sie umzubringen, aber sie war so gemein und herablassend zu mir ... Dann habe ich mitbekommen, dass sie noch die Schlüssel zu Kilians Wohnung hatte. Ich wusste, dass er aus seiner Zeit als Privatdetektiv noch eine Waffe hat, das hat er früher mal erwähnt." Sie unterbrach sich.

„Und da haben Sie beschlossen, zwei Fliegen mit einer Klappe zu schlagen: sich die Erbschaft Ihrer Halbschwester unter den Nagel zu reißen und sich noch dazu an Kilian dafür zu rächen, dass er Ihnen vor zwei

Jahren den Laufpass gegeben hat, weil er sich in Estelle verliebt hatte", fasste Jennifer zusammen.

Fabienne presste die Lippen aufeinander und antwortete nicht, aber ihr Schweigen war Antwort genug.

„Der Plan war nicht schlecht", gab Serge zu. „Dank Ihrer Erfahrung als Kunstturnerin war es Ihnen möglich, im Innenhof des Gebäudes am Regenrohr hochzuklettern und über den schmalen Sims zum Fenster zu gelangen. Wahrscheinlich wussten Sie, dass Estelle immer wieder mal Getränke von dort holte, also brauchten Sie nur auf Sie zu warten und dann zu schießen. Und konnten ebenfalls davon ausgehen, dass Monsieur O'Shea, der in seinem Büro nebenan war, die Leiche finden würde. Dann brauchten Sie nur seine Pistole wieder in seine Wohnung zurückbringen, nach Honfleur zurückzufahren und dachten, Sie könnten nun in Ruhe abwarten, bis Sie die Erbschaft kassieren. War es so?"

Sie deutete ein Nicken an.

„Dann wird es dem Ermittlungsrichter ein Fest sein, Ihren Haftbefehl auszustellen." Er gab Raymond einen Wink. „Abführen!"

8

Als Kilian am frühen Abend aus dem Untersuchungsgefängnis entlassen wurde, wartete Jennifer vor der Tür auf ihn. Sie gaben sich die Hand, und Kilian sah Jennifer fragend an.

„Es war Fabienne. Wegen einer Erbschaft und um sich an Ihnen zu rächen. Sie hat gestanden.“

Er zog sie vor Erleichterung kurz in die Arme. „Haben Sie das rausgefunden?“

„Ja, eigentlich schon. Obwohl es jetzt natürlich der Kommissar als seinen Erfolg verbucht.“

„Ich weiß nicht, wie ich Ihnen danken soll“, sagte Kilian bewegt.

„Ich halte eine Einladung zum Abendessen für angebracht.“ Jennifer lächelte ihn an.

„Abendessen, hm ...“ Er beäugte sie, als wäge er das Für und Wider ab. „Ob das eine gute Idee ist? Ich hatte nämlich in der letzten Zeit meistens Ärger mit den Frauen. Oder wegen ihnen.“

„Meinetwegen bekommen Sie bestimmt keinen“, versicherte sie. „Ich bin nicht mehr lange in Paris.“

„Wohin gehen Sie denn?“

„In sechs Wochen muss ich zurück nach Saint-Cyrau-Mont-d’or.“

„Saint-Cyr was?“, fragte er.

„Da ist die Polizeiakademie, an der ich meine Ausbildung mache.“

„Was denn, Sie sind Polizeischülerin?“

„Ja. Ich habe nie etwas anderes behauptet, oder? Ich mache bei der Pariser Mordkommission nur ein Praktikum.“

Kilian fing an zu lachen. „Ich habe mir den Arsch von einer Praktikantin retten lassen?“

Jennifer stimmte ein. „Was dachten Sie denn?"

„Ihrem Auftreten nach zu urteilen dachte ich, Sie wären mindestens Sergent oder sowas. Ich kenne mich nicht aus mit den Diensträngen der französischen Polizei."

Sie zuckte mit den Schultern. „Selbstsicherheit ist in diesem Beruf die halbe Miete."

„Davon scheinen Sie reichlich zu haben. Gut, also Abendessen. Morgen Abend?"

„Gerne. Kann ich Sie nach Hause bringen?"

„Sie sind mit dem Auto hier?"

„Die haben mir einen Dienstwagen gegeben, um Sie abzuholen. Ist ja das Mindeste, das sie als Entschädigung tun können."

„Ist eine schwache Entschädigung für fast eine Woche Haft, aber die Chauffeurin macht es wenigstens ein bisschen wieder wett." Er lächelte sie an.

***

„Wollten Sie mir nicht noch eine lange Geschichte erzählen?", fragte Kilian, als sie sich am folgenden Abend in einem kleinen Restaurant im Quartier Latin, nicht weit vom Irish Pub, gegenübersaßen und auf ihre Bestellung warteten.

„Oh ... Ach das ..." Jennifer war es nun unangenehm, dass sie vor ihm in Tränen ausgebrochen war, noch dazu wegen eines eigentlich erfreulichen Anlasses.

Aber Kilians Augen blickten sie freundlich abwartend an.

„Als ich mit meinem Vater in Indien gelebt habe, waren wir die besten Freunde", begann sie zögernd. „Wir haben zusammen gearbeitet, waren oft in der Freizeit zusammen und haben alle unsere Probleme und Freuden miteinander geteilt." Ermutigt von Kilians verständnisvollem Blick, fuhr sie immer flüssiger fort, ihm zu erzählen, wie viel Dominique ihr bedeutet hatte, und wie schwierig es war, ihn in der wenigen Zeit, die sie miteinander zur Verfügung hatten, auch mit seiner Frau und künftig noch mit einem Baby zu teilen.

„Ich glaube, ich habe einfach immer noch Nachholbedarf, weil ich ihn in meiner Kindheit fast nie gesehen habe."

„Ja, das wäre nur normal."

„Dazu kommt, dass ich mich in Paris irgendwie verloren fühle", gestand sie. „Zu meinen Freunden von früher habe ich keinen Kontakt mehr und die waren wohl auch nicht der allerbeste Einfluss, wenn ich ehrlich bin. Meine Mutter arbeitet ständig, und um neue Freundschaften zu finden, habe ich keine Zeit."

Kilian nickte. „Ich kenne das. So ging es mir in London und dann auch hier in Paris."

„Du bist nicht wegen einer Frau hergekommen?" Nachdem sie ihm nun so viel anvertraut hatte, beschloss sie, einfach zum Du überzugehen.

„Nein. Ein Freund von mir aus Dublin war seit einigen Jahren hier und wollte sich mit einem Irish Pub selbstständig machen. Er hat mir den Job als Geschäftsführer angeboten. Und wer kann schon dem Angebot widerstehen, eine Weile in Paris zu leben?"

„Aber die Stadt der Liebe kann auch sehr unbarmherzig sein."

„Ja, allerdings. Erzähl mir mehr von deinem Leben in Indien, das muss sehr spannend gewesen sein."

Und so erzählte Jennifer ihm bei gutem Essen und einer Flasche Rotwein von ihren und Dominiques Abenteuern in Kaschmir, Rajasthan, Nepal und der russischen Taiga. Sie sparte auch nicht das traurige Kapitel von Jaclyns Tod aus und wie sie danach nahezu zwanghaft in deren Rolle geschlüpft war, um sich ihrem Vater noch näher zu fühlen. Sie merkte, wie leicht es ihr fiel, sich Kilian anzuvertrauen. Er schien sie nicht zu verurteilen, im Gegenteil: er zeigte Verständnis, und Jennifer spürte, wie sehr ihr das gefehlt hatte.

Später gingen sie Hand in Hand durch die Straßen des Quartier Latin, die an diesem Abend unter der Woche in der Nebensaison nur spärlich belebt waren. Im honigfarbenen Schein einer Laterne küssten sie sich lange und zärtlich.

„Ich muss noch im Irish Pub nach dem Rechten sehen", sagte Kilian dann. „Möchtest du mitkommen?"

Jennifer freute sich über das Angebot, merkte aber auch, wie müde sie war. „Nein, ich muss morgen früh raus."

„Dann komm in den nächsten Tagen nach der Arbeit vorbei, wenn du möchtest, und ich versuche mich für den Rest des Abends frei zu machen."

„Findest du mich eigentlich sehr verrückt?", fragte sie unvermittelt.

Kilian lachte auf und strich ihr eine Haarsträhne aus dem Gesicht. „Nein. Ich glaube, mit dir wird es nie langweilig, und das gefällt mir. Und dein Vater muss ein toller Typ sein. Ich würde ihn gerne näher kennenlernen – diesmal ohne, dass er dabei eine Pistole auf mich richtet."

„In der nächsten Zeit ist das eher ungünstig, glaube ich. Es sei denn, er hält zu Hause das Babygeschrei nicht mehr aus."

***

Mit dem Hochgefühl, das ihr die beginnende Beziehung mit Kilian verursachte, schaffte es Jennifer, am darauffolgenden Sonntag den Gang zur Île-Saint-Louis anzutreten, um ihren kleinen Halbbruder zu besuchen.

Sie stellte erleichtert fest, dass ihr die Vorstellung ihres Vaters mit einem Baby im Arm keine Angst mehr machte.

„Du strahlst ja so“, bemerkte Dominique, als sie sich ins Wohnzimmer setzten.

„Ich hatte eine fantastische Nacht.“

„Aha. Mit diesem Kilian, nehme ich an?“

„Genau. Siehst du? Ich hatte recht, er ist kein Mörder. Ich wusste es einfach.“

Er lächelte. „Das freut mich für dich.“

Giuliana betrat mit dem Baby auf dem Arm den Raum. „Schau mal, Fabrice, da ist deine Schwester. Hallo, Jenni, schön dich zu sehen.“

Giuliana hatte noch etliche Schwangerschaftspfunde auf den Hüften, und ihr rundliches Gesicht war blass und ungeschminkt. Sie wirkte etwas erschöpft, aber ihre haselnussbraunen Augen funkelten lebhaft wie immer, und ihr Lächeln war strahlender als je zuvor. Sie reichte das Baby vorsichtig an Dominique weiter und umarmte Jennifer herzlich.

Jennifer betrachtete ihren Vater, der mit verzücktem Gesicht seinen winzigen Sohn herzte, der tief und fest zu schlafen schien.

„Und? Wem von euch sieht er ähnlich?“, fragte sie.

„Kann man im Moment noch nicht sagen. Willst du ihn mal halten?“

„Nein, danke, mit Babys kann ich nicht“, wehrte Jennifer ab. „Ich warte lieber, bis er groß genug ist, um mit mir Räuber und Gendarm zu spielen.“

„Wie geht es mit dir und Kilian weiter?“, erkundigte sich Dominique. „Oder war das mal wieder nur eine kurze Affäre?“

„Ich glaube nicht. Wir sind richtig verliebt.“ Jennifer strahlte. „Ist natürlich blöd, dass ich bald wieder zur Polizeiakademie zurückmuss, aber wir wollen versuchen, uns trotzdem weiter zu sehen.“

„Oh, das freut mich so für dich“, sagte Giuliana liebevoll.

„Und ich freue mich für euch.“ Jennifer atmete tief
durch und merkte, dass es stimmte. „Ich wünsche euch,
dass ihr immer so glücklich miteinander bleibt, ihr
habt es so verdient! Nicht weil ihr so gute Menschen
seid“, fügte sie schnell hinzu, bevor es zu kitschig klang.
„Sondern weil ihr so viele Widerstände überwunden
habt, um zusammen sein zu können. Ich hoffe, ich
finde auch eines Tages jemanden, von dem ich weiß,
dass ich einfach zu ihm gehöre, allen Widerständen
zum Trotz. Und vielleicht ist es ja Kilian, wer weiß?“

„Ob Kilian oder nicht – er wird kommen, der Eine“,
versicherte Dominique. „Vertraue auf dein Schicksal,
Jenni.“

EPISODE 7

IRISCHES FINALE

1

Killarney, die kleine Stadt im Südwesten Irlands, lag eingebettet in grüne Hügel und neben einem idyllischen Nationalpark mit altem Schloss.

„Jedes Mal, wenn ich herkomme, sind es mehr Hotels, Bed & Breakfasts und Souvenirläden", bemerkte Kilian kopfschüttelnd, als er und Jennifer mit seinem Bruder Jimmy durch den Ort fuhren.

„Ja, es kommen immer mehr Touristen", bestätigte Jimmy, der am Steuer des Wagens saß. „Bringt dem Ort eine Menge Geld."

„Es sieht sehr hübsch aus", stellte Jennifer fest und betrachtete aufmerksam die gepflegten kleinen Häuser mit den liebevoll bepflanzten Vorgärten. Überall blühten Petunien, fleißige Lieschen und Hortensien in leuchtenden Farben.

„Ihr habt sowieso gerade Wirtschaftsboom in Irland, was?", meinte Kilian.

„Ja, der Laden brummt. Die Zeitungen reden schon vom keltischen Tiger."

„Was soll das denn heißen?", fragte Jennifer.

„Nun, in Anlehnung an den Wirtschaftsboom in den sogenannten Tiger-Staaten in Asien."

„Als mein Vater hier geboren wurde, war es wohl noch keine besonders wohlhabende Gegend", sagte sie nachdenklich.

Jimmy warf ihr im Rückspiegel einen Blick zu. „Dachte, du bist Französin?"

„Bin ich auch, aber von der Abstammung her bin ich zur Hälfte Irin. Mein Vater wurde in Killarney geboren."

„Tatsächlich? Aber kennengelernt habt ihr euch in Paris, du und Killian?"

„Ja. Ich bin zum ersten Mal in Irland."

„Ich hoffe, es wird dir gefallen", sagte Jimmy lächelnd.

„Bestimmt. Nett von euren Eltern, dass sie mich auch eingeladen haben."

„Unsere Mutter hat ungefähr zweihundert Leute zu ihrem Geburtstag eingeladen, also einer mehr oder weniger ... Allerdings ist es ungefähr hundert Jahre her, dass Kilian ihnen eine Freundin vorgestellt hat, da haben sie natürlich begeistert zugegriffen. Muss ja was Ernsthaftes sein." Er zwinkerte ihr im Spiegel zu.

„Jennifer ist nicht hier, weil ich sie unseren Eltern vorstellen will, sondern einfach, weil ich mit meiner Freundin Urlaub machen und ihr mein Land zeigen wollte", erklärte Kilian. „Außerdem will sie hier Ahnenforschung betreiben, und da gibt es ja nichts Besseres, als eine Zusammenkunft von mindestens hundert Leuten, die schon ewig in Killarney leben."

„Das stimmt. Übrigens, hat Mutter dir gesagt, dass ihr leider nicht zu Hause wohnen könnt? Da haben sich schon Sophie und Conor mit Anhang breitgemacht. Ihr seid im gleichen Bed & Breakfast wie Kate und ich."

„Ich weiß. Jennifer und ich haben sowieso lieber unsere Privatsphäre."

„Na klar, und die Wände von unserem Haus sind dünn." Jimmy grinste. „So, da sind wir."

Er fuhr auf den kleinen Parkplatz eines gepflegten, zweistöckigen Hauses, dessen Fassade in frischem Hellblau leuchtete und gut zu den üppigen, blassblauen und rosafarbenen Hortensienbüschen im Vorgarten passte.

„Niedlich, diese bunten Häuser überall hier", fand Jennifer.

„Das ist, damit die Leute in den dunklen, nebligen Wintern keine Depressionen kriegen", erklärte Kilian scherzhaft.

Als sie allein auf ihrem schlichten, aber gemütlich eingerichteten Zimmer waren, fiel sie ihm um den Hals. „Wir können zwei volle Wochen zusammen sein, ist das nicht toll? Und danach noch ein paar Wochen mehr in Paris."

„Ein Hoch auf die Sommerferien der Polizeiakademie", sagte er lächelnd und küsste sie. „Das war ganz schön hart, die letzten Wochen ohne dich."

„Ja, für mich auch." Sie schmiegte sich an ihn.

„Dagegen sollen wir schleunigst etwas unternehmen", murmelte er und streifte ihr die Jacke von den Schultern.

2

Während der Geburtstagsparty von Kilians Mutter, die am nächsten Nachmittag und Abend im Festsaal eines Hotels feierte, versuchte Jennifer, mit so vielen älteren Leuten wie möglich ins Gespräch zu kommen, um zu fragen, ob sie Maureen O'Reely gekannt hatten. Es kam ihr zugute, dass die meisten Iren sehr aufgeschlossen waren und nur zu gerne ein Schwätzchen mit einer jungen Französin hielten, deren Großmutter aus Killarney stammte.

In einer Kleinstadt wie Killarney, deren Einwohnerzahl bei etwa sechzehntausend lag, konnten sich einige noch an den Skandal um die junge Maureen O'Reely erinnern, als diese 1950 unverheiratet ein Kind bekommen hatte.

„Ja, da war was", sagte ein älterer Mann und kratzte sich nachdenklich am Kopf. „Aber Genaues weiß ich nicht mehr, ich kümmere mich nicht so um solche Dinge. Auf alle Fälle hat sie für die O'Sullivans gearbeitet. Meine Frau weiß bestimmt mehr. Kommen Sie, wir gehen sie suchen."

Sie fanden seine Frau, die gerade am Büffet ihren Teller auffüllte.

„Oh ja, daran erinnere ich mich gut! Sie war schwanger und wollte nicht sagen von wem. Wahrscheinlich hatte sie so viele Liebhaber, dass sie es nicht wusste", sagte die alte Dame missbilligend. „Nun, sie hat ja ihre Strafe gekriegt – sie ist im Sarg nach Killarney zurückgekehrt. Aber der arme kleine Junge! Wüsste gerne, was aus ihm geworden ist."

„Er ist mein Vater – und es geht ihm gut", erwiderte Jennifer, verärgert über die abfälligen Worte.

„Oh, sorry, mein Kind. Ich konnte ja nicht ahnen, dass Maureen Ihre Großmutter war!“

Jennifer schluckte mühsam eine patzige Antwort hinunter. „Schon in Ordnung. Ich würde gerne wissen, wer mein Großvater ist.“

„Na, darum hat sie ein Geheimnis gemacht. Fragen Sie mal Molly O’Connell, die war damals auch bei den O’Sullivans angestellt. Die hat Maureen sicher besser gekannt.“

„Wissen Sie, wo sie wohnt?“

„Nein. Aber sie steht bestimmt im Telefonbuch. Oder fragen Sie die Auskunft.“

„Danke.“ Aufgeregt ging Jennifer zu Kilian, um ihm davon zu erzählen. Am liebsten hätte sie Molly O’Connell sofort aufgesucht, aber sie sah ein, dass Kilian schlecht von der Geburtstagsparty seiner Mutter verschwinden konnte, auf der so viele Leute mit ihm reden wollten, die ihn schon seit Jahren nicht mehr gesehen hatten.

Kilians Familie war sehr freundlich zu ihr und offenbar erleichtert, dass er endlich einmal eine Freundin präsentierte.

„Wann werdet ihr heiraten?“, erkundigte sich seine ältere Schwester Sophie unverblümt.

„Wir kennen uns erst seit ein paar Monaten“, wehrte Kilian ab.

„Du wirst nicht jünger, mein Lieber! In deinem Alter hatte ich schon drei Kinder!“

Er tauschte einen verlegenen Blick mit Jennifer. „Krieg keinen Schreck, Jenni – danach werden uns noch so einige fragen. Die Iren sind extrem familienverbunden, Kinder und Enkelkinder sind hier sehr wichtig.“

Sie legte den Kopf schief. „Und für dich?“

„Es hat Gründe, warum ich lieber im Ausland lebe – ich bin nicht so typisch irisch. Aber irgendwann will ich schon heiraten und Kinder haben. Und du?“

„Ich auch. Irgendwann. Aber erst mal will ich Kommissarin werden.“

***

Am nächsten Morgen fuhren Jennifer und Kilian zu Molly O'Connell, deren Adresse sie im Telefonbuch gefunden hatten. Die alte Dame kam gerade vom Markt und hörte sich verwundert ihre Geschichte an.

„Ja, das stimmt, ich habe mit Maureen zusammen bei den O'Sullivans gearbeitet, und wir haben auch oft privat geredet. Aber wer der Vater von ihrem kleinen Sohn war, hat sie mir nicht anvertraut.“

„Glauben Sie auch, dass sie es nicht wusste, weil sie so viele Liebhaber hatte?“, fragte Jennifer etwas bange.

„Nein, das glaube ich nicht, so eine war sie nicht. Und sie hat sich sehr lieb um ihren Sohn gekümmert. Da fällt mir ein ... sie hatte eine gute Freundin, vielleicht weiß die was über den Vater. Ihr Name war ... Oh je, hoffentlich fällt mir das jetzt noch ein ... Möchten Sie eine Tasse Tee?“

„Nein, vielen Dank, aber wenn Sie sich an den Namen dieser Freundin erinnern könnten ...“

„Irgendwas mit C. Sie waren zusammen auf der Schule, glaube ich.“

Jennifer wackelte ungeduldig mit den Zehen.

„Gehen wir doch mal alle Vornamen mit C durch“, warf Kilian sachlich ein. „Clara, Charlotte, Caitlin, Celia ...“

„Rebecca!“, rief Molly O'Connell plötzlich.

„Das sind ja sogar zwei C“, sagte er mit einem Grinsen.

„Der Nachname fällt mir beim besten Willen nicht ein, aber fragen Sie mal Sophie Fairlain, die war in der gleichen Klasse und war mit Rebecca befreundet."

„Ist Fairlain ihr Mädchenname?"

„Nein, das ist der Name ihres Mannes. Ich habe aber vergessen, wie der mit Vornamen heißt."

Jennifer und Kilian bedankten sich, fuhren in ihr Bed & Breakfast zurück und suchten gemeinsam mit der neugierigen, aber sehr hilfsbereiten Pensionswirtin im Telefonbuch nach allen Fairlains aus Killarney. Es waren fünf.

Kilian übernahm es, sie anzurufen. Die Ehefrau des dritten hieß Sophie und gab ihnen Auskunft, dass ihre frühere Schulfreundin Rebecca mit Nachnamen Leary hieß.

Eine Viertelstunde später klingelten sie an der Tür von Rebecca Leary, einer verwitweten Dame von etwa siebenundsechzig Jahren. Sie war überrascht, aber auch erfreut, sich unverhofft der Enkelin ihrer früheren besten Freundin Maureen gegenüber zu sehen. Sie bat sie herein und setzte Teewasser auf.

„Haben Sie Fotos von Ihrem Vater dabei?", fragte sie gespannt, als sie bei einer Kanne des kräftigen irischen Tees im Wohnzimmer saßen.

„Ja." Jennifer kramte fünf Fotos von Dominique in verschiedenen Altersstufen hervor, die sie extra zu diesem Zweck mitgenommen hatte.

Das Erste zeigte ihn im Alter von vier Jahren.

„Oh ja, ich erkenne ihn wieder!", rief Rebecca entzückt. „Er war so ein hübsches Kerlchen!"

„Das ist er immer noch", versicherte Jennifer lachend.

„Ja, das sehe ich." Interessiert betrachtete Rebecca die Fotos von Dominique im Alter von sechzehn, einundzwanzig, achtundzwanzig und zweiundvierzig Jahren. „Er hat Maureens Augen geerbt und das dunkle Haar. Der Rest muss eher vom Vater sein."

„Und wissen Sie, wer das ist?“

„Sie hat ihn bei einer Hochzeit getroffen“, erinnerte sich Rebecca. „Eine Cousine von Maureen hat geheiratet. Der junge Mann war von der Seite des Bräutigams, aber ich glaube, Maureen kannte ihn irgendwoher von früher. Bei den beiden muss der Blitz eingeschlagen haben. Und bei irischen Hochzeiten wird immer sehr viel getrunken, wissen Sie. Tja, und da ist es in dieser Nacht wohl zum Äußersten gekommen, irgendwo in diesem Hotel, in dem gefeiert wurde. Und dabei ist es passiert. Verhütungsmittel gab es damals ja überhaupt nicht in Irland.“

„Hat Maureen nicht versucht, ihn wiederzufinden, als sie gemerkt hat, dass sie schwanger ist?“ Jennifer nippte an ihrem Tee.

„Ich glaube schon. Sie hat sich natürlich vorsichtig beim Bräutigam nach ihm erkundigt. Er stammte aus Tralee, war inzwischen aber nach Dublin gezogen. Und sie musste auch erfahren, dass er verheiratet war und Vater einer kleinen Tochter – was er ihr vermutlich beides verschwiegen hatte. Sonst hätte sie sich bestimmt nicht darauf eingelassen. Sie hatte nicht das nötige Geld, um nach Dublin zu fahren und nach ihm zu suchen. Und dann ... Scheidung war zu dieser Zeit sowieso völlig unmöglich.“

„Und Abtreibung vermutlich auch.“

„Das ist heute noch illegal“, warf Kilian ein. „Und Scheidung geht auch nicht. Das heißt, jetzt scheint da langsam Bewegung in die Sache zu kommen.“

„Jedenfalls wäre für Maureen der Skandal nicht kleiner gewesen, wenn herausgekommen wäre, dass sie sich für eine Nacht mit einem verheirateten Mann eingelassen hat. Maureens Familie hatte nicht die Mittel, sie für eine Abtreibung oder für die Geburt ins Ausland zu schicken. Und die ganze Familie war gesellschaftlich geächtet, wenn eine unverheiratete Frau schwanger wurde. Sie musste in Schande von zu Hause ausziehen und in ein Heim für ‚gefallene Mädchen‘ gehen, wie das damals hieß. Die Zustände in diesen Heimen waren katastrophal. Maureen hatte Glück im Unglück, dass sie als Dienstbotin für die O'Sullivans arbeiten durfte.“

„Wie furchtbar“, sagte Jennifer. „Und sowas in Europa …“

„So war es zumindest noch in den fünfziger Jahren.“

„Und nun die wichtigste Frage: Erinnern Sie sich an seinen Namen?“, fragte sie fast flehend.

Rebecca seufzte. „Das ist so viele Jahre her. Sein Vorname war Brian …“

„Das passt! Der erste Vorname meines Vaters war ursprünglich auch Brian“, rief Jennifer aufgeregt. „Aber meine Großeltern haben sich entschieden, seinen zweiten Vornamen Dominic zu nehmen, weil Dominique französisch ist und so gut zu ihrem Nachnamen passte.“

„Dominic war der Name von Maureens Vater.“

„Aber der Nachname von diesem Brian …“ Jennifer wagte kaum zu atmen, um die Konzentration der älteren Dame nicht zu stören.

„Tut mir leid, ich weiß es einfach nicht mehr.“

Jennifer seufzte. „Haben Sie vielleicht ein Foto von Maureen? Mein Vater hat noch nie eines von seiner Mutter gesehen.“

„Das Fotografieren war damals noch nicht so selbstverständlich wie heute, Jenni“, warf Kilian ein.

„Ich glaube, ich habe eines, ja.“ Rebecca ging zu einem Schrank, entnahm ihm ein Kistchen mit losen Fotos und kramte darin herum. „Hier ist es. Sogar mit Ihrem Vater auf dem Arm. Es war bei ihren Sachen, die von Frankreich nach Killarney zurückgeschickt wurden, nachdem sie gestorben war. Ich hatte guten Kontakt zu Maureens Schwester, und die hat es mir gegeben.“

Gerührt betrachtete Jennifer das Foto der schönen, jungen Frau mit dem kleinen Kind auf dem Arm. „Wissen Sie, ob aus Maureens Familie noch jemand lebt?"

„Ihre Eltern leben nicht mehr. Und da bräuchten Sie auch gar nicht vorstellig zu werden. Sie haben sie nicht mal mit der restlichen Familie beerdigen lassen."

„Wenn Sie wissen, wo sie beerdigt wurde, wäre das auch schön."

„Ja, das kann ich Ihnen sagen. Ich werde es Ihnen aufschreiben."

Jennifer zog ein Notizbuch aus ihrer Handtasche und reichte es ihr. „Und Maureens Schwester?"

„Sie ist weggezogen. Ich weiß nicht, wohin und ob sie überhaupt noch lebt."

„Schade. Ist ja immerhin die Tante meines Vaters."

„Warten Sie mal ... Wenn Sie kurz Zeit haben – ich habe auf dem Dachboden eine Kiste mit alten Briefen, und ich glaube, da ist auch ein Brief dabei, den mir Maureen damals geschickt hat, weil wir uns eine Weile nicht sehen konnten, da ich mit meiner Familie in Cork war. Telefon hatten wir damals noch nicht. Moment, ich gehe sie holen." Sie lief die Treppe hinauf.

Jennifer krallte die Finger in die Armlehne ihres Sessels. „Gott, ist das spannend! Hoffentlich findet sie den Brief. Vielleicht steht da der Nachname drin!"

Kilian lächelte ihr beruhigend zu. „Ich hoffe es auch."

Rebecca kehrte mit einer großen Schachtel zurück, stellte sie auf den Tisch und begann zu suchen.

„Hier!", sagte sie dann triumphierend und reichte Jennifer einen Umschlag. „Ich denke, Sie dürfen ihn ruhig lesen, schließlich ist Maureen schon lange tot. Und wenn Sie ihre Enkelin sind ... Ich finde auch, Ihr Vater hat ein Recht darauf zu erfahren, wer sein Vater ist."

Jennifer überflog die in einer altmodischen Handschrift abgefassten Zeilen.

„Hier steht es!", rief sie aufgeregt. „Wie ich Dir ja schon erzählt habe, habe ich Brian Quingley auf der Hochzeit wiedergetroffen. Ich hatte ihn schon als Teenager kennengelernt und für ihn geschwärmt, erinnerst Du Dich? Was ich Dir bisher verschwiegen habe: wir sind uns auf der Hochzeit sehr nahe gekommen und wollten alleine sein. Wir waren auf seinem Zimmer. Und dann ... Bitte verurteile mich nicht, Du weißt, dass ich sowas sonst nicht mache. Aber ich konnte ihm einfach nicht widerstehen, und wir sind zu weit gegangen. Und nun erwarte ich ein Kind. Meine Eltern toben vor Wut. Oh, Beccy, wärst Du doch bloß hier, damit ich mit Dir über alles reden könnte. Ich hatte gehofft, dass Brian mich heiraten würde, aber dann habe ich herausgefunden, dass er bereits verheiratet ist und eine kleine Tochter hat. Du kannst Dir vorstellen, wie furchtbar das alles für mich ist.'" Mit zitternden Händen faltete Jennifer das Blatt zusammen. „Ich lese das später in Ruhe. Kann ich den Brief behalten?"

„Natürlich. Und das Foto auch."

„Brian Quingley also", sagte Kilian. „Was wissen Sie noch über ihn, das uns helfen könnte, ihn zu finden?"

„Nicht viel, fürchte ich."

„Wie alt war er ungefähr?"

„Drei oder vier Jahre älter als Maureen. Sie war damals einundzwanzig. Sie könnten in Tralee nachfragen, vielleicht hat er noch Verwandte, die dort leben."

Jennifer umarmte Rebecca zum Abschied. „Vielen Dank, Sie haben uns sehr geholfen."

„Viel Glück! Es hat mich wirklich gefreut, Maureens Enkelin kennenzulernen. Und falls Ihr Vater mal herkommt, würde ich mich über seinen Besuch sehr freuen."

„Tralee also. Wo liegt das?", wollte Jennifer wissen, als sie das Haus verließen.

„Nicht sehr weit von hier. Lass uns irgendwo Mittag essen, und dann fahren wir hin. Quingley ist zum Glück kein allzu häufiger Name, das wird leichter, als wenn wir einen O'Shea suchen müssten. Aber in Dublin dürfte das trotzdem nicht allzu leicht sein."

3

Am Nachmittag saßen sie auf der Veranda von Oscar Quingley in Tralee, der ein Cousin von Brian war.

„Darf ich die Fotos von Ihrem Vater mal sehen?", fragte er ein wenig misstrauisch.

Als er Dominiques Bilder betrachtete, machte das Misstrauen Verblüffung Platz. „Das ist Brian wie er leibt und lebt", stellte er fest. „Ich bin ein bisschen geschockt, das zu erfahren. Von einer Maureen O'Reely habe ich noch nie gehört. Aber die Fotos sprechen für sich, die Ähnlichkeit mit meinem Cousin ist unverkennbar."

„Haben Sie seine Adresse oder Telefonnummer?", fragte Jennifer, die vor Aufregung ganz kurzatmig war.

„Nein, wir haben seit ein paar Jahren keinen Kontakt mehr, und er ist umgezogen. Seine Frau ist vor etwa zehn Jahren gestorben. Er hat einige Jahre später wieder geheiratet und ist dann mit seiner neuen Frau nach Galway gezogen. Soviel ich weiß, lebt er immer noch dort. Bei seiner Hochzeit habe ich ihn zum letzten Mal gesehen, und das war noch in Dublin."

„Was macht er beruflich?"

„Er war Journalist. Jetzt dürfte er im Ruhestand sein, er ist ja schon ..." Oscar Quingley dachte kurz nach. „Zwei Jahre jünger als ich, also ist er jetzt neunundsechzig."

„Da habe ich ja noch einen recht jungen Großvater", stellte Jennifer fest.

„Galway ist lange nicht so groß wie Dublin, da finden wir ihn bestimmt", sagte Kilian, als sie das Haus von Oscar Quingley kurz darauf verließen.

„Und wo liegt das?"

„Man fährt drei oder vier Stunden von hier aus."

„Fährst du mit mir dahin, Liebling? Bitte!"

„Ja, logisch, jetzt sind wir so weit gekommen, da werden wir doch nicht aufhören." Er lächelte sie an. „Aber erst morgen, okay? Lass uns jetzt nach Killarney zurückfahren, und wir fahren morgen früh los. Hoffentlich borgt mir Jimmy noch weiter sein Auto."

„Das bezahle ich notfalls. Wir werden ja mehrere Tage weg sein, oder?"

„Ja, es sei denn, dein Großvater ist gerade verreist oder will nichts mit dir zu tun haben."

„Zumindest weiß ich jetzt, dass er noch lebt und in welchem Ort."

„Wie stellst du dir das überhaupt vor, Jenni?", fragte Kilian. „Willst du etwa einfach an der Tür klingeln und sagen: ‚Hallo, ich bin Ihre Enkeltochter?'"

„Die Einleitung sollte schon etwas länger sein, aber im Prinzip: ja."

„Willst du es nicht Dominique überlassen, ob er überhaupt Kontakt aufnehmen will? Wenn er in all den Jahren nie versucht hat, seinen Vater zu finden, dann hat das wohl seine Gründe, meinst du nicht?"

„Natürlich überlasse ich es Dominique, ob er ihn kennenlernen will. Aber was ist, wenn sein Vater ihn gar nicht sehen will? Dann hat sich Dominique umsonst Hoffnungen gemacht und wird enttäuscht sein. Ich muss ihn nicht extra anreisen lassen, um ihn mit jemanden in Kontakt zu bringen, der dann vielleicht gar nichts von ihm wissen will. Das will ich vorab klären, wenn ich schon mal hier bin. Und danach soll Dominique entscheiden."

„Da hast du recht." Kilian öffnete ihr die Wagentür.

***

Kilian überredete seinen Bruder, ihm für zwei oder drei Tage sein Auto zu leihen, und so machten sie sich am nächsten Morgen auf den Weg nach Galway.

„Das ist so lieb von dir, ich danke dir vielmals. Du wärst sicher lieber mit deiner Familie zusammen", sagte Jennifer.

„Überhaupt nicht. Familie nervt nach spätestens drei Tagen sowieso. Und ich wollte dir doch was von Irland zeigen. Fangen wir also mit Galway an, und vielleicht schaffen wir es auch nach Connemara. Die Landschaft dort wird dir gefallen."

Schon die Landschaft auf dem Weg nach Galway gefiel Jennifer. Überall wucherten üppige Büsche, und am Straßenrand blühten wilde Blumen in rosa, gelb und rot. Auf den Wiesen, die trotz Nebel und Nieselregen in sattem Grün leuchteten, weideten Kühe und Schafherden. Mit der Fähre setzten sie über den Fluss Shannon, weil das, wie Kilian erklärte, eine erhebliche Abkürzung war.

Um die Mittagszeit erreichten sie Galway, eine lebhafte Kleinstadt, die malerisch an einer Meeresbucht lag, und fuhren direkt zum Postamt. Im Telefonbuch gab es nur einen Brian Quingley, und auch seine Adresse stand dort.

„Hoffen wir, dass es dein Großvater ist. Denn falls er nicht im Telefonbuch steht und das hier ein anderer ist, würdest du den Falschen erschrecken."

„Wenn er meinem Vater so ähnelt, wie dieser Oscar gesagt hat, werde ich ihn erkennen", sagte Jennifer überzeugt.

„Soll ich mitkommen?"

„Nein, das mache ich besser allein. Aber ich werde lieber nicht einfach an seiner Tür klingeln, sondern warten, bis er rauskommt. Würdest du mit mir im Auto warten?"

Kilian seufzte. „Klar. Ich habe hier ja eh nichts zu tun.
Falls er gerade verreist ist oder heute nicht mehr aus
dem Haus geht, kann das lange dauern, Jenni.“

„Lass uns eine Stunde warten. Wenn er dann nicht
rauskommt, gehe ich klingeln.“

Eine halbe Stunde später öffnete sich die Tür des kleinen, dunkelgrün gestrichenen Hauses nahe des Orts-
kerns von Galway, und ein Mann durchquerte den Vorgarten. Er mochte Ende sechzig sein, hatte kurzge-
schnittenes, graues Haar, einen gepflegten, kurz ge-
stutzten Bart und ähnelte in Größe und Statur durchaus Dominique.

Jennifer verließ eilig den Wagen und stellte sich ihm
in den Weg.

„Entschuldigen Sie bitte – sind Sie Brian Quingley?“

Schmale braune Augen musterten sie etwas misstrauisch. „Wer will das wissen?“

„Mein Name ist Jennifer Demesy. Ich will Sie nicht
lange behelligen und ich will auch nichts von Ihnen,
außer mit Ihnen reden“, sagte sie hastig.

„Aha.“ Er war stehen geblieben, und das Misstrauen
in seinem Blick hatte Verwunderung Platz gemacht.
„Sie sind nicht von hier, oder?“

„Nein, ich komme aus Frankreich.“

„Das hört man. Sie haben einen charmanten französischen Akzent.“

„Danke. Sind Sie nun Brian Quingley?“, fragte sie, obwohl es daran angesichts der Ähnlichkeit zu Dominique eigentlich kaum Zweifel geben konnte.

„Bin ich. Also, was kann ich für Sie tun?“

„Haben Sie einen Moment Zeit? Ich möchte Ihnen
eine skurrile Geschichte erzählen, in die Sie auch verwickelt sind. Aber es ist etwas sehr Persönliches, auch
für mich, und daher möchte ich es nicht auf der Straße
tun. In einem Pub redet es sich besser ... Kann ich Sie
auf einen Whiskey oder ein Pint einladen?“

Über sein zerknittertes, wettergegerbtes Gesicht huschte ein Schmunzeln, das dem von Dominique ähnelte. „Okay, wenn ich schon mal die Chance habe, mich von einer hübschen jungen Französin auf ein Bier einladen zu lassen, werde ich mir das nicht entgehen lassen. Und Zeit habe ich, ja. Wollte was einkaufen gehen, aber das kann ich auch danach noch tun.“

Jenni atmete erleichtert auf, dass er offenbar kein alter Griesgram war.

„Jetzt bin ich aber sehr neugierig, was Sie und ich in der gleichen Geschichte zu tun haben“, sagte er, während sie auf einen nahegelegenen Pub zusteuerten.

„Da werden Sie nicht enttäuscht sein!“

Im Pub, der um diese Uhrzeit noch nicht gut besucht war, setzten sie sich in eine ruhige Ecke und bestellten Getränke.

„Sie waren im Februar 1950 auf einer Hochzeit in Killarney, richtig?“, eröffnete Jennifer das Gespräch.

Er starrte sie verblüfft an und dachte nach. „Kann schon sein. Woher, um alles in der Welt, wissen Sie das?“

„Sie waren an diesem Abend mit einer Frau namens Maureen O'Reely zusammen“, fuhr Jennifer fort, ohne seine Frage zu beantworten.

Er runzelte nachdenklich die Stirn.

„Erinnern Sie sich nicht an sie?“, fragte sie. „Langes schwarzes Haar, blaugrüne Augen, tolle Figur.“

„Doch, natürlich erinnere ich mich an sie! Maureen ...“ Das Stirnrunzeln wich einem versonnenen Lächeln. Seine Mimik erinnerte Jennifer an Dominique. „So ein Mädchen vergisst man nicht, aber es ist sehr lange her.“ Wieder Stirnrunzeln. „Nun sagen Sie schon, worauf wollen Sie hinaus?“

„Soviel ich weiß, haben Sie nie erfahren, dass Maureen ein Kind von Ihnen erwartet hat.“ Genau in diesem Moment erschien die Kellnerin und stellte ein Guinness vor ihm ab und vor Jennifer einen Irish Coffee. Brian Quingley starrte sie fassungslos an.

Jennifer wartete, bis die Kellnerin außer Hörweite war. „Sie hat vorgezogen, Ihnen nichts zu sagen, als sie erfahren hat, dass Sie bereits verheiratet waren und eine Tochter hatten. Und sie hatte sowieso nicht das nötige Geld, um Sie in Dublin zu besuchen."

Seine Augen bohrten sich forschend und beunruhigt in ihre. „Jennifer, wer zum Teufel sind Sie?"

Jennifer trank einen Schluck vom Sahnehäubchen ihres Irish Coffees. „Ich bin Ihre Enkeltochter. Das Kind, das Maureen von Ihnen bekam, war ein kleiner Junge. Er wuchs in Frankreich auf. Er ist mein Vater." Sie machte eine Pause und holte Luft. „Wenn Sie nichts mit uns zu tun haben wollen, ist das Ihr gutes Recht, und ich werde Sie nicht weiter behelligen. Mein Vater weiß übrigens gar nicht, dass ich hier bin. Aber es hat ihm all die Jahre keine Ruhe gelassen, nicht zu wissen, wer sein Vater ist. Und seine leibliche Mutter hat er auch nicht wirklich kennengelernt."

Brian nahm einen großen Schluck Bier, dann fragte er: „Woher wollen Sie wissen, ob das Kind tatsächlich von mir ist?"

„Ich habe mit zwei Frauen geredet, die Maureen kannten, und die sagten, dass sie nur diesen einen Liebhaber hatte, dieses eine Mal. Und Ihr Cousin Oscar fand, dass mein Vater Ihnen sehr ähnlich sieht. Sie hat meinen Vater übrigens Brian genannt, nach Ihnen. Meine Großeltern ließen aber seinen zweiten Vornamen Dominic als ersten in die Urkunden eintragen. In der französischen Schreibweise." Sie nippte an ihrem Irish Coffee, um ihm Zeit zu geben, die Neuigkeiten zu verdauen.

„Was ist aus Maureen geworden?", fragte er schließlich.

„Als alleinerziehende Mutter hatte sie es nicht leicht. Ihre Eltern hatten sie mehr oder weniger verstoßen, ihr Ruf in Killarney war ruiniert. Sie wissen sicher besser als ich, wie das im Irland der Fünfziger Jahre war. Die O'Sullivans, bei denen sie damals eine Stellung gefunden hatte, zogen nach Nordfrankreich, und sie ging mit. Dort ist sie wenig später gestorben, und mein Vater hatte das Glück, von einem fabelhaften französischen Ehepaar adoptiert zu werden."

„Oh mein Gott", murmelte der ältere Herr erschüttert. „Das ist ja schrecklich. Maureens Tod, meine ich. Ich freue mich, dass Ihr Vater wenigstens zu guten Leuten gekommen ist."

„Ja, aber nichts ersetzt die leiblichen Eltern, oder?"

„Ich schwöre Ihnen, ich habe davon nichts gewusst. Wenn ich gewusst hätte, dass sie schwanger war, dann hätte ich ..." Er verstummte und seufzte. „Ich weiß es nicht. Scheidung war damals unmöglich. Aber ich hätte Maureen zumindest Geld geben können und hätte versucht, meinen Sohn hin und wieder zu besuchen. Ich habe mir immer einen Sohn gewünscht ... Haben Sie ein Foto?"

Jennifer kramte in ihrer Handtasche und holte die Fotos hervor. Eines zeigte sie und Dominique auf den Seychellen, ein anderes einen lachenden Dominique unter Palmen, als er Gendarm im Senegal gewesen war.

Brian betrachtete sie aufmerksam. „Er sieht Maureen ähnlich."

„Ihnen auch, Mr. Quingley."

„Brian", korrigierte er sie. „Und sag du zu mir. Schließlich bin ich wohl dein Großvater. Meine Güte ... Und wo ist dein Vater jetzt?"

„In Paris. Zwischendurch hat er zwanzig Jahre im Ausland gelebt." Sie schilderte ihm in groben Zügen Dominiques Lebensweg.

„Ein spannendes Leben. So eines hätte ich auch gerne gehabt. Ich bin leider aus Irland kaum herausgekommen.“

Mit klopfendem Herzen stellte Jennifer die entscheidende Frage: „Würdest du Dominique kennenlernen wollen?“

„Ja, auf jeden Fall! Aber sag, wenn er Privatdetektiv ist, warum hat er nie versucht, mich zu finden?“

„Ich glaube, er wollte das alles verdrängen. Er hat erst mit einundzwanzig erfahren, dass seine Eltern nicht seine leiblichen Eltern sind, und war schockiert. Außerdem haben meine Großeltern ihm erzählt, dass du nichts mit ihm zu tun haben wolltest. Ich weiß nicht, woher sie diese Info haben; vielleicht hat Maureen das meiner Großmutter mal so erzählt. Ihn hat das sehr verletzt. Ich glaube auch nicht, dass er begeistert ins nächste Flugzeug springen wird, wenn ich ihm erzähle, dass ich dich gefunden habe. Da werde ich mir irgendwas einfallen lassen müssen.“

„Manchmal ist es besser, nicht das Gras zu zertrampeln, das über eine Sache gewachsen ist“, gab Brian zu bedenken.

„Ich kenne ihn sehr gut und bin sicher, es wäre gut für ihn, wenn ihr euch kennenlernt. Wenn er wüsste, wer sein Vater ist und dass dieser ihn nicht ablehnt.“

„Und deswegen hast du dich alleine extra auf den Weg nach Irland gemacht?“

„Nein, es hat andere Gründe, dass ich in Irland bin. Ich habe seit ein paar Monaten einen Freund, der aus Killarney stammt, und wir haben zusammen seine Eltern besucht. Und da habe ich mich mit einigen älteren Leuten unterhalten und bin auf Maureens Spur gekommen. Das war einfach Glück.“

„Hast du Geschwister?“

„Einen Halbbruder. Dominique hat vor Kurzem eine Italienerin geheiratet und ist im Februar nochmal Vater geworden.“

„Dann habe ich also zwei neue Enkelkinder. Ich bin entzückt!“ Brian strahlte, und Jennifer lächelte zurück.

„Hast du noch mehr?“, fragte sie.

„Meine älteste Tochter hat drei Kinder. Aber sie leben in Dublin, wir sehen uns nicht so oft. Meine jüngere Tochter hat noch nicht den Mann fürs Leben gefunden. Sie will auch lieber Karriere machen. Sie ist jetzt Ende Dreißig, langsam gebe ich die Hoffnung auf. Sie lebt in London.“

„Wirst du es deiner Frau erzählen?“

„Die Mutter meiner Töchter ist seit zehn Jahren tot. Es wäre in der Tat schwierig geworden, es ihr zu erzählen. Ich habe sie schließlich mit Maureen betrogen. Seit fünf Jahren bin ich wieder verheiratet. Ich denke, Patricia kann ich es erzählen, es war ja lange vor ihrer Zeit.“ Brian warf einen Blick zur Uhr. „Ich muss langsam gehen, sonst fragt sich meine Frau, wo ich bleibe. Wie lange bist du noch hier in der Gegend?“

„Weiß ich nicht. In Irland noch zehn Tage, aber wir wollten nicht so lange in Galway bleiben.“

„Können wir uns morgen treffen?“

Jennifer nickte. „Klar, ich bin ja deinetwegen in der Stadt.“

„Meine Frau besucht den ganzen Tag eine Freundin, da haben wir Ruhe.“ Er zwinkerte ihr zu. „Ich habe morgen Vormittag was zu erledigen, aber du kannst mitkommen. Und danach fahren wir spazieren und ich zeige dir die Gegend. Wir könnten nach Connemara fahren, das ist nicht weit.“

„Sehr gerne.“ Jennifer küsste ihren Großvater zum Abschied auf die Wange, und er umarmte sie herzlich.

4

Kilian beschloss, sich am nächsten Tag mit einem Freund zu treffen, den er noch von früher in Galway hatte, und setzte Jennifer am Vormittag vor Brians Haus ab.

„Ich habe ein geschäftliches Treffen in Headfort, das ist eine Viertelstunde von hier", erklärte Brian, als sie losfuhren. „Du kannst währenddessen im Ort spazieren gehen. Es dauert höchstens eine halbe Stunde."

„Ein geschäftliches Treffen? Ich dachte, du bist pensioniert?"

„Ich arbeite noch hin und wieder als freier Journalist. Nur von meiner Rente könnte ich nicht leben. Ich treffe einen Informanten für meinen nächsten Artikel."

Jennifer betrachtete die üppige Vegetation, die sich an diesem Vormittag in einen Schleier aus Dunst und Nieselregen hüllte. „Schade, dass es in Irland dauernd regnet."

„Das ist kein Regen. Wir sagen hier, es ist ein weicher Tag", schmunzelte Brian. „Wenn es ein bisschen mehr regnet, ist es ein aufgeweichter Tag. Außerdem ändert sich das Wetter auch sehr schnell. Deswegen nennen wir Regen auch flüssigen Sonnenschein."

„Das klingt hübsch. Und wenn es aus vollen Kübeln gießt?"

„Dann ist es irisches Wetter."

Sie stimmte in sein herzhaftes Lachen ein.

Während Brian sich mit seinem Informanten traf, schlenderte Jennifer in dem kleinen Ort umher, in dem es außer einem Souvenirladen nicht viel zu sehen gab. Auch hier leuchteten die kleinen Häuser in frischen Blau-, Rosa- und Gelbtönen durch den nebligen Dunst, und in unzähligen Blumentöpfen gediehen farbenfrohe Sommerblumen.

Wie Brian gesagt hatte, dauerte seine Besprechung nicht lange, und sie stiegen wieder in seinen Wagen, einen in die Jahre gekommenen Ford.

„Wir müssen nochmal kurz zu mir nach Hause fahren, ich hab was vergessen", sagte Brian. „Aber ich brauche nur einen Moment."

Zurück in Galway, ließ er den Motor laufen, und Jennifer wartete im Wagen.

Plötzlich sah sie ihren Großvater aus seinem Haus herausrennen, gefolgt von zwei Männern. Geistesgegenwärtig öffnete sie ihm die Autotür. Brian sprang in den Wagen und raste los, während die Männer hinter ihnen her schrien, wütend auf den hinteren Kotflügel einschlugen und schließlich zu ihrem eigenen Wagen rannten.

„Was ist denn hier los?", fragte Jennifer entgeistert.

„Erklär ich dir, wenn wir sie abgehängt haben", keuchte er.

Er kurvte durch Galway, um möglichst viele Ecken, um die Männer abzuschütteln, die sie verfolgten.

Dann nahm er die Landstraße, die nach Connemara führte. So wie er mit angespanntem Gesicht und zusammengekniffenen Augen konzentriert zwischen Straße und Rückspiegel hin- und her blickte, erinnerte er Jennifer sehr an Dominique.

Nach einer Weile atmete er auf. „Ich glaube, wir haben sie abgehängt!"

„Und wo fahren wir jetzt hin? Hast du einen Plan?", fragte sie.

„Wir werden erst mal wie geplant nach Connemara fahren. In der Einsamkeit kann man notfalls ganz gut untertauchen."

„Also, was ist passiert? Bis du in Schwierigkeiten, Brian?"

„Als ich ins Haus reingekommen bin, habe ich gesehen, dass das Wohnzimmer durchwühlt war, wie nach
einem Einbruch. Und dann kamen auch schon diese
beiden Männer auf mich zu, und ich dachte, wenn sie
in mein Haus eingebrochen sind, wäre es vielleicht besser, das Weite zu suchen, bevor sie mich niederschlagen."

„Meinst du, das waren gewöhnliche Einbrecher, die
du auf frischer Tat ertappt hast?"

„Nein, glaube ich nicht. Ich vermute, das hat mit dem
Artikel zu tun, an dem ich arbeite. Ich habe vor Kurzem
anonyme Drohungen deswegen bekommen."

„Worum geht es bei diesem Artikel?"

„Sagt dir die Firma Xenox was?"

„Die Kopiermaschinen?"

Brian schmunzelte. „Das ist Xerox. Xenox ist ein ame-
rikanischer Öl- und Gaskonzern."

„Und um den geht es in deinem Artikel?"

„Ja. Sie haben einen Firmensitz in Irland, im County
Mayo, und die irische Regierung hat ihnen einfach so
die Rechte gegeben, die Öl- und Gasvorkommen Irlands
zu fördern, ohne dass unser Land auch nur einen
Penny dafür erhalten wird."

„Warum sollten sie das tun?"

„Weil sie finden, es käme Irland zu teuer, im Atlantik
Bohrinseln zu errichten und die nötige Infrastruktur
aufzubauen. Und natürlich lassen sich gewisse Regie-
rungsmitglieder von den Amerikanern bestechen. Aber
wenn das herauskommt, steht es schlecht um die Wie-
derwahl."

„Und davon handelt dein Artikel?"

„Ja. Diese Sache wird vor der irischen Bevölkerung ge-
heim gehalten, denn natürlich gäbe es eine Protest-
welle, wenn das herauskäme. Selbstverständlich wollen weder Xenox noch die Regierung, dass die Sache
ans Licht kommt, und die Veröffentlichung meines

Artikels soll verhindert werden. Das würde den Einbruch bei mir erklären. Wahrscheinlich haben sie die Unterlagen gesucht."

„Ob sie sie gefunden haben?"

„Ein paar Ausdrucke vielleicht. Aber das nützt ihnen nichts – die Fakten kennen sie ja sowieso. Den Artikel und eine Kopie meiner Beweise habe ich auf einer Diskette, die ich seit den Drohungen immer bei mir trage." Er klopfte auf die Brusttasche seiner Jacke.

„Dann könntest du in Gefahr sein", sagte Jennifer besorgt.

„Ja, ich denke auch, sie würden mir an den Kragen gehen, um die Diskette zu bekommen. Dieser Informant vorhin hat mir wichtige Unterlagen gegeben, die habe ich natürlich noch bei mir. Ich muss den Artikel und die Beweisdokumente unbedingt so schnell wie möglich meinem Chefredakteur übergeben."

„Schon bemerkenswert, dass du Enthüllungsjournalist bist, und Dominique ist Privatermittler. Ist ja irgendwie miteinander verwandt."

„Stimmt. Bisher war meine Karriere allerdings nicht so spektakulär."

Brian stoppte an einem Aussichtspunkt, und sie stiegen aus. Jennifer blickte sich um. Der Himmel hatte aufgeklart und zeigte ein zartes Blau mit vielen Schönwetterwolken. Grüne Hügel gingen in der Ferne in ein mattes Violett über, sie sah braune Moore und große Seen, in denen sich die Hügel spiegelten. Die Sonne, die durch die Wolken brach, ließ die Berge am Horizont aufleuchten, und die Wolken warfen dunkle Schatten darauf.

„Ist das schön hier."

„Mist, komm schnell wieder in den Wagen!", sagte Brian unvermittelt.

„Was ist?"

„Da unten im Tal – ist das nicht der schwarze Mercedes, der uns in Galway verfolgt hat?“

„Ja, sieht so aus. Verdammt!“

Sie schwangen sich ins Auto, und Brian fuhr los. „Hoffentlich haben die uns noch nicht gesehen.“

Jennifer wandte sich um. „Ob die bewaffnet sind?“

„Halte ich für sehr wahrscheinlich. Offensichtlich wollten sie mich aber nicht gleich erschießen, sonst hätten sie das ja schon in Galway versucht.“

„Zuviel Publikum – die Nachbarn oder Passanten hätten Schüsse hören können. Hier draußen jedoch ... Kein Problem, jemanden umzulegen und dann gleich im Moor zu entsorgen, oder?“

Brian seufzte. „Tut mir leid, dass ich dich in diese Sache mit hineinziehe.“

Sie winkte ab. „Das bin ich von Dominique gewöhnt. Mit Drogengroßhändlern und terroristischen Revolutionären kannst du noch nicht konkurrieren.“

„Da muss ich mal ein ernstes Wort mit meinem Sohn reden, dass er meine Enkelin an sowas beteiligt!“

„Ehrlich gesagt habe ich mich bei diesen beiden Fällen aufgedrängt“, gestand sie. „Dominique konnte nichts dafür. Und ich habe es dir noch nicht erzählt, aber ich bin bei der Polizei.“

„Tatsächlich?“ Er warf ihr einen erstaunten Seitenblick zu. „Bist du am Ende sogar bewaffnet?“

„Nein, ich habe keine Dienstwaffe, ich bin noch in der Ausbildung. Und in den Urlaub hätte ich die ja sowieso nicht mitnehmen dürfen.“

Brian schwieg einen Moment, dann fragte er: „Ist dein Vater ein guter Detektiv?“

„Oh ja. Der beste! Und er hat natürlich auch eine Pistole.“

„Vielleicht wäre es keine schlechte Idee, ihn zu kontaktieren. Wir könnten Verstärkung gebrauchen. Und natürlich, weil ich meinen Sohn kennenlernen möchte.“

„Ich kann ihn sofort anrufen.“ Jennifer suchte nach ihrem Handy. „Wollte mich sowieso bei ihm melden. Ich habe aber keine Ahnung, wie ich ihm das alles erklären soll. Er wird denken, ich will ihn veräppeln ... Mist, hier habe ich kein Netz.“

„Hätte mich auch gewundert. Außerhalb der größeren Orte haben diese Dinger selten Empfang.“

„Und gibt es hier irgendwo Festnetz?“ Zweifelnd betrachtete sie die sie umgebende Landschaft.

„Wir werden uns ein Bed & Breakfast suchen. Da gibt es meistens Telefon. Oder bei der Post in einem der Orte.“

„Fahren wir nicht nach Galway zurück?“

„Das ist zu gefährlich. Die wissen schließlich, wo ich wohne. Und ich will meine Frau nicht in Gefahr bringen.“

„Wir könnten zu dem Bed & Breakfast fahren, in dem ich mit Kilian untergekommen bin. Die haben sicher noch ein Zimmer für dich frei.“

Brian dachte kurz nach. „Nein, lieber nicht. Wenn sie hier unsere Spur verlieren, werden sie vermutlich nach Galway zurückkehren, um da auf uns zu warten.“

„Gut. Ich muss aber Kilian Bescheid sagen, damit er sich keine Sorgen macht. Ach, verdammt, ich weiß ja gar nicht, wie ich ihn erreichen kann. Er hat kein Handy, und ich habe keine Telefonnummer von unserer Pension in Galway.“

„Wie heißt sie?“

„Hab ich mir nicht gemerkt.“

„Ich werde Patricia anrufen und Bescheid sagen. Wenn Kilian sich Sorgen macht, wird er sicher zu meinem Haus fahren.“

„Aber irgendwann müssen wir doch auch wieder zurück, oder?“

„Ich werde MacDougal anrufen, das ist mein Chefredakteur. Ich muss ihn so schnell wie möglich treffen, um ihm die Diskette und die restlichen Unterlagen zu geben. Wenn ich die los bin, kann ich riskieren, dass sie mich in Galway finden.“

„Na gut, wenn du meinst. Können wir jetzt vielleicht ans Meer fahren, damit ich auch was von diesem Ausflug habe?“

Brian grinste. „Du bist nicht so leicht zu erschrecken, was?“

Sie lachte auf. „Nein, dazu habe ich schon zu viel erlebt.“

„Und das in einem noch so jungen Leben“, staunte er. „Davon musst du mir mehr erzählen. Wir werden uns sicher nicht miteinander langweilen in den nächsten Tagen.“

„Das werden wir so oder so nicht.“ Jennifer warf einen prüfenden Blick über ihre Schulter durch die Heckscheibe. „Dafür werden deine komischen Freunde schon sorgen!“

5

Es war Samstagmorgen, und die Junisonne malte helle Kringel auf die Kacheln der Küche. Dominique saß unausgeschlafen am Küchentisch vor einer großen Schale Milchkaffee und beobachtete Fabrice, der in Giulianas Armen lag und zufrieden an seinem Fläschchen nuckelte. Giuliana trug einen eleganten seidenen Morgenrock und sah beneidenswert frisch aus.

„Habe ich dich heute Nacht geweckt?", fragte Dominique und gähnte. Er hatte bis nach Mitternacht eine Zielperson beschattet und war entsprechend spät nach Hause gekommen.

„Nein, ich habe geschlafen wie ein Murmeltier. Ich bin so froh, dass Fabrice jetzt endlich durchschläft. Sevgili, stell dir vor, meine Mutter hat mich gestern Abend angerufen!"

„Hast du ihr nun doch eine Geburtsanzeige geschickt?"

„Ja. Was hatte ich schon zu verlieren? Sie sollte wenigstens wissen, dass sie einen Enkel hat. Und sie möchte, dass wir sie bald besuchen kommen!" Giuliana strahlte.

„Dann haben sie dein Hausverbot aufgehoben?"

„Ja, es scheint so."

„Das ist schön. Ich freue mich mit dir, chérie." Er lächelte sie herzlich an. „Sag mal, hat Jenni angerufen?"

„Nein."

„Komisch, jetzt ist sie schon fünf Tage in Irland und hat sich noch nicht gemeldet ... Ich habe gedacht, sie würde mal anrufen, um mir zu erzählen, wie toll es da ist und was ich verpasse."

„Na, sie hat es wohl aufgegeben, dich da hinlocken zu wollen."

„Sie ist mit ihrem Freund dort – da wäre ich wohl ziemlich überflüssig."

„Hättest ja in der Zwischenzeit Ahnenforschung betreiben können."

„Ach, wozu denn. Ich lebe schon seit über vierzig Jahren sehr gut ohne Ahnen."

„Es tut aber gut, sie zu kennen", sagte Giuliana.

„Mhm. Meinst du, das zwischen Jenni und Kilian ist was Ernstes?", wechselte er das Thema.

„Das fragst du mich? Mir würde sie sich bestimmt nicht anvertrauen."

„Ich dachte, ihr Frauen habt ein Gespür für sowas."

Giuliana zuckte mit den Schultern. „Habe sie ja kaum gesehen in letzter Zeit."

„Immerhin ist sie schon vier oder fünf Monate mit ihm zusammen, das ist für Jennifer eine richtig lange Beziehung."

„Es ist eine Fernbeziehung, da sind vier Monate nichts! Aber was soll's, sie hat ja ohnehin noch lange Zeit, den richtigen kennenzulernen."

Das Telefon klingelte. Dominique erhob sich und ging ins Wohnzimmer.

„Oh, hallo Kilian, gerade haben wir von Jenni und dir gesprochen. Warum ruft sie nicht selbst an?"

„Sie ist verschwunden." Kilian klang beunruhigt.

„Was? Was ist passiert? Habt ihr euch gestritten?"

„Nein, gar nicht. Nick, ich weiß nicht, wie ich es dir sagen soll … eigentlich sollte das wohl eine Überraschung für dich werden, und ich sollte schon gar nicht derjenige sein, der es dir erzählt …"

„Raus mit der Sprache", sagte Dominique ungeduldig.

„Wir haben deinen Vater gefunden."

„Wie bitte?" Für ein paar Sekunden verschlug es ihm die Sprache.

„Jenni hatte sich in den Kopf gesetzt, im Urlaub nach ihm zu suchen …"

„Typisch, das hätte ich mir ja denken können." Er schluckte. „Und?"

„Wie gesagt, wir haben ihn auch gefunden. Nur scheint er in Schwierigkeiten zu stecken. Ich weiß nicht genau, worum es geht. Sie wollten gestern einen kleinen Ausflug nach Connemara machen, und als Jenni abends noch nicht wieder zurück war, habe ich mir Sorgen gemacht und bin zu seinem Haus gefahren. Ich habe dort seine Frau getroffen, die hat er von unterwegs aus angerufen. Er ist Journalist und schreibt an einem brisanten Artikel. Es gibt Leute, die ihn an der Veröffentlichung hindern wollen, notfalls wohl auch mit Gewalt. Er musste untertauchen, und Jenni war nun mal gerade mit ihm zusammen. Sie sind irgendwo in Connemara, und der Ausgang ist im Moment recht ungewiss. Dominique, ich glaube, es wäre keine schlechte Idee, wenn du herkommen könntest."

Dominique sog hörbar Luft durch die Nase ein und hielt für einen Moment den Atem an.

„Noch dazu ist dein Vater sehr nett, hat Jenni gesagt, und würde sich unheimlich freuen, dich kennenzulernen. Er wusste nichts von deiner Existenz."

„Ich muss mich setzen", murmelte Dominique und ließ sich auf die Couch sinken.

„Bitte, Nick! Ich weiß nicht, ob ich es ohne dich schaffe, und ich habe meine Waffe nicht dabei."

„Was ist mit der Polizei?"

„Mrs Quingley hat Anzeige wegen des Einbruchs erstattet, aber wir können die beiden nicht als vermisst melden, da sie gestern Abend noch angerufen haben."

„Wer ist Mrs Quingley und was für ein Einbruch?"

„Das ist die Frau von deinem Vater Brian. Gestern Vormittag wurde bei ihnen eingebrochen, und Brian vermutet, dass man seine Unterlagen für den Artikel und das belastende Beweismaterial stehlen wollte. Aber er trägt das Meiste wohl bei sich."

„Hat Jenni ihr Handy nicht dabei?"

„Doch, aber es hat offenbar keinen Empfang. Das Netz ist in Irland noch nicht besonders gut. Mit der Polizei gibt es möglicherweise auch ein Problem: Es ist nicht auszuschließen, dass die irische Regierung da mit drinsteckt, weil dieser Artikel unangenehm für sie wäre. Könnte also sein, dass die Polizei Anweisung von ganz oben bekommt, in der Sache nicht viel zu unternehmen ..."

„Das ist ja wie in Indien", knurrte Dominique. „Gut, ich komme. Ich werde gleich einen Flug für morgen früh buchen. Wo steckst du?"

„Im Moment in Galway. Kannst du morgen bei mir sein? Dann warte ich hier auf dich. Buch einen Flug nach Dublin und nimm dann den Zug nach Galway. Ich gebe dir die Adresse von meinem Bed & Breakfast in Galway, und vorsichtshalber auch die Telefonnummer von Patricia, Brians Frau. Sie weiß inzwischen, dass es dich gibt."

„Okay." Seine Finger zitterten leicht, als er zum Kugelschreiber griff.

Als Dominique in die Küche zurückkam und sich an den Tisch setzte, blickte Giuliana ihn alarmiert an. „Was ist los? Du siehst komisch aus. Ist was passiert?"

Er berichtete ihr vom Inhalt des Gesprächs und umschloss dabei haltsuchend mit beiden Händen seine Kaffeeschale.

Sie machte große Augen. „Sie hat deinen Vater aufgespürt? Großartig! Das ist typisch Jenni, oder?"

„Ja. Und dass sie jetzt in Schwierigkeiten ist, ist auch typisch Jenni. Siehst du, kaum hat man Familie, fängt der Ärger an."

„Aber trotzdem ist es eine wahnsinnige Neuigkeit!" Giuliana lachte auf. „Das muss bei dir in der Familie liegen, immer in Schwierigkeiten zu geraten. Was Fabrice wohl bevorstehen mag?"

„Hattest du dir ein Beamtenleben für ihn erhofft?"

„Niemals! Dann wäre er nicht unser Sohn. Und nun?"

„Ich werde einen Platz im nächsten Flieger nach Dublin buchen."

„Zwei Plätze", korrigierte Giuliana.

„Wieso?"

„Du glaubst doch nicht, dass ich dich alleine lasse!"

„Und Fabrice?"

„Den nehmen wir natürlich mit. Aber er braucht ja noch keinen eigenen–"

„Nein, Giuliana, das ist zu gefährlich", unterbrach er sie.

„Hallo?" Sie stemmte empört die freie Hand in die Taille. „Erinnerst du dich, mit wem du sprichst?"

„Um dich würde ich mir auch keine Sorgen machen, aber du kannst doch kein Baby mitnehmen, wenn wir nicht wissen, was los ist! Am Ende passiert ihm noch was."

„Er bleibt natürlich im Hotel." Sie wiegte ihren Sohn liebevoll in den Armen.

„Dann hat es ja nicht viel Sinn, dass du mitkommst. Du wirst ihn ja wohl nicht allein im Hotel lassen wollen."

„Ich könnte einen Babysitter organisieren."

„Eine völlig fremde Person, die auf unser Kind aufpasst? Kommt nicht in Frage", lehnte er ab.

Giuliana zuckte mit den Schultern, schürzte die Lippen und starrte mit zusammengekniffenen Augen aus dem Küchenfenster auf die Seine. Wäre Dominique nicht so abgelenkt von den Neuigkeiten gewesen, hätte er gewusst, dass sie etwas ausbrütete.

6

Jennifer und Brian verbrachten die Nacht in einem Bed & Breakfast in Clifden, einer Kleinstadt an der Küste, die immerhin groß genug war, um ihre Spuren zu verwischen und einige Toilettenartikel für die spontane Übernachtung zu kaufen. Sie redeten bis spät in den Abend hinein miteinander, schliefen unruhig und trafen sich am nächsten Morgen recht spät zum Frühstück.

„Heute um vierzehn Uhr habe ich eine Verabredung mit MacDougal in Limerick", berichtete Brian. „Er …"

„Was isst du denn da?", unterbrach ihn Jennifer und starrte befremdet die schwarzen, zentimeterdicken Scheiben auf seinem Teller an.

„Blutpudding, eine irische Spezialität. Essen wir hier sehr gerne zum Frühstück. Willst du probieren?"

„Auf keinen Fall", lehnte sie angeekelt ab.

„Bist du etwa Vegetarierin?"

„Nein. Obwohl ich zwei Jahre in einem Land gelebt habe, in dem die meisten Leute Vegetarier sind. Aber ich bin in Frankreich groß geworden und brauche meine tägliche Ration Fleisch. Nur klingt Blutpudding für mich nicht sehr … verlockend." Wie um ihre Aussage zu unterstreichen, biss sie in das frischgebackene Scone, das sie großzügig mit Erdbeerkonfitüre bestrichen hatte. Brian lachte.

„Also, was ist jetzt dein Plan?", fragte Jennifer kauend.

„Ich werde dich in Galway absetzen, das liegt auf dem Weg nach Limerick."

„Wieso triffst du ihn in Limerick? Ich dachte, die Zeitschriftenredaktion ist in Dublin?"

„Er hat dort einen anderen Termin, und für mich ist es näher als Dublin. Hat sich zufällig so ergeben."

Sie frühstückten in Ruhe zu Ende und verließen dann das Bed & Breakfast.

Nur eine einsame Landstraße führte von Clifden nach Galway. Jennifer bewunderte wieder die Landschaft aus Hügeln in verschiedenen Schattierungen von Grün, Braun und Violett, die sich in den klaren Seen spiegelten. Der wolkenverhangene Himmel verlieh der Szene etwas Düsteres.

Plötzlich fluchte Brian und sah angespannt in den Rückspiegel. Er beschleunigte das Tempo. Der schwarze Mercedes hinter ihnen holte auf. Dann ertönte ein Schuss, und ihr Ford geriet ins Schlingern.

„Verdammt, der muss einen Reifen getroffen haben!“ Brian bekam den Wagen gerade noch rechtzeitig wieder unter Kontrolle, bevor er die Böschung hinunter rasen konnte. Ihm blieb nichts anderes übrig als am Straßenrand anzuhalten.

Der Mercedes hinter ihnen kam mit quietschenden Reifen ebenfalls zum Stehen, und heraus sprangen die zwei Männer vom Vortag, diesmal mit gezogenen Pistolen.

Brian warf Jennifer einen Seitenblick zu. „Was schlägt die angehende Polizistin für diese Situation vor?“

„Wenn du dich ergibst, nehmen sie deine Diskette. Wenn du dich weigerst, erschießen sie dich womöglich und nehmen dann die Diskette. Was ist dir lieber?“

Brian stöhnte auf. „Also, Hände hoch.“

Die Gangster öffneten ihnen die Türen, und sie stiegen mit erhobenen Händen aus.

„Was wollen Sie von uns?“, fragte Brian und musterte die Männer, die ihre Waffen auf sie gerichtet hielten: ein junger Blonder und ein etwas älterer Dunkelhaariger. Sie wirkten gepflegt, waren sportlich und mit gewissem Schick gekleidet. Sonnenbrillen verbargen ihre Augen.

„Den Artikel über Xenox und das Beweismaterial", forderte der Ältere, der mit amerikanischem Akzent sprach.

„Wie kommt ihr darauf, dass ich die Sachen bei mir habe?", bluffte Brian.

„Wäre besser für euch." Der andere entsicherte seine Pistole.

„Lasst das Mädchen gehen, sie weiß nichts und hat damit nichts zu tun", sagte Brian.

„Die Entscheidung liegt nicht bei uns, das muss der Boss bestimmen. Also?"

Seufzend wollte Brian in die Innentasche seiner Jacke greifen.

„Halt, schön langsam! Das mach ich lieber selbst!" Der Mann trat auf ihn zu, tastete ihn nach Waffen ab und holte dann die Diskette aus seiner Tasche.

„Durchsuch den Wagen nach Unterlagen", befahl er dem Jüngeren.

Dieser kletterte in den Ford und kam kurz darauf mit einem Schnellhefter wieder zum Vorschein.

„Können wir jetzt gehen?", fragte Brian kühl.

„Nein. Das Wissen ist ja noch in deinem Kopf und vielleicht noch anderswo gespeichert. Das ist zu gefährlich für uns."

„Wer ist ‚uns'?", warf Jennifer ein.

„Du sei mal schön still." Der Blonde trat auf sie zu und schlug ihr mit dem Pistolenlauf vor den Kopf. Ehe sie auf die Straße fiel, hatte sie bereits das Bewusstsein verloren.

7

Als Dominique am Morgen seiner Abreise nach Irland aufstand, war Giuliana gerade dabei, die letzten Sachen in ihren Koffer zu packen. Dominique hatte am Vortag bis spät in den Abend hinein gearbeitet, und so hatte sie ungehindert Reisevorbereitungen treffen können.

„Was wird das denn?", fragte er, als er zwischen Zähneputzen, Duschen und Rasieren mitbekam, dass Giuliana die letzten Dinge in ihren Kulturbeutel warf.

„Ich lasse dich nicht allein, sevgili. Deine Tochter ist in Gefahr, es ist Ehrensache, dass ich ihr helfe. Und zusammen haben wir zwei Pistolen, das ist besser als eine."

Dominique stöhnte auf. „Und unser Sohn?"

„Wir haben einen Babysitter, und sie ist keine Fremde. Wir treffen sie am Flughafen."

„Da bin ich ja mal gespannt." Er wusste, dass es keinen Zweck hatte, mit ihr zu diskutieren.

Am Flughafen Charles-de-Gaulle sah Dominique zu seiner Überraschung Cathérine vor dem Abflugschalter der Aer Lingus stehen.

„Du bist der Babysitter?", fragte er.

„Genau." Seine Ex-Frau lächelte ihn an. „Ich wollte schon lange mal nach Irland, und so günstig komme ich da wohl nie wieder hin. Und als mich Giuliana gestern darum gebeten hat, dafür auf euren Sohn aufzupassen, hab ich gleich zugesagt."

„Ich wusste gar nicht, dass ihr euch so gut kennt, geschweigen denn versteht."

„Ich lasse mir regelmäßig bei ihr die Haare und Maniküre machen, das habe ich dir doch erzählt", erklärte Giuliana. „Und Cathérine ist die einzige, die mir nie

Vorwürfe gemacht hat, weil ich auf dich geschossen habe."

„Ich habe ihr gesagt, dass ich dich früher hin und wieder auch gerne abgeknallt hätte", ergänzte Cathérine. „Das letzte Mal ist übrigens noch keine vierundzwanzig Stunden her. Wann wolltest du mir sagen, dass Jenni verschwunden und in Gefahr ist?"

„Gar nicht", knurrte er.

„Findest du nicht, dass mich das was angeht? Ich bin ihre Mutter!"

„Warum soll ich dich damit beunruhigen? Du kannst doch sowieso nichts dazu beitragen, ihr zu helfen."

„Leihst du mir deine Pistole, Giuliana?"

„Ja, ja, verschwört euch nur gegen mich!", brummte Dominique, musste dann aber grinsen.

***

Da sie nun zu viert anreisten, beschloss Dominique nach der Landung auf dem Flughafen von Dublin, dass es sich lohnte, einen Wagen zu mieten. Mit einem Baby und dem dadurch bedingten zusätzlichen Gepäck würde es noch dazu bequemer sein als der Zug.

Er war sehr schweigsam bei den ersten Kilometern auf dem fremden Boden seines Herkunftslandes. Er hatte schlecht geschlafen, sorgte sich um Jennifer und war froh, dass die beiden Frauen zu sehr mit Fabrice beschäftigt waren, um sich mit ihm unterhalten zu wollen.

Es war nicht der Moment für Sightseeing, und so fuhren sie den Großteil der Strecke auf der Autobahn, die von der Landschaft nicht mehr als grüne Bäume und Sträucher jenseits der Leitplanken erkennen ließ. Der Himmel war grau und es nieselte.

Zwei Stunden später trafen sie in Galway in dem Bed & Breakfast ein, in dem Kilian wartete. Er riss die Augen auf, als er die kleine Gruppe eintreffen sah. „Ich habe bloß ein Zimmer für dich reserviert, Dominique. Ich hatte ja keine Ahnung, dass du mit der ganzen Familie anrückst!"

„Unfreiwillig", versicherte Dominique und klopfte Kilian auf die Schulter. „Gibt es was Neues?"

„Ja, aber leider nichts Gutes." Kilian begrüßte Giuliana und Cathérine, dann fuhr er fort. „Gestern Abend hat Patricia einen Anruf von Brians Chefredakteur bekommen. Er war gestern um vierzehn Uhr mit Brian zur Übergabe der Diskette mit dem Artikel und dem Beweismaterial verabredet. Aber Brian ist nicht gekommen und hat sich auch telefonisch nicht bei ihm gemeldet. Und bis jetzt haben weder der Redakteur noch Patricia von ihm gehört."

„Wo war der Treffpunkt?"

„In Limerick."

„Dann erzähl mir mal genau, was du weißt. Und danach gehen wir zur Polizei und melden die beiden als vermisst. Hast du es zwischenzeitlich noch mal auf Jennifers Handy versucht?"

„Ja, es kam sogar mal ein Freizeichen, aber sie ist nicht rangegangen."

„Vielleicht kann die Polizei es orten."

„Was?", fragte Kilian verständnislos. „Was meinst du damit?"

„Das ist eine ganz moderne Technik, die es erlaubt, die Position eines Handys zu bestimmen", erklärte Dominique.

„Aha. Würde mich sehr wundern, wenn die das hier schon kennen. In Irland ist das Mobilfunknetz noch so löchrig wie ein altes Fischernetz."

Dominique warf Giuliana einen Blick zu. „Willst du mitkommen zur Polizei?"

Sie lachte auf. „Die Frage meinst du nicht ernst, oder?“

„Nein, aber ich wollte dich nicht übergehen.“

„Ich werde mich in der Zwischenzeit um ein weiteres Zimmer für Cathérine kümmern.“

Dominique dachte kurz nach. „Warte damit, bis wir zurück sind. Wer weiß, ob wir überhaupt in Galway bleiben.“

Dominique und Kilian fuhren zunächst zu Brians Haus und holten Patricia ab, die am Vortag bereits den Einbruch in ihr Haus gemeldet hatte. Sie war eine etwas mollige blonde Dame in den Sechzigern.

Als sie Dominique erblickte, schlug sie die Hände zusammen.

„Mein Gott, wie ähnlich Sie Brian sehen! Ich war ja ein bisschen skeptisch, als er mir davon erzählt hat, aber nun ...“

Dominique lächelte verlegen. „Ich hoffe, Ihr Mann ist nicht verschwunden, weil er vor mir geflüchtet ist.“

„Aber nein, er hat sich sehr über die Neuigkeit gefreut.“

„Das war auch nur ein Scherz. Ein schlechter, wie ich zugeben muss.“

Sie klopfte ihm freundschaftlich auf den Oberarm. „Schlechte Scherze bin ich von Brian gewöhnt. Aber sein Verschwinden ist keiner seiner Späße, fürchte ich.“

„Dann lasst uns sehen, ob die Polizei sich als Freund und Helfer der Sache annimmt oder ob wir es in eigener Regie machen müssen“, schaltete sich Kilian ein und hielt Patricia die Wagentür auf.

8

Als Jenni und Brian zu sich kamen, befanden sie sich in einem Verlies, in das nur durch ein schmales, vergittertes Fenster spärliches Tageslicht fiel. Sie lagen auf verschlissenen Schlafsäcken auf dem staubigen Steinboden.

„Wo sind wir hier?", murmelte Jennifer und betastete die Beule auf ihrer Stirn.

„Das sieht für mich nach dem Keller einer alten Schlossruine aus", sagte Brian. „Könnte sein, dass wir im County Mayo sind, ich bin im Auto schon kurz zu mir gekommen und habe da was gesehen ... Außerdem befindet sich der Firmensitz von Xenox im County Mayo, das könnte passen."

„Sieht hier aber nicht gerade aus wie ein Firmengebäude."

Jennifer ließ ihre Augen durch das Gewölbe schweifen. Ihr Blick blieb an einer Holzkiste hängen, auf der Sandwiches lagen und zwei große Wasserflaschen standen.

„Aushungern wollen sie uns anscheinend nicht", stellte sie erleichtert fest und erhob sich. Sie ging zu der schweren Eisentür ihres Kerkers und inspizierte das Schloss. Vielleicht hätte Giuliana es aufbekommen. Aber Jennifer fehlte es dafür an Übung, und außerdem hatte sie keine passenden Utensilien dabei. Sie entdeckte ihre Handtasche auf dem Boden, aber sie wusste, dass sie weder Haarklemmen noch sonst etwas zum Schlösser knacken dabeihatte.

Nachdem sie etwas gegessen und getrunken hatten, warteten sie. Nichts passierte. Niemand kam, um nach ihnen zu sehen oder sie zu befragen. Irgendwann wurde es dunkel vor dem Fenster, die beiden legten sich hin und fielen in unruhigen Schlaf.

***

Am nächsten Morgen erwachte mit Jennifer auch ihr Kampfgeist. Sie fixierte das vergitterte Fenster, durch das ein Hauch von Sonnenschein drang. „Ich will mal sehen, ob ich das irgendwie aufkriege."

„Das kannst du vergessen, das Gitter ist bestimmt fest in die Mauer eingelassen. Außerdem passe ich da sowieso nicht durch."

„Aber ich vielleicht. Ich könnte Hilfe holen", sagte sie hoffnungsvoll.

„Und wie willst du da oben rankommen? Hast du Sprungfedern?"

„Ich stelle mich auf deine Schultern."

„Oh mein Gott, du verlangst Zirkuskünste von einem alten Mann, und das am frühen Morgen?" Er öffnete den Reißverschluss seines Schlafsacks.

Jennifer warf einen Blick auf ihre Armbanduhr. „Es ist schon zehn. Außerdem brauchst du nicht viel zu tun, außer dich an die Wand zu lehnen und mir Halt zu geben."

„Dann hilf mir erst mal hoch", stöhnte Brian und streckte die Hand nach ihr aus. „In meinem Alter sollte man definitiv nicht mehr auf dem Boden schlafen."

Jennifer zog ihn von seinem Nachtlager, und er dehnte und reckte sich.

„Stell dich da hin und mach eine Räuberleiter", sagte sie.

Geschmeidig wie eine Katze kletterte sie an ihm empor, bis sie mit beiden Füßen auf seinen breiten Schultern stand, sich an den Mauervorsprüngen der steinernen Wand festhielt und dann nach dem Gitter griff.

Als sie probeweise daran rüttelte, öffnete sich plötzlich quietschend die schwere Eisentür ihres Gefängnisses, und die beiden Männer betraten das Verlies, noch bevor Jennifer Zeit hatte, von Brians Schultern zu klettern.

Die Gangster richteten ihre Waffen auf sie.

„Runter da!", befahl der Dunkelhaarige barsch. Er wartete, bis Jennifer wieder auf dem Boden stand, und trat dann bedrohlich näher. „Man will also fliehen, ja?"

„Nichts gegen Ihre Gastfreundschaft, aber ich bin einfach bessere Hotels gewöhnt", sagte sie spöttisch.

„Dabei hatten wir euch sogar Frühstück mitgebracht." Der Blonde legte zwei Tüten mit dem Logo einer Bäckerei auf der Holzkiste ab.

„Und wo ist der Kaffee?", fragte Jennifer.

„Übertreib es nicht, Kleine", warnte er. „Eigentlich hatten wir vor, euch als Gäste zu behandeln, bis unser Boss kommt und entscheidet, wie es mit euch weitergeht. Aber es wäre natürlich unangenehm für uns, wenn ihr dann nicht mehr da wärt, um ihn kennenzulernen."

„Zu schade", stimmte Brian mit bissigem Tonfall zu. „Wer ist denn euer Boss? Vorstandsvorsitzender von Xenox? Oder wenigstens der Geschäftsführer der irischen Tochtergesellschaft?"

„Ihr esst jetzt etwas", bestimmte der Dunkelhaarige, ohne die Frage zu beantworten.

„Ich habe keinen Hunger", sagte Jennifer.

„Jetzt oder gar nicht. Danach wird es schwierig." Er verschwand und kam mit einer Rolle Paketklebeband wieder.

Jennifer und Brian verzehrten in Anbetracht der Umstände ohne großen Appetit die belegten Brötchen. Danach fesselten ihnen die Entführer die Fuß- und Handgelenke hinter ihren Rücken.

„Und wie sollen wir so was trinken?", protestierte Jennifer.

„Gut, dass du mich daran erinnerst!" Der Blonde zog dicke Strohhalme aus der Tasche, öffnete die Wasserflaschen und steckte die oben umgebogenen Halme so hinein, dass sie nicht in die Flaschen sinken konnten. „Wir wollen euch ja nicht verdursten lassen. Jedenfalls noch nicht."

„Sollen wir heute Nacht etwa so schlafen?", fragte Brian erbost.

„Ihr habt Glück, wenn ihr die nächste Nacht noch erlebt, also würde ich mir an eurer Stelle über Details wie die Schlafposition keine Gedanken machen."

Der Dunkelhaarige wandte sich zum Gehen. Dabei stolperte er über Jennifers Handtasche und trat sie verärgert in die andere Ecke des Kerkers.

Brian und Jennifer tauschten einen verzweifelten Blick und ließen sich auf ihre Schlafsäcke sinken.

„Wir stecken ganz schön in der Klemme", murmelte Brian, als sich die Eisentür mit einem lauten Geräusch geschlossen hatte.

„Und das ist noch richtig vornehm ausgedrückt", sagte sie.

„Hoffen wir darauf, dass dieser Boss einen guten Tag hat. Ich meine, er ist vermutlich Unternehmensleiter, kein Mafia-Pate. Mord dürfte für ihn nichts Alltägliches sein. Hoffe ich jedenfalls."

Jennifer nickte. „Die wollten uns nur einschüchtern. Ich glaube auch an meinen guten Stern."

Kurz darauf ertönte ein gedämpftes Klingeln. Sie blickten sich verstört um und stellten fest, dass es aus Jennifers Handtasche auf der anderen Seite des Verlieses kam. Die Entführer hatten sich offenbar nicht die Mühe gemacht, sie zu durchsuchen.

Jennifers Augen weiteten sich. „Ich habe Empfang! Wir sitzen in irgend so einem Loch, und es gibt hier endlich mal Empfang! Scheiße, warum habe ich das nicht schon gestern geprüft?"

„Dann geh mal ran und schau, wer dich sprechen will", erwiderte Brian ironisch.

„Sehr witzig!" Sie rutschte mühsam einige Zentimeter auf dem Hinterteil vorwärts. Das Klingeln verstummte. Jennifer robbte trotzdem weiter in Richtung ihrer Tasche. Sie versuchte, aufzustehen, um sich dem Ziel durch Hopsen nähern zu können, aber es gelang ihr nicht. Mühevoll erreichte sie sie schließlich, griff nach den Henkeln und schleifte sie hinter sich her zu Brian zurück. Den Verschluss aufzubekommen, war kein Problem. Aber es war unmöglich, mit den hinterrücks gefesselten Händen tief genug in die Tasche zu greifen, um das Handy hervorzuziehen.

Sie packte den Boden der Tasche mit den Fingerspitzen und schüttelte, bis sie den Inhalt ausgeleert hatte. Dann fingerte sie an ihrem Handy herum, bis es sich aufklappte. Sie legte es auf dem Boden ab, wandte sich um und schaute aufs Display.

„Das war Kilian, der angerufen hat", stellte sie fest.

Sie schaffte es jedoch nicht, blind die Rückruftaste zu finden oder die Nummer der Polizei zu wählen. Und Brian war ohne Lesebrille dabei auch keine große Hilfe. Damit die Entführer das Handy nicht sofort entdeckten, falls sie zurückkehrten, steckte sie es in die hintere Tasche ihrer Jeans.

Stunden später ertönte der Klingelton erneut, diesmal sehr viel lauter in der Stille des Verlieses. Jennifer und Brian schreckten hoch.

Sie zog das Handy aus ihrer Hosentasche und klappte es auf. Sie drehte den Kopf so weit es ging nach hinten, und es gelang ihr, auf die Taste für die Anrufannahme zu drücken. Danach legte sie das Handy auf den Boden und legte sich selbst so dazu, dass sie hören und sprechen konnte.

„Hallo, Jennifer, hallo?", hörte sie Dominiques besorgte und etwas ungeduldige Stimme. „Sag was!"

„Papa, ja, ich bin dran! Ich weiß nicht, wie lange der Akku noch hält, deswegen sag ich es mal ganz schnell: ich bin entführt worden, und ..."

„Das weiß ich schon. Und die Polizei weiß das auch. Wir sind dran, okay?"

„Wo bist du, Papa?" Ihre mühsam aufrecht erhaltene Selbstbeherrschung bekam einen Knacks, als sie die Stimme ihres Vaters hörte, und sie verspürte einen Kloß in ihrem Hals.

„In Irland. Galway. Mit Kilian. Bitte sprich Englisch, die Polizei hört mit."

„Du bist hier?"

„Ja. Viel wichtiger: hast du eine Ahnung, wo du bist?"

„Im Verlies einer Schlossruine. Ich war bewusstlos, als sie mich hergebracht haben, ich habe nichts gesehen. Brian meint, dass wir vielleicht im County Mayo sind. Brian, was hast du auf dem Weg hierher gesehen, was du erkannt hast?", wandte sie sich hastig an ihren Großvater.

„Ein Ortsschild von Castlebar. Aber ich weiß nicht, wie weit wir danach noch gefahren sind, sie haben mich wieder bewusstlos geschlagen. Ach ja, und sie fahren einen schwarzen Mercedes."

„Hast du mitgehört, Papa?"

„Ja, wir haben es alle gehört. Lass unbedingt dein Handy an, vielleicht kann die Polizei es orten."

„Beeilt euch! Die wollen uns wahrscheinlich umbringen!"

„Wir finden euch, Kleines", versprach er. „Leg jetzt auf, schone den Akku."

„Mein Vater ist unterwegs zu uns", sagte Jennifer zu Brian. „Jetzt wird alles gut. Wenn er es rechtzeitig schafft." Sie presste die Lippen zusammen.

***

„Glauben Sie uns jetzt?", fragte Dominique verärgert die beiden Polizeibeamten, die das Gespräch mitverfolgt hatten. „Sie sind in einer Schlossruine im County Mayo. Wo liegt dieses County und wie viele Schlossruinen gibt es da?"

„Ist das Nachbar-County, nördlich von hier. Keine Ahnung, wie viele Ruinen es da gibt. Irland ist voll davon, und falls sie dann doch nicht in diesem County sind ..."

„Können Sie nun das Handy orten oder nicht?"

„Von diesem Orten haben wir noch nicht gehört", gab der rotblonde Polizist zu. „Es ist ein Wunder, dass Ihre Tochter mit einem französischen Handyanbieter hier überhaupt eine Verbindung hat. Vielleicht kann die französische Polizei es orten?"

„Das ist ein völlig neues Verfahren", räumte Dominique ein. „Ich bin nicht sicher, ob es sich bei der französischen Polizei bereits durchgesetzt hat und ob es funktioniert, wenn der Teilnehmer im Ausland ist. Also, wie gehen wir nun vor?"

Sein Kollege, ein etwas untersetzter Inspektor, klopfte ihm auf die Schulter. „Sie gehen nach Hause und lassen uns machen."

Die gemütliche, sorglose Ruhe der irischen Polizeibeamten begann Dominique allmählich auf die Nerven zu gehen. „Oh nein, ich habe nicht in Paris alles stehen- und liegengelassen und bin hergekommen, nur um eine Vermisstenanzeige aufzugeben! Wie gesagt, ich bin Privatdetektiv und selber nicht schlecht darin, vermisste Personen aufzuspüren. Aber in einem fremden Land wäre es mit Ihrer Hilfe einfacher. Zumal Sie jetzt wissen, dass die beiden mit Gewalt festgehalten werden.“

„Von mir aus, solange Sie uns nicht in die Quere kommen.“

„Und vor allem muss es schnell gehen. Sie haben ja gehört, die beiden sind in Lebensgefahr.“

Der Inspektor nickte. „Ich schreibe die beiden sofort zur Fahndung aus.“

„Wer soll sie denn sehen, wenn sie in einem Kerker sitzen?“, fragte Dominique irritiert.

„Was ist mit Brians Wagen?“, warf Kilian ein. „Die beiden sind mit dem Auto weggefahren. Können Sie den Wagen auch zur Fahndung ausschreiben?“

„Wie lautet das Kennzeichen?“

Patricia nannte die Kfz-Nummer von Brians Wagen, und der Wachtmeister tippte sie in den Computer ein. „Ein Wagen dieses Kennzeichens wurde uns heute Morgen gemeldet“, bestätigte er dann. „Er steht mit einem platten Reifen verlassen auf einer Landstraße zwischen Maam Cross und Oughterard.“

„Ein blauer Ford?“, vergewisserte sich Patricia.

„Richtig. Wir werden ihn abschleppen lassen. Sie können ihn morgen hier auf dem Revier abholen.“

„Und was unternehmen Sie nun, um meine Tochter und meinen Vater aufzuspüren?“, fragte Dominique ungeduldig.

Der Inspektor ließ sich nicht aus der Ruhe bringen. „Ich sagte Ihnen ja, wir werden sie zur Fahndung ausschreiben. Außerdem wird der regionale Fernsehsender ihr Bild in den Abendnachrichten bringen und um Hinweise aus der Bevölkerung bitten. Haben Sie Fotos dabei?“

Patricia, Kilian und Dominique holten gleichzeitig ihre Brieftaschen hervor.

Dominique gab den Polizeibeamten anschließend noch seine Visitenkarte. „Unter dieser Handynummer erreichen Sie mich Tag und Nacht. Bitte geben Sie mir unbedingt Bescheid, wenn Sie etwas Neues haben."

„Vorausgesetzt, Ihr Handy hat Empfang ..."

Er knurrte. „Dann werde ich mich eben alle paar Stunden bei Ihnen melden."

„Was machen wir jetzt?", fragte Kilian, als sie das Polizeirevier verließen.

„Wir holen Giuliana ab, gehen ins nächste Pub und halten dort eine kurze Krisensitzung ab."

„Wieso Giuliana?"

„Weil ich sonst was erleben kann, wenn ich sie ausschließe." Dominique klopfte Kilian auf die Schulter. „Das wirst du verstehen, wenn du verheiratet bist."

Kilian lachte auf. „Kann's kaum erwarten. Was schlägst du vor?"

„Wir fahren noch heute ins County Mayo und suchen nach verfallenen Schlössern."

„Davon gibt es da so einige, und ich bin nicht sicher, ob sie alle auf der Landkarte verzeichnet sind. Klosterruinen gibt es auch noch. Und wenn Brian sich verguckt hat und dieses Ortsschild gar nicht Castlebar hieß, sondern so ähnlich ... Viele Orte tragen Castle im Namen. Oder wenn sie danach noch viel weiter gefahren sind, in ein anders County ... Dann können wir suchen, bis wir alt und grau sind."

„Kilian, eine andere Spur haben wir im Moment nicht. Ich muss meine Tochter finden. Und meinen Vater will ich auch nicht wieder verlieren, bevor ich ihn überhaupt kennengelernt habe." Verzweiflung schwang in Dominiques entschlossenen Worten.

Patricia legte ihm die Hand auf den Oberarm. „County Mayo klingt plausibel. Diese amerikanische Firma, gegen die Brian ermittelt, hat dort ihren Sitz. Es

erscheint mir naheliegend, dass die beiden dorthin gebracht worden sind. Oder zumindest in die Nähe. Sie
werden die beiden finden, Dominique“, sagte sie zuversichtlich.

„Hoffentlich rechtzeitig“, murmelte er düster.

9

Früh am nächsten Morgen erwachten Jennifer und Brian durch den Schein von Taschenlampen, die das hohe Gewölbe ihres Verlieses erhellten. Sie richteten sich auf und hielten sich geblendet die Hände vor die Augen – man hatte ihnen die Fesseln zum Schlafen abgenommen, nachdem sich die Entführer von außen überzeugt hatten, dass das Gitter vor dem Fenster fest in die Mauer eingelassen war.

Als sich ihre Augen ein wenig an das helle Licht gewöhnt hatten, sahen sie, dass ihre beiden Bewacher in Begleitung eines dritten Mannes waren. Mit seinem offensichtlich teuren grauen Anzug und der im Licht glänzenden Seidenkrawatte wirkte er in diesem rustikalen Kerker wie ein Fremdkörper.

„Sie sind also der berühmte Mr Quingley, der uns Ärger machen will", sagte er mit einem dünnen Lächeln zu Brian.

Dieser bewegte mit schmerzverzogenem Gesicht vorsichtig seine Schultern. „Und wer sind Sie?"

„Das braucht Sie nicht zu interessieren."

Brian ließ sich nicht einschüchtern. „Nach Ihrem eleganten Outfit und Ihrem amerikanischem Akzent tippe ich auf ein ziemlich hohes Tier bei Xenox. Weiß die irische Regierung von meinem Artikel und davon, dass Sie uns festhalten?"

„Nein, und davon werden sie auch nichts erfahren."

„Warum wollen Sie um jeden Preis verhindern, dass Ihr Deal mit der Regierung ans Licht kommt?", fragte Jennifer. „Kann es Ihnen nicht egal sein, was das irische Volk darüber denkt?"

„Uns schon, aber der Regierung nicht. Bald stehen Neuwahlen an, und um diese nicht zu gefährden, könnten sie unseren Deal platzen lassen. Viele Millionen Dollar Verlust für Xenox."

„Dieses Geld gehört Irland, nicht Ihnen!", sagte Brian.

Der Mann im Anzug zuckte mit den Schultern. „Nicht unsere Schuld, wenn eure Regierung nicht die Mittel hat, in die Förderung eures Öls zu investieren."

Brian atmete tief durch. „Wenn ich auf die Veröffentlichung meines Artikels verzichte, lasst ihr uns dann am Leben?"

„Nein, Sie beide wissen leider zu viel, ich kann es nicht verantworten, Sie am Leben zu lassen." Er wandte sich an die beiden Gangster. „Gentlemen, ihr wisst, was zu tun ist."

„Hier und sofort?", fragte der Jüngere und zog seine Pistole.

„Nein. Bringt sie zu einer unserer Inseln. Es muss wie ein Unfall aussehen."

Jennifer schluckte. Warum geriet sie nur immer wieder in solche Situationen? War es in Kaschmir und Nepal nicht brenzlig genug gewesen? Aber damals war sie selbst daran schuld gewesen. Diesmal war sie ohne eigenes Zutun in Gefahr geraten. Würde ihr Vater es rechtzeitig schaffen?

Der Ältere nickte. „Alles klar. Wollen Sie mitkommen?"

„Nein." Der Mann im Anzug warf einen Blick auf seine Armbanduhr. „Ich habe gleich einen Termin in Castlebar. Fahrt jetzt gleich los, bevor zu viel Betrieb an der Küste ist."

Jennifer und Brian wurden erneut die Handgelenke hinter den Rücken gefesselt.

„Ich will meine Handtasche mitnehmen!", rief Jennifer, als die Männer sie vor sich her schubsten.

„Nichts da, du wirst sie nicht mehr brauchen."

„Ich will eine letzte Zigarette rauchen. Das werdet ihr mir doch nicht verweigern, oder?“ Sie starrte den Boss mit einer Mischung aus Wut und Verzweiflung an.

„Schon okay.“ Er bückte sich persönlich nach der Handtasche und drückte Jennifer gönnerhaft lächelnd den Henkel zwischen die Finger. „Ich verlasse mich auf euch“, sagte er zu seinen Männern. „Ich will von den beiden nie wieder was hören oder lesen. Außer des Artikels über ihren tragischen Unfalltod und ihre Todesanzeigen.“ Er lachte und verließ den Kerker.

Brian und Jennifer wurden auf den Rücksitz des schwarzen Mercedes verfrachtet. Die Fahrt ging zur Küste, in deren Nähe viele kleine Inseln im Meer lagen. Kein Wölkchen zeigte sich am blauen Himmel, und der klare sonnige Morgen lockte viele Leute ans Wasser.

„Verdammt, es sind schon zu viele Touristen hier“, knurrte der ältere Gangster.

„Dann nehmen wir eben die Insel, die weiter draußen liegt. Da können wir sie in der Lagerhalle einsperren, bis es der richtige Zeitpunkt ist.“

„Xenox will diese unbewohnten kleinen Inseln als Basisstationen für die zu errichtenden Bohrinseln nutzen“, flüsterte Brian Jennifer ins Ohr.

Sie zuckte mit den Schultern. Angesichts des nahenden Todes interessierte sie sich nicht mehr für Xenox und die Ölförderprojekte. Ständig blickte sie sich unruhig um, als erwartete sie, Dominique könne jederzeit auftauchen und sie retten.

Als sie das Fahrzeug verlassen hatten, zog sie in Erwägung, laut um Hilfe zu rufen, aber die Pistolenmündung, die sich in ihren Rücken drückte, hielt sie davon ab. Wegen ihrer gefesselten Hände verlor sie fast das Gleichgewicht, als die Männer sie in das Motorboot bugsieren wollten, und schrie erschrocken auf. Sie überlegte kurz, ob sie sich absichtlich ins Wasser fallen lassen sollte, um Aufsehen zu erregen, aber da hatte der

Jüngere der beiden sie bereits auf einen Sitz gedrückt, und die Gelegenheit war vorüber.

Sie fuhren an den kleinen Inseln vorbei und ein Stück ins offene Meer hinaus. Doch auch hier wimmelte es von Fischkuttern und Ausflugsbooten.

„Wir vertagen es auf heute Abend", sagte der eine Gangster zum anderen.

Sie legten bei einer der Inseln an, auf der es als einziges Gebäude eine Art Wellblechschuppen gab. Jennifer und Brian wurden hineingestoßen und mussten sich auf eine große Kiste setzen, bevor die Entführer ihnen auch die Fußgelenke fesselten. Dann ließen die Gangster sie allein.

Jennifer sah sich um und prüfte, ob sich etwas Nützliches in dem Lagerraum befand. Sie entdeckte jedoch nichts, mit dem man Fesseln aufschneiden konnte. Entmutigt und erschöpft lehnte sie sich an die Schulter ihres Großvaters.

„Jetzt weiß ich, wie sich ein Häftling in der Todeszelle fühlt", murmelte Brian.

„Das kann einfach nicht sein!", sagte Jennifer verzweifelt. „Es muss uns gelingen, zu fliehen ... Es soll wie ein Unfall aussehen, hat er gesagt. Also können sie uns nicht erschießen."

„Sie werden uns wieder bewusstlos machen und dann ins Meer werfen", meinte er. „Wenigstens werden wir nicht mitkriegen, wie wir ertrinken. Es könnte schlimmer sein."

„Es kann nicht sein, dass mein Vater es diesmal nicht schafft! Er hat es immer geschafft ..."

„Schade, dass ich ihn nicht kennenlernen konnte. Aber ist wohl besser – ich bin schuld, dass seine einzige Tochter sterben muss. Wahrscheinlich hätte er mich noch vor den Gangstern getötet", scherzte er.

Jennifer lächelte gequält. „Du kannst nichts dafür, Brian. Ich war einfach zur falschen Zeit am falschen Ort", sagte sie.

„Es tut mir so unendlich leid für dich, Mädchen. Ich habe mein Leben gelebt, aber du noch nicht."

„Daran will ich gar nicht denken." Sie krampfte die verschwitzten Finger ineinander. „Lass uns lieber irgendwie die Zeit rumkriegen."

„Du wolltest mir noch die verrückte Geschichte erzählen, wie du Kilian kennengelernt hast."

Sie seufzte. „Kilian ... ob ich ihn wiedersehen werde? Das deprimiert mich zu sehr."

„Gut, dann irgendeine andere spannende Geschichte aus dem Leben einer Detektivtochter."

„Ich sollte unsere Entführer dazu bitten und es wie Scheherazade machen", sagte Jennifer ironisch.

Sie unterhielten sich eine Weile, und merkten kaum noch, wie die Zeit verstrich. Schließlich vernahmen sie ein Geräusch am Türschloss.

„Sie kommen", murmelte Brian.

Jennifer hielt den Atem an. Ihr Herz klopfte, als es im Schloss kratzte und klickte.

„Kriegen die das Schloss nicht mehr auf oder was?", wunderte sie sich nach einigen Sekunden, während eine hoffnungsvolle Ahnung in ihr aufzukeimen begann.

Als die Tür sich endlich leise öffnete, schob sich eine schwarz gekleidete Gestalt hinein. Im ersten Moment war Jennifer enttäuscht, dass es nicht ihr Vater war. Dann erkannte sie sie. „Giuliana!"

„Jenni, Gott sei Dank!" Giuliana eilte auf sie zu und zog einen Cutter hervor, mit dem sie die Klebebänder an Jennifers Hand- und Fußgelenken öffnete.

„Ich bin so froh, dich zu sehen! Wo ist Dominique?"

„Er und Kilian halten draußen eure Entführer in Schach. Wir haben sie überrascht."

„Das ist übrigens Dominiques Vater“, stellte Jennifer vor.

„Freut mich. Ich bin Giuliana, Dominiques Frau.“ Sie befreite auch Brian von den Fesseln.

In dem Moment krachte draußen ein Schuss. Sie erschraken.

Lieber Gott, lass Dominique und Kilian nichts passiert sein!, dachte Jennifer entsetzt. Sie hatte plötzlich eine schreckliche Vorahnung.

Giuliana zog ihre Pistole aus dem Hosenbund und entsicherte sie. „Bleibt hinter mir!“

Sie folgten ihr auf einem schmalen Pfad. Der Weg schien unendlich lang zu sein, obwohl es höchstens hundert Meter waren.

Jennifer und Giuliana fiel ein Stein vom Herzen, als sie Dominique und Kilian unversehrt dort stehen sahen. Es war einer der Gangster, der sich den blutenden Oberarm hielt.

Polizeibeamte legten den Entführern gerade Handschellen an.

Kilian eilte auf Jennifer zu und schloss sie in die Arme. „Gott sei Dank! Alles okay?“

„Es ging mir schon besser“, sagte sie. „Aber ich bin unverletzt.“ Sie löste sich aus seinen Armen und fiel Dominique um den Hals. „Ich wusste, dass du es noch rechtzeitig schaffst! Wegen der vielen Touristen und Fischer konnten sie uns nicht wie geplant schon heute Morgen loswerden.“

Dominique drückte sie an sich. „Was bin ich froh, dass dir nichts passiert ist.“ Über Jennifers Schulter sah er Brian auftauchen. Ihre Blicke trafen sich. „Jenni, ist das ...“

„Ja.“ Sie nahm seine Hand und zog ihn auf Brian zu, der mit etwas wackeligen Beinen auf sie zukam. „Es ist wohl ein ziemlich blöder Moment für sowas, aber das ist nun nicht zu ändern. Papa, das ist Brian – dein Vater. Brian, das ist also Dominique."

„Ein blöder Moment, aber offensichtlich typisch für unsere Familie." Dominique streckte dem älteren Mann die Hand entgegen, unsicher, wie er ihn begrüßen sollte. Auch Brian wirkte unschlüssig und war sicher erst einmal nur erleichtert, dem Tode entronnen zu sein.

„Danke. Danke von ganzem Herzen", sagte er zu Dominique, schüttelte lange und herzlich seine Hand und klopfte ihm auf die Schulter. „Wie habt ihr uns gefunden?"

„Wir wollten nicht darauf warten, ob die Fahndung nach euch Erfolg hat, sondern sind gestern noch ins County Mayo gefahren", erklärte Dominique. „Wir haben einige Ruinen abgesucht, euch aber nicht gefunden. Wir haben in Castlebar übernachtet. Heute Vormittag hat uns die Polizei informiert, dass Hinweise der Bevölkerung eingegangen sind. Eure Fotos waren gestern in den lokalen Abendnachrichten, und heute früh haben Leute gesehen, wie ihr mit gefesselten Händen aus einem schwarzen Mercedes gestiegen seid und in ein Motorboot gebracht wurdet. Andere haben beobachtet, wie ihr bei einer dieser Inseln an Land gegangen seid. Also haben wir uns sofort auf den Weg zu diesen Inseln gemacht. Nur auf einer gab es ein Gebäude, in dem man jemanden einsperren konnte, und so haben wir unser Glück versucht. Wir haben die beiden Gangster gesehen und konnten sie überraschen, bevor sie ihre Waffen ziehen konnten. Kurz darauf traf dann auch schon die Polizei ein. Den Rest kennt ihr."

„Wer hat geschossen?", fragte Giuliana.

„Die Polizei. Als die eingetroffen sind, hat einer der Entführer das Durcheinander nutzen wollen, um seine Waffe wieder an sich zu bringen. Und einer der

Beamten hat ihn dann durch den Schuss daran gehindert", erklärte Kilian.

Der polizeiliche Einsatzleiter, ein kräftiger blonder Mann, kam zu ihnen.

„Durch Ihr eigenmächtiges Eingreifen haben Sie die Ermittlungen und die Befreiungsaktion gefährdet", tadelte er Dominique und Kilian.

„Von wegen", erwiderte Dominique verärgert. „Wenn wir auf die Polizei gewartet hätten, wäre es vielleicht zu spät gewesen. Ihre Kollegen in Galway schienen es nicht so eilig zu haben."

„Ist das Ihre Waffe?"

„Ja. Sie ist registriert und ich habe einen Waffenschein. Die beiden anderen Pistolen haben wir den Entführern abgenommen."

„Nun, es ist ja noch mal alles gut gegangen", lenkte der Polizeibeamte ein. „Sie müssen natürlich noch Aussagen machen, es wird einigen Papierkram geben."

„Gleich im Anschluss?", fragte Brian mit gerunzelter Stirn. „Müssen wir mit Ihnen mitkommen?"

Der Einsatzleiter warf einen Blick auf Jennifer und Brian, denen die Strapazen der letzten achtundvierzig Stunden in die erschöpften, angespannten Gesichter geschrieben stand.

„Sie können Ihre Aussagen auch morgen Vormittag auf dem Polizeirevier in Galway machen. Ruhen Sie sich erst mal ein wenig aus."

Die Polizisten führten die Gangster in Richtung Boot ab.

„Einen Moment!", rief Brian und baute sich vor den beiden auf. „Wo sind meine Diskette und meine Unterlagen?"

Der Ältere zuckte mit den Schultern. „Beim Boss natürlich. Wenn er sie nicht schon vernichtet hat."

„Können Sie versuchen, den Namen dieses Bosses aus ihnen herauszubekommen?", fragte Brian den Einsatzleiter. „Er war es, der ihnen den Auftrag gegeben hat, uns zu entführen und zu töten. Ich schätze mal, er hat einen hohen Posten bei Xenox. Ob hier in Irland oder in den USA weiß ich nicht.“

„Würden Sie ihn wiedererkennen?“

„Ich denke schon.“

„Dann ist es vielleicht einen Versuch wert, Fotos der leitenden Mitarbeiter von Xenox zu beschaffen, falls die beiden hier nicht reden.“

„Ja, bitte veranlassen Sie das. Seinem Akzent nach zu urteilen ist er Nordamerikaner, würde ich sagen.“

„Was wird jetzt aus deinem Artikel?“, fragte Jennifer, als sie zu einem Motorboot gingen, das Dominique, Kilian und Giuliana gemietet hatten. „Ich würde nicht darauf bauen, dass du die Diskette und deine Unterlagen zurückbekommst.“

„Der Artikel ist natürlich sowieso auf meinem PC gespeichert. Ich hoffe, die Typen hatten keine Zeit, die Festplatte zu löschen. Sie haben den Computer angeschaltet, sagte Patricia, aber sie hatte nicht den Eindruck, dass sie auch nur das Passwort knacken konnten. Vielleicht habe ich sie dabei gestört. Was die Dokumente betrifft, so habe ich von den meisten Unterlagen Kopien an einem sicheren Ort, und den Rest kann ich mir erneut beschaffen. Mein Artikel wird erscheinen, das schwöre ich. Jetzt erst recht! Oh, ich muss MacDougal anrufen. Er wird sich gewundert haben, weil ich zu unserer Verabredung nicht erschienen bin.“

„Vielleicht solltest du dich erst mal ein wenig ausruhen.“ Dominique legte ihm eine Hand auf die Schulter und war froh, dass die englische Sprache ihm die Entscheidung abnahm, ob er ihn siezen oder duzen sollte.

„Mach ich. Nach diesem einen Anruf. Lasst uns nach Galway zurückfahren. Verdammt, ich habe kein Auto mehr.“

„Es wurde gefunden und abgeschleppt. Es steht jetzt bei der Polizei in Galway und braucht lediglich einen neuen Reifen.“

„Gut, eine Sorge weniger.“

„Wir sind mit zwei Autos gekommen, haben also genug Platz für alle“, sagte Giuliana.

„Meine Tasche!“, erinnerte sich Jennifer. „Ich muss noch meine Tasche aus dem Schuppen holen.“

„Ich mach das“, sagte Kilian. Er lief in die Lagerhalle und kehrte kurz darauf mit Jennifers Handtasche zurück.

„Danke.“ Sie griff hinein und holte ein Zigarettenpäckchen hervor. „Das war das Schlimmste: zwei Tage nicht rauchen ...“

„Dann nutz doch die Gelegenheit und hör gleich ganz auf“, schlug Kilian vor.

„Nein, das wäre jetzt zu viel verlangt.“ Sie zündete sich eine Zigarette an und nahm einen tiefen Zug. „Nun fehlt mir nur noch was zu essen, wir haben seit gestern nichts gegessen.“

„Ich habe auch Hunger“, sagte Brian. „Wir werden noch schnell was essen gehen, bevor wir nach Galway zurückfahren.“

Jennifer warf einen Blick auf ihr Handy. „Oh, jetzt ist der Akku leer.“ Sie ließ es in ihre Tasche zurückfallen. „Hat gut durchgehalten.“

„Gott sei Dank hattest du es dabei. Ein Hoch auf die moderne Technik“, sagte Kilian.

Dominique legte den Arm um Giuliana. „Ich bin froh, dass du dabei warst“, gab er zu. „Im Schlösserknacken bist du einfach besser als ich.“

Sie lachten und kletterten zu den anderen in das Motorboot.

10

„Erst mal brauche ich eine Dusche", sagte Jennifer erschöpft, als sie am späten Nachmittag im Bed & Breakfast in Galway eintrafen. „Und dann einen Drink." Sie nahm ihren Vater am Arm. „Spendierst du mir einen? Nebenan ist ein Pub."

Dominique nickte. „Ich könnte jetzt auch einen Whiskey vertragen. Einen doppelten sogar."

„Ratet mal, wer noch. Und ich würde dir auch einen Drink spendieren, Jenni", sagte Kilian.

„Ich weiß. Aber ich möchte erst mal mit meinem Vater alleine reden. Lass uns eine halbe Stunde Vorsprung, okay?"

Kilian nickte.

„Kann ich auch in einer halben Stunde nachkommen?", warf Giuliana ein. „Ich muss jetzt erst mal nach meinem Kind sehen."

„Natürlich." Dominique küsste sie. „Während Jenni duscht, werden wir nach Fabrice schauen. Mal sehen, wie sich Cathérine als Kindermädchen angestellt hat."

„Wenn ich das überlebt habe, wird es für euren Sohn auch okay sein", scherzte Jennifer.

„Cheers!" Als die Gläser mit dem irischen Whiskey gebracht wurden, prosteten Dominique und Jennifer sich zu.

Dominique trank einen langen Schluck und stöhnte genüsslich auf. „Das war jetzt meine erste Zigarette nach drei Tagen Nervenkitzel und Abstinenz."

„Du hättest doch was trinken können", meinte sie verwundert. „Du hast schließlich nicht mit gefesselten Händen herumgesessen."

„Aber ich brauchte immer entweder einen klaren Kopf oder musste noch fahren.“

„Danke, dass du gekommen bist“, sagte sie und drückte seine Hand.

„Ja, was denkst du denn? Natürlich komme ich, wenn meine Tochter in Schwierigkeiten steckt. Ich habe dir gesagt, dass ich immer für dich da sein werde, auch trotz Giuliana und Fabrice.“

„Ich weiß.“ Sie lächelte. „Ich meinte eigentlich nur, danke, dass du in den Pub gekommen bist, um mit mir was zu trinken.“

„Ach so.“ Dominique strich ihr liebevoll eine Haarsträhne aus der Stirn. „Wolltest du über was Bestimmtes mit mir reden? Ich meine, weil du Kilian gebeten hast, später zu kommen.“

Jennifer druckste herum. „Nein, ich wollte nur ein bisschen mit dir alleine sein. Dachte, du willst vielleicht über Brian reden.“

„Natürlich. Ich will auch wissen, wie ihr ihn gefunden habt. Aber nicht jetzt gleich, ich muss das alles erst mal sacken lassen.“

„Kann ich verstehen. Ich auch. Aber Brian ist ein netter Kerl. Manchmal erinnert er mich ziemlich an dich.“ Sie lächelte.

„Und bist du wirklich sicher, dass er mein Vater ist?“

„Ihr könnt ja einen Vaterschaftstest machen. Aber ich glaube, es gibt keinen Zweifel.“

Sie nippten einen Moment schweigend an ihren Drinks. Jennifer zündete sich eine Zigarette an.

„Ist das eigentlich was Ernstes zwischen Kilian und dir?“, fragte Dominique.

„Weiß ich nicht. Was heißt für dich ernst?“

„Habt ihr Zukunftspläne?“

„Dafür ist es doch noch viel zu früh“, wehrte sie ab.

„Hast recht. Liebt ihr euch?“

„Ich glaube schon.“

„Du glaubst? Wenn man richtig liebt, dann weiß man das.“

„Ich vermisse ihn, wenn ich ihn nicht sehen kann, und ich fühle mich immer wohl, wenn ich mit ihm zusammen bin“, sagte Jennifer. „Aber ist er nun meine große Liebe? Ich bin so unsicher, Papa. Ich denke, dass ich ihn liebe, aber ich empfinde nicht das Gleiche für ihn wie für Rajiv oder wie damals für ...“ Sie machte eine kleine Pause. „Dich“, fügte sie dann kaum hörbar hinzu.

Er seufzte. „Das hast du nur so empfunden, weil du wusstest, dass du uns nicht haben konntest. Und du bist jetzt etwas älter und reifer.“

„Mag sein. Aber ich weiß auch nicht, ob Kilian mich richtig liebt. Er hat es mir noch nie gesagt.“

„Das hat nichts zu bedeuten. Wichtig ist, wie er sich verhält.“

„Er verhält sich korrekt. Er ist lieb, aufmerksam, zärtlich, zuverlässig, aber ... Ich vermisse Romantik und Leidenschaft. Das, was Liebe eben ausmacht.“

Dominique ließ die Eiswürfel in seinem Glas kreisen. „Ach, weißt du – romantische Liebe ist sowieso vergänglich. Genau wie Jugend und Verlangen“, sagte er schließlich.

Jennifer hob ruckartig den Kopf. „Heißt das, du liebst Giuliana nicht mehr?“

„Doch, natürlich tue ich das. Sehr sogar. Aber nicht mehr auf die gleiche leidenschaftliche, besessene Weise wie früher. Ich meine diese verklärte, romantische Art von Liebe, von der wir alle denken, dass sie uns für den Rest unseres Lebens glücklich macht, wenn wir sie erst finden.“ Er nahm einen Schluck von seinem Whiskey. „Niemand kann ewig im siebten Himmel schweben, und wenn wir von unserem Partner erwarten, dass er unser Leben für immer verschönert, geben wir ihm eine ziemlich hohe Verantwortung, die kein

Mensch erfüllen kann. Und anhaltendes Verlangen gibt es nur für das, was wir nicht haben können. Alles, was wir immer haben können, verliert bald an Reiz."

Sie lachte auf. „Du klingst schon wie Laurent Saint-Clair!"

„Ich habe ja deinetwegen auch ein paar Sitzungen bei ihm hinter mir, schon vergessen? Ich habe dabei einiges gelernt. Gib diesen Traum von romantischer, leidenschaftlicher und ewig währender Liebe auf, Jenni, sonst wirst du ständig nur von einem Abenteuer ins nächste taumeln. Und vor allem, heirate jemanden nicht nur deswegen, sonst bleibt dir am Ende nichts."

Jennifer hob die Augenbrauen. „Sprichst du aus eigener Erfahrung? Bist du nicht der mit dieser romantischen Strandhochzeit und der, der sich vor Leidenschaft nach einer gewissen Meisterdiebin verzehrt hat?"

Dominique deutete ein Lächeln an. „Ja, ein bisschen spreche ich aus eigener Erfahrung. Wenn die Traumfrau langsam Alltag wird und immer da ist, ob du nun willst oder nicht, kann das dem Verlangen schon einen Tritt versetzen."

„Und Schwangerschaftsstreifen und nächtliches Babygeschrei tun den Rest, nehme ich an", warf sie ein.

„Natürlich ist es nicht mehr so prickelnd, wenn sich die raffinierte Meisterdiebin in eine Familienmutter verwandelt, aber ich weiß, was in ihr steckt: ihr Mut, ihre Cleverness, ihre Begeisterung fürs Abenteuer. Das ist ihr ja nicht abhandengekommen, nur weil sie sich jetzt dringender um die richtige Temperatur von Babyfläschchen und rechtzeitigen Windelwechsel kümmern muss. Und ich bewundere sie dafür, dass sie sich nie über unser Leben beklagt. Ich meine, verdammt, sie ist schließlich eine Urenkelin eines türkischen Sultans, ist in einem reichen Haushalt in Rom aufgewachsen und in Istanbul hatte sie eine Haushälterin. Von dem

Drogenmillionär ganz zu schweigen. Und jetzt ist sie die Frau eines Detektivs, der abends selten zu Hause ist und ihr noch nicht mal eine Putzhilfe bezahlen kann. Aber sie hat sich nie darüber beklagt, was sie alles für mich aufgegeben hat."

„Wahrscheinlich, weil sie dich liebt. Und zwar mit dieser romantischen, leidenschaftlichen Liebe, an die du nicht mehr glaubst", antwortete Jennifer ironisch.

Dominique lächelte. „Ja, vielleicht. Ich schätze, ich bin ein Glückspilz."

„Du hast vor allem Glück, dass wir Frauen eben romantischer und leidenschaftlicher veranlagt sind."

„Ach, seid ihr das?", hörte sie Kilians Stimme hinter sich. Er schlang die Arme von hinten um sie und küsste ihre Halsbeuge.

„Worüber redet ihr gerade?", wollte Giuliana wissen und ließ sich auf den freien Barhocker neben Dominique gleiten.

„Über die Liebe, ganz im Allgemeinen", erwiderte er leichthin.

„Ja, dann, ein Hoch auf die Liebe!" Kilian nahm Jennifers Glas und leerte es. Er gab dem Barkeeper ein Zeichen. „Noch einmal das gleiche für alle bitte."

11

Am nächsten Vormittag verbrachten Dominique, Jennifer, Brian und Kilian eine gute Stunde auf dem Polizeirevier von Galway, um Anzeige zu erstatten und ihre Aussagen zu Protokoll zu geben. Danach wechselten sie den zerschossenen Reifen von Brians Ford. Nach dem Mittagessen machten sie sich alle zusammen auf den Weg nach Killarney. Um noch möglichst viel Zeit mit seinen neuen Familienmitgliedern verbringen zu können, hatte Brian beschlossen, sie zu begleiten. Nach Rücksprache mit Michel wollte Dominique seinen Aufenthalt in Irland noch zwei oder drei Tage ausdehnen.

Jennifer und Kilian quartierten sich in dem Bed & Breakfast in Killarney ein, in dem sie zuvor bereits gewohnt hatten, und auch Brian bezog dort ein Zimmer. Die neugierige Pensionswirtin freute sich, mit Brian nun das Ergebnis von Jennifers und Kilians Recherchen präsentiert zu bekommen, zu denen sie ein klein wenig beigetragen hatte. Da die Pension keine weiteren freien Zimmer hatte, buchten sich Giuliana, Dominique und Cathérine in ein nahegelegenes Hotel ein.

Am frühen Abend trafen sie sich wieder, um den Friedhof aufzusuchen, auf dem Maureen O'Reely begraben war. Nur Cathérine blieb mit Fabrice im Hotel zurück.

Der Friedhof lag etliche Kilometer außerhalb von Killarney und war klein und verlassen. Im frühen, abendlichen Zwielicht wirkten die kaputten Grabsteine und die alte Kapelle mit den bröckelnden Mauern noch trostloser.

„Lasst mich allein", bat Dominique am Eingang mit rauer Stimme.

„Sie war meine Großmutter", protestierte Jennifer. Eigentlich legte sie keinen gesteigerten Wert darauf, am Grab einer unbekannten Großmutter zu stehen, aber sie wollte ihren Vater nicht allein lassen.

„Gut, dann komm mit", gab er nach.

Zusammen schritten sie suchend die Gräber ab.

Auf einmal blieb er stehen und starrte auf einen schlichten, verwitterten Grabstein.

Maureen O'Reely, 1929 – 1954.

Eine Krähe krächzte laut. Es war wie in Dominiques Vision im Krankenhaus von Istanbul, als er auf der Schwelle des Todes gestanden hatte und sich auf einem verlassenen Friedhof mit krächzenden Krähen gewähnt hatte. Die Erinnerung ließ ihn schaudern. Schnell legte er die weißen Rosen, die er gekauft hatte, auf das Grab und wischte sich eine Träne von der Wange.

Jennifer kramte in ihrer Tasche und hielt ihm ein kleines Schwarzweiß-Foto hin. „Das hat mir Rebecca gegeben. Hab bisher total vergessen, es dir zu zeigen, bei allem, was passiert ist. Und Rebecca wird dir viel über deine Mutter erzählen können, ist das nichts? Sie brennt darauf, dich kennenzulernen."

Dominique starrte ein paar Sekunden auf das Bild der schönen dunkelhaarigen jungen Frau mit dem Kleinkind im Arm. Dann zog er Jennifer an sich, vergrub das Gesicht in ihrem Haar und weinte leise. Jennifer hatte ihn noch nie weinen sehen, nicht einmal nach Jaclyns Tod. Betroffen streichelte sie über seinen Kopf.

„Ich danke dir", sagte er leise, als er sich etwas gefasst hatte. „Das bedeutet mir sehr viel, was du für mich getan hast."

„Ich weiß. Deswegen habe ich es ja getan."

Brian tauchte hinter ihnen auf und klopfte seinem Sohn auf die Schulter. Etwas verschämt putzte sich Dominique die Nase. Brian legte den Arm um ihn und zog ihn leicht an sich. „So viele verlorene Jahre", murmelte er.

„Ich hätte viel früher nach dir suchen sollen. Aber man hatte mir erzählt, dass du nichts von mir wissen wolltest."

„Das wurde offensichtlich falsch übermittelt." Brian starrte auf den schmucklosen Grabstein und bekreuzigte sich. „Arme Maureen ... was habe ich ihr angetan."

„Du nicht", stellte Dominique richtig. „Dieser O'Sullivan. Besser, ich suche nicht nach ihm, denn wenn ich ihn finde ..." Er ballte die Faust.

Sie warfen einen letzten Blick auf das Grab. Die weißen Rosen leuchteten in der Dämmerung.

„Kommt." Dominique legte einen Arm um Jennifer, den anderen um seinen Vater, und zusammen verließen sie den Friedhof.

***

Am nächsten Morgen brachen sie mit zwei Autos auf, um die Panoramastraße Ring of Kerry zu befahren. Kilian fuhr mit Jennifer und Cathérine voran, ihm folgten Brian mit Dominique, Giuliana und Fabrice. Für irische Verhältnisse war es ein sonniger Morgen, am Himmel hielten sich Blau und Wolken die Waage. Sie fuhren am Killarney National Park mit seinem riesigen See zwischen den grünen Hügeln vorbei. Am Straßenrand wucherten üppige rotblühende Fuchsienbüsche, mannshohe Rhododendron-Hecken und Farne, deren Dichte eines Dschungels würdig gewesen wäre. Alle paar Kilometer weideten Schafe und Kühe auf den sattgrünen Wiesen.

Dann kam das Meer in Sicht, und Steine und Felsen begannen, die Hügel zu durchziehen. Die Klippen fielen steil ins Meer ab, der Horizont lag in Dunst und Nebel getaucht. Einige Kilometer weiter lagen in unmittelbarer Nähe zur Küste winzige Inseln.

An einem Aussichtspunkt parkte Kilian den Wagen in einer Einbuchtung, und Brian folgte seinem Beispiel. Sie stiegen aus und stellten sich an den Rand der Klippen. Der Himmel hatte sich zugezogen, und ein frischer Wind fegte die Küste entlang. Das Meer war grau, doch die Inseln hoben sich leuchtend grün aus dem Dunst ab.

„Das sind die Inseln Scariff und Deenish", erklärte Kilian. „Wie die Kleineren heißen, weiß ich nicht mehr."

„Das ist eine atemberaubende Aussicht", stellte Dominique fest.

„Ja, cool." Jennifer fröstelte.

„Cool? Was Besseres fällt dir nicht ein?" Kilian lachte und umschlang sie von hinten.

„Ich bin verwöhnt, das weißt du doch. Es sieht schön aus, ja, aber es ist auch nicht beeindruckender als der Blick auf den Himalaya oder die Buchten der Seychellen."

„Ich weiß nicht, ob ich dir auf Dauer bieten kann, was du an schönen Landschaften gewöhnt bist", sagte Kilian leise. „Aber ich möchte es versuchen. Wenn du das auch willst, Jenni."

Sie griff nach seiner Hand und schmiegte sich noch enger an ihn. „Ja, das will ich. Wen kümmern schon Landschaften." Sie drehte sich zu ihm um und küsste ihn.

„Ich liebe dich", flüsterte er in ihr Ohr.

Jennifer dachte an das Gespräch mit Dominique und streichelte Kilian zärtlich über die Wange. „Ich liebe dich auch."

Sie fuhren weiter über den Wild Atlantic Way, der die Küsten Irlands säumte, und hielten in Waterville, einem kleinen Ort mit langem, einsamen Strand.

„Hier kenne ich ein Café, in dem man unheimlich gut Fish & Chips essen kann", sagte Kilian. „Der Fisch kommt direkt aus dem Meer und ist köstlich."

Nach dem Essen setzten sie sich auf Felsen am Strand. Ein kühler und starker Wind blies vom Meer her. Die Frauen fröstelten und schlossen ihre Jacken.

„Würdest du hier leben wollen?", fragte Brian seinen Sohn.

Dominique ließ seinen Blick über den Strand wandern und dachte daran, welchen langen Weg er zurückgelegt hatte, bevor er wieder in dem Land angekommen war, in dem er geboren worden war. Es war, als schließe sich der Kreis, und als habe die ewige Suche, die innerliche Unruhe, die ihn jahrelang angetrieben hatte, nun ein Ende. Aber hier leben?

„Irland ist wunderschön, mir gefällt, was ich gesehen habe und ich merke endlich, wo meine Wurzeln sind", begann er. „Aber ich könnte mir nicht vorstellen, in einem Land zu leben, in dem man im Sommer noch Kapuze und Schal tragen muss!"

Brian lachte. „Ja, hier am Meer ist es meistens sehr frisch. Daher sind die Strände auch so einsam. Aber nur wenige Kilometer landeinwärts ist es jetzt viel wärmer."

Dominique räusperte sich und erhob die Stimme, sodass ihn trotz Wind und Brandung alle hören konnten. „Ich bin es nicht gewohnt, Reden zu halten. Aber ich wollte euch sagen, ich bin froh, dass ihr alle hier bei mir seid, und ich danke euch von Herzen. Vor allem Jenni und Kilian, die meinen Vater aufgespürt haben. Danke, das ist ein tolles Geschenk, und ihr seid echt gute Detektive."

Jennifer rückte näher an ihn heran und umarmte ihn. „Ich wusste, wie wichtig das für dich ist, auch wenn du es all die Jahre selbst nicht wahrhaben wolltest."

Er streichelte ihren Rücken. „Du kennst mich besser als ich mich selbst. Ich liebe dich, mein Schatz."

„Wir lieben dich auch, sevgili", sagte Giuliana, die mit dem Baby auf dem Schoß auf seiner anderen Seite saß.

Dominique löste sich von Jennifer und zog seine Frau in die Arme. „Ti amo, chérie. Du hast mir das schönste Geschenk überhaupt gemacht." Er strich Fabrice liebevoll über seinen von einer Kapuze verhüllten Hinterkopf. „Und du auch, Cathérine – auch wenn ich das erst zwanzig Jahre später kapiert habe."

„Besser spät als nie", erwiderte sie lächelnd.

„Hört mal, Leute", begann Brian nach einigen Sekunden Stille. „Nächstes Jahr werde ich siebzig und möchte das groß feiern. Ich hoffe, ihr kommt alle."

„Natürlich." Dominique stand auf und ging zu seinem Vater hinüber. „Ich möchte dich unbedingt besser kennenlernen. Du kannst mich auch jederzeit in Paris besuchen. Wir werden versuchen, die verlorenen Jahre so gut es geht nachzuholen. Okay – Dad?"

„Okay, Sohn!" Sie umarmten sich.

„Wisst ihr was?" Dominique stellte sich mit dem Rücken zum Meer vor seine Lieben und breitete die Arme aus. „Ich bin gerade verdammt glücklich."

Er wusste nun endlich, wo er seinen Platz im Leben hatte: bei seiner Familie.